IBEN ALBINUS

DAMASKUS

THRILLER

Aus dem Dänischen von
Kerstin Schöps

HOFFMANN UND CAMPE

Die Originalausgabe erschien 2021 unter dem Titel *Damaskus*
bei Politikens Forlag, Kopenhagen.

Die Übersetzung dieses Buches wurde gefördert
durch die Danish Arts Foundation.

Danish Arts
Foundation

1. Auflage 2022

www.hoffmann-und-campe.de

Satz: Pinkuin Satz und Datentechnik, Berlin
Gesetzt aus der Minion Pro und der Tungsten
Druck und Bindung: GGP Media GmbH, Pößneck
Printed in Germany
ISBN 978-3-455-01484-6

HOFFMANN
UND CAMPE

Ein Unternehmen der
GANSKE VERLAGSGRUPPE

Für meine Familie – Frederik, Anton und Toke

PROLOG

JUNI 2011

Ein Spatz hüpfte durch die Gitterstäbe. Da wusste Sigrid, dass sie auf dem Weg zu ihr waren.

Die Krümel des Fladenbrotes lockten die Vögel an, die hereinflogen, wenn die Gefängniswärter die Stahltüren zum Frauentrakt öffneten.

Sie hatte versucht, auf der dünnen Matratze zu schlafen. Vergeblich. Sie setzte sich auf. Es war Zeit, sich bereit zu machen. Sie fröstelte und redete sich ein, dass es am Luftzug lag.

Denn eigentlich war es Sommer in Damaskus. Vor zwei Tagen hatte sie noch ohne Jacke im Park neben dem Nationalmuseum gestanden und ihr Gesicht in die Sonne gehalten, um ihre Sommersprossen hervorzulocken, während neben ihr aufgekratzte Schüler und Schülerinnen unter den üppig weißblühenden Jasminsträuchern Selfies machten.

Hinter die Gefängnismauern des Al-Khatib drang kein Sonnenstrahl. Sigrid befand sich im gefürchtetsten Gefängnis der Stadt, direkt unter dem Hauptquartier des mächtigen syrischen Geheimdienstes, dem Mukhabarat, geführt von Präsident Baschar al-Assads Schergen.

Eine Neonröhre tauchte Sigrids Zelle in gelbliches Licht und färbte die dunklen Flecken auf dem Betonfußboden grün. Es fiel ihr schwerer, sich an die Blutflecke ihrer Vorgängerinnen zu gewöhnen als an den Gestank von eingetrockneten Exkrementen, der aus dem Loch in der Ecke kam.

Sigrid hatten sie bisher verschont. Noch. Wahrscheinlich, weil sie eine diplomatische Krise auslösen würden, wenn sie mit ihrer Zigarettenglut auch nur in ihre Nähe kämen.

Sie hatte sich die Mühe gemacht, die Läuse aus der Matratze zu pulen und eine nach der anderen zwischen ihren Fingernägeln zu zerquetschen. Aber die fiesen kleinen Teufel hatten es trotzdem geschafft, ihre langen roten Haare zu bevölkern, und sie musste sich sehr zusammenreißen, sich nicht die Kopfhaut blutig zu kratzen. Sie hatte Hunger; ihre letzte Mahlzeit, am Abend zuvor, hatte aus einer halben Schale Reis und einem hart gekochten Ei bestanden. Ohne besonders großes Engagement hatte sie sich tagsüber an Liegestützen versucht. Unter Umständen könnte es ihr Leben retten, wenn sie fit war. Außerdem musste sie sich mit irgendetwas die Zeit vertreiben. Aber es fühlte sich vollkommen absurd an, und so hatte sie gleich wieder aufgehört.

Sigrid hatte Angst, war nervös. Sie sprach sich Mut zu, sagte sich, dass ihre Chancen nach wie vor gut standen.

Nein, Sigrid hatte keinen Grund zu klagen. In der Zelle schräg gegenüber, die genauso groß war wie ihre, quetschten sich mehr als zwanzig Frauen auf engstem Raum zusammen. Drei mal sechs Meter. Die Einzelhaft hatte Sigrid vermutlich ihrer Herkunft zu verdanken, sie war die einzige westliche Frau in dem Gefängnis. Sie hatte die anderen Insassen gestern nur kurz gesehen, als sie in ihre Zelle geführt worden war. Wenn die Gefangenen miteinander sprachen, bekamen sie Schläge von den Wärtern. Aber Sigrid konnte sie aufgebracht flüstern hören, wenn es zu Auseinandersetzungen kam. Einerseits hatte das in all der Einsamkeit etwas Tröstliches, andererseits schämte sich Sigrid für ihre Sonderstellung und ihre komfortablere Unterbringung.

Al-Khatib war weit über die Grenzen von Syrien hinweg berüchtigt. Aus diesem Grund wollte der Nachrichtenchef wahrscheinlich auch verhindern, dass sie die Erlebnisse der syrischen Insassen weitererzählen konnte. Für Sigrid war ihre Isolation ein eindeutiger Hinweis darauf, dass sie bald wieder entlassen werden würde. Auf freiem Fuß war sie wertvoller für sie. Sie zwang sich, so zu denken. Sonst. Sonst würde sie verrückt werden. Sie musste sich zusammenreißen. Es könnte alles viel schlimmer sein.

Sigrid stand auf und schlüpfte barfuß in ihre Schuhe. Sie ärgerte sich darüber, dass sie bei ihrer Verhaftung in der Lobby des Hotels Four Seasons ihre Bürokleidung von NorCom getragen hatte, einen unbequemen Hosenanzug und Schuhe mit Absätzen. Allerdings könnte ihr Erscheinungsbild bei dem Verhör von Vorteil sein. Wie ein Kostüm einem Schauspieler dabei hilft, seine Figur zu verkörpern. Sie schielte den Gang hinunter; noch war niemand zu sehen. Hatte sie sich geirrt? Der Spatz war bisher immer ein verlässliches Zeichen gewesen.

Sie kannte das. Sie hatte es schon einmal erlebt. Gefängniszelle. Verhöre. Damals hatte sie gedacht, sie würde sterben. Und dass Victor mit sechs Jahren seine Mutter verlieren würde.

»Aber du hast überlebt«, redete Sigrid sich Mut zu. Doch es funktionierte nicht. Ihre Zuversicht hatte erste Risse bekommen.

Damals hatte Sigrid in einem Gefängnis im Nahen Osten gesessen. Sie war davon überzeugt gewesen, das nächste Folteropfer zu sein. Doch im Unterschied zu diesem Mal war sie seinerzeit vollkommen unschuldig gewesen. Damals hatten die Iraker sie für eine Spionin gehalten und sich geirrt. Die Syrer hingegen hatten sie jetzt *nur* wegen zivilen Ungehorsams im Zuge der Unruhen verhaftet. Aber wussten sie auch von dem anderen?

Sie musste an Victor denken. Ihren geliebten, kleinen, großen Victor, den sie vor ihrer Abreise von der Ungefährlichkeit ihres Auftrages hatte überzeugen musste. Hatte er gestern im Hotel in Beirut umsonst auf sie gewartet oder war Andreas rechtzeitig über ihre Verhaftung informiert worden, sodass sie die Reise hatten stornieren können? Sie sah Victors Gesicht vor sich, seine Enttäuschung über die verdorbenen Sommerferien. Sigrid war sich sicher, dass Andreas ihren Sohn und die Stieftochter mit einer Notlüge hatte beruhigen können. Aber Andreas würde wissen, wo sie sich befand und außer sich sein vor Sorge. Die Schuldgefühle waren unerträglich. Wie konnte sie ihnen das nur antun? Ihr verdammter Gerechtigkeitssinn, schon wieder hatte er dafür gesorgt, dass alles schiefgelaufen war. Sie hatte die im Stich gelassen, die sie am meisten liebte.

Das Universum hatte zweifellos eine Rechnung mit ihr offen. Sigrid

Melin, geborene Johansen, achtunddreißig Jahre alt, aus Aabyhøj, einem Vorort von Århus. Eines Tages würde es an ihre Tür klopfen, da war sie sich sicher. Der Tag der Abrechnung würde kommen. Sigrid hatte schon lange das Gefühl, dass sie es nicht verdiente zu leben. Sie hatte sich damit abgefunden. Aber Victor hatte es nicht verdient, ohne Mutter aufzuwachsen.

Sie hörte ein lautes Scheppern. Das war die Stahltür, die wieder geschlossen wurde. Sigrid ließ enttäuscht die Schultern sinken. Offenbar war es noch nicht so weit.

Dann zerriss ein Schrei die Stille. Es folgte ein lautes Geräusch, etwas Hartes schlug gegen etwas Hartes. Ein weiterer Schrei. Eine Frau. Die Geräusche kamen aus dem Trakt hinter der Stahltür am Ende des Ganges, sie drangen durch Metall, Stein und Beton bis tief ins Herz. Sie dachte, ihres würde aufhören zu schlagen.

Was, wenn sie hier sterben würde? Die Schreie hallten in ihren Ohren. Das gelbe Licht der Neonröhre flimmerte in ihren Augen. Angst erfasste ihren Körper, und sie klammerte sich an die Gitterstangen. Im Reflex entleerte sich ihre Blase, ergoss sich in einem warmen Strahl in ihre Hose und ein süßlicher, scharfer Gestank stieg ihr in die Nase.

Unter großer Kraftanstrengung gelang es ihr, sich zu beherrschen. Sie stieß sich vom Gitter ab und stellte sich breitbeinig in die Mitte ihrer Zelle. Sie atmete tief ein und drückte gleichzeitig auf ihre Meridianpunkte. Eins-zwei-drei, wie ging das noch mal? Sie musste sich verdammt noch mal zusammenreißen und die Hose unter dem Wasserschlauch abspülen und –

Sie hörte Schritte.

Verdammt. Jetzt würden sie ihre Angst doch zu sehen bekommen.

Der Gefängniswärter baute sich vor den Gitterstäben auf und öffnete mit einem klappernden Schlüsselbund die Zellentür. Auf Arabisch befahl er ihr, sich zu beeilen, so viel konnte sie verstehen. Er wies sie an, ihre Sachen in der Zelle liegen zu lassen, was entweder eine Machtdemonstration war oder ein schlechter Witz, denn die Tasche hatten sie ihr bei der Verhaftung abgenommen. Dann entdeckte er die

ERSTER TEIL

»Mögest du Reichtum erwerben, Weisheit erlangen und Schönheit gewinnen. All das verdirbt allein der Hochmut, wenn er sich dazugesellt.«

Inschrift auf einem Bogen im Krak des Chevaliers, einer Kreuzritterburg im Nordwesten von Syrien

FEBRUAR 2011

1

Das morgendliche Bad im Øresund gab Sigrid für einen kurzen Moment das Gefühl, normal zu sein. Gerade heute hatte sie das besonders nötig. In zwei Stunden würde sich entscheiden, wie ihre nächste Zukunft aussah, und sie trug die volle Verantwortung für das schlechte Blatt in ihrer Hand.

Als sie kurz nach halb sieben die Umkleidekabine verließ, lag der Strandpark noch ruhig in der winterlichen Dunkelheit. Wie immer zelebrierte Sigrid das Ritual und genoss diesen Anblick. Für sie war Helgoland der schönste Ort in Kopenhagen. Die türkisfarbene Badeanstalt lag am Wasser auf Amager, was nicht direkt beste Lage war, auch wenn die Immobilienmakler tapfer das Gegenteil behaupteten. Für Sigrid war das Naturbad ein Ort der Freiheit. Ein Ort, an dem ihre Dämonen ihr nichts anhaben konnten.

Unter dem Badesteg hingen Eiszapfen, und auf dem Wasser schwamm eine dicke, körnige Eisschicht. Der Wind war beißend kalt auf Sigrids Haut, die noch weißer war als sonst. Aber sie genoss das Gefühl, die kalten Planken unter den Füßen zu spüren. An der Treppe hing ein Thermometer. Drei Grad minus. Ihre Hände drohten am Geländer festzufrieren, als sie langsam ins Wasser hinunterstieg. Die Kälte drang in ihre Nervenbahnen. Sie schloss die Augen und ließ sich treiben. Dann tauchte sie auch ihren roten Dutt ins Wasser. Eine Sekunde lang. Dann richtete sie sich wieder auf. Die Wärme schoss durch ihren Körper. Das Dopamin folgte gleich hinterher, und Sigrid befand sich in jenem Zustand des Vergessens, den sie mit Glück verband.

Vor der Sauna blieb sie stehen, zögerte. Der warme Raum hatte etwas Verlockendes, und sie hatte große Lust, alles auszuschwitzen. Dann drang Lachen nach draußen. Damit hatte sich das erledigt. Sie war außerstande, die neugierigen oder – noch schlimmer – abwertenden Blicke zu ertragen. Ein Windstoß packte sie, sie musste sich am Geländer festhalten. Dann stolperte sie auf vor Kälte zitternden Beinen an der Sauna vorbei zu den Umkleidekabinen. Das war die Konsequenz, wenn man in einem überregionalen Fernsehsender für einen Skandal gesorgt hatte und der Beitrag viral gegangen war. Das war der Preis.

Sigrid machte sich Vorwürfe. Sie hatte viele Jahre harter Arbeit – ihre und die anderer – bei Amnesty International aufs Spiel gesetzt, weil sie vor laufender Kamera die Fassung verloren hatte. Sie wagte kaum sich auszumalen, wie hoch der Preis wirklich sein würde.

Nachdem sie ihre Wasserflasche geleert hatte, schlüpfte sie in ihre Standarduniform, die sie in Dänemark mit leichten Abwandlungen sommers wie winters tragen konnte. Jeans, T-Shirt, Strickpullover und anlässlich der Kälte ihre gefütterten UGGs. Auf der Brücke, die über das Wasser führte, das Helgoland von den schneebedeckten Flächen auf Amager trennte, blieb sie stehen und warf einen Blick über die Schulter. Sie seufzte. So viel zur gelungenen Flucht aus der Wirklichkeit.

Obwohl es noch früh am Morgen war, herrschte schon reger Verkehr auf der Straße, die zum Kopenhagener Flughafen führte. Irgendein Idiot war mit seinem Auto über die Grünfläche gefahren und hatte direkt vor der Brücke geparkt. Ein mattschwarzer Volvo mit weißen Ledersitzen. Die Scheinwerfer waren eingeschaltet. Typisch.

Die Fahrertür öffnete sich. Zuerst erschien eine Papphalterung mit zwei Kaffeebechern von Starbucks, dann der Fahrer. Sigrid spürte, wie sich ihr Magen zusammenzog. Das war unmöglich.

»Bist du wahnsinnig, bei diesem Wetter schwimmen zu gehen?«

Der Mann lächelte sie frech an. Er war sonnengebräunt, trug sein sonnengebleichtes Haar halb lang und sah übertrieben förmlich aus in seinem Anzug und Kamelhaarmantel. Für Sigrid blieb die Zeit stehen. Ihr alter Freund und Kommilitone.

»Magnus?«

Sie umarmten sich, so gut es eben ging mit einer Papphalterung in der Hand.

»Was machst du denn hier? Und woher weißt du, dass ich hier bin?«

»Facebook. Du postest doch mehrmals in der Woche Fotos von der Badeanstalt.« Magnus Christiansen zeigte mit der Hand aufs Meer, dann reichte er Sigrid einen Kaffee.

Sie schaute tadelnd auf den Einwegbecher und schüttelte den Kopf, dann sagte sie selbstironisch: »Wenn es ums Eisbaden geht, werde ich nun mal zur Missionarin.«

Er legte den Kopf schief und sah zu seinem Wagen.

»Wollen wir uns nicht kurz ins Auto setzen und reden?«

»Ich muss noch ein Meeting vorbereiten, deshalb …« Sie unterbrach sich selbst. »Lebst du nicht eigentlich in Stockholm?«

Er nickte und bot ihr an, sie nach Hause zu fahren, damit sie sich auf der Fahrt unterhalten könnten. Während er sprach, hielt er ihr den Kaffeebecher erneut hin. Seine Miene sagte »Jetzt nimm schon«.

Sigrid lehnte dankend ab, schließlich war sie mit dem Fahrrad da. Aber dann griff sie doch nach dem Becher und stieg in den Wagen, zehn Minuten mehr oder weniger würden schon nicht schaden.

»Warum verabreden wir uns nicht zum Kaffeetrinken nach der Arbeit, wie normale Menschen?«, sagte sie und hob theatralisch eine Augenbraue. »Du hast ja wohl nicht vor, mir ein dubioses Jobangebot zu machen, oder? Ich bin bis heute nicht drüber hinweg, dass du jetzt auf der dunklen Seite der Macht arbeitest.«

Er warf die Arme in die Luft. Sie kannte seine lässige, jungenhafte Art so gut.

»Warum denn so defensiv, Johansen?«

Sigrid lachte. Sie waren Freunde geworden und geblieben, obwohl er zu der Sorte von Menschen gehörte, um die man einen großen Bogen machen sollte, wenn einem das eigene Wohlbefinden am Herzen lag. Was sie ebenfalls nicht leugnen konnte, war die Tatsache, dass sie in ihn verknallt gewesen war. Nach einer Party war sie mit ihm in seinem Studentenzimmer gelandet, aber statt wilden Sex zu haben, hatten sie sich einen monty-python-reifen Schlagabtausch geliefert, wessen Kindheit in den linksliberalen siebziger Jahren die schlimmere gewesen ist. Magnus war ein zackiger Idealist, den es zu den internationalen

Brennpunkten zog, statt an den Schreibtisch, um seine Prüfungen vorzubereiten. Am Ende hatte er alle damit überrascht, als er seine buddhistischen Tattoos verdeckte, seine linken Ansichten ablegte und erst beim Militär Dolmetscher für arabische Sprachen wurde und sich später dann als Unternehmensberater mit Schwerpunkt Lobbyismus betätigte. Das entsprach nicht der Laufbahn, die er vor Augen hatte, als er zusammen mit Sigrid seine Abschlussarbeit über die moderne Geschichte des Mittleren Osten schrieb. Sigrid hatte ihn das letzte Mal auf der Titelseite einer Beilage in einer Wirtschaftszeitung gesehen, als er zum stellvertretenden Direktor eines gigantischen Telekommunikationsunternehmens ernannt wurde. Das hatte im Freundeskreis von damals nicht unbedingt Begeisterungsstürme ausgelöst.

»Ich heiße nicht mehr Johansen, sondern Melin.«

»Ja, ja, schon gut. Ich würde auch lieber mit dir einen Kaffee nach der Arbeit trinken wie normale Menschen, aber mein Flieger geht bald.«

Sigrid nahm einen Schluck von ihrem Kaffee. Sie kaufte nie Kaffee von Starbucks oder einer anderen kommerziellen Marke, außer am Flughafen. Plötzlich schmeckte der Kaffee, stark und mit warmer Milch, nach Reise und Abenteuer.

»Weshalb bist du hier?«

»Ein dubioses Jobangebot.« Magnus hielt ihr seine Visitenkarte hin.

Sigrid sah aus dem Fenster, es hatte wieder angefangen zu schneien.

»Wenn das so ist, muss ich dir gestehen, dass ich seit meinem Auftritt in den Nachrichten gestern nicht mehr so hoch im Kurs stehe.«

»Das haben wir mitbekommen.«

Sie sah ihn an, versuchte, seinen Gesichtsausdruck zu deuten. Aber Magnus wedelte nur mit der Visitenkarte.

»Wenn du Interesse hast, dann ruf mich an.«

Sigrid schüttelte den Kopf, wusste nicht, was sie davon halten sollte.

»*You underestimate the power of the dark side.*« Magnus schenkte ihr ein Lächeln. Es wirkte. Auch nach so vielen Jahren noch.

»Wenn du meinst. Ich bin super zufrieden bei Amnesty. Und ich werde ganz bestimmt nicht für ein großkapitalistisches Unternehmen in Stockholm arbeiten. Aber wir können uns gerne wiedersehen –

wenn du vorher anrufst, statt mich vor Sonnenaufgang zu stalken.« Sie öffnete die Beifahrertür. »Danke für den Kaffee.«

»Der Job ist nicht in Stockholm, Sigrid.« Magnus klang auf einmal sehr ernst. »Sondern in Damaskus.«

Sigrid sah, wie ihre Finger nach der Visitenkarte griffen. Ihr war es unmöglich, die Erregung in ihrer Stimme zu unterdrücken, als sie ihm antwortete.

»In Damaskus?«

Dann zog sie die Wagentür wieder zu.

2

Der Schnee hatte den Garten in Weiß getaucht. Er leuchtete in der Dunkelheit, als Sigrid das Fahrrad durchs Gartentor schob. Vor dem Küchenfenster blieb sie stehen. Auf dem Küchentisch stand eine brennende Kerze. Andreas befüllte in Unterhemd und gestreifter Unterhose die Brotboxen, während er die beiden Teenager antrieb, die auf ihre Handys starrend über dem Frühstück hingen. Der Anblick berührte Sigrid. Das war ihre Familie. Gleichzeitig aber erwachte das altbekannte Gefühl, dass sie dieses Glück nicht verdient hatte.

Sigrid ging ins Haus und steckte den Kopf in die Küche, sagte guten Morgen. Sie wuschelte Victor durch seine roten Haare, er antwortete mit einem Grunzen, für das man das absolute Gehör benötigte, um etwas zu verstehen. Sommer warf ein »Hallo« in ihre Richtung und widmete sich dann wieder der Aufgabe, ein Selfie zu bearbeiten, auf dem sie deutlich älter aussah als ihre fünfzehn Jahre.

»Du warst aber lange weg?« Andreas' schwedischer Akzent wurde stärker, wenn er besorgt war. Er goss ihr einen Kaffee ein und tauschte den Becher gegen einen Kuss. Sie nannte ihn einen zu groß geratenen Chorknaben, wenn sie ihn damit ärgern wollte, dass er sich nur einen Vollbart stehen ließ, um männlicher auszusehen. Es wurde auch nicht dadurch besser, dass er sein kurzes hellbraunes Haar mit einem zurückgegelten Seitenscheitel trug. Er duftete nach warmer Haut und geschmolzener Butter, die sich in seinem Bart versteckt hatte.

»Du bist eine echte Glucke, Andreas.«

»Hallo? Ist da jemand schon früh am Morgen frech?«, erwiderte Andreas, klang aber nicht besonders empört.

»Ist doch wahr, Papa.« Sommer sprang ihrer Stiefmutter zur Seite.

»Ja, und? Ein richtiger Mann kann auch mal Glucke sein, stimmt's, Victor?«

Victor war Sigrids Sohn aus einer früheren Beziehung, aber Andreas und er waren sich in den vergangenen acht Jahren sehr nah gekommen. Der Vierzehnjährige wirkte nicht ganz bei der Sache, aber vielleicht war er auch nur, wie so oft, sehr weise und hielt sich raus, wenn die Situation es erforderte.

»Whatever.« Victor schnappte sich seine Brotbox, warf seiner Mutter und seinem Stiefvater einen Luftkuss zu und ging in den Hausflur. Sommer folgte ihm, und kurz darauf liefen die Stiefgeschwister in dicken Daunenjacken und mit Schultaschen auf dem Rücken durch den Garten.

Die Küche war der beste Raum im Haus. Sie hatten zwischen einer schwammverseuchten Küche mit Laminatfußboden, einem fensterlosen Wohnzimmer und einem verfallenen Wintergarten vor der Terrasse die Wände rausgerissen, und jetzt stand der Esstisch, an den sich Sigrid setzte, vor großen Fenstern. Sie hielt ihren Kaffeebecher mit beiden Händen, als könnte die Wärme ihre Nervosität schmelzen lassen.

Andreas stellte ihr ein Stück frisch gebackenes, mit Butter bestrichenes Sauerteigbrot hin. Dann lehnte er sich gegen den Küchentisch und wartete auf ihr Urteil. Mit vollem Mund nickte sie.

»Saulecker!« Sie legte das Brot zurück auf den Teller. Sie war nicht besonders hungrig.

Andreas sah ihr beim Kauen zu.

»Ist es dir zu klitschig?«

Sigrid schüttelte energisch den Kopf.

»Auf keinen Fall. Das hat die beste Kruste, die ich je zwischen die Zähne bekommen habe.«

»Danke. Weniger ist manchmal mehr.« Er lächelte. Dann erlosch sein Lächeln. »Bist du bereit fürs Meeting?«

Sigrid hob die Augenbrauen.

»Das hoffe ich doch sehr.«

»Als Chefin von Amnesty muss man halt damit rechnen, hochengagierte Mitarbeiter zu haben«, sagte er.

Sigrid war sich da nicht so sicher. Sie war für neun Uhr zu einem Meeting mit der Generalsekretärin einbestellt worden. Es war unmöglich gewesen, aus der Mail ihrer Chefin herauszulesen, wie die Sigrids gestrigen Auftritt vor laufender Kamera aufgefasst hatte.

»Du kannst dich doch dafür entschuldigen und versprechen, dass es nie wieder vorkommt. Jeder kann doch mal ausflippen, wenn man mit so einem Thema zu tun hat?« Andreas sah sie liebevoll an.

Das war ihr Einsatz.

»Wenn es schiefgeht, hätte ich sogar ein Angebot für einen neuen Job.«

Andreas sah sie erstaunt an.

»Wie kann das sein? Nach gestern?«

»Echt jetzt? Das war doch wie ein Hilfeschrei nach einem neuen Job. Nein, ein alter Freund aus dem Studium ist vorhin bei der Badeanstalt aufgetaucht. Er wusste von Facebook, dass ich dort schwimmen gehe.«

Andreas hob kopfschüttelnd die Schultern.

»Der scheint echt verzweifelt zu sein.«

»Die brauchen jemanden mit meinem Profil.«

Sie wischte sich ein paar nicht vorhandene Brotkrümel vom Sweatshirt.

»Er ist Chef der Geschäftsentwicklung für NorCom und arbeitet in deren Dependance in Syrien.«

»In Syrien? Und was um Himmels willen hat das mit dir zu tun?«

»Du siehst doch, was im Mittleren Osten passiert – die Menschen in Tunesien und in Ägypten zeigen der Welt via Twitter und Facebook, was bei ihnen los ist. Offenbar fokussiert man sich in Sachen Corporate Social Responsibility jetzt auf die Telekommunikation.«

Andreas verzog das Gesicht. »Also, ich unterschreibe alles. Das ist richtig und gut. Aber war das bisher nicht so, dass die CSR nicht wirklich was mit Unternehmerischer Sozialverantwortung zu tun hat, sondern nur dazu dient, dass die Firmen mit der einen Hand den Ablass zahlen, um mit der anderen tun und lassen zu können, was sie wollen?«

»Er sagte, dass sie das unternehmerische Handeln neu denken wollen – die CSR neu aufstellen. Etwas verändern.«

»Und da kommst ausgerechnet du ins Spiel?«

»Man hat mich gebeten, mich für den Posten der stellvertretenden Geschäftsführerin in der Abteilung Soziale Verantwortung zu bewerben«, sagte sie. »NorCom will dem syrischen Volk Zugang zum Internet ermöglichen und sich in den Geschichten vom arabischen Frühling sonnen«, fügte sie ein bisschen zu schnell hinzu. »Obwohl Syrien davon nicht wirklich berührt ist. Aber sie werden es bestimmt nicht tun, ohne dass die Welt von ihren guten Taten erfährt.«

»Verzeih mir, aber darf ich noch mal zurückspulen? Du hast Syrien gesagt?«

»Damaskus. Drei Monate vor Ort, dann geht es zurück ins Büro nach Skandinavien.«

»Und was ist mit all der Kraft, Zeit und Energie, die du in Amnesty investiert hast?«

Sigrids Stimmung kippte.

»Ich habe sechs Jahre meines Lebens damit verbracht, Kommata in Gesetzesentwürfen zu verschieben, die niemals umgesetzt werden.«

Andreas' Augen leuchteten.

»Wir könnten für eine Zeit lang in Stockholm leben?«

»Und du könntest bei der Zeitung aufhören und endlich dein Buch schreiben.«

»Und ich könnte dir das Gewächshaus bauen, das du dir für dein Altenteil wünschst.«

»Ein Gewächshaus wäre das Allergrößte«, sagte sie und musste lächeln. Er war sechsunddreißig und sie zwei Jahre älter. Bis zur Rente war noch ein bisschen Zeit.

»Ihr könntet mich dort unten besuchen kommen – nach der Hälfte der Zeit.«

Andreas nickte und schenkte Sigrid Kaffee nach. Seit sie alles umgestellt hatten und Andreas hauptsächlich für das Wohlergehen der Familie zuständig war, legte er großen Wert darauf, dass es allen gut ging. Als sie sich kennenlernten, war er Auslandskorrespondent für die große schwedische Tageszeitung *Aftonbladet.* Allerdings hatten sie ihm nie eine Festanstellung angeboten. Nachdem sie aus dem Mittleren Osten wieder nach Dänemark zurückgekehrt waren, hatte er sich verausgabt, um als Freiberufler genug zu verdienen. Als Sigrid dann den Posten bei Amnesty International bekam und feste Arbeitszeiten hatte, kümmerte hauptsächlich sie sich um die Kinder. Vor zwei Jahren wurde sie zur Leitenden Beraterin befördert, und die damit einhergehende Gehaltserhöhung erlaubte es Andreas, etwas kürzer zu treten. Er war ausgebrannt, träumte davon, nur noch Hausmann zu sein, mit bloßen Händen im Garten zu arbeiten und für Sommer und Victor da zu sein. So sah ihr momentaner Lebensentwurf aus, sie verdiente das Geld, er blieb zu Hause.

Andreas stellte die Kaffeekanne neben die Spüle. Plötzlich wich alle Farbe aus seinem Gesicht.

»Erinnerst du dich daran, was dir deine Psychologin gesagt hat?«, fragte er.

Sigrid spürte, wie sich eine Kälte in ihr ausbreitete. Es gab Nächte, in denen sie an nichts anderes denken konnte. An Angst und Schuld. An Schuld und Angst.

»Dass deine posttraumatische Belastungsstörung jederzeit durch ein Ereignis getriggert werden und zurückkommen kann?«, fuhr Andreas unbeirrt fort.

Sigrid suchte vergeblich nach einer unverfänglichen Antwort. Es war nicht leicht, ihm das zu erklären und gleichzeitig ihr Schuldgefühl verbergen zu müssen.

»Du verdienst das Geld für die Familie, ich weiß. Natürlich darfst du auch bestimmen, womit, aber …«

»Aber?«

»Ich weiß nicht.« Andreas schüttelte den Kopf. »Ich habe mir, ehrlich gesagt, Sorgen gemacht, als du in der Sendung so ausgeflippt bist.«

»Ich dachte, *jeder kann doch mal ausflippen, wenn man mit so einem Thema zu tun hat?*« Sigrid konnte kaum die Enttäuschung in ihrer Stimme unterdrücken. Sie stand auf und warf den Rest der Brotscheibe in den Mülleimer.

Andreas riss die Augen auf.

»Sigge! Hör auf!« Dann nickte er, wie er es immer tat, wenn er sich beruhigen wollte. »Ich muss dich das fragen. Findest du das unangemessen? Was ist, wenn sich die Unruhen dort unten nach Syrien ausbreiten?«

Sie gab nach. Räumte ein, dass er recht habe. Sie würde den Job nicht annehmen.

Andreas aber sah alles andere als erleichtert aus.

Sigrid wollte sich gar nicht ausmalen, welche Bilder durch seinen Kopf jagten.

Sigrid kauert zitternd vor Angst in der Ecke des Schlafzimmers, sie hat eine Flasche Wodka getrunken und sich in die Hosen gemacht.

Sie nahm ihn in die Arme.

»Ich kriege das bei Amnesty wieder hin.«

3

Die dänische Sektion von Amnesty International befand sich im obersten Stockwerk eines Backsteinhauses mit Aussicht auf das Gerichtsgebäude. Eine Tatsache, die Sigrid immer gut gefallen hatte, weil es daran erinnerte, dass die Organisation ins Leben gerufen worden war, um für die Rechtssicherheit der Menschen weltweit zu sorgen. Sie schloss ihr Fahrrad an den Ständer am Gammeltorv und überquerte die Vestergade, eine Straße mit vielen Nachtclubs und Bars. Sie war voller Müll, Zigarettenstummel und Flaschen, Sigrid stieg über zertretene Bierdosen und die Scherben einer Flasche Bacardí Breezer. Kopenhagen fühlte sich oft an wie eine Party, zu der man leider zu spät gekommen war. Sie tippte den Tür-Code ein und betrat den fast altersschwachen Holzfahrstuhl, der sie langsam und quietschend in den vierten Stock brachte.

Die Nervosität rauschte in Sigrids Ohren, und ihr gestriger Wutausbruch pochte hinter ihren Schläfen. *Sie zerstören die Gesundheit zwölfjähriger Kinder für den Rest ihres Lebens, weil Sie nichts anderes interessiert, als billige T-Shirts zu verkaufen.* Sie holte tief Luft und legte eine Hand auf ihren Solarplexus. Sie hatte Andreas versichert, dass sie alles unter Kontrolle hatte. Hoffentlich hatte sie sich nicht geirrt.

Noch war niemand da, sie hatte einen kleinen Vorsprung, obwohl Magnus' unerwartetes Auftauchen ihre Morgenroutine durcheinandergebracht hatte. Sigrid warf ihre Tasche auf den Schreibtisch, setzte sich und wippte unruhig mit dem Fuß. War ihr Verhalten wirklich so schlimm gewesen?

Die Pressechefin hatte sie vor der Sendung gebrieft. Sie waren alle Fragen einzeln durchgegangen, damit sie für alle Eventualitäten eine strategische Antwort parat hatte. Was für Sigrid dasselbe war wie eine banale, gleichgültige Antwort – die den Kindern, die durch die Chemikalien der Textilindustrie schwere Schäden erlitten, kein bisschen half.

Warum auch hatte der Sender die beiden Gäste in demselben Raum untergebracht? Sie hatte in der Maske gesessen. Der plappernde Stylist war gerade dabei gewesen, Sigrids Sommersprossen mit einer Foundation zu übersprühen, als die Pressechefin des Textilunternehmens reinkam. Da sie ihren Kopf wegen des Spraymanövers in den Nacken gelegt hatte, konnte Sigrid sie nur aus dem Augenwinkel sehen. Langes, schimmerndes silbergraues Haar, schwarze Stilettos und einen Einwegbecher mit einer grünen Flüssigkeit. So kann das Böse also auch in Erscheinung treten. Das Böse telefonierte, offensichtlich in Unkenntnis, dass ihre Kontrahentin in der bevorstehenden Diskussionsrunde nur einen Meter entfernt saß. Oder sie wusste es ganz genau. Und setzte es ein. Das musste man ihr lassen: Wenn Letzteres zutraf, dann hatte es den erwünschten Effekt gehabt.

»Unsere Verträge sind wasserdicht, die können uns gar nichts«, sagte sie ihrem Gesprächspartner. Sigrid spitzte die Ohren, und das Böse plapperte ungebremst weiter. »Eine von den Menschenrechtsidioten aus der Policy-Abteilung. Irgendetwas mit Melin.« Die Frau hörte der Person am anderen Ende der Leitung zu. Dann ergriff sie wieder das Wort. »Selbstverständlich. Das ist nicht unser Problem, wenn die da drüben nicht mehr Stundenlohn zahlen können. Sie haben nichts gegen uns in der Hand. Was in Dhaka passiert, bleibt in Dhaka.« Die Pressechefin kicherte und beendete das Telefonat. Sie drehte sich in dem Augenblick um, als der Make-up-Artist seine Arbeit beendet hatte, und sah Sigrid ins Gesicht.

»Ups!«, entfuhr es ihr. Sie blinzelte.

Als sie ins Studio geführt wurden, war der Nachrichtensprecher gerade im Begriff, einen Live-Beitrag über den arabischen Aufstand in Kairo abzumoderieren. Er hatte über den Widerstand der Bevölkerung gesprochen und über den Polizeistaat, der mit voller Härte zurückschlug. Und über die Tausende von Menschen, die dem Regime trotzten und Freiheit forderten. Was hätte sie dafür gegeben, in Kairo zu sein und für die Menschenrechte zu kämpfen, als in dieser Sauna von Studio zu sitzen.

Die Frau mit dem silbernen Haar, das Böse, hatte den Vortritt.

»Wir schätzen die Arbeit von Amnesty International sehr und verstehen den Wunsch, verbindliche Richtlinien aufzusetzen, die alle Unternehmen vor Ort dazu verpflichten, die Menschenrechte auf ihre Tagesordnung zu setzen. Aber wir dürfen nicht vergessen, dass die dänische Wirtschaft sich dieser Aufgabe längst verschrieben hat. Wir bei Brand Leader führen mehrmals im Jahr Kontrollen bei unseren Lieferanten durch. Wir übernehmen Verantwortung für unsere Geschäfte und benötigen keine Regierung als Babysitter.«

Der Moderator nickte und wandte sich Sigrid zu.

»Was sagt Amnesty International dazu? Ist die Wirtschaft nicht in der Lage, eigenverantwortlich zu handeln, ohne – wie Kirsten Engel es formulierte – die Regierung als Babysitter zu benötigen?«

Die rote Lampe der Kamera, die auf Sigrid gerichtet war, ging an. Die Hitze nahm zu. Sie spürte, wie der Schweiß zwischen ihren Brüsten hinunterlief.

Der Moderator wartete auf eine Antwort.

»Sigrid Melin?«

Wie bei einer Handgranate, die erst vier Sekunden nach Ziehen des Sicherheitsstiftes detoniert, dauerte es vier Sekunden, bis Sigrid in die Luft ging. Die verbale Munition, die sie vorbereitet hatte, hatte die Kraft einer Granate und schickte eine Druckwelle aus schweren Anschuldigungen gegen Kirsten Engel.

»Sie lassen Minderjährige in giftigen Gasen arbeiten. Kinder! In Fünfzehn-Stunden-Schichten. Sie zerstören die Gesundheit zwölfjähriger Kinder für den Rest ihres Lebens, weil Sie nichts anderes interessiert, als billige T-Shirts zu verkaufen. In wenigen Tagen wird Amnesty International eine Untersuchung über die Zustände in Ihrem Unternehmen vorlegen, Kirsten Engel. Dann wird allen einleuchten, warum wir auch hier in Dänemark Gesetze brauchen, die dafür sorgen, dass solche Unternehmen wie Brand Leader bestraft werden.«

Ihr Mund war trocken, sie trank ihr Glas Wasser in einem Zug leer. Dann griff sie nach dem Glas des Nachrichtensprechers, der überrascht die Augen aufriss. Kirsten Engel nahm reflexhaft ihr Glas an sich. Dieses Detail hatte die Zuschauer in den Sozialen Medien besonders amüsiert.

Kirsten Engel ging wütend zum Gegenangriff über.

»Sie haben nicht die geringsten Beweise.«

»Aber bald.«

Es wurde mucksmäuschenstill im Studio. Der Moderator begann, nervös mit einem Kugelschreiber zu klicken.

»Das sind schwere Vorwürfe. Können Sie bestätigen, dass Amnesty International noch keine Belege für die Anschuldigungen hat, die Sie hier heute erheben?«

Auf Kirsten Engels Gesicht breitete sich ein zufriedenes Lächeln aus. Effektiver hätte sie ihre Widersacherin selbst nicht diskreditieren können.

Sigrid hatte vor laufender Kamera die Nerven verloren.

4

Sigrid wollte auf jeden Fall vor ihren Kollegen im Büro zu sein, um sich für deren Fragen, was in der Nachrichtensendung passiert war, zu wappnen. Die Wartezeit aber war unerträglich. Vielleicht würde frischer Kaffee helfen, bis Marianne Sabroe auftauchte.

Als sie aber die Gemeinschaftsküche betrat, stellte sie verunsichert fest, dass die Generalsekretärin schon an der Kaffeemaschine stand. Der große Raum sollte den Mitarbeitern die Möglichkeit bieten, hier in Ruhe ihre Brote zu essen. Die meisten aber aßen an ihren Schreibtischen vor dem Computer. Der Kaffeevollautomat hatte deshalb die Funktion des Dorfangers übernommen. Ein sozialer Treffpunkt, wo man im Laufe eines neun- bis zehnstündigen Arbeitstages ein nettes Wort mit den Kollegen wechseln konnte. Aber Marianne sah nicht aus, als hätte sie das vor.

»Guten Morgen, Sigrid.« Kein Lächeln.

»Guten Morgen, Marianne. Du bist aber früh dran heute.«

Ohne zu antworten, goss Marianne Kaffee in zwei Becher mit dem Amnesty-Logo, eine brennende, mit Stacheldraht umwickelte Kerze. Einige der jüngeren Kollegen hatten sich sogar ein Tattoo mit dem Logo stechen lassen.

»Wie trinkst du ihn? Nimmst du Milch?«

»Danke. Aber ich hatte schon Kaffee.«

Wortlos bekam Sigrid einen Becher in die Hand gedrückt.

»Ich gehe davon aus, dass du dich erklären willst?«, sagte Marianne.

Sigrid nickte stumm und folgte ihrer Chefin aus der Kaffeeküche.

Die Generalsekretärin hatte bei ihrem Amtsantritt vor einem Jahr das schöne Eckzimmer angeboten bekommen, mit Blick auf den Platz und die grünen Kupfertürme der Vor Frue Kirche. Aber sie hatte dankend abgelehnt. Stattdessen hatte sie dafür gesorgt, dass sie und alle Mitarbeiter in einem Großraumbüro zusammenarbeiteten. Wenn einen nur protzige Aussichten und schicke Essenseinladungen zu Höchstleistungen anspornten, dann hatte man nichts bei Amnesty International zu suchen, war Marianne Sabroes Überzeugung. Das hatte Sigrid schwer imponiert.

Was sie allerdings irritierte, war, dass die Generalsekretärin ihre Führungsrolle als ein persönliches Martyrium zu verstehen schien. Und Mariannes stechende Augen und der kleine spitze Mund machten das alles auch nicht besser. Sie sah aus wie ein beleidigter Vogel in einem Zeichentrickfilm.

Bevor die Stelle an Marianne Sabroe herangetragen wurde, hatten sie Sigrid aufgefordert, sich auf den Posten zu bewerben. Aber sie wollte nicht. Sie wollte ihre Mission, ihren Auftrag, nicht dafür verkaufen, Unternehmen für ihre Missachtung der Menschenrechte zur Rechenschaft zu ziehen – sie wollte keine Frühstücksdirektorin werden. Wahrscheinlich wusste Marianne gar nicht, dass Sigrid die erste Wahl des Vorstands gewesen ist. Wenn sie es allerdings wusste, hätte es jetzt bestimmt keine Bedeutung mehr.

Sie setzten sich auf die gelben zerschlissenen Ikea-Sofas, die am Fenster standen.

»Wie lange bist du schon in der Abteilung *Business and human rights*?« Die Frage war rhetorisch, vollkommen surreal und absurd.

Sigrid konnte nicht abschätzen, wie umfangreich und vernichtend die Zurechtweisung werden würde. Oder wie sie den merkwürdig feierlichen Unterton ihrer Chefin deuten sollte.

»Ich bin seit sechs Jahren dabei.«

»Und wie lange haben die UN und die Organisation für wirtschaftliche Zusammenarbeit daran gearbeitet, sich auf die Richtlinien zu einigen, die sie bei der Konferenz in London letzte Woche vorgelegt haben?«

Sigrid musste sich zwingen, freundlich zu antworten.

»Seit den Neunzigern.«

»Und welche Position nimmt Amnesty der Wirtschaft und dem Wirtschaftsministerium gegenüber ein?«

»Marianne, worauf soll das hier hinauslaufen?«

Ihre Vorgesetzte lächelte angestrengt.

»Ich möchte dich bitten, meine Frage zu beantworten.«

Sigrid lächelte unterkühlt.

»Wir sind angehalten, den Unternehmen ein offenes Ohr zu schenken. Es ist wichtig, dass wir ein guter Gesprächspartner für sie sind. Sonst wird die Regierung nicht auf uns hören, wenn wir mit einem Gesetzesentwurf an sie herantreten.«

Marianne Sabroe nickte. Wenn die Generalsekretärin wütend wurde, senkte sie ihre Stimme. Vielleicht sollte das versöhnlich wirken, aber in Wirklichkeit klang sie nur beleidigt.

»Für wie clever ist vor diesem Hintergrund deine Entscheidung zu halten, in den Hauptnachrichten zu sitzen und ein großes, dänisches Unternehmen direkt anzugreifen? Ohne den geringsten Beweis für deine Kritik? Unsere Fälle müssen wasserdicht sein – wir erheben nur Vorwürfe, wenn wir uns absolut sicher sind. Wenn wir endlich eines Tages einen Gesetzesentwurf vorlegen können, was nützt uns der dann, wenn du vorher alle Unternehmer des Landes vor den Kopf gestoßen hast?«

»Das weiß ich alles, Marianne. Aber die Kinder in Bangladesch können nicht noch zehn Jahre lang darauf warten, dass die Politiker endlich handeln.«

Marianne schüttelte resigniert den Kopf.

»Amnesty International genießt großen Respekt, gerade weil wir nicht darauf aus sind, schnelle Siege einzufahren. Es ist weiß Gott schwer genug, Menschenrechtsverletzungen zu verfolgen, auch ohne Mitarbeiter, die in Sendungen die Leute anbrüllen, die wir für uns gewinnen wollen. Politiker und Vorstände hören auf uns – weil wir glaubwürdig handeln und uns an rechtsstaatliche Prinzipien halten.«

Dem war kaum etwas entgegenzusetzen. Aber es gab nun mal Situationen, in denen man sein Wort erheben musste. Vor allem, wenn das Leben und die Gesundheit von Kindern auf dem Spiel standen.

»Es ist mit mir durchgegangen.«

»Ich habe die Schäden gesehen, von denen du sprichst. Es ist menschlich nur zu verständlich, wütend zu werden«, sagte die Generalsekretärin und stellte ihren Becher ab.

Sigrid rieb ihre schwitzigen Handflächen an der Hose ab. Hoffentlich war das hier bald vorbei.

»Gut, also ich muss noch ein paar Mails schreiben, bevor die in Dhaka Feierabend machen.« Sie nickte zu ihrem Arbeitsplatz, aber Marianne ignorierte sie.

»Ich muss dir leider mitteilen, dass dieses Gespräch eine Abmahnung ist. Du bekommst sie im Laufe des Tages auch noch schriftlich.«

Sigrid erstarrte.

»Es gibt keinen anderen Weg.« Mariannes Tonfall war überraschend leicht, es schien ihr nicht besonders leid zu tun. Oder suchte sie nur einen Weg, um eine unliebsame Konkurrentin auszuschalten?

Sigrid ließ die Moralpredigt, die folgte, stumm über sich ergehen. Was würde die dänische Wirtschaft – ganz zu schweigen vom Wirtschaftsminister – zu der Angelegenheit sagen? Im schlimmsten Fall würde der konstruktive Dialog abbrechen, den sie mit den Unternehmen aufgebaut hatten. Mariannes Redeschwall wurde von einem sanften Popsong unterbrochen. Sie sah auf ihr Handy, dann auf Sigrid.

»Das Ministerium. Ich muss da rangehen. Du hast verstanden, was ich gesagt habe?«

Sigrid stand mit ihrer Vorgesetzten zusammen auf.

»Kannst du kurz dranbleiben?«, fragte diese den Anrufer. Dann teilte sie Sigrid mit, dass sie gemeinsam mit der Pressechefin ein Medium aussuchen sollte, in dem sie sich öffentlich für ihr unmögliches Verhalten entschuldigen könnte. Sie würde erneut Stichworte vorgelegt bekommen. Marianne forderte sie auf, sich dieses Mal auch daran zu halten. Damit ließ Marianne sie stehen und widmete sich wieder mit schmeichelnder Stimme ihrem Gesprächspartner.

Sigrid sah aus dem Fenster und blinzelte in die tiefstehende Februarsonne, die den weiten Weg bis zu den roten Dachfirsten der Stadt geschafft hatte. Ihre Chefin wollte sie loswerden. Und Sigrid hatte ihr mit Seidenband und Schleife den perfekten Anlass dafür geliefert.

Den Rest des Tages verbrachte sie damit, auf ihren Monitor zu starren. Erst als es dunkel wurde und das Büro sich geleert hatte, verließ auch sie ihren Arbeitsplatz. Sie atmete die eiskalte Luft tief in ihre Lungen und stellte fest, dass es wieder angefangen hatte zu schneien. Eine dicke weiße Schicht hatte sich über die Stadt gelegt. Der Schnee ließ Sigrid wehmütig an die weißen Winter ihrer Kindheit denken.

Ohne auf die Zeit zu achten, schob sie ihr Fahrrad nach Hause, wählte einen Umweg. Sie war durchgefroren und nass, als sie kurz nach halb acht das Haus betrat und Hallo rief. Neben der Eingangstür lagen zwei Holzschlitten im Schnee. Drinnen duftete es nach Mandarinen und Kakao.

»Wir waren Schlitten fahren!« Victor hatte nasse Haare und rote Wangen. »Warum hast du nicht auf meine Nachrichten geantwortet?«

Verwundert holte Sigrid ihr Handy aus der Jackentasche. Zwölf neue Nachrichten. Die meisten von der Arbeit. Zwei von Victor. Eine von Andreas, der fragte, wie es gelaufen war.

»Entschuldige, mein Schatz. Ich war den ganzen Tag in Besprechungen«, log Sigrid. »Und ich hatte mein Handy auf lautlos gestellt.«

»Okay.« Victor runzelte die Augenbrauen.

Sigrid nahm sich eine Mandarine aus der Schale, damit die anderen nicht sehen konnten, wie sehr sie zitterte.

»Und, wie ist es gelaufen?« Andreas musterte sie vorsichtig.

»Wir wollen ein FIFA-Turnier spielen. Machst du mit?« Sommer sah Sigrid fragend an, die die unbeantworteten Nachrichten als Ausrede benutzte, aber dann die Andeutung eines Versprechens gab, später dazuzustoßen.

Das Badezimmer im Keller stammte noch aus den siebziger Jahren und war mit lila Kacheln gefliest. Bis heute hatten es die Renovierungsarbeiten noch nicht erreicht. Mittlerweile war es Sigrids Refugium. Während das Wasser in die Badewanne lief, stand sie mit geschlossenen Augen daneben. Von oben drangen die gedämpften Laute der PlayStation und ihrer Benutzer durch die Dielen. Sommer jubelte, Victor fluchte und Andreas lachte. Nichts würde sie lieber tun, als nach oben zu gehen und sich ein unterlegenes Fußballteam auszusuchen.

So wie sie es immer tat, weil sie ihr leidtaten und niemand mit ihnen spielen wollte. Es endete immer gleich, sie wurde von den Topclubs in Grund und Boden gespielt. Ihr ganzer Körper zitterte, und ihr Herz schlug ihr bis zum Hals. Für die meisten wäre es am Ende nur ein Job. Aber für Sigrid war das nicht so einfach.

Plötzlich tauchte Reem in ihren Gedanken auf, obwohl sie schon so lange nicht mehr an sie gedacht hatte. Und auch nicht an das, was sie beide getan hatten. Das verfolgte sie wie ein giftiger Schatten. Ob Reem noch in Damaskus war?

Ob sie auch unter Albträumen litt?

Sigrid schälte sich aus ihren nassen Klamotten und blieb einen Augenblick nackt stehen. Kalte Haut. Gänsehaut. Der Tag war eine einzige Katastrophe gewesen. Es fühlte sich an, als wäre sie um Jahre zurückgeworfen worden im Wettlauf mit ihrem Schuldgefühl. Die Ziellinie rückte von Mal zu Mal weiter weg. Sie wollte nur eins. Büßen. Dafür büßen, was damals geschehen war.

Langsam ließ sie sich in das heiße Wasser gleiten. Tauchte auch den Kopf unter die Oberfläche, alle Geräusche wurden gedämpft. Dann ließ sie los, und alles löste sich auf, was sie so angestrengt zusammengehalten hatte.

MÄRZ 2011

5

Das Hauptquartier von NorCom hatte ein preisgekröntes Architekturbüro entworfen, das Sigrid aus einem Magazin über Skandinavisches Design kannte. Das Telekommunikationsunternehmen residierte am Stadtrand von Stockholm, wo sie am Vormittag gelandet war. Sie hatte sich freigenommen. Nur Andreas wusste, dass sie in Schweden war. Er hatte sich darüber gefreut, dass sie die Gelegenheit für das Meeting nutzte. Allerdings interessierte ihn vor allem das Finanzielle. Wenn Sigrid das Doppelte verdienen würde, könnte er nämlich kündigen und endlich dieses Buch schreiben. Aber seine Begeisterung war ambivalent – ihre auch. Niemand konnte vorhersagen, ob der arabische Aufstand auf Syrien übergreifen würde.

Es hatte etwas Befreiendes, nicht im Büro zu sein. Ihre Kollegen schlichen um sie herum, eine unausgesprochene Warnung lag auf ihrem Tisch. Noch unberührt.

In der Welt der NGOs gab es nichts Schlimmeres, als von einem großen Unternehmen vereinnahmt zu werden. Denn das bedeutete, dass man moralisch von der übermächtigen, bösen Wirtschaft manipuliert wurde. Viele Telekommunikationsunternehmen verwendeten Materialien aus Konfliktregionen bei der Produktion, veredeltes Metall aus der Demokratischen Republik Kongo, und finanzierten auf diesem Weg den Bürgerkrieg im Land. NorCom aber hatte auf dem Nachhaltigkeits-Index die besten Bewertungen. Sie hatten früh damit begonnen, Lieferketten zu etablieren, an denen es nichts auszusetzen gab. Das hatte Sigrid natürlich überprüft. Aber sie war nicht unbefangen, als sie das Hauptquartier betrat, das eher wie in ein biozertifiziertes Spa aussah als wie ein börsennotiertes Unternehmen.

Ein Assistent aus der Personalabteilung, mit blonden, gegelten Haaren und viel zu engem Anzug, empfing sie und begleitete sie auf einem kurzen Rundgang durch NorComs Herrlichkeiten: Solarzellenanlagen, grüne Pflanzenbiotope und Schreibtische, die nach Arbeitsende automatisch an Stahlseilen unter die Decke gezogen wurden.

»Den Feierabend soll man zu Hause verbringen mit seiner Familie. Man kann aber auch seine Kinder in unser Fitness- und Spaßcenter einladen. Dort gibt es Videospiele, Tischtennis und Billardtische«, erklärte er. »Auch für Menschen mit Behinderungen.«

»Die politische Korrektheit ist in Schweden zu einer Religion geworden, oder?«, erwiderte Sigrid.

Der Assistent zuckte mit den Schultern. Die Äußerung einer unterbezahlten, dänischen NGO-Mitarbeiterin in einem Anzug von H&M ließ ihn kalt, bemerkte Sigrid und lächelte.

Der junge Schwede nutzte diesen kleinen Riss in ihrem Panzer.

»Ja, darauf sind wir auch sehr stolz. Ich sollte an dieser Stelle nicht Nokia zitieren, aber *we are in the business of connecting people.* Alle wollen online sein.« Abrupt blieb er stehen. »So, da sind wir auch schon.«

Das Messingschild auf der Eichentür verriet, dass sich dahinter Göran Wolgers befinden würde, der Geschäftsführer von NorCom.

»Sind Sie sicher? Gleich beim ersten Gespräch zum Chef?«, fragte Sigrid verwundert.

»Wir haben drei Monate lang erfolglos Bewerbungsgespräche geführt.«

»Meinen Sie, es ist klug, mir das zu erzählen?«

»Sie sehen aus, wie jemand, der sich verlaufen hat. Vielleicht ist das die beste Voraussetzung.«

Sigrid bat um einen Moment, um sich zu fassen. Dieser Job machte ihr Angst, denn sie wollte ihn unbedingt.

Die Strategie, die NorCom in Syrien verfolge, sei erst der Anfang, erläuterte Hannah Svensson. Sie war die stellvertretende Pressechefin. Als eines der führenden Telekommunikationsunternehmen Skandinaviens fühlten sie sich verpflichtet, die Welt zu einem besseren Ort zu machen.

»Unser Glaubenssatz ist in etwa so: *It's a human right to be online*«, sagte sie mit dem charakteristischen, weichen »j« der Schweden für den Anfangsbuchstaben von *human*.

Das klang fast zu einfach, um wahr zu sein. Aber Sigrid gefiel die Absicht, die dahintersteckte. Als Lobbyistin für Amnesty International hatte sie gelernt, dass Unternehmen und Investoren – wie Warren Buffett und Bill Gates – das Leben vieler Menschen verändern konnten, wenn sie wollten. Weitaus effektiver als viele der NGOs.

Das war einer der Gründe, warum sie gekommen war.

Während Hannah Svensson sprach, schielte Sigrid zu Göran Wolgers rüber. Er hatte bisher noch nichts weiter gesagt, außer einem neugierigen *Willkommen* beim Händeschütteln. Als er den Blick hob und sie ansah, drehte sie schnell den Kopf weg.

Svensson kam langsam zum Punkt: »Ihre fachliche Kompetenz und Erfahrung und Ihre Kenntnisse über die Levante machen Sie besonders interessant für uns. Erzählen Sie uns doch bitte, wie Sie die Aufgabe angehen würden, für NorCom eine Strategie für eine Unternehmerische Sozialverantwortung zu entwickeln.«

Sigrid verschränkte die Arme. Sie war sich ihres Fehltritts vor laufender Kamera durchaus bewusst und wählte ihre Worte mit Bedacht. Sie entschied sich dafür, offensiv vorzugehen. Zunächst nickte sie Hannah Svensson respektvoll zu, dann wandte sie sich direkt an Göran Wolgers.

»Wenn ich ehrlich sein soll, und ich finde, das sollte man immer sein – beschäftigt mich gerade vielmehr, wie Sie für mich interessant sein könnten.«

Der Personalchef, langes graues Haar, Rollkragenpullover, sah aus wie ein dressierter Hippie. Er hatte die ganze Zeit stumm zugehört, jetzt entfuhr ihm ein abfälliges Schnauben.

»Traditionellerweise sind wir diejenigen, die die Fragen stellen«, belehrte er sie.

Göran Wolgers setzte sich seine Lesebrille auf. Die Hand, in der er einen Stapel Papiere hielt, wedelte dem Personalchef mit einer Geste zu, die ihm sagte, dass er sich nicht einmischen sollte. Der oberste Geschäftsführer von NorCom war ein gemütlich aussehender Mann Mitte fünfzig, der in seinem Outfit aus Jeans, Hemd und graumeliertem Vollbart eher wie ein Gymnasiallehrer aussah. Auf den ersten Blick dachte man nicht, dass man den Vertreter eines der wohlhabendsten Unternehmen des Landes vor sich hatte. Kleine Hinweise deuteten auf seinen Reichtum – die Lesebrille von Cartier zum Beispiel. Er war ein Mann von Welt, der seine Macht und seinen Einfluss herunterspielte. Offensichtlich aber hatte er Gefallen an Sigrid gefunden.

»Wir kennen Ihren Werdegang. Wir wissen, was Sie können. Deshalb haben wir auf Anraten unseres Chefs der Geschäftsentwicklung – ach so, stimmt ja, Sie kennen sich bereits – also auf Magnus' Anraten haben wir Sie eingeladen. Ihr – sagen wir mal – leidenschaftlicher Auftritt im dänischen Fernsehen hat uns vor allem gezeigt, wie engagiert Sie in Sachen Menschenrechte sind. Ich kann nicht leugnen, dass wir gerne von Ihren politischen Überzeugungen profitieren und damit in Verbindung gebracht werden wollen. In Syrien wird demnächst eine neue Telekommunikationslizenz vergeben. Und wir wollen, dass Sie ab April in Damaskus sind.«

Sigrid registrierte den Blick, den der Personalchef und Hannah Svensson wechselten.

Göran Wolgers stand auf und stellte sich vor eine digitale Weltkarte an der Wand. Dünne Striche verbanden Stockholm mit allen großen Metropolen, die Karte sah aus wie das Streckennetz einer Fluggesellschaft.

In Sigrid brach sofort Reisefieber aus.

Göran Wolgers ließ sich nicht von der unverhohlenen Skepsis seiner Mitarbeiter abhalten, die den nahtlosen Übergang von Bewerbungsgespräch zu Jobangebot ungläubig verfolgten.

»Die heutige Informationstechnologie eröffnet Millionen von Menschen ungeahnte Möglichkeiten. Sie fördert offene Gesellschaften und die Demokratie. Sehen Sie sich doch nur einmal an, was für eine Bedeutung der Mobilfunk, das Internet und die sozialen Medien in Ägypten allein im letzten Monat für den Arabischen Frühling hatten.«

Er schaltete den riesigen Bildschirm an. Zu sehen waren Handyaufnahmen der Demonstrationen auf dem Tahrir-Platz in Kairo.

»Plötzlich konnten sich normale Leute organisieren und gegen das autokratische Regime demonstrieren. Mit dem Handy als Waffe. Wie hätten uns die jungen Frauen und Männer, die in den Diktaturen dieser Welt ihr Leben riskieren, ohne Facebook, Twitter und YouTube über die Ereignisse in ihrem Land berichten können? Ohne Mobilfunk und Internet wäre es wohl kaum zum Sturz der Regierung gekommen. Und jetzt schwelt der Widerstand in Syrien, heißt es. Wir wollen für sie da sein, wenn es losgeht.«

Sigrid hatte die Verschränkung ihrer Arme gelöst.

Göran Wolgers hatte das bemerkt und lächelte.

»Wir bieten Ihnen die Gelegenheit, der Demokratie im Mittleren Osten den Weg zu bereiten.«

Magnus stand im Flur vor einem Panoramafenster mit Blick über Stockholm. Eine zarte Frühlingssonne kämpfte sich durch die Wolkendecke. Sigrid stellte sich neben ihn, schloss die Augen und genoss die Sonne auf ihrem Gesicht.

»Willkommen an Bord«, sagte er, ohne seinen Blick abzuwenden.

»Was meinst du damit?«

Magnus' unerschütterliche Selbstsicherheit provozierte Sigrid, denn sie war noch voller Zweifel.

»Ihr steht auf sehr dünnem Eis. Syrien hat zwar seine Tore geöffnet, um ausländische Unternehmen ins Land zu lassen. Aber sie unterliegen nach wie vor gewaltigen Sanktionen. Es gibt keine Aussichten für freie Wahlen. Und ohne Richtlinien für die unternehmerische Sozialverantwortung eures Ladens ist es …«

»Aber dafür wirst *du* doch jetzt zuständig sein.« Magnus neigte seinen Kopf zur Seite und lächelte. Aber dieses Mal konnte Sigrid ihm widerstehen.

»Da wäre ich mir an deiner Stelle nicht so sicher.«

Magnus stieß ihr den Ellbogen in die Seite.

»Aua, was soll das?«

»Was ist denn mit dir passiert? Früher warst du viel lustiger.« Er sah sie besorgt an. »Sechs Jahre bei Amnesty, kein Wunder. Da kann man schon mal depressiv werden. Immer diese schrecklichen Berichte über Ungerechtigkeiten. Das ist nicht leicht, kann ich mir vorstellen.«

Dann nickte er mit dem Kopf zu Göran Wolgers' Büro.

»Aber er ist cool, oder? Obwohl er Schwede ist.« Dann schlug er sich mit der flachen Hand gegen die Stirn. »Ach, natürlich. Du magst die Schweden ja. Aber gib zu, dass es sich super anhört.«

»Natürlich tut es das. Kein Wunder, schließlich gehört ihr einer Branche an, die bekannt dafür ist, Blutdiamanten zu schürfen und Milliardenverträge mit Pandablut zu unterzeichnen.«

»Hey, erste Anzeichen von Humor!« Er schüttelte energisch den Kopf. »Ich kenne dich, Sigrid. Du hättest niemals auch nur einen Fuß in dieses Gebäude gesetzt, wenn du den Job nicht wollen würdest.«

Sigrid spürte einen Druck auf der Brust, das lief alles zu glatt für ihren Geschmack. Sie holte Luft, um seine Hoffnung zu zerschlagen, als er, ohne es zu wissen, seinen größten Trumpf ausspielte.

»Apropos, erinnerst du dich noch an Reem – Reem von der Uni?«

Schlagartig wurde Sigrids Mund staubtrocken. Sie konnte nicht sprechen.

»Reem Nemir?«, sagte Magnus und sah sie fragend an. »Wart ihr nicht ziemlich gute Freundinnen damals? Sie hat jetzt ihre eigene Sicherheitsfirma da unten. Sie und ihre Leute sind für unsere Sicherheit vor Ort zuständig.«

6

Natürlich hatte Sigrid das Abendessen vergessen. Und dann ausgerechnet mit *diesem* Paar!

Als sie zu Hause ankam, musste sie geduckt durch die Küche laufen, weil kreuz und quer Schnüre gespannt waren, auf denen selbstgemachte Lasagne-Platten zum Trocknen hingen. Auf dem Herd köchelte Andreas' berühmtes Sugo vor sich hin. Der Koch war nirgendwo zu sehen, deshalb schenkte sie sich großzügig einen Rotwein ein. Sie schwenkte das Glas und hoffte, dass ihre grübelnden Gedanken in der dunkelroten Flüssigkeit verschwinden würden. Der Wein war schwer und intensiv im Geschmack, ein besonderer Tropfen, der für eine besondere Gelegenheit aufgehoben wurde. Sigrid entspannte sich langsam. Aber Magnus' Worte arbeiteten in ihr weiter, mehr als ihr lieb war.

Andreas kam in die Küche geschlichen und gab ihr einen Kuss in den Nacken. Sie seufzte, während er sich ebenfalls ein Glas einschenkte.

»Und, wie ist es gelaufen?« Sein Blick fiel auf das Etikett der Flasche. »Barolo?! Hast du schon zugesagt?«

»Nein, natürlich nicht«, sagte sie abwehrend und wich zurück.

»Aber du wirst zusagen?«

Es sah aus, als würde der Gedanke daran ihn mit voller Wucht überfallen. Sie hatte keine Ahnung gehabt, dass er doch so sehr dagegen war.

»Nein, überhaupt nicht. Meine Zweifel werden eher immer größer.«

Er sah in sein Glas. »Du kannst immer noch die Abmahnung von Amnesty unterschreiben und bleiben. Du hast den Job noch.«

Sigrid schüttelte den Kopf.

Andreas trank einen großen Schluck.

»Okay. Ich habe keine Lust, jetzt darüber zu sprechen.« Er fing an, die Lasagne-Platten von der Leine zu nehmen.

»Warum hast du eigentlich Ines und Kasper zum Essen eingeladen?«

»Ähm, weil das unsere Nachbarn sind? Und weil wir mal dran waren.«

Ines hatte ihnen damals den Tipp gegeben, dass das Haus zum Verkauf stand. Andreas kannte sie aus seiner Zeit als Kriegsreporter, als er die dänische Armee in Basra begleitete und den ganzen Tag mit einer schusssicheren Weste herumrannte, auf der in großen Lettern PRESS stand.

Irak.

Der Brennpunkt der Welt, an dem Sigrid und Andreas sich kennengelernt hatten. In einer Zeit voller Geheimnisse. Wie eine Antwort auf die schwarzen Löcher des Universums.

Sie spürte, wie die Röte in ihre Wangen stieg. Sie würde zu gerne jetzt darüber sprechen. Über die Abmahnung, das Jobangebot, ihre Angst. Und über Reem und das Schreckliche, von dem er nichts wusste.

Andreas verkündete, dass die Gäste gleich kommen würden. Dann rief er nach Victor, der offenbar versprochen hatte, ihm bei der Béchamelsoße zu assistieren. Das war auch eine wirkungsvolle Methode, ein Gespräch zu beenden.

Ines Garder und ihr Mann Kasper Bertelsen arbeiteten als Operateure beim Nachrichtendienst, eine etwas langweilige Bezeichnung für Spion. Die beiden hatten allerdings nichts Langweiliges an sich, sie nahmen am Küchentisch Platz, und während der edle italienische Tropfen in den großen Weingläsern atmete, deckten die Gastgeber den Tisch. Im Hintergrund lief *Disintegration* von The Cure, und Wochenendstimmung legte sich über die Runde.

Ines hatte eine eher androgyne Figur, dunkle, kurze Locken und trug nur Weiß, Dunkelblau und Lippenstift. Dadurch sah sie aus wie eine Femme fatale aus einem Film noir mit einem einzigen scharlachroten Farbtupfer. Kasper war ein ehemaliger Offizier, immer glatt rasiert und durchtrainiert. Er war in Sigrids Alter, also etwa fünf bis sechs Jahre älter als seine Ehefrau. Er war nicht so gut aussehend wie Andreas, ruhte aber mehr in sich. Er war unverkrampft und redete gern und viel, hörte erst auf, wenn man ihn unterbrach. Das fand Sigrid besonders charmant an ihm. Ines hingegen beobachtete lieber, anstatt zu reden. Das nervte Sigrid wahnsinnig, aber Andreas zuliebe ließ sie sich das nicht anmerken.

Andreas und Ines waren sehr vertraut miteinander, und Sigrid hoffte, dass das ausschließlich mit ihrer gemeinsamen Zeit in Basra zu tun hatte. Der Irak war ein heißes Pflaster. Wenn Andreas damals für den Nachrichtendienst gearbeitet haben sollte, hatte er sich in Sigrids Augen in diesem Krieg auf die falsche Seite gestellt. Natürlich wurde darüber nie auch nur ein Wort verloren, wenn die vier gemeinsam am gedeckten Tisch saßen.

Beim Essen führte überraschenderweise Victor das Wort. In der Schule hatte er die Geschichte von ein paar syrischen Jungen in seinem Alter aufgeschnappt, die festgenommen worden waren, weil sie Graffiti an eine Mauer im syrischen Daraa gesprayt hatten. Als ihre Eltern ihre Kinder bei der Dienstwache abholen wollten, soll der Polizeichef gesagt haben, dass die Frauen allein kommen sollten, dann würden sie schon dafür sorgen, dass es bald ordentlichen Nachwuchs gäbe. Das Verbrechen, das den Jungen vorgeworfen wurde, bestand lediglich darin, dass sie zwei Schriftzüge an eine Wand gesprayt hatten. Der eine lautete *Freiheit*, der andere *Du bist als Nächstes dran, Doktor.*

Victor hatte viele Fragen zum Arabischen Frühling und zum syrischen Diktator Assad, der Augenarzt war, bevor er seinen Vater an der Spitze der Regierung ablöste. So erklärte sich auch der Spitzname, den die Sprayer benutzt hatten.

»Die sagen, dass sie hundertprozentig gefoltert werden!« Victor fuchtelte aufgebracht mit seiner Gabel, Tomatensoße flog durch die Luft. Sommer war diese Woche bei ihrer Mutter, deshalb saß Sigrids Sohn allein zwischen vier Erwachsenen, die ihn alle zärtlich und nachsichtig ansahen. Sigrid unterdrückte den Impuls, ihm die Soße vom Kinn zu wischen. Sie hatte von diesem Zwischenfall gelesen, so wie die anderen auch, aber Victors Entsetzen und Empörung, als Vertreter einer anderen Generation, hatte eine andere Qualität.

Sie unterhielten sich eine Weile über die Jasmin-Revolution in Tunesien, den Sturz der Diktatoren und die wilden Szenen aus Ägypten, die um die Welt gingen. Die Demonstrationen hatten sich ausgebreitet, in den Iran, den Jemen, als ob die ganze arabische Welt Morgenluft geschnuppert hätte.

»Mama, wenn du nach Syrien gehst, dann hoffe ich, dass du ihn aufhalten kannst. Das ist so ein Doofmann – der quält *Kinder*«, sagte Victor und schob sich eine Gabel Lasagne in den Mund.

Wie auf Kommando legten Andreas, Ines und Kasper ihr Besteck hin.

»Syrien?« Kasper reagierte als Erster.

Sigrid griff nach der gerade geöffneten Weinflasche und schenkte allen ein.

»Sigrid hat ein Angebot von NorCom bekommen, für deren Büro in Damaskus zu arbeiten«, sagte Andreas.

»Ich glaube, da brauche ich noch ein paar mehr Infos«, sagte Kasper grinsend.

Andreas und Sigrid sahen sich an, sie konnte seinen Blick nicht deuten. Wenigstens hatte sie jetzt die Gelegenheit, ihre Entscheidung zu erläutern, ohne Gefahr zu laufen, dass er das Gespräch beendete. Aber war es das, was sie wollte? Sie war sich darüber noch längst nicht im Klaren.

Andreas nahm einen Schluck Wein.

»Sie wird dabei sein, wenn NorCom überall in Syrien neue Telefonmasten aufstellt.«

»Nur fürs Protokoll: Ich habe noch nicht zugesagt.«

Ines und Kasper sahen sie fragend an, und Sigrid bemühte sich, den beiden einen kurzen Einblick in die soziale Nachhaltigkeitsstrategie der Firma zu geben, für die sie dann zuständig wäre.

Kasper lehnte sich ein Stück vor.

»Ich will ja nicht allzu neugierig wirken, aber hat das hier etwas mit deinem … neuen Promistatus zu tun, den du seit deinem Auftritt in den Nachrichten hattest?«

Sigrid war ihm sehr dankbar für die konstruktive Auslegung ihres Fauxpas, und sie musste laut loslachen, was alle anderen am Tisch ansteckte.

»Meine Mutter ist viral gegangen«, sagte Victor und erhob sein Colaglas, um anzustoßen. Die Erwachsenen taten es ihm mit ihren Weingläsern nach.

»Meine Chefin bei Amnesty ist von meinem neuen Promistatus, wie du es nennst, nicht so begeistert«, sagte Sigrid, trank den Wein aus und schenkte sich erneut welchen ein. Dieser Schluck schmeckte sauer und brannte im Magen, sie sollte eine Pause einlegen. Wasser trinken oder zumindest etwas anderes als Wein.

»Das kann ich gut verstehen. Du stiehlst ihr das Rampenlicht.« Kasper sah sie besorgt an.

Sigrid schielte zu der unterkühlten Diva an seiner Seite. Ines' braune Augen hatten einen sonderbaren Glanz bekommen, den sie unmöglich deuten konnte.

Mit einem Seitenblick auf Victor wollte Sigrid Kasper andeuten, dass Kinder anwesend sind. Ihr Nachbar verstand den Hinweis sofort.

»Sag mal, Victor, was hältst du davon, wenn du schon mal den Tisch abräumst und danach in deinem Zimmer die PlayStation hochfährst? Dann komme ich gleich nach und werde dich so was von fertigmachen. Du darfst dir das Spiel aussuchen.«

Das musste er nicht zweimal sagen. Nachdem Victor die Teller scheppernd in die Spüle gestellt hatte, rannte er auf sein Zimmer.

Vielleicht lag es am Wein, sie hatten immerhin schon die dritte Flasche geöffnet, oder an dieser verdammten Situation, die schon so lange in ihr gärte. Sigrid hatte das große Bedürfnis, sich zu verteidigen und zu erklären. Sie erzählte deshalb von der Abmahnung, die auf ihrem Schreibtisch lag. Wenn sie unterschrieb, kam das einem Schuldeingeständnis gleich, und Marianne Sabroe würde hundertprozentig nur auf ihren nächsten Fehler warten.

»Ich habe sechs Jahre damit verbracht, Kommata in Gesetzesentwürfen und OECD-Berichten zu verschieben. Und es ist keine Veränderung in Sicht.« Sigrid stützte ihren Kopf auf die Hände.

»Und die Alternative? Wenn du den Job in Syrien annimmst?«, fragte Kasper.

»Das wäre auf jeden Fall ein echter, handfester Einsatz.«

Kasper nickte und erkundigte sich dann nach den Sicherheitsempfehlungen vor Ort. Solange Sigrid seine Fragen beantwortete, musste sie Andreas nicht ansehen, der ungewöhnlich still geworden war. Sie hatte es ihm fast unmöglich gemacht, seine Sicht der Dinge darzulegen, weil sie das Thema vor den Gästen angesprochen hatte. Sie wusste, dass er vor anderen kein Wort über ihre PTBS verlieren würde.

»Sie arbeiten mit einer hochqualifizierten Sicherheitsfirma zusammen.« Sigrid bemühte sich, ihre Stimme so neutral wie möglich klingen zu lassen, obwohl der Gedanke an Reem furchtbar wehtat.

»Und lustigerweise ist eine ehemalige Kommilitonin von mir die Chefin dieser Firma.«

»Okay. Die sind in Sachen Gleichstellung auch ganz schön weit vorne, was?«

Sigrid nickte.

»Das ist eine ziemlich säkularisierte Gesellschaft. Aber ich glaube, dass sie einen Heimvorteil hatte. Ihr Vater war irgend so ein hohes Tier und Diplomat.«

Kasper kam zu dem Schluss, dass Sigrid dort drüben in guten Händen wäre. Als er bemerkte, dass Andreas vollkommen verstummt war, ließ er das Thema fallen.

Eine ganze Weile herrschte Schweigen am Tisch. Spotify hatte sich einmal durch das Cure-Album gespielt und war mittlerweile zu den älteren Stücken von Pearl Jam übergegangen. Dann geschah etwas Bemerkenswertes. Ines öffnete ihren rotbemalten Mund und wandte sich an Sigrid.

»Ich habe totale Lust auf eine Zigarette, magst du mich mit nach draußen begleiten?«

Daraufhin schnappte sich Kasper sein Glas und die noch volle Weinflasche und stieß Andreas in die Seite.

»Wollen wir beiden zu Victor und uns die PlayStation genauer ansehen?«

7

Der Abend neigte sich seinem Ende zu. Sigrid wollte an die frische Luft und begleitete Kasper und Ines zum Gartentor. Der Tag war sonnig gewesen und wurde von einer sternenklaren Nacht abgelöst. Ines hatte Sigrids Chance erheblich erhöht, aus ihrem Auftrag in Syrien möglichst großen Gewinn zu ziehen. In ihr brodelte es.

Andreas war bereits ins Bett gegangen und in ein Buch vertieft. Sigrid setzte sich zu ihm auf die Bettkante, um ihre Gesprächsbereitschaft zu signalisieren.

»Andreas, ich will da hin.«

»Und was ist, wenn es dir wieder schlechter geht?«

»Das wird es nicht. Ich glaube sogar, dass es genau das Richtige wäre.«

Andreas ließ das Buch sinken und schüttelte langsam den Kopf.

»Ich weiß nicht, ob wir so etwas ein zweites Mal überstehen.« Seine Stimme war belegt.

Sie legte ihre Lippen an ihre Fingerspitzen, wie ein Katholik beim Gebet.

»Aber *ich* weiß das.«

»Ich finde nicht, dass du fahren solltest«, Andreas hatte seine Stimme wieder unter Kontrolle. »Aber das ist deine Entscheidung.«

Sigrid schloss die Augen. Sie konnte ihm nicht sagen, warum sie das dringende Bedürfnis hatte, es zu tun. Warum sie fahren musste. *Denk dir irgendetwas aus. Los, schnell.*

»Ich habe mich wie die größte Versagerin gefühlt – nach der Sache im Irak. Es fühlt sich an, als müsste ich da unten etwas erledigen, zu Ende bringen.« Letzteres entsprach immerhin der Wahrheit. Es hatte nur überhaupt nichts mit dem Irak zu tun.

»Okay, Sigge. Wir machen es so: Du gehst nach Syrien. Sommer, Victor und ich bleiben hier, damit sie weiter zur Schule gehen können. Vielleicht kommen wir dich mal besuchen.«

»Es sind ja nur drei Monate.«

»Ganz genau, deshalb bleiben wir auch hier.« Er lächelte zurückhaltend. »Vielleicht können wir die Kinder nach Damaskus locken. Zu Ostern oder so.«

Sigrid legte ihre Wange an seine, er strich ihr über den Kopf.

»Nimm den Job an. Fahr da hin. Ich habe nur eine Bedingung«, sagte er bestimmt.

Sie schob ihn von sich, damit sie ihm ins Gesicht sehen konnte.

»Wenn es dir da unten wieder schlecht geht, kommst du sofort nach Hause. Und wenn ich dich darum bitte, machst du eine Therapie. Einverstanden? Wir werden sehen, ob wir das hier alles …«, er zeigte mit dem ausgestreckten Arm auf die Familienfotos an den Wänden ihres Schlafzimmers, und Sigrid wusste, dass er ihr Leben, ihre Beziehung meinte, »… neben deinem Job hinbekommen.«

Mit diesen Worten wandte er sich wieder seinem Buch zu.

Sigrid saß in der Küche. Es war so still, dass man das Sprudeln der Kopfschmerztablette im Wasserglas hören konnte. Sie trommelte mit ihren nackten Zehen auf dem kalten Linoleumboden. Schlaftrunken schlurfte Victor von der Toilette an der Küche vorbei. Er machte das Licht aus, offenbar hatte er seine Mutter nicht gesehen und wahrscheinlich angenommen, dass die Erwachsenen es vergessen hatten.

Sigrid sagte nichts und ließ sich in die Dunkelheit sinken. Eine ganze Weile saß sie so da, bis der Mond so hoch am Himmel stand, dass ihre Silhouette einen langen Schatten warf. Gierig trank sie das Glas aus, die aufgelöste Tablette kratzte im Hals. Bald würde das dumpfe Pochen hinter ihren Schläfen aufhören. Plötzlich spürte sie, dass sie nicht mehr allein war.

»Mama, bist du das?« Victor kam in die Küche.

»Hallo, mein Schatz. Kannst du nicht schlafen?«

Er kam zu ihr und schlang seine Arme um sie. Sie erwiderte die Umarmung.

»Ich musste aufs Klo. Kannst du nicht schlafen?«

»Doch, doch. Ich bin nur noch nicht so richtig müde. Soll ich dich ins Bett bringen?«

»Sehr gerne.«

Victor war zwar schon lange größer als seine Mutter, aber in vielen Bereichen war er noch immer ihr kleiner Junge.

»Kannst du dich kurz zu mir aufs Bett setzen?«, fragte er.

Es gab nichts, was Sigrid lieber tat, wenn sie die Erlaubnis dazu bekam.

Victor schob seine langen Beine, die in einer Pyjamahose steckten, unter die Decke. Sie zwängte sich neben ihn und zog ihren riesigen Sohn an sich. Er legte seinen Kopf auf ihre Schulter. Sigrid steckte ihre Nase in seine Haare und sog seinen Duft ein. Es roch nach verschwitztem Teenager, aber eben auch nach ihrem Victor. Er zog sie damit auf, dass sie ihn gar nicht richtig umarmen konnte. Tatsächlich war es so, dass er ihr im wörtlichen Sinne über den Kopf gewachsen war.

»Wirst du nach Syrien zum Arbeiten gehen?«

»Wie findest du es denn?«

»Ich finde, dass du es tun solltest.« Er richtete sich auf. »Das ist doch nicht gefährlich da, oder?«

»Natürlich nicht, mein Schatz.« Sigrid gab ihm einen Kuss auf die Stirn. Plötzlich stieg eine alte Angst wieder in ihr auf. Wie damals, als Victors Vater sie sitzenließ und sie auf einmal ganz allein mit der Verantwortung für ihr neues Leben zurechtkommen musste. Andreas war ein Geschenk des Himmels gewesen, und den Umständen entsprechend hatte sich Victor sehr gut entwickelt. Aber sofort meldete sich der Zweifel wieder. Was für eine kaputte Mutter war sie? Hatte Victor damals sehr unter ihrer Krankheit leiden müssen? Sie sollte zu Hause bleiben und die letzten Jahre mit ihm genießen, solange er noch bei ihnen wohnte. Sie wusste, dass nicht allen Müttern das Glück beschert war, ihre Kinder aufwachsen zu sehen. Schuld und Scham überwältigten sie mit einer solchen Wucht, dass ihr schwarz vor Augen wurde.

Zersplittertes Glas. Blut und Schnittwunden. Sie stöhnte auf.

»Was ist los mit dir, Mama?«

»Alles in Ordnung, mein Herz. Ich habe eine Gänsehaut bekommen.«

»Mama, ich habe nachgedacht. Aber versprich mir, dass du nicht traurig wirst, ja?«

»Worum geht es, Victor?«

»Ich will allein zu Hause sein, ein paar Tage. Irgendwann mal. Meinst du, das geht?«

Sigrid brach in schallendes Gelächter aus. Ihre Reise nach Syrien schien ihn nicht weiter zu beschäftigen.

»Und warum möchtest du gerne allein zu Hause sein? Damit du die ganze Nacht ungestört daddeln kannst?«

»Logo«, er grinste. »Aber ich will einfach auch mal allein klarkommen.«

Sigrid versprach ihm, dass sie dafür ganz bestimmt eine Lösung finden würden.

Der Mond schien ins Zimmer. Victors Atemzüge wurden immer ruhiger und gleichmäßiger, Sigrids taten das Entgegengesetzte. Die Wirkung der Tablette hatte eingesetzt, sie war wieder ganz wach und klar im Kopf. Endlich würde sie die Chance haben, etwas zu bewirken. Etwas Großes. Es würde nicht gefährlich werden, aber – welches Wort hatte Ines noch benutzt? Risikobetont! Wie hatte sie das überhaupt nur eine Sekunde in Erwägung ziehen können? In ihrem Kopf arbeitete es auf Hochtouren. Andreas hatte schon Sorgen, dass sie zu NorCom wechselte. Würde sie Victor im Stich lassen, wenn sie das Angebot annahm? Sie betrachtete ihren schlafenden Sohn. Ines' Angebot würde ihr viel mehr Einfluss ermöglichen. Und vor allem, was war die Alternative? Sich am Schreibtisch zu Tode schuften, während sie die Schuldgefühle von innen auffraßen? Und den Menschen, die sie am meisten liebte, nichts von dieser Schuld erzählte?

Reem war der Schlüssel zu allem, zum Erfolg. Sigrid konnte nicht sagen, ob es vertretbar war, ihr Leben in die Hände dieser Syrerin zu legen. Aber es gab keinen anderen Weg. Und Reem war ihr etwas schuldig.

Reglos lag sie neben Victor und wartete darauf, dass sein Atem verriet, dass er eingeschlafen war. Vielleicht würde sie doch alles wiedergutmachen können.

8

Das Haus in den Bergen war sehr modern und lag an einem Höhenzug südwestlich von Damaskus. Es gehörte zu den angenehmen Seiten von Reems Job, sich dort bei einem Drink mit interessanten und einflussreichen Menschen zu unterhalten. Das Haus gehörte dem syrischen Innenminister und war Schauplatz vieler heiß begehrter Veranstaltungen, was nicht zuletzt an der phantastischen Aussicht von der Terrasse lag, die auf einem Plateau in den Hang gebaut worden war. Auf der westlichen Seite des verdorrten goldbraunen Tals erstreckten sich am Horizont die schneebedeckten Berge des Libanon.

Als Angehörige des privaten Umfelds des Innenministers kam Reem regelmäßig in den Genuss, ein gern gesehener und selbstverständlicher Gast zu sein. Das war Ausdruck ihres Vitamin B – Netzwerk, Macht und Einfluss, Dinge, die weder in einem Protokoll noch in einem Arbeitsplatzprofil standen. Ihr Vater hatte jahrelang als Diplomat für den syrischen Außenminister gearbeitet, bevor er seine eigene Sicherheitsfirma gegründet hatte. Von ihm hatte Reem ein ungewöhnlich starkes, weitverzweigtes Netzwerk in Regierungskreisen geerbt. In diesem Augenblick aber hätte sie sich am allerliebsten davongeschlichen.

Sie war umgeben von Unternehmern und Persönlichkeiten des kulturellen Lebens, die mit zarten Champagnergläsern in der Hand in kleinen Gruppen zusammenstanden. Das Stimmengewirr klang wie ein summendes Orchester. Im Hintergrund lief gedämpfte Klaviermusik. Der Besitzer des Anwesens war von der entspannten Sorte, denn obwohl er gerne betonte, was für ein Mann von Welt er war, galt ein legerer und unaufgeregter Dresscode. Man hätte die Gesellschaft durchaus mit einer Aprés-Ski-Party einiger Jetsetter am Ende der Saison verwechseln können. Die Gesprächsthemen aber kreisten um wesentlich heiklere Themen als üblich. Der Hauptgegenstand des Nachmittags waren die Unruhen, die sich von Tunesien aus in der gesamten arabischen Welt auszubreiten schienen. Welches Land würde das nächste sein? Niemand wagte, laut auszusprechen, was alle dachten. Würde er auch Syrien erreichen?

Reem sah sich suchend nach ihrem Klienten um und hoffte inständig, dass er sie nicht vermissen würde. Der holländische Unternehmer, um dessen Sicherheit sich ihre Firma kümmerte, stand am Geländer und war in eine politische Diskussion mit einem jungen syrischen Künstlerpaar vertieft. Natürlich sprachen sie in Codes, soweit das möglich war. Reems Leute würden den Holländer am nächsten Morgen an den Flughafen bringen, damit er seinen frühen Flug rechtzeitig erreichte. Im Laufe weniger Wochen war es dem Unternehmer gelungen, lukrative Vereinbarungen auszuhandeln, um zwischen Homs und Aleppo ein Zementwerk zu bauen. Die Jasmin City Security hatte ihre Aufgabe zu seiner Zufriedenheit erledigt, und Reem war sehr stolz auf ihre Leistung. Das war ihrer Ansicht nach der richtige Weg, wie sich Syrien der Außenwelt öffnen sollte. Durch Handel, Kultur und Diplomatie. Sie trug, so gut sie konnte, dazu bei, indem sie ausländische Prominente und Geschäftsleute beschützte und beriet.

Wenn ihre Auftraggeber einflussreich genug waren, erhielten sie eine Einladung auf das Anwesen des Innenministers in den Bergen und kamen in den Genuss, an einem der legendären Dinner von Adnan Omar teilzunehmen. Hier wurden unter der Hand politische Absprachen getroffen und Geschäfte in Millionenhöhe vereinbart. Zu Ehren des Holländers diente der Ort an diesem Abend der Inszenierung der syrischen Elite als modern und reformfreudig. Eine neue Generation, die mit warmem Herzen und kühlem Kopf nach vierzig Jahren in einem Polizeistaat Veränderungen im Land vorantrieb. Und in diesem Stück spielte der Innenminister Adnan Omar eine Hauptrolle.

Apropos, wo steckte er? Es passte nicht zu ihm, sich die Gelegenheit, der Mittelpunkt des Geschehens zu sein, entgehen zu lassen. Sofort meldeten sich ihre Bedenken wieder zu Wort.

Seit sie vor zwei Tagen die Zusammenstöße auf dem Platz vor dem Innenministerium miterlebt hatten, hatte sie ein mulmiges Gefühl im Bauch gehabt. Während ihrer wöchentlichen Schachpartie mit dem Minister war sein Sekretär ins Zimmer gestürzt und hatte sie ans Fenster gezogen. Auf dem Marjeh-Platz, dem Martyrer-Platz in der Mitte von Damaskus, hatten sich Hunderte von Demonstranten versammelt. Stumm und reglos hielten sie Plakate mit Fotos politischer Gefangener hoch und starrten auf das Gebäude des Innenministeriums. Frauen und Männer waren abgebildet. Die Demonstranten waren ihre Angehörigen und Freunde.

Später erfuhr sie, dass die Sicherheitskräfte im Hinterhalt auf die Demonstranten gewartet hatten. Es stand von Anfang an fest, dass die friedliche Kundgebung, die von den Organisatoren angemeldet worden war, mit Gewalt niedergeworfen werden sollte. Das hatte ihr Adnan erzählt.

Die Schläge, deren Echo vom Platz nach oben drang, hatten Reem erschüttert, vor allem als eine hochschwangere Frau niedergeschlagen wurde. Diese Bilder konnte sie einfach nicht abschütteln. Aber sie war auch wütend geworden. Die Demonstranten hatten gewusst, worauf sie sich einließen, was passieren konnte. Sie wollten die Befreiung ihrer Liebsten erwirken, aber ihre Proteste waren eine offene Einladung an den syrischen Geheimdienst, den Mukhabarat, sie ins Gefängnis zu werfen. Geduld. Das war der einzige Weg, der zum Ziel führte.

Reem lächelte und ging nickend und die Gäste begrüßend zum Büfett, wo sie sich ein paar Köstlichkeiten auf eine Serviette legte: mit Fleisch und Pinienkernen gefüllte Kibbeh und Minifalafel. Dazu eine kleine Schale mit süßer, noch lauwarmer Baklava, Pistazien in Filoteig. Sie stellte sich in die Ecke der Terrasse und gab vor, Nachrichten auf ihrem Handy zu checken. Wenn sie jetzt fahren würde, könnte sie noch mit ihrem Mann und ihrer Tochter Abendbrot essen. Sie musste nur Adnan sprechen, bevor sie sich aus dem Staub machte.

Adnan teilte ihre Auffassung und Erwartung, dass der Arabische Frühling Syrien auslassen würde. Seit Baschar al-Assads Machtübernahme vor elf Jahren hatte sich das Land dem Westen Schritt für

Schritt geöffnet. Anders als sein Vater, der sich vor Jahrzehnten mit Hilfe des Militärs an die Macht geputscht hatte, war ihm bewusst, wie diese neue Welt aussah und funktionierte. Er hatte sich zum Beispiel langsam, aber sicher von der sowjetisch inspirierten Planwirtschaft verabschiedet. Internationale Sanktionen beutelten sein Land zwar nach wie vor, aber die Liberalisierung hatte vielen Syrern den Weg aus der Armut ermöglicht. Westliche Unternehmen ließen sich im Land nieder. Geschäftsleute aus der ganzen Welt und auch die Touristen strömten in das neue Syrien.

Reem legte die Reste ihres Snacks weg und fischte sich eine rote Marlboro aus der Tasche. Da hörte sie das Klicken eines Zippos, Adnan stand vor ihr.

»Du hast ja gar nichts zu trinken bekommen.« Der Minister hatte wie immer eine Zigarre in der einen Hand. Die andere steckte in seiner Hosentasche. Sogar in Jeans und Pullover sah Adnan Omar eher aus wie ein Dressman für Armani als wie ein syrischer Spitzenpolitiker. Er winkte einen der Kellner heran und ließ sich zwei Gläser Champagner geben.

»Cristal. Jahrgang 2002.« Er nahm einen Schluck und schloss genießerisch die Augen. »Ein Geschenk deines Klienten. Da sage ich doch nicht nein.«

Die Perlen des Champagners waren besonders fein.

»Schmeckst du das?«

Sie nahm einen weiteren Schluck, schmeckte nach. Zuckte mit den Schultern.

Er kam ihr zu Hilfe.

»Weiße Mandeln, Grapefruit, mineralischer Kalkstein, so heißt es«, sagte er und lachte. »Aber wenn du mich fragst, schmeckt er wie die Brüste eines jungen Mädchens am ersten Frühlingstag. Mit einer sanften Andeutung von Sägewerk.«

»Sieh dich nur an. So ein schöner Mann – und ein so hässliches Mundwerk«, zog Reem ihn auf und fügte schnell etwas Versöhnliches hinzu. »Du hättest Winzer werden sollen.«

Ein Hauch von Melancholie zog über sein Gesicht.

»Im nächsten Leben.«

Da klingelte sein Handy, er nickte ihr entschuldigend zu und zog sich ans Geländer zurück. Er antwortete auf die Fragen des Anrufers, während er seinen Blick über die Bergkette schweifen ließ.

Reem ärgerte sich, dass sie sich nicht von ihm verabschiedet hatte. Wenn sie Rahaf noch sehen wollte, bevor ihre Tochter ins Bett gebracht wurde, müsste sie jetzt auf der Stelle fahren. Sie behielt Adnan im Auge, damit niemand seine Aufmerksamkeit auf sich ziehen konnte. Das Telefonat dauerte mehrere Minuten. Adnan stand wie versteinert am Geländer, während er sprach. Dann steckte er sein Handy in die Hosentasche und blieb reglos stehen. Mit dem Rücken zu seinen Gästen. Das mulmige Gefühl in Reems Bauch war schlimmer geworden. Dann, endlich drehte er sich zu ihr um und sah sie an.

Hier stimmte etwas nicht. Ganz und gar nicht.

Adnan packte ihren Ellenbogen.

»Kommst du bitte kurz mit?« Sie sah Panik in seinem Blick. Reem schnippte ihre Zigarette übers Geländer und folgte ihm.

Adnan schloss die großen Holztüren zu seiner Bibliothek hinter ihnen. Hier bewahrte der Mann von Welt, der in der London School of Economics BWL studiert hatte, seine enorme DVD-Sammlung auf. Ganz anders als in seinem manierierten Büro im Ministerium mit den blutroten Chesterfield-Sesseln und Mahagonimöbeln, spiegelte dieser Raum den Adnan wider, mit dem sie aufgewachsen war.

Sie setzten sich, aber er sprang sofort wieder auf und lief unruhig im Zimmer hin und her.

»Ist etwas passiert?« Sie kannte ihn so nicht.

Er fuhr sich mit einer Hand durch das schwarze Haar.

»In Daraa sind bei einer Demonstration zwei Männer erschossen worden. Tot.«

Reems Magen zog sich zusammen.

»Und wer hat das angeordnet?«

»Meine Leute sagen, Khelani ist es gewesen.«

»Aber was sagt der Präsident dazu?«, stammelte Reem.

»Das ist eine verdammt gute Frage.«

Seine Offenherzigkeit machte ihr Angst, was nicht unbemerkt blieb. Seine privaten Räume würden wohl kaum verwanzt sein, aber sie war immer auf der Hut. Sie waren zwar zusammen aufgewachsen und wünschten sich beide die Demokratisierung des Landes, aber er war ihr übergeordnet. Wenn sie sich dem Präsidenten gegenüber kritisch äußerte, könnte das gegen sie verwendet werden.

»Er hat meinen Rat ignoriert«, fügte er hinzu.

Sie sah ihn fragend an.

»Ich habe ihm gesagt, dass er die beiden Jungen freilassen soll. Ich mag mir gar nicht vorstellen, was sie jetzt mit ihnen machen. Und ich habe gesagt, dass er den Polizeichef von Daraa entlassen soll.«

»Seinen Cousin?«

Adnan nickte mit düsterem Blick, was so viel hieß wie: *ganz genau.*

»*Ya manyak*, dieses verdammte Schwein. Wer verdammt noch mal kommt auf die Idee, dreizehnjährige Jungen blutig zu prügeln, weil die was an eine Wand gekritzelt haben?«

Reem war ganz seiner Meinung. Ihr wurde übel bei dem Gedanken, mit welcher Brutalität in Daraa vorgegangen worden war. Der Polizeichef hatte seine Schläger auf die Teenager gehetzt, die mit ihrem Graffito den Sturz des Präsidenten vorhergesagt hatten. Der Zwischenfall hatte weltweites Entsetzen ausgelöst, und Adnan war nicht der einzige Anhänger des Präsidenten, der die Amtsenthebung des Polizeichefs forderten. Aber der war leider der Cousin von Baschar al-Assad. Seit der Festnahme der Jungen waren mehrere Monate vergangen, ohne dass sich der Präsident zu dem Vorfall geäußert hatte.

Der Aufstand in Daraa war in Adnans Augen die Antwort auf Baschars Schweigen. Statt das Gespräch zu suchen, hatte es der Präsident seinen Hardlinern überlassen, den Chefs der mächtigen, syrischen Geheimdienste, das Drehbuch seines Handelns zu schreiben.

»Jetzt ist es doch passiert, Reem. Die Unruhen haben Syrien erreicht.«

Sie nickte, aber vor allem beschäftigte sie die Frage, warum sich Adnan ihr anvertraute.

»Baschar verlangt, dass wir unsere Solidarität mit ihm und seiner militärischen Reaktion erklären«, sagte er leise.

Reem wurde schlagartig eiskalt.

»Ich kann mich nicht politisch positionieren. Schon gar nicht in einem blutigen Konflikt. Ich arbeite für ausländische Diplomaten und Politiker und …«

Er wandte sich ab, rieb sich die Nasenwurzel mit Daumen und Zeigefinger. »Dann kann ich deine Lizenz nicht verlängern. Baschar will wissen, wer hinter ihm steht.«

Und wer gegen ihn ist.

Adnan schloss die Augen und atmete tief ein. Reem wusste, dass auch seine Stellung auf dem Spiel stand. Der Präsident und er waren Freunde seit Kindesbeinen, und er war sein Innenminister. Wenn sich Baschar tatsächlich dazu entschieden hatte, auf seine Hardliner und vor allem auf seinen gewaltverherrlichenden kleinen Bruder Maher al-Assad zu hören, hatte Adnan seine Position verspielt. Und damit auch ihre.

Sie hatte keine Kontrolle über ihr Entsetzen.

»Natürlich stehen wir hinter ihm!«

Adnan starrte aus dem Fenster und verweilte mit dem Blick an einem Punkt am Horizont.

»Vielleicht kannst du deine Loyalität auch anders unter Beweis stellen.«

9

Auf dem Nachhauseweg versank Reem ins Grübeln. Sie wollte Adnans Auftrag nicht erfüllen und ihre Klienten bespitzeln. Das stand nicht zur Debatte. Auf dem Beifahrersitz lag ihre Zigarettenschachtel auf einem Haufen von CDs ohne Hülle. Sie hielt den Rauch ihrer roten Marlboro so lange in den Lungen, bis der Nikotinkick kam. Unter seiner stromlinienförmigen Karosserie war ihr weißer Jaguar Coupé ein einziger Müllhaufen. Es war ihr heiliges Refugium. Allerdings ein Luxus, der ihren materiellen Reichtum überstieg. Hinter dem Steuer konnte sie ganz sie selbst sein. Aber der Jaguar war auch ein Fluchtauto.

Reem war die Tochter ihres Vaters. Sie wusste, wie mächtige Männer Probleme lösten. Das hatten sie von dem mittlerweile verstorbenen Diktator Hafez al-Assad gelernt, der sich seinen blutigen Ruf durch das Massaker an seinen Gegnern erworben hatte, 1982 in der Stadt Hama. Als Kind einer einflussreichen Minderheit, der Alawiten, die die Macht durch einen Militärputsch an sich gerissen hatten, war sie mit der Angst vor einer Revolution aufgewachsen. Im Kofferraum ihres Wagens lag immer ein Überlebenskoffer, den sie ihren Klienten in Notsituationen mitgeben konnte. Darin befanden sich Wasser, Vorräte, ein Radio, eine Taschenlampe, Batterien und Wechselkleidung. Und im Handschuhfach lag ihre geladene Glock 17.

Sie fuhr an einem Geschäft vorbei, an dessen Fassade Baschars Porträt prangte. Warme Augen, die Andeutung eines Lächelns, blaue schmale Krawatte und Anzug, wahrscheinlich von den Maßschneidern der Savile Row. Er hatte ein korruptes und beladenes Netzwerk von Geheimdiensten geerbt. Es heißt, die Inuit auf Grönland hätten einhundert Worte für Schnee. Während ihres Aufenthalts in Skandinavien hatte Reem erfahren, dass das ein Mythos war. Trotzdem fiel ihr immer dieser Vergleich ein, wenn Ausländer sie nach der geheimen Politik in ihrem Land fragten. In Syrien existierten eine Handvoll Geheimdienste, die jeweils mehrere Abteilungen hatten. Etwa zwanzig Einrichtungen mit jeweils äußerst ehrgeizigen Anführern, die in einem internen Krieg darum wetteiferten, wer am meisten Angst und Schrecken verbreitet. Dennoch gab es eine gemeinsame Bezeichnung für alle. Mukhabarat. Das arabische Wort für Information. Glücklich der, der in einem Land lebte, in dem man viele Worte für Schnee hatte. Hoffentlich wusste der Präsident, was er tat. Wenn die Unruhen überstanden waren, würde Syrien wieder auf seinen rechten Pfad zurückkehren.

Das Klingeln ihres Handys riss sie aus ihren Gedanken. Sie wechselte auf die rechte Spur und zwängte sich zwischen einen Transporter, der Früchte geladen hatte, und ein gelbes Taxi.

»*Hallo?*«

»Reem?«

Die Stimme berührte etwas in ihr, was tief in ihrer Vergangenheit verborgen war. Aus einer Zeit, die sie vor langem hinter sich gelassen hatte. Es dauerte mehrere Sekunden, bevor sie antworten konnte.

»Sigrid?«

APRIL 2011

10

Der dreiundneunzig Tonnen schwere Airbus 321 hob mit einem tiefen Dröhnen vom Boden ab und löste eine kribbelnde Gänsehaut bei Sigrid aus. Auf dem nachtschwarzen Boden unter ihr glitzerten die Lichter von Kopenhagen wie eine gigantische Schatzkammer aus Gold und Edelsteinen. Der späte Flug der Middle Eastern Airlines nahm Kurs auf, um den dänischen Luftraum zu verlassen. Ein Piktogramm aus einer Wasserpfeife, die mit einem roten Kreuz durchgestrichen war, erinnerte die Passagiere mit einem typischen Klischee daran, dass Rauchen nach wie vor verboten war. Sigrid hatte Schmetterlinge im Bauch, weil es zurück in den Nahen Osten ging. Als würde sie eine alte Flamme wiedertreffen. Eine alte Liebe war erneut entfacht, nur nicht zu einem Menschen, sondern zu einer Kultur. Zu einem Abenteuer. Gerüche. Geschmack. Menschen.

Für Sigrid verbanden sich Faszination und Herausforderung.

Langsam tauchten vor ihrem inneren Auge Erinnerungen auf. Bagdad. Staub. Der Rauch, der in der Lunge brannte. Diese Bilder wollte sie nicht. Sie wollte an etwas anderes denken. An den Moment, als sie Andreas das erste Mal begegnet war. Ihre erste gemeinsame Nacht, deren Ende so … Nein. Auch diese Erinnerung schob sie beiseite. Diese Reise war eine zweite Chance. Sie lehnte sich in ihren Sitz zurück und versank in weichem geschmeidigem Leder. Nach einem tiefen Atemzug spürte sie, wie ihre Muskeln langsam entspannten. Das würde keine leichte Sache werden. Aber es wäre der einzige Weg, um ihre Dämonen ein für alle Mal loszuwerden.

»Drinks, Madame?« Die Stewardess war eine Libanesin mit Bambiaugen und pinkem Lippenstift, der das Blau ihrer Uniform betonte.

Dazu trug sie eine Kopfbedeckung in der Form einer Halspastille. Sigrid ließ ihren Blick über den Wagen mit dem Angebot schweifen. Sie sollte sich unbedingt vom Alkohol fernhalten.

»Nein, danke. Ich nehme nur ein Club Soda, bitte.« Sie bekam ein Glas Wasser serviert und dazu eine kleine Schale mit gesalzenen Mandeln als Snack. Auf der anderen Seite des Ganges saß eine Frau mit einem britischen Pass und füllte ihre Visa-Formulare aus. Ihrem straffen, operierten Gesicht nach zu urteilen, handelte es sich bei ihr um eine jener Touristinnen, die Beiruts berühmten Schönheitskliniken einen Besuch abstatteten. Die Frau war stark geschminkt und hatte ihre Nase gerümpft, als sie Sigrid in ihren Jeans, dem bunten Sweatshirt und ihren roten Converse gesehen hatte, die im schicken Bereich des Fliegers aus der Reihe fielen.

Sigrid fischte das Taschenbuch aus ihrem Rucksack, das sie am Flughafen gekauft hatte. Aber sie hatte doch keine Lust zu lesen. Sie beneidete Andreas, der sich immer Zeit dafür nahm und es genoss, alles zu lesen, was er wollte. Für sie war die Wirklichkeit wild genug.

Die trockene Kabinenluft brannte ihr im Hals, und sie trank ihr Wasserglas in einem Zug aus. Glas, kein Plastik. Es war das erste Mal, dass Sigrid in der Business Class saß. Warum fiel ihr es nur so schwer, das zu genießen? Ihr schlechtes Gewissen meldete sich. Was würden ihre Kollegen von Amnesty sagen, wenn sie sie sehen würden? Sie musste sich einfach daran gewöhnen, dass sie von den Aufgaben, die ihr bevorstanden, niemandem erzählen konnte. Auch Andreas nicht.

Das hatte auch Ines betont, als sie beim Abendessen im Schneeregen auf der Terrasse gestanden hatten. Sie war gleich zur Sache gekommen, was Sigrid nur recht war, denn es hatte sie sehr verwirrt, dass ausgerechnet Ines sie allein sprechen wollte.

»Diese Aktion, die du dir bei den Nachrichten geleistet hast, war das eine einmalige Sache?«, fragte Ines nüchtern.

Sigrid hatte keine Lust gehabt, darauf zu antworten, und Ines hatte einfach weitergeredet.

»Wir, will sagen der Auswärtige Dienst, haben seit den Mohammed-Karikaturen keine Informanten mehr in Damaskus eingesetzt.«

Sigrid hatte sie sprachlos angestarrt, während sich in ihr ein Kribbeln ausbreitete. Das Tor zu einer bis dahin geheimen Welt glitt leise auf. Das war ihr schon einmal passiert, allerdings hatte es sie damals provoziert. Aber die Zeiten hatten sich geändert. Und der Irak war etwas anderes.

»Aber das wollen wir ändern«, hatte Ines gesagt, sich eine Zigarette angezündet und damit in der Luft herumgewedelt. »Der Ordnung halber, damit unsere Männer nicht auf falsche Gedanken kommen.«

Sigrid hatte ihr widersprechen wollen, aber Ines hatte sie mit erhobener Hand gebremst.

»Mir ist bewusst, dass du das letzte Mal nein gesagt hast. Aber jetzt hat es eher vorbeugenden Charakter. Es geht nur um das Sammeln von Informationen.«

»Aber, Ines, ich kann doch nicht …«

»Wir reden hier nicht von versteckten Mikrophonen, ich will auch nicht, dass du durch die Gegend rennst und mit deiner Armbanduhr heimliche Aufnahmen machst oder USB-Sticks mit Staatsgeheimnissen außer Landes schmuggeln sollst.«

»Worum geht es denn dann?«

»Die europäischen Nachrichtendienste wollen Assad im Auge behalten. Ihm einen Schritt voraus sein. Deshalb brauchen wir strategisch platzierte Leute, die für uns die Stimmung im Land ausloten können.«

Sigrid musste grinsen.

»Das klingt vollkommen verrückt.« Sie schüttelte den Kopf und verschränkte die Arme vor der Brust, um ihre Haltung zu unterstreichen. »Außerdem ist es schweinekalt. Können wir wieder reingehen?«

Ines hatte nur mit den Schultern gezuckt und ihre Zigarette im Schnee ausgetreten. Ihre Schritte knarzten in der stillen Winternacht. In der Terrassentür blieb Ines stehen und teilte Sigrid mit, dass sie am nächsten Morgen um halb acht eine Runde laufen gehen würde. Wenn sie Lust hätte, könnte sie ja schon einmal ihre Joggingschuhe rausstellen.

Am nächsten Morgen legten sie zehn Kilometer zurück, liefen durch den Strandpark und am Flughafen vorbei. Sigrid gab alles, um mit der jungen Agentin mitzuhalten, und genoss den Schmerz in ihren Muskeln. Auf einem Parkplatz vor einem schneebedeckten Strand hielten sie an, um ein paar Dehnübungen zu machen. Die Sonne blendete, der Schnee hatte begonnen zu schmelzen.

»Wir wollen dich dafür gewinnen, einen hochgestellten syrischen Politiker oder Geschäftsmann zu rekrutieren und einen Kontakt zwischen uns und der Quelle zu etablieren. Nicht mehr und nicht weniger. Das Honorar ist eher symbolischer Natur, aber wenn dir deine Aufgabe glückt, wäre das von großer Bedeutung.«

»Das musst du mir ein bisschen genauer erklären.«

Dänemark und Syrien hatten bisher ein relativ friedliches Verhältnis, aber der Nachrichtendienst traute Assad nicht über den Weg, erklärte ihr Ines. Als die dänische Botschaft infolge der Mohammed-Karikaturen von wütenden Muslimen in Brand gesteckt wurde, zögerte Assad, den Botschaftsmitarbeitern zu Hilfe zu kommen. Offenbar hatte er der Versuchung nicht widerstehen können, der großen Mehrheit der sunnitischen Muslime ohne zusätzlichen Aufwand die Gelegenheit zu geben, sich abzureagieren. Nach der Verhaftung der beiden Schuljungen jedoch war in den Reihen der europäischen Nachrichtendienste die Sorge gewachsen, wie sich die Situation in Syrien entwickeln würde. Wenn der Arabische Frühling auch dort ausbrechen würde, war es wichtig, die Antwort des Regimes darauf genauestens im Auge zu behalten.

Sigrid war absolut ihrer Meinung, aber welche Rolle sollte *sie* dabei spielen?

»Wir brauchen Leute mit hochentwickelten sozialen Fähigkeiten. Du bist extrovertiert, kreativ, selbstständig und weißt, was richtig und falsch ist. Du kannst dich in allen Kreisen sicher bewegen, die Menschen sind gerne in deiner Nähe und haben Lust, sich mit dir auszutauschen.«

Sigrid schnaubte amüsiert. Ines sprach normalerweise praktisch nicht mit ihr.

»Was mir allerdings Sorgen macht, ist deine Fähigkeit, analytisch zu denken und mit Stress umzugehen.«

»Hat mein Intermezzo im Fernsehen dich daran zweifeln lassen?« Sigrid gab sich keine Mühe, ihren Sarkasmus zu verbergen, aber Ines ließ sich nicht darauf ein. Davon könnte sie sich eine Scheibe abschneiden, sich einfach nicht provozieren zu lasen.

»In der Tat«, sagte Ines. »Aber dafür bist du auf dem Weg nach Damaskus, in Zivil, und arbeitest für ein Unternehmen. Du gehörst weder zu einer NGO, noch bist du Journalistin, die von der Regierung strengstens überwacht wird. Und das Allerwichtigste …«

»Und das wäre was?«

»Du hast bereits Kontakte vor Ort. Deine syrische Freundin. Ihr Vater ist doch syrischer Diplomat? Und sie arbeitet fürs Regime, stimmt's?«

»Ja, der Vater ist ein hohes Tier. Aber ich kann mir nicht vorstellen, dass Reem für Assad arbeitet.«

»Wenn sie eine eigene Sicherheitsfirma hat, hat der Mukhabarat sie durchleuchtet und überprüft. Aber sie kann dich der syrischen Elite vorstellen, wenn du es geschickt anstellst.«

Sigrid spürte, wie ihr das Blut aus dem Gesicht wich und ihr schwindelig wurde. Sie ließ sich auf eine Bank fallen. Wenn Reem wirklich fürs Regime arbeitete, konnte sie doch nicht gleichzeitig für ihre Sicherheit in Damaskus sorgen. Auf der anderen Seite könnte sie Sigrid bei dem Auftrag für den Nachrichtendienst helfen, ohne davon zu wissen.

Ines musterte sie konzentriert. Sigrid genoss es, dass ihr diese arrogante Frau, der sie im Geheimen immer unterstellt hatte, dass sie scharf auf Andreas war, ihre volle Aufmerksamkeit schenkte.

»Schickt ihr noch andere *Informanten* dorthin?«, fragte Sigrid.

»Die Kenntnis darüber ist nicht elementar für dich.«

»Und was ist, wenn ich scheitere? Wenn ich das nicht in mir habe – Spionin zu sein?«

»Dann ist doch zumindest kein Schaden entstanden.«

»Außer, sie entlarven mich.«

Ines nahm einen Schluck Wasser aus ihrer Flasche und nickte. »Außer, sie entlarven dich. Das musst du vermeiden.«

»Was passiert denn, falls sie es tun?«, fragte Sigrid.

»Dann solltest du das Land so schnell wie möglich verlassen.«

Sigrid hat einen Pakt mit sich selbst geschlossen: Wenn sie den Auftrag für den Nachrichtendienst erfolgreich erledigte, wäre sie endlich frei. Frei von Schuld. Bei dem Gedanken wurde ihr ganz heiß, und ihr Blut pochte hinter den Schläfen. Das Schamgefühl begleitete sie schon seit so vielen Jahren, dass sie gar nicht mehr wusste, wie es sich anfühlte, ohne es zu sein.

Im Lautsprecher über ihrem Sitz krächzte es. Der Flieger habe seine Flughöhe von dreiunddreißigtausend Fuß erreicht, teilte ihnen der Kapitän auf Arabisch mit. Das konnte sie verstehen, obwohl sie die Sprache nie richtig gelernt hatte. Leider waren aber auch die Kenntnisse, die sie als junge Frau erworben hatte, ziemlich eingerostet. Sie fragte sich, ob sie überhaupt gut genug auf diese Mission vorbereitet war.

Auf Ines' Aufforderung hatte Sigrid verlangt, dass ihr neuer Arbeitgeber ihr einen HEAT-Kurs bezahlte. Ein Hostile Environment Awareness Training, damit Sigrid für Gefahrensituationen mental und physisch gerüstet war. Das war ein übliches Prozedere für Auslandseinsätze und würde deshalb keinen Verdacht erregen. Ihre Verbindung zum Nachrichtendienst musste um jeden Preis geheim gehalten werden. Sigrid war auf sich allein gestellt.

Sie löste ihren Sicherheitsgurt und machte sich zwischen den Sitzreihen schwankend auf den Weg in die Pantry, wo die Stewardess sie höflich anlächelte.

»Ich glaube, ich will jetzt doch einen Drink.«

»Aber selbstverständlich. Das nächste Mal klingeln Sie uns einfach zu sich an den Sitz.«

Sigrid erwiderte das Lächeln.

»Vielen Dank.«

Sie kehrte an ihren Platz zurück und sah aus dem Fenster. Außerhalb des Flugzeuges war alles in tiefes Schwarz gehüllt. Nur am Flügel blinkte eine rote Lampe. Worauf hatte sie sich da bloß eingelassen? Sie brauchte unbedingt einen Plan. Reems Netzwerk war der richtige Weg, und vielleicht würde sie über Reems Vater an einen wichtigen Kontakt kommen.

Sigrid trank den doppelten Gin Tonic in zwei Zügen aus. Sofort breitete sich eine angenehme Wärme in ihrem Körper aus.

Der Flieger landete morgens um vier in Beirut, von dort würde sie nach Damaskus aufbrechen.

11

Die private Schießanlage war wie ein Bunker gebaut, mit niedriger Deckenhöhe und rauen Betonwänden. Der Frühlingsregen trommelte aufs Dach, und Reem freute sich, dass sie offenbar die Einzige war, die dem Wetter getrotzt hatte. Ihre nassen Haare klebten an ihrem Gesicht, aber es hatte etwas Erfrischendes, Belebendes. Das Handtuch, das sie im Umkleideraum gesehen hatte, stank nach altem Schweiß, deshalb schüttelte sie das Wasser aus ihren Haaren und leckte die Regentropfen von den Lippen. Dann zog sie ihre Waffe aus dem Holster.

Ihre Glock 17 im Anschlag fokussierte Reem auf den anonymen Feind auf der Zielscheibe am Ende der Bahn. Das Kronjuwel in ihrer Waffensammlung war zwar die italienische vergoldete Beretta, die sie von ihrem Vater geschenkt bekommen hatte, aber in Anbetracht des bevorstehenden Auftrags war die in Österreich hergestellte Halbautomatikwaffe in ihrer Hand die sicherere Wahl. Zuverlässig, leicht zu handhaben und treffsicher.

Sie stemmte ihre braunen Lederstiefel in den Boden und spannte ihre Muskeln an. Das Ziel war in fünfzehn Meter Entfernung, aber in dieser Disziplin ging es um Geschwindigkeit. Nicht um den Abstand. Reem hielt die Waffe mit ausgestreckten Armen vor sich und atmete tief ein. Das Visier schwebte ein paar Millimeter über der Zielscheibe. Langsam und kontrolliert ließ sie alle Luft aus ihrer Lunge entweichen und senkte ihre Arme so tief, dass sich ihr Auge auf einer Linie mit dem Visier befand.

Reem fluchte und senkte die Waffe ganz. Ihre Konzentration war weg, und es gab keinen Grund, unnötig Munition zu verschwenden. Das hatte sie von ihrem Vater gelernt, den sie oft beim Schießen beobachtet hatte. Aber nicht etwa, weil er diese Kunst beherrschte, im Gegenteil. Er war zwar ein hervorragender Schütze, aber viel zu schnell mit dem Finger am Abzug, wenn das Temperament mit ihm durchging. So verfehlte man nur sein Ziel, das hatte Reem gelernt. Ihr Vater hatte ihr das Jagen und Schießen beigebracht, als sie in Skandinavien gelebt hatten. Es hatte nicht lange gedauert, und sie hatte eine höhere Abschussquote als er. Sie lächelte, als sie an das Gesicht ihres Vaters dachte, als sie den Bock erlegt hatte, den er davor verfehlt hatte. Stolz und beleidigt zugleich.

Reem trainierte mehrmals die Woche. Meistens brachte sie ihren Auftraggebern das Schießen bei, die alle dachten, Schießen habe ausschließlich mit Präzision zu tun. Aber man benötigt nicht viel Übung, um ein Magazin auf eine Pappfigur abzufeuern. Das Entscheidende war, wie geschmeidig und schnell man seine Waffe benutzte – unter Zeitdruck und bei einem beweglichen Ziel.

Gewalt war Reem nicht fremd. Während ihrer Ausbildung bei den Männern ihres Vaters waren sie auf der irakischen Seite der Grenze angegriffen worden. Sie hatten zu dritt in einem Land Rover gesessen, der Fahrer, Reem und der Chef einer deutschen NGO auf dem Rücksitz. Sie fuhren eine Schotterpiste entlang und waren einige Kilometer vom nächsten geschützten Areal entfernt. In einer Kurve warteten im Schutz eines zerbombten Hauses vier Al-Qaida-Kämpfer auf sie. Plötzlich standen sie auf der Straße, mit erhobenen Waffen, und gestikulierten wild. Die Gewehrläufe zielten auf Reem und den Fahrer. Zum Glück hatten sie nur alte Jagdgewehre. Der Deutsche schrie auf, und Sekunden später hatte der Fahrer seine Maschinenpistole gezogen und leerte sein Magazin durch die Windschutzscheibe. Das Glas zersplitterte, und der Weg wurde in Rot getaucht. Als sich der Staub legte, sahen sie die Angreifer in ihrem Blut am Boden liegen. Reem konnte noch drei Tage nach dem Zwischenfall nicht richtig hören. Aber sie lebte. Und der Deutsche war wie geplant wohlbehalten zum Flughafen gebracht worden, um zu seiner Familie nach Köln zurückzukehren.

In Reems Welt war Gewalt ein notwendiges Übel.

Das Ereignis fand nur kurz nach ihrer Ankunft aus Stockholm statt.

Reem war rasend vor Wut, und dieses Erlebnis führte dazu, dass sie ihre Jagdgewehre gegen Handwaffen austauschte. Die Welt war *alja-him*, die Hölle auf Erden. Sie hatte Sigrid verloren und ihre Mutter. Von dem Tag an ging es nur noch ums reine Überleben.

Und weil sie an Sigrid gedacht hatte, war ihr die Konzentration beim Schuss abhandengekommen. Sigrid lebte in einer Welt, in der man die Wahl hatte und sich zwischen Gut und Böse entscheiden konnte. Sigrid war ein einziges Energiebündel, voller Leidenschaft und großen Gefühlen. Ihr rothaariger Kopf platzte vor wilden Ideen, die sich nicht an vorgegebene Richtlinien hielten. Auf der anderen Seite drehte sie vollkommen durch, wenn die Welt ihr hässliches Gesicht zeigte. Das waren Eigenschaften, die im richtigen Leben schwer kompatibel waren. Zumindest war das Reems Ansicht gewesen. Damals.

Sigrid hatte sich nach sechzehn Jahren Funkstille gemeldet. Sie hatte einen Job bei NorCom angenommen, ein Auftraggeber von Reem, seit Magnus Christiansen dort eingestiegen war. So wie Sigrid war auch Magnus ein alter Bekannter aus Unizeiten. Die Skandinavier waren in ihr Leben zurückgekehrt, und Reem hatte die Aufgabe, auf sie aufzupassen. Das fehlte ihr jetzt gerade noch.

Sie riss sich aus ihren Gedanken. Schließlich wäre es erst recht nicht hilfreich, wenn sie das Sicherheits-Briefing für NorCom nicht ordentlich vorbereitete. Seit den ersten Demonstrationen im März hatten sich die Aufstände auch auf Baniyas und Jableh ausgebreitet, zwei syrische Städte, die ganz oben auf dem Entwicklungsplan von NorCom standen. Reem musste aktuelle Informationen beschaffen, sonst könnten Sigrid und ihre Leute in Lebensgefahr geraten.

Sie lockerte ihre Muskeln, rollte die Schultern, dann hob sie die Glock erneut.

Da leuchtete das Display ihres Handys auf. Ein Anruf.

»Verstehe ich das richtig, dass du auf dem Weg nach Baniyas bist?« Adnan war wie immer kurz angebunden.

»Ja, ich habe einen Klienten – ein großes Telekommunikationsunternehmen –, der dort Sendemasten aufstellen will. Ich muss meinen Lagebericht aktualisieren.«

Es herrschte einen Moment Stille in der Leitung.

»Reem … Wir machen uns Sorgen um deine Sicherheit.«

»Dafür gibt es keinen Grund.« Sie biss sich auf die Lippen. Seit dem Abend auf Adnans Anwesen in den Bergen hatte sie Angst vor der Einmischung vonseiten der Regierung.

»Ich weiß, dass du auf dich aufpassen kannst. Aber wir müssen die Situation unter Kontrolle behalten, um zu verhindern, dass weitere unschuldige Menschen sterben.«

»Dazu gehören hoffentlich auch meine Auftraggeber.«

»Reem, ich kann jetzt nicht weiter ins Detail gehen.«

»Ich kann sehr gut allein auf mich aufpassen. Wenn es euch beruhigt, kann ich noch mehr von meinen Leuten mitnehmen.« Sie wartete auf eine Reaktion von ihm.

»Ich glaube, wir sollten uns sehen.«

Reem schüttelte frustriert den Kopf.

»Dann können wir auch eine Partie spielen. Also, morgen um elf im Schachclub?«

Das war keine wirkliche Frage. Sie vereinbarten das Treffen und beendeten das Telefonat.

Unterschätzte er sie? Oder manipulierte er sie? Aber was hatte er für ein Motiv? Auf jeden Fall hatte das Innenministerium nicht das Recht, sie davon abzuhalten, ihre eigenen Nachforschungen anzustellen. Syrien stand vor einem Wendepunkt, und Reem wollte wissen, was vor sich ging. Sonst würde sie ihre Firma gleich dichtmachen können.

Ein lautes Klacken signalisierte, dass sich die Zielscheibe ab jetzt bewegen würde. Sie stellte den Motor so ein, dass sie nur für den Bruchteil einer Sekunde zu sehen war. Dann setzte Reem die Kopfhörer auf, hob ihre Glock und ließ ihre Wut zu. Es musste einen Grund geben, warum sie ihre Fahrt nach Baniyas verhindern wollten. Sie zielte – ein paar Millimeter über der Scheibe. Die Scheibe drehte sich zur Seite. Reem atmete aus. Dann drehte sich die Scheibe wieder zu ihr. Sie drückte ab. Der Rückstoß war heftig, aber sie kannte den Schmerz in der Hand und hielt die Waffe fest. Die Scheibe drehte sich erneut. Einer Eingebung folgend wechselte sie die Schusshand. Drückte ab. Wechselte wieder die Hand. Wiederholte. Sechzehn Schüsse donnerten durch die Anlage. Die Patronenhülsen flogen ihr um die Ohren. Reem war wie im Rausch.

Mit der Fernbedienung holte sie die Zielscheibe zu sich nach vorne. Sie hielt direkt vor ihr. Die sechzehn Treffer saßen alle im Brustkasten der Pappfigur.

12

Der Airbus der Middle Eastern Airlines landete pünktlich um vier Uhr morgens auf libanesischem Boden. Die Luft war schon ziemlich warm. Kaum hatte Sigrid das Flugzeug verlassen, zog sie sich ihr Sweatshirt aus und freute sich, dass sie das kalte Dänemark gegen den Frühling in der Levante eingetauscht hatte. Der Beiruter Flughafen Rafik Hariri roch nach stark parfümierten Reinigungsmitteln. Ein Geruch, an den sie sich sehr gut erinnern konnte. Auf ihrem Weg durch den Flughafen kam sie an den eleganten Boutiquen vorbei, in denen Gäste aus der ganzen Welt neben den üblichen zollfreien Waren wie Süßigkeiten, Parfüm und Alkohol besondere Andenken kaufen konnten. Seidenmäntel mit handgeklöppelter Spitze, Geschenkboxen mit arabischen Köstlichkeiten in Seidenpapier und Stapel von druckfrischen Büchern über die politische Situation im Nahen Osten. Sigrid würde Andreas vorschlagen, seine Reise mit den Kindern so zu planen, dass Sommer und Victor diesen Flughafen erleben könnten. In der Ankunftshalle lockte eine Kaffeebar mit ihrem Duft. Sie bestellte sich einen doppelten Espresso, bevor sie sich mit ihrem Rollkoffer auf den Weg zur Passkontrolle machte.

Dort wurde sie mit ihrer ersten Herausforderung konfrontiert. Überall waren Soldaten. In Kampfuniformen. Maschinengewehre. Sigrids Nervensystem reagierte auf die bloße Anwesenheit von Militär, eher aus Erfahrung als aus Vernunft.

Sie musste sich sehr beherrschen, um Ruhe zu bewahren, während der Soldat an der Schranke wissen wollte, warum sie einreisen wollte.

»Ich will weiter nach Damaskus.« Sie erklärte ihre Reisepläne etwas detaillierter.

»Nach Syrien? Die meisten reisen im Moment in die entgegengesetzte Richtung.« Er schüttelte verständnislos den Kopf, aber gab ihr den Stempel in den Pass.

Draußen hielt sie nach dem Fahrer von Jasmin City Security Ausschau, Daham Sahabi. Es standen mehrere Fahrer vor der Tür, ein junger Mann um die fünfundzwanzig rief nach ihr.

»Madam Secret!« Der Mann trug einen Trainingsanzug, seine Haare waren an den Seiten abrasiert, während der Rest nach oben frisiert war. Die Frisur entsprach, das wusste sie dank Victor ganz genau, dem aktuellen Styling von Cristiano Ronaldo, und er hielt ein Schild mit der Aufschrift SECRET MELIN. Sigrid grinste. Es war eine ganze Weile her, dass sie diese arabisch-englische Aussprache ihres Vornamens gehört hatte.

»Daham Sahabi?«

»Madam Secret!« Daham Sahabi lächelte übers ganze Gesicht und präsentierte eine funkelnde Zahnspange. »Ich bin Ihr Fahrer und Bodyguard!«

Seit NorCom Sigrids Visum bei der syrischen Botschaft in Stockholm beantragt hatte, hatte sich die Sicherheitslage im Land signifikant verändert. Um potenziellen Unruhen in den syrischen Provinzen zu entgehen, hatte Reem empfohlen, über Beirut einzureisen. Die Bekaa-Ebene im Libanon hatte den Ruf, ein Hotspot für Entführungen zu sein, aber Reem zufolge war das übertrieben und diese Route die beste im Vergleich zu den Alternativen.

Sie hatten in Daham Sahabis großem Land Rover die Vororte von Beirut erreicht. Acht Jahre war es her, dass Sigrid diesen Teil der Welt betreten hatte. Sie saß auf dem Rücksitz und genoss jede Sekunde. Sie fuhren durch die hügelige Landschaft, wo sich die Wohnhäuser zwischen Autowerkstätten und Mini-Supermärkte quetschten, die mit gigantisch großem Obst und Gemüse in der Auslage warben. Auf den Balkonen hing die Wäsche zum Trocknen und schwarzhaarige Kinder in Schuluniformen oder T-Shirts mit knallbunten Disney-Figuren schlenderten über die Bürgersteige. Sie nahm ihre Aviator-Sonnenbrille ab, um besser sehen zu können und hängte sie in den Ausschnitt ihres T-Shirts. Bei ihrem letzten Besuch in Damaskus war sie auf Studienreise. Das war noch bevor sie Reem kennenlernte. Sie war nervös, aber ihre Vorfreude hatte über ihre Sorgen gesiegt.

Aus den Vorstädten wurden Felder mit vereinzelten Bauernhöfen, dann tauchten rechts und links des Weges Weinberge auf.

»Wir nähern uns der Bekaa-Ebene. Ihr Botschafter sagt, dass sie als gefährlich eingestuft wird, deshalb wollen wir kein Risiko eingehen. Halten Sie sich gut fest«, sagte Daham Sahibi lachend und drückte das Gaspedal durch, dass die Karosse nur so schepperte.

»Sie sind Fahrer – und Bodyguard haben Sie gesagt?« Sigrid musste gegen den Lärm fast brüllen. »Arbeiten wir mit Ihnen zusammen, wenn wir in Damaskus sind?« Sie musste herausbekommen, wie nah er Reem stand. Sie wollte über ihn in Erfahrung bringen, mit welcher Seite Reem sympathisierte.

Daham Sahibis schwarzer Pony wippte auf und ab.

»Ich bin Ihr Hauptkontakt, solange die Masten errichtet werden.«

»Dann arbeiten Sie mit Reem zusammen?«

»Madam Nebmir ist meine Chefin.«

»Und welche Haltung hat Jasmin City Security zu den Unruhen?«

»Die Frage verstehe ich nicht.« Das Lächeln war aus seinem Gesicht gewichen.

Auf welcher Seite stand ihr Fahrer? *Shit, Sigrid. Du musst verdammt noch mal aufpassen, was du sagst.*

»Ich wollte wissen, wie wir uns zu den Unruhen verhalten sollen.«

»Fernhalten!«

Sigrid nickte eifrig, aber bekreuzigte sich innerlich. War das kompliziert.

»Mukhabarat sieht alles und jeden, der sich für die Unruhen interessiert.«

Er kam ihr entgegen, einen Millimeter.

Daham Sahibi sah sie im Rückspiegel an. »Und wenn wir Damaskus erreicht haben, dann dürfen Sie solche Fragen nicht mehr stellen.«

Sigrid wurde rot. Dann hielt sie den Daumen hoch. Verstanden.

Sie rasten weiter. Die Straße lag wie ein Lineal vor ihnen und führte durch die Weinberge der Bekaa-Ebene. Dann wurde die Besiedlung wieder etwas dichter. Sie sausten an einer Tankstelle vorbei mit einem verführerischen Fastfood-Angebot im Fenster. Plötzlich tauchte eine Herde Ziegen auf, in Begleitung eines gebückten Hirten in ausgelatschten Schuhen. Daham Sahibi wurde langsamer.

»Bevor wir da sind, will ich Ihnen noch ein paar Regeln mitgeben, die Sie kennen *müssen.* Ich nenne sie gerne Reems acht Regeln.« Er hielt die fünf Finger seiner rechten Hand in die Luft, der Blick fest auf die Straße gerichtet.

»Das sind aber nur fünf Finger.«

»Ich muss fahren.«

Sigrid grinste.

»Sie haben recht.«

»Nummer eins. Meiden Sie Demonstrationen und andere Versammlungen. Das hatten wir schon. Nummer zwei. Meiden Sie die Vororte, vor denen wir warnen. Drei. Nehmen Sie niemals ein Taxi.« Mit jeder aufgesagten Regel sank ein Finger nach unten. »Viele Taxifahrer arbeiten für den Mukhabarat. Sie sind die geheimen Augen und Ohren der Polizei – und sie sind überall.«

Er reichte ihr eine Visitenkarte nach hinten.

»Rufen Sie hier an. Ich bin immer in der Nähe. Speichern Sie die Nummer in Ihr Handy, dann wissen Sie auch, dass ich es bin, der anruft. Draußen auf der Baustelle, wenn Sie die Masten errichten, gibt es weitere Sicherheitsrisiken. Reems Regel Nummer vier. Wenn Sie Schüsse oder Explosionen hören, werfen Sie sich flach auf den Boden. Kein *duck and run*, nur weil Sie zu viele Actionfilme gesehen haben. Werfen Sie sich hin. Die Erde ist Ihr Freund. Nummer fünf. Wenn Sie der Mukhabarat holt, tun Sie, was die Ihnen sagen.«

Sigrid zuckte zusammen.

»Regel Nummer fünf steht nicht zur Diskussion. Diese Leute sind immun gegen Charmeoffensiven. Entschuldigen Sie meine deutlichen Worte, Madam, aber denen ist alles vollkommen egal. Auch wenn so eine reizende skandinavische Dame wie Sie … Tun Sie einfach, was die Ihnen sagen, okay?«

»Warum sollten die mich denn abholen?« *Los, sag etwas Beschwichtigendes.* Aber es kam nichts.

»Zum Glück sind sie im Moment damit beschäftigt, nach den Aufrührern zu suchen. Nummer sechs. Achten Sie auf Gerüchte. Und merken Sie sich die. Wenn Sie von Aufständen oder Unruhen hören, notieren Sie das in dieser Karte hier.«

Sie bekam eine Karte von Syrien und Damaskus und begriff, dass diese Übung ihre Fähigkeit ausbauen sollte, Situationen besser analysieren und einschätzen zu können. Damit sie eigenständiger war.

»Also, achten Sie darauf, wo Sie sich aufhalten. Sieben. Verbergen Sie, dass Sie Arabisch sprechen können. Das ist besser für Sie.«

Der letzte Punkt würde ihr am leichtesten fallen. Ihr Arabisch war mehr als eingerostet.

»Und Regel Nummer acht. Haben Sie immer Tampons dabei.«

Sigrid lächelte. »Tampons?«

»Um die Blutung zu stoppen, wenn Sie von einem Querschläger erwischt werden sollten.«

»Vielen Dank. Darf ich Daham zu Ihnen sagen?«

»Sie dürfen mich nennen, wie Sie wollen.« Wieder sah er sie im Rückspiegel an. Dann zwinkerte er ihr zu. »Solange Sie *meine* einzige Regel befolgen.« Mit schroffer Stimme sagte er: »Wenn ich sage, dass Sie in Gefahr sind, dann glauben Sie mir. Sonst kann ich Ihnen nicht helfen. Hatten Sie ein HEAT-Training?«

Sie nickte und setzte sich aufrecht hin.

»Und glauben Sie bloß nicht, dass Sie dadurch zum James Bond geworden sind.«

Sigrid verschluckte sich und nickte ihm hustend zu.

»Abgemacht«, sagte sie dann.

Sie sah auf die Uhr, eine Stunde waren sie schon unterwegs. Der frühe Flug und das Adrenalin in ihrem Körper forderten ihren Tribut. Plötzlich veränderten sich auch die Straßenverhältnisse, und die Fahrt wurde ruhiger.

»Wir haben wieder Asphalt unter den Reifen«, verkündete Daham. »Jetzt ist der perfekte Zeitpunkt für eine kurze Pause.«

Dankbar gehorchte Sigrid und legte sich auf den Rücksitz und versuchte, ihre Gedanken zu sortieren. Dahams Worte hatten sie beunruhigt. Sie musste an den Abschied gestern Abend am Flughafen denken. Victor, Sommer und Andreas, die ihr hinterhergewunken und ihr eine gute Reise gewünscht hatten. Ihre Familie. Das hier musste gut gehen. Sie durfte sich keinen Fehler erlauben. Sigrid war aufgebrochen, um wieder nach Hause zurückkehren zu können.

Der süßliche, starke Geruch von arabischem Kaffee weckte sie. Daham Sahabi reichte ihr einen kleinen Becher durch das Autofenster und rief ihr ein energisches *sabah al khair* zu – Guten Morgen. Danach bekam sie in Papier gewickelte Fataya, libanesische Teigtaschen, die mit geschmolzenem Käse gefüllt waren. Diese Kombination, der starke Kaffee mit Kardamom und die Teigtaschen, erinnerten sie an ihre erste Reise in den Nahen Osten.

Sigrid war zurückgekehrt. Sie fühlte sich fünfzehn Jahre jünger und sprudelte fast über vor Abenteuerlust.

Nachdem sie die Formalitäten erledigt hatten, um den Libanon verlassen zu dürfen, rollte der Land Rover durch Niemandsland. Vorbei an Stacheldrahtzäunen, Barrikaden und Checkpoints. Einige der schwerbewaffneten Soldaten wandten beschämt den Blick ab, als sie Sigrid im Wagen sitzen sahen. Sigrids Herz begann zu rasen, als sie das Haus sah, in dem die Einreisebehörde untergebracht war. Auf der mit islamischen Mustern verzierten Mauer prangten die Letter: SYRIAN ARABIC REPUBLIC. Sie stieg aus und streckte ihre steifen Beine. Überall wuchsen wilde Blumen, und sie genoss die milde Frühlingsluft auf ihrer Haut.

Aber Sekunden später wurde ihre Wiedersehensfreude überschattet. Auf einer mehrere Meter hohen Tafel prangte das Bild des Präsidenten in Militäruniform und mit verspiegelter Ray Ban. Wie ein Diktator aus einem B-Movie.

Sie war in Syrien angekommen.

13

Normalerweise blieb Reem liegen, wenn Firas um diese Uhrzeit aufstand, um zur Frühschicht ins Krankenhaus zu fahren. Aber sie konnte nicht mehr schlafen und war aufgestanden, um vom Küchenfenster aus zuzusehen, wie dic Stadt erwachte. In der Morgendämmerung war Damaskus am schönsten. Der Himmel über dem Dschabal Qasyun färbte sich langsam rosarot. In etwa einer Stunde würde ihre Haushälterin Rose aufstehen und ihrer Tochter Rahaf Frühstück machen. Reem genügte ein Espresso. Sie war noch benommen vom Schlafmangel und verbrannte sich am kochend heißen Gerät.

»*Khara kebir*, verdammte Scheiße«, fluchte sie laut.

»Dir auch einen Guten Morgen!«

Firas stand in der Küche und bemerkte leise, dass hier jemand offenbar allerbester Laune sei.

Reem grinste genervt. Ihr stand das Treffen mit Adnan im Schachclub bevor. *Vielleicht kannst du deine Loyalität auch anders unter Beweis stellen.* Seit der Arabische Frühling auch Syrien erreicht hatte, war der Druck auf Adnan ins Unermessliche gestiegen. Ab jetzt würden auch sie und ihre Firma Jasmin City Security darunter leiden müssen. Sie schielte zu Firas herüber. Es hatte keinen Sinn, ihm von ihren Sorgen zu erzählen. Er war ohnehin alles andere als begeistert von ihrer engen Verbindung zum Innenminister und würde die Gelegenheit nur dazu nutzen, ihr seine Meinung über Adnan zu sagen.

Wahrscheinlich würde er aber ohnehin kein Wort sagen. Firas hatte schon seit Tagen schlechte Laune. Jetzt saß er mit gesenktem Kopf vor seinem Handy und las die Nachrichten. Ihr süßer, wunderbarer, lustiger Mann war wortkarg und ernst geworden. Sie wäre ihm am liebsten mit den Händen durch sein dunkles Haar gefahren, das im Nacken auf dem Rand seines Hemdes auflag. Stattdessen nippte sie an ihrem Kaffee.

»Wann beginnt deine Schicht?«

Er zuckte mit den Schultern, aber der zuckende Muskel an seiner Schläfe verriet, dass er alles andere als entspannt und gleichgültig war.

»Wie immer.«

»Was liest du da?«

Er drehte ihr das Display hin – der Artikel im britischen *Guardian* berichtete über die syrischen Streitkräfte, die in Douma, einer Vorstadt von Damaskus, zwölf Demonstranten erschossen und vierundvierzig weitere verletzt hatten. Wie alle, die verbotene Medien lasen, benutzte auch Firas eine verschlüsselte VPN-Verbindung. Er sah, was sie dachte, und nahm seine Lesebrille ab.

»Ja, ich bin vorsichtig. Aber was sagst du zum Inhalt des Artikels? Wie stehst du dazu?«

Reem wand sich.

»Das ist wohl nur eine Phase. Das geht wieder vorbei.«

Firas stand auf.

»Willst du keinen Kaffee haben? Ich mache dir einen«, fragte sie.

»Ich trinke ihn im Krankenhaus«, sagte er kühl und griff nach dem Autoschlüssel.

Reem legte sich wieder hin, aber die Morgendämmerung drang durch die schweren beigen Gardinen in ihrem Schlafzimmer. Sie versuchte, die Zeit zu genießen, bevor Rose aufstand. Reem war mit vielen Bediensteten aufgewachsen, die in ihrem Elternhaus gewohnt hatten, ihr selbst aber genügte die indonesische Haushälterin. Reem liebte es, ihre Tochter morgens in die Montessori-Schule zu bringen, aber sie liebte es auch, sich mit einem Buch ins Bett zu verkriechen, während Rose Rahaf fertig machte. Morgens im Bett zu lesen war ein Ritual, das sie sich während ihres Studiums in Kopenhagen angewöhnt hatte. Und dank ihrer privilegierten Lebensumstände war es ihr möglich, diese Gewohnheit beizubehalten.

Firas' Eltern arbeiteten für die Gemeinde und lebten in sparsamen

Verhältnissen. Seit seinem ersten Schultag hatte er nebenbei Lotterielose verkauft, um finanziell etwas beisteuern zu können. Den Job hatte er erst mit Beginn seines Medizinstudiums aufgegeben. Er zog sie mit ihrer Dekadenz auf, im Bett zu lesen. Aber sie wusste, dass er ihr luxuriöses Leben liebte, und ließ ihn gewähren. Sie führten ein extrovertiertes Leben und das gefiel ihm, aber für Reem waren die vielen Abendessen und Veranstaltungen zur Pflicht geworden, um ihr Netzwerk zu pflegen. Wirklich enge Beziehungen hatte sie sehr wenige.

Die Stunden morgens im Bett waren ihr heilig. Reem hatte mit vier Jahren ihre Mutter verloren und war als Einzelkind mit einem sehr einflussreichen Vater aufgewachsen. Sie hatte früh gelernt, allein zurechtzukommen. Ohne Literatur ein Ding der Unmöglichkeit. Als Kind hatte sie festgestellt, dass sie durch Romane unsichtbar wurde. Sie waren immer eine gute Entschuldigung, um nicht an den Veranstaltungen teilnehmen zu müssen, die ihr Vater ausrichtete. Als Tochter eines bedeutsamen, syrischen Diplomaten und Politikers hatte sie von klein auf unter der Beobachtung anderer gestanden. Das Lesen bot ihr die Möglichkeit zum Rückzug. Auf ihrem Nachttisch lag zurzeit der Bestseller des Schriftstellers Mamdouh Adwan über die Animalisierung des Menschen. Reems Buchdealer in der kleinen Buchhandlung im Hotel Cham Palace hatte gesagt, das Buch sei Pflichtlektüre für jeden modernen und gebildeten Syrer. Der Autor war Alawit, wie Reem und die gesamte Assad-Familie. Sein Werk war eine Studie über die Gewalt in der arabischen Kultur und war in gewissen Kreisen für seine Analyse der Gewaltrhetorik mit Lob und Anerkennung überschüttet worden. Sie war noch nicht weit gekommen und so früh am Morgen fehlte ihr die Konzentration, sich auf den Text einzulassen. Als es Zeit war, Rahaf zu wecken, hatte sie keine einzige Seite gelesen.

»Rahaf, *habibti*, wach auf.«

Rahaf schlief tief und fest und brummte unwillig, als Reem sich auf die Kante ihres weißlackierten Bettes setzte und sie sanft rüttelte.

»*Sabah al khair*«, sagte Reem und strich ihrer Tochter die dunklen Locken aus dem Gesicht.

Rose hatte für die beiden an dem kleinen Esstisch gedeckt. Wie jeden Morgen hatte Fairouz die Küche in ihren Beschlag genommen. Die libanesische Sängerin war ein fester Bestandteil der morgendlichen Routine, Reem liebte ihre wehmütige Stimme. Rahaf bildete mit ihren *kak*, kleinen Sesamschnitten, ein Muster auf ihrem Teller und goss sich warme Milch in einen hellblauen Becher mit weißen Tupfen. Noch schlaftrunken stippte sie die Stücke in die Milch und schlürfte sie ab. Die orange Katze der Familie sprang in ihren Schoß, machte es sich gemütlich und begann zu schnurren.

»Mögen die auch Katzen?«

»Mag wer Katzen, Rahaf?«

Reem sah ihre Tochter an. Ach so, natürlich fragte sie. Sie unterdrückte ein Lächeln.

»Die Engländer stehen mehr auf Hunde, zumindest trifft das – soweit ich weiß – für das britische Königshaus zu.«

»*Khara mukarrar*, was für eine verdammte Scheiße«, sagte Rahaf und griff nach einer weiteren Sesamschnitte.

»Himmel, wo kommen denn plötzlich solche Ausdrücke her? Die will ich nicht hören.«

Die Zehnjährige zuckte mit den Schultern. Sie war hin- und hergerissen zwischen der Loyalität ihrer Katze gegenüber und ihrem glühenden Interesse für England und die Briten, das mit der jüngsten Bettlektüre, den Harry- Potter-Bänden, begonnen hatte.

Reem frühstückte morgens üblicherweise ausgiebig in einem Café in der Nähe ihres Büros, aber diese Routine hatte Adnan mit seinem Terminwunsch vereitelt. Sie riss ein Stück vom Fladenbrot ab und tauchte es in die Schale mit Olivenöl und Zatar. Die eigentliche Attraktion des gemeinsamen Frühstücks war es, Rahaf beim Essen zuzusehen. Reem hatte kaum Erinnerungen an ihre Mutter, bevor der Krebs sie zerstörte. Aber sie konnte sich gut an ihren warmen, weichen Körper erinnern, wenn sie an ihrer Brust vor dem Fernseher einschlafen durfte. Und sie erinnerte sich an das Klackern ihrer hohen Absätze, wenn sie morgens die Tagesaufgaben unter den Bediensteten verteilte. Und natürlich erinnerte sie sich an das Frühstück, das ihr ihre Mutter machte. Pfui Teufel, hatte das widerlich geschmeckt! Reems Mutter hatte jeden Morgen darauf bestanden, ihr einen Milchshake mit rohen Eiern und Bananen zu machen. Allein der Gedanke daran löste in ihr einen Würgereiz aus. Reem hasste Bananen, aber in den Augen ihrer Mutter war es der Cocktail der ewigen Gesundheit. Außerdem durfte Reem sich nicht beschweren, denn nur wenige Kinder im Syrien der achtziger Jahre wussten überhaupt, wie Bananen schmeckten. Dank der Verbindungen ihres Vaters konnte die Familie die internationalen Sanktionen umgehen und hatte uneingeschränkt Zugang zu den Delikatessen aus dem Libanon. Leider auch zu Bananen. Reem mied seitdem den aufdringlich süßen Geruch von Milch und Bananen, der eine schmerzhafte Sehnsucht nach ihrer Mutter auslöste, die sie nie wirklich kennengelernt hatte. Auch Reems Vater war gestorben. Vor einem Jahr, an Lungenkrebs. Die Trauer hatte sie fast erdrückt, gleichzeitig aber hatte sie auch ein Gefühl von Freiheit gespürt. Bis das von diesem entsetzlichen Arabischen Frühling im Keim erstickt wurde. Sie ließ ihre Kaffeetasse stehen, Rose würde sie später wegräumen. Sie mussten los.

Für ihr Treffen mit Adnan entschied sich Reem für eine weiße Bluse, einen pinken, plissierten Rock und weiße Stilettos. Sie schüttelte ihre wilden Locken, die zu einem Bob geschnitten waren, der in einer scharfen Kante am Kinn endete, was Hals und Schultern betonte. Zum Glück musste sie nicht Firas' vorwurfsvollen Blick ertragen. Seine Eifersucht war vollkommen unbegründet, Reem liebte ihren Mann. Aber vielleicht war es auch gar keine Eifersucht, die ihm zu schaffen machte. Ihr fiel es in letzter Zeit immer schwerer, seine Gedanken zu lesen. Reems Interesse am Innenminister war ausschließlich strategischer Natur. Ohne seine Freundschaft konnte sie ihren Klienten keine Sicherheit gewährleisten. Und in Anbetracht des Wahnsinns, der in ihrem Land herrschte, war das wichtiger als jemals zuvor.

14

Reem betrat den Schachclub und sah sich nach Adnan um. Er winkte ihr vom anderen Ende des Raumes zu. Der Club war erst vor kurzem eröffnet worden, sollte aber mit seiner Einrichtung an das Damaskus früherer Tage erinnern und war mit einem plätschernden Springbrunnen und brokatbezogenen Sesseln ausgestattet. Wenigstens fühlte sich Reem hier zu Hause. Ihr gefiel die nüchterne Rationalität von Schach. Es war ein Spiel, das, anders als das wahre Leben, seine Teilnehmer nicht benachteiligte. Außerdem konnte man seinen Gegner psychologisch bezwingen.

Adnan bestellte Tee für sie beide. Der Kellner brachte ihn auf einem Silbertablett, dazu eine Karaffe Wasser und eine kleine Schale mit Keksen und Mandeln auf Eiswürfeln. Er gab seiner Freude Ausdruck, den Innenminister und Madam Nemir wiederzusehen, dann zog er sich zurück.

»Du weißt genau, dass ich auf mich aufpassen kann«, sagte Reem und ließ Zucker in ihren Tee rieseln.

»Das weiß ich.«

Wie so oft ließ er sie mit Weiß eröffnen. Sie entschied sich für ein Damengambit und zog den Damenbauern. So lief sie zwar Gefahr, einen Bauern zu verlieren, aber gewann später dadurch eine vorteilhaftere Position. Reems Vater hatte ihr beigebracht, mit diesem Zug zu eröffnen. Später hatte er sich eingestehen müssen, dass er sich damit selbst ein Bein gestellt hatte. Ein Damengambit ermöglichte einem geduldigen Spieler, sich langsam und strategisch auf seinen Gegner hinzubewegen. Hassan Nemir war ein extrovertierter und charmanter Mann, aufgewachsen in Aleppo, die Wiege des Schachspiels. Aber er war energisch und hatte zu viel Temperament für diese Taktik, sodass seine Tochter ihm früh die Stirn bieten und ihn besiegen konnte. Am Anfang fand er das entzückend. Aber irgendwann meldete sich sein gekränktes Ego, was durch ihre überragenden Schießkünste nur noch verstärkt wurde. Deshalb hatte Reem schon als Teenager gelernt, strategisch zu spielen. Wenn sie ihren Vater bei Laune halten wollte, musste sie ihn gewinnen lassen. Ohne, dass er es bemerkte, natürlich. Die Psychologie dieses Spiels war eine Kunst, die sie jetzt im Alter von siebenunddreißig Jahren in Perfektion beherrschte.

»Ich weiß, dass du auf dich aufpassen kannst. Aber in diesen Zeiten geht es nicht nur darum, mit einer Krisensituation umgehen zu können«, sagte Adnan, ohne seinen Blick vom Spielbrett zu nehmen. Er versuchte angestrengt, ihre Strategie zu durchschauen. »Stell dir das Ausmaß der Rache vor, wenn du bei einer Demonstration zwischen die Fronten gerätst und dir passiert etwas. Du bist – zumindest in den Augen der Öffentlichkeit – die Tochter deines Vaters«, fügte er hinzu und setzte seinen Bauern von d7 nach d5. Jetzt standen sich ihre Bauern gegenüber.

»Aber ich muss es mit eigenen Augen sehen, was da los ist. Wie soll ich sonst die Lizenz rechtfertigen, die ihr mir gegeben habt? Die Leute, denen ich Sicherheit garantiere, kommen in unser Land, um etwas Positives zu bewirken. Wie soll ich sie ordentlich beschützen oder beraten können, wenn ich nicht in die aufständischen Gebiete fahren darf?«

Sie fügte hinzu, dass es in ihren Augen eine politische Entscheidung sei, sie bei ihrer Arbeit nicht zu beeinträchtigen.

»Sonst können wir genauso gut die Grenzen schließen und zugeben, dass unsere Ambitionen, das Land zu öffnen, leider gescheitert sind. Was bleibt uns anderes übrig, wenn wir die ausländischen VIPs nicht mehr beschützen können?«

Adnan hob seine Hand, um sie zum Schweigen zu bringen. Er musste sich auf den nächsten Zug konzentrieren.

Der nächste Kellner kam mit Shisha-Pfeifen und versorgte sie jede halbe Stunde mit frischer Glut, während sie stumm Zug für Zug machten. Reem baute ihr Spiel wie immer langsam auf, sie zog den nächsten Bauern so vor, dass er schräg vor Adnans stand und von ihm geschlagen werden konnte. Wie zu erwarten war, konnte Adnan der Versuchung nicht widerstehen und schnappte sich den Bauern. Jetzt hatte ihr Läufer freie Bahn.

Reem durfte seine unüberlegten Züge nicht ausnutzen, und übersah sie mit Absicht. Stattdessen tat sie, als ob sie mit ihren Gedanken ganz woanders wäre. Adnan sah sie nachgiebig an.

»Meinetwegen. Aber du bekommst eine Eskorte, Reem. Wir dürfen dich nicht verlieren.«

»Eskorte? Von wem?«

»Na, von Sicherheitskräften. Ihr könnt im Laufe der nächsten Tage nach Baniyas aufbrechen.«

Sie nickte nachdenklich, den Blick aufs Spielbrett geheftet. Es war an der Zeit, die Offiziere vorrücken zu lassen. Reem machte vorsätzlich einen unüberlegten Zug.

»Ist das dein Zug oder willst du es dir noch mal überlegen?« Adnan holte ein Lederetui mit Zigarren aus seiner Jackentasche und zündete sich eine kubanische Cohiba an. Während er rauchte, schien er zu überlegen, wie er ihren Fehler ausnutzen konnte. Das Spiel hatte offenbar eine Wendung genommen, die ihm sehr gefiel, denn er lächelte zufrieden. Plötzlich schien ihm etwas aufzufallen, er nahm die Zigarre aus dem Mund und lehnte sich vor. Seine Augen funkelten.

»Sag nicht, dass du das mit Absicht gemacht hast.«

»Das wirst du niemals erfahren.«

Adnan Omar lehnte sich mit seinem Player-Lächeln wieder zurück. Aber es wirkte gezwungen.

»Okay. Ich mache deine Papiere fertig.«

Sie nickte und bemühte sich, ihre Erleichterung zu unterdrücken. Heute würde sie ihn gewinnen lassen.

Diskret holte Adnan einen kleinen Flachmann aus der Jackentasche und goss sich einen Schluck in den Tee. Sie hatte ihn noch nie so früh am Tag trinken sehen.

»Übrigens.« Das Funkeln in seinen Augen war verschwunden. »Es ist unbedingt erforderlich, dass du jede Auffälligkeit bei deinen Ausländern meldest. Ich muss wissen, was sie tun, mit wem sie reden. Vor allem, wenn sie auch nur in die Nähe einer Demonstration gegen Baschar kommen.«

»Solange ich für ihre Sicherheit garantieren kann?«

»Du kannst für ihre Sicherheit garantieren.«

»Dann haben wir eine Abmachung.«

»Außer sie bringen sich selbst in Gefahr, aber das versteht sich ja von selbst. Ich werde dich nicht bitten einzugreifen, es sei denn jemand bedroht unser Land.«

Adnan Omar leerte sein Teeglas. Wie ein Getriebener.

15

Das Four Seasons sah aus wie jedes beliebige Fünfsternehotel im Westen, fand Sigrid.

Aber das sei es auf keinen Fall, hatte ihr Daham Sahabi versichert, als er sie vor dem Gebäude absetzte. Das Hotel war ein Wahrzeichen des modernen Damaskus, Präsident Assad persönlich hatte den Bau gefördert. Ein Signal für die Welt, dass das neue Syrien bereit und offen für große Geschäfte war. Sigrid aber sah nur einen polierten Wolkenkratzer mit gestuften Stockwerken, der sich wie ein künstlicher Berg in den Himmel streckte. Ein Monument des stromlinienförmigen Kapitalismus. Sie hätte eine typische, damaszenische Pension vorgezogen. Aber das Four Season hatte die höchsten Sicherheitsstandards und entsprach damit den Ansprüchen von NorCom. Deshalb stand sie jetzt in der Lobby des neuesten Luxushotels der Stadt. Mit einem flauen Gefühl im Magen.

Zum Glück stand es nicht im modernen Teil von Damaskus. Plötzlich konnte Sigrid es kaum abwarten, die Altstadt zu durchstreifen. Sie sehnte sich nach dem Duft von Jasmin und Zitronenbäumen. Sie wollte auf Entdeckungsreise durch den alten, abenteuerlichen Souk schlendern. Sie wollte Arak trinken und Dabkeh tanzen! Es gab kein einziges Klischee von der berühmten, geheimnisvollen Schönheit des Nahen Ostens, nach dem sie sich nicht gesehnt hatte.

Aber diese Vorfreude hatte auch damit zu tun, dass sie Reem wiedersehen würde. Sie schielte auf die Uhr hinter dem Tresen des Portiers. Wo war sie? Sie hätte schon vor einer Viertelstunde hier sein sollen.

Vor dem Hotel hielt ein weißer Sportwagen von der Sorte, die Victor »Gangsta-Bling« nennen würde. Seit ihrem letzten Besuch war einiges passiert. Oder sie hatte damals, zusammen mit ihren Kommilitonen, nur das andere Gesicht des Landes gesehen. Das religiöse, altertümliche Syrien, die armen Ortschaften und bescheidenen Gaststätten mit löchrigen Wachstuchdecken.

Sigrid wurde aus ihren Gedanken gerissen, als sie sah, wie eine Frau mit lockigem Pagenkopf aus dem weißen Auto stieg und einem der Angestellten den Schlüssel in die Hand drückte. Sie hatte eine Tasche von Hermès am Arm, deren Wert wahrscheinlich Sigrids Jahreseinkommen bei Amnesty entsprach. Sie selbst hingegen trug T-Shirt, Jeans, ihre Converse und ein grünes Sweatshirt, das sie sich um die Hüfte gebunden hatte.

Ein Detail fiel ihr bei der Frau besonders ins Auge. Ihre Unterschenkel waren wahre Muskelpakete und passten nicht zu den schicken Stilettos, die sie trug. Die Frauen sahen sich an.

»Sigrid!«

Sigrids Herzschlag setzte kurz aus, als sie Reem wiedererkannte. Es war zwar die erwachsene Ausgabe ihrer alten Freundin, aber das Lächeln war noch dasselbe wie früher.

Sie erwartete einen zurückhaltenden Wangenkuss, aber Reem stürmte auf sie zu und warf sich ihr an den Hals. Sie umarmte sie so fest, dass es fast wehtat.

»Wie geht es dir, *habibti*, meine Freundin?« Reems Stimme klang wie damals schon heiser, wenn sie Arabisch sprach. Sigrid war mehr als einen Kopf größer als ihre Freundin, aber Reem packte sie an den Schultern und hielt sie von sich weg.

»*Mumtaz* – wie schön, dich wiederzusehen!« Reem lächelte sie verschmitzt an. »Aber du musst an die Sonne, du bist ja käseweiß!«

Sigrid suchte fieberhaft nach einer schlagfertigen Antwort, aber Reem machte sie nach wie vor sprachlos. Das Wiedersehen hatte sie überwältigt. Mehr als ein verlegenes Stammeln brachte sie nicht hervor.

»Ich hoffe, dass dein Englisch nicht eingerostet ist, mein Arabisch ist es nämlich.«

Reems kratziges Raucherlachen klang nervöser als erwartet. Aber wie sehr hatte Sigrid es vermisst.

Schon nach kurzer Zeit zog sie sich in ihr Hotelzimmer zurück, um den Staub abzuwaschen. Als sie im Badezimmer stand, konnte sie sich kaum daran erinnern, worüber sie unten in der Hotellobby gesprochen hatten. Außer an Reems Anmerkung, dass sie NorCom mit dem Argument, dass sie sich in Kopenhagen kennengelernt hatten und alte Freunde waren, überredet hatte, sie persönlich willkommen zu heißen. Danach hatte Sigrid ihren Zimmerschlüssel mit dem Hinweis erhalten, dass ein kleiner Willkommensgruß von ihrem neuen Arbeitgeber auf sie warten würde. Nachdem das Organisatorische geklärt war, folgte eine peinliche Stille.

Sigrid rief vom Zimmer aus Andreas an. Victor und Sommer waren in der Schule, er würde die beiden von ihr grüßen.

Sie zog sich um, und als sie ein Wickelkleid und Ballerinas trug, war ihre Verwandlung in eine Geschäftsfrau vollzogen. Geschäftsfrau alias Agentin. Einen Augenblick lang fühlte sie sich wie eine Cartoon-Figur, die über einen Abgrund gerannt war und es zu spät bemerkt hatte. Sie betrachtete sich in dem riesigen goldumrahmten Spiegel ihres protzigen Hotelzimmers.

»Fahr das jetzt bloß nicht gegen die Wand, Sigrid Melin!«

16

Sie trafen sich wie vereinbart in der Cocktailbar. Es war zwar noch mitten am Tag, aber sie waren sich einig, dass ihr Wiedersehen begossen werden musste. Nach so langer Zeit. Das musste gefeiert werden. Der Drink würde vielleicht auch gegen die Verlegenheit helfen. Es war eine klassische Hotelbar mit gedämpftem Licht, dekorativen Bücherregalen und tiefen Ledersesseln. Am Nachbartisch saß eine Gruppe junger UN-Mitarbeiter, alle bestückt mit Namensschildern und einem großen Glas Bier vor sich. Sie unterhielten sich auf Englisch und deckten eine große Breite möglicher Akzente ab.

Reem bestellte für sie beide, und der Kellner brachte ihnen Sandwiches und zwei imponierende Whiskey Soda mit Limettenschalen.

Reem hob ihr Glas.

»Mann, habe ich mich gefreut, als du angerufen hast. Ich hätte mir nur gewünscht, dass du in friedlicheren Zeiten gekommen wärst.«

»Vielleicht ist jetzt der richtige Zeitpunkt«, entgegnete Sigrid. Sie wollte das Gespräch gleich aufs Geschäftliche lenken und jede andere Konfrontation vermeiden. Denn dafür war sie noch nicht bereit.

»Ich hätte mir nur gewünscht, dass du schon früher gekommen wärst.« Reem sah verlegen in ihren Drink.

Wieder diese peinliche Stille.

Worüber unterhielt man sich mit einer Freundin, die man vor sechzehn Jahren das letzte Mal gesehen hatte? Und mit der zusammen man einen Menschen getötet hatte?

Es war ein Unfall. Natürlich. Aber sie hatten einen Menschen auf dem Gewissen.

Sie musste sich beherrschen, Reem nicht zu schütteln, um endlich

Antworten auf ihre Fragen zu bekommen. Und um zu erfahren, warum sie damals einfach abgehauen war.

Stattdessen nahm Sigrid erst mal einen großen Schluck Whiskey Soda, es prickelte süß und sauer auf ihrer Zunge, dann trank sie auch den Rest aus. Sofort breitete sich eine wohlige Wärme in ihrem Körper aus.

»Okay«, sagte Reem und schien damit zugleich anzuerkennen und hinzunehmen, dass es etwas Unausgesprochenes zwischen ihnen gab, was noch nicht berührt werden konnte. »Wir sind für euch da, um euch zu beschützen. Das ist auch für uns Syrer eine schwierige Situation. Aber die Krise darf den Fortschritt nicht aufhalten, und Firmen wie die NorCom sind für uns von entscheidender Bedeutung dabei.«

Sigrid nickte zustimmend, erleichtert darüber, dass die Unterhaltung sich vom emotionalen Minenfeld entfernt hatte.

»Wie ist denn überhaupt die Lage? Dein Assistent hat mich kurz gebrieft, aber auf die Unruhen ist er nicht groß eingegangen. Was ist hier los?« Sigrid hatte ihren Blick gesenkt, um Reem nicht in die Augen sehen zu müssen, und schwenkte das Glas mit den klirrenden Eiswürfeln. »Was hältst du von der ganzen Sache?«

Reem musterte ihre Freundin.

»Ich bin keine Politikerin. Aber die Situation ist, dass die Demonstranten das Freitagsgebet in den Moscheen ausnutzen, um das Versammlungsverbot zu unterlaufen. Wenn die mit den Sicherheitskräften zusammentreffen, sollte man möglichst weit entfernt sein.«

»Ganz deiner Meinung. Aber ich habe auch von Ortschaften und Regionen gehört, in die das Militär mit Panzern vorgedrungen ist, stimmt das?«

Reem ignorierte Sigrids Unterton. Ihre Augen hatten einen gefährlichen Glanz bekommen. War das schon eine Warnung?

»Die Unruhen haben freitags stattgefunden. Nach dem Gebet. Und in einigen Ortschaften, beziehungsweise Zonen, wenn du so willst, war es zusätzlich notwendig, dass die Bevölkerung vor den Unruhen geschützt wird. Deshalb kam es dort zu Militäreinsätzen.«

Sigrid traute ihren Ohren nicht. Das war nicht gerade das Narrativ, das sie angesichts der Ausschreitungen des Regimes in Daraa und Douma erwartet hatte. Verteidigte Reem allen Ernstes die Regierung?

»Unter Umständen werdet ihr in einigen Regionen mit der Errichtung der Masten warten müssen, aber wir werden euch laufend unterrichten«, fuhr Reem fort. Sigrid und ihr Team seien nicht in Gefahr, betonte sie. Allerdings seien alle Sicherheitsvorkehrungen noch einmal verschärft worden. Denn das Risiko von IEDs, *improvised explosive devices*, vor allem von Autobomben, habe erheblich zugenommen, auch Ausländern gegenüber. Dazu komme noch die Gefahr, bei einer Demonstration festgenommen zu werden. »Wir geben euch Personenschutz, sobald ihr euch außerhalb von Damaskus bewegt«, fügte sie hinzu.

Reem holte einen Laptop aus ihrer Tasche und klappte ihn auf. Das Markenzeichen war hinter einem Sticker verborgen, einer großen, orientalischen Blume. Weißer Jasmin.

»Ich maile dir unseren neuesten Bericht. Den bekommt ihr tagesaktuell, bevor ihr zu den Baustellen fahrt.«

Sigrid nickte bedächtig.

»Wir haben für dich das Sicherheit-im-Einsatz-Modell gewählt. Das ist das große Paket mit situativer Orientierung, Diskretion und sofortiger Intervention im Notfall. Alles mit der NorCom abgesprochen.«

Sigrid versuchte, das Gesagte zu verstehen.

»Wenn die Konflikte an Schärfe zunehmen sollten, fügen wir noch die Unterbringung in einem Safehouse, eine Spezialeinsatztruppe sowie Rückzugsoptionen hinzu«, fuhr Reem fort. »Das sind Zusatzmodule, weil du eine Freundin der Firma bist. Aber ich gehe nicht davon aus, dass wir das benötigen werden. Der Konflikt hat seinen Höhepunkt bereits erreicht.«

Sigrid konnte ihre Skepsis nicht verbergen, aber Reem schien ihre Ursache nicht richtig zu deuten. Erneut musterte sie ihre Freundin. Dann offenbarte sie einen kleinen Riss in ihrer professionellen Fassade.

»Ich verstehe, dass die Situation nicht einfach ist. Aber ich bin für eure Sicherheit verantwortlich, Sigrid, und ich bin die Beste, die du dafür haben kannst.«

Sie sahen sich lange an, und dann stellte sich bei Sigrid endlich das Gefühl ein, dass sie ihrer ehemals besten Freundin gegenübersaß.

Reem senkte den Blick. Endlich war es so weit.

»Ich will mich bei dir entschuldigen.«

Sigrid nickte. Was hätte sie sonst tun sollen?

»Wie ist es dir ergangen? Du wurdest freigesprochen, habe ich gehört?«, fragte Reem und sah sie unverwandt an.

Sigrids Wangen glühten.

»Mein Vater hat mich rausgeholt, beziehungsweise, er hat den Anwalt bezahlt.«

Reem nickte langsam.

»Das ist gut.«

»Ich weiß nicht, ob das gut war.«

»Aber es war ein Unfall«, sagte Reem mit belegter Stimme. »*Mein* Vater hätte das niemals für mich getan. Deshalb musste ich auch …«

Sigrid hätte am liebsten laut gebrüllt. Sie griff nach ihrem Glas. Aber es war leer, das hatte sie vergessen.

Lange sagte keine von ihnen ein Wort.

Reem bestellte neue Drinks und sagte dem Kellner, dass er sich gerne beeilen dürfte. Ihr Tonfall war herablassend und versnobt, so ein Verhalten kannte Sigrid aus Dänemark nicht. Kaum waren die Getränke gebracht worden, leerten sie diese in wenigen Zügen. Sie schmeckten nach Zitrone und Zucker und knallten sofort rein. Der Alkohol legte sich wie eine dicke Watteschicht über ihre Wut.

Reem grinste, und Sigrid starrte sie verwirrt an.

»Erinnerst du dich noch daran, als wir uns das letzte Mal mitten am Tag abgeschossen haben?«

Sigrid musste husten, bis ihr die Tränen über die Wangen liefen.

»Meinst du in Andys Bar?«

»Ich meine diese Freitagsbar.« Reem lachte ihr unverkennbares, heiseres Lachen, dem Sigrid schon damals nicht widerstehen konnte. Die Jahre schmolzen dahin. Die Schuld. Die Trauer. Die Sehnsucht. Zum Teufel damit. Zum Teufel mit diesen verdammten Gefühlen, die sie nur mit in die Tiefe reißen wollten.

Sie hatten sich wiedergefunden. *Aber es war ein Unfall.*

Reem zündete sich eine Zigarette an und blies den Rauch in die Luft. Dabei klimperte sie theatralisch mit ihren langen schwarzen Wimpern, wie die Parodie einer Stummfilmdiva.

»Wird es nicht langsam Zeit, dass ich dir ein paar charmantere Orte als diesen hier zeige?«

17

Sigrid Johansen war ein Unfall. Das Produkt einer wilden Nacht in dem Kollektiv in Århus, in dem ihre Mutter Svea in den siebziger Jahren lebte. Ein rothaariger Jurastudent hatte sich auf eine Party der Linksradikalen verirrt. Er hieß Carl Rosa, weil seine Mutter ihren Nachnamen aufgrund einer jugendlichen Begeisterung für Rosa Luxemburg geändert hatte, bevor sie Carls Vater kennenlernte. Den hatte sie in einer Pianobar im Norden von Seeland getroffen, die vor allem von verheißungsvollen jungen Männern aus den einschlägigen Whiskeyregionen frequentiert wurde. Carls zweiter Vorname war eine Reminiszenz an ihre rebellische Vergangenheit.

Damals umringte eine ganze Heerschar von Bewohnerinnen des Kollektivs Carl Rosa auf der Party. Sie vermuteten wahrscheinlich, dass dieser Mann, der stolz den Namen einer Heldin trug, auch die Seele eines Revoluzzers hatte. Viele Jahre später stellte Sigrid fest, dass ihr Vater es sehr gekonnt versteckt haben musste, sollte er tatsächlich ein Rebell gewesen sein.

Kurz vor ihrem ersten Schultag belauschte sie ein Gespräch zwischen zwei Frauen des Kollektivs. Die eine erzählte der anderen, dass Sigrids biologischer Vater ihrer Mutter offenbar vorwarf, dass sie ihm seinerzeit eine Falle gestellt hatte. Svea war einundzwanzig Jahre alt und studierte Spanisch, als sie damals schwanger wurde. Angeblich habe sie seinen Samen gestohlen. Und deshalb hatte er sich geweigert, sich um das Kind zu kümmern.

Der fünfjährigen Sigrid war das mehr als egal, denn ihre Mutter behandelte sie wie ein Geschenk. Ihr Leben bestand aus Chaos, Konflikten und Partys. Manchmal auch zu viel von allem. Die ehemalige

Fabrik, in der das Kollektiv in Århus untergekommen war, war eine ausgeweitete Kampfzone, in der lautstark über Politik und die Finanzen der Gemeinschaft diskutiert wurde. Das Schlimmste, was man der Gruppe antun konnte, war, spießig zu sein.

Das allerdings war wiederum die Voraussetzung, um in der Grundschule seinen Platz zu finden. Darum entwickelte Sigrid früh die Fähigkeit, sich zu verwandeln. Sie wurde zu einem Chamäleon. Immer bereit, die Farben der Umgebung anzunehmen, um zu überleben.

Sigrid und Sveas Zimmer war ihr Heiligtum. Hier traf sich Svea mit ihrem Netzwerk aus chilenischen Geflüchteten. Sie saßen im Kreis auf dem Kokosteppich, spielten Gitarre und sangen Lieder. Sigrid liebte es, ihren singenden spanischen Worten zu lauschen. Svea war sehr aktiv in der Lateinamerikagruppe, wo sie ein Paar aus Chile kennengelernt hatte. Sie waren Hals über Kopf aus ihrem Heimatland geflohen, als Pinochets Leute in den Redaktionsräumen der Zeitung aufgetaucht waren, für die sie arbeiteten. Seit der Übernahme durch die Militärjunta waren schon mehrere Freunde von ihnen einfach verschwunden. Sie standen vor der Entscheidung, zu bleiben und eines Tages einen Platz in einem der Massengräber zu bekommen – oder zu fliehen und ihren gemeinsamen Sohn bei den Großeltern zurückzulassen. Sie versuchten alles, um den Kleinen nach Dänemark nachzuholen, aber eines Tages kamen ihnen die Soldaten zuvor und nahmen ihn mit. Damals gab es Gerüchte, dass die Kinder von Oppositionellen im Auftrag der Regierung entführt und von regimetreuen, kinderlosen Paaren großgezogen wurden.

Diese Geschichte brannte sich tief in Sigrids Bewusstsein ein. Sie war stolz auf ihre Mutter, die Leserbriefe schrieb, um auf die Rolle der USA im Militärputsch in Chile aufmerksam zu machen. Am schönsten war es, zum Klappern der Schreibmaschine einzuschlafen. Sigrid liebte es, auf ihrer Matratze zu liegen, während ihre Mutter für die Gerechtigkeit der Kinder dieser Welt kämpfte. Bevor Svea ins Bett ging, strich sie ihrer Tochter mit ihren weichen Fingerspitzen noch einmal über die Wange. Was sie niemals bemerkte, war, dass Sigrid immer wach blieb, um dieses Ritual nicht zu verpassen.

So zogen die Jahre dahin, Sigrid beendete die Grundschule und kam aufs Gymnasium. Die bunt zusammengewürfelten Kurse waren für das Chamäleon ein Segen, eine Befreiung. Aber dann kam die zwölfte Klasse.

An einem vollkommen belanglosen, regnerischen Nachmittag stürzte Svea mit dem Fahrrad auf einer frisch asphaltierten Straße. Sie war auf dem Weg in die Stadt, um zu unterrichten. Als die Ärzte sie aus dem künstlichen Koma holten, stellte sich heraus, dass ihr Gehirn bei dem Sturz einen erheblichen Schaden erlitten hatte. Sie musste in ein Pflegeheim umziehen. Durch gemeinsame Bekannte erfuhr Sigrids Vater von dem Unfall und bot an, seine siebzehnjährige Tochter bei sich aufzunehmen. Und so zog Sigrid nach Østerbro. Im Gepäck ein mittelgroßer Koffer und eine zentnerschwere Trauer.

Am Anfang begegneten sie sich mit Höflichkeit und Respekt. Die Frau ihres Vaters behandelte sie aufgeräumt und gut gelaunt wie einen exotischen Sommergast. Sie war allerdings mehr damit beschäftigt, Sigrids Zimmer unterm Dach mit frischen Blumensträußen zu versehen, als sich mit ihr zu unterhalten. Ihr Vater wiederum benutzte Sigrids Geschlecht als Ausrede, sich nicht für den Austausch mit ihr verantwortlich zu fühlen. Entweder blieb er lange im Büro, oder er verschwand nach dem Abendessen direkt wieder in seinem Arbeitszimmer. Carl Rosa war Abgeordneter der sozialliberalen Partei *Det Radikale Venstre*, und Sigrid suchte fieberhaft einen Weg, um ihm zu imponieren. Zu Beginn dachte sie sich Gründe aus, um sich abends zu ihm zu setzen. Tief über seine wichtigen Angelegenheiten gebeugt saß er vor ihr und schwieg. Aber sollte ihr etwas fehlen, möge sie bitte jederzeit zu ihm kommen. Es war wie ein Theaterstück, das sich wiederholte, bis Sigrid nicht mehr hinging. Sie begann, erst spätnachts nach Hause zu kommen, ließ sich in die Schülervertretung wählen und blieb auch nach Unterrichtsende in der Schule und aß in der Kantine. Als die Mauer fiel, erinnerte die Euphorie der ostdeutschen Bevölkerung Sigrid daran, dass man Dinge tatsächlich verändern konnte. Mit Öffnung der Grenzen zwischen Ost und West wuchs in ihr die Überzeugung, dass die nächsten großen Veränderungen im Nahen Osten stattfinden würden. An ihrem achtzehnten Geburtstag schrieb sie sich an der Uni für den Studiengang Naher und Mittlerer Osten ein und zog ins Studentenwohnheim.

Es war keine Liebe auf den ersten Blick, als sie Reem bei einer Vorlesung kennenlernte. Die syrische Austauschstudentin hatte es sich offenbar zum Ziel gemacht, Professor Martinsen herauszufordern. Sigrid war genervt, denn es raubte ihr wertvolle Zeit. Sie musste pünktlich gehen, die Aktion war bis ins kleinste Detail geplant. Ihre Wechselsachen befanden sich in ihrem Fjällräven-Rucksack, die Sturmhaube steckte in der Jackentasche. Sie durfte auf keinen Fall zu spät kommen.

Man schrieb das Jahr 1993, und nach monatelangen geheimen Verhandlungen hatten die Delegierten aus Israel und von der PLO einen Kompromiss gefunden. Zur Überraschung der Weltgemeinschaft war unter Vermittlung der norwegischen Regierung eine vorübergehende Selbstverwaltung der Palästinenser in Jericho und im Gazastreifen ausgehandelt worden. Die frischgebackene amerikanische Regierung unter Präsident Clinton wurde davon kalt erwischt. Den Professor erfüllte es mit einer gewissen Freude, dass die Skandinavier in dieser Sache eine Art Heldenrolle eingenommen hatten. Auch Sigrid freute sich über die Entwicklungen in diesem Konflikt.

Aber Reem, Tochter reicher Eltern aus Damaskus, musste das letzte Wort haben.

»Das Problem ist nur, dass diese Lösung keine Überlebenschance hat.«

»Wie meinen Sie das?«, fragte der Professor schmallippig.

»Dieses Abkommen wird zu nichts führen, weil die Amerikaner sich ausgeschlossen fühlen.« Reems Englisch war so elegant wie ihr Erscheinungsbild. Sie sah aus wie eine arabische Prinzessin. Schweres Parfum, Pumps, Designerkleidung. Sigrid seufzte vernehmlich. Gegen gute Analysen war ja nichts einzuwenden, aber am Ende zählten Handlungen, Abhandlungen veränderten nicht die Welt.

»Die Amis mischen sich doch auch die ganze Zeit ein«, unterbrach Sigrid sie. »Sie sind so voller Doppelmoral. Davon sollten wir uns deutlich distanzieren.«

Reem schnaubte.

»Du meinst so wie die Leute, die vermummt Molotowcocktails auf McDonald's-Restaurants werfen? Das ist wirklich *sehr* moralisch!«

Touché. Wusste sie von den Aktionen, an denen Sigrid beteiligt war? Nein, unmöglich. Sie schob den Gedanken schnell wieder beiseite und ging zum Gegenangriff über.

»Als Syrerin wirst du sicher auf der Seite der Palästinenser stehen, nehme ich an? Und die USA haben die Friedensgespräche, in denen es um die palästinensische Sache ging, immer blockiert – *darin* sind wir uns doch einig, oder?«

»Das ist doch genau mein Punkt«, erwiderte Reem. »Aus diesem Grund werden sich Clinton und seine Regierung vermutlich nicht für das Friedensabkommen erwärmen können, das die Skandinavier verhandelt haben.«

»Seit Bestehen der UN sind die Skandinavier in Krisensituationen die Vermittler«, warf Sigrid ein.

»Ihr seid einfach die Besten«, sagte Reem sarkastisch. »In diesem Spiel hier wollen alle Parteien *the good guys* sein. Aber was glaubst du wird passieren, wenn ihr die Amerikaner übergeht?«

Sigrid suchte vergeblich nach einer pointierten und scharfsinnigen Antwort.

Es wurde unruhig im Hörsaal, die anderen Studenten packten ihre Sachen zusammen. Auch Sigrid machte sich auf den Weg zum Ausgang, aber musste sich noch einmal zu Reem umdrehen. Die hatte ihr mit einem mindestens genauso neugierigen Blick hinterhergestarrt.

Von Reems unbändigem Furor war allerdings kaum noch etwas übrig, als Sigrid sie später am Abend wiedersah. Sie war mit einem Kumpel von der Aktionsgruppe auf dem Weg zurück ins Studentenwohnheim. Sie hatten zusammen mit einer Gruppe Aktivisten aus dem Stadtteil Nørrebro propalästinensische Plakate aufgehängt. Ihre Tarnung war ein Stapel der Zeitschrift *Der Wachturm* von den Zeugen Jehovas gewesen und Kleidung, mit der sie als religiöse Missionare durchgingen. Tatsächlich wurden sie von der Polizei in Kopenhagen kein einziges Mal angehalten.

Gegen neun Uhr fuhren sie über die Langebro, vorbei an dem Universitätskomplex an der Njalsgade. Hinter einem Lieferwagen stand Reem – in einer sehr gefährlichen Situation. Zwei Skinheads bedrängten sie und riefen lautstark, dass sie gefälligst zurück ins Kanakenland fahren sollte. Dann schlug der eine Reem mit der Faust ins Gesicht. Sie fiel zu Boden.

Sekunden später wurden die beiden Skins von Sigrid und ihrem Kumpel überrascht, zwei gestriegelten jungen Leuten, die mit einem Stapel Broschüren in der Luft herumwedelten. Die Skins starrten die beiden fassungslos an, die sich als Zeugen Jehovas vorstellten und fragten, ob sie Lust hätten, über Gott zu sprechen.

Auch Reem starrte Sigrid und ihren Kumpel sprachlos an.

Ohne lange zu warten, zerrten sie Reem mit sich mit und rannten los, sobald sie außer Sicht waren. Die Skins waren offenbar zu geschockt, um zu reagieren.

Die drei versteckten sich hinter den Mauern der Universität und warteten so lange ab, bis sie sich sicher sein konnten, dass die Angreifer wirklich weg waren. Reem rieb sich den Kiefer, aber konnte sich ein Grinsen nicht verkneifen.

Die Nacht verbrachte Reem auf einer Luftmatratze in Sigrids Studentenzimmer. Von diesem Tag an waren die beiden unzertrennlich.

Reem Nemirs Vater ging davon aus, dass seine heißgeliebte Tochter bei einer Gastfamilie hinter dem Königlichen Theater untergebracht war und an der Universität zu Kopenhagen den Studiengang Naher und Mittlerer Osten sowie Konfliktmanagement belegte. Er war als syrischer Botschafter in Stockholm stationiert und hatte die Unterkunft über sein diplomatisches Netzwerk organisiert. Aber die Gastmutter war permanent auf Reisen, weshalb sie ihre eigenen Kinder in Internaten untergebracht hatte. Als sie herausfand, dass Reem praktisch zu Sigrid ins Studentenwohnheim gezogen war, behielt sie dieses Geheimnis für sich. Sie sah es als ihren Beitrag zur Befreiung der Frau im Nahen Osten, und Reem verzichtete ausnahmsweise darauf, dieses kulturelle Stereotyp zu korrigieren.

Die Tage und Wochen vergingen mit Vorlesungen und Seminaren, abendlichen parteipolitischen Sitzungen und nächtlichen Aktionen. Sie finanzierten sich über Reems Kreditkarte, aßen schlechtes Essen und tranken billigen Wein. Sigrid beschwerte sich über den Raum, den Reem mit ihrem Arsenal an Make-up, Cremes, Parfums, Klamotten und Schuhen beanspruchte. Heimlich beneidete sie Reem aber darum, ihre weibliche Seite betonen zu können. Sie selbst fühlte sich dabei immer verkleidet.

In der vorlesungsfreien Zeit besuchte Reem ihren Vater in Stockholm. Sigrid fuhr dann zu ihrem Vater und ihrer Stiefmutter, aber sie fühlte sich dort unendlich einsam. Wenn Reem verreist war, landete sie deshalb viel zu oft mit irgendeinem Typen im Bett, der sie kein bisschen interessierte. Glücklicherweise kam Reem immer wieder zurück und lachte ihr heiseres Lachen, wenn Sigrid von ihren Eskapaden erzählte. Sie waren einander Familie.

Die Freundschaft zu Reem rettete Sigrid vor der Einsamkeit.

18

Von der Hotelbar im Four Seasons ging es in die Altstadt von Damaskus, die noch genauso magisch war, wie Sigrid sie in Erinnerung hatte.

Die Umayyaden-Moschee funkelte wie Gold im matten Licht der Nachmittagssonne, als sie aus einer kleinen Gasse kommend auf den Vorplatz des beeindruckenden Marmorbaus traten. Wie auf ein geheimes Signal stoben Tauben auf und flogen über die Minarette davon. Sie gingen auf Entdeckungstour durch die schmalen Gässchen, aus denen die Rufe der Verkäufer hallten. Die Ladenstraße sah durch das üppige Angebot an antiken Teppichen, Vogelkäfigen mit Wellensittichen, arabischen Roben und Kronleuchtern aus wie zu einem großen Fest geschmückt. Männer in Volkstracht verkauften frisch gepressten Granatapfelsaft und hatten Berge von Früchten auf hölzernen Handkarren aufgetürmt. Die Kunsthandwerker saßen vor ihren Geschäften und fertigten Objekte aus Silber und Holz an. Dieses alte Stadtviertel bestand aus unzähligen Gässchen, die von den traditionellen damaszenischen Häusern aus weiß und schwarz gestreiftem Marmor gesäumt waren. Die stammten noch aus osmanischer Zeit. Die Fassaden der Häuser waren zum Teil aufwendig verziert. Aber die größte Attraktion offenbarte sich einem erst, wenn man die Gärten betrat und die plätschernden Springbrunnen, die gemusterten Marmorböden und die Jasminsträucher sah, deren Blütenranken die Mauern emporkletterten. Sigrid sog all das in sich auf, während sie durch die Gegend schlenderten und sich erzählten, was in den vergangenen Jahren alles passiert war. Familie und Beruf.

Aber die Stimme in Sigrids Kopf wollte nicht verstummen. Es nagte an ihr, dass Reem den schrecklichen Vorfall einfach hinter sich gelassen hatte. Sie hatte ihr damals geschrieben, dass sie abgereist war, um ihren Vater vor einem Skandal zu bewahren. Diesen Luxus hatte Sigrid sich nicht leisten können.

Als Reem ihr vom Tod ihres Vaters erzählte, traf sie das auch deshalb besonders hart.

Sie nahmen auf den französischen Bistro-Stühlen Platz, die auf einem kleinen Podest vor dem Kaffeehaus Al-Nawfara standen. Sigrid überlegte krampfhaft, wie sie das heikle Thema erneut ansprechen konnte. Reems Vater war tot. Und damit auch Sigrids naiver Plan, dass Hassan Nemir ihr Ticket in den inneren Kreis der Macht sein würde, um die geeignete Zielperson für den dänischen Nachrichtendienst auszuwählen.

Sigrid sah sich in dem zweihundertfünfzig Jahre alten Kaffeehaus um. Es war eine Mischung aus Sultanspalast und heruntergekommenem französischen Straßencafé. Es war früher Vormittag, und die Gäste waren eher gehobeneren Alters. Sie plauderten, rauchten Shisha oder blätterten in der Tageszeitung *Syria Times*.

Der Kellner, ein älterer Herr mit weißem Haar, das ihm aus den Ohren wuchs, stellte ihnen Tee und Zucker auf den Tisch. Reem legte einen Arm auf das Geländer, das zur Gasse zeigte und ließ ihren Blick in die Ferne schweifen. Sigrid hatte den Eindruck, dass Reem unauffällig die Umgebung scannte.

»Wie ist dein Zimmer?«, fragte sie.

»Sehr schön. Warum fragst du?«, erwiderte Sigrid.

»Du wirst abgehört.«

Sigrid hob die Augenbrauen.

Sie musste mit ihrer Antwort warten, weil der Kellner mit ihren Wasserpfeifen und dem Apfelminztabak zurückkam.

»Sieh es als ein Kompliment«, sagte Reem durch eine Rauchwolke. »In Florenz bekommen prominente Gäste ein Zimmer mit Aussicht. In Damaskus eben ein Zimmer mit Abhöranlage.«

Sigrid rümpfte misstrauisch die Nase.

»Ich bitte dich, du bist weiß, du kommst aus dem Westen. Natürlich gehen wir davon aus, dass du eine Spionin bist«, legte Reem selbstironisch nach.

Sigrid schnaubte.

»Und für wen soll ich bitte arbeiten?«

Reem sog erneut an der Shisha und atmete den Apfelminztabak tief ein. Dann blies sie den Rauch durch die Lippen und zeigte mit dem Mundstück der Pfeife auf Sigrid.

»Für die CIA, den Mossad – oder euren hauseigenen Nachrichtendienst. Wie heißen die noch? FE? Who knows? Ihr seid doch alle Spione.« Reem hob den Blick. »Das liegt doch auf der Hand. Sie trauen dir nicht über den Weg und hören dich deshalb ab. Sieh es als zusätzlichen Kick, wenn du mit Andreas Telefonsex hast. Das gehört leider zu den Folgen eines jahrelangen Ausnahmezustandes.«

Sigrid lächelte.

»Telefonsex?«

Wieder dieses heisere Lachen.

Sigrid ließ sich anstecken, wurde dann aber gleich wieder ernst.

»Und wie soll ich mich am besten verhalten?«

»Nicht auffallen!«

Sie sahen sich lange in die Augen. Die gute Stimmung war verflogen. Sigrid grübelte. Ihre Gedanken überschlugen sich. Reem konnte unmöglich etwas wissen.

»Ich hatte gedacht, dass sich die syrische Regierung über unsere Anwesenheit freut.«

Reem senkte die Stimme.

»Seit fast fünfzig Jahren leben wir hier in einem Polizeistaat. Baschars Vater hat damals einen Pakt mit dem Teufel geschlossen. Und mit ihm und seinen Nachkommen müssen wir heute zurechtkommen.« Sie zeichnete ein lebendiges Bild des aktuellen Präsidenten und den Hardlinern aus der Regierungszeit seines Vaters sowie dem Mukhabarat. Wie ein Medusenhaupt, das umgeben ist von sich windenden Giftschlangen. Der Präsident würde den Polizeistaat ja langsam öffnen wollen, aber das dauerte eben.

»Natürlich sind die Leute von den Ereignissen in Ägypten und Tunesien begeistert und inspiriert. Die Aufständischen hier in Syrien nennen es Reformen, weil sie nicht den Mut haben, Baschar zu widersprechen. Aber wenn sie Reformen sagen, kann er den Subtext lesen. Sie haben keine Geduld. Aber es hat keinen Sinn, Veränderungen mit Gewalt zu erzwingen. Sie setzen damit nur die Entwicklung aufs Spiel, die in Syrien in Gang gebracht wurde.«

»Ich hatte es bisher so verstanden, dass die Sicherheitskräfte die Gewalt ausüben.«

Reem lächelte, ohne Sigrid dabei anzusehen.

»Diese Meinung behältst du am besten für dich«, sagte sie so leise, dass Sigrid sie kaum hören konnte.

Sie schauderte. Ob sie auch jetzt belauscht wurden?

Das Lächeln lag noch auf Reems Gesicht, aber eine gute Freundin konnte sehen, wie besorgt und wachsam sie eigentlich war.

»Wir brauchen die Sicherheitskräfte – um die Situation in den Griff zu bekommen. Nur so können wir den friedlichen Weg weiterverfolgen, auf den wir uns gemacht haben. Warum ein Haus abreißen, wenn man es renovieren kann? Wenn alles gut geht, dann ist in ein paar Wochen alles wieder normal.«

Sigrid war erschüttert. Das Wiedersehen mit Reem hat sie berührt, aber die Erkenntnis, dass ihre Freundin auf der falschen Seite stand und für die Morde seitens des Regimes auf beiden Augen blind war, raubte ihr förmlich den Atem.

Außerdem hatte sie erkannt, dass ihr weder Reem noch ihr Vater den Zugang zur politischen Elite ebnen würden. Und in Kürze würde sie mit NorCom im Umland Telefonmasten aufstellen und weit weg sein vom Zentrum der Macht. Ihre Haut prickelte vor Nervosität. Sie musste einen anderen Weg finden.

Und dabei musste sie äußerst vorsichtig vorgehen.

»Na, worüber denkst du nach?« Reem zog Sigrid neckend an den Haaren.

»Ich musste an deinen Vater denken. Es tut mir so leid, dass du ihn verloren hast, ich weiß ja, wie viel er dir bedeutet hat.«

»Ja, ja. Danke.« Wieder schweifte Reems Blick ab.

Sigrid war hin- und hergerissen. Sie hatte Reem zwar ihren Verrat von damals noch nicht verziehen – sie hatte ihre Rolle der guten

Tochter bewahren können und es Sigrid überlassen, Hassan Nemir zu enttäuschen. Aber sie wollte ihre Freundin kein zweites Mal verlieren. Vielleicht hatte Reem auch recht. Vielleicht würden sich die Aufstände und Unruhen von ganz allein wieder legen. Vielleicht würden die Reformen in Syrien einen anderen Weg einschlagen können.

Reem schenkte ihr ein strahlendes Lächeln.

»Ich finde, wir sollten über die Lebenden sprechen! Hast du zum Beispiel Lust, meine Familie kennenzulernen?«

19

Das Sham-Militärkrankenhaus lag in einem eher anonymen Stadtteil und war ein Koloss aus den fünfziger Jahren, die sich durch brutalistische Betonarchitektur auszeichneten. Trotzdem stieß Firas jeden Tag voller Stolz die Türen zum Traumazentrum auf. Er war Facharzt für Magen-Darm-Chirurgie und arbeitete seit sieben Jahren in dieser Abteilung. Er hatte an der Medizinischen Fakultät von Damaskus studiert und dann seinen Doktor in Traumatologie mit Schwerpunkt Kriegschirurgie an der Penn Medicine gemacht, von Nichtkennern auch University of Pennsylvania genannt. Nicht schlecht für einen bildungsfern aufgewachsenen, mageren Jungen aus Bab Srije. Der einundvierzigjährige Firas Hamed hatte schon so einiges gesehen. An diesem Tag beschlich ihn zum ersten Mal ein ungutes Gefühl, als er die Eingangshalle des Krankenhauses betrat.

Seine Kittel lagen im Spind, von der Wäscherei versiegelt und mit Namenschildern versehen. In der Umkleidekabine folgte Firas seinen strengen Ritualen: Leinenhose und T-Shirt wurden ausgezogen, zusammengefaltet und zusammen mit den Strümpfen und den Lederschuhen im Spind verstaut. Danach streifte er sich den sterilisierten grünen Anzug und die ebenfalls grüne Kopfbedeckung über und schlüpfte in die ergonomischen weißen Clogs. Als letzte Amtshandlung klemmte er sich seinen Ausweis an den Hosenbund. Dann schloss er den Spind ab und ging in den Vorbereitungsraum. Dort wusch er sich mehrere Minuten lang die Hände. Das war Vorschrift, vor jeder OP. Leider gab ihm das viel zu lange Gelegenheit nachzudenken.

Firas kam am Empfangstresen der Abteilung vorbei und grüßte die wachhabende Schwester.

»*Um Khaled.*« Er verwendete die respektvolle Anrede, aus der ersichtlich wurde, dass sie eine Mutter war, *Um*, deren Sohn *Khaled* hieß.

Sie nickte und erwiderte den Gruß.

»Doktor Firas.«

Er bat sie, ihm die Krankenakte des Patienten zu zeigen, der als Nächstes operiert werden sollte. Die Krankenschwester war eine der festangestellten Kräfte, eine stämmige Frau um die fünfzig mit einer ruhigen, vertrauenserweckenden Ausstrahlung. Sie nickte und begann sofort mit der Suche in dem Stapel vor ihr. Firas lehnte sich über den Tresen und streckte den Hals, um besser sehen zu können.

»Der Patient hat eine offene Wunde im Lendenbereich, richtig?«

Die Krankenschwester nickte verunsichert und rückte ein Stück zur Seite, damit Firas besser sehen konnte. Der registrierte ihre Reaktion, sie wollte es ihm recht machen und möglichst nicht in Schwierigkeiten geraten. Das konnte man, eingedenk der Umstände, sehr gut verstehen.

»Es tut mir sehr leid, Doktor Firas, aber es gibt keine Akte.«

Firas erstarrte, als hätte ihm jemand den Stecker gezogen. Nicht schon wieder. Er sah der Krankenschwester in die Augen und sah seine eigene Angst darin.

»Das ist einer von den jungen Demonstranten, stimmt's?«, flüsterte sie.

Firas richtete sich wieder auf. Sein Arbeitsplatz war ein Militärkrankenhaus, hoch spezialisiert und streng bewacht mit einem hohen Pflegestandard. Die Einrichtung war Regierungsleuten vorbehalten, Offizieren und Menschen mit Beziehungen. Im fünften Stockwerk befand sich eine separate Abteilung, in der zurzeit so viel zu tun war wie noch nie. Dort wurden die Insassen aus den Gefängnissen des Mukhabarat behandelt, wenn diese Verletzungen hatten, die einen größeren Eingriff erforderten.

Er sah die Krankenschwester an, vermied aber direkten Augenkontakt.

»Das hat uns nichts anzugehen, Aisha.«

Firas hatte sie mit ihrem sunnitisch-muslimischen Namen angesprochen, was alles veränderte. Sie setzte sich aufrecht hin.

»Selbstverständlich nicht.«

Firas öffnete die Tür zum OP, wo eine Schwester und der Anästhesist bereits warteten. Sie grüßten einander einsilbig. Dann wurde die Tür erneut aufgestoßen, und ein Krankenpfleger schob eine Trage herein. Beim Anblick des Patienten drehte sich Firas der Magen um. Es war ein abgemagerter, junger Mann, der auf der Seite lag und sich vor Angst und Schmerzen krümmte. Seine Jeans war vollkommen verdreckt und seine Adidas mit Erde, Blut und dem Geruch nach zu urteilen auch Kot bespritzt. Auf seinem nackten Rücken klaffte eine Fleischwunde von der Größe eines amerikanischen Footballs. Gelber Eiter lief heraus. Der Körper des Patienten war nicht gewaschen worden, was den üblichen Gepflogenheiten widersprach. Der Mann gab einen erstickten Laut von sich.

Sein Gesicht war von einer weißen Stoffmaske verdeckt, auf der vier Ziffern standen. Vier Zahlen, die darauf hinwiesen, dass der Name und die Identität des Mannes nicht mehr bekannt waren. Er war zu einer Nummer geworden. Eine von vielen.

Nicht schon wieder.

Firas nahm ihm die Maske ab und sah in das schmerzverzerrte Gesicht. Er legte ihm eine Hand auf die Stirn und sah den Anästhesisten fragend an.

»Dreißig Milligramm Morphin«, sagte der und bereitete die Betäubung vor.

Firas nickte nur kurz, dann richtete er sich an die Schwester.

»Sorgen Sie dafür, dass ihn jemand wäscht.«

Um Beherrschung ringend lief Firas durch den Flur zum Pausenraum. Auf seinen Lippen das Lächeln eines Oberarztes, das er mittlerweile perfektioniert hatte. *Empathisch, aber professionell.* Er kam an Kollegen vorbei, die ihn grüßten, aber Firas konnte sich nur auf sein Schamgefühl konzentrieren. Er hatte getan, was er konnte. Die Wunde des Mannes war zu tief und bereits vereitert gewesen. Der Patient war zu spät gekommen und auf seinem OP-Tisch gestorben. Er war leider nicht der erste Tote, seit die Unruhen begonnen hatten. Es war nicht ungewöhnlich, dass die Folteropfer des Mukhabarat in seiner Abteilung landeten. Und auch nicht das erste Mal, seit Firas dort arbeitete, dass ein verprügelter armer Kerl mit Brandwunden von Zigaretten am Körper auf einer Trage hereingebracht wurde. Versteckt hinter einer Stoffmaske – und ohne Namen und Krankenakte. Meistens waren es angeblich Islamisten, die das Kalifat wiedereinführen wollten. Aber seit März waren die misshandelten Patienten politische Gefangene, die sich mit der Regierung angelegt hatten. Viele davon Sunniten, wie Firas.

Seit die Familie al-Assad an die Macht gekommen war, hatten sie den Minderheitenstatus der Alawiten in Syrien als Vorwand genutzt, um die Mehrheit im Land zu unterdrücken. Firas gehörte zu den Privilegierten. Um etwas von den Vorzügen zurückzugeben, die ihm das Leben allen Widrigkeiten zum Trotz gewährt hatte, arbeitete er freiwillig im Kinderheim der Hamish-Klinik im Barzeh-Viertel, im Norden von Damaskus. Hier kannte niemand die Herkunft der Waisen. Niemand wusste, ob die Kinder Alawiten, Sunniten, Palästinenser, Christen oder Drusen waren. Hier waren die Kinder einfach nur Kinder. Hier fühlte sich Firas zu Hause. Er hatte seiner Tochter beigebracht, dass jeder Mensch dieselbe Behandlung verdiente, und sie hatte ihn oft dorthin begleitet, um den Kindern Spielsachen vorbeizubringen. Aber seit März hatte diese freiwillige Tätigkeit eine neue Qualität bekommen. Sie war zu seinem Ablass geworden. Das wurde ihm schmerzlich bewusst. Baschar und seine Kumpanen aus der Oberschicht waren nichts anderes als eine große Mafia-Familie. Sie scheuten keine Mittel und Wege, um sich der Gegner zu entledigen, die es wagten, ihre Macht, ihren Reichtum und ihre Privilegien zu bedrohen.

»Du hast dich betäuben lassen!«, sagte er seinem Spiegelbild in einer der großen Glastüren. »Du verdienst gut, du fährst ein schickes Auto, du schläfst nachts tief und sicher, und deine Kollegen schätzen dich. Aber du hast vergessen, wer du wirklich bist.«

Jahrelang hatte er sich vorgemacht, mit seiner Arbeit etwas verändern, etwas bewirken zu können. Er hatte sich damit beruhigt, dass er Arzt war. Und kein Politiker. Aber auf einmal waren die misshandelten Gefangenen keine Ausnahmen mehr, sondern kamen mit großer Regelmäßigkeit. Verbrennungen, Schusswunden und Verstümmelungen. Wenn Firas nachts die Augen schloss, sah er die Masken mit den Zahlen vor sich, die den Patienten ihre Identität nahmen. Nachts drehte er seiner Frau den Rücken zu und weinte heimlich.

Kurz entschlossen fällte Firas eine Entscheidung.

Er ging zum Aufzug im Hauptgang und drückte den Knopf. Doch dann beschloss er, stattdessen die Treppe zu nehmen. Dort würden sich weniger Wachen aufhalten. Er rannte die drei Stockwerke hoch, indem er mehrere Stufen auf einmal nahm. Im fünften Stockwerk, vor der Abteilung A7, standen zwei Wachen. Sie waren bewaffnet, jeder trug eine AK-74M, die moderne Ausgabe der AK-47. Ihre Uniformen waren armeegrün, aber ohne Camouflage, es waren die Uniformen der Sicherheitskräfte. Früher – vor der *Krise*, wie die Regierung diese Umstände nannte – waren die Wachen hauptsächlich mit ihren Handys beschäftigt gewesen. Aber heute spielte keiner von ihnen Angry Bird in seiner Schicht. Alle waren permanent wachsam. Der kleinere der beiden Wachmänner musterte ihn skeptisch.

»Herr Doktor!«

Firas nickte ihm zu und zeigte seinen Ausweis vor. Der Mann schüttelte den Kopf.

»Sie haben hier leider keinen Zutritt. Nur Mitarbeiter mit einer Zugangsberechtigung.«

20

Die Räume der syrischen Dependance von NorCom, Sigrids neuem Arbeitsplatz, lagen im Zentrum von Damaskus am Al-Hijaz-Platz. Das majestätische Gebäude des stillgelegten Bahnhofs dominierte den Ort. In seiner Glanzzeit war er die Endstation der Eisenbahnverbindung zu den heiligen Stätten Medina und Mekka. Seine Mischung aus orientalischer und westlicher Architektur hatte ihn sogar auf die Weltkulturerbeliste gebracht.

Das Bürogebäude von NorCom war aus hellgrauem Beton, und in der Lobby empfingen einen die syrische Flagge sowie ein goldgerahmtes Porträt des Mannes, dessen Anblick Sigrid bereits durch die gesamte Stadt verfolgt hatte. Das war in der Tat etwas anderes als bei Amnesty International, wo man lediglich an der Urkunde des Friedensnobelpreises vorbeiging, die in einem billigen Wechselrahmen steckte. Sie wurde von einer ganzen Schar netter und freundlicher Menschen begrüßt, die sie herzlich willkommen hießen. Der Leiter des Büros hingegen, Joel Matsson, stach aus der Menge hervor. Zum einen war er Schwede, und zum anderen war er alles andere als freundlich.

»Sie teilen sich das Büro mit Magnus, ich hoffe, das macht keine Schwierigkeiten«, sagte er, ohne zu lächeln. Joel Matsson war Ingenieur und den Konturen unter seinem hellgrünen Ralph-Lauren-Polohemd nach zu urteilen auch ein Lebemann. Er arbeitete schon seit über sechsunddreißig Jahren für die Gesellschaft und hatte schon mehrere Stationen im Nahen Osten hinter sich.

In dem großen Büro standen sich vor einem Panoramafenster zwei Schreibtische aus Mahagoni gegenüber. Von dort hatte man einen guten Blick auf den geschäftigen Platz. In der Mitte des Raums stand ein runder Tisch auf dem glänzenden Marmorboden, bestückt mit zwei imposanten Lederstühlen. Der eine Schreibtisch quoll über vor Akten, Zetteln und leeren Pepsi-Dosen.

»Kein Problem, ich habe mir immer schon ein Büro mit meinen Kollegen geteilt. Wir bei Amnest…« Sie verstummte. Matsson schien nicht der Typ zu sein, der den aktivistischen Hintergrund seiner Kollegen zu schätzen wusste. Sie zeigte auf den leeren Schreibtisch.

»Das wird meiner sein?«

Joel Matsson bestätigte mit einem Nicken und nach wie vor, ohne ihr Lächeln zu erwidern.

Sigrid hatte große Sympathie für seine introvertierte Professionalität. Das beruhte aber ganz offensichtlich nicht auf Gegenseitigkeit. War er ihr Gegner?

»Ganz genau. Ihr Arbeitsplatz wird im Laufe des Tages eingerichtet. Wir hatten so viele Anfragen, dass wir das nicht rechtzeitig geschafft haben. Sie bekommen einen internetfähigen Rechner, Intranet, eine Mailadresse und natürlich eine Zugangskarte fürs Gebäude sowie die notwendigen Codes. Herzlich willkommen.«

Die Stimme, die plötzlich hinter ihr zu hören war, kam ihr sehr bekannt vor.

»Willkommen in der syrischen Dependance von NorCom. Die Ingenieure hassen uns.« Magnus hatte sich angeschlichen und gab Sigrid einen Kuss auf die Wange, was Joel Matsson mit einem überraschten Gesichtsausdruck quittierte.

Sigrid sah Magnus fragend an.

»Na ja, wir können nicht programmieren, verdienen aber doppelt so viel wie sie. Und dann haben wir zu allem eine Meinung. Stimmt doch, Joel, oder?«

Joel schüttelte nachsichtig den Kopf.

»Du bist zu spät. Können wir jetzt endlich anfangen?«

Sigrid wurde allen Stabsmitarbeitern vorgestellt, den Technikern, den Assistenten und den Vertriebsleuten – an die dreißig Menschen, die meisten von ihnen Syrer. Neben Magnus, der für die Geschäftsentwicklung und neuen Märkte zuständig war, würde Hanan Zakaria ihre wichtigste Ansprechperson sein. Hanan kam aus Damaskus, hatte ihr Ingenieurstudium gerade abgeschlossen und war als technische Systemplanerin eingestellt worden. Sie war für alle Vorbereitungen für die Errichtung der Telemasten verantwortlich. Sigrid mochte die junge Syrerin in ihrer goldenen Glitzerbluse und mit der dicken Make-up-Schicht auf Anhieb. Sie hörte mehr zu, als dass sie sprach.

Sigrid, Magnus und Hanan waren die drei zentralen Mitarbeiter, die für die Erweiterung des Wirkungsbereiches von NorCom in Syrien zuständig waren. Deshalb hatte Joel Matsson sie auch im Konferenzraum versammelt. Nur Hanan war ihm offiziell unterstellt, Sigrid und Magnus berichteten, wie er, direkt nach Stockholm. Aus Rücksicht auf die syrische Mitarbeiterin sprach er Englisch und betonte, dass ihm Sigrids Auftrag nicht in die Quere kommen dürfe, weil das Büro in Damaskus keine Ressourcen dafür hätte.

»Wie Sie wissen, wird die syrische Regierung bald eine neue Telekommunikationslizenz vergeben. Das bedeutet, dass Millionen Syrer vom Festnetz auf Mobiltelefonie wechseln können – und somit auch Internetzugang erhalten werden. Das macht Damaskus zum Jackpot für die Anbieter in dieser Region. Q-Tel und SaudiTel sind zurzeit die Marktführer. NorCom rüstet auf, um von diesem neu entstehenden Markt zu profitieren. Unser Plan ist es, dem nächsten Lizenzinhaber unser Netzwerk zu verkaufen. Deshalb stellen wir überall im Land Masten auf.«

Hanan war für den operativen Teil verantwortlich, Magnus für die Verhandlungen auf politischer Ebene. Bisher verkaufte NorCom Festnetzoptionen hauptsächlich an syrische Behörden und würde bald auch private Mobilfunkunternehmen als Kunden haben, erläuterte Joel.

»Magnus muss der Balanceakt gelingen«, fügte er hinzu, »damit wir die Lizenzen auch vergeben können.«

Danach war Sigrid an der Reihe, ihre Aufgabe zu skizzieren. Magnus nickte ihr aufmunternd zu.

»Ich bin hier, um unsere neue soziale Nachhaltigkeitsstrategie anzupassen. Mein Ziel ist es, anhand dieses Falles hier einen operativen Leitfaden für die Geschäftsentwicklung zu erstellen.«

Joel kommentierte ihre Ausführungen nicht weiter, sondern bat Hanan lediglich, Sigrid ein kleines Update zu geben. Dann verkündete er, dass sie alles Weitere ohne sein Zutun bewerkstelligen könnten, und verließ das Meeting mit gehetztem Blick.

Die junge Syrerin war gut vorbereitet und zauberte Sekunden später eine PowerPoint-Präsentation über den Mobilfunk in Syrien an die Wand.

»Momentan haben wir eine Netzabdeckung von etwa fünfzig Prozent. Unser Ziel ist es, dreißig Masten pro Jahr zu errichten, aber wir erhalten ständig neue Vorgaben. Wir bauen die Technik aus, weil wir sehen, dass die Anzahl der Mobilfunknutzer in Syrien explosionsartig wächst.« Hanan sah Sigrid direkt an. »Sie können sich das so vorstellen wie den Mobilfunkmarkt in Europa vor etwa zehn Jahren.«

Magnus unterbrach sie, um eine Geschichte loszuwerden.

»Auf meiner ersten Geschäftsreise nach Damaskus wurde ich vom Mukhabarat angehalten. Zwei schlechtgelaunte Typen in billigen Lederjacken. Sie dachten, ich sei Journalist. Ich konnte sie schnell vom Gegenteil überzeugen. Aber dann entdeckten sie meinen iPod, und der hat mich erst richtig in Schwierigkeiten gebracht.«

»Sie wussten nicht, was ein iPod ist?«, fragte Hanan lächelnd.

Magnus zuckte mit den Schultern und grinste.

»Auf jeden Fall hatten sie so etwas noch nie gesehen. Sie dachten, ich sei ein Spion.«

Sigrids Lächeln gefror.

»Und wie bist du da heil rausgekommen?«, fragte sie.

»Ich konnte sie davon überzeugen, dass ich für NorCom arbeite. Und dass ich, wenn sie mich nicht laufen lassen, den Sendemast in ihrem Viertel ausschalten würde. Dann könnten sie keine russischen Pornos mehr gucken. Das hat gezogen, sie wurden richtig nervös.«

Hanan Zakaria lachte höflich.

Sigrid sah sie fragend an.

»Kann man wirklich so einen Masten einfach ausschalten?«

Hanan nickte.

»Die haben keinen roten Knopf, den man drücken kann. Aber man kann sie mit Hilfe des Steuerungssystems ausschalten, im Backend. Wenn man die Codes dafür hat.«

Als Sigrid aus dem Meeting kam, war ihr Arbeitsplatz eingerichtet und auf ihrem Schreibtisch lag ein neues Handy.

»Mach dir keinen Kopf um Joel«, sagte Magnus. »Er hat nur Angst, dass du uns Probleme machst.«

»Was denn für Probleme?«

»NorCom macht seit 1980 in Syrien Telekommunikation. Das lief bisher einwandfrei, auch ohne eine Expertin für Menschenrechte. Und ohne jemandem auf den Schlips zu treten. Und ohne die Einmischung vonseiten des hochwohlgeborenen Göran Wolgers aus Stockholm und seinem Team aus politisch korrekten Branding-Experten.«

Sigrid hob demonstrativ die Augenbrauen.

»Joel befürchtet, dass deinetwegen das Regime hier ständig unangemeldet auftaucht. Dass du für sie ein rotes Tuch bist.« Er schenkte ihr sein schönstes Lächeln. »Aber ich habe ihm versichert, dass das nicht passieren wird.«

»Ich dachte, es ist verboten, *Regime* zu sagen?«

»Hoppala. Dann muss ich wohl tausend Lire in die Schimpfwortkasse tun.«

»Apropos *Regierung*, Joel und du, ihr seid also für die Kommunikation mit denen da oben zuständig?« Vielleicht war das ihr Weg, um Politiker kennenzulernen.

»Dazu kommen wir noch, vorher müssen wir hier ein paar Masten aufstellen«, erwiderte Magnus grinsend.

Sigrid grinste auch, innerlich aber fluchte sie. Nachdenklich drehte sie auf ihrem Stuhl hin und her. Immer mit der Ruhe. Ines hatte ihr gesagt, dass sie es nicht forcieren sollte. Ihr Job hatte Vorrang, aber sie sollte die Gelegenheiten nutzen, um Kontakt zu den Leuten herzustellen, die zu den Mächtigen gehörten. Leute, die Geheimnisse kannten, die sie bereit waren, mit dem Westen zu teilen.

»Suche dir einen potenziellen Informanten aus, der mit den Zuständen unzufrieden ist. Oder einen, den du unter Druck setzen kannst.

Finde ihr Geheimnis, das sie unbedingt hüten wollen«, hatte ihr Ines gesagt. Die Nummer mit Erpressung konnte sie sich abschminken, Sigrid würde niemals einen Menschen so unter Druck setzen, dass er etwas gegen seinen Willen tat. Aber im Falle eines erfolgreichen Kontakts hatten sie besprochen, dass sie sich bei Ines melden sollte. Sigrid hatte erwartet, dass sie einen klassischen Zahlen-Code verwenden würden: Ziffern, die Seitenzahlen und Wörtern in einem vorher vereinbarten Buch entsprachen. Aber Ines hatte eine wesentlich unkompliziertere Lösung. Sigrid würde ihre Ergebnisse als Entwurf in ihrem Mailprogramm speichern. Sie dürfte diese Mail nur nicht *senden.* Ein Entwurf ließ sich im Cyberspace nicht nachverfolgen, und Ines hatte Zugang zu der Mail, wenn sie sich in Sigrids Account einloggte. Wenn Sigrid einen passenden Informanten ausfindig gemacht hatte, würde sie auf diesem Weg Ines darüber in Kenntnis setzen. Wenn der Informant einverstanden war, würde von da an der Geheimdienst übernehmen. Letzteres war zwar nicht das gängige Prozedere, aber Sigrids Aufenthalt in Syrien war zeitlich begrenzt. Wenn es Probleme geben oder es besonders schnell zu einer Kontaktaufnahme kommen sollte, hatte Ines ihr eine Telefonnummer mitgegeben und sie genau angewiesen, was sie zu sagen hatte. Sie dürfte auf keinen Fall andere Kanäle benutzen. Ihrer eigenen Sicherheit zuliebe.

»Und was ist, wenn ich einen Fehler mache und sie mich erwischen?«, hatte sie gefragt.

»Dann bist du auf dich allein gestellt«, hatte Ines geantwortet.

Das sind die Bedingungen.

Sigrid schaltete ihr neues Handy ein und machte ein Foto vom Al-Hijaz-Platz. Dann schickte sie es als SMS an Andreas.

Hallo, Schatz. Das ist die Aussicht von meinem neuen Arbeitsplatz! Alles prima hier. Ich rufe heute Abend vom Hotel aus an. Küsse an dich und die Kinder, Sigge.

21

Firas war mit seinem Toyota auf dem Weg zur Arbeit. Es war vier Uhr morgens und noch dunkel. Er hatte sich freiwillig für Nachtwachen auf Station gemeldet. Die Zahl der Patienten war dramatisch angestiegen, denn bei jeder Demonstration nahmen die Sicherheitskräfte mehr Aufständische und sogenannte Terrorverdächtige fest. Viele von ihnen kamen verwundet ins Militärkrankenhaus – die Hände auf dem Rücken gefesselt. Es galt als patriotischer Einsatz, sich als Arzt in diesen schweren Zeiten mit voller Kraft zur Verfügung zu stellen. Was er dem Sicherheitschef des Krankenhauses aber nicht erzählt hatte, war, dass er wegen der Nachtwachen eine Zugangskarte zu der Abteilung erhielt, aus der die schwer misshandelten Patienten kamen, die dann auf seinem OP-Tisch landeten.

Reem hatte sich beschwert, dass er sich für diese Schichten eingetragen hatte, obwohl ihn sein Status als Chirurg eigentlich davon befreite. Er half Rahaf gerade bei den Hausaufgaben in Mathe, als Reem ihn bat, sich später noch einmal darüber zu unterhalten, wenn Rahaf im Bett war. Ihre Tochter ergriff sofort die Gelegenheit und wollte die Schlafenszeit neu verhandeln. Am Ende mussten alle lachen, was ihnen sehr guttat.

Rahaf nutzte diese Stimmung. Sie wollte eine Folge von *Bab al-Hara* sehen, eine bunte historische Fernsehserie, die sie liebte.

Aber Firas war dagegen. Seine Tochter war am frühen Abend von einem Mann aus der Altstadt nach Hause gebracht worden. Sie war zusammen mit einer Freundin auf die niedrigen Hausdächer geklettert und hatte Weintrauben von den Ranken geklaut, die an den Häuserwänden hochwuchsen. Sie sollte ihre Aufgaben in Geometrie lösen und dann ins Bett gehen. Aber Reem fuhr ihm in die Parade und erlaubte es ihr.

Rahaf ging ins Wohnzimmer. Reem beugte sich von hinten über Firas' Schulter, ihre Brustwarzen drückten gegen seinen Rücken. Sie flüsterte ihm ins Ohr, dass sie auch morgen darüber sprechen könnten. Er atmete ihren Duft ein, der sich mit ihrem schweren Parfum mischte – Oud, Rosen und Kardamom. Am liebsten hätte er sie gepackt und ins Schlafzimmer getragen.

Firas drehte sich zu seiner Frau um und sah ihr lange in die Augen. Sie erwiderte seinen Blick.

Ihr intimer Moment wurde unerwartet von Rahaf gestört.

»Findet ihr, dass wir zu viel fernsehen?«

»Wie kommst du denn jetzt da drauf?«, wollte Reem wissen. Der Fernseher lief bei ihnen den ganzen Tag, mal mit Ton und mal lautlos. Wie in fast allen syrischen Familien.

»Wir haben heute eine komische Aufgabe in der Schule bekommen.«

»Ach ja, und was war das?«, fragte Firas.

»Wir sollten ganz viele Fragen beantworten.«

»Und was waren das für Fragen?«

»Welche Fernsehkanäle unsere Eltern sehen. Man konnte alles Mögliche ankreuzen: Al-Jazeera und Al-Arabiya, aber auch ausländische, die hießen dann France 24, BBC und so.«

Firas und Reem wechselten vielsagende Blicke, die Erotik war wie weggeblasen und durch Sorge ersetzt worden.

»Und wer hat euch diese Fragen gegeben?« Firas bemühte sich, seine Stimme möglichst neutral klingen zu lassen.

»Irgendein Sicherheitstyp. Wir sollten auch beantworten, wie unsere Eltern sich verhalten, wenn der Präsident eine Rede hält. Und sie haben gefragt, ob wir Waffen zu Hause haben.«

»Und was hast du darauf geantwortet?«, wollte Reem wissen.

»Ich habe geschrieben, dass meine Mutter eine Pistole hat, aber die braucht sie, um auf den Präsidenten aufzupassen, falls ihm jemand etwas antun will. Das hat auch schon mein Opa getan, stimmt doch, oder?«

Reem gab Rahaf einen Kuss auf den Kopf.

»Ganz genau so ist es, *habibti.*«

Firas wurde ganz mulmig, er fühlte sich elend. Wie hatte es nur so weit kommen können? Unter Umständen könnte sein Leben auf dem Spiel stehen, wenn er seiner Frau von seinen Sorgen erzählte? Und seine Tochter wurde unwissentlich gezwungen, ihren Eltern hinterherzuspionieren?

Firas entschuldigte sich mit den Worten, dass er Kopfschmerzen habe. Er versprach Rahaf, den Rest der Hausaufgaben am nächsten Tag mit ihr zu erledigen. Reem und er hatten sich nicht mehr ausgetauscht, bevor er am frühen Morgen zur Arbeit aufbrach.

Vor ihm tauchte die Sicherheitsschleuse des Krankenhauses auf. Er musste seinen ganzen Mut zusammennehmen, bevor er das Auto verließ und in die kühle Aprilnacht trat. Er war jetzt auf sich allein gestellt.

»Guten Morgen, Doktor – Hamed, stimmt's?«

Vor ihm stand ein kräftiger Mann mit einem freundlichen, pockennarbigen Gesicht, der wie Firas einen grünen Kittel trug.

»Ich bin Doktor Zaid.« Er lächelte wehmütig.

Sie schüttelten sich die Hand.

»Firas. Vielen Dank, dass ich auf Ihrer Station arbeiten darf.«

Zaids deprimierter Gesichtsausdruck veränderte sich nicht, dafür senkte er seine Stimme um eine Oktave.

»Das hätte ich am liebsten verhindert.«

Firas sah ihn fragend an.

»Nicht Sie, diese Station.«

Firas war sich nicht sicher, ob er Trauer oder Verzweiflung in den Augen seines Kollegen sah.

»Herzlich willkommen, Doktor Firas.« Doktor Zaid nickte ihm zu und verschwand mit schnellen Schritten den Gang hinunter.

Firas unterdrückte den Impuls, auf der Stelle umzukehren.

»Guten Morgen, Doktor Firas«, hörte er eine dünne Stimme hinter sich.

»Tja. Es ist bestimmt ziemlich aufregend, aber sie erzählt nichts, wenn wir telefonieren.«

»Sie wird mit Sicherheit abgehört.«

Andreas nickte. Er wusste es selbst. Das gehörte zum üblichen Prozedere. Damals im Irak hatte man die Beamten manchmal in der Leitung atmen hören können.

»Es ist nur so frustrierend, nicht zu wissen, was sie denkt.«

»Sigrid ist stark.«

Andreas sah sie an und war sich bewusst, dass ihm seine Zweifel anzusehen waren.

»Stimmt was nicht?« Ines klang aufrichtig besorgt.

»Nein, es ist nichts. Du hast ja recht. Sie ist eine richtige Pippi Langstrumpf«, sagte er und grinste entwaffnend. *Wenn Pippi erwachsen wäre und ein ernstzunehmendes Alkoholproblem entwickelt hätte, um ihre posttraumatische Belastungsstörung zu verarbeiten.*

Ines wirkte gedankenverloren.

»Aber jetzt mal ehrlich«, sagte Andreas. »Immer rede ich nur von mir. Wie geht es euch? Stört es dich, dass Kasper so viel unterwegs ist?«

»Ein bisschen schon, obwohl ich es auch genieße, das Haus für mich allein zu haben.«

Ines stellte ihre Bierdose beiseite. »Ich glaube, ein Bier war doch genug. Ich muss noch einen Bericht fertig machen. Ich lass es lieber sein.«

»Klar. Vielen Dank für deine Hilfe.«

Ines legte Andreas eine Hand auf die Schulter.

»Ich habe zu danken, vor allem für die Pizza.« Sie nahm die leeren Pizzakartons vom Gartentisch.

»Ab nach Hause, die Welt retten.« Er lächelte zwar, aber hörte, wie angestrengt seine Stimme klang. Ines war zwar an die Schweigepflicht gebunden, aber ihre gemeinsame Vergangenheit hielt ihn davon ab, zu viel zu sagen.

»Möchtest du, dass ich bleibe?«

»Nein, bloß nicht«, sagte er und schüttelte energisch den Kopf. Viel lieber hätte er, dass die Kinder von ihren jeweiligen Elternteilen zurückkommen würden.

Ines schien seine Einsamkeit zu spüren, sie setzte sich wieder hin und legte sich die Pizzakartons auf den Schoß.

»Apropos Sigrid und Syrien. Vermisst du nicht auch manchmal den Geruch von Sägespänen?«, sagte Andreas und fügte in betont dramatischem Tonfall hinzu: *»Die Mystik des Orients?«*

Ines antwortete nicht, lächelte nur geheimnisvoll. Andreas konnte ihr Verhalten nicht deuten. Er hatte sich damals, nach ihrer Rückkehr aus dem Irak, für Sigrid entschieden. Das stand bis heute zwischen ihnen.

»Wenn du Lust hast, können wir morgen früh laufen gehen«, schlug Ines vor.

Bevor Andreas antworten konnte, klingelte sein Handy.

Ines winkte ihm zu und ging. Er sah ihr hinterher – das wellige schwarze Haar, die schlanke Silhouette. Er hätte sie doch gerne noch eine Weile bei sich gehabt.

Das Display verriet, dass Sigrid anrief. Er ging nicht ran, sondern schrieb ihr stattdessen eine kurze Nachricht.

Bin auf dem Weg ins Kino. Rufe dich morgen an. Kuss

Dann nahm er ein paar Holzscheite und zündete den Kamin im Gewächshaus an. Lange saß er vor dem Feuer und ließ sich von den lodernden Flammen hypnotisieren. Sigrid hatte ihr Familienleben aufs Spiel gesetzt, alles auf eine Karte. Sie war abgereist, obwohl er dagegen gewesen ist. Woher kam ihr Gefühl, dass sie das jemandem schuldig war? Manchmal beobachtete er sie heimlich. Dann zog sie ein Gesicht, als hätte sie große Schmerzen. Aber darauf angesprochen, lächelte sie nur und tat es ab. Er respektierte das. Am meisten sehnte er sich nach einem Abend, an dem er nicht über das verdammte Chaos im Nahen Osten nachdenken musste. An Sigrids verdammtes Chaos.

23

Der intensive Zitronenduft verriet Reem, dass sie sich Baniyas näherten. Es war Freitag, und sie waren früh aufgebrochen, um rechtzeitig wieder in der Stadt zu sein, falls es nach dem Freitagsgebet zu Unruhen kommen sollte. Obwohl sie neben sich auf dem Beifahrersitz einen Oberst als Aufpasser sitzen hatte, fühlte es sich gut an, wieder aktiv dabei zu sein. Links und rechts der Straße erstreckten sich kilometerlange Felder mit gelben und grünen Zitronenbäumen. Sie freute sich richtig auf ihren Auftrag.

Am Horizont tauchte der erste Checkpoint auf. Mit Stacheldraht bewehrte Betonkörper teilten die Fahrbahn in zwei Spuren, damit niemand außen herumfahren konnte. Reems schwarzer Ford SUV wurde herausgewunken. Der Oberst öffnete sein Fenster, während er im Rückspiegel sicherstellte, dass der Jeep mit seinen Männern ihnen folgte.

Ein Soldat trat an den Wagen heran, und der Oberst reichte ihm die Papiere mit den erforderlichen offiziellen Stempeln. Der Soldat übergab die Dokumente seinem Vorgesetzten, einem Offizier der Sicherheitskräfte, der daraufhin das Signal zur Weiterfahrt gab. Reem durfte die VIP-Spur benutzen, die frei war – anders als die andere, auf der die Fahrzeuge in einer langen Schlange standen. Vollbeladene Lkw, Minibusse und Pkw mit Großfamilien.

Die Bebauung wurde immer dichter. Der SUV fuhr durch die ersten Vororte von Baniyas, dort waren die Zusammenstöße zwischen den Demonstranten und den Sicherheitskräften am gewaltsamsten. Aber Baniyas stand bei NorCom auf der Liste der Städte, die unbedingt mit einem Sendemast ausgestattet werden sollten. Damit dabei die Sicherheit der Mitarbeiter gewährleistet war, sollte Reem einen Bericht zur Lage anfertigen. Normalerweise vermied sie es, sich und ihre Klienten in schusssicheren Allrad-Jeeps und mit muskelbepackten, bewaffneten Wachen durch die Gegend fahren zu lassen. Das erregte viel zu viel Aufmerksamkeit. Die Staatsoberhäupter, Botschafter oder Diplomaten unter ihren Kunden wurden natürlich in gepanzerten Fahrzeugen transportiert. Sie selbst fühlte sich jedoch in gefährlichen Gebieten mit einem mehrfach gesicherten Viertonner keineswegs sicherer. Das schrie ihr zu laut nach VIP an Bord. Die Militäreskorte allerdings, die man ihr auferlegt hatte, war sogar noch schlimmer.

Der Oberst hatte seinerzeit mit ihrem Vater zusammengearbeitet, weshalb er die Aufgabe, sie zu begleiten, übernommen hatte, so lautete seine Erklärung. Sie hatten sich bei Tagesanbruch an der Ausfallstraße Richtung Nordwesten getroffen, wo Reem ihn zu überzeugen versucht hatte, dass sie ohne weiteres auch allein, in getrennten Wagen, fahren könnten. Aber diesen Vorschlag hatte der Oberst strikt abgelehnt und sich stattdessen auf ihren Beifahrersitz gezwängt. Die beiden Beamten, die ihn begleitet hatten, sollten in seinem Militärjeep hinterherfahren.

»So kann ich viel besser auf Sie aufpassen.«

Reem sah zu ihm herüber und bemerkte, dass sein massiges Knie das Handschuhfach blockierte, in dem ihre Glock und die Munition lagen.

Die Stadt lag an der Westküste von Syrien, nördlich der libanesischen Grenze, und Reem hatte wie immer ein Hotel im Stadtteil Al-Qusour gebucht. Kaum war sie auf ihrem Zimmer, riss sie alle Fenster auf und sog die salzige Mittelmeerluft in sich auf. Dann warf sie sich aufs Bett und genoss die wunderbare Müdigkeit, die sich in ihrem Körper ausbreitete. Es störte sie überhaupt nicht, dass man auch die nahe Ölraffinerie riechen konnte.

Reem hatte sich im Laufe der Jahre immer mehr als Damaszenerin gefühlt, dabei stammte sie ursprünglich aus Jableh, etwa dreißig Kilometer nördlich von Baniyas. Obwohl sie wusste, dass ihr ein harter Tag bevorstand, genoss sie den Blick aufs Meer, denn er erinnerte sie an die Sommerferien ihrer Kindheit. Die lokalen Sicherheitskräfte erwarteten erneut einen gewaltsamen Zusammenstoß mit den Demonstranten vor den Moscheen, kurz nach dem Mittagsgebet. Es war wichtig, dass sie sich vorher ausruhte. Sie hörte das Rauschen der Wellen und schloss die Augen.

Erst die Rufe der Muezzins rissen sie aus dem Schlaf. Benommen richtete sie sich auf. Gierig trank sie ein eiskaltes Zitronenwasser aus der Minibar. Auch ihr Puls hatte bereits sein Tempo beschleunigt. Nicht umsonst bezeichnete man Adrenalin als das Kampfhormon des Körpers.

Es war still in der Stadt während des Mittagsgebets.

Sie fuhren zur größten Moschee in die Innenstadt. Dieses Mal saß der Oberst hinterm Steuer, Reem auf dem Beifahrersitz und die beiden Polizeibeamten mit ihren Dienstwaffen auf dem Rücksitz. Reems Glock steckte in ihrem Holster unter der Windjacke. Seit ihrem letzten Besuch waren die Checkpoints wie Pilze aus dem Boden geschossen. Alle größeren Straßen waren gesperrt, und Militärfahrzeuge dominierten das Straßenbild. Kurz vor der Moschee mussten sie an einer Absperrung anhalten.

Plötzlich fiel ein Schuss.

Reem stieg aus, sah sich um. Der Oberst folgte ihr. Ein Soldat kam auf sie zu und fragte, wer sie seien. Der Oberst zeigte ihm die Papiere.

»Sie müssen sofort umkehren«, befahl der Soldat. Der Oberst holte ein weiteres Dokument hervor, mit einem goldenen Adler, dem Staatswappen der Arabischen Republik Syrien. Der Soldat hob eine Augenbraue und zeigte auf Reem.

»Sie darf auf keinen Fall hier sein.«

Der Oberst wandte sich zum Rückzug, aber Reem wollte noch nicht nachgeben. Sie erklärte, dass sie eine Genehmigung des Innenministeriums habe.

»Das tut mir leid, Madam«, wiederholte der Soldat. »Keine Zivilisten.«

Der Geruch von faulen Eiern, den man sofort der Ölraffinerie zuordnen konnte, hatte sich massiv verstärkt, als Reem und ihre Eskorte

Baniyas wenige Stunden nach ihrer Ankunft wieder verließen. Reem kochte innerlich vor Wut. Der Oberst versuchte zunächst, sie mit Anekdoten aufzuheitern, gab dann aber auf, da er nur kurzangebundene Antworten erhielt, und widmete sich seinem Handy.

Nachdem Reem ihre Eskorte wieder am morgendlichen Treffpunkt abgesetzt hatte, rief sie Adnan an. Der Innenminister entschuldigte sich mehrfach, aber er habe gerade ganz andere Sorgen. Er versprach, Informationen über die aktuelle Situation in Baniyas zu beschaffen.

»Wir hatten eine Abmachung, Adnan.«

»Ich sagte doch, ich werde mich erkundigen.«

An der Autobahnraststätte kurz vor Homs, einem ihrer absoluten Lieblingsstopps, machte sie halt. Sie musste ihre Gedanken sortieren.

Die Besucher des Cafés waren bunt gemischt. An den Plastiktischen saßen Familien und Geschäftsleute bei frisch gebackenen Falafelbroten, Kuchen aus der hauseigenen Konditorei und arabischem Kaffee in winzigen Bechern. Normalerweise holte sich Reem eine große Portion Salat und Hühnchen für zu Hause. Aber an diesem Tag bestellte sie sich nur einen Kaffee und rauchte Kette. Sie saß am Fenster und starrte auf den Parkplatz, der von dem morgendlichen Regen ganz matschig war. Das machte doch alles keinen Sinn. Der Platz vor der Moschee war voller Zivilisten gewesen. Was sollte sie nicht sehen? Zwei Halbwüchsige standen vor ihrem SUV und musterten ihn, traten mit Kennermiene gegen die Reifen. Sie warf den Pappbecher in den Mülleimer und verließ das Café über die breite Metalltreppe. An diesem Tag hatte sie keinen Blick für das große Porträt des Präsidenten, das über dem Eingang hing.

Sie bog ab, bevor die Schilder nach Damaskus auftauchten. Wenn sie direkt nach Hause fuhr, müsste sie die Wahrheit sagen. Sie müsste zugeben, dass die Sicherheitskräfte der Regierung sie an ihrer Arbeit gehindert hatten. Aber sie kannte ein diskretes Hotel ein paar Kilometer von der Abfahrt entfernt.

24

Ein paar Wochen nach Sigrids Ankunft in Damaskus luden Firas und Reem sie zum Abendessen ein. Aus der Küche drangen die verführerischen Düfte von Reems Kochkünsten und vermischten sich mit dem fröhlichen arabischen Pop im Esszimmer, wo Magnus und sie saßen.

Die Wohnung war im westlichen Stil eingerichtet, mit getrenntem Ess- und Wohnzimmer. Das entsprach nicht dem syrischen Standard, bei dem man alle Mahlzeiten bei laufendem Fernseher auf dem Sofa im Wohnzimmer einnahm. Aber Möbel und Dekoration waren unverkennbar arabisch geprägt. Antikes Mobiliar und handgemachte Spiegel in dunklem Holz und Intarsien aus Silber und Perlmutt, dazu Kronleuchter und gewebte Berberteppiche. Die Abendsonne warf ihren goldenen Glanz in den Raum.

Reem hatte auch Sigrids Kollegen zum Essen eingeladen, schließlich kannten sie sich alle aus Unizeiten. Und Magnus hatte dankend angenommen.

Firas brachte ihnen ein Glas Weißwein, er wurde von seiner Tochter Rahaf begleitet, die sich den Gästen vorstellte.

»Meine Frau hat leider eine Vorliebe für Haremspop«, sagte Firas entschuldigend und begann, einen Bauchtanz vorzuführen. Er war keineswegs ohne Talent, aber in seinem Outfit aus Rollkragenpullover und dunkelblauer Jeans sahen die Bewegungen unfreiwillig komisch aus. Es war ein informelles Arbeitsessen, und sowohl Firas und Reem als auch Sigrid und Magnus trugen Jeans und Turnschuhe. Reem kam ins Esszimmer und streckte ihrem Mann die Zunge raus.

»Das habe ich gehört!« Sie wischte sich die Hand an ihrer Schürze ab, drehte die Musik noch lauter auf und ließ die Stimme des ägyptischen Popsängers Mostafa Shawky aus den Lautsprechern dröhnen.

Rahaf sah ihre Eltern überrascht an, offenbar war sie diese Art von Neckereien zwischen ihnen nicht gewohnt. Sigrid und Magnus lächelten höflich, aber Magnus unterstützte Reems Musikgeschmack.

»Firas, du solltest dankbar sein«, sagte er. »Meiner Ansicht nach sind Menschen, die ihrem Musikgeschmack treu bleiben, weitaus genussfreudiger als die anderen. Auch wenn ihre Vorliebe vielleicht in den Augen der Hochkultur als minderwertig gelten mag.«

Firas nickte.

»Da könntest du recht haben.«

»Das sagst du doch nur, weil du auch so schreckliche Musik hörst«, warf Sigrid ein.

»Kann sein, aber ich stehe dazu«, erwiderte Magnus. Sie lachten.

Als sie alle am Tisch saßen, spürte Sigrid, wie sehr sie ihre eigene Familie vermisste. Zum Glück würden sie bald zu Besuch kommen.

Reem stellte eine Schüssel vor Sigrid auf den Tisch und nahm ihre Schürze ab. Darunter kam ein italienisches Designershirt zum Vorschein.

»*Bon appétit.* Ich habe Rose freigegeben, also zügelt eure Erwartungen.«

Natürlich war das eine maßlose Untertreibung. In der Schüssel türmte sich nämlich eine beindruckende Formation aus *Yaprak*, mit Reis gefüllte Weinblätter, dazu gab es scharf gewürzte Hühnchenbrüste. Umgeben war die Schüssel von einer ganzen Reihe weiterer Gerichte. Firas füllte ihre Gläser mit weißem Bourgogne. Dann stießen sie alle an, Rahaf mit einem Glas Limonade.

»Ich hätte nicht für möglich gehalten, dass man hier in Syrien französische Weine bekommen kann«, sagte Sigrid.

»Reem schon!«, bemerkte Firas trocken und für einen Augenblick entstand eine peinliche Stille.

Das Essen war eine willkommene Ablenkung von der Komödie, die Firas und Reem ihnen zuliebe aufführten. Oder taten sie das für sich selbst? Sigrid konnte den Mechanismus nicht durchschauen. In den letzten Wochen vor ihrer Abreise hatten Andreas und sie vor ihren Gästen auch das Stück »Harmonisches Familienleben« aufgeführt. Ihr war bewusst, dass sie Andreas nicht davon hatte erzählen wollen, dass Magnus bei dem Abendessen dabei sein würde. Sigrid skypte zwar so oft es ging mit Andreas und Victor, seltener mit Sommer, aber ihre Welten, ihr Alltag war nicht so kompatibel. Sie vermisste ihre Familie sehr. Vor allem Victor. Andreas hörte nicht auf, sich über die möglichen Auswirkungen der Unruhen Sorgen zu machen. Sie wusste ja, dass er es nur gut meinte. Sie hatte ein schlechtes Gewissen. Denn es war wirklich ein Vergnügen, Magnus an ihrer Seite zu haben. Ihr Kollege war hochtalentiert darin, bei gutem Essen und Wein einen tollen Abend zu schmeißen.

Aus Rücksicht auf Rahaf unterhielten sie sich auf Arabisch, aber Sigrid hatte ihre Schwierigkeiten damit.

»Mach dir nichts draus, das kommt wieder«, tröstete sie Reem.

»Erinnerst du dich noch an unseren Lehrer in arabischer Propädeutik, Magnus?«, fragte Sigrid. »Er hat gesagt, dass du arabisch sprichst wie ein persischer Teppich.«

»Ja, Reem, bei dem Kurs warst du natürlich nicht«, sagte Magnus. Die drei erklärten Firas, woher sie sich kannten. Sie hatten an der Uni zunächst gemeinsam zwei Fächer belegt, aber später hat Magnus sich umentschieden und hatte sich zum Sprachoffizier ausbilden lassen.

Sigrid war sehr erleichtert, als Rahaf anbot, englisch zu sprechen.

»Ich muss üben«, sagte das Mädchen. »Wenn ich dann nach Hogwarts gehe.« Mit den Worten pikste sie ein Stück Hühnchen auf ihre Gabel.

Die Erwachsenen lächelten.

»Du willst nach Hogwarts?«, fragte Magnus.

»Ja, ich warte auf den Brief. Ich werde nämlich bald elf.«

»Mein Sohn war auch ein großer Harry-Potter-Fan«, sagte Sigrid. Am Abend seines elften Geburtstages war er schluchzend zusammengebrochen. Bestürzt hatte Sigrid ihn in den Arm genommen, um herauszufinden, was ihm fehlte. Herzzerreißend hatte er erzählt, dass er keinen Brief von Hogwarts bekommen habe.

»Aber er wird bald fünfzehn«, fügte Sigrid wehmütig hinzu.

»Geht er dort zur Schule?«

Sigrid schüttelte den Kopf, brachte es aber nicht übers Herz, ihr die Wahrheit zu sagen.

»Rahaf, hättest du vielleicht Lust, uns mal in Kopenhagen zu besuchen? Zusammen mit deinen Eltern?«, schlug sie stattdessen vor.

Das Mädchen legte ihr eine Hand auf die Schulter und lächelte sie entschuldigend an.

»Sehr gerne, *khaleh*«, sagte sie und verwendete den respektvollen arabischen Ausdruck für Tante. »Aber ich möchte viel lieber erst nach England.« Dann sah sie ihre Eltern bittend an. »Darf ich jetzt meine Serie gucken?«

Die Zehnjährige verabschiedete sich ins Wohnzimmer. Minutenlang hörte man nur das Klappern des Bestecks, als müsste das Gespräch erst wieder eine neue Richtung finden.

Firas nahm eine Zigarette aus seiner Brusttasche und zündete sie an.

»Ihr fahrt morgen nach Homs, Sigrid? Ich kenne da einen guten Witz.«

»Nein, keine Homs-Witze!«, unterbrach ihn Reem flehend.

»Her damit«, forderte ihn Magnus auf.

»Ja, wir wollen ihn hören!«, sagte Sigrid.

»Okay. Hier ist er. Drei Männer in der Todeszelle kurz vor ihrer Hinrichtung. Ein Brite, ein Franzose und einer aus Homs. Die Wachen holen den Briten ab. Der Henker fragt ihn, ob er noch einen letzten Wunsch habe, der Brite verneint. Daraufhin gibt der Henker das Kommando: ›Anlegen, zielen und …‹ Plötzlich ruft der Brite ganz laut: ›EARTHQUAKE!‹ Alle gehen in Deckung, und der Brite kann entkommen. Dann holen die Wachen den Franzosen, auch er wird nach seinem letzten Wunsch gefragt und verneint. Erneut befiehlt der Henker: ›Anlegen, zielen und …‹ Plötzlich ruft der Franzose: ›AVALANCHE!‹ Alle rennen um ihr Leben, und der Franzose entkommt. Das alles hat der Mann aus Homs natürlich mitbekommen und sich etwas ausgedacht. Die Wachen holen ihn und auch er wird nach seinem letzten Wunsch gefragt. Er verneint und der Henker gibt das Kommando: ›Anlegen, zielen und …‹ Plötzlich ruft der Homser ›FEUER!‹«

Sigrid und Magnus lachen laut. Reem schüttelte den Kopf. Offenbar kannte sie den Witz schon.

Firas zuckte entschuldigend mit den Schultern. *Er* konnte doch nichts dafür, oder?

»Die Homser eben.« Er zündete sich eine neue Zigarette mit der Glut der alten an.

»Wie läuft es bei euch eigentlich?«, fragte er und sah abwechselnd von Sigrid zu Magnus.

»Na ja, die Demonstrationen machen unsere Arbeit nicht unbedingt leichter«, sagte Magnus. Erneut hatte sich die Realität mit an den Tisch gesetzt, und es wurde wieder sehr still im Raum. Firas nickte und blinzelte, seine Art, Verständnis und Sympathie auszudrücken. Der schwarze Rollkragenpullover passte gut zu seiner dunklen Haut und den braunen Haaren, die ihm in die Stirn fielen, wie damals Hugh Grant in den romantischen Komödien der neunziger Jahre. Seine Ausstrahlung hatte etwas Melancholisches.

Firas wollte wissen, ob für NorCom in Baniyas alles gut gelaufen sei. Sigrid spürte, wie Reem sich neben ihr bei der Frage wand.

Alles problemlos, erzählte Magnus.

»Dank Reems ausführlichem Bericht und den Verhaltensregeln, die uns mitgegeben wurden und an die wir uns gehalten haben«, fügte Sigrid hinzu. »Die Masten stehen, und morgen geht es nach Homs.«

Firas beugte sich über den Tisch.

»Und wie sieht es da aus?«

»Wir sorgen für euren Schutz«, sagte Reem, stand auf und begann, die Teller einzusammeln. Sie legte Firas eine Hand auf die Schulter. »Die Demonstranten werden immer aggressiver.«

Sigrid sah, wie Firas erstarrte und dann schnell seine Zigarette abaschte. Reem zog ihre Hand zurück, und Sigrid tat so, als hätte sie nichts bemerkt.

Firas stand auf.

»Dann werde ich euch mal in Ruhe arbeiten lassen.« Er schüttelte

Magnus und Sigrid zum Abschied die Hand, bedankte sich für ihren Besuch und zog sich in sein Arbeitszimmer zurück.

Ein Schatten huschte über Reems Gesicht, während sie sich abwandte, um das Geschirr in die Küche zu bringen. Sigrid und Magnus sahen sich an, ein überraschend intimer Moment entstand. Zum Glück kam Reem gleich wieder zurück, in der Hand eine weiße lederne Laptoptasche, aus der sie ihren Rechner nahm, ihn auf den Tisch legte und aufklappte.

»Ihr habt, wie besprochen, ein Hotel im christlichen Tal gebucht, richtig?«

»Ja, das Al-Wadi-Hotel«, sagte Sigrid. »Hanan hat den Kontakt von unserem Mann vor Ort in Homs.«

»Gut so. Ihr müsst euch auf jeden Fall am Freitag vom Stadtzentrum fernhalten. Es kann dort jederzeit zu Demonstrationen kommen. Ihr wisst ja, dass sie das Freitagsgebet ausnutzen, um das Versammlungsverbot zu umgehen. Also, sorgt dafür, dass ihr weit weg seid, wenn es dazu kommen sollte. Daham kann nicht für eure Sicherheit sorgen, wenn die wütende Menschenmenge die Sicherheitskräfte angreift und ihr mittendrin steckt.«

Wieder wechselten Sigrid und Magnus einen Blick, mit dieser Darstellung waren sie nicht einverstanden. Sigrid wusste aus der internationalen Presse, dass die Demonstranten vor allem gegen die Gewalt protestierten, mit der in Daraa gegen die Zivilisten vorgegangen worden war. Mittlerweile gingen auch Studenten und Intellektuelle auf die Straßen, um den Präsidenten zur Demokratisierung zu zwingen. Ganz oben in ihrem Forderungskatalog stand die Machtbeschränkung der Sicherheitskräfte.

»Es ist ja nicht so, dass ich noch nie auf einer Demonstration war.«

»Sigrid, das hier ist etwas vollkommen anderes als gegen die dänische Polizei zu sein.« Reem sah zu Magnus. »Kannst du dir vorstellen, dass wir beide uns damals verkleidet und dann mit der Polizei angelegt haben?«

Magnus grinste.

»Allerdings kann ich das.«

»Was haben wir uns damals eigentlich dabei gedacht?«, fragte Reem rhetorisch.

Sigrid versuchte, ihren ironischen Unterton zu unterdrücken.

»Wir wollten den Weltfrieden.«

»Und was ist daraus geworden?« Reem seufzte.

Sigrid zuckte mit den Schultern, sie wollte den Glauben daran nicht aufgeben. Aber Reem sah das anders.

»Wenigstens demonstrieren die Christen nicht. Deswegen seid ihr im Al-Wadi sicher, wenn in Homs etwas passieren sollte.«

25

Sigrid war seit drei Wochen in Syrien, als das Chaos über sie hereinbrach. Es war an einem warmen Montag im April.

Der neue Sendemast in Homs war errichtet und bereits in Betrieb. Das Team aus Damaskus hatte die vergangenen Tage eng mit den Kräften vor Ort zusammengearbeitet. Sigrid war zum zweiten Mal als Beobachterin dabei. Es dauerte ungefähr eine Woche, um einen Masten aufzustellen. Die Juristen hatten vorab alle rechtlichen Fragen mit den Behörden der Standorte sowie den Besitzern der Gebäude geklärt, auf denen NorCom die Masten installieren wollte. Danach konnten die Bauarbeiter den Mast aufstellen und die Elektriker die Stromversorgung sichern. Ein zusätzlicher Generator und ein Vertrag für die Versorgung mit Diesel sollte gewährleisten, dass es auch bei einem Stromausfall keine Probleme gab. Die Wachen von Jasmin City Security sorgten dafür, dass es an der Basis weder zu Diebstahl noch Sachbeschädigung kam. In Homs stand der Mast auf dem Dach eines Bürogebäudes. Dadurch konnte die Netzabdeckung vergrößert werden, damit so viele Teilnehmer wie möglich erreicht werden konnten, auch in den hintersten Wohnhäusern der sich kilometerlang erstreckenden Reihen aus Beton. Sigrid notierte in ihrem Bericht, dass Bestechung in bestimmten Situationen als ein notwendiges Übel betrachtet wurde, die Arbeitsumstände aber grundsätzlich akzeptabel waren.

Am frühen Morgen hatte sie aus dem riesigen Touristenhotel ausgecheckt, das etwas außerhalb von Homs lag. Abends würden sie im Büro in Damaskus den erfolgreichen Abschluss feiern. Magnus und Hanan waren schon vorgefahren, Sigrid wollte sich noch von ihren Leuten verabschieden.

Sie war gerade auf dem Dach angekommen, wo die Arbeiter ihre Sachen zusammenpackten, als sie Rufe im Treppenhaus hörte, das den Handwerkern vorbehalten war. Die Wachen von Jasmin City Security hatten ihre Waffen im Anschlag und versperrten einem jungen Mann den Weg nach unten. Offenbar aus Verzweiflung hatte dieser nach einem Werkzeug gegriffen und bedrohte sie damit.

»Hey …« Sigrid lief auf die Männer zu.

»Er wollte Diesel stehlen«, erklärte ihr einer der Wachen und zielte mit seiner MP5 auf den jungen Mann.

Der Dieb konnte nicht älter als sechzehn Jahre alt sein, er trug enge Jeans mit Nieten und ein T-Shirt mit dem NASA-Logo in arabischer Schrift.

»Hat er etwas gestohlen?«

»Nein, dazu ist es gar nicht erst gekommen«, sagte der Wachmann und schüttelte den Kopf.

»Dann können Sie ihn ja auch laufen lassen, es ist doch kein Schaden entstanden, oder?«

Der Dieseldieb wurde rot im Gesicht, als Sigrid ihn in Schutz nahm. Seine Schultern sanken, dann legte er das Werkzeug weg und begann, sich wortreich bei den Wachen zu entschuldigen.

»Wir müssen ihn mitnehmen, Madam Melin«, sagte der Wachmann, irritiert darüber, dass sie sich eingemischt hatte.

Sigrids Handy klingelte, es war Daham Sahabi.

»Ich hole Sie jetzt ab. Wir müssen sofort los.«

»Warum? Was ist denn passiert?«, fragte Sigrid.

»Eine Beerdigung, die Opfer von letztem Freitag. Es gibt Anzeichen dafür, dass es zu Ausschreitungen kommen wird.«

»Okay. Warten Sie unten auf mich.«

Aber Sigrid wollte den Jungen nicht den Wachen überlassen, die würden ihn garantiert an die Sicherheitskräfte übergeben. Nach vergeblicher Diskussion rief sie Reem an, damit sie die Wachen davon überzeugte, dass NorCom sich um den Dieb kümmern würde.

Die Stimme ihrer Sicherheitsbeauftragten am anderen Ende der Leitung klang hektisch und kurz angebunden.

»Ihr seid noch nicht auf dem Rückweg?«, fragte Reem.

»Doch, fast, aber wir haben hier gerade ein kleines Problem, das ich vorher noch lösen will.«

»Dafür hast du keine Zeit. Ihr müsst auf der Stelle aufbrechen. Daham sollte dich schon längst abgeholt haben.«

»Es findet eine Beerdigung statt, da ist es doch nicht weiter verwunderlich, dass die Leute aufgewühlt sind, oder?«

»Der Trauerzug hat sich zu einer Demonstration ausgeweitet. Die Menge ist aufgebracht. Ich habe gerade erfahren, dass die Sicherheitskräfte schonungslos gegen sie vorgehen werden. Wenn die Demonstranten gewalttätig werden, dürft ihr unter keinen Umständen in der Nähe sein.«

»Kannst du bitte deinen Wachleuten sagen, dass sie diesen armen Kerl freilassen sollen?«

»Sigrid, du musst sofort von diesem Dach runter und einsteigen, wenn Daham vorfährt.«

Sigrid ignorierte sie. Sie würde nicht zulassen, dass sie den Jungen verprügelten. Oder Schlimmeres. Sie fragte ihre Kollegen vor Ort, ob sie sich an einer Spende beteiligen würden und kam auf etwas über hundert Dollar. Mit diesem »kleinen Bonus« überredete sie die beiden Wachen, die neue Basis ohne ihren Gefangenen zu verlassen.

Sigrid begleitete den Jungen nach unten und ließ ihn mit der Ermahnung laufen, dass er den Generator und seinen Dieseltank zukünftig in Ruhe lassen sollte.

Auf dem Bürgersteig kam ihr ein aufgeregter Daham Sahabi entgegen.

»Steigen Sie ein – wir müssen sofort losfahren!«, befahl er ihr.

Sigrid sprang in das geparkte Fahrzeug, einen weißen Lieferwagen.

»Wo ist der Jeep?«

»Es soll niemand sofort sehen, dass Sie ein ausländischer VIP sind.«

Sigrid nickte und schwieg.

An der nächsten Kreuzung aber war die Straße plötzlich blockiert. Von rechts kamen vier Männer auf sie zu gerannt und bauten nur wenige Meter von ihrer Motorhaube entfernt Barrikaden auf. Sekundenlang herrschte eine gespenstische Stille.

Dann kamen sie. Wie eine Flutwelle strömten die schreienden Demonstranten vor ihnen die Straße hinunter. Sie schwenkten syrische Flaggen, und Plakate, auf denen sie den Sturz der Regierung forderten, tanzten über ihren Köpfen. Ihre Parolen gegen den Präsidenten hallten von den Betonfassaden wider.

Daham verriegelte die Autotüren. Dann reichte er Sigrid ein Kopftuch und bat sie, ihre roten Haare damit zu bedecken.

»Wir wollen lieber nicht ihre Aufmerksamkeit auf uns ziehen«, sagte er leise.

Aus dem Fach in der Fahrertür nahm er eine Pistole, die er diskret auf den Beifahrersitz legte.

Sigrid hörte ihr eigenes Herz schlagen. Ihr schauderte.

»Wir verhalten uns ganz ruhig, dann wird uns nichts passieren«, sagte ihr Fahrer mit gedämpfter Stimme.

Da mischte sich ein Rumpeln mit den Rufen der Demonstranten, und Sigrid erkannte das Geräusch von Panzern.

Nur wenige Meter von ihnen entfernt wimmelte es auf einmal von Sicherheitskräften. Einige sprangen von den Panzern, andere kamen aus den Seitenstraßen angerannt. Ein blutjunger, schlaksiger Soldat mit wildem Blick stolperte, fing sich aber sofort wieder. Da zerriss ein Schuss die Luft. Aus dem Hals des Soldaten schoss Blut, dann fiel er leblos zu Boden. Es dauerte keine Sekunde, dann ratterten die Salven aus den Maschinengewehren seiner Kameraden. Jetzt waren es die Demonstranten, die der Reihe nach umfielen. Und aus den Parolen wurden Schreie.

Trotz der chaotischen Situation hatte Sigrid das Gefühl, dass etwas nicht stimmte. Die tödliche Kugel auf den Soldaten konnte unmöglich aus den Reihen der Demonstranten gekommen sein. Sigrid beugte sich vor, ihr Herz raste.

»Woher kam der erste Schuss?«

Daham Sahabi schob sie energisch zurück in ihren Sitz. Dann legte er den Rückwärtsgang ein und rollte von der Absperrung weg. Der Fahrer des Lkw hinter ihm fing an zu hupen und mit den Armen zu fuchteln. Sie konnten nicht weg.

Sigrid schnürte sich der Hals zu. In ihren Ohren rauschte es. Hier stimmte etwas gewaltig nicht. Sie legte ihre Hand auf den Bauch und versuchte, ein paar Atemübungen zu machen. Aber ihr Puls raste und ließ sich nicht beruhigen. Es war unmöglich, still sitzen zu bleiben und nichts zu unternehmen.

Der Knopf für die Zentralverriegelung war ganz einfach zu erreichen. Bevor Daham reagieren konnte, hatte Sigrid die Wagentür schon aufgerissen und war rausgesprungen. Sie holte dreimal Luft, bis tief in den Bauch hinein. Eine wunderbare Ruhe breitete sich in ihr aus. Sie hatte befürchtet, dass sie die Erinnerungen an die Zeit im Irak außer Gefecht setzen würden. Aber es fühlte sich überhaupt nicht danach an. Im Gegenteil. Das Adrenalin berauschte sie regelrecht.

Die Straße war gesäumt von mehrstöckigen Gebäuden und vereinzelten Geschäften im Erdgeschoss. Der Schuss war von links gekommen, hinter dem Lieferwagen. An der Straße lag auch eine Moschee, deren Minarett hoch in den Himmel ragte. Das war die Lösung. Mit wenigen Schritten hatte sie die Moschee erreicht und umrundet, sodass sie von der Straße nicht mehr zu sehen war. An der Brandschutzmauer des heiligen Gebäudes war ein gutes Stück über dem Boden eine Feuertreppe angebracht. Es war über fünfzehn Jahre her, dass Reem und sie über die Dächer von Kopenhagen fliehen mussten, wenn eine ihrer Aktionen eine zu brisante Wendung genommen hatte und die Polizei ihnen bereits auf den Fersen war. Dank ihrer täglichen Schwimmrunden hatte sie aber noch dieselbe gute Kondition wie damals. Sie sprang hoch, bekam die unterste Sprosse zu fassen und zog sich daran hoch. Oben angekommen kletterte sie durch ein kleines Fenster und lief dann den Gang hinunter, um aufs eigentliche Dach des Minaretts zu klettern, das von einem Metallgeländer umgeben war.

Sie kauerte sich hinter einen kleinen Mauervorsprung und sah sich um. Unten auf der Straße stand Daham neben dem Lieferwagen und suchte sie. Eine Gruppe von Menschen, Männer, Kinder und Frauen, rannte an ihm vorbei, weg von den Schüssen. Die waren für Sigrid nicht interessant. Sie wusste, dass im Krieg diejenigen, die sich nicht bewegen, meist gefährlicher sind als jene, die es tun.

Sie entdeckte sie auf einem tiefer gelegenen Dach. Drei Männer. Sie warf sich zu Boden. Wartete lange, bevor sie es wieder wagte, über die Mauerkante zu sehen. Auf einem der benachbarten Gebäude, mit guter Sicht auf die Demonstranten, lagen die drei Männer. Sie hatten Scharfschützengewehre. Einer der Männer schoss, Sigrid folgte dem Lauf und sah, dass er einen weiteren Soldaten getroffen hatte. Dieses Mal in den Rücken. Seine Kameraden schrien auf und feuerten wahllos in die Menschenmenge vor ihnen.

Wer waren die Schützen? Warum erschossen sie Soldaten?

Sigrid duckte sich wieder, holte ihr Handy heraus und öffnete die Kamerafunktion. Klick, klick. Sie hob den Kopf und zoomte die drei nah heran. Es waren große, wie mit Steroiden vollgepumpte Muskelpakete mit kurzgeschorenen Haaren. Sie trugen eine Art Guerilla-Uniform und Unterhemden. Einer hatte eine Tätowierung auf der Schulter. Sigrid zoomte noch näher heran. Der Schütze hatte sich das Gesicht des Präsidenten auf den Oberarm tätowieren lassen.

Sigrid rannte die Treppe hinunter und verließ die Moschee. Das Militär hatte begonnen, die Straße zu räumen. Von Daham und dem Lieferwagen keine Spur. Vorne an der Kreuzung wurden mehrere Demonstranten gefesselt in weiße Busse verfrachtet. Es wimmelte von Militär. Einer der Soldaten kam mit erhobener Kalaschnikow auf sie zu. Sie musste unbedingt das Foto auf ihrem Handy löschen. Sigrid krümmte sich zusammen, als wäre ihr schlecht. Es gelang ihr, das Foto zu löschen, ehe sie zu Boden sank.

»Madam, sind Sie verletzt?«, fragte der Soldat.

Sigrid hob den Kopf und sah ihn mit ihren blauen Augen und einem unschuldigen Blick an. Sie antwortete ihm auf Englisch.

»Mir ist nur schwindelig. Ich kann nicht so gut Blut sehen.«

Der Soldat bot ihr seinen Arm als Stütze an. »Ich hole jemanden, der auf Sie aufpasst.«

Reem hatte ihr erklärt, an welchen Details man die Männer des Mukhabarat erkannte. Aber Sigrid hatte ihre eigene Methode, um sie zu identifizieren. Schlank, durchtrainiert und mit ihren langen rotblonden Haaren begegneten ihr die Männer im Nahen Osten meistens mit einem Lächeln. So war es damals, als sie jung war und Arabisch studierte. Und so war es auch heute noch. Aber der Mann in Zivil, der kurz darauf vor ihr stand, war die berühmte Ausnahme, die die Regel bestätigte. Er sah sie aus eiskalten Augen versteinert an.

»Secret Melin, Sie sollten sich auf den Rückweg nach Damaskus begeben. Hier ist es zu gefährlich«, sagte er auf Englisch.

Als er ihren Namen sagte, zuckte sie zusammen.

Er bat sie, in seinen Wagen zu steigen. Auf dem Weg aus der Stadt kamen sie an sieben Checkpoints vorbei. Nirgends mussten sie anhalten, sondern wurden immer durchgewunken und durften die VIP-Spur nehmen.

Die Fahrt dauerte ein paar Stunden, währenddessen sprach er kein Wort mit ihr. Sigrid hing ihren Gedanken nach. Irgendwann bekam er einen Anruf, offenbar ein Vorgesetzter, und antwortete auf Arabisch, woraufhin Sigrid demonstrativ in den Anblick der Blumenfelder neben der Autobahn versank. Der Mann sprach über eine dritte Person.

»Wir werden ab jetzt besser auf sie aufpassen.«

Sigrid bekam einen Schweißausbruch am ganzen Körper. Die Angst schnürte ihr den Hals zu.

Wo war sie da nur hineingeraten?

26

Sigrid saß im Park vor dem Nationalmuseum Damaskus und hatte sich im zugehörigen Café eine Cola bestellt. Die Sonne brannte vom Himmel, sie zog ihr Jackett aus und setzte sich ihre Aviators auf die Nase, um ihre Augen vor dem grellen Licht zu schützen. Normalerweise frühstückte sie zusammen mit Magnus im Hotel, aber sie wollte nicht, dass er sie in dieser Verfassung sah. Allein der Gedanke an das üppige Frühstücksbüfett löste Übelkeit in ihr aus. Ihre zum Reißen angespannten Nerven brauchten eine Pause von dem Gedankenkarussell. Sie war müde und erschöpft.

Das Regime ließ seine eigenen Leute erschießen und gab den Demonstranten die Schuld dafür!

Die Bäume und Büsche im Park leuchteten hellgrün, neben ihr saßen vier junge Frauen mit weißen Schleiern und spielten Karten. In den labyrinthartigen Gängen zwischen den Hecken spielte eine Familie mit ihren Kindern Verstecken. Der Anblick hatte eine heilende Wirkung nach den Schreckensbildern vom Vortag.

Sie hatte nach den Ereignissen in Homs nicht viel Schlaf bekommen. Nachdem der Mukhabarat sie am Hotel abgesetzt hatte, stand als Nächstes eine gehörige Standpauke von Reem auf dem Programm, weil sie den Wagen verlassen und Daham sie aus den Augen verloren hatte. Danach hatte sie, als logische Konsequenz, die Minibar geleert.

Wut, Ohnmacht und Heimweh – und dazu nie versiegende Schuld und Scham – hatten sie die ganze Nacht gequält. Die Sehnsucht nach den Kindern und nach Andreas wurde immer größer. Dazu kam die Begegnung mit der Geheimpolizei.

Die Observierung durch den Mukhabarat konnte durchaus zur Routine gehören. Magnus hatte sie darauf vorbereitet, dass man sich in Damaskus in einer Gesellschaft bewegte, die sowohl ihre eigenen Bürger als auch ausländische Gäste kontrollierte. Mehr war das nicht. Es war unmöglich, dass sie von dem Auftrag des dänischen Geheimdienstes wussten. Viel schlimmer war, dass sie die Fotos hatte löschen müssen, auf denen man die regimetreuen Scharfschützen sah, die ihre eigenen Soldaten erschossen. Ohne diese Beweise würde sie niemanden davon überzeugen können.

Ein sehr schlaksiger Kellner stellte ihr die Cola auf den Tisch. Sie war eiskalt, und Sigrid seufzte zufrieden. Sie zog den Strohhalm aus der Flasche und trank mit großen Schlucken, bis ihr Durst gelöscht war.

Sigrid holte ihr Handy aus der Jeans und legte es neben die Flasche. Sie hatte gestern Abend versucht, Andreas anzurufen, aber er war nicht rangegangen. Vielleicht war das angesichts ihres Rausches sogar ein Glücksfall. Sollte sie es noch einmal versuchen? Sie entsperrte ihr Smartphone und wurde von einer Flut von Push-Nachrichten überströmt.

CNN, New York Times, The Guardian, die dänischen und schwedischen Tageszeitungen – ihre Medienapps hatten alle dieselben Breaking News. Jeder berichtete von syrischen, regimetreuen Soldaten, die brutal in die Demonstrantenmenge in Homs geschossen hatten. Bereits in der Nacht waren die ersten Videos auf YouTube hochgeladen worden. Sigrid blieb fast die Luft weg. Dank der Sendemasten, die NorCom im Land errichtet hatte, konnten Berichte über die Gräueltaten des Regimes weltweit geteilt werden.

In ihrem Kopf drehte sich alles. Sie hatte sich gestern das erste Mal seit Jahren richtig betrunken. Am besten wäre es wohl, wenn sie auf der Stelle abreiste. Aber wem nützte es, wenn sie sich schon wieder davonschlich, wenn es anstrengend und hart wurde? Sigrid konnte sich nur zu gut daran erinnern, wie es beim letzten Mal gelaufen war. Als sie nach Abu Ghraib erst wieder lernen musste, zu Hause zu sein. Eine Wahl zwischen Pest und Cholera. Ines hatte ihr, ohne es zu wissen, die Chance gegeben, ihr Schicksal neu zu bestimmen. Zumindest sah sie es so.

NorCom würde seine Arbeit auch ohne sie fortsetzen können. Aber die Aufgabe, die sie vom dänischen Geheimdienst bekommen hatte, war seit gestern noch viel wichtiger geworden. Sie hatte mit eigenen Augen gesehen, wie das Regime dafür gesorgt hatte, das Feuer zwischen dem Militär und den Demonstranten zu eröffnen.

Sigrid tröstete sich damit, dass Andreas und die Kinder bald zu Besuch kamen. Und ihr Mann musste nicht unbedingt erfahren, wie viel sie gestern getrunken hatte.

Sie konnte nicht einfach abreisen, ohne ihre Mission erfüllt zu haben.

27

Rahafs Geburtstagskuchen musste von vier Kellnern getragen werden. Die Elfjährige saß am Kopfende des Tisches und strahlte mit den Wunderkerzen um die Wette, die zwischen den Zuckerblüten im weißen Fondant steckten. Sigrid fühlte sich in weiten Teilen des Nahen Ostens zu Hause, aber an Tagen wie diesen wurde ihr bewusst, dass der größte Kontrast zwischen Reem und ihr mit Klasse und Geld zu tun hatte, aber auch mit Nationalität und Kultur.

Almas war ein angesagtes Restaurant im neuen Shoppingcenter des Botschaftsviertels. Die Geburtstagsparty, die hier für eine Elfjährige ausgerichtet wurde, erinnerte an ein Event in Hollywood, bei dem Paris Hilton persönlich die Gastgeberin war. Unter den Gästen, die sich wie zu einem offiziellen Cocktailempfang herausgeputzt hatten, befanden sich mehr Erwachsene als Kinder. In Dänemark wäre Sigrid zu so einer Veranstaltung in einem ollen Kleid gekommen, nur um zu signalisieren, dass sie überhaupt nichts von dieser Art selbstherrlicher Shows hielt.

Aber das war heute Rahafs Abend. Außerdem hatte Sigrid ein großes Interesse daran, Teil der Gesellschaft zu sein. Sie hatte deshalb den Concierge ihres Hotels gebeten, ihr aus Beirut ein Cocktailkleid schicken zu lassen. Ein paar Tage später kam ein enganliegendes rosa Kleid von Michael Kors an. Der Preis war grotesk, aber dank des üppigen Gehalts, das NorCom ihr zahlte, konnte sie es sich zum Glück leisten. Der Zweck heiligte die Mittel.

Nachdem das Dessert serviert und verspeist worden war, überreichte sie Rahaf ihr Geschenk.

»Das ist auch von Victor und Sommer und natürlich auch von Andreas.«

Rahaf nickte energisch und sah ihre Mutter fragend an.

»Soll ich es zu den anderen auf den Geschenketisch stellen?«

Reem schüttelte den Kopf.

»Magst du das Geschenk von Sigrid nicht jetzt gleich auspacken?«

Rahaf begann sofort, die Schleife zu lösen.

»Ein Handy! Mama, Papa, ich habe ein Smartphone bekommen!«

Die Augen des Mädchens waren weit aufgerissen, während sie das rosa Handy genauestens in Augenschein nahm. Am längsten verweilte sie beim Logo: Eine kleine weiße Katze.

»Mit Hello Kitty!«

Reem lächelte Sigrid an.

»Ja, das hätte man kommen sehen können.«

Firas gesellte sich zu ihnen. Er hatte seine traurige Version eines Lächelns auf den Lippen und beugte sich zu Sigrid.

»Was für ein schönes Geschenk!«

Rahaf hob den Kopf und bedankte sich überschwänglich bei Sigrid. Dann tanzte sie ein paar Schritte, ihre neue Errungenschaft eng an sich gedrückt.

»Danke, *khaleh.*« Sie umarmte Sigrid und flüsterte ihr ein Kompliment ins Ohr. »Das Kleid lässt deine Haare magisch aussehen.«

Sigrid ging an die Bar und bestellte einen Martini mit drei Oliven. Wenigstens eine ihrer Missionen hatte sie erfolgreich erfüllt. Sie hatte dazu beigetragen, dass Rahaf einen schönen Geburtstag hatte. Sie nippte an ihrem Drink. Trocken und stark wie sonst was. Sie seufzte leise. Martini zu trinken war so viel Geheimagent wie möglich. Mehr ging nicht. Seit einem Monat war sie nun schon in Syrien, und was ihren Auftrag für den dänischen Geheimdienst betraf, war sie so weit wie am Anfang ihrer Reise. Mit ihren Kollegen von NorCom war sie auf zahlreichen Partys und Veranstaltungen gewesen, aber die wenigen syrischen Diplomaten, denen sie dort begegnet war, hatten sich als vollkommen unzugänglich erwiesen. Sie war eine lausige Geheimagentin. Da gab es keine zwei Meinungen.

Aber bald würde sie ihre Familie wiedersehen, die Kinder in den Arm nehmen können und ihnen zeigen dürfen, wie elegant, kultiviert und modern der Nahe Osten auch sein konnte. Sie freute sich darauf, Victor und Sommer im Hotelpool planschen zu sehen und mit Blick aufs Mittelmeer Mezze zu essen. Sie sehnte sich danach, sich mit Andreas aufs Zimmer zurückzuziehen, unter das Laken zu krabbeln und ihre Hände über seinen Körper gleiten zu lassen, während vor der Balkontür die Wellen gegen die Strandpromenade Corniche schlugen. Sie hätte sie am liebsten in Damaskus getroffen, aber wegen der zunehmenden Unruhen hatten sie nicht nur die gemeinsamen Ferien etwas nach hinten verschieben müssen, sondern sich auch für ein Hotel im Libanon entschieden.

Bei der Gelegenheit würde Sigrid auch unauffällig Andreas' Handy oder eines der Kinder nehmen und Ines kontaktieren können. Dann könnten sie gemeinsam überlegen, welche Schritte Sigrid als Nächstes unternehmen sollte. Insgeheim hoffte sie, dass Ines den Auftrag fallen lassen würde.

Sigrid ließ ihren Blick über die Gäste der dekadenten Geburtstagsfeier schweifen und erinnerte sich daran, dass sich Veranstaltungen wie diese hervorragend dafür eigneten, um Kontakte zu knüpfen. Mit ihrem Drink in der Hand arbeitete sie sich systematisch von Gast zu Gast. Sie lernte die Eltern von Rahafs Klassenkameraden kennen, darunter Zahnärzte, Hotelbesitzer, Geschäftsleute. Eine Frau stellte sich als Regisseurin vor, ihr Mann war Drehbuchautor. Sie waren die Köpfe hinter einer Serie über den Kurden Saladin, der seinerzeit Jerusalem von Richard Löwenherz erobert und die Kreuzfahrer in die Flucht geschlagen hatte.

»Ich wusste nicht, dass es bei euch auch Regisseurinnen gibt«, sagte Sigrid zu Reem, nachdem sie weitergezogen waren.

»Mariam ist die Tochter eines der großen syrischen Regisseure. Sie ist gut, aber wenn sie nicht ihren Vater im Rücken gehabt hätte, wäre sie nicht so weit gekommen. Sie hätten sie weder studieren noch mit Millionenbudgets jonglieren lassen.«

»Dann ist das wie bei dir?«

»Ganz genau, wie bei mir«, sagte Reem und zwinkerte Sigrid zu. »Aber was guckst du so? Du siehst aus, als hättest du ein Gespenst gesehen.«

Sigrid hatte einen Mann entdeckt, der aussah wie der junge Alain Delon und direkt auf sie zukam.

»Entschuldige, aber ich dachte kurz, ich hätte einen französischen Filmstar gesehen. Du weißt schon, der von *Rocco und seine Brüder.*

Reem folgte Sigrids Blick und setzte ihr Gastgeberinnenlächeln auf.

»Das ist Adnan«, flüsterte sie. »Das musst du ihm irgendwann mal sagen, er liebt Filme.«

Der Mann blieb vor ihnen stehen und gab Reem einen Kuss auf die Wange.

»Verzeih, dass wir erst jetzt kommen.« Er nickte zu einer eleganten Frau, die gerade ein großes Paket auf den Geschenketisch stellte. Der Goldschmuck in ihrem dunklen Haar funkelte.

Reem betonte, wie sehr sie sich freute, dass er mit seiner Frau gekommen sei. Die syrische Ausgabe von Alain Delon streckte Sigrid die Hand hin.

»Und Sie müssen Sigrid Melin sein.« Er sprach ihren Namen richtig aus, mit einem weichen g.

Sigrid erwiderte den Händedruck, aber sah ihn fragend an. Reem sprang ein und stellte die beiden einander vor.

»Das ist Adnan Omar, der Innenminister von Syrien.«

Sigrid lächelte ihn an und versuchte, ihre widersprüchlichen Gefühle zu verbergen. Er war Teil der Führungsspitze des Regimes, gleichzeitig aber kribbelte es sie am ganzen Körper vor Neugierde.

Der Minister entschuldigte sich bei ihr und hakte sich bei Reem unter.

»Darf ich sie für einen Augenblick entführen?«

Die beiden setzten sich an die Bar, der Minister bestellte ihr einen Drink – Whiskey Soda, Reems Lieblingsgetränk. Sie saßen dicht beieinander und unterhielten sich sehr vertraut.

Sigrid sah sich suchend nach Firas um und entdeckte ihn am Kindertisch. Er zeigte Rahaf, wie man auf ihrem neuen Telefon Apps installierte.

»Sigrid.« Er gab Rahaf das Hello-Kitty-Handy und erhob sich.

»Ein tolles Geschenk.«

»Na ja, ich wusste ja nicht, ob man hier solche Handys bekommt.«

»Verstehe, wir sind ja einige Jahrhunderte hinterher.«

Sigrid hatte sehr wohl die Verbitterung in seiner Stimme gehört.

»Hier bekommst du alles, es ist lediglich eine Frage des *Wasta*, der guten Beziehungen. Und davon hat meine Frau ausreichend«, fügte er hinzu und schielte zur Bar, wo Reem nach wie vor ins Gespräch mit Adnan Omar vertieft war.

Sigrid hatte schon begriffen, dass Reems Stellung weitaus besser war, als sie ihr zu verstehen gegeben hatte.

»Ich hatte ja keine Ahnung, dass ihr auch privat mit dem Innenminister verkehrt.«

»Ach, wusstest du nicht, dass die beiden zusammen aufgewachsen sind?«

Sigrid schüttelte den Kopf.

»Warum hat sie mir das nie erzählt?«

Firas warf ihr einen düsteren Blick zu.

»Sehr gute Frage.«

Sigrid spürte, dass er kein Freund des Innenministers war. Aber sie musste vorsichtig sein. War Reems Mann ein Gegner des Regimes? Oder war er nur eifersüchtig?

Vielleicht könnte Firas ihr dabei behilflich sein, die Sympathien von Adnan Omar auszuloten. Da bemerkte sie, dass Firas sie musterte. Sie setzte ihr schönstes Zahnpastalächeln auf, um ihre Nervosität zu verbergen.

Firas legte ihr eine Hand auf die Schulter.

»Du bist gut genug, Sigrid. Auch ohne das Brimborium.« Mit diesen Worten schlenderte er zum Büfett.

Sie war *gut genug.* Aber war er das auch? Sigrid fühlte sich wie die einzige Teilnehmerin an einem Karneval, die keine Maske trug.

28

Reem konstatierte zufrieden, dass die Party ein voller Erfolg gewesen war, als Rahaf am Ende erschöpft auf einem der weißen Sofas im Wohnzimmer einschlief. Firas trug seine Tochter ins Bett, Reem ging hinterher. Rahaf hatte ihr Hello-Kitty-Handy fest in der Hand, was ihren Eltern ein Lächeln aufs Gesicht zauberte. Sie setzten sich auf die Bettkante, jeder auf einer Seite. Reem küsste Rahaf auf ihre dunklen Locken, die auf dem Kissen ausgebreitet lagen und flüsterte ihr ein »Gute Nacht« zu. Firas zog ganz vorsichtig das Handy aus ihrem Griff und deckte sie zu. Da schlug Rahaf die Augen auf.

»Guten Nacht, *baba.*«

Firas lächelte.

»Ich dachte, du schläfst, du kleine Schummelmaus.«

»Ja, aber du musst doch noch deine Vitamine nehmen, oder nicht?«, fragte sie.

»Allerdings!« Firas zog seine Tochter an sich und drückte sie an sich, bis sie vor Freude quiekte.

»Ich werde hier wohl so lange bleiben müssen, bis sie eingeschlafen ist«, sagte er zu Reem. Er legte sich neben Rahaf ins Bett und strich ihr über den Nacken, was sie über alles liebte.

Reem gab ihr noch einen Kuss.

»Gute Nacht, *habibti.*«

»Guten Nacht, Mama.«

Im Schlafzimmer zog Reem ihr Abendkleid aus und tauschte es gegen zimtfarbene Dessous aus Seide ein. Die hatte sie von ihren Cousinen aus Jableh geschenkt bekommen, deren Geschmack in Sachen erotischer Unterwäsche Reem an jedem Geburtstag die Röte in die

Wangen trieb, wenn sie das Geschenk öffnete. Sie hatte sie noch nie getragen. Es war auch schon sehr lange her, dass sie Firas' weiche Hände auf ihrem Körper gespürt hatte. Etwas hatte sie damals gepackt, an jenem Abend, als sie sich kennenlernten. In einem Restaurant in der Altstadt wurde zu lateinamerikanischer Musik getanzt, und sie hatte einfach die Regeln gebrochen. Sie hatte *ihn* aufgefordert.

Reem hatte sich einiges einfallen lassen müssen, um ihren Vater zu überzeugen, denn Firas war Sunnit. Und in Jableh, wo Reems Vater aufgewachsen war, galt eine Mischehe zwischen Alawiten und Sunniten als problematisch. Und noch weiter nördlich in Latakia wäre ihre Beziehung undenkbar gewesen. Dort stellten die Alawiten die Oberschicht und hatten die Sunniten mit Billigung von Hafez al-Assad ausgebeutet. Aber Reem und Firas waren Kinder der Landeshauptstadt, und in ihrem Milieu zählte kulturelle Vielfalt. Hassan Nemir hatte seine einzige Tochter mit den Privilegien eines Sohnes erzogen und ihr die Schlüssel zur Macht ausgehändigt. Dass sie sich ausgerechnet in einen Sunniten verliebte, hatte ihm gar nicht gepasst. »Will er dich nur heiraten, um an dein *wasta* zu kommen und mehr Einfluss zu haben?«, hatte er sie gefragt. Reem hatte sich überrascht gezeigt angesichts einer so voreingenommenen Haltung ihrem Zukünftigen gegenüber. Für Hassan Nemir und seine Freunde in der Baath-Partei war es wichtig, als säkular zu gelten und damit im Gegensatz zu den fanatischen Islamisten zu stehen. Zu diesen Freunden zählte auch Adnan Omars Vater, der wiederum Sunnit war.

»Beweise mir, dass du über die Religion erhaben bist, *baba.* Was meinst du, würden deine Sunniten-Freunde in der Partei sagen, wenn du deiner Tochter verwehrst, einen Sunniten zu heiraten?«, hatte sie argumentiert und bekam ihren Willen. In jener Nacht hatten sie fünfmal miteinander geschlafen. Das war zwölf Jahre her.

Sie betrachtete ihren muskulösen Körper mit den kleinen Brüsten im Schlafzimmerspiegel. Sie fühlte sich nackt unter der durchsichtigen Spitzenunterwäsche.

Firas kam ins Schlafzimmer. Gedankenversunken setzte er sich auf einen Stuhl, zog sich die Strümpfe aus und ließ sie auf dem Boden liegen. Er streckte seine Beine aus und strich mit den Zehen über den flauschigen Teppich. Dann stand er auf, um ins Badezimmer zu gehen. Ihre Blicke trafen sich, Reem lächelte unsicher. Wenn ihre Dessous die Frage waren, bekam sie die Antwort postwendend. Er betrachtete sie, las ihre Absicht, aber statt sich darauf einzulassen, senkte er den Blick.

»Ich bin todmüde«, sagte er entschuldigend, ohne sie anzusehen. Er knöpfte sein Hemd auf und ging ins Badezimmer.

»Das ist auch nicht verwunderlich, wenn du mehrmals die Woche Doppelschichten auf der Belegstation schiebst.«

»Ich meinte den Abend heute. Ich werde es wohl nie lernen, mit deinen Freunden aus dem Ministerium Small Talk zu machen. Aber …« Er steckte seinen Kopf aus der Tür und lächelte. »… Rahaf hatte einen tollen Abend.«

»Hm.« Reem setzte sich aufs Bett und öffnete ihren Spitzen-BH.

Firas kam in Pyjamas ins Bett und lehnte seinen Kopf gegen das Kopfteil aus Walnussholz. Er schloss die Augen und seufzte. Reem zog sich ein T-Shirt über den Kopf.

»Warum hast du dich eigentlich für so viele Doppelschichten eingetragen?«

Firas öffnete die Augen.

»Weil es vielleicht eine gute Idee ist, ein bisschen was zur Seite zu legen, falls wir für eine Weile nach Beirut umziehen müssen.«

»Wenn Leute wie wir abhauen, wird es niemals Veränderungen geben. Manchmal habe ich das Gefühl, dass wir die Einzigen sind, die auf friedlichem Wege Reformen durchsetzen wollen.«

»Prima!« Firas' Stimme klang scharf. »Aber wenn es trotzdem notwendig werden würde, kann es nicht schaden, Erspartes zu haben. Stell dir vor, es fliegt alles in die Luft – wie in Kairo.« Er löschte seine Nachttischlampe.

»Entweder …« Reem biss die Zähne aufeinander, aber sie konnte sich nicht länger zurückhalten. »Entweder, du liebst mich nicht mehr …«

Er schaltete die Lampe wieder ein. Endlich hatte sie seine volle Aufmerksamkeit.

»Oder du hilfst den Aufständischen, Firas.«

Er sah sie wortlos an. Etwas zu lange. Dann lehnte er sich zu ihr und strich ihr sanft über die Wange.

»Sei nicht so paranoid. Es ist ja in Ordnung, wenn du nicht nach Beirut willst.« Dann bekam seine Stimme einen anderen Klang. »Worüber hast du eigentlich so lange mit Adnan gesprochen? Sollte ich nicht eigentlich die Frage stellen, ob du mich noch liebst?«

»Er hat mich gewarnt. Vor den Sicherheitskräften.«

»Inwiefern?« Firas setzte sich im Bett auf.

»Khelani will, dass ich den Leuten hinterherspioniere, mit denen ich zu tun habe. Vor allem meinen Auftraggebern, aber auch meinen Freunden vom Literaturclub.«

»Khelani? Der Chef des Nachrichtendienstes der Luftwaffe?«

Reem nickte finster.

»Ich dachte, du bist eine Unberührbare?«

Sie zuckte mit den Schultern.

»Aber, das kannst du doch nicht machen. Das sind deine Freunde im Literaturclub.«

»Das habe ich Adnan auch gesagt. Firas, wir stehen unter keinem besonderen Schutz. Du kannst also nicht den Medizinstudenten heimlich Essen bringen, die sich verstecken müssen, weil sie Rebellen gespielt haben.«

»Reem. Ich übernehme Doppelschichten, um in der Krise meinen Beitrag zu leisten.«

Er schob seine Hand unter ihr T-Shirt und kitzelte ihre Brustwarzen. Seine Finger wanderten über ihren Bauch, die Kaiserschnittnarbe und schoben sich dann unter den Rand der zimtfarbenen Unterhose mit Spitzenbesatz. Dann glitt sein Zeigefinger zwischen ihre Schamlippen. Eine warme Woge aus Lust erfasste sie.

Er leckte sie bis zum Orgasmus, der intensiver war als sonst. Sie wollte ihn zu sich hochziehen, aber er war nicht erregt.

»Das macht nichts«, flüsterte Firas. Er sei doch auch hundemüde. Dann rollte er sich zum Schlafen auf die Seite.

Da wusste Reem, dass er gelogen hatte.

29

Das Mondlicht fiel auf die sandfarbene Fassade des Gebäudes, in dem die Baath-Partei ihr Hauptquartier hatte. Meterhohe Plakate mit den Konterfeis von Baschar und Hafez al-Assad schmückten sie. Adnan war erneut zu einem nächtlichen Treffen einbestellt worden, um an der Krisensitzung des Präsidenten teilzunehmen. Diese Treffen fanden fast jede Nacht statt und begannen langsam, an seiner Gesundheit zu zehren. Das grüne Gitter öffnete sich, und er fuhr mit seinem BMW an den beiden Palmen vorbei, die den Eingang flankierten.

Als Adnan den Konferenzraum betrat und in das grelle Licht der Neonröhren blinzelte, stellte er verwundert fest, dass er offenbar der Erste war. Zumindest konnte er so in Ruhe einen Drink genießen. Als Baschar zu Beginn der Aufstände den Krisenrat zusammengestellt hatte, war Adnan als Mitglied des engsten Mitarbeiterstabs selbstverständlich dabei gewesen. Er wusste also genau, wie tief er fallen würde, wenn er einen Fehler beging.

Auf einem Tisch neben der Tür standen Snacks und Getränke. Adnan schenkte sich einen großzügigen Malt Whiskey ein. Er hatte in den vergangenen Monaten an Gewicht verloren, und auch jetzt bekam er keinen Bissen herunter. Auch im Konferenzraum hingen Fotos der mächtigen Männer des Assad-Clans, mit Baschar in der Mitte. Auf dem Marmorboden waren gut ein Dutzend Lehnstühle in Hufeisenform aufgestellt worden. Er sicherte sich einen Platz in der Nähe eines Beistelltisches, der mit einem Aschenbecher ausgestattet war.

Adnan kannte den Präsidenten seit der Schulzeit. Genau genommen war er damals mit dessen großem Bruder Bassel befreundet gewesen, aber als dieser bei einem Autounfall starb, erbte der kleine Bruder die

Freundschaft mit Adnan. Das sei eine Ehre, hatten ihn seine Eltern aufgemuntert. Adnans Mutter gehörte zu einem Adelsgeschlecht aus Aleppo, einer der prominentesten sunnitischen Familien Syriens. Sein Vater war Verteidigungsminister in der ehemaligen Regierung gewesen und galt als einer der engsten Vertrauten des Präsidenten. Dennoch sah Adnans Vater sich als untertäniger Diener, der gnädigerweise von der Spitze der syrischen Elite geduldet wurde. Er hatte oft im Hotel Sheraton am Swimmingpool Hof gehalten, wo er seine neuesten Eroberungen entdeckte und auswählte. Er war berüchtigt dafür, dass er nicht mal vor der ausländischen Diplomatie und Staatsoberhäuptern zurückschreckte, solange sie nur Brüste und eine Möse hatten. Sein Vater war schon lange tot, aber sein unterwürfiges Verhalten der Präsidentenfamilie gegenüber hatte auf Adnan abgefärbt. Zumindest auf seinen Ruf. Auch er hatte sich Baschar immer unterlegen gefühlt. Sie spielten Tennis zusammen, und ihre Ehefrauen flogen im Privatjet nach Paris, wo die großen Modehäuser ihre Flagshipstores nur ihnen zuliebe öffneten. Und sie verband noch ein weiteres Detail. Ihre Väter hatten ihnen die wohl wichtigste Lektion beigebracht, um seinen Platz in der Politik zu verteidigen.

Es ging nämlich nicht etwa darum, welcher Sekte man angehörte, Alawiten oder Sunniten, sondern darum, sich das größte Stück vom Kuchen zu sichern.

Als Baschar nach dem Tod seines Bruders unerwartet an die Macht gekommen war, genoss Adnan sein Vertrauen als Ratgeber. Er hatte an westlichen Universitäten BWL und internationale Politik studiert und vor diesem Hintergrund dem neuen Präsidenten die Idee einer graduellen Öffnung Syriens zum Westen hin unterbreitet. Am Anfang ging es dabei hauptsächlich um Handelsbeziehungen.

Der älteste Sohn von Hafez al-Assad, Bassel, war wie sein Vater ein charismatischer und aufbrausender Machtmensch gewesen, der nichts von einem Reformator hatte. Baschar war anders. Der Mediziner, der Augenarzt geworden ist, um nicht so viel Blut sehen zu müssen, hatte eine hochgebildete und sehr elegante Frau englisch-syrischer Herkunft geheiratet. Baschar war der nachdenkliche jüngere Bruder, der eigentlich nicht für den Thron vorgesehen war und ihn dennoch bestieg.

Adnan fand, dass er und Baschar wie die berühmten Brüder Sonny und Michael Corleone im Mafia-Epos *Der Pate* waren. Michael Corleone war der gute Sohn, der aber mit der Zeit von der Macht korrumpiert wurde. Genau wie im Film hatten auch im wahren Leben die Machenschaften der Familie auf Baschar abgefärbt. Blieb man im Vergleich mit *Der Pate*, dann sah sich Adnan in der Rolle des Tom Hagen, des stets besonnenen Anwalts der Familie Corleone, der unechte Sohn, der zum wichtigsten Berater des Mafia-Clans wird und versucht, als moralischer Kompass zu agieren.

Aber Baschar hörte schon längst nicht mehr auf Adnan. Der Präsident hatte ihm zu verstehen gegeben, dass die Zeiten vorbei seien, in denen er Kritik an seinen Entscheidungen dulden würde. Zum Glück hatten jahrelanges Training Adnan gelehrt, seine Gefühle unter Kontrolle zu behalten. Zumindest in der Politik. Er musste sich zusammenreißen. Es ging jetzt um die Sicherheit des Landes. Und nicht um eine alte Rechnung.

30

Adnan hatte sich seinen zweiten Whiskey eingeschenkt, als die anderen handverlesenen Mitglieder des Krisenstabs eintrafen. Die eine Hälfte trug teure Anzüge, die andere Hälfte Uniform. Die Stühle füllten sich. Der geheime Krisenstab bestand aus den loyalsten Unterstützern des Präsidenten. Issa Hazim war an der Spitze der Baath-Partei und vom Präsidenten zum Vorsitzenden ernannt worden. Daneben stand Baschars kleiner Bruder Maher, der ihn immer wieder antrieb, viel härter gegen die Demonstranten vorzugehen. Das Staatsoberhaupt selber schien zu diesem Zeitpunkt – soweit Adnan das beurteilen konnte – unentschlossen, in welche Richtung er Syrien lenken sollte. Als der Arabische Frühling ausgebrochen war, hatte Adnan den Traum gehabt, dass sein Präsident es machen würde wie Atatürk damals mit der Türkei: Syrien gegenüber dem Westen zu öffnen.

Aber er wusste mittlerweile, dass es darauf nicht hinauslaufen würde. Adnan besaß mehrere Immobilien und hatte Millionen auf einem libanesischen Bankkonto, aber es war ihm verwehrt, seinem Instinkt zu folgen. Er fühlte sich gefangen.

Zwei Generäle schlossen sich der Runde an, dann kamen der Verteidigungsminister und die Vertreter der Geheimdienste. Der mächtigste unter ihnen war eindeutig der Chef des Nachrichtendienstes der Luftwaffe, Generalmajor Ahmed Khelani, der gerade den Raum betrat. Ihm folgte der Chef des Nachrichtendienstes des Heeres, die Hände auf dem Rücken verschränkt, wie ein nachdenklicher Offizier in einem alten Film. Er war der größte Konkurrent von Khelani und war in voller Montur erschienen, in frisch gestärkter Uniform und mit sämtlichen Auszeichnungen behängt.

Khelani trug wie immer eine hellgraue Gabardinehose mit farblich passender Windjacke. Er glitt eher durch den Raum, als dass er ging, und für Außenstehende verschmolz er quasi mit der Wand. Aber Adnan beging nicht den Fehler, Khelani zu unterschätzen.

Der Parteivorsitzende Issa Hazim bat alle Anwesenden, Platz zu nehmen.

Ein Stuhl blieb leer. Der Informationsminister fehlte. Er hatte auf den vergangenen Treffen immer wieder betont, dass er eine Öffnung für sinnvoll halte. Welchen Schaden würde Facebook schon anrichten können, hatte er gefragt. Vielleicht könnten die Menschen die sozialen Medien ja als Ventil benutzen. Seit Wochen hatte sich Adnan gefragt, wie lange die Regierung seinen Ministerkollegen noch gewähren ließ.

Jetzt fehlte er.

»Wir haben ein Problem …«, begann der Vorsitzende, aber der Bruder des Präsidenten unterbrach ihn.

»Meinen Sie zusätzlich zu der Tatsache, dass es in immer mehr belagerten Städten zu Aufständen gekommen ist? Und dass die selbstgefälligen Staatschefs in Europa und den USA uns in den internationalen Medien verurteilen? Ganz zu schweigen …«, er sah zu den Generälen in der Runde, »von unseren eigenen Soldaten, die sich in die Hosen scheißen, wenn sie ihre Pflicht erfüllen müssen?«

Der Vorsitzende nickte.

»Wir haben schon auf unserem ersten Treffen betont, dass es das Ziel des Krisenstabes ist, die Aufstände zu zerschlagen. Zerschlagen. Nicht sie zu *verstärken*. Wir haben mehrere Hundert Soldaten nach Daraa geschickt. Und was hat es gebracht? Die Zahl der Demonstranten nimmt zu. Sogar hier in Damaskus gehen Schauspieler, Studenten, Journalisten, Autoren und Lehrer – unabhängig von ihrer religiösen Überzeugung – zum Freitagsgebet in die Umayyaden-Moschee. Sie geben vor, sich zum Gebet zu versammeln, aber rotten sich dann in den Straßen zusammen und beleidigen den Präsidenten. Vergesst nicht: Eure Aufgabe ist es, Baschar zu beschützen. Er hat gesehen, was in Tunesien geschehen ist und was mit Mubarak in Ägypten passiert ist. Er hat gesehen, wie Gaddafi angegriffen wurde. Wie lange soll das noch weitergehen? Wie lange wird es noch dauern, bis Obama die verdammten Terroristen unterstützen wird, damit sie uns stürzen, so wie er es in Libyen getan hat?«

Adnan nickte wie alle anderen auch. Ein Brigadegeneral, dem er unterstellte, mehr Zeit in seine Bartpflege zu investieren als in konstruktive Gedanken, hob den Arm, um das Wort zu erhalten. Der Heeresgeneral vertrat einen selbst für syrische Verhältnisse brutalen Führungsstil. Er sah das als seine Pflicht und Tugend an und verfasste Gedichte über das Blutvergießen, die er bevorzugt bei den Treffen des Krisenstabs zum Besten gab. Jetzt stellte er sich breitbeinig hin, schob seine Brust vor und seinen muskulösen Hintern in die andere Richtung. Seine polierten Schuhe funkelten im Neonlicht.

»Wir schlagen alles nieder, was sich bewegt. Wir haben in der vergangenen Woche mehrere Hundert Demonstranten verhaftet. Wenn mir gestattet ist, will ich unseren Sieg gern in Versform würdigen.« Ohne auf Antwort oder Zustimmung zu warten, legte er los.

»Das Blut rauscht in den Venen / wir ziehen los zu denen / Der Feind windet sich vor Schmerzen / Der schöne Mond zeigt uns den Weg …«

»Ja, vielen Dank, wir wissen Bescheid.« Der Vorsitzende nickte ihm zu und gab ein Zeichen, dass sich der Brigadegeneral wieder setzen durfte.

»Baschar weiß Ihren Einsatz sehr zu schätzen. Aber wir alle wissen, dass die Zahl der Aufständischen gestiegen ist. *Khara khebir*, verdammte Scheiße, die *filmen* uns mit ihren Handys, wenn wir gegen sie vorgehen und schicken diese Aufnahmen in den Westen. Basim, willst du als Nächstes?«

Der Außenminister berichtete von den Reaktionen der westlichen Botschaften in Damaskus, die das Vorgehen verurteilten.

»Sie haben keinerlei Verständnis dafür, dass wir durchgreifen müssen.«

Issa Hazim fasste mit düsterer Miene zusammen: »Wir haben also zwei Flanken, die geschlossen werden müssen. Die erste: Zerschlagen der Aufstände. Es muss wie eine absolute Notwendigkeit aussehen.«

Die Worte des Vorsitzenden lösten eine wahre Kakophonie in der Runde aus. Jeder hatte eine Idee, wie man die Unruhen niederschlagen könnte.

Khelani, der am Ende des Hufeisens saß, hörte schweigend zu.

Der Vorsitzende hob die Hand und bat um Ruhe. Dann wandte er sich an ihn.

»Khelani?«

Der Chef des Nachrichtendienstes der Luftwaffe hob den Blick und sofort schwiegen alle Anwesenden. Sogar der kleine Bruder von Baschar hielt den Mund.

»Es wird wie eine Notwendigkeit aussehen, wenn wir es zu einer Spaltung kommen lassen. Spielt die Sunniten gegen die Alawiten aus und umgekehrt«, sagte er.

»Teile und herrsche«, ergänzte der Chef des Nachrichtendienstes des Heeres, um sich an Khelanis Strategieentwurf dranzuhängen und sich so zu profilieren.

Khelani ignorierte ihn.

»Es gibt nur einen Weg, wie das gelingen kann.«

Es wurde so still, dass man den rasselnden Atem des zweiundachtzigjährigen Vorsitzenden hören konnte.

»Wie Sie schon gesagt haben, gibt es zwei Flanken, die geschlossen werden müssen. Die eine: Zerschlagen der Aufstände – das Volk muss uns wieder fürchten lernen. Und die zweite: Die Videoaufnahmen der Gewalt gegen die Demonstranten müssen umgehend verhindert werden.«

Niemand sagte ein Wort.

»Fahren Sie fort«, forderte ihn der Parteivorsitzende auf.

Khelani betonte, dass die Sicherheitskräfte alle zur Verfügung stehenden Mittel nutzen würden, um die Anführer der Oppositionellen ausfindig zu machen und festzunehmen.

»Aber nach den Demonstrationen tauchen sie ab, weil die Menge ihnen hilft. Die Operation ICAROS ist jetzt schon seit ein paar Wochen im Gange, und wir werden nicht nachlassen, bis jeder Einzelne von ihnen verhaftet worden ist.«

Es war ein fast feierlicher Moment, alle Anwesenden nickten zustimmend.

»Damit das gelingt, brauchen wir freie Hand und Ruhe«, fuhr Khelani fort.

»Was benötigen Sie? Baschar hält den Stift schon in der Hand«, sagte Issa Hazim.

Khelani fuhr sich mit dem Zeigefinger über seinen gepflegten grauen Schnurrbart.

»Die Aufnahmen waren am Anfang nur kleine Strohfeuer, die hier und da gelodert haben. Aber mittlerweile haben sie sich zu Bränden entwickelt. Es müssen alle Videos auf YouTube entfernt werden sowie jeder einzelne verdammte Post auf Facebook. Finden Sie die Leute, die dafür verantwortlich sind. Und stopfen Sie den jubelnden Idioten bei Al-Jazeera das Maul, die die Opposition anfeuern, als wären sie ihre beschissene, heißgeliebte Fußballmannschaft.«

Der Chef des Nachrichtendienstes des Heeres öffnete den Mund, um seinen Teil dazu beizutragen.

»Welche Befugnisse werden wir haben?«

»Ich wiederhole mich. Sagen Sie mir, was Sie brauchen«, sagte Issa Hazim.

Auch darauf hatte Khelani eine Antwort parat.

»Unsere Botschaft an die Welt muss sein, dass unsere Reaktionen auf die Demonstrationen notwendig sind, um einen Glaubenskrieg zu verhindern. Wir brauchen die Genehmigung, die Medienvertreter, die sich nicht an diese Sprachregelung halten, erschießen oder verhaften lassen zu dürfen.«

Hazim nickte.

»Das ist die Gelegenheit, Ihnen jemanden vorzustellen, der uns dabei behilflich sein kann.« Issa Hazim rief seinen Assistenten zu sich. Ein Mann mittleren Alters mit zurückgegeltem schwarzem Haar und einem schlechtsitzenden Anzug steckte seinen Kopf in die Tür.

»Eh, sayidi?«

»Holen Sie bitte den neuen Sekretär des Krisenstabes.«

Der Assistent nickte und führte einen jungen Mann herein, der ein zerknittertes Hemd und ein ausgebeultes Jackett trug. Eine Schultertasche hing ihm quer über die Brust. Sein Blick wanderte nervös über die Gesichter der Anwesenden.

»Karim hat gerade sein Architekturstudium beendet, hat sich aber bereit erklärt, seine Karriere pausieren zu lassen, um uns dabei zu helfen, die vielen neuen Dekrete schneller zu verabschieden. Wer hat behauptet, dass die jungen Leute keine Patrioten sind?«

Adnan nickte Karim Mahmoud zu. Er war der Sohn von Adnans Privatsekretär Hamza Mahmoud, einem sehr loyalen Beamten. Es gab haufenweise junge, durchtrainierte Männer, die davon träumten, sich einen Bart wachsen zu lassen und mit Lederjacke für Baschar zu arbeiten. Ein schmalbrüstiger Intellektueller wie Karim Mahmoud hätte diesen Posten niemals bekommen, wenn er nicht mit einem Mitarbeiter des Innenministers verwandt gewesen wäre. Der Preis für diese Vetternwirtschaft aber war absolute Loyalität.

Die versammelten Männer nickten Karim zur Begrüßung zu, dann wurde er, auf ein Signal des Parteivorsitzenden, wieder nach draußen begleitet. Issa Hazim hatte keine besonderen Auszeichnungen vorzuweisen, aber mit seinem runzligen, sonnengebräunten Gesicht, den graubraunen Augen und der Knollennase verkörperte er eine natürliche Autorität und hatte im Krisenstab das Sagen. Er war das Sprachrohr des Präsidenten. Schweigen war eines seiner Mittel. Und dieser Blick.

Es war mucksmäuschenstill im Konferenzraum. Issa Hazim sah von einem zum anderen, blieb am Ende an Adnan hängen und musterte ihn und seine Reaktion.

»Meine Herren. Der junge Karim wird während unserer Treffen vor der Tür sitzen und auf Ihre Instruktionen warten. Lassen Sie ihn nicht zu lange untätig sein. Sobald wir die neuen Dekrete verabschieden können, wird er sie ins Reine schreiben und sofort zu Baschar bringen, damit er sie unterzeichnen kann.« Er senkte seine Stimme. »Noch eine Sache. Für den Stab hier gilt, was für uns alle gilt. Man ist entweder für oder gegen Baschar.«

In der darauffolgenden Pause gönnte sich Adnan einen weiteren Drink. Da stellte sich Hazim neben ihn.

»Du hast natürlich bemerkt, dass Hisham nicht hier ist?«

Adnan nickte. Er platzte vor Neugier, was es für Neuigkeiten über den Informationsminister gab.

»Dein Kollege hat sein gesamtes Vermögen auf ein Konto bei einer Pariser Bank transferiert, was uns stutzig gemacht hat. Deshalb haben wir ihn beschatten lassen, und offenbar hat er sich heimlich mit Vertretern der Opposition bei einem europäischen Botschafter getroffen.«

Adnan riss die Augen auf und verurteilte wortlos »den feigen Verrat«.

»Wo ist er jetzt?«, fragte er und bemühte sich, möglichst gleichgültig zu klingen.

Issa Hazim klopfte Adnan auf die Schulter.

»Baschar will, dass du Hishams Ministerium übernimmst. Bis wir eine andere Lösung gefunden haben. Einverstanden?«

»Einverstanden.«

Das Kameradschaftliche in Hazims Ton verschwand, es blieb der harte Blick.

»Betrachten Sie sich als Syriens neuen Spindoktor. Ab jetzt liegt es in Ihrer Verantwortung, dass Baschar in den ausländischen Medien gut wegkommt.«

31

Seine Nachtschicht hatte gerade begonnen. Firas stand am Waschbecken und schrubbte seine Hände und Unterarme mit einer Nagelbürste.

Eine Krankenschwester mit Kopftuch kam vorbei und grüßte ihn, wie es sich gehörte. Dann zeigte sie auf seine Hände unterm Wasserhahn.

»Das fühlt sich an wie Zeitverschwendung, oder?«

Firas drehte sich nicht zu ihr um, er bemühte sich erst gar nicht herauszubekommen, ob die Bemerkung mitfühlend oder sarkastisch gemeint war.

»Diese Terroristenschweine verdienen es doch nicht weiterzuleben«, sagte sie und nahm Firas' Handy, so wie es die neuen Vorschriften vorsahen. Dann verließ sie den Raum wieder. Trotzig schrubbte Firas weiter, den linken Unterarm hinauf und um den Ellenbogen herum. Die Krankenschwester hatte wahrscheinlich recht. Für die Patienten machte es keinen nennenswerten Unterschied, ob er die Bakterien an seinen Händen entfernte oder nicht.

Als jüngster von drei Brüdern musste Firas nicht zum Militär. Deshalb hatte er keine Kriegserfahrung. Aber er hatte viele Soldaten behandelt, und das bereitete ihn auf das blutige Chaos vor, das ihn in dieser Schicht erwartete. Der große Unterschied war, dass er jetzt viel weniger Zeit haben würde, um die Verletzten zu behandeln.

Heute Nacht würde er seinen ganzen Mut zusammennehmen müssen. Er konnte es nicht länger aufschieben.

Firas war nicht besonders religiös, trotzdem hatte er, kurz bevor er von zu Hause losgefahren war, den Koran aus dem Regal genommen. Er hatte ein paar Suren gelesen und darin sogar Trost gefunden.

Als Firas die Abteilung betrat, war er bereit. Das geheime, zusätzliche Telefon steckte in seiner Hosentasche, verdeckt von dem grünen Arztkittel.

Die Station sah eher aus wie ein Feldlazarett. Hunderte von gefesselten Patienten waren aus den Gefängnissen der Stadt ins Krankenhaus gebracht worden. Offene Wunden, riesige, dunkle Hämatome, Brandwunden und Brüche. Die Bettgestelle standen eng aneinandergeschoben überall auf der Station verteilt. In mehreren lagen zwei bis drei Patienten zusammengepfercht. Firas versuchte, sich ein Bild von dem Zustand der Patienten zu machen und auch jedes Mal vorschriftsgemäß Doktor Bader, den zuständigen, vom Mukhabarat gestellten Arzt zu konsultieren, bevor er die Behandlung begann. Dieser bewachte Firas auf Schritt und Tritt, aber bald wurde deutlich, dass Bader seinerseits unter Beobachtung der bewaffneten Lederjackenträger stand, die vor jedem Krankenzimmer postiert waren.

Aus einem der Zimmer drang lautes Stöhnen, und Firas sah nach. Ein neuer Patient rief nach ihm, ein junger Mann, dem Dialekt nach aus Bosra, im Süden von Syrien. Firas musste zweimal schlucken, um professionell bleiben zu können. Die Augen des Mannes waren zwei große, eitrige Wunden. Seine Arme waren übersät mit Brandwunden, so groß wie die Spitzen glühender Zigaretten. Seine Füße waren grün und blau von Schlägen. Sehr wahrscheinlich mit Streifen von Autoreifen.

Der Mann murmelte leise, Firas beugte sich zu ihm hinunter, um ihn besser verstehen zu können. Der Eitergestank war unerträglich, er musste sich konzentrieren, um sich nicht zu übergeben.

»Doktor, geben Sie mir bitte Antibiotika? Oder etwas gegen die Schmerzen? Für meine Augen?«

Firas sah sich um. Er war allein.

»Warten Sie einen Augenblick«, flüsterte er.

Im Medizinschrank fand Firas eine Packung Tramadol. Im Gang beim Wasserspender füllte er einen Plastikbecher auf.

»Für wen ist das Wasser?«

Doktor Bader stand hinter ihm, in Begleitung einer Lederjacke. Firas wählte den Weg des geringsten Widerstands.

»Man wird durstig, wenn man sich die ganze Zeit um diese Terroristenschweine kümmern muss«, sagte er. Seine Stimme verriet, wie angespannt er war.

Die Lederjacke nickte anerkennend.

»Das kenne ich nur zu gut.«

Firas wartete, bis die beiden um die Ecke verschwunden waren. Dann ging er zurück ins Krankenzimmer. Der junge Mann bewegte sich, als er Firas' Stimme hörte. Er richtete sich, so gut es ging, auf und nahm die Tabletten. Firas versicherte ihm, dass sie ihm zumindest Linderung verschaffen würden. Mit einem Seufzer legte sich der Mann wieder hin.

»*Shukran*, Danke«, sagte er leise.

Es würde nicht wirklich helfen. Den schweren Verletzungen nach zu urteilen, würden diese beiden Tabletten nicht lange reichen. Der Mann benötigte eine ganz andere Art der Behandlung.

Firas brannte innerlich vor Wut darüber.

»Was haben wir denn da!« Der junge Mann zuckte zusammen und begann zu weinen.

Die Lederjacke stand in der Tür und sah Firas mit einem mitfühlenden Blick an.

»Haben wir Schmerzen in den Augen? Wollen wir gerne ein paar Tabletten haben?«

Firas hielt die Luft an und schob sich den Plastikbecher unauffällig in die Hosentasche. Die anderen Patienten bewegten sich unruhig in ihren Betten, so gut das ging mit den Fußfesseln, mit denen sie ans Bettgestell gebunden waren. Der Raum stank nach Schweiß. Angstschweiß.

»Ich weiß genau, was so ein Weichei wie der braucht.«

Die Lederjacke bat Doktor Bader nach einem Patienten am Ende des Ganges zu sehen. Das musste er ihm nicht zweimal sagen. Dann stieß er Firas beiseite und packte den jungen Mann aus Bosra. Er legte seine

Daumen auf dessen Augen und drückte zu. Der junge Mann schrie so laut vor Schmerzen, dass nur Firas und die Lederjacke das schmatzende Geräusch hören konnten, als die Augeäpfel tief in ihre Höhlen gedrückt wurden.

Firas wich zurück, verließ den Raum, konnte nicht länger zusehen. Die zweite Lederjacke kam dazu und gemeinsam setzten sie die Folter fort.

Bis auf die Patienten, die sich in ihren Betten wanden, waren nur die beiden Lederjacken im Raum. Und sie kehrten Firas den Rücken zu. Doktor Bader war weit und breit nicht zu sehen. Jetzt oder nie. Das war seine einzige Chance. Sein Zeitfenster. *Hör auf, so ein Feigling zu sein.*

Firas hatte das Gefühl, dass sein Herz explodieren würde. Er schob seine Hand in die Hosentasche, seine Finger berührten Rahafs rosa Handy. Er nahm es raus und tippte den Code ein. Seine Hände zitterten so sehr, dass er es um ein Haar hätte fallen lassen. Es gelang ihm, die Kamera einzuschalten und auf Aufnahme zu drücken.

32

Es war Samstag, und Sigrid verbrachte ihren dringend benötigten freien Tag mit Reem. Sie gingen in der Nähe von Bab Touma brunchen, einem der sieben Tore der Altstadt. Es gab *foul* und *fatteh*, das waren ein Mus aus Saubohnen und Kichererbsen mit Joghurt mit Cashewkernen und frittiertem Fladenbrot. Nachmittags schlenderten sie durch den alten Basar *Suq al-Hamidiya* und kauften Geschenke für Victor und Sommer.

Für einen kurzen Moment fühlte sie sich wieder jung. Das lag nicht nur an der Altstadt, die für sie der Inbegriff von Damaskus war. Es war auch nicht deren Zeitlosigkeit, die sie fünfzehn Jahre zurückkatapultierte. Es war ihre Begleitung. Die Tatsache, dass sie in Reems Gesellschaft war. Und jenes Gefühl von Freiheit, wenn man als Erwachsener mal einen Tag lang von jeder Verantwortung befreit ist. Sie hatte sich selbst erlaubt, ihren Groll zu vergessen und die Zeit mit Reem und das Wiederaufleben ihrer Freundschaft einfach zu genießen.

Leider hielt das nicht lange an.

Die Buchhandlung Etana Books befand sich in einem französisch-arabischen Haus in dem kosmopolitischen Stadtviertel Chaalan, das für seine lebendige Café- und Barszene bekannt war. Das Haus beheimatete auch das Institut für dramatische Kunst. Etana Books war mehr als eine Buchhandlung, es war ein Kulturzentrum, ein Treffpunkt für syrische Intellektuelle und Künstler und übte eine fast magnetische Anziehungskraft auf ausländische Studenten und Journalisten aus. Von denen war an diesem Samstagabend allerdings niemand mehr zu sehen, als Reem und Sigrid dort eintrafen, nachdem sie die Geschenke für die Kinder im Hotel deponiert hatten.

Reem war seit sechs Jahren Mitglied in einem Wein- und Literaturclub, der sich regelmäßig traf, um über Kunst und Kultur zu reden, wobei politische Differenzen bei einem guten Glas Wein weggespült wurden. Und zu so einem Treffen hatte Reem ihre Freundin an diesem Abend mitgebracht.

»Eine Sache vorab, Sigrid«, sagte sie, als sie die Glastür aufstieß. »Die kreativen Schichten Syriens stehen hinter der Regierung, aber einige sind nicht ganz überzeugt und spielen uns deshalb etwas vor. Am besten ist es, die Politik weiträumig zu umfahren.«

Sigrid nickte.

»Normalerweise ist es hier viel voller«, sagte Reem, jetzt viel lauter. Es war nur eine Handvoll Besucher da, die in kleinen Gruppen auf flachen Sitzkissen an niedrigen Couchtischen zusammensaßen. An den Wänden Bücherregale mit Literatur, die von der Regierung genehmigt worden war.

Der Abend stand unter dem Zeichen des Films. Am anderen Ende des Raums hing eine große Leinwand. Auf dem Programm stand der deutsche Film *Das Leben der Anderen.* Sigrids Gesicht musste ein einziges großes Fragezeichen gewesen sein, denn Reem grinste sie an.

»Syrer wollen auch ab und zu einen guten Film sehen.«

Reem verschwand im angrenzenden Café, um ihnen etwas zu trinken zu holen.

»Und du bist Reems Freundin?«, fragte Sigrid jemand auf Englisch.

Die Frau war Syrerin, trug eine geblümte Bluse mit großzügigem Ausschnitt und hatte honigfarbene Strähnen in ihrem dunkelbraunen Haar.

»Reem und ich haben zusammen in Kopenhagen studiert. Aber das ist lange her.«

»Phantastisch. Willkommen in Damaskus. Da hast du dir einen ziemlich beschissenen Zeitpunkt für einen Besuch ausgesucht. Ich heiße Lilas Mardeni.«

»Ich arbeite für NorCom, wir errichten hier Telefonmasten«, erklärte sich Sigrid.

Lilas Mardeni nickte, aber ihr Blick war skeptisch.

»Dann arbeitest du wie Reem für die Regierung?«

»Ich bin auf Menschenrechte und gesellschaftliche Unternehmensverantwortung spezialisiert. Meine Aufgabe hier ist es, ethische Richtlinien dafür auszuarbeiten, wie NorCom mit …« Sigrid biss sich auf die Zunge, fast hätte sie Diktaturen gesagt. »… wie wir mit Regierungen zusammenarbeiten können, deren Korruptionsindex sehr hoch ist. Ich habe davor bei Amnesty International gearbeitet.«

»Okay. Das ist ja ein interessanter Wechsel«, sagte Lilas.

Sie war Sigrid auf Anhieb sympathisch.

Es war das erste Mal, seit sie diesen Posten übernommen hatte, dass sie nicht das Gefühl hatte, sich und ihre Arbeit verteidigen zu müssen. Sie erzählte, wie schwer es bei ihrem früheren Arbeitgeber gewesen war, aktiv Lobbyarbeit zu betreiben.

»Deshalb will ich lieber das System von innen heraus verändern«, sagte sie.

»Das habe ich schon öfter gehört«, erwiderte Lilas und lächelte geheimnisvoll.

»Lilas!«

Reem winkte ihnen vom anderen Ende des Raums zu. Sie wurde allerdings auf dem Weg zu ihnen von einer weiteren Bekannten aufgehalten.

Lilas Mardeni ließ ihre syrische Freundin nicht aus den Augen, während sie leise mit Sigrid sprach. Dabei war sie so unverblümt und direkt, wie Sigrid es selten bei syrischen Frauen erlebt hatte.

»Ich finde, du solltest hier nicht so offenherzig über deinen ehemaligen Arbeitgeber sprechen.«

Der Wechsel im Tonfall war Sigrid nicht verborgen geblieben.

»Nein, du hast recht.« Sie musterte ihre Gesprächspartnerin abwartend. »Hast du mit diesem Themenbereich auch Erfahrungen gemacht? Also mit Menschenrechten?«, fragte sie mit gesenkter Stimme.

Lilas Mardeni schüttelte den Kopf, ohne den Blick von Reem zu nehmen.

»Aber drei unserer Freunde aus dem Club wurden gestern nach dem Freitagsgebet verhaftet. Und der Mukhabarat will diejenigen ausfindig machen, die diese Demonstrationen organisieren.« Lilas nahm einen Schluck Weißwein. »Die haben Schiss, weil sich die intellektuelle Szene von Damaskus dem Widerstand angeschlossen hat, und sie sind stinksauer, dass die Aufständischen aus den Reihen der Damaszener Unterstützung bekommen. Aber es ist ein Fakt, dass nach den Demos Leute spurlos verschwinden. Gerade noch haben sie für die Freiheit gekämpft, in der nächsten Sekunde sind sie wie vom Erdboden verschluckt.«

»Das wundert mich nicht, wenn die Regierung sie als Gefahr ansieht.«

»Ganz genau«, nickte Lilas.

War das eine der Demonstrantinnen, mit der sie da gerade sprach? Wirklich gefährlich sah Lilas nicht aus.

»Weiß man denn, wie sie den Sicherheitskräften entkommen?« Sigrid versuchte, möglichst unschuldig zu klingen.

»Es heißt, dass Anwohner, die mit der Sache der Jungen sympathisieren, während des Freitagsgebetes ihre Türen angelehnt lassen. Nur einen Spalt.« Lilas Mardeni zeigte mit den Fingern, wie schmal der Spalt war. »Wenn die Demonstranten dann von den Sicherheitskräften verfolgt werden, rennen diese von Haus zu Haus und stoßen gegen die Eingangstüren, bis eine aufgeht und sie sich dort verstecken können.«

»Na, worüber redet ihr?« Reem reichte Sigrid mit einem strahlenden Lächeln ein Glas Rotwein und gab Lilas zur Begrüßung einen Kuss auf die Wange.

»Ich hatte Lilas gerade gefragt, was sie beruflich macht«, sagte Sigrid und lächelte.

»Ich bin Pressechefin der Oper von Damaskus.« Sie zeigte mit ihrem rotlackierten Zeigefinger in den Raum. »Die meisten von uns hier sind Künstler, Schauspieler oder Medienleute. Aber wir halten immer einen Platz frei für unsere moralisch verdorbene Sicherheitsexpertin mit besten Kontakten in Regierungskreise.«

Reem lächelte, ein bisschen aufgesetzt, fand Sigrid.

Lilas machte mit dem Arm eine theatralische Geste.

»Was uns allerdings verbindet, ist der Hunger nach der Welt dort draußen. Hier gibt es gute Bücher und Zeitschriften und Filme, die unsere Mitglieder im Libanon ausleihen.«

»Das stimmt«, sagte Reem und senkte die Schultern.

»Ein offenes Syrien wird kommen«, sagte Lilas, »es ist im Interesse aller. Es wäre nur schöner, wenn das ohne Gewalt ginge.«

Reem nickte, aber ein Schatten huschte über ihr Gesicht.

Ein junger Mann klatschte in die Hände, und alle sahen zu ihm. Er war der Inhaber von Etana Books, ein schmaler Kerl in einem pinken Poloshirt. Die Vorführung würde jetzt beginnen. Der Film *Das Leben der Anderen* handele von einer Gesellschaft im Aufbruch.

Sie setzten sich, Sigrid sah Lilas Mardeni verwirrt an. Hatte sie ihr gerade wirklich zugezwinkert, als das Licht ausging?

Das Leben der Anderen war einer von Sigrids absoluten Lieblingsfilmen. Sie hatte ihn damals mit Andreas im Grand-Teatret-Kino gesehen, als er rauskam. Es ging darin um einen ostdeutschen Theaterschriftsteller, der mit seinen Freunden ein regimekritisches Stück über die DDR schreiben will. Ein pflichtversessener Stasioffizier wird auf ihn angesetzt, um ihn abzuhören. Ahnungslos beeindruckt der bespitzelte Autor den Lauscher an der Wand, als er Beethovens Sonate *Ein guter Mensch* auf dem Klavier spielt. Jahre später, die Mauer ist bereits gefallen, erfährt der Theaterschriftsteller, dass er rund um die Uhr belauscht und bespitzelt wurde. In den Akten aber steht kein Wort darüber, dass er subversive, systemkritische Texte verfasst haben soll. Stattdessen bestehen die Einträge hauptsächlich aus Beobachtungen. »Der Künstler hat Sex mit seiner Geliebten.«

Die Vorstellung, beim Sex belauscht zu werden, schien den Anwesenden im Kulturzentrum nicht unbekannt zu sein. Bei einer der Sexszenen zwischen dem Künstler und seiner Geliebten johlte und pfiff das Publikum.

»Was hört der Mukhabarat denn, wenn er dich belauscht, Mustafa?« Lilas' Worte richteten sich an einen jungen Kerl am anderen Ende des Raums. Er trug eine Fedora auf dem Kopf und hatte seine Freundin auf dem Schoß, gleich alt und in Skinny Jeans und Sandalen. Sie genoss die unerwartete Aufmerksamkeit, alle lachten.

»Siehst du, es gibt auch ab und zu gute Leute an der Spitze von Polizeistaaten«, flüsterte Lilas Reem zu und grinste.

Reem lächelte, aber Sigrid kannte sie gut genug, um zu wissen, dass sie die Worte beleidigt hatten.

33

Sigrid und Reem wollten die gemeinsame Zeit auskosten und setzten ihren Abend deshalb in der Marmar Bar fort. Das war ein sehr beliebter Ort, an dem sich lila Neonlicht mit Tabak und lauter Musik mischten. Dort traf sich die Crème de la Crème der Kreativen, um durchzuatmen. Dass sich dort auch die Spitze der Regierung tummelte, erwähnte Reem ganz en passant. Deshalb wartete Sigrid hoffnungsvoll auf Adnan Omar. Sie hatten Drinks bestellt und sich an einen Tisch in der Ecke gequetscht.

Am anderen Ende des Lokals hielt ein sehr gutaussehender Mann um die vierzig Hof. Sigrid erkannte ihn nicht sofort. Aber es war tatsächlich der Innenminister Adnan Omar, den Reem ihr vor ein paar Wochen auf Rahafs Geburtstag vorgestellt hatte.

Reem nickte ihm zu und hob grüßend die Hand. Adnan hob sein Whiskeyglas und erwiderte den Gruß. Seine Augen waren glasig und zwischendurch sank ihm der Kopf auf die Brust. Aber er war immerhin nüchtern genug, um einen der Kellner mit der Hand, in der er eine dicke Zigarre hielt, zu sich zu winken.

Wenig später wurde Sigrid und Reem eine Flasche Champagner gebracht, deren Marke darauf hinwies, dass man schon ziemlich viel *wasta* benötigte, um trotz der Sanktionen an solche Waren zu kommen.

Reem erzählte Sigrid, dass die beiden Frauen, mit denen sich Adnan vergnügte, Schauspielerinnen aus einer bekannten syrischen Serie waren. Artig bedankte Reem sich bei Adnan mit einem Nicken für sein großzügiges Geschenk.

»Was für ein Glück, dass Firas zu müde war, um noch mitzukommen.«

»Aber ihm würde so ein Abend bestimmt auch guttun.«

»Als wir das letzte Mal hier waren, hat Adnan dieselbe Nummer mit mir abgezogen und mir einen Drink spendiert. Aber nur mir. Firas war kurz davor, ihm eine reinzuhauen.«

Sigrid hob eine Augenbraue, sie empfand eine gewisse Sympathie für Firas' impulsive Reaktion.

»Adnan setzt seine Macht ein, um bei den Frauen anzukommen. Obwohl er … Du hast doch seine Frau auf Rahafs Geburtstagsparty gesehen, oder? Sie war eine professionelle Tennisspielerin, bevor sie ihn geheiratet hat. Sie haben ein riesiges Haus in den Bergen außerhalb von Damaskus, wo sie regelmäßig große Partys geben. Dazu laden sie auch immer wieder meine Klienten ein.« Reem grinste. »Wenn sie nach Geld riechen«, fügte sie trocken hinzu.

»Warum zwinkert er uns dann zu, als wäre er ein Fünfzehnjähriger, der zum ersten Mal ohne seine Eltern ausgeht?«

Reem zog eine Zigarette aus der Schachtel und zündete sie sich an.

»Adnan nutzt seinen Status aus, um an Frauen ranzukommen. Aber das bedeutet ja nicht, dass er ein schlechter Mensch ist. Bei den Chefs der Nachrichtendienste aber solltest du wesentlich vorsichtiger sein. Von denen will man nicht umworben werden.«

»Umworben? Geht es hier um Sex oder um Macht?«

»Du hast mich nach Adnan gefragt, und ich habe versucht, dir eine Antwort zu geben.« Reem klang gereizt.

Sigrid wurde unruhig. Der Innenminister war ein Angeber! Das könnte von Vorteil sein. Vielleicht könnte er ihr neues Zielobjekt werden? Der Mann, der sich auf einen Deal mit dem dänischen Nachrichtendienst einlassen würde, um sein Land zu verraten. Das war zwar sehr ehrgeizig, aber unter Umständen war er ihre einzige Chance.

Reem riss sie aus ihren Gedanken.

»Er will dich auf jeden Fall wiedersehen und kennenlernen.«

Sigrid wollte gerade einen Schluck aus ihrem Champagnerglas nehmen, aber diese Information brachte sie so aus dem Konzept, dass sie es verschüttete. War das was Gutes oder was Schlechtes?

»Sind wir deswegen hierhergekommen? Hast du das arrangiert?« Sigrids Wangen glühten. Reem hatte sie instrumentalisiert.

Ihre Freundin antwortete nicht.

Stattdessen sah sie hinüber zu ihrem Freund, dem Innenminister, der ihnen mit einem Winken zu verstehen gab, sie sollten sich zu ihm an den Tisch gesellen. Reem erwiderte die Einladung mit einem Lächeln, das sowohl Ja als auch Nein bedeuten konnte.

Sigrid stellte ihr Glas ab. »Er ist derjenige, der dir deine Lizenz sichert, stimmt's?«

Reems Blick signalisierte ihr, dass sie den Unterton sehr wohl verstanden hatte und ihn nicht goutierte.

»Ich bin keine Partnervermittlung, Sigrid. Ich weiß nicht, worüber Adnan mit dir reden will. Soweit ich weiß, hat er soeben das Informationsministerium übernommen.«

»Was ist denn mit dem Informationsminister passiert?«

»Ich habe gehört, dass er sich zu sehr für den Dialog mit den Aufständischen eingesetzt hat.«

»Und wo ist er jetzt?«

»Er steht unter Hausarrest. Aber das darf ich dir eigentlich nicht erzählen.« Reem senkte ihren Blick, sah in ihr Champagnerglas. »Ich habe Adnan gegenüber erwähnt, dass wir heute ausgehen. Das Marmar ist mein Stammlokal, und seins auch. Adnan und ich halten uns gegenseitig den Rücken frei. Wir sind zusammen zur Schule gegangen, aber das habe ich dir ja schon erzählt.«

»Nein, das hast du nicht.«

Reems braune Augen wurden schwarz.

»Wie meinst du das?«

»Du hast mir auch verschwiegen, dass du eng mit einem Regime zusammenarbeitest, das seine eigenen Leute foltert und ermordet. Und Medienvertreter erschießt, die darüber berichten. Die Syrer setzen ihr Leben aufs Spiel, um gegen einen Diktator aufzubegehren. Auf welcher Seite stehst du?«

Reem sah sie an, ohne eine Miene zu verziehen.

»Was ist aus der Reem geworden, die bei unseren Aktionen dabei war? Die ihre eigene Freiheit riskiert hat, um gegen Unterdrückung zu *kämpfen*?«

Reem nippte an ihrem Champagner und nahm einen tiefen Zug aus ihrer Zigarette. Enttäuscht sah sie Sigrid an.

»Es ist leicht, McDonald's-Filialen mit Pflastersteinen zu bewerfen, Sigrid. Es ist ein verdammt großer Unterschied zwischen der Gefahr, die einem vom Mukhabarat droht als die von einem Big Mac, *habibti.*«

»Das ist deine Entschuldigung dafür, dass du eine Regierung unterstützt, die auf Unschuldige schießt?«

Aus Reems Augen sprühten Funken. Sie schob Sigrids Hand von ihrem Arm.

»Sei still. Willst du unbedingt verhaftet werden?«

Die Musik, ein Song von U2, war laut. Sie konnten unmöglich belauscht werden.

»Weißt du davon, Reem, dass dein Präsident seine Milizen, wie nennt ihr diese Geister noch gleich, *Shabiha*, auf Dächern postiert, um von dort Soldaten mit Scharfschützengewehren abzuknallen? Damit die Soldaten glauben, die Demonstranten hätten sie angegriffen?«

Reem wurde ganz weiß im Gesicht, ihre Hand zitterte, als sie die Zigarette im Aschenbecher ausdrückte. Anklagend zeigte sie mit dem Stummel auf ihre Freundin.

»Du sitzt in deiner Suite mit deinem Pass in der richtigen Farbe und liest in der *New York Times*, dass Barack Obama den syrischen Präsidenten gebeten hat, seine Landsleute friedlich demonstrieren zu lassen«, knurrte Reem. Diesen Tonfall hatte Sigrid noch nie zuvor an ihr gehört. »Die westlichen Heuchler geben sich immer die Klinke in die Hand. In Wirklichkeit ist es doch in ihrem Interesse, dass der Nahe Osten das Wespennest bleibt, das er war, seit die Engländer und Franzosen unser Land mit dem Lineal aufgeteilt haben. Stell dir bitte mal vor, Syrien würde eine große Demokratie werden. Was für eine Macht wir dann hätten! Und daran ist bei euch nämlich niemand aufrichtig interessiert.«

»Mir ist vollkommen klar, dass die westlichen Demokratien auch ihre eigene Agenda haben und zuerst an sich selbst denken.« Sigrids Stimme zitterte. »Aber bei uns herrscht Meinungsfreiheit. Und bei uns wird auch niemand von Soldaten erschossen, wenn er das Staatsoberhaupt kritisiert.«

»Meinungsfreiheit«, wiederholte Reem kühl und machte eine Kunstpause. »Wenn die amerikanische Nationalgarde gegen gewaltbereite Demonstranten in einer Stadt vorgeht, sagen wir irgendwo im Mittleren Westen, und diese Demonstranten auf die Soldaten schießen und welche töten. Meinst du nicht, dass der Präsident der USA seine Army dort hinschicken würde, um diesen Aufstand niederzuschlagen? Das unterscheidet sich nicht von dem, was in unserem Land gerade passiert. Syrische Sicherheitskräfte werden von Demonstranten getötet. Letzte Woche fand man ein Grab mit sieben syrischen Soldaten. Was meinst du, wie alt die waren? Und was meinst du, wie es deren Müttern und Vätern gerade geht?«

Sigrid kochte vor Wut. Sie trank ihr Bier in einem Zug aus, es war warm und schmeckte nach nichts. Sie hatte sich noch darüber lustig gemacht, dass sie in Syrien ein dänisches Tuborg bestellen konnte, das vermutlich ohne Lizenz gebraut oder ohne Genehmigung importiert worden war. Aber jetzt gab es keinen Grund mehr zu lachen.

Am liebsten hätte sie sich ein Taxi nach Hause bestellt, nach Amager in den Samosvej.

34

»*Wahed, wahed, wahed!* Eins, eins, eins! Syrien ist eins!«

Über den Köpfen der Menschenmenge, die lauthals ihre Parolen skandierten, wurden syrische Flaggen geschwenkt. Ein pummeliger Junge lief mit schnellen Schritten vorbei. Er war etwas kleiner als sein Vater neben ihm. Sie stimmten in die Rufe der anderen mit ein.

»Syrien ist eins! Syrien ist eins!«

Der Junge hob sein Banner in die Luft, auf dem mit dicken Filzbuchstaben *Freies Syrien!* stand.

Da hörte man einen Schuss. Der Junge blinzelte schockiert. Auf seinem weißen T-Shirt breitete sich ein roter Fleck aus, er sah in die Kamera, ohne aber wirklich etwas zu sehen. Dann verschwand er aus dem Bild. Sein Vater schrie auf. Es war ein schrecklicher, markerschütternder Schrei.

Sigrid hielt das Video an. Sie alle hatten die Aufnahmen schon mehrmals gesehen. Sie musste sich überwinden, ihren Kollegen im Konferenzraum von NorCom in die Augen zu sehen. Joel und Magnus wechselten betroffene Blicke. Die Ingenieurin Hanan wischte sich eine Träne aus den Augen.

Joel trommelte mit den Fingern auf den Tisch, als er das betretene Schweigen brach.

»Das ist also der Grund, warum unser Team gestern bei Ankunft in Jableh direkt wieder zurückgeschickt wurde.« Er sah alle im Raum an. »Das ist eine Aufnahme von einer Demonstration in Baniyas, die mit dem Handy gefilmt und dann auf YouTube gestellt wurde. *Al-Jazeera* zeigt den Clip zur Primetime und alle Medien weltweit haben ihn bereits geteilt.«

Joel war nervös, das war unverkennbar und eine Seite von ihm, die Sigrid noch nicht kannte. War sein Posten in Gefahr? Hatte er Angst vor den Konsequenzen? Vor dem Regime? Sigrid wurde aus ihm nicht schlau.

»Ich wurde ins Büro des Informationsministers gebeten«, fuhr Joel fort. »Dort wurde mir vertraulich mitgeteilt, dass islamistische Terrorgruppierungen die Demonstranten infiltriert hätten. Deshalb hat der Informationsminister ein Dekret erlassen, um deren Zugang zum Internet und zu den sozialen Medien in den Städten zu verhindern, in denen es Unruhen gab.«

»Das ist doch vollkommen absurd.« Sigrid versuchte, so abgeklärt wie möglich zu klingen.

Unabhängige Journalisten gab es in Baniyas schon lange nicht mehr, denn Assads Regime hatte westliche Medien des Landes verwiesen. Abgesehen von den Beiträgen der wenigen Mutigen, die dennoch im Land geblieben waren, gelangten hauptsächlich Aufnahmen von Zivilisten in die Sozialen Medien und waren der einzige Blick auf die Unruhen vonseiten der Aufständischen. Sechsundsiebzig Tote hatte es in Baniyas gegeben, meldete eine Quelle auf Facebook. Dieser Beitrag war mittlerweile entfernt worden. Auch der Beitrag über den Schuljungen, der vor laufender Kamera erschossen wurde. Sigrid hatte schon viele harte Aufnahmen und Berichte über Gewalt und Übergriffe sehen und lesen müssen. Immer fühlte es sich an, als würde man ein Stück Leben verlieren. Aber die Geschichte mit dem kleinen Jungen war zu einer persönlichen Angelegenheit geworden.

Joel war bemüht zu verbergen, dass er Sigrids Kommentar missbilligte. Aber seine gehobene Augenbraue verriet ihn.

»Was bedeutet das für uns?«, fragte Magnus nüchtern.

»Der Auftrag in Jableh ist verschoben, bis die Situation dort unter Kontrolle ist«, sagte Joel und verbarg das Gesicht in seinen Händen.

»Ist das nur vorübergehend?«, fragte Hanan, die zusammen mit Magnus für die Koordination der lokalen Kräfte sowie die Leitung des NorCom-Technikteams vor Ort zuständig war.

Joel nickte zerstreut und betonte mehrmals, dass er auf keinen Fall seine Mitarbeiter in Gefahrenzonen schicken würde. Dann sprang er auf und ging zur Tür.

»Das bedeutet außerdem, dass wir die bereits installierten Sendemasten in den umkämpften Städten wieder abschalten müssen. Du weißt, Hanan, wo die Codes sind. Sorgst du dafür?«

Hanan nickte. Ihre braune Haut war ganz blass geworden.

Sigrid dachte zuerst, sie habe sich verhört. *Masten abschalten?*

Sie hielt sich an der Tischkante fest, versuchte tief Luft zu holen. Sie war maßlos enttäuscht und frustriert.

»Echt jetzt? Verdammt noch mal!«, rief sie und sprang auf. »Das können wir nicht machen!«

Da spürte sie Magnus' Hand hinten an ihrem Hosenbund. Für die anderen nicht sichtbar zog er sie zurück auf den Stuhl, bevor Joel sich zu ihr umdrehte.

Er seufzte.

»Es tut mir schrecklich leid. Ihr habt alle so hart dafür gearbeitet. Das wirft uns um Wochen zurück. Lasst uns hoffen, dass sie die Situation bald wieder unter Kontrolle haben.« Er warf ihnen einen aufmunternden Blick zu, als wären sie eine Fußballmannschaft der D-Jugend, die gerade haushoch gegen einen Konkurrenten verloren hatte. Dann verließ er den Konferenzraum.

Hanan sah Sigrid und Magnus mit glänzenden Augen an und verabschiedete sich.

»Was war das eben?« Sigrid sah Magnus vorwurfsvoll an und zeigte auf seine Hand.

»Ich weiß, dass du es nur gut meinst, Sigrid. Aber irgendjemand muss ja darauf aufpassen, dass so eine glühende Idealistin, wie du sie bist, nicht in Schwierigkeiten gerät.«

Sigrid musterte ihn skeptisch. Machte er sich lustig über sie? Es sah eigentlich nicht danach aus. Magnus sah sie durchdringend an.

»Konzentriere dich auf das, was wir schon alles erreicht haben. Allein die Masten, die wir hier in Damaskus errichtet haben, sorgen dafür, dass dreißig Prozent der Einwohner mehr online sein können. Zumindest laut deiner Analyse.«

Sigrid stellte sich ans Fenster. Unten an der Ampel standen drei junge Syrerinnen mit weißen Kopftüchern und warteten am Fußgängerüberweg. Es wurde grün, aber sie hatten es nicht besonders eilig, sich in den wütenden Morgenverkehr zu stürzen. Sie waren nämlich vertieft in das Display des Handys, das eine von ihn hochhielt.

»Sigrid?«

Sie zuckte mit den Schultern, nahm den Blick aber nicht von den Mädchen.

Magnus seufzte erleichtert.

Der Rest des Tages war überschattet von der angespannten Stimmung in ihrem gemeinsamen Büro. Sigrid musste ihren Bericht schreiben, schweifte aber immer wieder ab und ging in Gedanken das Treffen im Konferenzraum durch. Versuchte, mögliche Allianzen zu entdecken. Unauffällig schielte sie zu Magnus. Ihr zugegeben manchmal explosiver Gerechtigkeitssinn hätte sie um ein Haar mal wieder in Schwierigkeiten gebracht. Das letzte Mal hatte sie das vor laufender Kamera ausprobiert. Dieses Mal hatte Magnus sie vor einer Blamage gerettet. Dadurch war eine Art Intimität zwischen ihnen entstanden. Intuitiv achtete sie jetzt auf ihre Körpersprache, wie sie saß, sprach und ob sie ihre Schultern hängen ließ. Auch Magnus wirkte befangen. Er telefonierte mit seinem Kontakt vor Ort in Jableh und informierte den Beamten mit dem Verweis auf »technische Schwierigkeiten« über die vorübergehende Abschaltung der Masten. Sein Arabisch floss durch den Raum. *Wie ein persischer Teppich.* Sie spürte seinen Blick und wandte sich schnell ab.

Der Abend sah kein Treffen der Expats in Damaskus vor, und Reem würde sie nicht anrufen können, nachdem sie am Samstag im Streit auseinandergegangen waren. Sigrid erwartete ein ruhiger Abend im Hotelzimmer.

Magnus hatte sein Telefonat beendet.

Sigrid streckte ihren steifen Körper und sah zu ihm rüber.

»Hast du schon Pläne für heute Abend? Oder wollen wir was essen gehen?«

Magnus strahlte übers ganze Gesicht. Das wäre genau das Richtige nach diesem Gespräch. Er faltete die Hände im Nacken und zwinkerte ihr zu.

»Aber ich lade dich ein. Wir brauchen dringend eine Aufmunterung. Was hältst du von Hummer und Champagner? Wusstest du, dass unser Hotel iranischen Beluga-Kaviar auf der Karte hat? Der kostet hundertfünfzigtausend Kronen pro Kilo.«

Es klopfte, bevor Sigrid etwas erwidern konnte.

Hanan schob ihren Kopf durch die Tür.

»Ich habe es getan. Ich habe die Masten abgeschaltet. Es hat ziemlich lange gedauert, weil ich die Codes alle einzeln eingeben musste, aber jetzt sind sie abgeschaltet.« Sie fuhr sich mit der Hand durch ihre kurzen Haare. »Wir haben sie gerade erst aufgestellt …«, seufzte sie.

Magnus beruhigte sie. Sie hätten keine andere Wahl gehabt.

»Mach Schluss jetzt, dann ist noch Zeit, um auszugehen«, sagte er.

»Danke. Aber ich will nur noch nach Hause.«

Nachdem Hanan gegangen war, herrschte eine ernste Stille. Dann schlug Magnus vor, dass sie sich vom Four Seasons mit einem Wagen abholen lassen sollten.

»Schöne Idee, aber ich brauche noch ein bisschen, bis ich den Bericht fertig habe.«

»Ich kann warten.«

Sigrid lächelte.

»Los, hau ab, du störst nur. Wir sehen uns später.«

Er erwiderte ihr Lächeln, bevor er die Tür hinter sich zuzog. Der unnahbare Player aus der Unizeit war offensichtlich doch nicht mehr so unnahbar.

Aber sie brauchte etwas Zeit, um nachzudenken.

35

Der Nachmittag war in die Abenddämmerung übergegangen. Sigrid versicherte sich, dass Magnus das Gebäude verlassen hatte und in einem Wagen Richtung Four Seasons aufgebrochen war. Dann öffnete sie das NorCom-Intranet und fand eine Datei, in der die Namen und Adressen der Angestellten gelistet waren. Sie würde mindestens eine halbe Stunde dorthin brauchen. Zu Fuß. Ein Taxi zu nehmen war ausgeschlossen.

Hanan Zakaria öffnete die Tür so weit, wie die Sicherheitskette es zuließ, und spähte durch den Spalt. Als sie Sigrid sah, öffnete sie die Tür ganz und stand in einem geblümten Baumwollpyjama vor ihr. Ihre Erleichterung wandelte sich allerdings schnell in Verwunderung darüber, dass ihre Vorgesetzte so spät vorbeikam.

Sigrid betrat die sehr geräumige Wohnung, deren Einrichtung aus einer wilden Mischung aus schweren, dunklen Möbeln und Mädchenkram bestand.

»Entschuldige bitte, dass ich dich so spät noch störe, ich weiß, dass dein Tag alles andere als schön war.«

»Habe ich etwas falsch gemacht?«

»Auf keinen Fall«, beschwichtigte sie Sigrid.

Hanan sah sie skeptisch, aber auch neugierig an.

»Darf ich dir einen Tee anbieten?«, fragte sie.

Im Fernsehen lief eine Dokusoap, in der eine Gruppe von dunkelhäutigen Kreuzrittern auf einer mittelalterlichen Burg eine Ratssitzung abhielten. Auf dem Couchtisch davor stand ein Glas Tee, umringt von einem Arsenal aus Fußcreme, Wattepads und Nagellack. Hanan holte Sigrid ein Glas, während sie ihr gleichzeitig eine Zusammenfassung dessen gab, was in der aktuellen Staffel der Serie alles schon passiert war. Vor allem in welchem Verhältnis die Kreuzritter, die aussahen wie türkische Topmodels auf dem Weg zu einer Kostümparty, zu den langhaarigen Schönheiten standen, die in den angrenzenden Gemächern auf sie warteten.

»Bist du allein?« Sigrid zeigte auf den Couchtisch voller Produkte für einen Verwöhnabend.

Hanan schenkte ihrer Chefin aus der Silberkanne ein Glas Tee ein und bot ihr einen Platz auf dem Sofa an.

»Ja, ich wohne hier allein. Die Wohnung gehört meinen Eltern. Sie arbeiten in Dubai und schicken Geld nach Hause. Meine große Schwester ist schon verheiratet und ausgezogen.«

»Dubai? Das ist aber weit weg.«

»Meine Mutter war Buchhalterin bei Syrian Air, mein Vater hatte eine Maklerfirma. Uns ging es finanziell immer gut, aber dort drüben verdienen sie das Doppelte.«

»Vermisst du sie?«

Hanan zuckte mit den Schultern, sah auf einmal ganz jung und verletzlich aus.

»Ich hatte eigentlich gedacht, dass es leichter werden würde, hier im Land Geld zu verdienen«, sagte Sigrid und hätte die junge Frau am liebsten in den Arm genommen. Stattdessen nippte sie an ihrem Tee.

Hanan nahm die Fernbedienung und drehte die Lautstärke auf. Dann rückte sie näher an Sigrid heran.

»Wir haben hier europäische Modeketten und Nachtclubs, mehr Möglichkeiten als früher. Und sogar Internet. Aber wir haben kein Vertrauen, dass es wirkliche Veränderungen geben wird. Mein Vater sagt immer, dass die Alawiten niemals die Macht aus der Hand geben werden.« Sie verstummte. »Ich weiß nicht, ob er damit recht hat … Ich meine, dann fingen die Menschen hier an, auf die Straße zu gehen, außerdem haben wir schon Diktatoren fallen sehen, in Ägypten und in Tunesien.«

Sigrid nickte ihr aufmunternd zu.

»Das hat mir Hoffnung gemacht. Ich dachte so – *hier* bei uns? Das passiert *hier*? Wow. Tatsache!« Hanan warf die Arme in die Luft wie ein Fußballer, der den Ball gerade sauber im Tor versenkt hatte.

Sie lachten, wissend, dass diese Hoffnung, von der Hanan gesprochen hatte, nur von sehr kurzer Dauer gewesen ist. Hanan verstummte wieder und starrte die Kreuzritter an, ohne der Handlung zu folgen.

»Und dann bringen sie heute dieses Ding mit den Masten«, sagte sie und sah Sigrid an. »Warum bist du eigentlich hier? Warum hast du es gewagt, dein Hotel zu verlassen und in diese Gegend zu kommen?«

Sigrid stellte ihr Teeglas ab.

»Ich brauche deine Hilfe, Hanan. Diese Codes für die Masten, funktionieren die noch?«

»Warum?«

Obwohl sie allein in der Wohnung waren, lehnte sich Sigrid zu Hanan und flüsterte ihr ins Ohr.

»Ich brauche sie, dringend.«

JUNI 2011

36

»Sie haben deinen Bericht genehmigt!«

Adnan hob den Blick vom Schachbrett und sah Reem an. Er hatte sie zu einem Treffen ins Innenministerium bestellt, weil die Lizenz von Jasmin City Security verlängert werden sollte. Und wie üblich, hatte er sie auf eine Partie Schach eingeladen. Das hatte zunächst keine Alarmglocken klingeln lassen. Aber wegen der Krise und der internationalen Aufmerksamkeit war Reem sehr wachsam. Allianzen konnten sich jederzeit und rasend schnell ändern.

»Na ja, sie haben mir die Informationen dafür selbst geliefert. Hauptsache, sie sind zufrieden«, erwiderte Reem, die sich hütete, den Mukhabarat zu erwähnen oder zu kritisieren. Sie war wütend. Sie hatten ihr den Zugang zu den Gebieten verwehrt, in denen die Unruhen ausgebrochen waren, und sie vor allem genötigt, ihren Klienten vorzugaukeln, sie hätte selbst vor Ort recherchiert. Warum trauten sie ihr nicht mehr? Diese Frage beschäftigte sie.

Syriens Sicherheitskräfte gehörten ihres Wissens eigentlich nicht zu Adnans engen Freunden, es sei denn sie hätte ihn vollkommen falsch eingeschätzt. Aber natürlich würde er das niemals offen aussprechen, wenn es so wäre.

Sie saßen auf den Chesterfield-Sofas in Adnans Büro. Trotz Klimaanlage klebte das Leder an Reems nackten Unterschenkeln. Sie zog ihren knielangen Rock glatt, aber das machte keinen Unterschied.

Adnans Privatsekretär Hamza Mahmoud kam herein und begrüßte sie. Er gab einer der Assistentinnen im Vorzimmer ein Zeichen, und sie kam mit zwei hohen Gläsern eiskalter Limonade, in der die Eiswürfel klirrten. Sie schwiegen, während sie im Raum war. Reem nickte

Hamza Mahmoud freundlich zu, dann verließen die beiden den Raum wieder.

Adnan machte einen dreisten nächsten Zug. Sein Spiel war äußerst offensiv. Normalerweise spielte er eher intuitiv, während sie sich eine konkrete Strategie überlegte und ihren Angriff langsam und konsequent vorbereitete. Heute aber waren seine Angriffe besonders unvorsichtig und ein Anzeichen dafür, dass er unausgeglichen war. Sollte sie das ausnutzen? Und sich erlauben, einmal den Sieg nach Hause zu tragen?

»Genau das ist die Frage – ob sie das auch wirklich sind«, sagte er unvermittelt.

»Was meinst du? Worüber haben wir gerade gesprochen?«

»Wie zufrieden der Mukhabarat ist. Der Chef des Nachrichtendienstes der Luftwaffe, Ahmed Khelani, hat nämlich noch einen weiteren Wunsch.« Er machte eine Kunstpause. »Du sollst auch die Ausarbeitung ihnen überlassen.«

Jetzt war es tatsächlich so weit. Reems größte Befürchtungen waren wahr geworden. Normalerweise mischte sich der Chef des Nachrichtendienstes nicht in die Arbeit von Jasmin City Security ein. Aber jetzt. Erst hatten sie verhindert, dass sie sich vor Ort selbst ein Bild machen konnte, und jetzt bestanden sie auch noch darauf, den Bericht in ihrem Namen zu verfassen. Das wäre niemals passiert, wenn ihr Vater noch leben würde. Vor der Krise.

Sie quittierte diese Neuigkeit mit kalter Miene und gehobener Augenbraue.

»Adnan, wenn der Mukhabarat mich nicht mehr meine eigenen Berichte schreiben lässt, besteht die Gefahr, dass ich meine Klienten in Gefahrenzonen schicke. Was soll das? Khelani und seine Leute müssen doch meine Berichte nicht schreiben, um sich ein Bild der Lage zu machen!«

Adnan nickte, aber nicht, weil er ihr zustimmte, sondern um anzudeuten, dass er sie reingelegt hatte.

»Mit dieser Strategie wirst du nicht weit kommen.« Sein Blick war zwar auf das marmorne Schachbrett gerichtet, aber Reem wusste, dass er nicht ihr Spiel meinte.

»Ich bin mir ganz sicher, dass die Sicherheitskräfte dafür sorgen werden, dass deine Klienten niemals auch nur in die Nähe einer Gefahrenzone kommen.« Er zog seinen Läufer vor und versperrte ihrem Springer den Weg. Sie würde ihn nicht ziehen können, ohne ihren König zu gefährden. Sie wusste, dass er einen Gabelangriff auf zwei ihrer Offiziere vorhatte, ihre Königin und ihren Turm. Den würde sie abwehren können, die Frage war nur, ob sie das tun sollte.

Reem nickte, aber ihr Herz pochte wie wild. Sie kannte das Verfahren, einen Machtkampf in die Frage über Syriens Sicherheit zu verkleiden, seit sie ein kleines Kind war und abends auf den Schoß ihres Vaters kletterte, wenn er mit Adnans Vater zusammensaß und sie über die Sicherheit des Assad-Clans sprachen. Bisher war es ihr gelungen, eine neutrale Position einzunehmen, aber das begann sich langsam zu ändern.

»Vertrauen die meinem Urteilsvermögen nicht mehr?«

Reem starrte auf Adnans Läufer. Sollte sie ihn aufhalten? Oder ihn den Gabelangriff durchführen lassen?

Sie entschied sich dagegen, wehrte ihn ab. Adnan schüttelte irritiert den Kopf.

»Ich könnte es vielleicht hinauszögern. Aber als Gegenleistung will ich einen Gefallen. Deine dänische Freundin. Die für NorCom arbeitet.«

»Sigrid Melin?« Reem bekam sofort ein schlechtes Gewissen. Nach ihrer Auseinandersetzung mit Sigrid in der Bar hatte sie Daham als Kontaktperson für das Telekommunikationsunternehmen eingesetzt.

Adnan lächelte.

»Du hast sie mir im Marmar nicht vorgestellt.«

Reem musste lächeln. Darum ging es also? Sie sah ihn an. Er war wahnsinnig gut aussehend und trotzdem auf dem besten Weg, so eine lächerliche Figur zu werden wie sein Vater. Ein mächtiger Mann und gleichzeitig ein notgeiler Bock, der Frauen für sein Ego brauchte. Über den alle hinter seinem Rücken lachen.

»Du bist so was von banal. Mann, du bist verheiratet.«

Adnans lächelte beleidigt.

»Ich will, dass du uns vorstellst. Sie kann uns behilflich sein. Das hatte ich bereits erwähnt.« Dann wandte er sich wieder dem Schachbrett zu und brachte seinen Läufer in Sicherheit.

Reem lachte besänftigend.

»Ihr habt euch doch auf Rahafs Geburtstag kennengelernt.«

»Du weißt genau, was ich meine. Ich brauche ein *Entrée.*«

»Und was stimmt an den offiziellen Kanälen nicht mehr?«

»Wir wissen nicht, ob sie sich darauf einlassen würde.«

Reem warf die Arme in die Luft und roch den Angstschweiß unter ihren Achseln.

»Ich bin mir ganz sicher, dass sie ihr Bestes gibt, um mit euch zusammenzuarbeiten.«

Er neigte seinen Kopf auf die Seite.

»Ich wäre dir sehr dankbar dafür.«

Reem richtete ihre Aufmerksamkeit wieder auf die Partie. Unaufmerksam beging sie einen großen Fehler und opferte einen Springer. Adnan nutzte ihren Fehler sofort aus. Jetzt hatte sie einen Offizier weniger auf dem Feld, und sie wussten beide, dass ihr Schachmatt nur eine Frage von Zeit war.

»*Chelb*, du Hund«, fluchte sie vor sich hin.

Adnan grinste, nicht triumphierend, nur zufrieden mit seinem Sieg.

Schließlich musste sie ihre Niederlage eingestehen.

»Ich bitte Daham Sahabi, die Berichte an Khelani zu schicken. Allerdings nur, wenn ich meine Lizenz noch habe.«

»Warum sollte ich das Geschäft deines Vaters kaputtmachen? Und was Sigrid Melin angeht …«

Reem zögerte einen Augenblick zu lang.

»Ja?«

»Hast du eine Idee, wie ich mich ihr nähern kann?«

»Ich bin gerade viel mit anderen Klienten beschäftigt, Daham Sahabi ist für NorCom zuständig.«

»Okay?« Er sah sie fragend an. »Und was heißt das genau?«

Sie kapitulierte. Was würde es schon schaden können, wenn sie ihm einen kleinen Tipp gab?

»Sigrid Melin interessieren gerade nur die Sendemasten. Sie ist nicht dumm, aber arrogant. Wenn du ihre Hilfe willst, dann geh subtil vor.«

37

Sigrid hatte den Nachmittag im Park des Nationalmuseums verbracht. Eine Gruppe aufgedrehter Schüler machte vor einem Jasminstrauch Fotos voneinander. Das verstärkte ihre Vorfreude auf ihre Familie, die schon bald in Beirut landen würden.

Sie schlenderte durch die Gerade Straße, die ihre Bekanntheit der Paulusgeschichte im Neuen Testament zu verdanken hatte. Sie atmete auch heute noch Geschichte mit ihrem Kopfsteinpflaster, den Antiquitätenhändlern und römischen Ruinen. Es war ein lauer Abend. Sie war mit einem Mitarbeiter des Informationsministeriums zum Essen verabredet. Sie hatte gerade das Restaurant erreicht, als ihr Handy klingelte. Es war Reem.

Aber Sigrid ging nicht ran. Nach ihrer Auseinandersetzung in der Marmar-Bar hatte sie keine Lust auf Reems düstere Weltsicht. Außerdem wollte sie sich nicht verspäten. Anlass der Verabredung war die Besprechung von NorComs Kommunikationsstrategie. In dem Bemühen, Joel Matssons Vertrauen zu gewinnen, hatte sie zugestimmt, als ein Beamter des Ministeriums, ein gewisser Anwar Hussein, sie um ein Treffen gebeten hatte.

Ihr neues Ziel war es, an Joels politische Kontakte heranzukommen.

Am Telefon hatte sie der Beamte gefragt, ob sie die französische Küche der syrischen vorzog. Aber Sigrid wollte natürlich viel lieber syrisch essen gehen und stand deshalb jetzt vor einem sehr angesagten und modernen Restaurant in der Altstadt. Anwar Hussein hatte ihr versichert, dass er sie erkennen und begrüßen würde.

Das Restaurant Naranj hatte hohe Decken, verzierte Gewölbe und runde Tische unter weißen gestärkten Decken. Es war, als würde man in eine Geschichte aus *1001 Nacht* eintauchen. Kellner in traditionellem bodenlangem weißem Kaftan nahmen die Bestellungen auf und brachten frisches Fladenbrot, und die Shisha-Helfer bewegten sich lautlos zwischen den Tischen mit Schalen, in denen die Glut für die Wasserpfeifen lag. Das war ein ungewöhnlich protziger Ort für einen einfachen Beamten.

»Guten Abend, Sigrid Melin«, hörte sie da eine vertraute Stimme hinter sich.

Sie drehte sich um und begriff sofort, warum das Restaurant nicht zu ihrer eher bescheidenen Erwartungshaltung gepasst hatte.

Hinter ihr stand Adnan Omar und strahlte sie an.

Der Innenminister. Natürlich. Sie hatten sie reingelegt – allerdings ohne zu ahnen, dass es Sigrid, beziehungsweise dem Dänischen Nachrichtendienst von Nutzen sein könnte. Sie erwiderte das Lächeln.

»Mister Omar! Guten Abend.«

»Ich finde, Sie sollten mich Adnan nennen. Wir haben uns zwar nur kurz gesehen, aber ich habe das Gefühl, dass ich Sie schon ein bisschen kenne.«

»Nun ja, Sie sind auf jeden Fall länger mit Reem befreundet als ich.«

»Unsere Väter gehörten zum engsten Zirkel von Hafez al-Assad.«

Sie nickte und schüttelte seine Hand.

»Adnan also. Das ist ja eine Überraschung. Sind Sie dann der Volontär von Mister Hussein?«

Adnan grinste.

»NorCom ist seit den achtziger Jahren in Syrien tätig. Wir haben beschlossen, die Nutzbarkeit der neuen Telefonlizenz auszuweiten und wollen natürlich sichergehen, dass Sie alles haben, was Sie benötigen.« Er nickte. »Warum sind schöne, skandinavische Frauen bloß immer so misstrauisch, wenn sie zu einem erstklassigen Abendessen eingeladen werden? Wollen wir uns setzen? Die Dachterrasse ist geöffnet.«

»Dachterrasse, das hört sich großartig an. Ich komme gleich nach, ich mache mich nur kurz frisch.«

Sigrid unterdrückte den Impuls, das Restaurant auf direktem Wege zu verlassen.

Auf der Damentoilette spritzte sie sich kaltes Wasser ins Gesicht. Aber das half nicht. Ihre Pupillen waren zwei große schwarze Knöpfe. Sie kniff sich in die Wangen und streckte sich. Das wirkte. Sie hatte die Hoffnung gehabt, dass Adnan Omar ihr Zielobjekt hätte werden können. Offenbar war das Interesse gegenseitig. Es war das erste Mal, seit ihrer Ankunft in Syrien, dass sie eine vage Zuversicht hatte, die Aufgabe, die ihr Ines übertragen hatte, wirklich erfüllen zu können.

Es sei denn …

Aber Adnan Omar konnte doch unmöglich von der Sache mit den Sendemasten wissen, oder?

»Alles abstreiten!«, flüsterte sie sich zu.

Der Innenminister hatte auf der Dachterrasse unter einer wilden pinkfarbenen Bougainvillea Platz genommen, deren Duft sie umhüllte, als sie sich dazusetzte.

»Ausländische Gäste wünschen sich oft, eine Zeitreise in das Syrien unter dem Protektorat Frankreichs zu machen. Sie haben sich die syrische Küche gewünscht, deshalb sollen Sie heute das beste Restaurant der Stadt kennenlernen. Kennen Sie die Geschichte von der Geraden Straße? Wussten Sie, dass Paulus hier nach seiner Bekehrung gelebt hat? Und dass der Ausdruck *Damaskuserlebnis* daher stammt?«

Sigrid erwähnte nicht, dass sie das alles bereits bei ihrem allerersten Besuch gehört hatte. Sie ließ Adnan Omar also die Geschichte vom Apostel Paulus erzählen, der Jesus auf dem Weg nach Damaskus begegnete und dann vom Judenhasser zum gläubigen Christen, zum Apostel der Völker wurde. Sigrid war keine gute Christin. In einem Kollektiv mit Marx und Lenin an den Wänden aufzuwachsen, führte nicht zwangsläufig zu einem stark ausgeprägten Glauben. Zumindest nicht religiöser Natur. Aber das Gefühl, ganz nah an der Weltgeschichte zu sein, war äußerst verführerisch. Sie wusste, dass sie auf der Hut sein musste.

Sie spürte ein großes Verlangen nach Alkohol. Naranj war ein exklusives Restaurant, und Sigrid hatte an den Nachbartischen weitere Expats sitzen sehen. Aber die Speisekarte führte keine alkoholischen Getränke.

Ihr Blick wanderte suchend über die Karte, was Adnan nicht entging.

»Haben Sie Lust auf ein Glas Rotwein?«

Sigrid nickte. Warum nicht?

Adnan Omar winkte den Kellner zu sich, der sich immer in der Nähe ihres Tisches aufhielt. Er bestellte einen jungen libanesischen Wein und hielt einen kleinen Vortrag über die Region. Sie nahmen einen Schluck. Seine Miene verriet ihn. Obwohl er, wie sie, nur nippte, sah man, dass er das Glas am liebsten auf einen Zug geleert hätte.

Eine Welle der Erleichterung durchströmte Sigrid. Sie kannte ihre Pappenheimer. Als sie den Innenminister das letzte Mal in Aktion erlebt hatte, war er halb ohnmächtig gewesen, so betrunken war er. Adnan Omar hatte sich also nicht mit ihr verabredet, um über Sendemasten zu sprechen. Das hatte sie mittlerweile begriffen. Aus irgendeinem unerfindlichen Grund stand auch er unter großem Druck. Damit konnte sie umgehen. Der syrische Innenminister war bestimmt nicht anders als die anderen Arschlöcher, mit denen sie zu tun gehabt hatte.

Big Pharma, Big Oil und Big Banks.

Sie hatte keine Angst vor Konflikten. Und er wollte ja offenbar nur verhandeln.

Der Kellner brachte eine Schale nach der anderen, bald war die Tischdecke vor lauter Delikatessen nicht mehr zu sehen. Adnan nahm sich mit seiner Gabel ein Stück Lamm in Kirschsoße.

»Wir wollen Ihnen eine offizielle Zusammenarbeit anbieten.«

Eine offizielle Zusammenarbeit? *No way.* Das kam auf keinen Fall in Frage. Sigrid musste Zeit schinden. Wie ein Zauberer musste sie seine Aufmerksamkeit auf etwas anderes lenken.

»Und wie stellen Sie sich das vor?« Ihr Lächeln drückte Verwunderung aus.

»Wie Sie wissen, steckt unser Land in einer Krise. Wir haben unsere eigene Form der Demokratie und darauf sind wir sehr stolz. Wir, allen voran der Präsident, wollen Reformen einführen. Wir wollen zum Beispiel die Kontrolle der Bevölkerung durch die Sicherheitskräfte mindern. Aber das ist ein langer und schwieriger Prozess. Jetzt denken Sie wahrscheinlich, warum schießen die dann auf ihre eigenen Leute?«

Sigrid versuchte, einen neutralen Gesichtsausdruck zu bewahren. Adnan seufzte und für den Bruchteil einer Sekunde wirkte er aufrichtig verzweifelt über die aktuelle Situation.

»Die Studenten gehen auf die Straße. Sie sind ungeduldig, und ich kann sie gut verstehen. Was wir nun aber leider beobachten, ist, dass sich Fundamentalisten unter die jungen Menschen mischen. Die Terroristen nutzen die Lage schamlos aus. Wir befinden uns in einer Ausnahmesituation, weil wir angegriffen werden. Verstehen Sie das?«

Sie entgegnete nichts, wich aber auch seinem Blick nicht aus. Und dann kam es. Sein eigentliches Anliegen.

»Eine neue Lizenz an einen neuen Mobilfunkbetreiber auszustellen, war eine politische Entscheidung. So werden viele Syrer Zugang zu mobilen Daten erhalten. Mehr Öffnung. Twitter, YouTube, Facebook. Wir öffnen uns diesen Medien. Der Betreiber steht in den Startlöchern, aber der Prozess braucht seine Zeit. Die neue Lizenz ist noch in der Ausschreibung. Aber …« Adnan Omar machte eine Pause. Ihnen wurde eine Shisha angeboten. Adnan nickte zustimmend, dann sah er zu Sigrid, die ebenfalls nickte.

Zuerst erhielt der Minister eine Shisha, dann sein Gast. Diese Pause nutzte auch der Weinkellner und füllte ihre langstieligen Gläser auf. Sigrid nahm einen Schluck und kostete den Wein dieses Mal ausgiebig. Andreas würde ihn lieben.

Adnan wartete geduldig, bis sie zu ihm sah. Er senkte seine Stimme.

»Aber wenn wir die Bevölkerung davon überzeugen können, dass wir die Reformen wirklich wollen, dass wir uns öffnen wollen, würde ihnen das Hoffnung in einer Zeit geben, die für viele sehr schwer ist.«

Sie nickte ihm auffordernd zu, damit er weitersprach.

»Hier ist mein Angebot: Im Namen des Innen- und Informationsministeriums stellen wir ein Budget von mehreren Millionen Dollar zur Verfügung für die Planung, Etablierung und Errichtung von – sagen wir – weiteren dreißig Funkmasten in Syrien. Wir präsentieren der Öffentlichkeit den Gewinner der Ausschreibung, das international bekannte Telekommunikationsunternehmen NorCom. Und mit Verweis auf die skandinavischen Demokratien versichern wir der syrischen Bevölkerung, dass sie bald alle online sind.«

»Das klingt nach einem sehr guten Beschluss.«

»Und hier kommen Sie ins Spiel.«

Sigrid schüttelte nachdenklich den Kopf.

»Ich habe das Gefühl, dass eigentlich Joel Matsson hier sitzen sollte. Die neue Lizenz ist sein Ressort, nicht meins.«

»Ich spreche von einer Pressekonferenz, Sigrid.« Der Innenminister legte sein Besteck beiseite und wartete auf ihre Reaktion.

»Mein Auftrag bei NorCom lautet sicherzustellen, dass das Unternehmen gemäß ethisch verantwortbarer Richtlinien in Syrien operieren kann – auch wenn wir uns außerhalb der schwedischen Gerichtsbarkeit befinden. Sie können doch sicher diese wunderbaren Neuigkeiten über Ihre eigenen Kanäle bekanntgeben. Mit ihren eigenen Leuten.«

»Beim Anblick von Joel Matsson will man nicht so richtig an Reform und Neuanfang glauben«, sagte er.

Sigrid lehnte sich über den Tisch.

»Vielleicht nicht. Sie sollten die Botschaft der Veränderung selbst verkünden, Adnan. Ich glaube nicht, dass es Ihnen hilft, diese Nachricht mit einer Skandinavierin als Sprachrohr zu vermitteln. Es könnte zu Missverständnissen kommen.«

»Missverständnissen?«

Sigrid nahm das Mundstück der Wasserpfeife in den Mund und probierte den milden Zitronentabak.

»Nun ja, es könnte so aussehen, als würde sich die syrische Regierung bei der EU und den Amerikanern anbiedern. Bei der internationalen Presse. Obwohl die Regierung in allen westlichen Medien kritisiert wird.« Sie stieß den Rauch aus und holte die alte Erzfeindkarte aus dem Ärmel.

»Würde ein Kniefall vor den USA nicht vielleicht auch aussehen wie ein Kniefall vor dem Mossad?«

Er sah sie ungläubig an.

»Was hat denn der israelische Geheimdienst damit zu tun?«

»Sie wollen denen gegenüber doch keine Schwäche zeigen, oder? Ich weiß, dass der Präsident sein Land öffnen will. Aber, ich meine – was sagen Sie den loyalen Syrern, die *für* den Präsidenten und *gegen* die Aufständischen demonstrieren? Glauben Sie nicht, dass sie es als Schwäche betrachten, wenn man eine skandinavische Frau vorschiebt, die mal bei Amnesty International gearbeitet hat? Ausgerechnet jetzt?«

Sigrid hatte sich erfolgreich verteidigt, aber würde es ihr etwas nützen?

Adnan war rot geworden. Sein weltmännisches Gehabe wich Erschöpfung und Enttäuschung. Er sah durch sie hindurch.

Ihr Puls raste. War jetzt der richtige Zeitpunkt, um mit ihm zu sprechen? Er hatte viel getrunken, wenn er allein gewesen wäre, hätte er bestimmt noch eine ganze Flasche geschafft. Sigrid setzte sich auf, aber es wollte sich kein triumphierendes Gefühl einstellen. Sie machte sich nichts aus Spielgewinnen.

Adnan zündete sich mit seinem Zippo eine Zigarre an. Die Glut leuchtete im Halbdunkel der Dachterrasse.

»Was soll ich denn Ihrer Meinung nach machen?«, sagte er leise.

Diese Frage war so voller Trauer und Schmerz, dass es Sigrid die Sprache verschlug.

»Ich habe Baschar aufgefordert, in den Dialog zu gehen«, sagte er. »In Daraa. Aber er hat auf seinen kleinen Bruder gehört. Auf seine Schwiegereltern. Auf Khelani.«

Sigrid sah ihn fragend an.

»Ahmed Khelani ist der Chef des Nachrichtendienstes der Luftwaffe. Der Vater von Baschar war Offizier der Luftwaffe. Sollte die Seele des ehemaligen Diktators weiterleben, dann im Körper von Khelani.«

Sie nickte. Nahm einen Schluck Wein. Adnan verstand das als Zeichen und schenkte ihnen nach. Dann bestellte er eine weitere Flasche.

Sie schwiegen.

Sigrid wurde unruhig. Was passierte hier gerade? Hatte sie endlich ihr Zielobjekt, ihre Quelle gefunden?

Nachdem der Kellner den Wein gebracht hatte, scannte Adnan so unauffällig wie möglich die Dachterrasse. Keine anderen Gäste in Hörweite. Er lehnte sich vor, instinktiv kam sie ihm entgegen. Der säuerliche Gestank der Zigarre machte ihr zu schaffen. Er wickelte sich eine Haarsträhne von ihr um den Finger. Dann lächelte er. Das wohl traurigste und verlorenste Lächeln, das sie je gesehen hatte.

»Er wird sie alle töten und keine einzige Reform einführen. Alle.« Dann ließ er ihre Haarsträhne wieder los.

Sigrids Zunge war so trocken, dass sie ihre Zunge erst befeuchten musste, bevor sie sprechen konnte.

»Es gibt Leute, die gerne mit Menschen sprechen würden, die Ihre Ansichten teilen.« Sie sah ihm in die Augen, wagte es nicht zu blinzeln.

Es waren die längsten Sekunden ihres Lebens, während sie sich in die Augen sahen. »Das sind Leute, die helfen können. Sie wollen nur Informationen«, fügte sie hinzu. Dann musste sie blinzeln.

Adnan lächelte, es folgte ein kurzes trockenes Lachen. Dann hob er sein Glas, um ihr zuzuprosten.

»*Das* hätte ich jetzt nicht gedacht …« Er schüttelte den Kopf und flüsterte. »Wissen Sie denn nicht, dass wir hier die Todesstrafe gegen Leute wie Sie verhängen?«

Ihr wich das Blut aus dem Gesicht. Wie kam sie aus dieser Situation bloß heil heraus? Da erinnerte sie sich an Ines' Worte: *Finde ihr Geheimnis, das sie unbedingt hüten wollen.*

Sie hatte den Blick noch nicht abgewandt.

»Weiß Ihre Ehefrau eigentlich, was Sie nachts so treiben?«

Und damit hatte sie ihr Prinzip verkauft, einen Menschen niemals unter Druck zu setzen und zu erpressen.

Jetzt lachte er herzhaft. »Meine Frau liebt mein Geld viel mehr als mich. Wenn Sie sie dazu bringen, dass sie mich verlässt, wäre ich Ihnen unendlich dankbar.«

Verdammt. Du bist eine erbärmliche Anfängerin, Sigrid Melin.

Adnan Omar lächelte nach wie vor.

»Aber wissen Sie was? Ich habe Sie ja nicht als Therapeutin angestellt, Madam Melin. Früher oder später wird es mir gelingen, Sie zur Zusammenarbeit zu überreden.«

Mit diesen Worten nahm er wieder die Rolle des aufmerksamen Gastgebers ein und lenkte den restlichen Abend gekonnt an potenziellen Minenfeldern vorbei.

38

»Das ist alles so verkommen«, sagte Sigrid und pulte das Papier von ihrem Falafelsandwich. Die Empörung über das gestrige Abendessen mit dem Innenminister hatte sich noch nicht gelegt.

Magnus lächelte.

»Das kann dich doch nicht wirklich überraschen.«

Er hatte den Falafelstand vorgeschlagen, damit sie ihr Sandwich im Gehen essen konnten. Bewusst hatten sie die schmale Gasse gewählt, um nicht abgehört werden zu können. Sigrid hatte Magnus von ihrem Abendessen mit Adnan Omar erzählt. Genau genommen nur vom ersten Teil des Abends. Sie verlor natürlich kein Wort über ihren erfolglosen Versuch, den syrischen Innenminister für den dänischen Nachrichtendienst zu rekrutieren. Undenkbar. Außerdem hatte es sich am nächsten Morgen geradezu surreal angefühlt.

Sigrid schüttelte genervt den Kopf.

»Dann sind sie wirklich verdammt berechenbar.«

Sie hatte erneut versucht, Andreas zu erreichen, war aber nur von seiner Voicemail empfangen worden, wie so oft zuvor. Oder er schrieb ihr eine SMS, dass sie unterwegs seien und er sich später melden würde. In wenigen Tagen würden sie sich in Beirut sehen, Sigrid vermisste ihre Familie so sehr, dass es fast wehtat. Zum Glück war sie nicht allein. Es war zu einer kleinen Routine geworden, dass Magnus und sie abends gemeinsam zum Hotel zurückliefen oder etwas essen gingen, wenn die offiziellen Veranstaltungen im recht aktiven Expatkreis ihnen die Zeit dazu ließen.

Magnus zuckte mit den Schultern.

»Wir werden sehen.«

Sie nahm einen großen Bissen von ihrem Sandwich und signalisierte ihm, dass er Letzteres gerne ausführen dürfte.

»Du hast seine Anfrage, ihnen zu helfen, ja gewissermaßen abgelehnt«, fasste er zusammen.

Sie hatten einen kleinen Platz am Stadttor Bab Touma erreicht und liefen weiter Richtung Gerade Straße.

»Ich habe mir ein bisschen Zeit gekauft.«

»Glaubst du wirklich, dass Adnan Omar das auch so sieht?«

»Ich werde nicht in internationalen Medien auftreten und die Hand des syrischen Innenministers schütteln, während die ihre eigenen Leute mit Maschinengewehren niedermähen.«

»Aber vielleicht würde uns das ja zugutekommen? Ich glaube, du würdest dich als Gesicht unserer Kampagne hervorragend machen. Und sagte er nicht, dass sie dreißig weitere Sendemasten errichten lassen wollen? Das wäre doch ein riesiger Fortschritt für das Land und seine Bewohner!«

»Und wenn er das nur so dahergesagt hat?«

Sie bogen in die Gerade Straße, Sigrid blieb stehen, um das verschmierte Papier vom unteren Teil ihres Sandwiches zu entfernen.

»Es steht dir wahnsinnig gut, mit vollem Mund zu reden«, sagte er.

»Ich weiß.«

Magnus fing an zu singen.

»*It's a game of give and take …*« Er griff ihre Hände und tanzte so wild mit ihnen, dass das Dressing aus ihrem Falafel tropfte.

»Mann, hör auf!« Sie riss sich los.

»Verzeih, ich bin und bleibe ein Kind des Pop.«

»Wenn es nur das wäre. Du bist vor allem ein *Smooth operator.* Wenn wir ihnen den kleinen Finger reichen, dann …«

»Jetzt mach dich mal locker, Sigrid.«

Er zeigte auf eine Gruppe von Jugendlichen vor einem Antiquitätengeschäft. Drei Mädchen und zwei Jungs saßen mit Bierdosen in den Händen auf großen Betonquadern zwischen Bürgersteig und Straße, die wenig befahren war und hauptsächlich als Fußgängerzone benutzt wurde. Normalerweise war diese Gegend voller Touristen, aber mit zunehmender negativer Presse versiegte dieser Strom. Es dämmerte. Automatisch schalteten sich Scheinwerfer an und tauchten die römischen Ruinen in ein goldenes Licht. Sie setzten sich auf einen der Betonklötze.

»Die da drüben trinken Bier, ich besorge uns auch welches.«

Magnus wartete gar nicht auf eine Antwort von ihr und sprintete los.

Sie sah ihm hinterher und grinste. Dieser Mann war ein Unikat und konnte seinen Kopf immer aus der Schlinge ziehen. Sogar damals, als er in Guatemala von der Polizei erwischt wurde, wie er auf einem öffentlichen Platz Haschisch geraucht hatte, hatte er sich herauswinden können. Diese Geschichte hatte er zu Studienzeiten wiederholt zum Besten gegeben.

Seit dem Tag, an dem er sie mit dem Griff in ihren Hosenbund davor bewahrt hatte, mit Joel Matsson aneinanderzugeraten, war die Stimmung zwischen ihnen elektrisch geladen. An jenem Abend hatte sich Magnus betont lange Zeit genommen, um ihr vor ihrem Hotelzimmer gute Nacht zu sagen. Aber sie hatte ihn nicht zu sich ins Zimmer gebeten. Das konnte sie Andreas nicht antun. Magnus gegenüber sagte sie etwas über die Mikrophone und den Lauschangriff, von dem Reem ihr erzählt hatte. Stattdessen gingen sie oft aus oder saßen abends in der Hotelbar zusammen.

Magnus versäumte keine Gelegenheit, um sich über seine Exfreundinnen und Eroberungen auszulassen. Er erzählte von den exklusiven Restaurants, in die er sie ausgeführt hatte. Er betonte, wie begeistert er davon war, dass sich arabische Frauen jedes einzelne Körperhaar entfernen ließen. Und wie sehr er es genoss, sie zu nie gekannten Orgasmen zu treiben, dass sie laut vor Lust schrien und die Mukhabarat-Jungs vom Überwachungsdienst vor Neid erblassten.

Während des Studiums hätte sie ihren rechten Arm verkauft, um die Signale von ihm zu bekommen, die er ihr jetzt sendete. Aber damals hatte sie lediglich die Rolle der *Guten Zuhörerin* zugewiesen bekommen. Wie Sigrid war auch Magnus ein Kind der intellektuellen Linken. Sein Vater war, als Magnus zwölf Jahre alt war, aus beruflichen

Gründen nach Deutschland gezogen und war nie nach Næstved zurückgekehrt. Seine Mutter hatte sich leidenschaftlich ins Parteileben einer frisch gegründeten Linkspartei in Kopenhagen gestürzt. Sie hatte offenbar mit psychischen Problemen zu kämpfen, denn bei Magnus zu Hause wurde nie frisch eingekauft. Dafür gab es aber immer ausreichend Mehl und Zucker im Küchenschrank. Magnus gab sein Busgeld für Eier und Butter aus, um sich Blechkuchen zu backen, der den Hunger für ein paar Tage stillte. Bevor er sein Studium abbrach, hatte er sich ihr eines Abends betrunken anvertraut und erzählt, dass ihm die Nachmittage in der Bibliothek in Næstved mit *Tim und Struppis Abenteuern* das gegeben hatten, was seine Eltern zerstört hatten. Sie hatte versucht, ihn zu küssen, aber dafür war er damals nicht bereit. Ihr angekratzter Stolz hatte sich bis heute noch nicht davon erholt.

Da kam Magnus zurück und winkte mit zwei lauwarmen Tuborg-Kopien in den Händen.

»*My pleasure*«, sagte er schleimig und imitierte damit einen Kellner im Four Seasons, den sie beide verdächtigten, für den Mukhabarat zu arbeiten.

»Argh, lass das, ich bekomme Gänsehaut.«

»Aha, gern geschehen.«

Sigrid legte den Kopf in den Nacken und lauschte dem Open-Air-Konzert der Schwalben oder Mauersegler über ihr. Sie nahm einen großen Schluck von dem viel zu süßen Getränk, das nach lauem Sommerabend und Roskilde-Festival schmeckte und ihre Sorgen, die sie seit gestern quälten, für einen kurzen Moment verdrängte.

»Brauchst du nicht auch mal eine Auszeit? Wir haben doch bald Ferien. Wir könnten mit dem Mietwagen nach Jordanien fahren und bei Akaba im Meer baden? Du hattest auch noch nicht das Vergnügen, eine Spritztour in meinem kleinen grünen Flitzer zu machen, stimmt's? Der muss unbedingt bewegt werden, der steht die ganze Zeit nur in der Tiefgarage vom Hotel.«

»Ich fahre doch nach Beirut«, sagte sie vorsichtig, weil sie ihn nicht verletzen wollte.

Magnus fiel alles aus dem Gesicht.

»Stimmt ja. Du bekommst Familienbesuch.« Er streckte seine Beine aus und klopfte sich den Staub von der Hose.

»Na dann, lass uns mal aufbrechen, damit du deinen Schönheitsschlaf bekommst.« Er grinste frech. »Den hast du dringend nötig!«

Sie stieß ihm in die Seite, lachte aber mit.

Sie brachen auf. Es war besser so.

Tatsächlich war es Magnus gelungen, dass sie sich locker gemacht hatte. Für einen kurzen Moment zumindest. Adnan Omar würde sie schon nicht verraten, das wäre auch für ihn viel zu gefährlich.

Risikobetont!

Ines' Warnung meldete sich, aber sie schob sie beiseite. Sigrid hatte Ines über den Erstkontakt mit Adnan Omar informiert und wie verabredet die Nachricht als Entwurf in ihrem Mailprogramm gespeichert. Die Agentin des Nachrichtendienstes hatte auf selbem Weg geantwortet. Offenbar hatte sie ihren Informanten gefunden. Aber es könnte Monate dauern, einen Minister zu rekrutieren. Sigrid solle sich mit Geduld wappnen. Hoffentlich behielt sie recht.

In der Lobby spielte ein Pianist Hintergrundmusik an einem schwarzen Flügel. Chopin. Heimweh überkam sie. Am liebsten hätte sie geweint.

Unerwartet tauchten zwei Männer vor ihnen auf.

»Guten Abend, Secret Melin«, sagte der eine in rollendem Arabisch-Englisch. Es war der wortkarge Lederjackenmann, der sie von Homs zurück nach Damaskus gebracht hatte. Mukhabarat.

Instinktiv wich Sigrid zurück.

»Sie sind verhaftet, bitte folgen Sie mir, ohne Widerstand zu leisten«, sagte der Mann. Auf der Nase saß eine billige Ray-Ban-Imitation.

Sigrid klammerte sich Halt suchend an Magnus' Arm, sie bekam keine Luft mehr.

Magnus übernahm das Reden.

»Wer sind Sie?«

»Wir sind vom Nachrichtendienst der Luftwaffe, Abteilung 251, und müssen Ihre Kollegin bitten mitzukommen.«

Von den Anwesenden in der Lobby war keine Hilfe zu erwarten. Die

Frau an der Rezeption war mit dem Richten der Dekoration beschäftigt, der Portier überprüfte etwas in seinem Computer, und der Pianist spielte mit gesenktem Kopf weiter.

Der andere Mann legte Sigrid eine Hand auf die Schulter, Magnus versuchte sich zwischen sie zu drängen. Aber der Sonnenbrillenträger riss ihn mit Gewalt weg.

Die Männer hakten Sigrid unter. Ihre Beine gaben unter ihr nach. Es brannte in den Achseln, aber sie zogen sie unbeirrt hinter sich her.

»Was wird ihr denn vorgeworfen?«, rief Magnus mit schriller Stimme.

Die automatischen Türen des Hotels glitten auf. Sigrid verlor ihren Pumps, bückte sich, um ihn aufzuheben. Sie sah über die Schulter. Magnus stand völlig aufgelöst in der Lobby.

Erst das machte ihr richtig Angst.

39

Andreas hielt Kasper seinen Becher hin und bekam frischen Kaffee eingegossen. Er genoss es sehr, dass ausnahmsweise mal er von anderen bedient wurde. Sie saßen bei Ines und Kasper an ihrem schönen Esstisch aus geseifter Buche, an dem sie gerade ein hervorragendes Drei-Gänge-Menü genossen hatten.

Eigentlich waren Kasper und Ines seine Freunde. Seit Sigrid in Syrien war, verbrachten sie deshalb regelmäßig die Abende zusammen. Kasper hatte eingeladen, weil er Mitzuschauer für eine neue Serie gewinnen wollte, die in aller Munde war, *Game of Thrones.* Sie hatten gegessen und die erste Folge gesehen. Über Umwege kamen sie auf Sigrid und Syrien zu sprechen.

»Wann kommt sie denn wieder zurück?«, wollte Kasper wissen.

Bevor Andreas antworten konnte, tauchte Ines in der Tür auf.

»Victor und Sommer wollen die erste Folge noch einmal sehen. Ich stelle ihnen das eben ein.«

Kasper lächelte.

»Dieselbe Folge noch mal?«

Ines nickte begeistert.

»Yes, baby.«

»Die ist besser, als du gedacht hast, was, Ines?«, sagte Andreas und lächelte.

Auch Kasper sah sie an.

»Bist du wirklich sicher, dass sie was für dich ist, Schatz? Obwohl sie nicht auf Weltliteratur basiert?«

Ines beugte sich von hinten zu ihm herunter, um ihn zu küssen. Aber Kasper wich theatralisch aus.

»Gib es zu, du bist ein Snob!«, sagte er, lehnte sich dann aber in seinem Wegner-Stuhl zurück und erwiderte ihren Kuss.

Ines trug ein mitternachtsblaues Sommerkleid und war barfuß, Kasper hatte ein rosa Designerhemd an. Die beiden sahen eher aus wie Models in einer Anzeige für ein Einrichtungsmagazin als wie Agenten. Andreas wandte den Blick ab.

Ines verabschiedete sich und ging zurück zu Victor und Sommer ins Wohnzimmer.

»So, erzähl. Wie geht es Sigrid in Syrien?«, nahm Kasper den Faden wieder auf.

Andreas lächelte sein tapferes Alleinerziehender-Vater-Lächeln.

»Sie scheinen Fortschritte zu machen. Aber die Situation da unten ist total verrückt.«

Kasper stimmte ihm zu. Es sei bestimmt nicht einfach.

»Sie kann am Telefon nicht offen sprechen, nehme ich an. Ich gehe davon aus, dass sie mir alles erzählt, wenn wir uns in ein paar Tagen in Beirut sehen. Aber ja, sie steht unter großem Druck.«

Andreas schwenkte seinen Kaffeebecher.

Aus dem Wohnzimmer hörten sie die Erkennungsmelodie von *Game of Thrones*. Kurz darauf kam Ines zurück und setzte sich zu ihnen an den Tisch.

Andreas presste die Lippen aufeinander.

»Aber ihr kennt Sigrid ja, ihr würde es noch schlimmer gehen, wenn sie zu Hause sitzen müsste und nichts tun könnte«, fügte er hinzu. Am liebsten hätte er seine Sorge mit seinen Freunden geteilt. Wenigstens mit Ines. Keiner von ihnen wusste wirklich, wie schlecht es ihr nach Abu Ghraib gegangen war.

»Das Gefühl kennen wir. Das Gefühl, zu weit weg zu sein, um etwas ausrichten zu können.«

Ines zuckte mit den Schultern.

»Na ja, ich finde, man kann dank der neuen Technologien eine ganze Menge von einem Schreibtisch in Kopenhagen aus umsetzen.« Sie lächelte ihren Mann an. »Aber Kasper vermisst es auch sehr, Terroristen *on the ground* statt online zu jagen.«

»Das stimmt«, gab Kasper zu. »Was ist falsch daran?«

Andreas sah Kasper eindringlich an, was dieser sofort kommentierte.

»Was ist los?«

»Hast du das je mit nach Hause genommen?«

»Nein, ich bin nicht der Typ für PTBS«, sagte Kasper und klopfte sich auf den Kopf. »Ich bin zu dickköpfig. Zumindest langfristig. Was ist mit dir?«

»Nein.« Andreas machte einen Rückzieher.

»Und Sigrid?«, fragte Ines und sah ihn neugierig an.

»Nix«, antwortete er grinsend. »Jütländerinnen fallen nicht so schnell um.«

»Ein Kamerad von mir hatte es, als er aus Afghanistan zurückkam«, sagte Kasper und griff nach seinem Kaffeebecher. »Ihm war es in den Kriegsgebieten besser ergangen als zu Hause. Das ist für viele das Schlimmste, wieder hier zu sein.«

»Ja, ich weiß«, sagte Andreas und nahm einen Schluck von seinem Kaffee.

»Wenn man in Gefahr ist«, dozierte Kasper, »fährt das Alarmsystem des Gehirns hoch, die Amygdala wird aktiviert und sendet dem Körper Alarmsignale. So wird ständig Adrenalin ausgeschüttet.«

Andreas nickte ungeduldig.

»Deshalb fällt es denen wahnsinnig schwer, ihr Nervensystem zu beruhigen«, fuhr Kasper unbeirrt fort. »Und wenn diese Leute dann nach Hause kommen, haben wir den Salat.«

Was du nicht sagst. Andreas hatte genug Vorlesung für heute und unterdrückte ein irritiertes Seufzen. Er hatte Soldaten im Irak gesehen, die an PTBS litten – und Sigrid. Aber er hatte ihr versprochen, es für sich zu behalten. Und es wäre unfair, es zu erwähnen, nur um Kaspers Redefluss zu stoppen. Sein Freund bekam von alldem nichts mit.

»Wenn die Betroffenen in die Kriegsgebiete zurückkehren, fühlen sie sich wieder wie zu Hause. Sie nutzen die extra Portion Adrenalin, um ihre Wahrnehmung zu schärfen und die Gefahr zu bewältigen. Das ist verrückt. Ich habe Leute unter so einem Adrenalineinfluss die abgefahrensten Dinge machen sehen.«

Andreas konnte sich nicht mehr zurückhalten.

»Ich weiß! Aber das autonome Nervensystem versetzt auch den restlichen Körper in Alarmbereitschaft und sorgt zum Beispiel dafür, dass die Schließmuskulatur nachgibt. Ich habe gesehen, wie sich erwachsene Menschen in die Hosen gepisst und geschissen haben. Es heißt, in Gefahr entledigt sich der Körper allen unnützen Ballasts.« Andreas hörte, wie gereizt seine Stimme klang.

Ines und Kasper sahen ihn überrascht an.

»Natürlich weißt du das alles, du warst ja in Basra«, sagte sein Freund.

»Und habe darüber auch einige Artikel geschrieben«, fügte Andreas schnell hinzu.

Kasper stellte den Becher ab.

»Ich kenne das auch, also so etwas Ähnliches. Das Schlimmste ist, dass man davon high wird und im Eifer des Gefechts glaubt, dass man unabkömmlich ist. Das kenne ich gut.«

Andreas hob die Hände abwehrend in die Luft, schüttelte den Kopf.

»Das will ich alles nicht mehr.«

Kasper schnaubte abfällig.

»Dann ist es ja nur gut für unseren Staat, dass wir nicht alle so denken wie du. Du hast ja keine Ahnung, was wir seit den beschissenen Mohammed-Karikaturen alles abwehren mussten.«

»So war das nicht gemeint«, wiegelte Andreas ab. »Ich habe einfach keine Lust mehr, so zu leben. Also, mich in Gefahr zu begeben. Aber ich bin auch in der glücklichen Situation, dass meine Frau das Geld nach Hause bringt, damit ich nicht mit schusssicherer Weste und Helm durch den Nahen Osten rennen muss.«

Ines lächelte verhalten.

»Ich finde das irgendwie sexy.«

Kasper sah sie verblüfft an.

»Was findest du sexy?«

»Manns genug zu sein, dass die Frau das Geld ranschafft und man keine Angst hat, dadurch seine Männlichkeit zu verlieren.«

Andreas lachte. Ein bisschen zu laut.

Kasper wimmerte gespielt.

»Oje, wo sind die guten alten Zeiten hin, als Männer die Welt vor Superschurken retteten und Frauen vor Dankbarkeit ohnmächtig wurden?«

Ines seufzte mitfühlend.

»Ja, ich kann verstehen, wie schwer das ist.« Sie stand auf. »Jetzt wollen die Frauen die Welt retten. Ihr könnt doch ohnmächtig werden!«

Sie ging ins anliegende Wohnzimmer.

»Hey, ihr Teenager, kann das wirklich sein, dass ihr keinen Platz mehr für Süßes habt?«

»Ich hätte nichts dagegen, ein bisschen ohnmächtig zu werden«, sagte Kasper.

Die beiden Männer sahen Ines hinterher.

»Kommt ihr klar? Ich meine, leicht ist die Situation für eure Beziehung ja nicht gerade«, sagte Kasper.

Andreas senkte den Blick und nickte energisch.

»Es ist ja nur vorübergehend. Aber ich vermisse sie sehr.« Er gab sein Bestes, um die Lüge zu kaschieren.

»Ihr seht sie bald wieder. Vielleicht kannst du sie ja überreden, früher nach Hause zu kommen.«

Die beiden sahen einander schweigend an. Dann seufzte Kasper ergeben.

»Du weißt, dass ich nicht darüber reden darf. Aber bald wird die dänische Botschaft in Damaskus sich offiziell dazu äußern müssen, ob und wie sie die Sicherheit der Dänen in Syrien gewährleisten kann.«

Andreas nickte. Ein Schatten glitt über sein Gesicht. Kasper beugte sich vor.

»Sie kommt zurück«, sagte er.

Andreas nickte, schluckte den Kloß im Hals herunter.

Kasper stand auf und klopfte ihm auf die Schulter. Dann ging er zu den anderen ins Wohnzimmer.

»Wie weit seid ihr? Darf ich noch mal mitgucken?«

Kurz darauf kam Ines zurück und setzte sich zu ihm.

»Und? Kasper sagt, dass du sie vermisst.«

Sie sahen sich an. Lange. Zu lange. Der Blick aus Ines' kastanienbraunen Augen löste ein Kribbeln in ihm aus.

Sie holte tief Luft.

»Fick dich, Andreas!«

Da klingelte sein Handy. Es war kurz nach elf. Er kannte die Nummer nicht, aber der Anruf kam aus Syrien.

40

Es war viel zu dunkel, um etwas erkennen zu können. Sigrid hatte keine Ahnung, in welches Gefängnis sie gebracht worden war. Sie hatte während der Fahrt die Sekunden gezählt und sich ausgerechnet, dass sie nicht länger als sechs bis sieben Minuten gefahren sein konnten und somit auch das Stadtzentrum nicht verlassen hatten. In der darauffolgenden Nacht hatte sie ein Gespräch der Gefängniswärter belauscht und dadurch Gewissheit bekommen, wo sie war.

Im Al-Khatib-Gefängnis.

Das war jetzt zwei Tage her. Sie saß auf einem Plastikstuhl im Verhörraum, der ein feuchter Keller ohne Fenster war. Ihre Hose stank nach Urin. Sie hatte sich in die Hose gemacht, als sie die Schreie aus den Folterzellen gehört hatte. Die Panik saß tief in ihr, und sie musste die letzten Kräfte mobilisieren, damit sie dieses offensichtlich absurde Missverständnis aufklären konnte.

Auf dem Tisch lag ihre Akte der Sicherheitspolizei, dick wie ein Telefonbuch. Sigrid wandte den Blick ab.

Ihr gegenüber saß der Chef des Nachrichtendienstes der Luftwaffe Ahmed Khelani und gab vor, in ihrer Akte zu blättern. Woher hatte der Mukhabarat so viele Unterlagen und Informationen über sie? Man konnte im Netz etwas über Abu Ghraib finden, aber das würden sie ihr wohl kaum zur Last legen können.

Es war Tag, aber Sigrid hatte kein Gefühl für die Uhrzeit. Das Neonlicht tauchte den Raum in ein weißgrünes Licht. Sie hatten sie direkt nach der morgendlichen Ration Fladenbrot geholt und sie dort unten im Keller in ihrer Angst schmoren lassen. Die Anfänge einer Migräne klopften hinter ihren Schläfen. Neben der Tür saßen die beiden Polizisten in Zivil, die sie aus der Hotellobby gezerrt hatten, und starrten sie ungeniert an. Sie hatten ihr die Tasche und das Handy abgenommen, aber sie durfte ihre Kleidung anbehalten, und hoffte sehr, dass das ein gutes Zeichen war. Es war nicht das erste Mal, dass Sigrid der Spionage verdächtigt wurde.

»Was haben Sie beruflich gemacht, bevor Sie nach Damaskus gekommen sind?«, fragte Khelani. Der Chef des Nachrichtendienstes hatte sorgfältig frisiertes silbergraues Haar, einen äußerst gepflegten Oberlippenbart und trug eine unauffällige graue Windjacke. Das Bemerkenswerteste an ihm aber waren seine hellgrünen Augen und der alkoholische Duft seines teuren Eau de Toilettes.

»Ich habe für Amnesty International gearbeitet. Meine Aufgabe bestand darin, die Regierung über den Umgang mit Menschenrechten in Privatunternehmen zu informieren und Einfluss darauf zu nehmen. Das finden Sie alles im Internet.«

Khelani zuckte mit den Schultern. Er schlug die Akte auf und blätterte darin herum. Dann schloss er sie wieder und trommelte mit den Fingern auf dem Umschlag.

»Und davor haben Sie studiert?«

Sigrid nickte.

»Was haben Sie 2003 im Irak gemacht?«

Da war es. Wusste er von dem Gespräch mit Adnan? Die Angst schnürte ihr den Hals zu, und sie hatte ein Rauschen in den Ohren. Konzentriert atmete sie durch die Nase ein. Sie hatte so eine Situation schon einmal überstanden. *Du schaffst das.*

Sigrid neigte den Kopf zur Seite und lächelte verlegen.

»Ich war Journalistin und wollte Kriegsberichterstatterin sein und die Invasion der Amerikaner und ihren Angriff dokumentieren.«

Khelani schlug erneut die Akte auf. Dann tupfte er sich die Stirn mit einem gebügelten Stofftaschentuch ab und bat die Zivilpolizisten, ihm Tee zu bringen. Sein Blick blieb an der Akte hängen und für einen Augenblick sah es so aus, als würde er sich amüsieren.

»Bringen Sie der Dame auch etwas mit«, sagte er. »Was ist damals im Irak passiert?«

»Ich bekam eine Akkreditierung für eine große dänische Tageszeitung und bin zusammen mit einem schwedischen Kollegen zwei Tage vor der Invasion nach Bagdad geflogen. Dort blieb ich ein paar Wochen lang und bin danach wieder zurückgeflogen. Ich hatte so viel davon mitbekommen, wie die amerikanischen Soldaten ihre Gefangenen behandelten, dass ich mir danach einen Job gesucht habe, der mit Menschenrechten zu tun hat.«

Khelani lächelte und zeigte seine Zahnreihe.

»Endlich mal jemand aus dem Westen, der verstanden hat, wie heuchlerisch Ihre Regierungen sind.«

Das war das denkbar unpassendste Kompliment, das Sigrid jemals bekommen hatte. Aber es könnte ihr nützen. Die Akte war sehr umfangreich. Vielleicht setzten sie denselben Trick ein, mit dem sie auch im Irak zu tun hatte. Um die Verhafteten einzuschüchtern, ließen die Geheimdienstler sie glauben, dass man bereits eine Unmenge an Information und Beweise für ihren Verrat gesammelt hatte. Es war ein Hoffnungsschimmer.

»Mister Khelani, könnten Sie so freundlich sein und mir sagen, weswegen ich festgenommen wurde?«

Sein Lächeln erstarb.

Hinter ihm ging die Tür auf. Einer der Polizisten kam mit zwei Plastikbechern zurück, in denen heißer Tee dampfte. Khelani nahm sie ihm ab, und Sigrid griff instinktiv ihren Stuhl und schob ihn zurück. Der syrische Nachrichtenchef lachte.

»Immer mit der Ruhe, ich tue Ihnen schon nichts.« Mit übertriebener Vorsicht gab er ihr einen Becher. Sigrid nahm einen Schluck und verbrannte sich sofort die Zunge an dem starken schwarzen Tee.

Khelani hob anklagend einen Zeigefinger und sah sie ausdruckslos an.

»Sigrid Melin, wir würden gerne erfahren, warum Sie gegen unsere Anordnung gehandelt haben.«

Ihr lief es eiskalt den Rücken hinunter.

»Ich habe nur meine Arbeit getan.«

»Warum haben Sie veranlasst, dass die Sendemasten wieder eingeschaltet werden? Für wen arbeiten Sie?«

Die Sendemasten. Sie atmete innerlich erleichtert auf.

»Die sind wieder eingeschaltet worden? Sie meinen die Sendemasten von NorCom? Davon weiß ich nichts.« Ihr Herz raste, aber sie hatte die Lage unter Kontrolle.

»Das wissen Sie nicht?«

»Ich habe mit den technischen Aspekten der Arbeit von NorCom nichts zu tun. Kann es sich hier um einen Irrtum handeln?«

Ahmed Khelani sah sie unverwandt an. Mit einer Hand zog er einen Umschlag unter der Akte hervor, auf dem ihr Name auf Arabisch stand.

»Öffnen Sie ihn.«

Sigrid öffnete den Umschlag. Ein Foto steckte darin. Sie fischte es heraus. Darauf war eine dunkelhaarige Frau mit Gesichtsverletzungen zu sehen. Blut lief ihr von einer Fleischwunde am Auge über die Wange. Sigrid schaltete nicht sofort. Aber dann erkannte sie die Mitarbeiterin, die sie um die Codes der Sendemasten gebeten hatte, um sie wieder in Betrieb zu nehmen. Damit die syrischen Demonstranten der Welt von den hinterhältigen Angriffen der Sicherheitskräfte berichten konnten. Es war Hanan Zakaria. Sigrid hatte das Gefühl, sich aufzulösen.

Mit zitternden Händen stellte sie den Becher auf den Tisch.

»Hanan hat damit nichts zu tun.«

41

Als Andreas Sigrid Johansen das erste Mal begegnete, das war auf dem Kopenhagener Flughafen, da wusste er, dass er Probleme bekommen würde. Hinter ihm lagen ein paar Monate seit seinem dreißigsten Geburtstag und ein paar Wochen seit einer besonders hässlichen Scheidung. Seine Tochter Sommer war sieben Jahre alt, und seine Frau Anna-Maria war mit ihr nach Kopenhagen in die Patriziervilla ihrer Eltern gezogen. Ein Haus in einer Größenordnung, die er sich niemals im Leben würde leisten können. Endlich hatte sie aufgehört, ihm in den Ohren zu liegen, dass er doch endlich in der Kommunikationsbranche Karriere machen sollte, statt Reporter zu spielen. Aber Andreas wollte unbedingt schreiben. Er wollte die Ereignisse in der Welt dokumentieren. Aber es war nicht einfach, sich einen Job als Auslandskorrespondent zu sichern, wenn man frisch von der Uni kam und nur ein paar Monate in der Redaktion der schwedischen Tageszeitung *Aftonbladet* in Malmö vorweisen konnte.

Aber dann kam das Frühjahr 2003. Die USA drohten damit, in den Irak einzumarschieren, um so den Bau von Atomwaffen zu verhindern. Das Letzte, woran der irakische Staat also Interesse hatte, waren westliche Journalisten im Land, die mit der »Koalition der Willigen« sympathisierten. Niemand wusste schließlich, wie viele Spione auf diesem Weg unbemerkt ins Land gelangten.

Deshalb wurde Andreas' Visumsgesuch abgewiesen, aber davon ließ er sich nicht aufhalten.

Die amerikanische Invasion war seine große Chance.

Anna-Maria hatte ihm mitgeteilt, dass er weder seine Frau noch seine Tochter zu sehen bekommen würde, solange er es vorzog, »in der

Wüste herumzurennen und Osama bin Laden zu suchen«. Aber die Aussicht, stattdessen in Malmö zu sitzen und sich Artikelthemen aus der Nase zu ziehen, während Anna-Maria Ehetipps von ehemaligen Klassenkameraden aus ihrer Internatszeit bekam, war keine echte Alternative.

Er war auf dem Papier noch verheiratet, als er sich bei den irakischen Behörden für eine archäologische Forschungsreise anmeldete. Mit der Zeitung *Dagens Nyheter* hatte er locker vereinbart, dass er als Korrespondent über den Krieg der Alliierten gegen Saddam Hussein schreiben würde. Falls, nur falls sie ihn einreisen ließen, hatte der zuständige Redakteur hinzugefügt. Wahrscheinlich würde er größere Chancen haben, wenn er sich einem Kollegen anschließe. Er schlug Sigrid vor.

»Sie ist Dänin und wirkt ziemlich furchtlos. Sie ist auf dem Gebiet des Nahen Ostens vielleicht nicht so erfahren wie unsere alten Korrespondentenhasen, aber das macht sie alles mit Durchhaltevermögen und Tatkraft wieder wett«, hatte er gesagt.

Sigrid hatte gerade die Trennung von Nikolaj, Victors Vater, hinter sich. Er war Redakteur bei einer großen dänischen Tageszeitung und vor allem ein selbstgefälliger Macker, dessen Ellenbogen so spitz waren wie seine italienischen Designerschuhe. Vielleicht hatte sie aus diesem Grund angefangen, Artikel an schwedische Zeitungen zu verkaufen. Sie stimmte zu. Die Idee, unter dem Deckmantel einer archäologischen Forschungsreise in den Irak zu reisen, war ihre Idee.

Anna-Maria verabschiedete ihn mit einem letzten Seitenhieb, dass Auslandskorrespondenten dafür bekannt seien, notorisch untreu zu sein. Er hatte sie gebeten, dieses Klischee zu vergessen und sich keine Gedanken zu machen. Aber tatsächlich dauerte es nicht lange, und er bediente dieses Klischee vollumfänglich.

Sigrid hatte ihm geschrieben, dass er sie an ihrem Tropenhelm erkennen würde, was er als Witz verstanden hatte. Aber das war keiner. Sie saß am Fenster bei Starbucks und sah den Flugzeugen beim Starten und Landen zu. Ihr rotblondes Haar hatte sie zu zwei Zöpfen geflochten, und ihre blauen Augen leuchteten in einem blassen Gesicht voller

Sommersprossen. Sie trug eine khakifarbene Leinenhose, und mit diesem bekloppten Tropenhelm sah sie aus wie eine Archäologin in einer Agatha-Christie-Verfilmung. Sie war zu groß für seinen Geschmack, größer als er. Er wies sich zurecht. Und? Schließlich war er hier, um mit ihr zu arbeiten und nicht Hand in Hand über den Schulhof zu laufen.

Das Reisebüro, das ihren Trip organisierte, blickte auf eine jahrzehntelange Tradition zurück, wohlhabenden skandinavischen Frührentnern dabei zu helfen, sich auf Abenteuerreise in die arabischen Länder zu begeben. Ihr Guide, ein pensionierter Dozent von der Universität Århus, hatte so eine Gruppe wahrscheinlich noch nie gehabt. Andreas sah sich die Teilnehmer an. Es waren jüngere Männer und Frauen unterschiedlichster Nationalitäten, und er nahm stark an, dass sich keiner von ihnen aufrichtig für Archäologie interessierte. Mit Ausnahme eines Ehepaars aus Christianshavn um die siebzig und mit Reiseführern, Anglermützen und farblich passenden Brustbeuteln ausgestattet. Die Frau, eine pensionierte Architektin, war gut gelaunt im Begriff, dem norwegischen Typen mit Vollbart und zerknittertem Hemd von einem spannenden Artikel über eine irakische Ausgrabung zu erzählen. Er hatte eine Laptoptasche umhängen und ansonsten nur sehr leichtes Gepäck. Nervös stellte Andreas fest, dass er diesem Mann zum Verwechseln ähnlich sah. Die Beamten der Einwanderungsbehörde müssten schon sehr schwer von Begriff sein, um diese Reisegruppe ohne Vorbehalte ins Land reisen zu lassen. Denn mit Ausnahme der beiden Älteren aus Christianshavn stank die Reisegruppe zehn Meter gegen den Wind nach Presse.

Sigrid und er hatten auf dem Flug nicht viel miteinander gesprochen. Sie wirkte auf ihn wie jemand, der nicht wirklich in sich ruhte. Aber wer tat das schon, wenn man das Ziel hatte, die Invasion der Amerikaner in ein Land zu begleiten, das von einem der schlimmsten Diktatoren geführt wurde? Der erste Angriff stand praktisch unmittelbar bevor. Die Kriegstrommeln in den internationalen Medien waren lauter geworden, und die meisten westlichen Bewohner hatten den Irak schon verlassen. Für Andreas war diese Reise lebensnotwendig, und er hatte das Gefühl, dass es Sigrid so ähnlich ging. Die Angst, an der Grenze abgewiesen zu werden und unverrichteter Dinge nach Hause reisen zu müssen, einte sie. Als sie endlich die Passkontrolle hinter sich gelassen hatten und der Guide dafür gesorgt hatte, dass alle einen Stempel in den Pass bekamen, wechselten sie stumme, aber euphorische Blicke. Wir haben es geschafft. In dem Augenblick wurden sie ein Team.

Sie landeten in Amman, von dort ging es in einem Minibus sieben bis acht Stunden durch die Wüste im Osten. In Bagdad wurden sie in einem trostlosen Hotel untergebracht, Nadelfilz auf dem Boden und dicke Gardinen vor den Fenstern, deren größter Vorzug war, dass man das Abfackeln des überschüssigen Gases in der Doura-Raffinerie in ein paar Kilometern Entfernung nicht sehen musste.

Als erster Programmpunkt stand ein Ausflug nach Babylon an. Der Besuch der antiken Stadt am Euphrat wurde aber nicht so magisch, wie es sich die einzigen echten Touristen der Reisegruppe erhofft hatten. Sie waren etwa eine Stunde durch die Ruinen gelaufen, als die lokalen Reiseführer die Aufforderung bekamen, die Exkursion abzubrechen. Auf der Umgehungsstraße hatten Soldaten damit begonnen, Schutzwälle aus einfachen Sandsäcken zu errichten. Polizei und Sicherheitskräfte mit nervösen Fingern am Abzug hatten die Kontrolle aller Zufahrtsstraßen übernommen. Die Sicherheit der Reisegruppe konnte nicht mehr gewährleistet werden.

Zu diesem Zeitpunkt hatte ihr Reiseleiter mitbekommen, dass der Großteil seiner Reisegruppe den Kriegstrommeln viel mehr Aufmerksamkeit schenkte als seinen fundierten Ausführungen über Mesopotamien und die babylonische Dynastie, die ihre Hochzeit knapp zweitausend Jahre vor Christi Geburt hatte. Halb bedauernd, halb erleichtert teilte er ihnen mit, dass sich ihr Kontakt im Tourismusministerium gezwungen sah, die Reise abzubrechen. Auch ihre geplante Übernachtung sei umgebucht worden. Sie wurden ins Palestine Hotel gebracht und würden dann erfahren, wie es weiterging. In der Nacht schickten die Amerikaner ihre Tarnkappenbomber in den irakischen Luftraum und bombardierten militärische Ziele.

In dieser Nacht betranken sie sich alle. Die Bar des beeindruckenden Hotels war geschlossen, und die Gäste und das Personal schlichen leise durch die Flure. Sie trafen sich in Sigrids Zimmer, Andreas und die vier anderen Nichttouristen aus der Gruppe – ein Norweger, ein Holländer, ein Italiener und ein Brite. Während sie mit gemischten Gefühlen die Bomber über der Stadt sahen und die Explosionen am Horizont hörten, spülten sie ihre Angst mit Wodka herunter. Andreas bekam einen Adrenalinrausch. Der kurz darauf von Todesangst abgelöst wurde, die er auch in Sigrids Augen sah. Aber der Wodka half. Je mehr sie tranken, desto leichter fiel es ihnen, sich einzureden, dass sie durch ihre bloße Anwesenheit einen Unterschied machten.

Als die anderen gingen, hatte Sigrid Andreas zurückgehalten, als wäre es das Selbstverständlichste der Welt. Aus Angst vor Beschuss hatten sie die Matratzen des Doppelbetts hochkant gegen die Panoramafenster gestellt. Sex hatten sie an der Wand. Vielleicht würden sie den nächsten Morgen nicht erleben.

Für Sigrid wäre diese Vorstellung fast Wahrheit geworden. Sie hatten nur ein paar Stunden geschlafen, als ein lautes Klopfen an der Tür sie aufweckte. Sigrid zog sich einen Bademantel an und schob Andreas ins Badezimmer.

Dann öffnete sie die Hotelzimmertür einen Spaltbreit. Draußen standen neun bewaffnete Männer von Saddam Husseins Sicherheitskräften in Kampfuniformen. Der irakische Mukhabarat. Sie hatten schon ihre Reisekollegen abgeholt, die mit zerzausten Haaren und weit aufgerissenen Augen im Flur standen. Sigrid hatte zwei Minuten, um sich anzuziehen und ihre Sachen zusammenzupacken. Dann wurden sie alle in den Personalfahrstuhl gestoßen und aus dem Hotel geführt.

Die folgende Nacht verbrachte sie in einer Zelle des Abu-Ghraib-Gefängnisses. Sie stand unter Verdacht, für den dänischen Nachrichtendienst spioniert zu haben.

Währenddessen versteckte sich Andreas im Badezimmer. Feiger Hund. Sie war festgenommen worden. Er kam mit heiler Haut davon. Als er am nächsten Morgen mit Hilfe des Hotelpersonals das Gebäude durch den Hinterausgang verlassen konnte, schwor er, alles in seiner Macht Stehende zu tun, um Sigrid zu retten.

Acht Jahre später saß er im Esszimmer von Ines und Kasper und nahm einen Anruf aus Damaskus entgegen.

Sigrid war von den syrischen Sicherheitskräften verhaftet worden.

Zuerst kam die Wut. Dieses Mal hatte sie sich sehenden Auges in Gefahr gebracht, obwohl sie wusste, dass er mit Victor und Sommer, die sie so sehr vermissten, auf dem Weg zu ihr war. Wie sollte er ihrem Sohn nur erklären, dass sie wegen Spionage angeklagt wurde? Dass ihre Reise nach Beirut deshalb abgesagt werden musste? Und dass sie von Glück reden konnten, wenn sie Sigrid lebend wiedersahen?

Ines und Kasper hatten ihm verstört hinterhergesehen, als er auf die Terrasse stolperte, um außer Hörweite der Kinder zu sein. Er schlug mit der geballten Faust auf das Holzgeländer und heulte auf, als der Schmerz wie ein elektrischer Schlag durch den Arm fuhr. Sigrid war in Schwierigkeiten. Und er auch. Weil er sie noch immer liebte.

Und zum zweiten Mal gab er sich das Versprechen, alles Menschenmögliche zu tun, um sie zu retten.

42

»Hast du dein Handy gefunden, *habibti*?«, fragte Reem ihre Tochter, die auf dem Sofa lag und die Disneyserie *Hannah Montana* sah. Natürlich eine Raubkopie. Mit Papier und Filzstift bewaffnet saß Rahaf am marmornen Couchtisch und versuchte, ihren Namen so zu schreiben wie die Hauptfigur der Serie, gespielt von Miley Cyrus. Reem strich ihr mit dem Finger über die Wange.

Das Mädchen schüttelte den Kopf.

»Das ist aber schade. Ich helfe dir später beim Suchen. Wo ist Papa?«

»Er ist nicht zu Hause.«

Reem sah auf die Uhr. Es war acht Uhr abends. Firas hatte zwar schon wieder Nachtschicht gehabt, aber er hätte spätestens im Laufe des Vormittags abgelöst worden sein müssen.

Die Haushälterin tauchte in der Tür auf.

»Er sollte das Lamm abholen«, klagte Rose ihr Leid. »Aber er ist noch nicht wieder zu Hause, Madam«, flüsterte sie, damit Rahaf nichts hörte. Die korpulente indonesische Frau schien aufgebracht. Sie winkte Reem zu sich nach draußen.

»Was ist denn los, Rose?«

»Doktor Firas hat das Lamm nicht vom Schlachter geholt, so wie sonst immer. Und ich kann ihn nicht erreichen. Eben hat Fareeds Haushaltshilfe angerufen und gesagt, dass sie seit heute Vormittag auf ihn warten. Sie war sehr ungeduldig, sie haben kein Platz im Kühlraum. Wenn man etwas reserviert, muss man es auch pünktlich abholen.«

»Ich spreche mit ihnen. Das lässt sich regeln.«

»Ich warte hier, weil ich es zuschneiden will.«

Reem lächelte.

»Ich bin mir sicher, dass wir das hinkriegen. Ich fahre jetzt los und hole das Lamm ab. Kannst du so lange bei Rahaf bleiben?«

Rose nickte.

»Du hast dann frei, wenn ich wiederkomme«, fügte Reem hinzu.

»Und was ist mit dem Lamm?«

»Das legen wir in den Kühlschrank und schneiden es morgen zu.«

Die Haushälterin entspannte sich. Reem hingegen spürte ein ungewohntes Gefühl in sich aufsteigen. Panik.

Sie teilte Rahaf kurz mit, wo sie hinfuhr, und gab ihr das Versprechen, dass sie im elterlichen Bett schlafen dürfte, wenn Firas eine weitere Nachtschicht übernommen hätte. Reem hatte den Jaguar zu Hause stehen lassen und sich für den dezenteren Peugeot entschieden.

Die Abenddämmerung hatte eingesetzt, die Lichter der Autobahn zogen an ihr vorbei. Sie knetete das mit Leder bezogene Lenkrad, der kalte Schweiß an ihren Handflächen machte sie ganz klebrig. Was war mit Firas los? War er zu den Rebellen nach Baniyas gefahren, um sie mit medizinischem Material und Lebensmitteln zu versorgen? War er verhaftet worden? Reem wusste, dass einige ihrer Freunde bei Etana Books Bedürftigen in den belagerten Städten halfen. Sie hatte gehört, wie sich Lilas Mardeni mit anderen über ihre Erfahrungen mit Hilfstransporten ausgetauscht hatte. Sie hatte erzählt, wie sie regelmäßig mit dem Kofferraum voller Säuglingsnahrung die Checkpoints passiert hatte, ohne ein einziges Mal angehalten worden zu sein. Reem befürchtete, dass ihre Freundin eines Tages geschnappt werden würde. Aber sie wusste auch, dass man ihr die Zugehörigkeit zur bürgerlichen Oberschicht ansah, obwohl sie Sunnitin war. Das schützte sie – auch wenn die Regierung begonnen hatte, die Spaltung des Landes als einen Konflikt zwischen Sunniten und Alawiten darzustellen. Mit Unbehagen dachte sie an Adnans Worte. Khelani wollte, dass sie ihre Freunde aus dem Literaturclub verriet.

Das bedeutete aber auch, dass Reem unter Verdacht geriet, unrechtmäßige Aktivitäten zu unterstützen, wenn sie Lilas als Anhängerin der Opposition entlarvten.

Im Moment galt ihre größte Sorge aber ihrem Mann. Seit ihrem Gespräch nach Rahafs Geburtstagsparty vor ein paar Wochen hatte sich das Gefühl verfestigt: Sie war überzeugt davon, dass er etwas vorhatte. Aber würden sie ihn belangen, wenn er aktiv die Aufständischen unterstützte? Wohl kaum. Ein angesehener Arzt und Reems Mann. Das würden sie nicht wagen, beruhigte sich Reem. Regierungstreu oder nicht. Die Sicherheitskräfte konzentrierten sich auf die Unterschichten. Aber der Zweifel wollte sich nicht abschütteln lassen. Und was, wenn ihn jemand angezeigt hatte?

Sie rief ihn an. Er ging nicht ran.

Reem schüttelte den Kopf, als würde das auch die bedrohlichen Gedanken beseitigen. Er würde bestimmt wieder zu Hause sein, wenn sie zurückkam.

Auf dem Hof stand die Haushälterin des Ehepaares Fareed mit demonstrativ vor der Brust verschränkten Armen. Reem stieg aus und atmete den wunderbaren Geruch von warmer Erde und Dung ein. Sie bereitete sich innerlich darauf, die mürrische Köchin mit Entschuldigungen zu überhäufen.

»Wir haben den ganzen Tag geschlachtet. Wenn alle so spät kommen würden wie Sie, müssten wir die toten Tiere in der Badewanne stapeln.«

»Das wird nicht noch einmal vorkommen«, versprach Reem.

Die Haushälterin verschwand im Haus. Kurz darauf steckte Madam Fareed persönlich den Kopf aus der Tür und sah Reem mit kühlem Blick an. Reem lächelte und grüßte sie. Sie war nur etwa siebzehn Kilometer gefahren, aber die beiden trennten Welten. Die Fareeds waren arm und streng gläubige Sunniten. Sowohl die Frau des Hauses als auch die Haushälterin trugen natürlich Kopftuch. Reem zog es aus diesem Grund vor, dass Firas das Fleisch abholte. Die Frauen in dieser Gegend setzten sich gegenseitig mit sozialer Kontrolle unter Druck. Eine Freundin von Reem, die aus dem Südwesten des Landes stammte, beneidete sie darum, Einzelkind zu sein und ohne Mutter aufgewachsen zu sein. Denn sie selbst musste es hinnehmen, dass die Schwestern ihres Mannes, die in unmittelbarer Nachbarschaft lebten, täglich vorbeikamen und überprüften, ob ihr Bruder angemessen versorgt wurde.

Reem und Firas aber wussten, dass diese beiden Frauen vom Hof sie aus einem ganz anderen Grund verachteten. Ihre Ablehnung hatte ausschließlich damit zu tun, dass Reem Alawitin war.

Deshalb war es immer Firas, der auf den Bauernhof fuhr.

Die stampfenden Schritte der Haushälterin rissen sie aus ihren Gedanken. Die Frau trug das geschlachtete Lamm im Arm, sie hatte es in Zeitungspapier eingewickelt. Wortlos hielt sie Reem das Tier hin, die erst den Kofferraum öffnete und dann ihre Arme ausstreckte. Mit einem Seufzer und einem abschätzigen Blick auf Reems weißen Hosenanzug ging die Haushälterin an ihr vorbei und legte das Tier in den Kofferraum. Reem dankte ihr und gab ihr einen Stapel Zweitausendpfundscheine mit Hafez al-Assads Konterfei drauf. Die Frau nickte, lächelte sparsam und wackelte auf ihren krummen Beinen zurück ins Haus. Reem unterdrückte den Impuls, ihr hinterherzulaufen und etwas Nettes zu sagen. Es wäre aussichtslos. Die Sunnitin hasste sie, da war nichts zu machen.

In der Tiefgarage ihres Hauses parkte Reem den Peugeot. Hatte Firas angerufen? Nein. Nichts. Sie hob mit beiden Armen das Lamm aus dem Kofferraum und trug es zum Aufzug. Der Geruch des noch warmen Blutes stieg ihr in die Nase. Sie drückte mit dem Ellenbogen den Knopf zu ihrem Stockwerk. Der Aufzug schloss sich mit einem Brummen, während sie auf dem Weg nach oben die Augen schloss und den Atem anhielt.

Erst als sie die Klingel an der Wohnungstür gedrückt hatte, schnappte sie nach Luft. Rose öffnete.

»Wie sehen Sie denn aus? Lassen Sie mich das Ding nehmen.« Sie wollte Reem das Tier aus den Armen nehmen, aber die ließ nicht los.

»Die Tür zum Vorratsraum ist offen, und ich habe Platz im Kühlschrank gemacht«, sagte Rose.

Reem warf ihr einen dankbaren Blick zu, sagte aber nichts. Ihr standen Tränen in den Augen. Sie ließ die Autoschlüssel in die Marmorschale im Flur fallen und ging in den Vorratsraum.

»Ist mein Mann nach Hause gekommen?«

Rose schüttelte den Kopf.

Reem verfrachtete das Lamm in den Kühlschrank. Ihre Finger waren verschmiert und fettig, sie wollte sie sich waschen und schaltete das Licht an. Ihr Blick fiel in den kleinen Spiegel über dem Waschbecken. Ihre weiße Bluse und das Jackett waren dunkelrot vom frischen Blut. Der strenge Geruch von Tierblut überwältigte sie, sie musste sich festhalten, damit sie nicht zusammenbrach.

Da klingelte ihr Handy. Sie ließ es zweimal fallen, bevor sie das Gespräch annehmen konnte.

»Firas?«

Die Verbindung war schlecht, die Stimme am anderen Ende der Leitung klang unendlich weit weg.

»Nein, Daham hier. Wir haben einen VIP in einer Notlage. Sigrid Melin wurde verhaftet. Von Ahmed Khelani.«

Reem musste sich gegen den Rahmen der Küchentür stützen. *O Gott, bitte nicht.*

»Reem?«

»Ich muss nachdenken.«

»Okay.«

»Ich habe hier gerade eine private Notlage. Kannst du die Situation klären?«

»Selbstverständlich! Dieselbe Vorgehensweise wie immer?«

»Ja, lass alles stehen und liegen – du musst sie da rausholen, okay?«

»Ganz gleich, was sie getan hat? Was ist, wenn sie eine Spionin ist?«

»Findest du, dass Sigrid wie eine Spionin aussieht oder sich wie eine verhalten hat?«

»Okay. Es spielt also keine Rolle, was sie getan hat?«

»Es spielt keine Rolle, was sie getan hat.«

43

Das helle Licht der Neonröhre hatte Sigrid geweckt. Sie wischte sich den Speichel aus dem Mundwinkel. Ihr erster Gedanke galt Victor. Bei ihrer Verhaftung im Irak war er noch viel zu klein, um etwas mitzubekommen. Aber die Vorstellung, wie er die Nachricht aufgenommen hatte, dass ihr Treffen im Libanon nicht stattfinden würde, trieb ihr die Tränen in die Augen. Heute hätten sie sich im Hotel in Beirut in die Arme nehmen sollen. *Reiß dich zusammen, Sigrid.*

Sie wusch ihre Unterhose unter dem Wasserschlauch und zog sie sich noch nass gleich wieder an. Gerade rechtzeitig. Sie hörte ein lautes Scheppern, als die Stahltür des Frauentraktes geöffnet wurde. Schon wieder ein Verhör? Seit ihrer Verhaftung hatten sie auf diese Weise Druck ausgeübt, sie war mit den Nerven am Ende. Mehrere Male hatten sie nur vorgetäuscht, sie zum Verhör abzuholen. War das wieder so ein falscher Alarm? Sie musste an das Foto von der gefolterten Hanan denken und fühlte sich schuldig. Der Gedanke, dass sie ihretwegen hatte leiden müssen, war unerträglich. Das einzig Tröstliche war ihre Überzeugung und Hoffnung, dass Hanan widerstandsfähig war.

Es war falscher Alarm, sie bekam das Frühstück gebracht. Noch nie hatten ihr tiefschwarzer bitterer Tee und altes Fladenbrot so gut geschmeckt. Einer der jungen Gefängniswärter in Uniform hatte ihr das Essen gebracht. Sie waren sehr schweigsam und sahen so verängstigt aus, wie Sigrid sich fühlte. Die Leute vom Mukhabarat trugen alle Zivil, und man erkannte sie sehr gut an ihrem kalten, leblosen Blick. Sie kamen nur, wenn ein Verhör anstand. Unter dem zweiten Stück Fladenbrot lag etwas versteckt. Es war eine kleine Packung *Lurpak*, dänische salzige Butter. Sigrid musste schlucken. Ihr Heimweh raubte ihr fast den Atem. Sie kniff sich in den Oberschenkel, um die Tränen aufzuhalten. Sie hatte zwar keinen Appetit, aber wagte es auch nicht, ihre Ration stehen zu lassen. Langsam aß und trank sie, damit sie zu Kräften kam.

Der Gefängniswärter kam in Begleitung eines Kollegen zurück. Sigrid fing an zu hyperventilieren und befahl sich, ruhig zu atmen. *Atme langsam ein und aus. Eins, zwei, drei, und wieder von vorne.*

Der Verhörraum war wie die anderen davor spartanisch eingerichtet, fensterlos, es war stickig und heiß. Sie schnappte ein Wort auf. *Ziara.* Besuch.

Ihr Besuch war der dänische Botschafter Hans Christian Hvidtfeldt. Er war Mitte sechzig, ehemaliger Offizier der Marine von klassischer Eleganz, dessen Charme Sigrid bei zahlreichen Gelegenheiten kennengelernt hatte. Aber er war in ihren Augen auch ein klassischer Karrierediplomat mit Lackschuhen, ein außenpolitischer Leisetreter, was angesichts der Lage nicht besonders beruhigend war, aber fürs Erste genügen musste.

»Guten Morgen, Sigrid.«

»Hans Christian! Bist du die Kavallerie?« Anders als beabsichtigt klang ihre Stimme eher angeschlagen als scherzhaft.

Er lächelte betreten, dann wandte er sich an den Gefängniswärter im Raum.

»Ist es in Ordnung, wenn wir uns in unserer Muttersprache unterhalten?«, fragte er auf Arabisch.

Der Beamte hob statt einer Antwort schläfrig einen Daumen.

»Wie geht es dir? Du bist jetzt seit zwei Nächten hier, richtig?«

Sie nickte stumm, traute ihrer Stimme nicht über den Weg.

»Verstehe«, sagte er mitfühlend. Der Botschafter setzte sich zu ihr und schob ihr eine syrische Ugarit-Cola und ein Sandwich über den Tisch. Sie nahm einen Schluck, aber befürchtete, ihn nicht bei sich behalten zu können. Als nichts passierte, wagte sie es auch, vom Sandwich abzubeißen.

»Kann ich meiner Familie Bescheid sagen?«, fragte sie mit vollem Mund.

»Deine Familie ist bereits über deine Verhaftung informiert.«

Sigrid wandte den Kopf ab und blinzelte die Tränen weg.

»Dein Kollege hat deinen Mann angerufen, nachdem sie dich festgenommen haben.«

Sigrid hörte auf zu kauen. Sie hatte keinen Appetit mehr und stopfte den Rest vom Sandwich in ihr zerknittertes Jackett.

»Was passiert jetzt mit mir?«

»Du hast offenbar gestanden, was man dir vorwirft.«

»Das ist ein Missverständnis. Ich habe gesagt, dass es ein Fehler war, dass die Sendemasten wieder eingeschaltet wurden. Eine Panne. Was hätte ich denn davon, der Beziehung meines Arbeitsgebers zur syrischen Regierung und damit auch meiner Arbeit zu schaden?«

Hans Christian Hvidtfeldt machte sich auf einem Block mit dem EU-Logo fleißig Notizen.

»Okay. Wir werden selbstverständlich alles in unserer Macht Stehende tun, um dich hier rauszubekommen. Als Erstes besorgen wir dir eine Liste von guten Anwälten vor Ort.«

»Und wie lange wird das dauern?«

»Das kann ich dir nicht genau sagen. Du bekommst sie hoffentlich noch im Laufe des Tages.«

»Sie haben mir das Handy abgenommen.«

»Klar.« Er sah sie voller Mitgefühl an. Dann legte er eine Mappe mit Dokumenten auf den Tisch und reichte ihr einen Kugelschreiber.

»Ich möchte dich bitten, ein paar Fragen zu beantworten.«

Sie nickte.

»Sigrid, ich versichere dir, dass wir Himmel und Hölle in Bewegung setzen, um dich hier rauszuholen. Wir werden die Syrer massiv unter Druck setzen …«

»Aber?«

»Aber du wirst nach syrischem Recht angeklagt und verurteilt.« Hans Christian Hvidtfeldt gab ihr sein Handy.

»Wir haben leider nicht die rechtliche Grundlage, um dir finanziell zur Seite zu stehen. Ich würde dir raten, deinen Arbeitgeber zu bitten, die Kosten für den Anwalt zu übernehmen«, sagte er und stand auf. »Kann ich noch etwas für dich tun?«

Sigrid schossen tausend Gedanken durch den Kopf. Ob sie ihn bitten könnte, sich mit Ines in Verbindung zu setzen? Nein, das war undenkbar. Sigrid wurde das Reaktivieren der Sendemasten vorgeworfen. Wenn jetzt auch noch der dänische Nachrichtendienst involviert werden würde, könnte sie das stutzig machen. Wenn Adnan Omar ihr Gespräch erwähnt hätte, wären sie ganz anders mit ihr umgegangen. Bei dem Gedanken bekam sie eine Gänsehaut.

Sie schüttelte den Kopf.

»Ich warte draußen, solange du telefonierst«, sagte er und schenkte ihr ein aufmunterndes Lächeln, an dessen Wirkung er aber offensichtlich selbst nicht glaubte. Er zog die Tür hinter sich zu. Viel zu leise. Sigrid legte ihren Kopf auf die Tischplatte und biss sich auf die Lippe, um nicht in Tränen auszubrechen. Es schmeckte nach Eisen auf ihrer Zunge. Und ihre Angst überwältigte sie mit ungeahnter Kraft. Es rauschte in ihren Ohren, sie schnappte nach Luft, legte ihre Hände auf ihren Bauch und zählte ihre Atemzüge.

Das wird schon, das wird schon, das wird schon gut gehen.

44

Reem stand am Empfang des Krankenhauses. Es war nicht das erste Mal, aber sie hatte vergessen, wie stark es in diesen Räumen nach Chlor roch. Ärzte und Krankenschwestern hasteten durch den Eingangsbereich. Vielleicht hatte Firas seine Schicht schon begonnen und nicht gesehen, dass sie angerufen hatte.

Das Sham-Militärkrankenhaus war die letzte Station aufs Reems Liste von möglichen Orten, an denen Firas sich aufhalten könnte.

Sie fand es naiv, die Möglichkeit außer Acht zu lassen, dass Firas die letzten zwei Tage bei einer anderen Frau verbracht hatte. Was wenigstens bedeuten würde, dass es ihm gut ging. Und er nicht in Gefahr war. Aber diese These hatte sich nicht bestätigt. Reem konnte aus Firas' Freunden keinen einzigen Hinweis darauf hervorlocken. Sie hatte Firas' Golfpartner Hashem in seiner Kinderarztpraxis aufgesucht und war sogar zu seinem Mentor Abu Suleiman gefahren, der im Garten vor seinem Haus in der Altstadt unter Dattelpalmen saß und sie beruhigte. Keiner von ihnen konnte sich vorstellen, dass Firas eine Geliebte hatte. Abu Suleiman vermutete, dass er eventuell verreist war. Wegen der wachsenden Unruhen.

»Wäre das nicht eine Möglichkeit?«, fragte er.

Reem hatte den Blick gesenkt. *Landesverrat? War das die bessere Alternative?* Für Firas war sein Mentor wie ein Vaterersatz, vielleicht sogar noch mehr als das, deshalb sagte Reem nichts dazu. Sie dankte für den Minztee und versprach, Firas von ihm zu grüßen. Dann verließ sie den üppig blühenden Garten durch das Tor mit der abgeblätterten Farbe.

Reem stellte ihre weiße Handtasche auf den Tresen, hinter dem eine junge Frau mit roten Strähnen in den Haaren saß und auf ihren Monitor starrte. Sie hob den Kopf und lächelte.

»Mein Mann, Firas Hamed, arbeitet hier als Arzt.«

»Ja?« Die Frau nickte, als wäre das ein ganz besonderer Umstand.

»Ist er hier?«

Die Frau sah Reem misstrauisch an, die schnell hinzufügte: »Ich meine, hat er gerade Dienst?«

»Warten Sie bitte.« Ihre Finger flogen über die Tastatur.

»Sein Vorgesetzter ist Doktor Zaid? Wollen Sie mit ihm sprechen?«

»Danke, sehr gerne.«

Es dauerte auffällig lange, bis der Oberarzt auftauchte.

»Ist Doktor Firas krank?«, fragte Doktor Zaid besorgt.

Reem sah ihn perplex an.

»Mein Mann ist nicht krank!«

»Dann können Sie mir vielleicht erklären, warum er seit zwei Tagen nicht zum Dienst erschienen ist?«

Doktor Zaid sprach einen Dialekt, der seine Herkunft aus dem Süden des Landes verriet, Daraa, dem Herd der Unruhen. Wahrscheinlich hatte er Verluste in seiner Familie zu beklagen. Wenn Firas von den Sicherheitskräften abgeholt worden war, würde sein Vorgesetzter ganz bestimmt nichts damit zu tun haben wollen.

»Mein Mann, Firas Hamed, ist vorgestern nicht von der Arbeit nach Hause gekommen. Ich bin davon ausgegangen, dass er aufgehalten wurde und eine zusätzliche Schicht übernehmen musste.«

Der Arzt blieb stumm.

»Also, wegen der Krise. Ich vermute, dass Sie zurzeit viele Patienten aus dem Gefängnis Al-Khatib zugestellt bekommen.« Letzteres war sehr gewagt. Nicht alle Damaszener wussten, dass sich dieses Krankenhaus zu einem Hotspot für Gefangene entwickelt hatte, die nach der Festnahme bei den Demonstrationen medizinisch behandelt werden mussten. Aber Reem hatte gute Quellen und war nicht in der Stimmung, sich von oben herab behandeln zu lassen.

Der Arzt wirkte nervös. Er verlagerte sein Gewicht von einem Fuß auf den anderen.

»Doktor Firas ist seit Beendigung seiner Schicht vorgestern leider nicht zur Arbeit erschienen«, sagte er auffällig laut. »Wir sind davon ausgegangen, dass er erkrankt ist.«

In dieser Sekunde erlosch auch Reems letzte Hoffnung, dass Firas nicht vom Mukhabarat verhaftet worden war. Der Oberarzt sah ihr diese Erkenntnis an, sein Lächeln erstarb.

»Ich muss leider zurück zu meinen Patienten.« Er griff ihre Hand und schüttelte sie betont fröhlich, als wäre Reems Erscheinen ein Höflichkeitsbesuch gewesen. »Sagen Sie Firas, dass wir ihn auf der Station sehr vermissen und er jederzeit herzlich willkommen ist.«

Mit den Worten drehte er sich um und verließ die Eingangshalle mit großen Schritten.

Reem sah ihm hinterher. Sie zitterte am ganzen Körper. Denn sie hatte seine Angst gesehen.

45

In der Einfahrt zum Innenministerium bekam Reem zu spüren, dass der Ausnahmezustand sich auf die ganze Stadt ausgeweitet hatte. Der neue Wachmann wollte ihre Zugangskarte nicht akzeptieren und Adnans Privatsekretär Hamza Mahmoud musste auf seinen steifen Beinen die drei Stockwerke hinunterhasten und ihr zu Hilfe eilen.

Auch ihr Freund Adnan Omar war nervös, was ihm nicht besonders stand. Denn das machte ihn unberechenbar und ihre Hoffnung schwand, auf seine Hilfe bei der Suche nach Firas zählen zu können.

»Du wirst mich heute schlagen«, sagte er zuvorkommend, als sie sich an den Tisch mit dem Schachbrett setzten. Vermutlich ganz unbeabsichtigt klang das ziemlich feindselig.

»Keine Sorge, ich bin heute nicht in der besten Verfassung«, sagte sie.

Adnan sah auf und musterte sie neugierig.

»Hat das was mit deiner Freundin zu tun?« Er zündete sich eine Zigarre an, und Reem musste ihren Impuls unterdrücken, die Nase zu rümpfen.

»Meiner Freundin?«

»Der Dänin.«

Adnan schien es zu bereuen, das Thema angesprochen zu haben. Er richtete seine Aufmerksamkeit wieder voll auf das Schachbrett. »Keine Sorge, die finden schon eine Lösung mit ihrem Arbeitgeber.«

»Ich habe Daham Sahabi auf die Sache angesetzt. Ich bin davon ausgegangen, dass die eine Kaution mit dem Unternehmen vereinbaren?«

Adnan nickte.

»Ganz genau. So was in der Art. Soweit ich weiß, sind sie im Gespräch. Spielst du Weiß?«

»Ja, danke. Was wird ihr denn vorgeworfen?«

»Ein Missverständnis. Die sind sehr gründlich.« Er verdrehte die Augen. »Du kennst ja Khelani.«

Reem lachte und hoffte inständig, dass er nicht bemerkte, wie hohl es klang.

»Die mit ihrer Panik vor westlichen Spionen«, sagte er.

»Du sagst es.«

Reem eröffnete die Partie mit einem Damengambit und zog den Bauern vor ihrer Dame zwei Felder vor. Er lächelte über ihrer Berechenbarkeit.

»Aber wenn ich ehrlich bin, mache ich mir keine Sorgen um Sigrid Melin«, sagte sie.

»Ach nein? Um wen denn dann?« Er sah sie überrascht an.

Offenbar begriff er erst jetzt, dass Reem kurz vor einem Nervenzusammenbruch stand. Er neigte seinen Kopf zur Seite.

»Firas ist vor zwei Tagen nicht von seiner Schicht nach Hause gekommen. Ich habe seitdem nichts mehr von ihm gehört.« Sie hatte ihren Blick auf das Schachbrett geheftet, wägte ihren nächsten Zug ab und versuchte, so unbekümmert wie möglich zu klingen. Aber Adnan kannte sie einfach viel zu gut.

»Was glaubst du denn, was passiert ist?«

Reem sah ihm in die Augen und stellte beruhigt fest, dass er, anders als Doktor Zaid, nicht den Blick senkte. Die Frage war nur, ob das ihre Chancen erhöhte, dass er ihr half. Sie erinnerte sich daran, dass ihre Qualität als Schachspielerin und als Sicherheitsexpertin denselben Ursprung hatte. Man hatte keine Angst vor Menschen, die man unterschätzte.

»Ich habe Angst, dass ihm etwas zugestoßen ist.«

»Hast du dich schon in den Krankenhäusern umgehört?«

Reem nickte.

»Er wurde nirgendwo eingeliefert.«

Das sei doch ein gutes Zeichen, meinte Adnan, der sie besorgt ansah. Den Blick kannte sie schon, und er schlug manchmal in brüderlichen Beschützerdrang um. Aber sie wagte es nicht, außerhalb des Schachbretts einen Machtkampf anzuzetteln.

»Könnte es ein Seitensprung sein?«

Er meinte einen politischen.

»Warum sollte er das tun? Diese Regierung hat ihm alles ermöglicht, wovon er geträumt hat.«

Adnan zuckte mit den Schultern. Er beschützte seinen König mit dem Turm.

Lange saßen sie schweigend über die Partie gebeugt.

Reem konnte keinen Sinn erkennen. Wenn Firas die Grenze zwischen richtig und falsch überschritten haben sollte, warum wusste dann Adnan nicht davon? Erst letzte Woche war Adnan im Fernsehen mit dem Ehemann einer bekannten Schauspielerin zu sehen gewesen. Sie hatte sich in den sozialen Medien unter großem Beifall der Opposition angeschlossen und zu noch mehr Widerstand aufgerufen. Der Ehemann dieser Schauspielerin, Besitzer mehrerer Textilfabriken, hatte live die Handlungen seiner Frau verurteilt und seine Treue zum Präsidenten beteuert. Adnan und er schüttelten sich die Hand und ließen sich dabei fotografieren. Mittlerweile war die Schauspielerin, die in Reems Kindheit ein großer Star gewesen ist, wahrscheinlich längst verhaftet worden. Adnan müsste es erfahren haben, wenn sich ein so prominenter Arzt wie Firas Hamed der Opposition angeschlossen hätte.

Hamza Mahmoud kam ins Zimmer und fragte, ob ihr Treffen dokumentiert werden sollte. Adnan verneinte und der Privatsekretär zog sich wieder zurück. Während sie die Partie fortsetzten, schweifte Reem immer wieder in Gedanken ab. Sie erinnerte sich an Firas' eisiges Schweigen, als Baschars Pressechefin, eine ältere Dame in Kaschmir und Kunstperlen, im syrischen Staatsfernsehen die Neuigkeiten über den jüngsten sunnitischen Angriff auf Alawiten verkündet hatte. Auch der Befehl, sich von Baniyas fernzuhalten, ließ ihr keine Ruhe. Und vor allem Sigrids Äußerungen über die Scharfschützen, die Shabiha auf den Dächern, die ihre eigenen Leute erschossen. In ihrem Kopf drehte sich alles.

Zwei Stunden lang hielt sie Adnans zermürbendem Angriffsspiel stand, da wäre es fast schiefgegangen.

Sie hatte nur noch einen Turm, einen Läufer und den König übrig, Weiß war in großer Gefahr, obwohl ihre Offiziere das Feld beherrschten. Aber Schwarz konnte einen Bauern in eine Dame verwandeln, und Adnan setzte sie Schach. Mit dem König in der Hand ließ sie sich mit dem nächsten Zug viel Zeit.

»Möchtest du, dass ich mich mal wegen Firas umhöre?«

Reem stellte den König zunächst auf f5, weit weg von Adnans Turm.

»Ja, danke.« Beinahe hätte sie mit diesem Zug die Diagonale für ihren wichtigsten Verteidiger, den Läufer, mit ihrem eigenen König blockiert. In letzter Sekunde zog sie auf f7 und verhinderte so das Schachmatt.

»Ich hätte da auch noch einen Gefallen, um den ich dich bitten will. Es geht darum, wie Daham Sahabi Sigrid Melin aus dem Gefängnis bekommt.«

Reem nickte, nicht besonders erfreut. Auge um Auge. Leider klang es nicht so, als würde dieser Deal in Sigrids Interesse sein.

»Remis?«, fragte Adnan.

»Remis«, antwortete sie.

Gleichstand. Fürs Erste.

46

Es regnete. Ein sanfter Sommerregen, der die dunkle Straße zu einem Spiegel machte, in dem die Lichter des Kinocenters Cinemacity reflektiert wurden. Der Krisenstab tagte mittlerweile jede Nacht, und die Müdigkeit hatte sich in Adnan in Form von permanenten Kopfschmerzen einquartiert. Er fuhr mit der Hand durch seine regennassen Haare. Er war auf dem Weg zu seinem BMW, den er vor dem Kinokomplex geparkt hatte. Hinter ihm lag ein langweiliger Abend mit einer Journalistin vom syrischen Staatsfernsehen, die er früher mal attraktiv gefunden hatte. Nach dem Interview hatte sie versucht, ihn zu verführen, was er mit einer Einladung zum Essen parierte. Das hatte er allerdings in der Sekunde bereut, als sie vorschlug, in dem seelenlosen Kinocenter Sushi zu essen. Während sie eine riesige Portion Maki aß, hatte er sich mit ein paar stattlichen Gläsern Bier begnügt. Zum Abschied schüttelten sie sich die Hand, er vermied jede weitere Berührung, dann durfte er endlich gehen. Endlich war er allein mit seinen Gedanken. Hätte er das Angebot von Sigrid Melin annehmen sollen? Sie war die letzte Person, die er für eine Spionin gehalten hätte. Nichts war mehr so, wie es mal war.

Da klemmte etwas hinter seinem Scheibenwischer. Das musste ein besonders mutiger Verkehrspolizist gewesen sein, der dem Innenminister ein Knöllchen verpasste. Aber es war kein Knöllchen. Es war eine Nachricht, die mit sicherer, erwachsener Handschrift verfasst worden war.

»Hör mit dem Morden auf, sonst kannst du das Grab für deine Familie schon ausheben.«

Adnan warf im Affekt den Zettel weg, als hätte er sich daran verbrannt. Dann aber hob er ihn wieder auf, schüttelte das Wasser ab und steckte ihn in die Jackentasche.

Die Anzugträger des Krisenstabes saßen bereits Seite an Seite mit den Uniformierten im Konferenzraum, als Adnan dazustieß und im Halbkreis Platz nahm. Er sah sich suchend nach Ahmed Khelani um, mit ihm musste er unbedingt sprechen. Zu seiner Überraschung stand der Nachrichtenchef von seinem Platz auf und setzte sich mit einem reservierten Nicken neben ihn.

Adnan hatte Reem versprochen, sich nach Firas zu erkundigen, aber er durfte dadurch nicht seine Position im Krisenstab gefährden. Der Parteivorsitzende Issa Hazim hatte angekündigt, dass der Präsident frischen Wind in den Reihen wollte. Anfang März hatte Adnan Baschar vorgeschlagen, mit der Opposition in den Dialog zu gehen. Das hatte niemand vergessen, und er wusste, dass ihm nichts passieren würde, solange er dem Kreis der Vertrauten angehörte. Aber wenn er ausgeschlossen wurde, was dann?

Hazim knallte seine abgewetzte Aktentasche auf den Tisch und ließ an diesem Abend auch die formelle Begrüßung aus. Er war in keiner guten Stimmung.

Zuerst gab es einen Statusbericht, danach folgte zum wiederholten Mal die Besprechung, wie das Heer und die Sicherheitskräfte gegen die Aufständischen vorgehen und die Feinde des Präsidenten ausschalten konnten.

»Wenn eine zweiundzwanzigjährige Studentin etwas Kritisches auf ihrer Facebook-Seite postet, dann muss sie verhaftet werden«, sagte der Vorsitzende mit lauter Stimme. »Lassen Sie mich unmissverständlich sein: *Wir brauchen Namen!*«

Hazim hatte die Ellenbogen auf den Tisch gestellt und drückte seine Fingerkuppen gegeneinander.

Der Außenminister, der feiste und verwöhnte Sohn reicher Eltern, ergriff das Wort. Wie man mit den internationalen Reaktionen umgehen solle, die auf den Präsidenten und die Regierung niederprasselten, wollte er wissen. Der Chef des Nachrichtendienstes des Heeres fragte nach dem Nutzen, mit Panzern gegen die Demonstranten vorzugehen, wenn gefälschte Aufnahmen auf YouTube und in den Sozialen Medien nur dazu führten, dass noch mehr Leute auf die Straßen gingen.

»Ein Dreizehnjähriger wurde auf offener Straße erschossen«, begann Issa Hazim mit monotoner Stimme aufzuzählen. »Panzer greifen Zivilisten an. Soldaten schleifen einen Unbewaffneten gefesselt durch die Straßen und drohen ihm damit, seine Frau zu vergewaltigen, wenn er seine Freunde nicht verrät.« Langsam dämmerte es Adnan, worauf er hinauswollte.

»Wie kann es sein, dass solche Aufnahmen entstehen und in englischen Zeitungen, im französischen Fernsehen und auf der Titelseite der verdammten *Washington Post* zu sehen sind?«

Der amerikanische Präsident habe Sanktionen gegen Syrien verhängt und die Konten reicher Syrer in den USA eingefroren. Barack Obama habe Baschar aufgefordert, Syrien in eine Demokratie zu verwandeln »oder zurückzutreten«, damit andere das übernehmen könnten.

Issa Hazim neigte seinen Kopf zur Seite.

»Baschar würde nichts lieber tun, als den Ausnahmezustand aufzuheben und sich dem Fortschritt zu widmen. Aber wie soll das gehen, wenn ausländische Staatsoberhäupter ihm vorwerfen, er würde seine eigenen Leute umbringen, weil sie entsprechende Videos in den sozialen Medien gesehen haben? Material, das von ausländischen Aktivisten gefilmt wird, die zufälligerweise immer dann vor Ort sind, wenn es Demonstrationen gibt.«

Er sah zu Adnan.

»Damit müssen wir an die Öffentlichkeit, Omar!«

Adnan nickte mit ernster Miene.

»Verstanden.«

Khelani rückte näher an den Tisch und sah in die Runde.

»Ich habe dem Präsidenten versprochen, dass wir die Verräter aufhalten – aber das Internet ist ein unsichtbarer Feind. Die Rebellen skypen mit der ausländischen Presse. Und obwohl wir keine Journalisten mehr ins Land lassen, tauchen überall in den westlichen Medien ihre Reportagen auf. Die Demonstranten zücken ihre Handys und erklären sich selbst zu Medienaktivisten«, sagte er.

Kannst du dich bitte mal entscheiden? Wer fälscht die Beiträge, ausländische Verschwörer oder syrische Aufrührer? Adnan fand diese Heuchelei widerlich.

»Wir schalten immer wieder die Sendemasten für ein paar Tage ab. Das hat diese Form der Telekommunikation übers Handy zumindest vorübergehend unterbunden. Und dank der Operation ICAROS konnten wir Tausende von Verrätern festnehmen. Und es werden mehr werden, richtig?« Khelani nickte den anderen Nachrichtenchefs zu, die ihm das bestätigten.

Auch Issa Hazim nickte.

Operation ICAROS. Adnan stutzte. Warum zum Teufel wusste er nichts davon? Er musste auf der Hut sein.

Maher al-Assad, der kleine Bruder des Präsidenten, wandte sich mit kämpferischem Ton an Khelani.

»Es müssen mehr Aufmärsche zu Ehren von Baschar stattfinden. Wir müssen dem Rest der Welt zeigen, wie sehr die Syrer ihren Präsidenten lieben.«

Alle Anwesenden nickten zustimmend, der Chef des Nachrichtendienstes des Heeres klatschte sogar.

Der Vorsitzende setzte eine Pause an, damit sich alle die Beine vertreten konnten. Dann öffnete er seine Aktentasche und zog einen Stapel handschriftlicher Notizen heraus, Entwürfe für neue Dekrete, die nur noch Baschars Unterschriften benötigten. Adnan nutzte diesen Moment und überredete Khelani mitzukommen.

»Darf ich Ihnen zwei parallele Strategien vorschlagen?«

Issa Hazim forderte Adnan auf, sein Anliegen vorzutragen.

»Wir entwaffnen die Amateurfotografen«, sagte Adnan und sah zu Khelani, in der Hoffnung, in ihm einen Verbündeten zu finden. »Und wir spüren die auf, die jene Propagandavideos aufgenommen haben, die sich gegen die Regierung richten. So stellen wir unseren Ruf wieder her. Wir zeigen, dass Syrien ein progressives Land ist, das um Öffnung bemüht ist. So gewinnen wir Zeit und Rückendeckung für die eigentlichen Herausforderungen. Niemand – auch nicht die westlichen Länder – ist daran interessiert, dass Syrien in die Hände der Fundamentalisten fällt. Ich schlage vor, dass wir dem Volk nach außen hin geben, was es will – Internet, Öffnung in die globale Weltengemeinschaft. In der Zwischenzeit errichten wir weitere dreißig Sendemasten und veröffentlichen diese Neuigkeiten in den internationalen Medien. Wir erzählen ihnen die Geschichte eines modernen, säkularen Landes, das sich für die Meinungsfreiheit einsetzt, aber im Inneren von islamistischen Kräften bedroht wird.«

Issa Hazim schnalzte mit der Zunge.

»So werden wir die Medienaktivisten doch niemals los.«

Adnan lächelte.

»Ich glaube, Ahmed Khelani hätte da eine Lösung parat.«

Adnan und Khelani vertieften sich in ein vertrauliches Gespräch mit dem Vorsitzenden, und als sie wieder auf ihre Plätze zurückkehrten, lächelte Hazim. Eine Seltenheit. Und das Zeichen dafür, dass am Ende dieser nächtlichen Sitzung des Krisenstabes konkrete Dekrete zu Papier gebracht werden würden. Offizielle Dokumente mit dem syrischen Wappen, die Issa Hazim unterschreiben und per Kurier in den Präsidentenpalast schicken würde, damit Baschar mit seiner Unterschrift die Genehmigung besiegeln konnte. Diese Sitzung war in den Augen des Vorsitzenden ein großer Erfolg. Er hievte seinen korpulenten Körper in dem maßgeschneiderten Anzug hoch und stellte sich zwischen den beiden Porträts vor die Wand. Auf dem einen war der aktuelle Präsident abgebildet, auf dem anderen sein verstorbener Vater.

»Lassen Sie uns den Papierkram erledigen.«

Adnan feierte seinen Erfolg mit einem großzügigen Maltwhiskey. Khelani gesellte sich zu ihm.

»Wir sollten zusammenarbeiten, Omar«, sagte er. Khelani war nicht der Typ, der eine Antwort erwartete, wenn er meinte, sie schon zu kennen. Vielleicht war das eine Berufskrankheit, eine Folge davon, dass er so viel Zeit in den Folterkammern verbrachte und es zum Teil ein langer Prozess sein konnte, bis man die richtige Antwort erhielt.

Adnan nickte und zeigte auf Khelanis Glas.

»Was trinken Sie?«

»Tee«, erwiderte dieser trocken.

Adnan schenkte ihm Tee ein. Was hatte er vor?

Khelani trat nah an ihn heran. Für Adnans Geschmack viel zu nah.

»Sie kennen Reem Nemir?«

Die Frage versetzte Adnan einen Stich, er nickte stumm.

»Und ihren Mann?« Khelani nahm einen großen Schluck.

»Sie meinen den Arzt? Hamed, stimmt's?«, fragte Adnan ausweichend.

»Wir haben ein paar unerfreuliche Neuigkeiten über ihn erhalten. Es heißt, er wollte Aufnahmen entwenden, die nicht außer Landes geraten sollten. Halten Sie mich auf dem Laufenden.«

»Woher haben Sie diese Informationen?«

Khelani klopfte ihm väterlich auf den Oberarm.

»Nemir wird nichts davon wissen, aber wir knöpfen sie uns mal vor.«

Adnan riss entsetzt die Augen auf.

Khelani brach in lautes Gelächter aus.

»Halten Sie uns für wahnsinnig? Sie ist Hassan Nemirs Tochter. Schauen Sie nicht so besorgt. Aber halten Sie Ihre Augen und Ohren offen, ja?«

Adnan wollte dem Mukhabarat nicht in die Hände arbeiten, aber er musste Khelani loswerden. Er trank aus und schenkte sich einen neuen Drink ein. Er würde einige benötigen, um seine Fassung zu bewahren. Reem schützte ihr Nachname. Und ihr Mann hatte sich seine Situation selbst eingebrockt. Er zog seine Zigarren aus der Jackentasche. Dabei berührte er etwas Feuchtes. Die Nachricht an seiner Windschutzscheibe.

Khelani würde seine Drecksarbeit ohne seine Mithilfe machen müssen. Adnan hatte Wichtigeres zu tun, als die eigenen Landsleute zu jagen. Er wollte ihnen lieber einen Funken Hoffnung in dieser schrecklichen Zeit geben. Niemand würde davon erfahren.

Er sah auf die Uhr. In Moskau war es wegen der Zeitverschiebung eine Stunde später, aber immer noch viel zu früh, um anzurufen. Adnans jüngste Tochter studierte in der russischen Hauptstadt Medizin und würde bald für die Ferien nach Hause kommen. Daraus würde diesen Sommer wohl nichts werden.

47

Sigrid wurde vom Brummen der Neonröhre geweckt, die eingeschaltet wurde. Die massive Zellentür öffnete sich. Sie setzte sich so schnell auf, wie es ihr schlaftrunkener, steifer Körper erlaubte. Ihre Anzughose klebte an ihrer Haut, und sie stank, hatte sich seit drei Tagen nicht gewaschen. Es war jemand in Zivil. Er zerrte sie aus der Zelle auf den grauen Betongang.

»Wo bringen Sie mich hin? Muss ich vor Gericht?« Ihre Stimme zitterte, sie war mit den Nerven am Ende.

»*La anjlyzia.*« Er sprach kein Englisch. Er fesselte ihre Hände mit Kabelbinder und zog ihr eine Haube über den Kopf. Sie bekam kaum Luft. Dann stieß er ihr in den Rücken.

»Hey«, rief sie. »Ich will mit Ihrem Chef Khelani sprechen!«

»*La Khelani*«, erwiderte er. Kein Khelani.

Er schob sie durch eine Tür hinaus in einen Gang, in dem sie Schreie, Schläge und Stöhnen empfingen. Sigrid stolperte, aber der Mann riss sie wieder hoch und stieß sie vor sich her, während die schrecklichen Geräusche aus den Folterzellen ihnen folgten.

Sein Atem stank nach altem Kaffee und Rauch und war so aufdringlich, dass sie es noch unter ihrer dichten Stoffhaube roch. Da riss er ihr die Haube vom Kopf. Sie blinzelte. Vor ihr war eine Tür, die in einen Raum mit schmutzigen, beschmierten Wänden führte. An eine Kette, die von der Decke hing, war ein junger Mann gefesselt. Sein nackter Oberkörper war übersät mit blauen Flecken und Schnittwunden. Sigrids Blick blieb an seinem tätowierten Unterarm hängen. Ein Schmetterling.

»Das hier passiert, wenn wir dich noch mal hier sehen«, sagte der Mann vom Geheimdienst in schlechtem Englisch.

Wenig später stand sie auf der Straße vor dem Gefängnis und kniff die Augen zusammen, weil die Sonne sie blendete. Sie hatte seit drei Tagen kein Tageslicht gesehen.

»Was machst du für Sachen, Sigrid!«

In seinem tadellos sitzenden Anzug sah Magnus aus wie jemand von einem anderen Planeten. In seinem Gesicht kämpften Angst und Zärtlichkeit. »Haben Sie dir etwas getan?« Er nahm sie in den Arm und drückte sie fest an sich. Sie spürte, dass ihr die Knie wegsackten.

»Hey, jetzt nicht ohnmächtig werden«, befahl Magnus und hakte sie unter. Er gab ihr eine Flasche mit kaltem Wasser.

Sigrid trank gierig davon und verschluckte sich. Er klopfte ihr sanft auf den Rücken. Sie stützte sich bei ihm ab, riss die Augen weit auf und rieb sich die Wangen.

»Ich muss sofort weg von hier.«

»Natürlich.« Magnus umarmte sie erneut, aber sie schob ihn weg, um nicht in Tränen auszubrechen. »Ich bringe dich ins Hotel. Warte, ich hole ein Taxi.«

»Ich würde lieber gehen.« Die Ränder ihrer Pumps schnitten in ihre geschwollenen Füße, aber diesen Schmerz hatte sie verdient, weil sie Hanan mit hineingezogen hatte.

»Das können wir auch.«

Er gab ihr eine Tüte, in der ihre Tasche und das Handy lagen.

»Willst du nicht als Erstes zu Hause anrufen?«

Sie würde nichts lieber tun, als mit Victor, Andreas und Sommer zu telefonieren, aber sie musste sich vorher sammeln. Sie würde sofort zusammenbrechen, wenn sie jetzt ihre Stimmen hörte.

»Ich mache das später.«

Sie liefen den Bürgersteig hinunter, der gesäumt war von grünem Gras und hohen Palmen. Der breite Boulevard, den man nach sozialistischem Vorbild gebaut hatte – funktional, aber hässlich –, war stark befahren. Sie sog den Duft von verbranntem Benzin und Fritteuse ein, der aus einem Frühstückslokal die Straße hinunter zu ihnen wehte. Es war wärmer geworden, seit sie vor ein paar Tagen durch das alte christliche Stadtviertel von der Arbeit ins Hotel gelaufen waren. Der syrische Frühling war von einem warmen Frühsommer abgelöst worden.

»Wie habt ihr mich rausbekommen? Jetzt hasst mich Joel so richtig, oder?«

»Da wäre ich mir nicht so sicher. Ich glaube, wir haben eine Lösung gefunden, mit der alle zufrieden sein können.«

Sie mussten die Kaution bezahlt haben, Sigrid sah keine andere Möglichkeit.

»Wie hoch ist so eine Kaution? Schulde ich NorCom jetzt bis in alle Ewigkeit riesige Summen?«

»Daham von Jasmin City Security und Joel haben mit dem Informationsministerium einen Deal ausgehandelt. Dabei geht es um die Vermittlung eines inoffiziellen Kontaktes.«

»Und was bedeutet das?«

»Normalerweise beläuft sich so ein Deal mindestens auf einen fünfstelligen Dollarbetrag. Aber das Informationsministerium hatte einen Vorschlag, auf den sich NorCom eingelassen hat.«

»Hatte Reem etwas damit zu tun?«

»Keine Ahnung.«

»Aber warum lief das über das Informationsministerium?«

»Der Innenminister hat offensichtlich auch die Aufgaben des Informationsministeriums übernommen.«

Das hatte Sigrid vergessen.

»Joel hat ihm einen Deal angeboten, statt das Geld dem Richter zu geben.«

Sigrid wurde stutzig.

»Und was will Adnan Omar als Gegenleistung von uns haben?« fragte sie, kannte aber schon die Antwort.

»Ich befürchte, dass du eine engere Zusammenarbeit mit der Regierung hinnehmen musst.«

Sie schloss die Augen und schüttelte den Kopf.

Magnus legte ihr eine Hand auf die Schulter. »Sigrid, ich würde sagen, du bist mehr als glimpflich davongekommen.«

»Und was ist mit Hanan?«

»Ist doch klar. Sie hatte deine Anweisung falsch verstanden!«

»Und wo ist sie jetzt?«

»Bei der Arbeit. Von ihr müssen sie keine rebellischen Anwandlungen mehr befürchten.«

Sigrid nickte. Sie konnte ihm nicht in die Augen sehen.

48

Andreas kämpfte mit dem neuen Kamin im Gewächshaus, um das Feuer anzuzünden. Fluchend entschied er sich am Ende für einen zusätzlichen Anzünder.

»Du musst dich mal ein bisschen locker machen, mein Freund«, sagte Ines, die auf dem Rattansofa lag und sich gerade eine Dose Bier öffnete.

»Wo ist denn der Pfadfinder in mir hin?«, sagte Andreas, stellte dann aber zufrieden fest, dass die Flammen endlich loderten. Er liebte den Geruch von offenem Feuer.

»Whatever it takes«, sagte Ines.

Andreas legte den Kopf in den Nacken, sah in den Himmel und inhalierte den Geruch. Es war schon nach zehn, und die Sonne war noch nicht untergegangen. Es gab einfach nichts Besseres als skandinavische Sommernächte. Ausgerechnet heute wäre er allerdings lieber dort, wo der Mond liegt – im Libanon, um dort mit seiner Frau und den Kindern Ferien zu machen. Er nahm einen Schluck von seinem Bier.

Aber Sigrid war verhaftet worden und verbrachte ihre gemeinsame Ferienwoche im gefürchtetsten Gefängnis Syriens. Er war krank vor Sorge gewesen und hatte sich nur Sommer und Victor zuliebe zusammengerissen. Sie war wieder freigekommen, und als sie nach ihrer Freilassung via Skype aus dem Hotel anrief, hatte er vor Erleichterung am ganzen Körper gezittert. Sie hatte in dem weißen Bademantel und mit nassen Haaren so verletzlich ausgesehen. Sie bagatellisierte den Vorfall, vermutlich weil sie abgehört wurde. Überstanden war die Angelegenheit für ihn noch nicht. Wer wusste schon, was für einen Kuhhandel NorCom mit dem Mukhabarat eingegangen war.

Kasper war noch bei der Arbeit, Ines hatte Andreas moralische Unterstützung angeboten und war vorbeigekommen. Das Feuer wärmte, aber sie kuschelte sich trotzdem unter eine Decke.

»Frierst du? Soll ich dir einen Pullover holen?«

Sie schüttelte den Kopf.

»Erzähl, in was ist Sigrid da unten hineingeraten, was ist passiert?«

Die Kinder waren ins Haus gegangen, nachdem sie das Essen vom Thailänder verschlungen hatten, das Ines mitgebracht hatte. Endlich konnte er sich mit einer Erwachsenen unterhalten und offen reden.

»Ich bin so erleichtert, dass sie so schnell wieder entlassen wurde«, sagte er und hörte selbst, wie frustriert er klang. Er warf ein zusätzliches Holzscheit ins Feuer, mit etwas zu viel Schwung, die Glut wirbelte auf, und er musste sie von den Fellen wedeln, die auf dem Rattansessel lagen.

»Verdammte Scheiße!«

»Was ist verdammte Scheiße?«, fragte Ines.

»Kennst du jemanden, der bereits zum zweiten Mal der Spionage angeklagt wurde und ins Gefängnis musste?«

Sie lächelte.

»Das hätte dir auch passieren können.«

Er zuckte mit den Schultern, ließ sich in den Sessel fallen. Er hatte nichts zu erwidern, saß im Glashaus, denn anders als seine Frau hatte er damals im Irak tatsächlich auf der Gehaltsliste des dänischen Nachrichtendienstes gestanden.

»Das stimmt.«

»Andreas. Sie ist freigelassen worden. Es scheint, dass es sich um ein Missverständnis oder einen Fehler gehandelt hat.«

Er nickte.

»Es war kein Spaß, Victor und Sommer mitzuteilen, dass wir leider nicht nach Beirut fliegen, um Sigrid dort zu treffen.« Andreas hatte Tränen in den Augen.

»Hast du ihnen gesagt, weshalb?«

»Nein, so weit kam es zum Glück nicht. Wenn sie nach Hause kommt, kann sie es ihnen selbst erzählen. Ich habe nur gesagt, dass ihr davon abgeraten wurde, in nächster Zeit das Land zu verlassen. Was bestimmt auch der Wahrheit entspricht.«

Ines' Blick löste in ihm das Bedürfnis aus, sich zu verteidigen. Er gab seiner Stimme einen leichten, unbekümmerten Klang und spielte die Situation durch.

»›Hey, Victor, deine Mutter war kurz mal im Gefängnis in einem Land mit einer ziemlich brutalen Diktatur.‹ Echt jetzt?« Andreas stieß mit hängenden Schultern einen Laut aus, der eine Mischung aus Seufzer und Lachen war.

»Ich kann dir nicht folgen, warum bist du so wütend?« Ines runzelte die Augenbrauen. »Du glaubst nicht, dass es ein Irrtum war?«

»Ich bin nicht wütend. Ich habe eine Scheißangst.« Er starrte lange ins Feuer. Dann drehte er sich zu Ines um. »Sigrid hat nach dem Einsatz im Irak jahrelang unter einer posttraumatischen Belastungsstörung gelitten.« Er senkte den Blick.

Ines richtete sich abrupt auf.

»Sigrid hatte PTBS?«

Andreas nickte, dankbar, dass sie das Ausmaß dieses Problems sofort erkannte.

»Das war noch, bevor wir hierhergezogen sind – sie war wirklich richtig krank. *So richtig* krank. Phasenweise hat sie jeden Tag eine halbe Flasche Schnaps getrunken, um einschlafen zu können. Manchmal kam es vor, dass sie dann nachts aufwachte und mitten im Zimmer stand und sich in die Hosen machte. Oder ich fand sie zitternd und weinend im Kleiderschrank. Manchmal war sie nicht ansprechbar. In den Wochen, in denen die Kinder bei uns waren, nahm sie Schlaftabletten und Tabletten zum Wachwerden. Das war die Hölle.«

Er sah zu Ines, deren Gesichtsausdruck sich signifikant verändert hatte.

Andreas war erleichtert, es endlich ausgesprochen zu haben. »Aber wir haben es geschafft. Ich habe nur Angst, dass es durch irgendetwas wieder ausgelöst wird und ihr etwas passiert.«

Ines sagte nach wie vor kein Wort. Sie starrte wie gelähmt ins Feuer, der flackernde Schein der Flammen tanzte über ihre ebenmäßigen Gesichtszüge.

Andreas hatte das Bedürfnis, Sigrid zu verteidigen.

»Ich glaube, sie ist nach Damaskus gegangen, weil es im Irak so beschissen für sie endete.«

»Und was ist mit ihrer PTBS? Im Moment?« Ines' Stimme war leblos.

Andreas verzog das Gesicht.

»Na ja, ich habe eben Angst, dass es jederzeit wieder ausbrechen kann.«

»Und darüber hat sie vorher nicht nachgedacht?«

Andreas seufzte.

»Im Gegenteil, ich glaube, sie erhofft sich von dieser Reise, darüber hinwegzukommen, indem sie etwas bewirken kann.«

Er wunderte sich über Ines' Schweigsamkeit. Ob seine Worte Salz in ihrer alten Wunde waren, weil er sich damals für Sigrid entschieden hatte?

»Frag mich nicht, wo dieses Bedürfnis herkommt, die ganze Welt retten zu müssen. Ich habe keine Ahnung.«

»Entschuldige«, sagte Ines gestresst. »Ich muss kurz eine wichtige SMS schicken. Ähm, an Kasper, ich muss ihn an etwas erinnern.«

»Klar, kein Problem. Es tut mir leid, dass ich dir hier ein Ohr abkaue.«

Ines winkte ab und tippte ihre Nachricht ins Handy.

»So, jetzt. Was hattest du gerade gesagt?«, griff sie das Gespräch wieder auf.

Andreas warf eine Limettenscheibe ins Feuer. Es knisterte.

»Wenn ich ehrlich bin, kann ich dir gar nicht sagen, wie es ihr geht. Wir haben nach ihrer Freilassung geskypt, und sie wirkte gefasst und okay, aber …«

»Wie haben denn Sommer und Victor darauf reagiert? Haben die ihr etwas angemerkt?«, fragte Ines, die sich gefangen und wieder Farbe im Gesicht hatte.

»Davon gehe ich nicht aus. ›Und wie läuft es in der 10. Klasse? *Gut.* Und wie läuft es in der 9. Klasse? *Gut.*‹«

Ines grinste. Andreas hatte eine typische Unterhaltung mit einem Teenager auf den Punkt gebracht.

»Es kam den beiden genau genommen ziemlich gelegen, dass wir die Reise nach Beirut absagen mussten. Victor hätte sonst sein Fußballcamp verpasst, und Sommer hat gerade in der Tankstelle draußen am Flughafen angefangen, am Wochenende zu jobben. Ich vermute, Sigrid war viel trauriger darüber als sie, obwohl die beiden sie natürlich vermissen.«

Ines schlug Andreas auf den Oberschenkel.

»Kopf hoch, mein Guter. Sigrid hat lauter gute Leute um sich, die auf sie aufpassen. Syrien hat kein Interesse an einem Skandal dieser Größenordnung, wenn Sigrid etwas zustoßen würde. Du wärst aber gerne hingeflogen, um ihr zu helfen, stimmt's? Und hättest sie mit deinem weißen Schimmel gerettet? Das hat jetzt Magnus übernommen.« Sie zwinkerte ihm zu.

»Na, du hast ja eine sehr hohe Meinung von mir.«

Ihr Lächeln erstarb.

»Du weißt genau, dass ich das habe.«

Sie senkten beide den Blick. Da gab Ines' Handy einen Ton von sich, und sie schien sehr dankbar für diese Ablenkung zu sein. Etwas Berufliches, aber darüber durfte sie nicht mit ihm sprechen. Das war bestimmt besser so.

»Ich muss nach Hause und ein Telefonat führen.«

»Gibt es Probleme in der Welt der Agenten und Spione?«

Ines nickte. »Vielen Dank für den schönen Abend.«

»Ich habe für das leckere Essen zu danken. Und bitte entschuldige mein Gejammer. Das nächste Mal sprechen wir über etwas anderes als über Sigrid.«

»Abgemacht.«

Er sah ihr nach, wie sie mit großen Schritten den Garten verließ und in ihre geheime Welt eintauchte, zu der er nicht mehr gehörte.

Er versank in den Anblick der Flammen. Vielleicht sollte er noch ein Scheit drauflegen? Aber wofür? Auf einmal fühlte er sich verlassen und verloren. Und er schämte sich, weil er Sigrids Geheimnis verraten hatte. Er vermisste sie, mehr als jemals zuvor.

49

Der Bildschirm von NorComs CEO füllte einen großen Teil der Wand aus. Sigrid stand ihrem Chef, der sich zunächst nur wenig verständig zeigte, via Skype Rede und Antwort.

»Sie sollen wissen, dass wir Ihr Engagement sehr zu schätzen wissen. Ihr Sinn für Gerechtigkeit ist Ihr Kompass, und mir war das bewusst, als ich Sie eingestellt habe. Das ist sogar der Grund, weshalb Sie diesen Job bekommen haben«, sagte Göran Wolgers. Sie folgte seinem Redeschwall, so wie man einen dicken Schmöker querliest, um zu erfahren, wie die Geschichte ausgeht. Wolgers redete und redete, hatte aber noch mit keinem Wort die Konsequenzen erwähnt, die ihr Ungehorsam haben würde.

»Sie sind doch ein intelligenter Mensch. Und von Magnus weiß ich, dass Sie ehrgeizig sind. Intelligente und ehrgeizige Menschen können das große Ganze sehen. Können Sie das auch, Sigrid?«

Sigrid saß an ihrem Schreibtisch und versuchte angestrengt, das große Ganze zu sehen. Mit ihrer eigenmächtigen Entscheidung, die Mobilfunkmasten in den umkämpften Gebieten wieder einzuschalten, habe sie die Unternehmensziele massiv gefährdet, fuhr Wolgers fort.

»Wenn wir vor Ort keine Sendemasten und Netzwerke errichten und aufbauen können, wie sollen die Syrer dann jemals Teil der Weltengemeinschaft werden? Natürlich ist es ein Rückschlag, dass die syrische Regierung beschließt, die Masten wegen der Unruhen auszuschalten. Aber ist es auf lange Sicht nicht besser, dass NorCom im Land bleiben darf? Dass wir unsere Arbeit machen dürfen? Ich muss zugeben, dass ich von Ihnen mehr Verantwortungsbewusstsein erwartet hätte.« Göran Wolgers schüttelte den Kopf, das Drahtgestell seiner Brille funkelte.

»Was hätte Ihnen alles zustoßen können, wenn wir Sie da nicht rausbekommen hätten?«, fragte er. In seiner aufrichtigen Fürsorglichkeit lag mehr Gefühl, als Sigrid jemals bei ihrem eigenen Vater erlebt hatte.

Sie musste sich an ihre eigene Regel erinnern, dass sie ihren Chef nicht mit ihrem Vater verwechseln durfte. Ihre Herkunftsfamilie machte sie besonders anfällig für diesen klassischen Fallstrick, hatte ihr ein Psychologe einmal gesagt.

»Die Syrer sind paranoid. Die sehen überall Spione. Das ist alles nur Schauspiel«, verteidigte sie sich.

»Da Sie gerade von Schauspiel sprechen. Sie werden zusammen mit dem Informations- und Innenministerium eine Pressekonferenz abhalten. Das ist der Preis für die Demokratisierung Syriens, Sigrid. Take it or leave it.«

Sie nickte stumm in den Bildschirm.

»Bedeutet Ihr Nicken ›Ja, das habe ich verstanden‹? Oder ›Ja, das habe ich akzeptiert‹?«

Sie wollte etwas antworten, aber da hob er Zeigefinger und Daumen beider Hände in die Luft, wie ein erschöpfter Sheriff, der seinen Revolver gleich sinken lassen würde.

»Eine Sache noch – wenn Sie ein weiteres Mal Ihre Befugnisse überschreiten und die Techniker der Abteilung beispielsweise etwas anderes fragen, als ihre Bestellung zum Mittagessen, dann können wir unsere Hand nicht mehr schützend über Sie halten. Was Sie da getan haben, sichert Ihnen zwanzig Jahre Aufenthalt in einem syrischen Gefängnis. Ist Ihnen das klar?«

Sie wandte den Blick ab.

»So weit, so gut!«, sagte er dann. »Geben Sie mir Bescheid, wie Sie zu der Pressekonferenz stehen.« Göran Wolgers beendete den Skype-Anruf und verschwand in einem leuchtenden Punkt auf dem Bildschirm.

Da steckte Magnus seinen Kopf durch den Türspalt.

»Ist der Sturm vorbei?«

»Na ja.«

Er stellte eine eiskalte Limonade vor sie auf den Tisch, sie sah ihn dankbar an. Das Thermometer war schon auf fünfunddreißig Grad geklettert, obwohl der Sommer noch in den Anfängen steckte.

»Und? Bist du gefeuert worden? Oder musstest du nur zur Strafe in der Ecke stehen?« Magnus wollte sie aufheitern, aber Sigrid zuckte nur mit den Schultern und schob Kopfschmerzen vor. Sie spülte drei Aspirin mit der Limonade runter, das musste fürs Erste gehen.

»Klar, verstehe. Sag Bescheid, wenn du reden willst.« Magnus zog sich hinter seinem Computer zurück.

Die drei tätowierten Scharfschützen auf dem Dach hatten Sigrids Blick auf den bestehenden Konflikt nachhaltig verändert. Und jetzt würde sie gezwungen sein, als Cheerleaderin für die Regierungspropaganda herzuhalten. Wenn sie sich weigerte, würde ihr Visum eingezogen werden, und sie müsste umgehend das Land verlassen.

Pest oder eine weitere *fucking* Niederlage.

Atmen. Sigrid stellte eine einfache Gleichung auf. Sie wollte nach Hause. Zu Victor. Zu ihrer Familie.

Nach ihrer Freilassung vorgestern hatte sie alle Kleidungsstücke weggeworfen, die sie im Al-Khatib getragen hatte. Trotzdem saß ihr der Gestank noch in jeder Pore. Sie hatte sich eine Badewanne eingelassen, das Rauschen des Wassers übertönte alle anderen Geräusche. Trotzdem wagte sie nur, stumme Tränen zu weinen. Um schlafen zu können, nahm sie Tabletten.

Der dunkle Fleck auf ihrer Seele wollte nicht weggehen. Er breitete sich immer weiter aus. Wenn sie jetzt abreiste, wäre nichts geklärt. Keine Erlösung. Zu Hause warteten das Familienleben und Schuld und Scham.

Vielleicht war es an der Zeit, sich mit seinen Dämonen zu konfrontieren. Aber das würde bedeuten, dass sie alles erzählen musste. Über das Jahr 1995. Andreas müsste davon erfahren. Und Victor. Nein. Dieser Gedanke war unerträglich. Sie würden sie nicht mehr lieben, wenn sie die Wahrheit erfuhren.

In Sigrids Innerem herrschte Chaos.

Andreas' Stimme am Telefon war eine Mischung aus Sorge und Wut.

Plötzlich übermannte sie eine unendliche Sehnsucht, ihn zu umarmen.

Sie konnte Wolgers' Wunsch erfüllen, als NorComs Sündenbock für den Mukhabarat aufzutreten, und danach sofort den ersten Flieger nehmen, wohin der sie auch immer bringen würde. Schließlich hielt sie hier nichts mehr.

Sie hatte davon geträumt, ihre Aufgabe zu erledigen und auf diesem Weg ihre Schuld abzuzahlen.

Auf der anderen Seite: War es eine echte Alternative zu bleiben, während die meisten Ausländer das Land bereits verlassen hatten, weil es mit jedem Tag gefährlicher wurde, in Syrien zu bleiben? War es das wert, Victor ohne Mutter aufwachsen zu lassen?

Sigrid stand auf und legte ihre Stirn gegen die Fensterscheibe. Dank der Klimaanlage war sie kühl, und Sigrid genoss es, so zu stehen. Dann fasste sie einen Entschluss. Sie würde an der Pressekonferenz mit Adnan Omar teilnehmen, so wie sie es in ihrer Abwesenheit vereinbart hatten, um ihre Freilassung zu erkaufen. Danach würde sie sofort abreisen. Sie musste Andreas Bescheid sagen, ihn vorbereiten, dass sie bald nach Hause kam und ihm dann unbedingt etwas erzählen musste. Obwohl sie schreckliche Angst vor seiner und vor Victors Reaktion hatte.

Es versetzte ihr einen Stich ins Herz. Jetzt hatte sie auch noch den Anschlag auf Hanan auf dem Gewissen. Sigrid hatte sie gefragt, ob sie etwas für sie tun könnte. Aber die junge syrische Ingenieurin hatte nur geantwortet, sie solle sie für allezeit in Ruhe lassen.

Sigrids Blick fiel auf die Straße. Die Frau, die mit ihrer weißen Handtasche unter einer Markise Schutz vor der brütend heißen Sonne suchte, kam ihr bekannt vor. Als ihr Handy klingelte, zuckte Sigrid zusammen. Es war Reem. Sie hatten seit dem Abend in der Bar vor ein paar Wochen nicht mehr miteinander gesprochen. Schon am Tag nach ihrer Auseinandersetzung hatte ihr das alles unendlich leidgetan. Als sie aber verhaftet wurde, war aus diesem Gefühl Wut geworden.

»Sigrid hier?«

»Bist du im Büro? Bist du allein?« Reems Stimme klang sonderbar brüchig.

»Was ist los?«
»Können wir uns sehen?«
»Wo bist du denn?«
»Ich bin praktisch auf dem Weg zu dir.«
Sigrid schielte rüber zu Magnus.
»Ich komme dir entgegen.«

50

Reem stand gegenüber von NorComs Büro im Schatten einer braungestreiften Markise und zündete sich eine Zigarette an. Die Wärme auf der Kreuzung am Al-Hijaz-Platz war drückend.

Reem lächelte, als Sigrid auf sie zukam, aber es wurde zu einer Grimasse. Sie hatte etwas Zerbrechliches und sah nicht aus wie die erfolgreiche Geschäftsfrau, die sie ein paar Monate zuvor im Four Seasons begrüßt hatte.

Am liebsten hätte Sigrid ihr eine Hand auf den Arm gelegt, aber sie unterdrückte den Impuls.

»Firas ist schon seit Tagen nicht mehr zu Hause gewesen.« Reem stieß den Rauch aus, während sie sprach.

»Wo ist er denn?«

Reem zuckte niedergeschlagen mit den Schultern und gab Sigrid eine kurze Zusammenfassung der vergangenen Tage.

»Niemand weiß, wo er ist. Oder sie wollen es mir nicht sagen.«

»Ich kann mir niemanden vorstellen, der mehr Kontakte hat als du. Wegen deines Vaters, meine ich.«

»Bündnisse und Allianzen ändern sich ständig. Ich weiß nicht, wem ich trauen kann. Wenn ich mich den Falschen anvertraue …« Sie nahm einen tiefen Zug. »In seinem Krankenhaus geht etwas vor sich, aber ich habe keine Ahnung, was. Sie sagen, er sei nach seiner Schicht wie immer nach Hause gefahren. Ich weiß nicht mehr, was ich glauben soll. Ich würde gerne wissen, ob er noch im Gebäude ist.«

»Glaubst du, er hat sich in Schwierigkeiten gebracht?«

»Das ist eine gute Frage«, sagte Reem mit einer Stimme, die Sigrid alarmierte.

»Du befürchtest, dass er etwas Falsches getan hat?«, fragte sie vorsichtig.

Reem warf ihre Zigarette auf den Boden und trat sie mit ihren hochhackigen Sandalen aus. Nur, um sich gleich die nächste anzuzünden.

»Was meinst du mit etwas Falsches? Dass er Leuten wie mir den Rücken zugekehrt hat? Leuten, die unsere Regierung unterstützen?«

Ein Mann, dem der Schweiß die Stirn hinunterlief, suchte neben ihnen unter der Markise Schutz und wischte sich das Gesicht mit einem Taschentuch ab. Sie warteten, bis er weitergegangen war.

»Kann ich irgendetwas für dich tun?«, fragte Sigrid leise.

Reem sah sie skeptisch an.

»Ist das aufrichtig gemeint oder nur skandinavische Höflichkeit?«

»Hast du jemanden, der sich um Rahaf kümmern kann, während du ihn suchst?«

Reem seufzte.

»Du könntest Firas' Telefon lokalisieren.«

Sigrid starrte sie entgeistert an.

»Mit Hilfe eurer Technologie. Firas ist Kunde bei euren Partnern. Du könntest überprüfen, in welchen Mast sein Handy sich das letzte Mal eingewählt hat. Ortung heißt das, oder?«

Sigrid starrte sie unverwandt an.

»Ich weiß nicht«, fuhr Reem fort, »ob er den Aufständischen Essen und Medizin in die belagerten Gebiete bringt, oder ob er sich der Opposition angeschlossen hat. Oder ob er in den Libanon geflüchtet ist und Rahaf und mich hier hat sitzen lassen.«

Reem packte Sigrid am Arm.

»Ich muss wissen, wo er ist!«

Sigrid lief es eiskalt den Rücken hinunter. Wenn Reem bereit war, ihren Mann zu verraten, war sie stärker deformiert worden als befürchtet.

Sigrid schüttelte den Kopf.

»Weißt du, was das für mich bedeuten könnte?«, sagte sie.

»Entschuldige, ich hätte dich nicht fragen sollen.« Reem schloss die Augen.

Für den Bruchteil einer Sekunde war Sigrid wieder in Kopenhagen, an einem Novembertag 1995. Damals war auf Reem kein Verlass gewesen. Hatte sich seitdem eigentlich irgendetwas geändert?

Reem schob sich ihre weiße Hermès-Tasche über die Schulter.

»Sigrid, ich brauche wirklich deine Hilfe.«

»Ich saß beim Mukhabarat in einem widerlichen Drecksloch unter der Erde«, keifte die ihre Freundin an. »Soweit ich das verstanden habe, hat Daham Sahabi den Deal eingefädelt, dass ich für das Regime arbeiten muss. Oder war das deine Idee?«

Reem senkte den Blick.

»Ich muss Adnan Omar auf meiner Seite haben, wenn die hinter Firas her sind.«

Sigrid nickte, skeptisch.

»Was du von mir verlangst, ist illegal. Außerdem: Wenn sie hinter Firas her sind, wie kann ich sicher sein, dass du ihnen nicht hilfst, ihn zu finden?«

Reems Augen wurden zu zwei schwarzen Löchern. Ein Schatten fiel über ihr Gesicht. Sie schnipste ihre Zigarette weg und trat sie aus.

»Du hast recht. Du schuldest mir gar nichts«, sagte Reem gekränkt. So hatte Sigrid sie noch nie erlebt.

»Ich werde ihn auch allein finden«, sagte sie im Gehen.

51

Der Herbst 1995 wurde zum Wendepunkt. Sigrid war es gelungen, die Aktivitäten der Gruppe in eine eher friedliche Richtung zu lenken. Die Aktionsgruppe hatte sich in den Räumen der Jungen Sozialisten getroffen. Es gab interne Streitigkeiten über die Durchführung und das Maß an Gewalt, das angemessen war. Der Anführer der Gruppe hatte eine Aktion geplant, bei der sie Tapetenkleister und Glassplitter mischen und damit ihre Plakate anbringen wollten. Wenn ein Gegner die Plakate abriss, würde er sich die Hände zerschneiden. Sigrid forderte den Anführer heraus, es kam zu einer Abstimmung, bei der zum Glück die Mehrzahl ihren friedlicheren Weg befürwortete.

Als Zeichen der neuen Richtung plante Sigrid, unterstützt von Reem, eine Aktion gegen den internationalen Mineralölkonzern Exocon. Dem Unternehmen wurde vorgeworfen, in Afrika unliebsame Mitarbeiter aus dem Weg zu schaffen. Der Plan war, das Hauptquartier in der Fußgängerzone Strøget in Kopenhagen symbolisch zu schließen.

Aber in der Nacht, in der die Aktion stattfinden sollte, wandte sich das Schicksal gegen sie. Ein Sturm zog auf.

Das neoklassizistische Backsteingebäude, in dem sich die Büroräume des Konzerns befanden, wurde restauriert. Auf der Rückseite war deshalb ein Gerüst errichtet worden. Sigrid, Reem und drei weitere Aktivisten kletterten im Schutz der Dunkelheit auf das Dach des Hauses und drangen durch ein Fenster ein, das sie eingeschlagen hatten. Die Alarmanlage sprang sofort an, und sie mussten sich beeilen. Sie hatten ein großes Banner genäht, auf dem in großen roten Lettern verkündet wurde, dass der Konzern geschlossen wird. Damit die Stoffbahnen stabil hängen konnten, hatten sie Sandsäcke am unteren Saum befestigt.

Der Sturm wurde heftiger. Eines der neuen Mitglieder in der Aktionsgruppe warnte davor, dass die Sandsäcke eventuell eine Gefahr darstellten, und fragte, ob man sie nicht entbehren könnte. Aber Sigrid und Reem bestanden darauf. Der Ballast sei notwendig, wenn sie die Aktion ernst meinten. Sie wollten der Presse einen Tipp geben, und die Fotografen sollten am nächsten Morgen die Botschaft deutlich lesen können. Es wäre unseriös, wenn es im Fernsehen und in den Zeitungen nur aussehen würde wie eine große Wäscheleine mit flatternden Tüchern. Der Zweifler nickte und gab nach.

Im Gebäude teilten sie sich in Gruppen auf. Eine Aktivistin füllte in alle Schlüssellöcher Sekundenkleber, damit das Unternehmen – zumindest für eine Weile – tatsächlich *geschlossen* blieb. Reem und Sigrid gehörten zu der Gruppe, die die Banner im obersten Stockwerk befestigte und aus den Fenstern herunterließ. Wenige Minuten später hatten alle das Gebäude wieder verlassen, berauscht davon, dass die Aktion so gut gelaufen war. Sie hatten zwar Alarm ausgelöst, würden aber längst weg sein, wenn die Polizei eintraf. Sie kletterten nach unten und sprangen das letzte Stück. Plötzlich hörten sie das Geräusch von zerberstendem Glas. Dann hörten sie Schreie.

Sigrid rannte um das Gebäude herum. Der Sturm riss am Banner und schleuderte die Sandsäcke mit voller Wucht gegen die Fenster des Konferenzsaals im dritten Stock. Mit jedem Schlag regnete es Glassplitter auf das Kopfsteinpflaster.

Plötzlich tauchte ein junger Kerl in der Fußgängerzone auf, er geriet in dem Wasserfall aus Glassplittern ins Stolpern. Er machte ein seltsames Geräusch, dann brach er zusammen. Sigrid rannte zu ihm, packte ihn an den Schultern und drehte ihn um. Er sah sie aus weit aufgerissenen Augen an. Da fiel ihr ein, dass sie die Sturmhaube noch trug. Sie riss sie sich vom Kopf und versicherte ihm, dass sie ihm nichts tun würde. Erst dann sah sie den Splitter, der in seinem Hals steckte. Sie drehte sich um und rief Reem.

Die kam um die Ecke gerannt, als sie aber Sigrid mit dem Jungen im Arm sah, blieb sie abrupt stehen. Sigrid konnte nur ihre dunklen Augen sehen. Der Splitter stoppte zwar die Blutung, aber der Junge röchelte, weil er keine Luft bekam.

»Lauf zur nächsten Telefonzelle und ruf den Notarzt!«, rief ihr Sigrid zu. Sie musste nicht nur den Sturm übertönen, sondern auch die schrille Alarmanlage.

Reem rührte sich nicht von der Stelle.

Da hörten sie die Polizeisirenen, und Reem drehte sich um und rannte los.

Die Polizistin, die als Erste vor Ort war, rief sofort einen Krankenwagen.

Es wurde eine lange Nacht im Krankenhaus.

Der junge Kerl hatte im Eingang des Ölkonzerns gesessen und Feuerzeuggas geschnüffelt. Um halb fünf am frühen Morgen machte er seinen letzten Atemzug, und Sigrid verließ, von zwei Polizisten flankiert, das Krankenhaus.

Das Schluchzen seiner Mutter, als er starb, verfolgte Sigrid noch immer. Er war erst fünfzehn Jahre alt gewesen.

Am nächsten Tag wurde Sigrid mit einer Anklage entlassen und durfte vorläufig ins Studentenwohnheim zurückkehren. Reem und ihre Sachen waren spurlos verschwunden.

Was danach kam, war ein einziger Albtraum. Der Polizei gelang es, alle Beteiligten zu ermitteln und zu befragen. Inklusive Reem. Sie war zurück zu ihrem Vater nach Stockholm gezogen und wurde dort verhört. Sie behauptete, weder von der Gruppe noch von den Aktionen gewusst zu haben, sondern lediglich ein paar Nächte bei ihrer dänischen Freundin im Studentenwohnheim gewohnt zu haben. Da ihre Mitgliedschaft in der Aktionsgruppe nicht nachgewiesen werden konnte und niemand sie mit hineinziehen wollte, wurde sie freigesprochen.

Sigrid hätte ein Pflichtverteidiger genügt, aber das war für ihren Vater nicht akzeptabel. Er engagierte einen seiner Juristenfreunde, einen Staranwalt, der für Sigrid und ihre Freunde eine relativ milde Strafe wegen Sachbeschädigung und Gefährdung herausholte. Carl Rosa übernahm die Kosten.

Nach dem Urteilsspruch beglückwünschte sie ihr Anwalt mit einem belehrenden Lächeln. Sigrid bedankte sich bei ihrem Vater für die Hilfe, aber die Aussicht auf einen intimen Moment mit seiner Tochter ließ Carl Rosa instinktiv zurückweichen. Sie konnte es ihm ansehen. Er schämte sich für sie. Und genau genommen hatte er das schon immer getan.

Sigrid kündigte ihr Zimmer im Studentenwohnheim, packte einen Rucksack und fuhr nach Århus, von dort weiter mit dem Bus ins Pflegeheim, wo ihre Mutter Svea untergebracht war. Sie saß am Bett ihrer Mutter und streichelte ihr über den weichen, glatten Handrücken. Ihr Körper war da, aber geistig war niemand zu Hause.

Von Århus reiste Sigrid nach Ramallah, um dort als Freiwillige in einem palästinensischen Flüchtlingslager zu arbeiten. Während eines Besuchs im dänischen Konsulat stieß sie im Magazin *Foreign Affairs* auf einen Artikel über Reems Vater. Hassan Nemir war soeben zum neuen Botschafter Syriens in Jordanien ernannt worden. In einem Postamt in Jerusalem bekam Sigrid Monate später einen Brief von Reem ausgehändigt. Den hatte sie ans Studentenwohnheim geschickt und eine ihrer ehemaligen Kommilitoninnen hatte ihn dann postlagernd weitergeleitet.

Der Brief war eine einzige herzzerreißende Entschuldigung. Reem bat um Vergebung und lud sie zu sich ein. Sie hatte eine Adresse in Amman angegeben, aber Sigrid fuhr nicht hin. Vom Lager in Ramallah ging es weiter in ein Lager in Bosnien. Von tiefer Schuld geplagt, hatte sie sich eine andere Strafe zugewiesen. Wenn sie bei den Flüchtlingskindern war, konnte sie sich und alles andere vergessen.

Ein paar Monate lang reiste sie mit Reems Brief im Gepäck weiter, bevor sie ihn zerriss. Der Zauber war erloschen.

Sechzehn Jahre später stand sie unter einer ausgedienten braungestreiften Markise am Al-Hijaz-Platz und sah Reem hinterher, ohne ihre Zurückweisung zu bereuen. Sie war ihr nichts schuldig, sie war fertig mit ihr.

wurde von Panik und Übelkeit gepackt. *Sie haben ihn. Sie haben ihn verhaftet!*

»Wenn Sie uns verraten könnten, wo Firas Hamed Informationen vor uns verstecken würde, falls das seine Intention war ...« Er verstummte.

»Was wäre dann?« Reem gab sich große Mühe, Haltung zu bewahren. Am liebsten hätte sie Khelani so lange geschüttelt, bis er ihr erzählte, was sie mit dem Vater ihres Kindes gemacht hatten.

»Dann könnten wir Ihnen eventuell dabei behilflich sein, ihn zu finden«, erwiderte er.

In Reems Ohren war das die Sprache des Mukhabarat und besagte, dass Firas bereits in Khelanis Gewahrsam war. Wenigstens hatte sie jetzt Gewissheit. Jetzt konnte sie seine Strategie durchschauen und ausnutzen.

Sie schüttelte ungläubig den Kopf.

»Das kann Firas nicht getan haben. Ich bin überzeugt, dass mein Mann Opfer eines Verbrechens geworden ist. Er ist unschuldig. Wenn es derselbe Täter ist, der auch meine Haushälterin ermordet hat, bitte ich Sie inständig darum, ihn zu finden. Hoffentlich taucht mein Mann bald wieder auf.«

Sie stand auf und strich den Stoff ihrer Hose glatt.

»Ich muss mich jetzt um meine Tochter kümmern. Und Roses Familie benachrichtigen. Wenn Ihre Leute fertig sind, würde ich gerne einen Schlüsseldienst beauftragen und meine Tür reparieren lassen.«

Ihr Blick fiel auf Rose, die gerade in einen Leichensack gelegt wurde. Sie schauderte. Zwei Rettungssanitäter halfen den Kriminaltechnikern beim Abtransport der Leiche.

Khelani stand ebenfalls auf.

»Wir bleiben in Kontakt und sprechen uns bald wieder. Sehr bald.« Er reichte ihr seine Visitenkarte.

Die vier Männer verließen mit Rose die Küche, der Chef des Nachrichtendienstes folgte ihnen. In der Tür drehte er sich noch einmal um.

»Versprechen Sie mir bitte, mich sofort anzurufen, wenn Ihnen einfällt, wonach die Täter gesucht haben könnten. Ganz gleich, was es ist, übergeben Sie es mir.« Er sah sie eindringlich an. »Sonst könnten Sie und Ihre Tochter auch in großer Gefahr sein.«

Die Übelkeit fühlte sich an wie stark schäumendes Mundwasser.

Sie schob einen schweren Stuhl unter die Klinke der Wohnungstür. Dann verschaffte sie sich einen Überblick über das Ausmaß der Zerstörung. Das Zimmer ihrer Tochter und ihr Schlafzimmer waren vollkommen verwüstet. Kleidungsstücke, Spielsachen, Bücher waren überall verteilt. Zerbrochene Gegenstände lagen auf dem Boden verstreut, die Wände waren verschmiert. Das große Porträtfoto von ihnen war von der Wand gerissen und der Safe dahinter aufgebrochen worden. Abgesehen von dem Bargeld fehlte aber nichts. Ihre Pässe waren unberührt. Sie hatte am Abend zuvor nachgesehen, ob auch Firas' Pass noch im Safe lag. Er hätte das Land wohl kaum ohne einen Ausweis verlassen. Ansonsten fehlten weder Schmuck noch Silber oder andere Wertgegenstände.

Wonach hatten die gesucht?

Sie war davon überzeugt, dass die angeblichen sunnitischen Islamisten, die eingebrochen waren und Rose getötet hatten, in Wirklichkeit zu Khelani und seinen Männern gehörten.

Reem ging ihre Optionen durch. Sie konnten unmöglich in der Wohnung bleiben. Sie musste ein paar Taschen packen und für sich und Rahaf ein sicheres Hotel finden. Als Erstes zog sie alle Gardinen in der Wohnung zu. Sie schloss die Tür zum Schlafzimmer hinter sich, dann ging sie ins angrenzende Badezimmer. Erst dann ließ sie los und übergab sich so oft, bis nur noch Galle kam.

Eine eiskalte Dusche half ihr, sich zu konzentrieren. Sie sah ihr Spiegelbild durchdringend an. *Keine Panik jetzt.* Firas brauchte sie.

»Firas, *ya habib alby*, mein Geliebter, was hast du nur angestellt?«, flüsterte sie. Was konnte er bloß haben, was Khelani unbedingt in seinen Besitz bringen wollte? Lebte er noch? Nein, so durfte sie nicht denken, das nützte niemandem etwas.

Neben dem Waschbecken, das in Naturstein eingemauert war, stand ein schmales Regal aus Walnussholz, auf dem sich Reems und Firas' Sammlung von Parfums und exklusiven Cremes drängelten. Unter der

Platte, auf der Unterseite des Waschbeckens tastete sie nach dem kalten Metallgriff und drehte ihn um. Das Regal öffnete sich und machte den Eingang zu einem Panikraum frei. Firas hatte sie paranoid genannt, als sie sich diesen Raum beim Bau ihrer Wohnung hatte einrichten lassen. Aber als wohlhabende Alawitin war Reem mit der Angst einer Minderheit vor der Masse aufgewachsen. Ihr Vater hatte ihr eingetrichtert, dass Leute wie sie einen blutigen Putsch und den Sturz der Alawiten nicht überleben würden.

Hinter dem Holzregal befand sich eine mehrere Zentimeter dicke Metalltür. Reem öffnete sie mit einem Code. Der zwölf Quadratmeter große Raum war gut belüftet und hatte einen geheimen Zugang zur Tiefgarage sowie eine angrenzende Toilette. Es war ein kleiner Bunker mit Proviant, Decken und Pritschen. In die Wand war ein Safe eingelassen, daraus nahm sie das Ersatzset von Pässen, die sie dort für Notsituationen aufbewahrt hatte. Sie nahm auch den Stapel Dollarscheine und die vergoldete Beretta, die ihr Vater ihr geschenkt hatte. Sie lud die Waffe und steckte sie in ihre weiße Hermès-Tasche.

53

Sigrid ging wie immer zu Fuß zur Arbeit, an diesem Tag entschied sie sich aber, einen kleinen Umweg zu machen. Die breiten Boulevards der Stadt waren still und leer. Die Sonne brannte vom Himmel, ihr liefen die Schweißtropfen zwischen den Schulterblättern hinunter, obwohl sie sich im Schatten hielt und eine kurzärmlige Seidenbluse trug. Nach der angeordneten Pressekonferenz würde sie ihrem Chef Göran Wolgers und Magnus mitteilen, dass sie das Land verlassen würde. Sie hatte eine Nacht darüber geschlafen und war überzeugt, dass es das Richtige war.

In den Räumen von NorCom saßen alle Mitarbeiter – wie Millionen von Menschen in Syrien – vor dem Fernseher. Baschar al-Assad wollte live in einer Ansprache zu seinem Volk sprechen. Das nationale Nachrichtenbüro hatte zu verstehen gegeben, dass der Präsident die langersehnten Reformen ankündigen würde. Reformen, die für das Land erste Schritte in Richtung mehr Demokratie und weniger Macht für die Sicherheitskräfte bedeuten würden. Endlich. Das hieß, dass die Syrer endlich für ihr Leiden und ihre Verluste belohnt werden würden. Das hieß auch, dass die Arbeit von Sigrid und NorCom fruchtbar gewesen war. Und es hieß vielleicht auch, dass die Mission des dänischen Nachrichtendienstes abgeblasen werden konnte.

Sie hatte frühmorgens mit Andreas geskypt und ihm erzählt, dass sie nach Hause kommen würde. Sein Gesichtsausdruck hatte sie tief berührt. Er hatte sofort Victor geweckt, der viel zu verschlafen war, um cool zu sein, und deshalb vor Freude gejubelt hat wie ein kleiner Junge. Sie gab vor, etwas im Auge zu haben, damit Victor sie nicht weinen sah. Es erinnerte sie vor allem daran, dass sie ihrer Familie alles erzählen würde. Was sie getan hatte. Dass sie Schuld am Tod eines Jungen hatte. Aber diesen Gedanken schob sie weit von sich.

Konzentration. Sie musste das hinter sich bringen.

Anlässlich der Ansprache des Präsidenten hatten sich alle zu einem gemeinsamen Frühstück bei NorCom verabredet. Sigrid aber wollte die Zeit dafür nutzen, sich von der historischen Altstadt zu verabschieden, die ihr Zuhause der vergangenen Monate gewesen ist. Sie war wie verwaist, alle saßen zu Hause vor den Bildschirmen. Die Stühle vor den kleinen Geschäften, auf denen die Besitzer der Wäscheboutiquen, Internetcafés, Friseure und Tabakläden saßen, waren leer. Sigrid lief an mehreren Häusern vorbei, deren grünbewachsene Balkone verwaist und Rollos heruntergelassen waren. Dafür schallte es aus den Häusern, in denen alle vor dem Fernseher saßen und warteten.

Sie verließ die modernen Boulevards und bog in die Altstadt. Vor dem Caféhaus Al-Nawfara blieb sie kurz stehen. Dort hatte sie am Tag ihrer Ankunft mit Reem gesessen. Die Erinnerung tat ihr weh, sie lief schnell weiter. In der kleinen Bäckerei auf dem Weg zur Umayyaden-Moschee kaufte sie eine Auswahl arabischer Kuchen, die sie mit nach Hause nehmen wollte. Sie bekam ein Stück zum Kosten, während der Bäcker ihr das Paket zusammenstellte. Ein Pistazienkuchen aus Filoteig, der vor Sirup nur so tropfte. Himmlisch.

Da klingelte ihr Handy.

»Wo bist du, Sigrid?«, rief Magnus in den Hörer. »Ich muss dich sofort abholen!«

»Was ist denn passiert?«

»Die Ansprache! Assad hat verkündet, dass er den gewalttätigen Aufstand, zu dem westliche Spione und blutrünstige Salafisten angestiftet haben, niederschlagen wird. Das sind seine Worte.«

Sie schwiegen. Die Wahrscheinlichkeit, dass sie abgehört wurden, war zu groß, um das zu sagen, was ihr auf der Zunge lag.

»Und was ist mit den Reformen?«

»Er will Komitees berufen, die über die Notwendigkeiten von Reformen beraten sollen.«

Sigrid war fassungslos. Assad hatte sein Volk reingelegt.

»Sigrid, bist du noch dran?«

»Und was passiert jetzt?« Keiner konnte abschätzen, wie die Syrer auf eine weitere Runde Lügen und Richtungswechsel reagieren würden.

»Ich schicke einen Wagen. Wo bist du?«

»Einen Wagen?« Sigrids Herz raste wie wild. »Warum das?«

»Niemand weiß, wie die Bevölkerung darauf reagieren wird.«

»Aber warum soll ich abgeholt werden?«

»Wir müssen ins Ministerium. Zum Innenminister. Sie haben die Pressekonferenz vorverlegt. Wir sollen ihnen helfen, die Wogen zu glätten.«

Sigrid sah ihr Spiegelbild im Fenster der Konditorei. Eine blasse rothaarige Frau mit vor Entsetzen offenem Mund und Angst im Gesicht.

54

Auf der dunklen Vitrine stand ein Panzer in Miniaturausgabe. Sein Kanonenrohr war auf den Besucherstuhl gerichtet, auf dem Reem saß und darauf wartete, dass Ahmed Khelani sein Telefonat beendete. Khelanis Büro im Al-Khatib-Gefängnis verriet seinen militärischen Hintergrund. Neben dem Fenster lehnte die syrische Fahne mit Silberkopf und an der Wand hingen ein paar gerahmte Fotos von ihm im Einsatz.

Gestern noch hatte er sie aufgefordert, sich umgehend zu melden, wenn es Neuigkeiten gab. Sie hatte die Nacht mit Rahaf in einem Hotel in der Nähe vom Stadttor Bab Touma verbracht und würde sie später zum Sommercamp bringen, um wenigstens ein Mindestmaß an Normalität aufrechtzuerhalten. Sie hatte den Einbruch als Vorwand benutzt, um den Nachrichtenchef zu kontaktieren. Ihr eigentliches Ziel war aber, Firas zu finden.

Adnan hatte ihr vorgeschlagen, Khelani zu bestechen, um herauszufinden, ob Firas von den Sicherheitskräften in Gewahrsam genommen worden war. Wenn es so wäre, würde Khelani davon wissen. Oder zumindest in der Lage sein, es in Erfahrung zu bringen.

»Sorgen Sie dafür, dass ich die Mail morgen früh um acht Uhr habe.«

Khelani legte den Hörer auf und sah Reem an, die geduldig und mit gefalteten Händen vor ihm saß. Die Ansprache von Baschar am Vormittag hatte alle sprachlos gemacht – sowohl die Regierungsmitglieder als auch die Opposition. Es war ein aggressiver Schlag gegen die Demonstranten. Man spürte, wie angespannt die Situation war. Sie hatte im Rahmen neuer Sicherheitsmaßnahmen ihre Handtasche mit dem Smartphone und der Beretta im Vorzimmer deponieren müssen.

»Einen Augenblick noch, dann bin ich gleich für Sie da.« Er wandte sich seinem PC zu und tippte etwas in die Tastatur. Reem folgte der Bewegung seiner Finger und wiederholte im Geist das Passwort. Eine Melodie signalisierte, dass sein Bildschirm entsperrt war.

»Entschuldigen Sie bitte. Wir haben seit der Ansprache einiges zu tun gehabt«, sagte er und tippte lächelnd weiter.

Reem spürte, wie ihr sich die Haare auf den Unterarmen aufstellten. Tausende waren nach der gestrigen Ansprache des Präsidenten auf die Straßen geströmt. Auch Reem hatten Baschars Worte schockiert. *Westliche Spione und blutrünstige Salafisten.* Vielleicht waren unter den Demonstranten auch ein paar aggressive Sunniten und Salafiten. Aber zu ihnen gehörten ebenfalls Oppositionspolitiker, Medienleute, Prominente und ganz normale Menschen.

»Haben Sie schon einen Schlüsseldienst beauftragen können?«, fragte Khelani, den Blick auf seinen Monitor geheftet.

»Ja. Wir sind vorläufig im Hotel untergekommen«, nickte Reem. »Bis das Apartment wieder bewohnbar ist.«

»Ist Ihnen etwas eingefallen, wonach die Einbrecher gesucht haben können?« Khelani sah seine Besucherin durchdringend an.

Sie schüttelte bedauernd den Kopf.

»Adnan Omar schickt mich zu Ihnen«, sagte sie.

Khelani musterte sie.

Sie war am Morgen direkt zu Adnan ins Ministerium gefahren. Der hatte ihr geraten, sich wie andere Prominente im Fernsehen zu äußern und Baschar ihre Loyalität auszusprechen. Wenn Firas wirklich ein Dissident sein sollte, könnte das Rahaf und sie schützen. Aber Reem wusste, dass diese Aktion vor allem Adnan selbst zugutekommen würde. Während sie sich unterhielten, trank Rahaf Tee und spielte mit Hamza Mahmoud Karten. Zu Reems großer Überraschung bot Adnans Privatsekretär an, Rahaf bei sich im Büro so lange zu beschäftigen, bis sie von ihrem Termin bei Khelani zurück war. Er war die Ausnahme, die die Regel bestätigte. Ein Mensch, der vollkommen selbstlos handelte.

»Und was hat Adnan Omar gedacht, womit ich helfen könnte?«, fragte Khelani.

Reem sammelte ihren ganzen Mut zusammen.

»Wäre es denkbar, dass mein Mann aufgrund einer Verwechslung fälschlicherweise für einen Unterstützer der Opposition gehalten wurde? Und dass Sie nicht darüber informiert wurden, dass er sich in Ihrem Gewahrsam befindet? Wenn Sie sich die Mühe machen würden, das zu überprüfen, würde ich die notwendigen Mittel dafür gerne zur Verfügung stellen. Sagen wir, in Form einer Überweisung auf ein Konto im Libanon oder in Dubai? Was halten Sie von hunderttausend Dollar als einem Anfang?«

Ahmed Khelani strich sich nachdenklich über seinen Bart.

»Das Geld wäre nicht für mich, sondern für die Leute, die ich für diese Information bezahlen muss.«

»Das versteht sich von selbst.« Reem lächelte ihn zuvorkommend an.

»Warten Sie bitte, ich werde sehen, was ich tun kann«, sagte er und stand auf. »Aber bitte seien Sie nicht enttäuscht, wenn er nicht bei uns ist.« Er lächelte bedauernd, dann zog er die Tür hinter sich zu.

Reem sah sich flüchtig im Raum um. Khelani hatte wohl kaum Kameras installiert, denn die würden auch seine Machenschaften aufzeichnen. Geschmeidig wechselte sie auf die andere Seite des Schreibtisches und tippte das Passwort ein, das sie sich gemerkt hatte. S-A-L-M-A und dann 1-2-3. Reem bekam eine Gänsehaut, als sich der Computer mit demselben Klang wie vorhin erneut öffnete.

Auf der Kante des Bürostuhls sitzend öffnete sie den Browser und tippte die Suche CTRL+F+FIRAS HAMED ein. Eines der ersten Suchresultate machte sie stutzig. ICAROS PRIORITY WEEK 25. Sie holte ihren USB-Stick aus dem Saum ihres Hosenbundes und kopierte die ersten Dateien. Sie hörte Khelani durch die geschlossene Tür mit seiner Sekretärin im Vorzimmer reden, beendete die Suche und loggte sich aus.

Reem stand an der Fotowand und bewunderte die gerahmten Aufnahmen, als Khelani zurückkam. Auf einem der Fotos stand er neben Baschar, der dem französischen Präsidenten die Hand schüttelte. Hinter ihnen konnte Reem eine Ecke des Élysée-Palasts in Paris erkennen.

Dann nahm sie wieder auf dem Besucherstuhl Platz. Auch Khelani hatte sich gesetzt, stutzte kurz beim Blick auf seinen Monitor, wandte sich dann aber freundlich an Reem.

»Diese Frage lässt sich jetzt auf die Schnelle nicht beantworten, Madam Nemir, aber ich will tun, was ich kann.« Er schrieb etwas auf ein neongrünes Post-it und reichte es ihr freundlich lächelnd. Es war die Kontonummer einer libanesischen Bank.

55

Sigrid stand im Nebenzimmer des großen Konferenzraumes im Innenministerium und ging ihr Manuskript durch. Sie schielte in den Saal, einem beeindruckenden Raum mit Marmorboden und langen Reihen aus Mahagonistühlen, in dem bereits mehrere Hundert Zuschauer warteten. Von seinem Stehplatz an der Wand winkte ihr Magnus zu und reckte beide Daumen enthusiastisch in die Luft. Adnan Omar stand neben ihm, sein Lächeln war hingegen eher verhalten. In den vordersten Reihen hatten Kameraleute und Journalisten syrischer Fernsehsender und Zeitungen und ein paar handverlesene internationale Medienvertreter Stellung bezogen.

Die Kameras erinnerten Sigrid an ihren letzten Fernsehauftritt vor ihrer Abreise nach Syrien. Das war in einer Finanzsendung im schwedischen Fernsehen, und der Moderator hatte versucht, sie zu provozieren. Er bezeichnete die Bestrebungen von NorCom als naiv, sich in einem Land, das ganz oben auf dem Korruptionsindex stand, für die Förderung von Menschenrechten einzusetzen. Ihr Vorgesetzter Göran Wolgers hatte sie danach in den Himmel gelobt, sie habe zwölf von zehn Punkten für ihr Verhalten im Interview bekommen. »Wir wollen mit einem guten Beispiel vorangehen«, hatte sie gesagt, und der Moderator hatte das so hingenommen.

Sie konzentrierte sich auf ihren Text.

»Wir bei NorCom glauben fest an die Zusammenarbeit. Wir wollen gemeinsam mit der syrischen Regierung daran arbeiten, die demokratischen Prozesse voranzutreiben und den Syrern neue Möglichkeiten zu eröffnen. Wir wollen die digitalen Pforten in die Welt des 21. Jahrhunderts aufstoßen, damit die Demokratie freien Zugang zu Ihrem schönen Land erhält«, hieß es in ihrer Rede, die sie auf Englisch verfasst hatte.

»Entschuldigung, störe ich?«

Adnan Omar stand vor ihr. Er wirkte sehr gestresst.

Sie sah ihn wortlos an.

Der Innenminister sah sich im Raum um. An der Tür, die in die Eingangshalle des Gebäudes führte, standen zwei Lederjacken. Er legte eine Hand auf ihre Schulter und senkte seine Stimme.

»Den Text da müssen Sie nicht auswendig lernen. Wir haben eine Rede für Sie vorbereitet.«

Sigrid erstarrte.

»Das war so nicht abgesprochen.«

Adnan Omar zwinkerte ihr zu.

»Möchten Sie, dass ich den netten Herren dahinten von Ihren Freunden in Kopenhagen erzähle, die Sie mir unbedingt vorstellen wollen? Oder von Ihrem Erpressungsversuch?«, flüsterte er.

Sigrid hielt die Luft an. Es rauschte in ihren Ohren. Adnan Omar legte ihr einen Stapel Papiere in den Schoß, dann ging er wieder.

Sigrid lehnte sich mit dem Rücken an die Wand und ließ sich zu Boden gleiten, den Kopf in den Händen verborgen. Dann versuchte sie, ihr hysterisch schreiendes Nervensystem wieder unter Kontrolle zu bringen.

»Lampenfieber!«, sagte sie einem der beiden Lederjacken, der fragend auf sie zukam. Mehr wollte er nicht hören und zog sich wieder zurück.

Ines. Ines musste sie unbedingt direkt nach der Pressekonferenz außer Landes schaffen.

Sigrid erinnerte sich daran, was sie vereinbart hatten. Ein VPN-Tool verwenden, um die IP-Adresse zu verbergen, und nur via WhatsApp schreiben. Nur die Notfallnummer benutzen.

»Es gibt keine echten Teppiche mehr bei unserem Lieferanten«, schrieb Sigrid.

Eine Sekunde später tauchte Magnus' freundliches Gesicht vor ihr auf.

»Es ist so weit. Du wirst sie im Sturm erobern. Ich weiß das.«

Sie klammerte sich an das Rednerpult auf dem Podium, ihre Beine zitterten.

»Wir bei NorCom sind stolz darauf, eine Kooperation mit einer der progressivsten Regierungen im Nahen Osten einzugehen. Seit Jahrzehnten wird diese Region von Kriegen und Konflikten erschüttert. Aber mit Baschar al-Assads reformwilliger Öffnung macht sich Syrien bereit für den Dialog mit dem Westen. Und dafür stehen wir zur Verfügung«, las sie vor. Mit Müh und Not gelang es ihr, die Sätze vorzutragen, die ihr Adnan Omar vorgegeben hatte.

Nach ihrer Rede riefen alle Vertreter der Presse durcheinander. Sigrid warf Magnus einen verzweifelten Blick zu. Er schaltete sofort, trat neben sie, stellte sich vor und beantwortete die Fragen der Presse. Ihr war schwindelig. Ihr wurde schlecht. Was waren das für entsetzliche Lügen, die Adnan sie hatte aufsagen lassen? Sie nahm all ihre Kraft zusammen und verließ den Konferenzraum.

Sie überprüfte ihre Nachrichten. Ines hatte ihre WhatsApp gelesen, aber nicht geantwortet. Kurzerhand rief Sigrid sie an.

Ines meldete sich mit einem anonymen *Hallo*?

»Ines, ich bin es, Sigrid. Ich muss umgehend rausgeholt werden.«

»Es tut mir leid, aber wir müssen unsere Vereinbarung annullieren. Wir sind nicht mehr an einer Lieferung interessiert.«

Nein, nein, nein. So war das nicht abgesprochen.

»Ihr könnt doch nicht einfach so unsere Zusammenarbeit annullieren?« Sigrid hörte das Zittern in ihrer Stimme.

»Wir müssen uns hundertprozentig auf unsere Lieferanten verlassen können. Und mir ist zu Ohren gekommen, dass du krank bist. Das hättest du uns mitteilen müssen.«

Es wurde still. Ines hatte aufgelegt.

Sigrid schnappte nach Luft. Das konnte alles nicht wahr sein. Ihr Gesicht glühte. Andreas. Er musste Ines von ihrer PTBS erzählt haben.

Alles drehte sich. Sie hyperventilierte und sah aus dem Augenwinkel, dass Magnus auf sie zukam. Es gelang ihr, die Nachricht und die App zu löschen und ihr Handy in die Tasche zu werfen. Auf einmal wurde um sie herum alles ganz still und schwarz. Dann kamen die Fliesen mit großer Geschwindigkeit auf sie zu, und sie stürzte kopfüber zu Boden.

56

»Vielleicht haben die Einbrecher mein Handy gestohlen.« Rahaf stocherte in ihrem Essen herum.

»Kann es sein, dass du es im Sommercamp liegen gelassen hast?«, fragte Reem.

»Nein, es war nicht in meinem Spind. Und ich habe überall schon hundert Mal gesucht.«

Sie saßen in einem der Fastfood-Restaurants im neuen Shoppingcenter. Vor sich die Reste von gebratenem Hühnchen und Pommes. Reem hatte Rahaf von dem Einbruch erzählt, ohne dass ihre Tochter die Verwüstung hatte sehen müssen. Sie hatte auch den Umzug ins Hotel ohne Murren akzeptiert. Und die Tatsache, dass die Katze so lange bei der Nachbarin wohnen würde. Von Roses gewaltsamem Tod hatte Reem ihrer Tochter noch nichts erzählt, sodass Rahaf lediglich Sorgen machte, dass ihr Vater nicht wusste, wo er sie finden würde, wenn er nach Hause kam. Reem versicherte ihr, dass sie im Krankenhaus eine Nachricht für ihn hinterlegt hatte. Aber auch das konnte sie nicht wirklich beruhigen. Die Gewissheit, dass es erst der Anfang einer schweren Zeit mit großen Veränderungen sein würde, war für Reem unerträglich. Sie musste und würde Firas finden. Ein Teil von ihr hoffte inständig, dass er sie verlassen hatte. Geflohen war. Aber es war die unwahrscheinlichste Erklärung von allen, er wäre niemals ohne seine Tochter gegangen. Reem hätte er zurückgelassen, aber nicht Rahaf.

Sie steckte den USB-Stick in ihren Laptop.

»Vielleicht hat Papa mein Handy ausgeliehen?«

»Warum hätte er das tun sollen, *habibti*?«, sagte Reem zerstreut.

»Ist das nicht Sigrid?« Rahaf zeigte auf den Fernsehbildschirm im Restaurant.

Reem sah hoch. In einer Nachrichtensendung bei *Bloomberg Business Network* über die Finanzwelt im Nahen Osten sprach Sigrid auf einer Pressekonferenz davon, Syrien ins globale Dorf einzuladen.

»Vielleicht kann sie mir ja noch so ein Handy schenken?«

»Wir können dir nachher eins im Souk besorgen.« Der Anblick von Sigrid versetzte Reem einen Stich. Sie senkte den Blick und öffnete den Ordner mit den Daten vom Stick. Es war eine Art Vertragsanhang. Sie las das Dokument quer. Ihr fiel alles aus dem Gesicht.

»Was ist los, Mama? Mama, du bist ja ganz weiß!«

Reem brachte kein Wort heraus. Ihr Mund war staubtrocken. Ihr Herz raste, und sie bekam keine Luft. Der Anblick von Rahafs angstverzerrtem Gesicht brachte sie wieder zur Besinnung.

»Ich will mir das da eben ansehen, *habibti.*« Sie stand auf und trat so nah an den Fernsehbildschirm heran, dass sie die Sommersprossen in Sigrids gerötetem Gesicht sehen konnte. Man musste die Dänin schon sehr gut kennen, um die Angst in ihren blauen Augen zu sehen, während sie vom Blatt ablas. Aber Reem kannte sie gut und sah es, und sie schämte sich. Die erpresste Zusammenarbeit mit dem Innenminister war ihre Idee gewesen. Natürlich wollte sie ihre Freundin aus dem Gefängnis bekommen, aber nicht um diesen Preis. Sigrid war offensichtlich in eine Falle gelockt worden.

Reem kehrte an den Tisch zu dem Dokument von Khelanis Rechner zurück, das ihr vorhin den Atem verschlagen hatte. Auf einer Fahndungsliste stand ganz oben Firas Hamed. Schwarz auf weiß. Die Einzelteile lagen alle vor ihr, und nur Sigrid konnte ihr helfen, das Puzzle zusammenzusetzen.

Reem trank den Rest ihres gesüßten schwarzen Tees.

»Und, hat er geholfen?«, fragte Rahaf ihre Mutter. »Der Tee?«

»Mir geht es schon viel besser, danke dir«, sagte Reem und umarmte ihre Tochter.

Rahaf kicherte.

»Mama! Du erdrückst mich.«

Reem ließ sie los. »Sag, wollen wir nicht Sigrid besuchen gehen und sie fragen, wo man so ein Hello-Kitty-Handy bekommen kann?«

Die Empfangsdame im Four Seasons rief bei Sigrid im Hotelzimmer an, musste aber die beiden Fragenden enttäuschen, da die Dänin offenbar nicht auf ihrem Zimmer war. Aber Sigrid Melin habe am frühen Abend ihren Zimmerschlüssel abgeholt, daran erinnerte sie sich genau.

»Ich verstehe nicht, wo sie sonst sein sollte. Könnten Sie eventuell überprüfen, ob sie in einem Ihrer Restaurants einen Tisch reserviert hat?«

Reem schob Rahaf zum Counter des Portiers und sah sich nervös in der Lobby um. Als ihr Vater noch das Ruder in der Hand gehalten hatte, war Jasmin City Security für die Sicherheit der Hotelgäste zuständig gewesen. Jetzt wimmelte es hier von Mukhabarat-Leuten und ihren syrischen Vertretern von der Hamas und Hisbollah.

Auf dem Counter lagen Flyer einer britischen Kaffeehauskette, Costa Coffee. Sie schnappte sich einen der Zettel und holte einen Kugelschreiber aus ihrer Tasche.

»Morgen um 12 Uhr, hier. Reem«, schrieb sie auf Englisch auf die Vorderseite des Flyers.

Dann scannte sie die Eingangshalle. Am Aufgang zu den Zimmern standen zwei Typen, die Farsi sprachen und vermutlich zur iranischen Hisbollah gehörten, die gerne auf Staatskosten im Four Seasons abstiegen. In unmittelbarer Nähe hatten sich ein paar Hotelgäste in Abendgarderobe und mit Drinks um den Klavierspieler versammelt, der angenehme Hintergrundmusik spielte. Sie hatte keine Möglichkeit, sich unbemerkt vorbeizuschleichen. Und um den Aufzug zu benutzen, benötigte man eine Code-Karte.

»Rahaf, *habibti*, kannst du Sigrid diese Nachricht bringen? Ihr sage dir, wie du zu ihrem Zimmer findest.«

Reem setzte sich in die Cocktailbar und bestellte einen Whiskey Soda. Drei Zigaretten hatte sie geraucht, bis Rahaf zurückkam.

»Ich habe denen einfach gesagt, dass mein Papa im Restaurant sitzt und sein Handy im Zimmer vergessen hat. Ich durfte sogar mit einer englischen Frau Aufzug fahren. Ich glaube, sie arbeitet für die UN.«

Reem seufzte vor Erleichterung.

»Und den Flyer?«

»Den habe ich unter ihrer Tür durchgeschoben. Zimmer 801, stimmt's?«

Reem nickte und gab ihrer Tochter einen zärtlichen Kuss auf ihre schwarzen Locken.

»Wollen wir zurück in unser Hotel fahren und uns ausschlafen? Morgen sehen wir weiter.«

57

Der Brief war an Reem Nemir adressiert und trug rote Stempel mit den Worten »Vertraulich« und »Eilt«. Absender war der Mukhabarat, Abteilung 251.

Mit einem Brieföffner schlitzte sie den Umschlag auf und warf einen nervösen Blick auf seinen Inhalt. Es war eine Vorladung ins Al-Khatib in der Bagdad Street.

Reem sah durch die Glasscheibe ihres Zimmers in das Großraumbüro, wo ihre Angestellten im gemächlichen Montagstempo den neuen Arbeitstag begannen, ohne zu ahnen, was für ein Sturm hinter der immer kontrollierten Fassade ihrer Chefin tobte. Sie spürte den Blick ihres Vaters, dessen Porträt in einem Goldrahmen über ihrem Schreibtisch hing.

Sie würde um zwölf Uhr Sigrid treffen und herausfinden, ob es eine Verbindung zwischen der gestrigen Pressekonferenz und dem Dokument gab, das sie von Khelanis Computer kopiert hatte. Firas war jetzt seit fünf Tagen verschwunden, und sie hatten eine weitere Nacht im Hotel verbracht. Sie hatte Rahaf ins Sommercamp gebracht, damit ihre Tochter auf andere Gedanken kam. Laut Vorladung sollte Reem sich um zehn Uhr im Gebäude der Sicherheitskräfte melden. Aber die mussten warten. Sie musste vorher unbedingt mit Sigrid sprechen, das war wichtiger. Außerdem wäre vielleicht eine kleine Recherche dazu sinnvoll, was der Mukhabarat von ihr wollte, bevor sie da freiwillig in die Höhle des Löwen spazierte. Die Vorgänge, die alle den Arabischen Frühling nannten, hatten Reems äußerst komfortables Leben in ein sehr wackeliges Kartenhaus verwandelt. Dieser Brief könnte die Erschütterung auslösen, die es zum Einsturz brachte.

Die Sonne brannte unerbittlich durchs Fenster. Ihre schwitzenden Hände hinterließen Fingerabdrücke auf dem Umschlag. Sie stand auf und lehnte die Stirn gegen die kühle Wand. Es musste sich um eine bloße Formalität handeln. Warum sollten sie Hassan Nemirs Tochter verhaften wollen? Aber sie durfte kein Risiko eingehen.

Vor dem Gebäude hatte sie ihr weißes Jaguar-Coupé geparkt, aber Reem musste sich an ihre eigenen Regeln halten. Wenn man seine Sicherheit an erste Stelle setzte, musste man auf Bling-Bling verzichten. Eine Zielperson in einem teuren Importwagen zu lokalisieren, war ein Leichtes. Das predigte sie ihren Klienten immer, wenn die darauf bestanden, in einem SUV mit Sicherheitsglas und fünfhundert PS zu fahren, auch wenn es nicht unbedingt notwendig war. Im schlimmsten Fall war sie nämlich zum Zielobjekt geworden.

Reem holte ihren Laptop aus ihrer Hermès-Tasche und öffnete das Verzeichnis der Fahrzeuge ihres Unternehmens und die aktuellen Standorte. Ein metallblauer Mazda 323 stand am nächsten, beim Stadttor Bab al-Faraj im Nordosten der Altstadt. Sie druckte sich die Liste aus und steckte sie in ihre Tasche. Aus einer Schublade holte sie die Turnschuhe, mit denen sie im Fitnessraum der Sicherheitsleute auf dem Laufband trainierte, zog ihre schwarzen Stilettos aus und wechselte das Schuhwerk. Nach kurzem Zögern, ob sie auch ihren Hosenanzug gegen Jogging-Sachen austauschen sollte, entschied sie sich dagegen. Damit fiel sie weniger auf als in Sportklamotten. Um Fragen zu vermeiden, lief sie mit einem Gesichtsausdruck durch das Büro, der keine Ansprache zuließ.

In der Eingangshalle bemerkte sie einen dunkelblauen Wagen der iranischen Marke Saipa, der vor der Tür parkte. Zwei Männer in Lederjacken standen gegen die Karosserie gelehnt und rauchten. Reem beeindruckte ihre ausländischen VIPs immer wieder mit der Bemerkung, dass man die Leute vom Mukhabarat an den billigen BIC-Kugelschreibern erkennen würde, mit denen sie ihre Berichte schrieben. Das führte oft dazu, dass ihre Klienten sich über die Sicherheitskräfte lustig machten. Entweder seien sie nicht besonders gut in ihrem Job oder einfach sehr schlecht organisiert. Aber die Sichtbarkeit war beabsichtigt. Die Männer sollten die Inhaberin von Jasmin City Security an ihre Vorladung erinnern.

Reem schlüpfte durch den Hinterausgang. Als ihr Vater ein paar Jahre vor seinem Tod neue Räumlichkeiten für seine Firma suchte, wollte er etwas in der Nähe vom Stadttor Bab Touma finden, und es hatte keinen Grund gegeben, das nach seinem Tod zu ändern. Deshalb war der kürzeste Weg zu dem Firmenwagen der Weg durch das christliche Stadtviertel.

Hinter Reem fiel die Tür mit einem lauten Knall zu. Sie zuckte zusammen, den Lärm hatte der Wachmann des Gebäudes hundertprozentig gehört.

Und so war es auch. Es dauerte nur wenige Sekunden, bis er seinen Kopf durch die Tür steckte.

»Warum nehmen Sie die Hintertür, Madam Nemir?«

Reem drehte sich nur halb zu ihm um und tippte auf ihre Armbanduhr. Er quälte sich zu einem Lächeln, wagte es nicht, sich mit Hassan Nemirs Tochter anzulegen.

»Das ist kein autorisierter Ausgang!«, rief er ihr hinterher.

Jetzt war es wichtig, so schnell wie möglich in der Menschenmenge unterzutauchen, bevor der Wachmann die beiden Lederjacken benachrichtigen konnte.

»*Ya hayawan*, du Idiot!«, murmelte sie und rannte los. In dieser Jahreszeit döste die Stadt normalerweise in der trockenen Hitze. Große Teile der Damaszener Ober- und Mittelschicht waren an die Küsten im Nordwesten des Landes, in den Libanon oder nach Europa gereist, um die Sommerferien dort zu verbringen. Aber nichts war so, wie es früher war. Aus dem verwirrten Arabischen Frühling war ein schrecklicher Sommer geworden. Ihre Stadt war von einer Revolution gepackt worden, die jeden Freitag sichtbar wurde, wenn sich die Demonstranten nach dem Gebet versammelten. An den restlichen sechs Tagen war der Konflikt praktisch unsichtbar. Aber man hatte den Eindruck, dass die Mauern die Luft anhielten und auch die Händler nur mit gedämpfter Stimme sprachen.

Sie lief an der Marmorfassade der Umayyaden-Moschee vorbei und wollte in den Souk einbiegen. Im Schutz der gigantischen Flagge, die den Eingang des Basars wie eine patriotische Markise schmückte, sah sie sich um. Die beiden Lederjacken hatten die Verfolgung aufgenommen und rannten quer über den Platz auf sie zu.

Es war Vormittag und der Souk dicht bevölkert, obwohl die meisten Touristen das Land verlassen hatten. Kaffeeverkäufer, Teenager mit iPhones und Großmütter mit ihren Einkaufsnetzen. Dieses Mal empfand sie es als Erleichterung, dem Geruch von Kardamom und Koriander der Altstadtgassen zu entkommen und umgeben vom feuchten Benzingestank alter, ramponierter russischer und iranischer Fahrzeuge den modernen Boulevard hinunterzulaufen. Den Mazda hatte sie schnell gefunden. Der Autoschlüssel lag auf dem linken Vorderreifen. Sie schob sich hinters Lenkrad und holte eine große, billige Sonnenbrille und ein knallgelbes Kopftuch aus dem Handschuhfach.

Sekunden später fuhr sie an zwei Männern in Lederjacken vorbei, die sich frustriert umsahen und nicht auf die Fahrerin des blauen Mazdas achteten. Denn sie sah nicht mehr aus wie die wohlhabende Geschäftsfrau, nach der sie suchten.

58

Das Hotel Cham Palace war ein beliebter Zufluchtsort für Reem, aber auch generell für die kreative Schicht Syriens. In seiner arabischen Gartenanlage befand sich die bestsortierte Buchhandlung Syriens. Hier arbeitete Isam Assani, ein ehemaliger Schulkamerad von Reem mit wichtigen Kontakten.

Als er sie sah, wollte Isam gleich das Buch holen gehen, das sie letztes Mal bestellt hatte. Aber sie hielt ihn zurück.

»Ich habe einen Brief bekommen«, sagte sie mit Grabesstimme.

»*Du*?« Isam riss die Augen auf. »Du bist die Letzte, bei der ich das erwartet hätte – mit deiner Stammtafel in der Baath-Partei? Aus welcher Abteilung denn?«

Reem schnitt eine Grimasse.

»Luftwaffe. Ich habe eine Vorladung ins Al-Khatib bekommen.«

Isam hob die Augenbrauen.

Reem zuckte mit den Schultern.

»Wie schlimm kann es schon sein, wenn die mir einen Brief schicken? Wenn die der Ansicht sind, dass ich etwas falsch gemacht habe, dann hätten sie mich doch schon längst verhaftet.«

»Da wäre ich mir nicht so sicher. Aber du bist doch viel besser vernetzt als ich. Warum benutzt du nicht deine eigenen Kanäle?«

»Allianzen wechseln ständig, Isam. Woher soll man wissen, wem man noch trauen kann?«

»Warte hier auf mich im Café. Tu so, als würdest du dieses Buch kaufen, und ich beeile mich.« Er tippte einen Betrag in die Kasse und steckte eine Biographie über Hafez al-Assad in die Tüte.

Reem bat ihren Freund, sich auch nach Firas zu erkundigen. Sie bezahlte, ohne zu bemerken, dass sie genauso viele Scheine als Wechselgeld erhielt, wie sie gezahlt hatte. Nervös setzte sie sich ins Café und blätterte unkonzentriert in der Biographie.

Es dauerte nicht lange, da kam Isam mit einer Antwort auf die diskrete Frage zurück, die er seinem Netzwerk gestellt hatte.

»Es sieht nicht gut aus. Khelani persönlich hat deine Vorladung veranlasst.«

Reems Hoffnung sank, sie packte Isam am Arm.

»Und was ist mit Firas?«

Isam wich ihrem Blick aus.

»Hast du etwas über ihn in Erfahrung bringen können?«

Er schüttelte den Kopf.

»Es tut mir so leid. Ich habe nur Informationen über dich bekommen.« Sie sahen sich an. Ihr wurde schlecht vor Angst.

Isam nickte, um ihr zu verstehen zu geben, dass er sie verstand. »Ich habe mit meinem Kontakt im Al-Khatib gesprochen.«

Er zögerte.

»Gleich wird ein Haftbefehl gegen dich verhängt. Morgen früh um sechs Uhr wird jeder Checkpoint am Stadtrand von Damaskus und jeder Grenzübergang ein Fahndungsfoto von dir erhalten haben.«

59

Reem hatte keine Zeit zu packen, wenn sie dem Mukhabarat entkommen wollte. Sie war nicht zum Termin erschienen, es blieb ihnen nicht viel Zeit, um unterzutauchen. Aber vorher musste sie Rahaf aus dem Sommercamp abholen.

Das fand in ihrem Sportverein im Mezzeh-Viertel statt. Da die Kinder zwischen den Aktivitäten Pausen hatten, wartete Reem im Zuschauerraum. Sie musste sich sehr zusammenreißen, um die Fassung zu wahren. Ihr geliebter Firas war ganz offensichtlich verhaftet worden und saß vielleicht schon seit Tagen in einer der berüchtigten unterirdischen Zellen. Auch Rahaf und sie waren in Gefahr. Aber weshalb? Reem verstand das alles nicht. Ein Blick auf die Uhr, halb zwölf. In einer halben Stunde würde sie Sigrid treffen, die ihr das hoffentlich würde erklären können.

Reems Nervensystem war in höchster Alarmbereitschaft. Als sie den schwarzhaarigen Lockenkopf im pinken T-Shirt mit gelbem Smiley, Jeans und Sneakers sah, wäre sie beinahe zusammengebrochen. Rahaf schwang ihre Sporttasche energisch durch die Luft, während sie einer Freundin zuhörte.

Sie reagierte überrascht, als sie ihre Mutter sah, dann war ihr das alles sehr peinlich.

»Mama, warum umarmst du mich so doll? Und was machst du hier, du hast mich doch gerade eben erst hergebracht?«

Reem ließ ihre Tochter los, die nur wissen wollte, ob sie wieder in ihre alte Wohnung konnten. Und ob ihr Vater nach Hause gekommen war. Reem erinnerte sie daran, dass sie mit Sigrid verabredet seien, woraufhin Rahaf wild drauflosplapperte, wann und wo sie ihr neues

Hello-Kitty-Handy kaufen würde. Reem nickte gedankenverloren. Sie hängte sich die weiße Tasche über die Schulter und vergewisserte sich, dass die zwei wichtigsten Gegenstände noch drinlagen. Die vergoldete Beretta und ihr Laptop mit dem Jasminaufkleber.

Vielleicht würden sie Syrien ohne Firas verlassen müssen. Aber erst nachdem sie noch einen letzten Versuch unternommen hatte, um Gewissheit zu haben. Ihre dänische Freundin war die einzige Person, die ihr dabei helfen konnte, ihn zu finden. Die Frage war nur, ob sie das tun würde. Wenn Reems Befürchtung begründet war, setzten sie beide ihr Leben aufs Spiel.

Nach einer kurzen Fahrt stieß Reem die Tür des Cafés Costa Coffee auf. Rahaf begleitete sie. Hoffentlich hatte Sigrid die Nachricht erhalten. Sie konnte jetzt nichts anderes tun als abzuwarten.

60

Sigrid öffnete die Augen, ihre Wimpern waren verklebt, was ein eindeutiges Zeichen dafür war, dass sie sich nicht abgeschminkt hatte. Außerdem hatte sie einen widerlichen Geschmack im Mund. Auch die Decke war nicht, wie sie sein sollte. Sie hatte Stuck, wie bei ihr im Zimmer, aber warum hatten sie die Farben geändert? Plötzlich war sie hellwach. Sie sah sich um, dann dämmerte ihr, wo sie war. Nach der unsäglichen Pressekonferenz hatte sie sich mit Magnus in seinem Hotelzimmer an der Minibar vergangen.

Alles war in sich zusammengestürzt. Adnan Omars Drohung, sie beim Mukhabarat als Spionin zu verraten. Ines' Weigerung, den dänischen Nachrichtendienst einzuschalten, um sie außer Landes zu schaffen. Die Andeutung, dass sie von ihrer PTBS wusste. Es gab nur eine Möglichkeit, wie sie davon hatte erfahren können. Andreas. All diese Gewissheiten mischten sich zu einem giftigen Cocktail aus Angst, Wut und Scham. Sie war in Lebensgefahr. Andreas hatte sie hintergangen, und er war schuld daran, dass sie ohne Ines' Hilfe aus Syrien fliehen musste, wahrscheinlich unter Spionageverdacht stand und gesucht wurde.

Nach ihrem Zusammenbruch hatte Magnus sich um sie gekümmert, sie zurück ins Hotel verfrachtet und ihr einen dreifachen Whiskey eingeflößt. Der Alkohol hatte zumindest eine beruhigende Wirkung gehabt. Da sie ihm aber nicht die Wahrheit sagen konnte, stotterte sie bloß davon, wie unsinnig und nutzlos ihre Reise nach Syrien gewesen sei. Sie hatte ihre Gutmütigkeit verflucht und ihre blinde und naive Überzeugung, tatsächlich etwas bewirken zu können. Aber Magnus blickte nicht umsonst auf eine große Karriere als Macher und Problemlöser in einem der größten Telekommunikationsunternehmen zurück. Er gab sich die Aufgabe, Sigrids Stimmung aufzuhellen, und nahm sie sehr ernst. Was sei schon dabei, wenn sie sich ein bisschen in ihrer Integrität gesonnt haben?, hatte er gefragt. Sigrid und NorCom würden in Syrien große Dinge erreichen. Sie solle auf das sehen, was sie schon alles geschafft hatten. Da hatte sie sich in seine Arme geworfen. Aus der Umarmung, die ein bisschen zu lange dauerte, wurde ein Kuss. Dann zog er ihren Rock hoch und sie knöpfte seine Hose auf. Er musste nichts weiter tun, als ihren String zur Seite zu schieben und in sie einzudringen. Er ließ sich mit ihr rittlings auf die Bettkante fallen und stöhnte, als sie ihn am Hintern packte und sich auf ihn presste.

»Sei still!«, flüsterte sie und hielt inne.

Er lachte. »Warum?«

»Wirst du nicht abgehört?«

»Und wenn?« Er grinste anzüglich.

Sie schüttelte den Kopf.

Da befeuchtete Magnus seinen Finger und schob ihn zwischen ihre Schamlippen. Die Erregung überkam Sigrid mit ungeahnter Wucht, sie stöhnte lautlos vor Lust. Als sie kam und der Orgasmus sie wie eine Welle packte, biss sie Magnus in die Schulter, um nicht laut aufzuschreien.

Jetzt lag er neben ihr und schlief mit geöffnetem Mund. Er hatte sich vom Laken freigestrampelt, was den Blick auf ein Paar teure Boxershorts aus Seide freigab. Darin sah er aus wie ein kleiner Junge, der jemanden beeindrucken wollte.

Dann entdeckte sie die Bissspuren auf seiner braungebrannten Schulter.

Shit, shit, shit. Fuck, fuck, fuck.

Sie hatte sich gehen lassen, um alles zu vergessen. Andreas hatte sie hintergangen, aber sie fühlte sich trotzdem schlecht wegen ihres Verrats. Sie betrachtete die Gestalt im Spiegel hinter dem Schreibtisch, eine offenbar verwirrte Frau mit verschmierter Mascara, die mit ihrem schlechten Gewissen kämpfte.

»Du *Vollidiotin*!«, flüsterte sie.

Magnus bewegte sich, er durfte jetzt auf keinen Fall aufwachen. Reglos blieb sie sitzen und wartete, bis seine Atemzüge wieder gleichmäßig waren. Sie stand so leise wie möglich auf und schnappte sich ihre Bluse und ihren Rock vom Fußboden. Das hier überforderte sie *komplett.*

Sigrid versuchte, die Tür ihres Hotelzimmers lautlos zu öffnen, damit die Beamten, die sie abhörten, nichts mitbekamen. Sie schob sich die Zahnbürste in den Mund und bürstete drauflos, während sie mit der anderen Hand die Kissen und Laken des unbenutzten Bettes zerknüllte.

Die Uhr auf dem Nachttisch zeigte 11:45 an. Sie musste unbedingt ins Büro, ihre Sachen holen und Göran Wolgers ihre Kündigung schicken. Sie wollte nur noch nach Hause.

Die Zeit drängte, die Demonstrationen würden möglicherweise die Fahrt ins Büro erschweren, und sie musste ihre Reise planen und Tickets buchen.

Da klopfte es an der Tür.

»Sigrid? Warum bist du einfach gegangen?«

Magnus. Verdammt.

Sie ging zur Tür, um zu öffnen. Sie trat auf etwas. An ihrer Fußsohle klebte ein Flyer von einem Café. Sie bückte sich und warf ihn in den Mülleimer.

Einer Intuition folgend hob sie ihn wieder hoch. Sie hatte etwas Handschriftliches gesehen.

»Morgen um 12 Uhr, hier. Reem« Sigrids Herz machte einen Satz.

»Sigrid, ich kann dich hören!«

Sie öffnete die Tür, ohne ihn anzusehen.

»Was ist das denn für ein beschissener Abgang?«

»Sorry, Magnus.« Sie drückte ihren Zeigefinger auf die Lippen.

»Was ist los?«, flüsterte er.

Sigrid zog Bluse und Rock aus und das Outfit an, mit dem sie nach Syrien gekommen war. T-Shirt, Jeans und ihre roten Converse, dazu die alten Aviators. Sie schnappte sich ihre Tasche und zog Magnus hinter sich her, aus dem Hotelzimmer und die Treppe hinunter.

»Sigrid, was soll das, ich habe keine Schuhe an.«

Sie blieb auf dem Absatz stehen und sah auf seine nackten Füße. Eine Gruppe Jugendlicher mit UN-Shirts und Namensschildern lief an ihnen vorbei.

»Ich muss los, wir sehen uns später, okay?«

»Sagst du mir bitte auch, wo du hingehst? Damit ich weiß, wo du bist?« Er sah sie zärtlich an.

»Reem hat mir eine Nachricht zukommen lassen«, sagte sie leise. »Ich soll sie um zwölf Uhr im Costa Coffee treffen. Das ist doch das Café hier gleich um die Ecke, oder?«

»Bist du nicht schon spät dran?«

»Ganz genau. Entschuldige, Magnus, ich muss mich beeilen. Ich glaube, sie ist in Gefahr.«

Er nickte.

»Das Café ist in dem offenen Shoppingcenter, einfach die Shoukry Al-Qouwatly, die Straße hier vor dem Hotel, runter und einmal um den Block.«

»Danke dir.«

Er gab ihr einen sanften Kuss auf die Wange.

»Na, dann los. Und pass auf dich auf.«

Aber Sigrid hechtete schon die Treppe hinunter.

War das Café an der nördlichen oder südlichen Seite des Einkaufscenters? Nach rechts oder nach links? Sie wählte die falsche Richtung, machte einen Umweg. Aber dann endlich sah sie das Logo an der Fassade. Noch hundert Meter, sie rannte los.

61

Das Café war kaum besucht, als Reem und Rahaf ankamen. Die Demonstrationen hatten die Leute abgeschreckt. Auf einem hohen Barhocker lag eine graue Katze, die Rahaf sofort hingebungsvoll kraulte. Reem bestellte ihnen zwei Pfefferminztee, während Rahaf nach unten zu den Toiletten verschwand.

Ungeduldig behielt Reem die Eingangstür im Blick. Hoffentlich hatte Sigrid ihre Nachricht bekommen. Der Kellner stellte ihr den dampfenden Tee hin, sie verbrannte sich die Zungenspitze an der kochendheißen Flüssigkeit. Plötzlich sprang die Katze neben ihr vom Barhocker auf, ihr Schwanz stand wie eine Antenne in die Luft. Sie sprang vom Hocker und rannte in die hinteren Räume des Cafés.

Alles, was danach passiert, fand in Zeitlupe statt. Reem sah zur Tür. Durch die großen Fensterscheiben konnte sie nach draußen auf die Straße sehen. Vor dem Café hielt ein alter, verbeulter Saipa. Ein älterer Mann in einem schlechtsitzenden Anzug sprang aus dem Auto und rannte weg. Da wusste sie, was passieren würde.

Die Explosion füllte ihr ganzes Dasein.

Eine heiße Druckwelle, begleitet von einem gigantischen Knall, warf sie zu Boden. Sie riss sich ihre Wade an einer scharfen Kante des Barhockers auf, der am Boden festgeschraubt war. Das Blut durchtränkte ihr Hosenbein.

Sie konnte nichts mehr hören. Sie schüttelte den Kopf, in der Hoffnung, dass sich das Vakuum auflösen würde, in dem sie sich befand. Der Kellner lehnte an der Wand, reglos, und blinzelte verwundert. Aus seinem Ohr lief Blut.

»Ich komme zurück«, sagte Reem, konnte aber nicht einschätzen, ob ihre Worte ihn erreicht hatten. Auf allen vieren krabbelte sie zu der Treppe, die zu den Toiletten hinunterführte.

»Rahaf?«

Die Autobombe hatte die Fassade des Gebäudes eingedrückt. Aber die Treppe in den Keller war zum Glück unversehrt. Noch vier Meter. Im Augenwinkel sah sie eine Bewegung bei der Eingangstür. Sie keuchte, das Adrenalin pulsierte unkontrolliert durch ihren Körper.

Durch das Loch in der Mauer kamen die beiden Männer, die in ihren billigen Lederjacken vor ihrem Büro gestanden und sie verfolgt hatten. Sie stiegen über die Trümmer und kamen direkt auf sie zu. Alles an ihnen schrie Mukhhabarat, und sie waren ihretwegen hier.

Sie sagte kein Wort, aber in Gedanken sendete sie Schreie als Warnung an Rahaf, sich zu verstecken.

62

Sigrid war noch etwa fünfzig Meter vom Costa Coffee entfernt, als sie den ramponierten Saipa sah, der mit einer Vollbremsung vor dem Café hielt. Ein älterer Mann sprang aus dem Wagen und rannte los, ohne die Fahrertür hinter sich zu schließen.

Instinktiv blieb Sigrid stehen. Sie wollte eine Warnung rufen, aber die wurde von der heißen Druckwelle der Explosion verschluckt. Das Auto verwandelte sich in eine Feuersäule, die Fassade des Gebäudes war zersprengt. Sie wurde zu Boden gerissen und schlug sich das Steißbein und die Ellbogen auf. Verwirrt rappelte sie sich wieder auf, ignorierte den Schmerz, der ihr durch den Rücken jagte. Ein Eisensplitter steckte in ihrem Oberarm, es blutete. Ansonsten war sie unverletzt. Aber wo war Reem? Was war passiert? Sigrid rannte auf das brennende Café zu.

Da trat ihre syrische Freundin aus den Flammen, und Sigrid stöhnte vor Erleichterung auf. Um den Bruchteil einer Sekunde später abrupt stehen zu bleiben. Reem folgten zwei Männer, der eine trug ihre weiße Handtasche, der andere hatte sie am Oberarm gepackt. Sie stießen sie in einen schwarzen Range Rover. Der Wagen fuhr mit quietschenden Reifen los, jagte die Straße hinunter und bog in die mehrspurige Hauptstraße ein.

Sigrid sank in sich zusammen. Der Boden unter ihr schwankte bedrohlich. Aber dann sah sie das Mädchen. Eine kleine Gestalt mit schwarzen Locken trat aus dem zerstörten Gebäude und stieg über die Trümmer auf dem Bürgersteig. Rahaf!

Sigrid sprang auf sie zu.

Die großen schwarzen Augen des Mädchens waren weit aufgerissen, ihr Mund zu einem stummen Schrei verzerrt. Ihre Kleidung war mit weißem Staub bedeckt, bis auf die Hose, wo ein dunkler, feuchter Fleck sich zwischen den Beinen ausbreitete. Das Mädchen zitterte am ganzen Körper, als Sigrid sie mit klopfendem Herzen in den Arm nahm.

ZWEITER TEIL

»So weit man auch zurückblickt in die vage Vergangenheit, Damaskus war immer da. Seit mehr als viertausend Jahren wurde die Stadt in den Aufzeichnungen eines jeden Jahrhunderts erwähnt und ihr Lob gesungen. Für Damaskus sind Jahre nur Augenblicke, Jahrzehnte nur flüchtige, an die Zeit gebundene Banalitäten. Diese Stadt misst Zeit nicht in Tagen, Monaten und Jahren, sondern in Weltreichen, deren Aufstieg, Blüte und Verfall sie beobachtet hat. Sie ist auf ihre Art unsterblich.«

Mark Twain, *Unterwegs mit den Arglosen*

63

Als hätte Damaskus vor der Explosion und Reems Verhaftung für einen kurzen Moment die Luft angehalten. Dann kehrten Lärm und Geschäftigkeit zurück. Die Straße vor dem Café war voller Einsatzwagen und Polizisten. Männer in schwarzen T-Shirts und Lederjacken betraten die Szene. Mit einer fast gleichgültigen Geste gab einer von ihnen den Schaulustigen zu verstehen, dass sie sich entfernen sollten. Was die sofort befolgten. Der Pulk löste sich auf, alle setzten ihren Weg fort.

Sigrid hielt Rahaf an der Hand und entfernte sich zügig vom Ort des Geschehens.

»Komm, wir gehen, *habibti.*«

Sie hielten erst an, als sie einen kleinen Park neben dem Four Seasons erreicht hatten. Sigrid schob Rahaf auf einen kleinen Grünstreifen zwischen den Palmen, Zypressen und Büschen. Sie hockte sich vor sie und suchte ihr Gesicht, Arme und Beine nach Wunden ab.

»Tut es dir irgendwo weh?«

Rahaf schüttelte apathisch den Kopf.

Da spürte Sigrid eine Hand auf ihrer Schulter.

»Madam?«

Die Hand gehörte einem älteren, kräftigen Mann in kurzärmeligem Hemd. Er hatte eine braune bauchige Ledertasche in der Hand, die er hochhielt, als wäre sie der Beweis seiner friedlichen Absichten.

»Madam, ich habe gesehen, was passiert ist«, sagte er auf Englisch.

Sigrid richtete sich auf und sah ihn fragend an. Aber der Mann wartete nicht auf eine Antwort von ihr, sondern beugte sich zu Rahaf hinunter.

»*Marhaba, habibti*, ich heiße Youssef und bin Arzt. Darf ich dich kurz untersuchen?«

Rahaf versteckte sich hinter Sigrid und verschränkte die Beine, damit er ihr Malheur nicht sehen konnte.

Er nickte verständnisvoll.

»Haben Sie einen Ort, wo Sie mit ihr hinkönnen? Zu ihrer Familie?«

Sigrid schüttelte den Kopf.

»Verstehe«, sagte der Arzt.

»Mein Hotel ist gleich hier um die Ecke.«

Er nickte.

»Sie sollte untersucht werden.«

Doktor Youssef kannte den Marketing-Leiter des Four Seasons und bat ihn, sie durch den Personaleingang ins Hotel zu lassen. Er würde draußen mit einem jungen Gast stehen, der unbemerkt ins Hotelzimmer kommen wolle, weil ihm ein kleines Malheur passiert sei.

In Sigrids Zimmer angekommen, untersuchte der Arzt Rahaf schweigend. Auch das Mädchen sagte keinen Ton und ließ ihn in ihre Augen leuchten und ihr Herz abhorchen. Sigrid lehnte sich gegen den Schreibtisch aus Mahagoni und sah ihm zu. Auf einmal fühlte sich das riesige Hotelzimmer bedrückend eng und klein an, sie musste sich sehr zusammenreißen, um nicht unruhig im Zimmer auf und ab zu gehen.

»Dem Kind geht es gut«, sagte Doktor Youssef und strich mit seiner Hand voller Altersflecken durch sein spärliches graues Haar. »Ich gebe ihr etwas zur Beruhigung.«

Er strich Rahaf über die Wange. »Du brauchst nur ein bisschen Ruhe«, sagte er auf Arabisch. »Es wird alles wieder gut, *habibti*.« Dann wandte er sich an Sigrid.

»Sie braucht vor allem Ruhe und Trost. Versuchen Sie zu verhindern, dass sie sofort einschläft, das könnte dazu führen, dass sich das Erlebte im Unterbewusstsein verankert. Schalten Sie den Fernseher ein, wenn sie Lust dazu hat. Und sorgen Sie dafür, dass sie was isst. Irgendetwas. Der Schock hat Auswirkungen auf ihren Blutzucker.«

Nachdem er auch Sigrid versorgt und ihre Wunde am Arm gesäubert hatte, gab er ihr zur Sicherheit noch eine Tetanusspritze.

Rahaf weinte leise.

Sigrid setzte sich neben sie.

»Tut dir etwas weh, *habibti*?«

»Mein Knie«, flüsterte das Mädchen.

Der Arzt untersuchte ihr Knie. »Das wird alles wieder gut, *habibti*. Du musst dich jetzt nur ausruhen.«

Rahaf nickte und wischte sich die Tränen weg.

Sigrid brachte den Arzt zur Tür.

»Was hat sie denn am Knie?«

Er lächelte milde. »Manchmal sitzt die Seele im Knie.«

Sigrid schnürte sich der Hals zu. »Vielen Dank, Doktor Youssef.«

»Komm, wir lassen dir eine Badewanne ein, *habibti*«, sagte Sigrid, nachdem der Arzt gegangen war. »Und dann waschen wir deine Sachen aus.«

Rahaf nickte, dabei entwich ihr ein Schluchzen.

Sigrid schaltete den Fernseher ein. Es lief Spongebob. Sie drehte die Lautstärke hoch.

»Und dann machen wir uns auf die Suche nach deiner Mutter«, flüsterte sie. »Morgen treffen wir uns mit jemandem, der uns dabei helfen kann, okay?«

Rahaf warf sich in Sigrids Arme, sie zitterte am ganzen Körper.

Sigrid verlor das Gespür für Raum und Zeit, während sie das Mädchen in ihren Armen hin und her wiegte. Langsam nahm das Schluchzen ab, die Tränen versiegten, und ihr Kopf wurde immer schwerer. Leise sagte Sigrid zu Rahaf, dass es noch zu früh zum Schlafen sei.

Sie drückte ihre Hand und stand auf, um beim Zimmerservice Essen zu bestellen. Dann ging sie ins Badezimmer. Rahaf folgte ihr auf Schritt und Tritt.

Während die Kleine in der Badewanne lag, lief Sigrid im Zimmer auf und ab. Das HEAT-Training hatte sie nicht darauf vorbereitet, wie sie mit einer traumatisierten Elfjährigen umgehen sollte. Oder eine einflussreiche syrische Geschäftsfrau aus dem Gefängnis holte, deren Vater seinerzeit ebendiese Mauern verteidigt hatte.

Es klopfte leise an die Tür. Sie öffnete sie einen Spalt.

»Magnus?«

Vor ihr stand ihr völlig aufgelöster Kollege.

»Ich habe dich hundert Mal angerufen. Ist dir etwas zugestoßen?«

Sigrid schüttelte den Kopf. »Verzeih, ich habe es nicht gesehen.«

»Du warst doch auf dem Weg in dieses Café. Direkt davor ist eine Autobombe gezündet worden!«

»Ja, ich war da.«

»O Gott, Sigrid, bist du verletzt?« Magnus nahm sie in den Arm.

»Ich bin okay.«

»Und Reem?«

»Ich glaube, sie ist verhaftet worden.«

»Hatte sie was mit der Bombe zu tun?«

Sigrid zuckte mit den Schultern. Warum sollte ihre Freundin etwas damit zu tun haben?

»Rahaf war dabei, Reems Tochter«, sagte sie mit zittriger Stimme. »Sie ist jetzt bei mir. Morgen suche ich jemanden, bei dem sie unterkommen kann.«

Magnus fiel alles aus dem Gesicht.

»Ist sie denn verletzt?«

»Nicht physisch. Aber sie hat gesehen, wie ihre Mutter von zwei Typen abgeführt wurde.«

»Oh nein«, stöhnte Magnus.

Sigrid legte ihre Hand auf seinen Arm.

»Ich melde mich, wenn du helfen kannst. Im Moment braucht sie vor allem Ruhe.«

Magnus verabschiedete sich und ging, drehte sich aber noch mal zu ihr um. Sein ratloser Gesichtsausdruck machte ihr Angst, so hatte sie ihn noch nie gesehen. Er bat sie, sich unbedingt bei ihm zu melden, wenn es etwas Neues gab. Vor allem mit Rahaf. Seine unerwartete Verletzlichkeit berührte sie.

Den Rest des Nachmittags ließ sie Rahaf ihre Lieblingsserien sehen. Auf einem Tablett stand eine bunte Auswahl der Leckereien, die der Zimmerservice zu bieten hatte, in der Hoffnung, dass das Mädchen etwas davon essen würde. Aber die Teller blieben unberührt, nur ein paar Löffel Apfelmus hatte sie gegessen. Als es Abend wurde, durfte Rahaf endlich schlafen gehen.

Sigrid spürte den starken Drang, mit ihrem Sohn zu sprechen, aber sie wollte den Kontakt zu Andreas vermeiden, vorläufig.

Die Sehnsucht nach Victor gewann. In Dänemark war es acht Uhr abends. Sie rief ihn auf seinem Handy an.

»Hallo, Mama!«

»Hallo, mein Schatz. Wie geht es dir?«

»Gut.«

»Und wo bist du gerade?«

»Bei Papa. Gestern war Wechseltag.«

Beim Klang seiner Stimme breitete sich eine wohlige Ruhe in ihr aus.

»Bist du noch dran, Mama? Wann kommst du nach Hause?«

»Das dauert noch ein paar Tage«, sagte Sigrid, wieder so mutlos wie zuvor. »Ich muss hier noch ein paar praktische Dinge klären.«

»Deine Stimme klingt so komisch. Bist du traurig?«

»Ich vermisse dich so, mein Schatz.«

»Ich vermisse es auch, dich auf der PlayStation fertigzumachen.«

Sigrid lachte und wischte sich die Träne von der Wange.

»Wie läuft es beim Fußball?«

»Gut, ich habe gleich Training.«

»Stimmt ja, natürlich. Telefonieren wir bald wieder?«

»Klar, ich bin nicht derjenige, der unbedingt die Welt retten muss. Übermorgen fahre ich wieder zu euch nach Hause. Wir müssen nämlich noch etwas vorbereiten, bevor du nach Hause kommst.« Er klang sehr geheimnisvoll. »Eine Überraschung!«

»Oh, wie herrlich. Ich habe auch etwas für euch besorgt.«

»Oh, Mama, Oscar ruft gerade an, er steht draußen. Wir sprechen später, okay?«

»Das tun wir, mein Herz.«

»Okay. Ich habe in den Nachrichten gesehen, was da unten bei euch los ist. Passen die gut auf euch auf?«

»Logo!«, antwortete Sigrid unnatürlich fröhlich.

Nachdem sie die Auswahl ihrer Minibar überprüft hatte, entschied sie sich für einen billigen Bourbon.

Die Nacht wollte nicht enden. Sie hatte die Füße auf das Fensterbrett gelegt und wartete auf die Morgendämmerung, während sie alle Optionen durchspielte. Die Lichter der Autos unten auf der Shoukry Al-Qouwatly zeichneten leuchtende Streifen, und dahinter tanzten die grünen Lichter der Moscheen.

Endlich kam die Morgendämmerung und tauchte Damaskus in ein mattes Licht, ein helles Gelb, das die Stadt ungefährlich und zerbrechlich aussehen ließ.

Im Laufe der vielen einsamen Stunden war sie zu einer wichtigen Erkenntnis gelangt.

Sie hatte sich in Reem geirrt. Ihre Freundin war von ihren eigenen Leuten einkassiert worden. Und sie war in großer Gefahr. Sigrid hatte sie im Stich gelassen, nicht andersherum.

64

Rahaf kratzte das Rührei in den Mülleimer und stellte den leeren Teller zurück auf den Servierwagen. Sigrid stand zwar mit dem Rücken zu ihr und zog sich ein frisches T-Shirt an, aber sie hatte es im Spiegel über dem Schreibtisch gesehen.

»Ich habe das Rührei gegessen, Sigrid, können wir jetzt gehen?«

Das Frühstück war praktisch nicht angetastet worden bis auf das weggeworfene Rührei und einen Toast, den sich Sigrid reingestopft hatte.

»Steck dir ein Croissant ein, vielleicht bekommst du später Hunger«, forderte Sigrid das Mädchen auf.

Rahaf seufzte ergeben, wickelte ein Croissant in eine Serviette und steckte es sich in die Tasche.

»Wo gehen wir hin?«

Sie verließen das Hotelzimmer und liefen den Gang hinunter zu den Aufzügen. Sigrid antwortete erst, nachdem die Zimmertür mit einem satten Klick zugefallen war.

»Kann ich dich zu einer Verwandten bringen, während ich deine Mutter suche?«

Rahaf sah Sigrid verwundert an. »Mein Vater ist doch bei der Arbeit.«

Sigrid reagierte mit großer Verzögerung, aber das schien Rahaf nicht bemerkt zu haben. Sie sollte nicht noch mehr Angst bekommen, als sie ohnehin schon hatte.

»Ganz genau. Deswegen ja. Die brauchen deinen Vater im Krankenhaus. Bei wem wärst du denn am liebsten, bis das Missverständnis mit deiner Mutter aufgeklärt ist?«

»Bei dir.«

Sigrid zwang sich zu einem Lächeln.

»Ich will nicht nach Jableh«, sagte Rahaf. »Die Tante von Mama ist so altmodisch, und sie sagt immer fiese Sachen über meinen Papa. Und die Familie von Papa kenne ich nicht.«

»Okay.«

Sigrid wandte sich an die Concierge, eine junge Frau mit Grübchen, die eine Uniform mit Goldknöpfen trug.

Sie wollte einen Fahrdienst buchen, auf keinen Fall mit dem Taxi fahren.

»Die Taxifahrer sind mir nicht sicher genug, und ich habe hier die Tochter meiner Freundin dabei«, erklärte sie der Concierge.

»Da ist was dran«, sagte sie. »Wo soll der Fahrer Sie denn hinbringen?«

»Zum Innenministerium.«

Die Frau nickte zustimmend.

»Das Gebäude befindet sich zwar direkt um die Ecke, aber …«

»Vielen Dank, wir ziehen es vor, mit dem Wagen zu fahren.«

Die junge Frau nickte und griff nach dem Hörer.

»Und Ihr Name ist?«

»Melin. Sigrid Melin.«

Auf einmal strahlte sie übers ganze Gesicht. Als sich am anderen Ende der Leitung jemand meldete, hob sie einen Zeigefinger und sah Sigrid lächelnd in die Augen, während sie parallel den Fahrdienst bestellte.

»Wie schön, dann habe ich noch eine Sendung für Sie.«

»Eine Sendung?«

Die Concierge bückte sich und holte einen braunen Umschlag unterm Tresen hervor, auf dem Sigrids Name in arabischen Buchstaben stand.

»Der liegt schon seit ein paar Tagen hier. Ich bedauere das sehr. Wir haben etliche Male bei Ihnen geklopft und angerufen, aber wir haben Sie nie angetroffen …« Sie verstummte. »Oh, ich glaube, Ihr Wagen ist schon da.«

Sigrid bedankte sich und steckte gedankenverloren den Umschlag in ihre Tasche. Sie hatte jetzt keine Zeit, um sich darüber auch noch Gedanken zu machen. Ihre Aufgabe war es, Reem zu finden.

65

In Adnan Omars Büro lief der Fernseher. Zu sehen waren Aufnahmen des komplett verwüsteten Cafés. Ein Regierungssprecher informierte die Medien darüber, dass eine Autobombe die Zerstörung verursacht habe und die verantwortlichen Terroristen zur Rechenschaft gezogen werden würden. Es gebe keine Toten zu beklagen, aber eine prominente syrische Geschäftsfrau sei bei dem Anschlag verletzt worden. Der Regierungssprecher verschwand aus dem Bild und stattdessen sah man ein Foto von Hassan Nemir, dem verstorbenen Topdiplomaten, der jahrzehntelang eine feste Größe der Baath-Partei war. Er war flankiert von seiner Tochter Reem auf der einen Seite und dem Präsidenten auf der anderen. Er hatte seine Hand auf die Schulter des Diplomaten gelegt.

Adnans Telefon klingelte. Unwillig riss er sich von den Nachrichten los und nahm den Hörer ab. Es war sein Privatsekretär.

»Ich habe hier Generalmajor Khelani für Sie, darf ich durchstellen?«

»Danke, Hamza. Und suchen Sie weiter nach Reem Nemir, bitte.« Er griff nach der Fernbedienung und schaltete den Ton aus.

»Das mache ich. Selbstverständlich.«

»Stellen Sie ihn durch.«

»Guten Morgen, Omar«, grüßte ihn der Chef des Nachrichtendienstes.

»Ich dachte, Sie seien damit beschäftigt, Terroristen zu fangen?« Das sollte ein bisschen frech und forsch klingen, aber Adnan war überrascht, wie wütend er sich anhörte. Das gefährdete nur ihre Beziehung, er musste sich Khelani gegenüber taktvoller verhalten.

»Für Reem Nemir und Jasmin City Security ist das Innenministerium zuständig, und jetzt ist sie bei einem Terroranschlag spurlos verschwunden.«

Khelani seufzte.

»Sie haben es schon gesehen?«

»Reem Nemir ist ein essenzieller Part in unserer Strategie, ausländisches Geschäftsinteresse im Land zu sichern …«, Adnan wollte ausholen, wurde aber unterbrochen.

»Unsere größte Sorge gilt Reem Nemirs Sicherheit. Sie scheint sich selbst zum Ziel terroristischer Aktivitäten gemacht zu haben. Sie haben doch die Aufnahmen ihres Mannes nicht vergessen?« *Die Aufnahmen.* Richtig, Khelani hatte erwähnt, dass Firas Hamed mit irgendwelchen Aufnahmen das Land verlassen wollte. Aber er hatte sich um andere Sachen kümmern müssen.

»Selbstverständlich nicht. Aber wie Sie vielleicht wissen, sind Reem und ich zusammen aufgewachsen, im engsten Kreis des Präsidenten. In welches Krankenhaus ist sie denn gebracht worden?«

Adnan zockte. Es war äußerst unwahrscheinlich, dass Khelani den Finger für Kinder reicher Eltern krümmen würde, wenn es nicht zu seinem eigenen Vorteil war. Er selbst stammte nämlich von einer bettelarmen alawitischen Familie aus einer ländlichen Gegend ab. Er hatte sich seine Position durch Brutalität erkämpft. Damals, als das syrische Heer den Bürgerkrieg im Libanon als Vorwand nahm, um im eigenen Land Säuberungen im Namen des Präsidenten-Clans durchzuführen. Doch trotz seiner Verdienste musste er Baschars Freunde bis heute mit Vorsicht und Respekt behandeln. Die Väter von Adnan und Reem hatten ein einflussreiches Netzwerk aufgebaut, auf das ihre Kinder auch heute noch zurückgreifen konnten. Khelanis politische Macht war viel größer als die des Innenministers, aber es gab ungeschriebene Gesetze.

»Sie können sie leider nicht besuchen, denn sie soll uns helfen, die Handyaufnahmen zu finden, die Firas Hamed gemacht hat.« Er machte eine Kunstpause. »Zu ihrer eigenen Sicherheit.«

Das war unverkennbar eine Drohung.

»Sind der Vorsitzende und der Präsident über dieses Vorgehen informiert?«, fragte Adnan.

»Es ist in unser aller Interesse, dass sie davon erst erfahren, wenn wir das Problem gelöst haben.«

»Aber, wenn wir für ihre Sicherheit sorgen können, wird sie ihre Arbeit doch fortsetzen können?« Adnan hatte seine Stimme wieder unter Kontrolle, dafür wickelte er nervös die Telefonschnur um seinen Finger.

»Selbstverständlich.« Ahmed Khelani machte erneut eine Kunstpause. »Aber deshalb rufe ich nicht an. Dem Vorsitzenden des Krisenstabs sind Gerüchte zu Ohren gekommen, dass einer der Minister ausländische Diplomaten kontaktiert hat und mit ihnen einen Coup plant.«

Adnans Hand ließ die Telefonschnur los.

»Haben Sie gehört, was ich eben gesagt habe?«

»Ja, aber das ist doch vollkommen absurd.«

»Man sollte meinen, dass das Schicksal des ehemaligen Informationsministers den Leuten unmissverständlich zu verstehen gegeben hat, sich von solchen Dingen fernzuhalten.«

»Und was kann ich da tun?«

»Es gibt leider keine Ausnahmen. Sie haben eine Stunde Zeit, alle Ihre Aktivitäten der vergangenen Woche aufzulisten. Und damit meine ich *alles*. Mir ist vollkommen egal, ob Sie am Swimmingpool von der *Muschi* der besten Freundin Ihrer Frau Erdbeercreme geleckt haben. Das müssen alle Minister tun. Die gesamte Woche. Alle vierundzwanzig Stunden aller sieben Tage.« Khelani klang aufrichtig genervt. »Es tut mir wirklich leid, Omar. Eine Stunde, verstanden?«

Adnan musste sich nicht die Mühe machen, seine Empörung darüber zu verbergen, wie detailgenau Khelani über sein Privatleben Bescheid wusste. Das Telefonat war bereits beendet worden, das Freizeichen war ein langgezogener, höhnischer Schrei.

Er öffnete ein neues Dokument auf seinem Rechner und schrieb in die oberste Zeile das Datum des vergangenen Montags. Er durchforstete seine Erinnerungen, tippte ein paar Sätze. Schnaufend vergrub er seinen Kopf in den Händen.

Da klopfte es an der Tür, und Hamza Mahmoud steckte den Kopf durch den Spalt, noch bevor Adnan »Herein« rufen konnte. Er machte ein Zeichen, dass er wieder gehen sollte, aber Hamza ließ sich nicht abfertigen, sondern öffnete die Tür ganz. Hinter ihm stand Sigrid Melin von NorCom.

Noch bevor er seine Gefühle angesichts dieser unverhofften Begegnung sortiert hatte, fiel sein Blick auf die kleine Gestalt hinter ihr. Das war Rahaf Hamed, Reems Tochter.

»Madam Sigrid, kommen Sie doch bitte rein. Ich möchte Ihnen noch mal herzlich für Ihren Einsatz bei der Pressekonferenz danken«, sagte er und konnte den Spott in seiner Stimme nicht unterdrücken.

Adnan machte eine kleine Verbeugung vor Rahaf. »Darf ich mich kurz allein mit der Freundin deiner Mutter unterhalten?«

»Findet ihr sie danach?«

»Selbstverständlich, *habibti.*« Adnan gab Hamza ein Zeichen. »Sag, haben die Damen drüben vielleicht ein paar Bonbons für Rahaf?«

Hamza begleitete Rahaf nach draußen.

Adnan bot Sigrid einen Platz an. Ihr Blick blieb an dem Schachbrett hängen, an dem Reem und er noch vor ein paar Tagen gesessen hatten.

»Ich hoffe, wir können unsere …« Sie räusperte sich.

Er sah, wie sie nach Worten suchte, und hatte ein schlechtes Gewissen, dass er ihr bei ihrem letzten Telefonat Angst gemacht hatte.

»… Unstimmigkeiten überwinden«, sagte sie.

Er nickte zustimmend.

»Sie stehen in einem freundschaftlichen Verhältnis zu meiner Freundin Reem Nemir, die gestern verschwunden ist. Soweit ich weiß, fehlt auch von ihrem Mann seit Tagen jede Spur. Ich will mich nicht in die syrische Innenpolitik einmischen, aber ich kann Ihnen versichern, dass Reem dem Präsidenten und seiner Regierung gegenüber loyal ist.«

»Ich will nichts lieber tun, als Reem zu helfen. Aber ich glaube, dass Sie viel größere Möglichkeiten haben als ich im Augenblick.«

Sie sah ihn skeptisch an.

»Firas Hamed hat sich mit den Freunden seiner Frau angelegt«, fuhr Adnan fort. »Er ist im Besitz von etwas, das sie haben wollen. Wenn Sie herausfinden, wo es ist, dann könnte das uns allen helfen.«

»Um was geht es denn?«

»Khelani sucht sein Handy.«

»Und Reem weiß nicht, wo es ist?«

Adnan verlor langsam die Geduld.

»Ich stehe leider nicht persönlich mit ihr in Kontakt. Aber vielleicht haben Sie eine Idee, wo sie das Handy aufbewahren könnte?«, fragte er.

Sigrid schüttelte verunsichert den Kopf.

»Was ist denn mit Firas' Handy?«

»Es gibt keine Veranlassung, ins Detail zu gehen. Firas Hamed ist verschwunden, und wir versuchen, ihn über sein Handy zu finden. Wenn wir das Handy haben, helfen Sie damit auch Reem.«

Die Dänin wirkte nervös. Hoffentlich bedeutete das, dass seine Worte Eindruck auf sie gemacht hatten.

Da öffnete sich die Tür, und Rahaf stand mit Hamza Mahmoud in der Tür.

»Habt ihr mit meinem Papa telefoniert? Darf ich ihn anrufen?«

»Ärzte dürfen bei der Arbeit nicht telefonieren«, erklärte ihr Sigrid.

»*Ammou*, wir können mein Handy nicht finden«, sagte Rahaf. Sie nannte den Innenminister Onkel.

Adnan lächelte sie liebevoll an. Schließlich hatte er fast alle elf Geburtstage mit ihr gefeiert.

»Das findest du bestimmt bald wieder, *habibti.*«

Er sah ihnen hinterher. Wenn Sigrid Melin sich auf die Suche nach den Aufnahmen machte, war es vielleicht klug, sie dabei im Verborgenen zu beobachten. Vielleicht würde sie ihm Türen öffnen können, die ihm verschlossen waren.

Es dauerte eine Weile, bis er zu Khelani durchgestellt wurde.

»Das ging ja schnell. Lassen Sie mir die Liste schicken?«, fragte der Chef des Nachrichtendienstes.

»Dazu bin ich noch nicht gekommen, weil ich einer weit dringlicheren Aufgabe meine Aufmerksamkeit gewidmet habe als den geilen Freundinnen meiner Frau.«

Khelani lachte auf.

»Dann lassen Sie mal hören.«

»Ich finde, Sie sollten Sigrid Melin im Auge behalten. Wenn Sie Glück haben, führt Sie das direkt zu Firas Hameds Aufnahmen.«

66

Firas säuberte die Wunden an seinen Füßen mit einer Ecke seines Hemdes, die er in Trinkwasser getaucht hatte.

»Firas Hamed!«

Er wankte auf brennenden Fußsohlen zur Zellentür. Die Wunden hatten sich entzündet und nässten. In der geöffneten Metalltür stand sein Wärter mit herrischer Miene, die so gar nicht zu seinem ansonsten jungenhaften Äußeren passen wollte. In einer Hand hatte er einen Schlagstock.

In die Zelle von etwa vierzehn Quadratmetern quetschten sich einundzwanzig Männer. Seit er verhaftet worden war, hatte sich ein System herausgebildet, damit jeder mal aufstehen und sich die Beine vertreten konnte. Firas fing langsam an, sich an das klaustrophobische Gefühl und die Anwesenheit der anderen zu gewöhnen. Abgeholt zu werden war deshalb am schlimmsten, weil man dann mit den Schergen allein war.

Während der Folter trug er eine Augenbinde, aber er hatte zugesehen, wie andere Insassen mit Streifen von Autoreifen ausgepeitscht wurden. Und er erkannte das Geräusch, wenn die metallverstärkten Gummistreifen gegen seine Fußsohlen schlugen. Er hatte versucht, eine Methode zu entwickeln, um mit den Schmerzen umzugehen. Er zählte die Schläge. Rechnete sich aus, wie lange es noch dauern würde. Aber es gab kein Muster. Und diese Unberechenbarkeit machten die Qualen noch unerträglicher. Als er dachte, er habe ihr System erkannt, gab ihm das Schwein, das sie Abu Mohammed nannten, eine Spezialbehandlung. Fast hätte er sich ergeben und ihnen erzählt, wo er die Aufnahmen versteckt hatte.

Schließlich hatte er aufgehört, die Situation kontrollieren zu wollen. Stattdessen suchte er Zuflucht in der Gewissheit, dass es früher oder später aufhörte. Auch Abu Mohammed würde irgendwann müde werden. Firas lernte zu warten.

Es war alles wie immer, der Schlagstock wurde ihm zwischen die Schulterblätter gedrückt, und sein jungenhafter Wärter stieß ihn vor sich her. Ziel war die Folterkammer. Normalerweise erkannte Firas Abu Mohammed schon von weitem an seinem starken Schweißgeruch. Aber heute konnte er den Gestank des Folterknechts nicht von seinem eigenen unterscheiden. Nur ein einziges Mal hatte er unter die eiskalte Dusche gedurft, aber das war schon Tage her. Firas' Gehör war sensibler, weil er nichts sehen konnte, und er spürte, dass er nicht allein mit Abu Mohammed im Raum war.

»Setz dich«, wurde ihm befohlen. Jemand stieß ihm von vorne gegen die Brust, er verlor das Gleichgewicht und landete auf einem harten Plastikstuhl. Er drückte seine Füße auf den Betonboden und genoss die lindernde Kühle. Seine Nase hatte bereits ein aufdringliches Herrenparfum wahrgenommen.

Er hörte das Schaben von Stuhlbeinen, jemand hatte vor ihm Platz genommen. Dann wurde ihm die Augenbinde abgerissen, das grelle Licht blendete ihn. An dem Klapptisch vor ihm saß ein älterer, hagerer Mann in einer hellgrauen Windjacke. Firas wusste, wer das war. Ahmed Khelani. Hinter dem Chef des Nachrichtendienstes standen breitbeinig sieben Gefängniswärter mit verschränkten Armen. Auf dem Tisch lag ein üppig gefüllter, fleckiger weißer Ringordner, auf dem Firas' Name stand.

»Firas Hamed.«

Firas nickte.

»Es ist lange her«, sagte Khelani lächelnd und sah Firas mit seinen grünen Augen durchdringend an.

»Wie geht es Ihrer Blinddarmnarbe?«

»Gut, danke.« Khelani zeigte auf die Stelle, dann legte er die Hand auf den Ordner. »Aber, wir können ja nicht den ganzen Tag damit verbringen, in Erinnerungen zu schwelgen. Sie sind schon seit ein paar

Tagen unser Gast«, sagte er und trommelte mit den Fingern auf dem Einband. »Wenn wir Beweise für die Anschuldigungen finden, die hier in diesem Bericht stehen, dann werden Sie für eine sehr lange Zeit unser Gast sein.«

»Ich befürchte, hier liegt ein riesiger Irrtum vor.«

»Ein Zeuge hat gesehen, wie Sie mit Ihrem Handy in der geheimen Station Filmaufnahmen gemacht haben. Können Sie das bestätigen?«

»Wir dürfen gar keine Telefone bei uns tragen, wenn wir auf dieser Station arbeiten.«

Khelani drehte sich zu dem Gefängniswärter, der rechts neben ihm stand. »Dann müssen wir versuchen, das Positive darin zu sehen, was, Abu Rahim?«

Der Mann lachte dreckig.

»Je länger Sie bei uns bleiben, Doktor Firas, desto mehr Gelegenheiten ergeben sich, ein bisschen Spaß miteinander zu haben.«

Firas verzog keine Miene, aber seine Beine unter dem Tisch zitterten so stark, dass seine blutigen Fußsohlen über den Boden schabten.

Khelani lehnte sich vor, sein penetrantes Parfum stieg in Firas' Nase.

»Was haben Sie mit den Aufnahmen gemacht?«

»Ich würde nie auf die Idee kommen, auf Station zu filmen. Damit verletze ich die Privatsphäre meiner Patienten«, sagte Firas. Er schloss die Augen und schüttelte den Kopf, als wäre das undenkbar.

»Sie schlafen mir doch jetzt hier nicht ein, oder? Vielleicht ist jetzt der richtige Zeitpunkt für ein bisschen Unterhaltung?« Khelani stand auf und wandte sich an die Männer hinter ihm.

»Was meinen Sie, wollen wir ihn mal den Fallschirm ausprobieren lassen?«

Firas wurden die Handschellen abgenommen, er wurde vom Stuhl hochgerissen und zu Boden gestoßen. Die sieben Männer umringten ihn, Abu Rahim bespuckte ihn.

»Abu Khalil, du nimmst den Kopf«, sagte Khelani zu einem turmhohen Mann, den Firas noch nie gesehen hatte.

Sie packten ihn gleichzeitig an Füßen, Hüfte und Armen. Der Große nahm seinen Kopf. Das hieß, dass Khelani ihn noch nicht abgeschrieben hatte. Zumindest sagte man so unter den Insassen. Wenn der Kleinste der Henker den Kopf hielt, schlug der auch als Erstes auf dem Boden auf.

Die Männer hoben ihn auf ein Kommando hoch, Khelani trat hinzu und beugte sich zu ihm herunter.

»Wenn wir uns das nächste Mal sehen, dürfen Sie gerne ein bisschen Dankbarkeit für all das zeigen, was wir für Sie tun. Ich habe keine Zeit, immer wieder vorbeizukommen, um Sie zu unterhalten.« Er trat einen Schritt zurück und gab sein Kommando. »Sorgt dafür, dass der Herr Doktor einen richtig lustigen Flug hat.«

In Erwartung unsagbarer Schmerzen spannte Firas jeden Muskel seines Körpers an, was zu Krämpfen führte. Dann war er schwerelos. Für den Bruchteil einer Sekunde wollte er nur weiterschweben, sterben. Dann wurde alles schwarz.

67

Das Four Seasons hatte einen Souvenirshop mit einer exklusiven Auswahl an Bademode. Sigrid überredete Rahaf, einen Badeanzug in einer der Umkleidekabinen anzuprobieren. Die Sonne brannte vom Himmel, und Sigrid hatte vorgeschlagen, sich ein bisschen am Pool zu entspannen. Das Mädchen musste zu Kräften kommen. Sie hatte bei NorCom Bescheid gegeben, dass sie nach dem Mittagessen im Büro vorbeikommen würde.

Rahaf hatte ihr in unzusammenhängenden Worten erzählt, was alles passiert war. Vom Einbruch, der Explosion und den beiden Männern, die ihre Mutter in ein Auto gestoßen hatten. Sigrid hatte immer wieder gesagt, dass es sich um einen Irrtum handeln musste. Schließlich war Reem mit dem Innenminister befreundet.

»Wie läuft es bei dir?«, fragte sie durch den Vorhang. Nachdem sie ein müdes Brummen als Antwort bekommen hatte, ging sie in die benachbarte Kabine, hängte den Bügel mit ihrem Badeanzug auf und öffnete mit zitternden Händen den Umschlag.

Ein rosa Hello-Kitty-Handy lag darin, Rahafs Telefon.

Endlich fielen alle Puzzleteile an ihren Platz. Firas war verschwunden wegen der Aufnahmen auf Rahafs Handy. Firas hatte sie Sigrid anvertraut. Das konnte nur bedeuten, dass der Mukhabarat hinter dem Inhalt her war. Wenn die herausfinden würden, dass Sigrid das Handy hatte, wären Rahaf und sie in Lebensgefahr.

Sie sank auf den Hocker in der Ecke. Die Wände der Kabine kamen auf sie zu, die Angst zwang sie in die Knie.

Da riss Rahaf den Vorhang auf. Sie sah zerknirscht aus.

»Was ist los, *habibti*? Hast du keine Lust zu baden?«

Das Mädchen schüttelte den Kopf.

Sigrid durchforstete ihre Phantasie nach einer Ausrede, um beim Pool bleiben zu können. Denn im Hotelzimmer würde sie sich die Aufnahmen nicht ansehen können.

»Das verstehe ich. Aber die putzen gerade unser Zimmer. Ich denke mir was aus, solange wir hier ein bisschen abhängen, okay?«

»Okay.« Rahaf griff nach Sigrids Hand.

Sigrid verschanzte sich auf einer Liege unterm Sonnenschirm und zog die Beine an, um sich vor eventuellen Kameras und den neugierigen Blicken der Kellner zu schützen, die sich nie weit von ihren Gästen entfernten. Rahaf ging langsam und zögernd ins Wasser und blieb mit hängenden Schultern in der Mitte des runden Pools stehen. Ihre schwarzen Locken spiegelten sich in der Wasseroberfläche, die in der Farbe der türkisen Fliesen am Boden leuchtete.

Sie hatte Rahaf versprochen, ihr ein Hello-Kitty-Handy zu kaufen, und sie nebenbei nach ihrem Code gefragt. Es war Harry Potters Geburtstag – 310780 –, Firas hatte ihr geholfen, das so einzurichten.

Sigrid holte das Handy aus ihrer Tasche, ohne Rahaf aus den Augen zu lassen. Sie konnte es auch ohne Code öffnen, offenbar hatte Firas die Einstellung für sie geändert. Rahaf hatte nur wenige Apps geladen, die Aufnahmen waren schnell gefunden. Sie griff nach ihrem Headset und schaltete das erste Video ein.

Die grelle Vormittagssonne blendete trotz Sonnenschirm. Die Aufnahmen waren verwackelt, aber stammten eindeutig aus einem Krankenhaus. Ein Mann in der Uniform eines Krankenpflegers stand über einem Haufen von Körperteilen gebeugt. Drei, vier Männer lagen übereinander in einem Bett. Ihre Füße waren mit Kabelbindern an die Bettpfosten gefesselt. Ein zweiter Pfleger machte sich über die Gefesselten lustig.

»Na, hat hier jemand Kopfschmerzen? Willst du Tabletten haben?«

Die Antwort war undeutlich und verwaschen. Der Krankenpfleger hob eine Eisenstange, die er in der Hand hatte, und schlug mit großer Kraft auf den Mann, der sich beklagt hatte. Man hörte das Brechen von Knochen.

Sigrid konnte nur mit Müh und Not verhindern, sich zu übergeben. Sie scrollte durch den Ordner.

Über fünfzig Filme waren gespeichert.

Sie sah hinüber zum Pool. Die Oberfläche war spiegelglatt, Rahaf war verschwunden. Dann sah Sigrid einen Schemen am Boden des Beckens. Sie warf das Handy in ihre Tasche und sprang vom Poolrand ins Wasser, tauchte unter. Das Chlorwasser brannte in ihren Augen. Rahaf schwebte dicht über dem Boden, reglos. Sigrid packte sie und schwamm mit ihr an die Oberfläche. Rahaf schnappte nach Luft.

»Rahaf, du hast mir einen Riesenschrecken eingejagt!«

»Entschuldige.« Wassertropfen liefen ihr übers Gesicht.

Sigrid rieb sie sanft mit einem großen Badehandtuch ab.

»Madam, Ihre Bestellung?«

Sie beschattete ihre Augen mit einer Hand, sah den Kellner in Uniform ein Tablett mit Saft und Sandwiches auf den Tisch neben den Liegestühlen abstellen. Rahaf senkte den Blick.

»Du musst nichts essen, wenn du keinen Hunger hast. Aber du erinnerst dich, was Doktor Youssef gesagt hat? Trink ein bisschen Saft, ja?« Auch Sigrid hatte keinen Appetit, ob sich der jemals wieder einstellen würde?

Im Geiste ging sie die Reportagen und Artikel durch, die sie in den vergangenen Wochen über den Konflikt in Syrien gelesen hatte. Einen der Beiträge, über die Zwischenfälle in Daara, hatte Nino Corradini geschrieben. Dem Italiener war es offenbar gelungen, die Barrikaden der Regierungstreuen zu umgehen und in die belagerte Stadt zu kommen.

Nino war ein befreundeter Journalist, den sie aus dem Irak kannte. Er war ihr in dem Albtraum ein echter Freund gewesen. Mittlerweile schrieb er für die Tageszeitung *La Repubblica* über Syrien. Gestern hatte die Online-Ausgabe eine Analyse der Rede veröffentlicht, die Baschar an der Universität gehalten hatte. Vielleicht war Nino in Damaskus? Er war nicht der Typ, der in Beirut in Sicherheit saß, um von dort über eine Krisenregion zu berichten. Er würde vor Ort sein, wenn er nicht wie die meisten anderen ausländischen Journalisten von dem eitlen Präsidenten des Landes verwiesen worden war. Vor allem wäre er verrückt genug, um ihr zu helfen. Die Frage war nur, wie sie ihn kontaktieren konnte, ohne den Mukhabarat zu alarmieren. Sie durfte auf keinen Fall ihr eigenes Handy benutzen. Sie notierte sich Ninos Handynummer auf einer Serviette und bat Rahaf, nicht ins Wasser zu gehen, während sie kurz die Toilette aufsuchte.

Aus den Umkleidekabinen des Wellnessbereiches kam eine Frau mit einer Feuchtigkeitsmaske im Gesicht und telefonierte. Sie sprach Englisch mit einem australischen Akzent. Sigrid zog sich den hoteleigenen Bademantel an und ging in die Spa-Abteilung.

Hier duftete nicht nur alles nach Blumen, es war auch klimatisiert, und im Hintergrund klimperte entspannende Musik. Die Empfangsdame begrüßte sie und fragte, womit sie dienen konnte. Sigrid bat um einen Massagetermin, woraufhin sie einen Kalender mit handschriftlichen Notizen aufschlug. Mit geübtem Blick scannte Sigrid die Kabinen und Uhrzeiten. Kabine zwei,drei,vier und sieben waren besetzt.

»Kabine zwei ist in zwanzig Minuten frei.«

»Danke. Kann ich hier warten? Es ist so schön kühl hier.«

»Selbstverständlich, wie ist Ihre Zimmernummer?«

Sigrid gab ihr eine falsche Nummer und erhielt eine Code-Karte für den Wellnessbereich.

Systematisch durchsuchte Sigrid die Kleidungsstücke der anderen Gäste. Das dritte Telefon ließ sich ohne Code öffnen. Sie nahm es mit auf die Toilette und wählte Ninos Nummer.

»*Pronto?*« Seine Stimme klang unendlich weit weg.

»Nino? Ich bin es, Sigrid Melin.«

»*Ciao, cara*, wie lang ist das denn her?«

»Bist du in Damaskus?«

»Nicht offiziell«, sagte er und lachte. »Wo bist du?«

»Nino, ich brauche deine Hilfe. Ich bin im Four Seasons …«

Zwei britische Touristinnen kamen rein und standen vor ihrer Kabine. Sigrid schwieg, bis die beiden ihr Anliegen erledigt hatten und wieder gegangen waren. Nino hatte sich ebenfalls still verhalten.

»Ich brauche ein Safehouse, im Zentrum von Damaskus. Am besten sofort. Ich habe eine gute Story für dich, aber du musst mich abholen und in Sicherheit bringen.«

Nino schwieg.

»Bist du noch dran?«

»Sigrid, ich würde dir wahnsinnig gerne helfen, aber *cazzo*, das klingt wie etwas, von dem ich die Finger lassen sollte.«

Sigrid erwiderte nichts.

»Es ist nicht wie damals im Irak, Sigrid. Wenn du wüsstest, was ich gesehen habe. Was die den Leuten antun …«

»Ich weiß das alles, Nino. Ich bin hier mit einer Elfjährigen, deren Eltern verhaftet worden sind. Obwohl sie zur Elite gehören und …«

»*Va bene.* Ich kann euch nicht abholen, aber ich gebe dir eine Adresse. Sorg in Gottes Namen bloß dafür, dass euch niemand folgt.«

68

Ein verführerischer Geruch stieg Firas in die Nase. Gebratenes Hühnchen mit Zitrone. Er öffnete die Augen, aber alles war dunkel. Dann erkannte er die Stimmen seiner Folterknechte. Sie schmatzten und unterhielten sich dabei. Unter ihm ertastete er den löchrigen Zementboden, der ihm so vertraut war. Er konnte seine Beine nicht bewegen, wagte aber nicht, nach dem Grund zu suchen. Am besten war es, die Augen wieder zu schließen. Reglos liegen zu bleiben. Sich nicht zu bewegen.

»Ein *Fische*-Mädchen? Du hast aber großes Glück«, sagte die Stimme, die er Abu Khalil zuordnete. »Fische-Mädchen wollen immer.«

»Was weißt du denn davon?«, brüllte Abu Rahim dazwischen.

»Meine Frau ist Löwe«, sagte Abu Khalil, und die drei brachen in lautes Gelächter aus.

Der Dritte im Bunde, den Firas nicht kannte, fragte, ob seine Frau denn Probleme mit dem Zustand seines Wertesten habe, seit Abu Khalil Zeug schluckte, um mehr Muskeln zu bekommen.

»Fragst du mich grade, ob mein Schwanz schrumpft?« Abu Khalil schnaubte wütend. »Ich habe drei Jungs, verdammt.«

Aber der Kollege war noch nicht fertig.

»Steroide lassen deinen Schwanz auf die Größe einer Dattel schrumpfen.«

»Zeina hat keinen Grund zur Klage«, knurrte Abu Khalil. »Das fehlt noch, dass ich mir von morgens bis abends eure Scheiße anhöre.«

Firas zuckte zusammen, als Abu Khalil aufstand und der Stuhl lautstark über den Boden schabte.

»Daran sind nur diese Scheißterroristen schuld. Und diese selbstverliebten stinkreichen Idioten wie der Arzt da. Die sind schuld, dass ich heute nicht zum Fußballspiel meines Kleinen gehen kann.«

Es wurde still. Firas wagte kaum zu atmen.

»Hey, ich glaube, er ist aufgewacht.«

Firas bekam einen Tritt in die Nieren und musste sich sofort übergeben. Benommen wischte er sich mit dem Handrücken über den Mund.

»Guten Morgen, Herr Doktor. Du hast jetzt noch die Gelegenheit, uns zu sagen, wo du diese beschissenen Aufnahmen versteckt hast, bevor wir deine kleine Tochter holen. Das wird dich zum Reden bringen, wenn du mitansiehst, was ich mit ihr mache.«

Firas erstarrte. *Nicht Rahaf.* Lieber würde er sterben.

»Vielleicht solltest du besser nach Hause gehen und mit deinem Minischwanz deine Frau bumsen?«, zischte er.

Es war totenstill.

Dann traf Firas ein Tritt am Kopf.

Eine Tür öffnete sich quietschend, und er hörte Khelanis Stimme in weiter Ferne.

»Abu Khalil, du grenzdebiles Arschloch. Ich kann ihn nicht gebrauchen, wenn er im Koma liegt.«

Dann löste sich die Welt auf.

69

»*Akweh, Akweh*, Kaffee, Kaffee«, rief der Verkäufer und schob seinen Wagen mit der silbernen Kaffeekanne, während er mit zwei kleinen Messingbechern klapperte, als wären es Kastagnetten. Sigrid hatte den alten Basar *Suq al-Hamidiya* mit seiner bunten Vielfalt an Geschäften und der dichtgedrängten Menschenmenge immer exotisch und spannend gefunden. Jetzt aber war er zu einer potenziellen Todesfalle für Rahaf und sie geworden.

Zwei Männer blieben bei dem Kaffeewagen stehen und musterten sie heimlich, während der Verkäufer die sämige Flüssigkeit in Becher füllte. Der eine war mager und hatte seine spärlichen Haare sorgfältig über den Kopf verteilt, der andere war muskulös und hatte sein Handy am Ohr. Sie sahen nach Mukhabarat aus.

Hektisch sah sie sich um, in welche Richtung konnten sie fliehen?

»*Marhaba, marhaba*«, rief es hinter ihr. Zwei Syrerinnen mittleren Alters, die eine mit vollen Einkaufskörben, die andere mit einem Kinderwagen, blieben bei den beiden Männern stehen und unterhielten sich.

Sie wurde langsam paranoid.

»Komm, lass uns hier reingehen«, sagte sie und zog Rahaf in ein Teppichgeschäft. Während sie so tat, als würde sie die Auslage begutachten, schielte sie die Straße hinunter, ob ihnen jemand gefolgt war. Aber da war niemand.

Ninos präzisen Angaben folgend liefen sie weiter Richtung Bab Touma. Vier Mal nach rechts und drei Mal nach links, dann bogen sie in eine kleine Gasse ein. Das Safehouse lag am Ende dieser Gasse im christlichen Viertel der Stadt. Von außen sah das graue Steinhaus nach nichts aus, aber die geschnitzte Holztür war wie das Tor zu einem Abenteuerland.

Sigrid klopfte gegen die schwere Tür, es klang hohl und viel zu laut.

»Kommt rein«, begrüßte sie Lisa Cannavaro mit breitem amerikanischem Akzent. Sie war groß, hatte glänzendes graues und lockiges Haar und trug eine bodenlange rosa Abaya, dazu eine Kette aus Holzperlen. Sie sah aus wie eine europäische Adelige, die nach Woodstock ausgewandert war. Das war sie nicht, sondern eine mittlerweile pensionierte IT-Expertin aus Santa Fe, New Mexico. Vor fünf Jahren war Mister Cannavaro an den Folgen eines Schlaganfalls gestorben, woraufhin Lisa ihr Erspartes investierte und eines der traditionellen damaszenischen Häuser restaurierte, in die sie sich auf ihrer Hochzeitsreise verliebt hatte.

Die wahre Pracht des Hauses war der Garten. Er stammte aus dem 15. Jahrhundert, zur Zeit der Mamelucken, mit wunderschönen Mosaiken und Steinbelägen. Mehrere Treppen führten in die angrenzenden Räume, und in der Mitte der Anlage thronte eine achteckige Marmorfontäne. In einer Ecke des Gartens befand sich ein sechs Meter hoher Spitzbogen, das Eingangsportal zum traditionellen Iwan des Hauses. Eine Art Audienzhalle, ein offener Raum mit einem Sofa, das einmal um die gesamte Außenwand verlief. Hier servierte ihnen Lisa Minztee, Früchte, Datteln und Nüsse.

Rahaf ging auf Entdeckungstour. Sie ließ ihre Finger durch das Wasser des Springbrunnens gleiten und sah sich um. Lisa fragte sie, ob sie Lust auf eine kleine Erfrischung hätte.

»Vielen Dank, aber ich habe keinen Hunger«, antwortete das Mädchen.

»Diese roten Haare findet man in jeder Menge wieder. *Ciao, bellissima*, ist das lange her!«

Nino und Sigrid umarmten sich.

»Und wer ist die kleine Signorina, die du da mitgebracht hast?«

Rahaf starrte den kräftig gebauten Umbrier mit dem schwarzen Vollbart und den runden Brillengläsern stumm an. Sigrid tröstete, dass sie zumindest keine Angst vor Nino zu haben schien.

»Magst du Jazz?«, fragte er Rahaf und fischte sich eine Zigarette aus der Brusttasche.

»Ich glaube nicht.« Sie zuckte verlegen mit den Schultern, aber Sigrid stellte zufrieden fest, dass sie von ihrem Tee nippte und danach versunken die Muster des Marmorbodens ablief.

Lisa legte eine Jazz-Platte auf. Sollte sie jemand belauschen, würde er ausschließlich Cole Porters Stimme hören.

Lisa warf frische Minzblätter in ihr Teeglas.

»Also, Platz haben wir hier genug. Ich wollte gerade mein Bed & Breakfast eröffnen, als die Unruhen hier losgingen. Nino hat gesagt, ihr braucht einen Ort, wo ihr euch verstecken könnt?«

Sigrid erzählte ihr von Firas' Aufnahmen und Reems Verhaftung.

Nino pfiff leise.

»Wenn ihr meint, dass es zu gefährlich ist, uns hierzubehalten, sagt mir bitte Bescheid.«

»Hast du in Betracht gezogen, zur dänischen Botschaft zu gehen?« Lisas Frage war neutral und wertfrei.

Sigrid schüttelte den Kopf.

»Die lassen mich niemals mit einer syrischen Staatsbürgerin im Schlepptau rein. Schon gar nicht, wenn dieses Kind benutzt wird, um von einem Elternteil ein Geständnis zu erpressen. Ich habe allerdings überhaupt keine Ahnung, was Reem gestehen sollte. Firas hat mir die Aufnahmen zugespielt, was soll sie damit zu tun haben?«

Die beiden zuckten mit den Schultern.

»Die dänischen Diplomaten würden es niemals wagen, die Regeln zu brechen«, sagte Sigrid.

»Da wäre ich mir nicht so sicher«, entgegnete Lisa.

»Die Botschaft hat im April, als sie die Reise- und Sicherheitshinweise geändert haben, unmissverständlich erklärt, dass alle Dänen, die in Syrien bleiben, auf eigene Verantwortung handeln. Das gilt auch für mich.«

Lisa räusperte sich.

»Wir helfen gerne. Im Rahmen der Möglichkeiten.«

»Selbstverständlich«, sagte Sigrid. »Gebt mir nur ein paar Stunden, dann finden wir einen anderen Unterschlupf.«

»Das tut mir sehr leid, Sigrid. Es ist eine Sache, westlichen Journalisten zu helfen, aber eine andere, westliche Spione zu verstecken«, sagte Lisa.

Sigrid hob eine Augenbraue.

»Was glaubst du, wofür der Mukhabarat dich halten wird?«, fragte die Amerikanerin.

Nino hob seine große Hand.

»Darf ich auch was sagen? Wenn du mir zeigst, was du für ein Material hast, könnte ich meinen Redakteur fragen, ob ihn das tief in die Taschen greifen lässt. Dann könnte uns die Redaktion nämlich helfen, die Aufnahmen unter dem Radar des Mukhabarat außer Landes zu bringen. Eine Exklusivstory für eine Evakuierung?«

Sigrid fuhr sich mit den Händen durch ihre fettigen Haare.

»Das würde aber für Reem nichts ändern.«

Sie schwiegen.

Rahaf lief an der Gartenmauer entlang und folgte den Mustern mit dem Zeigefinger.

»Sie hat nichts gegessen, seit es passiert ist«, seufzte Sigrid.

»Ihr könnt im Gästezimmer schlafen. Morgen finden wir eine Lösung«, sagte Lisa sanft.

Nino klatschte ein bisschen zu eifrig mit den Händen auf seine Oberschenkel und sprang auf.

»Magst du dein Zimmer sehen, Rahaf?«

»Wohnst du auch hier?«

»Eigentlich lebe ich in Perugia, das liegt in Italien. Aber ich habe ein Zimmer hier bei Lisa, um mich heimlich mit meinen Geliebten zu treffen. Davon habe ich einige, ab und zu brauche ich mal eine Pause von meiner Ehefrau.«

Rahaf sah ihn an und runzelte die Stirn.

Sigrid verdrehte die Augen. Nino stand auf Männer, aber die Rolle als Latin Lover nahm er immer dann ein, wenn er sein Gegenüber begeistern oder entwaffnen wollte. Sigrid kannte diese Methode, die stereotype Vorstellung der Umwelt zum eigenen, strategischen Vorteil zu nutzen.

Sigrid und Rahaf wurden in einem Zimmer mit Glasmosaiken an der Decke und antiken syrischen Möbeln untergebracht. Sigrid zog Rahaf die Sachen aus. Das Mädchen war so erschöpft, dass es keine Kraft mehr hatte, tapfer zu sein. Sie lag auf dem zerknitterten Kopfkissen und starrte auf das Tafelsilber in der Vitrine.

»Warum kann der Präsident Mama nicht einfach wieder freilassen?«, fragte sie trotzig.

Sigrid strich ihr übers Haar.

»Rahaf, das kann ich nicht so einfach erklären, das ist leider ziemlich kompliziert.«

Das Mädchen setzte sich auf.

»Aber Mama kennt ihn. Er würde ihr nie etwas antun.« Rahaf stieß Sigrid beiseite und sprang vom Bett. Sie lief durch den Raum, bis sie ihre Kleidungsstücke fand, die zusammengefaltet auf einem mit Samt bezogenen Stuhl lagen.

»Warum hast du meine Sachen versteckt?«

»*Habibti*, ich habe sie nicht versteckt.«

Rahaf zog sich mit wütenden Bewegungen ihre Jeans und Sneakers an. Mit großen Schritten stampfte sie aus dem Zimmer, hinunter in den Garten, wo ihre wütenden Worte von den Wänden hallten.

»Ich will hier nicht bleiben. Ich will nach Hause. Mein Papa ist bestimmt von der Arbeit zurück.«

Sigrid rannte ihr hinterher und hielt sie auf, indem sie ihre Arme um sie schlang.

»Außerdem finden die von Hogwarts mich hier niemals!« Rahaf versuchte, sich aus der Umarmung zu befreien.

»Komm, lass uns darüber reden, Rahaf.«

»Lass mich los!«, rief sie verzweifelt, aber hatte keine Chance gegen Sigrids Griff.

»Rahaf, der Präsident hat die Männer losgeschickt, die deine Mama abgeholt haben«, flüsterte sie ihr ins Ohr. »Die glauben, dass deine Eltern Verräter sind, aber das wird sich aufklären, das ist ein Irrtum.«

»Du lügst!«, weinte Rahaf.

Nino kam in den Hof, verschwand aber sofort wieder, als er das schluchzende syrische Mädchen in den Armen der rothaarigen Dänin sah, die auf dem Boden kniete.

Sigrid trug Rahaf schließlich nach oben ins Bett. Sie durfte ihre Kleidung anbehalten.

»Sind die lieb zu meiner Mama, oder tun sie ihr weh?«

Sigrid schüttelte den Kopf und strich ihr liebevoll über die Wange.

»Ich bin ganz sicher, dass sie ihnen bei wichtigen Staatsgeheimnissen helfen kann. Deine Mutter ist stark, das weißt du doch? Sie ist zwar klein, so wie du, aber stark wie ein Elefant.«

»So wie ich?«

»Ganz genau. Außerdem wurde sie ausgebildet, gefährliche Situationen zu meistern. Man könnte sogar sagen, dass sie darin eine richtige Expertin ist.«

»Das habe ich schon mal gesehen. Ich war bei ihr im Büro, und sie hat Männer trainiert. Das waren solche Schränke.« Rahaf pustete sich auf und breitete die Arme aus, um zu zeigen, wie groß die waren.

»Da siehst du. Es würde mich nicht wundern, wenn sie schon einen Plan hat, wie sie sich und deinen Papa retten kann.«

Rahaf nickte und leckte sich eine Träne aus dem Mundwinkel.

Kurz darauf wurden ihre Augenlider ganz schwer, und sie war eingeschlafen, bevor die Augen richtig geschlossen waren. Sigrid blieb noch lange auf der Bettkante sitzen.

Da steckte Nino seinen Kopf durch den Türspalt, um zu sehen, wo sie blieb.

Sie trafen sich in der Küche, setzten sich an den langen Esstisch und wechselten sich wortlos mit dem Headset ab, um Firas' Filmaufnahmen zu sichten.

Danach herrschte langes Schweigen.

Das Material enthüllte systematische Folter und Totschlag im größten Militärkrankenhaus von Damaskus. Die Patienten waren dort eingeliefert worden, nachdem sie in den Gefängnissen massiver Polizeigewalt und Folter durch Sicherheitskräfte ausgesetzt worden waren. Statt Pflege und Behandlung zu erhalten, wurden sie im Krankenhaus misshandelt und zu Tode gequält.

Es wurde dunkel, und sie gingen nach oben auf die Dachterrasse, um ihre Optionen zu besprechen. Nino könnte die Enthüllungen und Beweise in der *Repubblica* veröffentlichen. Aber dann hatten sie ihre Wirkung als Druckmittel verloren, um Reem freizubekommen.

Sie einigten sich darauf, dass Sigrid eine Kopie der Aufnahmen außer Landes schaffen sollte. Wenn es ihnen gelänge, das Material dem Internationalen Gerichtshof in Den Haag, dem ICC, vorzulegen, wären sie in Sicherheit. Der ICC würde viel besser wissen, wie man diese Informationen am effektivsten gegen den syrischen Präsidenten und sein mörderisches Regime einsetzen konnte.

»Wenn die Aufnahme Gegenstand einer formellen Ermittlung des Internationalen Gerichtshofs werden, könnte Firas dann nicht Aufenthaltsrecht und Immunität in Europa erhalten?«, fragte Lisa. »Also, vorausgesetzt natürlich, du findest ihn und bekommst ihn aus dem Gefängnis frei.«

Sigrid rieb sich die Stirn.

»Ich kenne jemanden beim ICC. Ellen Davidsen. Ich habe sie auf einer Konferenz kennengelernt, als ich bei Amnesty war. Sie ist zwar in Bosnien stationiert, aber das macht bestimmt nichts.«

»Zwei Sekunden!« Nino rannte los, um seinen Laptop und einen USB-Stick zu holen, und kopierte die Aufnahmen darauf.

Der mangelnde Schlaf machte Sigrid zu schaffen.

»Wie spät ist es jetzt in Den Haag?«, fragte Lisa.

»Wir sind eine Stunde voraus. Bei denen ist es jetzt fünf Uhr morgens«, sagte Sigrid und konnte das Gähnen nicht mehr unterdrücken.

Nino legte eine Hand auf ihre Schulter.

»Wir bekommen Ellens Nummer morgen raus und rufen sie an. Du schläfst jetzt mal eine Runde. Ich kann auch keinen Cole Porter mehr hören.«

Lisa lächelte betrübt.

»Ja, wir sollten alle ein bisschen schlafen.«

Sigrid schleppte sich mit letzter Kraft aufs Zimmer. Sie setzte sich neben die schlafende Rahaf auf die Bettkante. Ihre Atemzüge waren unregelmäßig, ihre Augäpfel zuckten unruhig hinter den Lidern.

Auf einmal überkam Sigrid eine große Zärtlichkeit für dieses kleine Wesen. Danach wurde ihr Körper mit Adrenalin überschwemmt, wie sie es noch nie erlebt hatte. Sie waren auf der Flucht, und ihr Leben war in Gefahr. Aber Sigrid fühlte sich stark, bereit zum Kämpfen.

Scheiß auf die Angst.

Sie hatte Angst. Große Angst.

Aber wenigstens war sie nicht eingesperrt und ihr ausgeliefert. Sie konnte handeln, und das würde sie auch tun.

70

Als Sigrid 2003 als Amateurarchäologin getarnt in den Irak reiste, dachte sie, von den Irakern aus dem Land geworfen zu werden, wäre das Schlimmste, was ihr passieren könnte.

In der Nacht, nachdem sie und die anderen Journalisten in Bagdad angekommen waren, klopfte Saddam Husseins Geheimdienst an ihre Tür im Palestine Hotel. Ihre Kollegen und sie wurden in einen Bus verfrachtet, verließen die Stadt und fuhren in der Morgendämmerung durch eine unendliche Wüstenlandschaft. Dann wechselten sie die Richtung und steuerten auf die Grenze nach Jordanien zu. Aber viel weiter kamen sie nicht. Das Ortsschild Abu Ghraib tauchte auf. Sie hatten die irakische Stadt erreicht, die ein Hochsicherheitsgefängnis beherbergte.

Sie hatten ihr das Gepäck und ihre Kleidung abgenommen, ihr Sträflingskleidung gegeben und die weiße Gittertür hinter ihr ins Schloss fallen lassen. Drei Kollegen waren mit ihr verhaftet worden, ein Italiener, ein Holländer und ein Franzose – Nino, Karl und Sébastien. Zu ihrer Erleichterung deutete alles daraufhin, dass Andreas die Flucht gelungen war. In den ersten Tagen kommunizierten die vier durch Klopflaute an der Wand. Weil die Zellen versetzt waren, konnten sie sich zwar nicht sehen, aber hören. Wenn einer von ihnen vom Verhör zurückkam, wurde das mit Hilfe der Klopflaute mitgeteilt. Es war anstrengend, diese dumpfen Zeichen zu hören, weil ihre Signale durch den Lärm des Gefängnisses dringen mussten, wo Schreie und Schläge zur Tagesordnung gehörten. Dieser diskrete Dialog mit ihren Reisekameraden war Sigrids Rettungsanker.

Schnell entstand ein fester Ablauf. Morgens gab es Fladenbrot, eine Ecke französischen Schmelzkäse, *La vache qui rit*, und schwarzen Tee.

Mittags gab es Suppe und abends Reis. Die bescheidenen Mahlzeiten waren verlässliche Anhaltspunkte, damit die Zeit in der Zelle mit immer brennender Neonröhre nicht zu einer Masse verschmolz. Einer nach dem anderen kam unversehrt von den Verhören zurück. Keiner von ihnen wurde gefoltert.

Auch Sigrid wurde mehrmals zum Verhör abgeholt, aber auch sie wurde nicht angerührt. Der Offizier, der die Verhöre leitete, hatte nichts gegen sie in der Hand. Sie hatte sofort gestanden, dass sie nicht als Touristin nach Babylon gekommen war, sondern als Journalistin. Sie hatten sie gegoogelt und sie in der Verfasserangabe eines Artikels in der *Jyllands-Posten* gefunden, ihrem ehemaligen Arbeitsplatz. Sie wollten nur wissen, ob sie auch den Auftrag gehabt hatte, potenzielle Ziele für eine Bombardierung auszukundschaften. Ob sie für die Nachrichtendienste der Alliierten arbeitete. Ob sie im Palestine Hotel gesessen und mit dem Laserpointer militärische Ziele gekennzeichnet hätte.

Sigrid fand alle Anklagepunkte vollkommen absurd.

Sie hatte viel mehr Angst davor, dass die Alliierten Bagdad bald erobern würden. Die Marschflugkörper der amerikanischen Tomahawks schlugen immer dichter ein, es war nur eine Frage der Zeit.

In ihrem Trakt waren zwei Gefängniswärter für sie zuständig. Der eine, Mitte dreißig, in hellem Hemd und Jeans, hatte glasige braune Augen und stank nach Geheimdienst. Der andere war ein junger Soldat, ein Wehrpflichtiger, wie sie später herausfand. Der ältere von beiden blieb jeden Abend bei ihrer Zelle stehen, formte mit der Hand eine Pistole und flüsterte in überraschend gutem Englisch, dass sie bald sterben werde. Jeden Tag öffnete er die Türen der Abteilung, wenn ein Mann, den sie Den Tyrannen nannten, seine Aufwartung machte. Dann hörte man die irakischen Gefangenen in den Folterkammern schreien. Solange die Regierung noch nicht gestürzt war, würden die Wärter den Befehlen folgen und auf die ausländischen Gefangenen aufpassen. Aber was würde passieren, wenn der Krieg zu Chaos und Gesetzlosigkeit führte? Dann würde nichts und niemand die Gefängniswärter davon abhalten können, vor ihrer eigenen Flucht die Insassen zu ermorden.

Deshalb versuchte Sigrid, sich mit dem jungen Wärter anzufreunden. Er sprach nur wenig und gebrochenes Englisch, aber eines Nachts bot er ihr eine Zigarette an, und sie unterhielten sich ein bisschen auf Arabisch. Ali konnte nicht verstehen, was Sigrid und ihre Kollegen dort antrieb. Er war ein einfacher Bauernsohn, der eingezogen worden war und mindestens genau so viel Angst hatte wie Sigrid. Obwohl sie den sauren Tabak nicht vertrug, rauchte sie mit ihm. Wenn es ihr gelang, seine Sympathie zu gewinnen, würde er sie vielleicht verschonen, wenn alles zusammenbrach. Wenn es den Amerikanern gelang, Saddam zu fassen, würden die Wärter das Gefängnis Hals über Kopf verlassen, um ihre eigene Haut zu retten. Die Frage war, ob sie die Zellentüren vorher öffnen oder alle Insassen vorher eliminieren würden?

Sigrids Zelle hatte ein Fenster, das zu einem Lüftungsschacht umfunktioniert worden war. Der längliche Eisenhaken, mit dem das ehemalige Fenster verschlossen wurde, hatte jetzt keine Funktion mehr. Sigrid brach das etwa dreißig Zentimeter lange Eisenstück ab und schob es unter ihre Sträflingskleidung. Wenn sie vorhatten, sie zu töten, würde sie sich wenigstens verteidigen können. Dieses Gefühl – oder die Illusion davon – dämpfte ihre Angst, die Kontrolle über ihr Leben verloren zu haben.

Die Ahnung, dass sie gerade die Ruhe vor dem Sturm erlebten, bewahrheitete sich, als ein Sandsturm über das Gefängnis fegte. Ihre Zelle verschwand in einem orangen Staubnebel. Zwei volle Tage tobte der Sturm, und die Sandkörner drangen durch die undichten Fenster und nicht gewarteten Lüftungsschächte. Sigrid rollte sich unter ihren abgewetzten Laken zusammen und umklammerte ihren Eisenhaken.

Irgendwann ließ sie ihre Waffe los. Sie hatte diese Strafe verdient, sie hatte den Jungen auf dem Gewissen. Bald würden sie mit einer Augenbinde kommen, sie dort hinbringen, von wo sie die Schüsse hörte, und sie exekutieren. Sie würde sich entleeren, leblos in den Sand fallen, und einer der Soldaten würde ihren Leichnam treten.

Aber ein Gedanke war viel schlimmer als die Todesangst. Sie würde Victor niemals wiedersehen. Ihren sechsjährigen Sohn, der zur Geisel in einem anderen Krieg geworden war. Dem Krieg zwischen ihr und ihrem Exmann.

Endlich legte sich der Sturm wieder.

»Los, steh auf!«, befahl der Wärter mit den glasigen Augen. Apathisch gehorchte sie und ließ sich von dem anderen, ruhigeren Kollegen eine Augenbinde anlegen. Sie führten sie den Gang hinunter und kamen an eine Metalltür.

»Du wirst hier sterben!«, flüsterte der Ältere. Dann trat er die Metalltür auf und riss ihr die Augenbinde ab. Vor ihr stand nicht etwa das Hinrichtungskommando, sondern ein Offizier, der sie zu sich winkte. Hinter dem Uniformierten standen ihre drei Kollegen, die ihr aufmunternd zulächelten.

Sie wurden in einen Raum geführt und bekamen ihre Habseligkeiten ausgehändigt. Obwohl das Bargeld fehlte, war die Erleichterung groß. Sein eigenes T-Shirt anziehen zu können und die Gefängniskleidung ablegen zu dürfen, fühlte sich an wie neugeboren zu sein. Kurz darauf saßen Nino und Sigrid nebeneinander in einem Bus und stellten fest, dass sie Richtung Westen fuhren. Sie wagten kaum zu hoffen, dass sie auf diesem Weg das Land verlassen würden. Nach unzähligen Stunden schweigsamer Fahrt überquerten sie schließlich die Grenze nach Jordanien. Sie weinten vor Erleichterung, mit dem Leben davongekommen zu sein.

Kaum hatten sie den ersten Checkpoint auf jordanischem Boden passiert, waren sie umringt von Journalisten, Fotografen und Kameraleuten. Sie alle wollten wissen, wie sie die Gräuel in Saddams Folterkellern überstanden hatten. Sigrid hatte nur Augen für einen in der Menge, einem Skandinavier mit hellbraunem Bart und den wärmsten nussbraunen Augen, die man sich vorstellen kann. Er stand auf einem Betonblock, um nach ihr Ausschau zu halten.

Fünf Tage später, Iraks Diktator war gefallen, lag sie nackt neben Andreas in einem Fünfsternehotel.

Wochen nach ihrer Freilassung hatte sie in Erfahrung gebracht, wie es abgelaufen war. Nach ihrer Verhaftung hatten ihre jeweiligen Arbeitgeber Nachforschungen angestellt. Die irakischen Behörden hatten nämlich behauptet, Sigrid habe schon längst das Land wieder verlassen, zusammen mit dem Rest der Gruppe und dem Reiseleiter. Aber Andreas hatte dem dänischen Konsulat in Bagdad schon am nächsten Tag mitgeteilt, was genau passiert war. Die Auswärtigen Ämter der betroffenen Nationen hatten sich daraufhin zusammengetan und einen diplomatischen Vorstoß unternommen. Aber im Irak waren aufgrund der Invasion kaum noch ausländische Repräsentanten vor Ort. Ihr Glück war es, dass Arafat sich von den Amerikanern brüskiert fühlte, weil sie ihn als legitimen Verhandlungspartner in der Region abgelehnt hatten. Der palästinensische Anführer hatte darum ein großes Bedürfnis, seine Bedeutung als Vermittler unter Beweis zu stellen. Er hatte die richtigen und notwendigen Telefonnummern, um die Freilassung westlicher Gefangener aus einem irakischen Gefängnis zu erwirken.

Während Sigrid hinter Gittern schmorte, lernte Andreas in Amman eine Vertreterin des dänischen Geheimdienstes kennen, Ines Garder. Sie war verantwortlich für die dänische Beteiligung an der Operation. Sigrid hatte sich nie darüber gewundert, dass die Freundschaft, die in den hektischen Tagen in Amman zwischen den beiden entstanden war, auch zu Hause fortgesetzt wurde und sich noch vertiefte, als sie dann Nachbarn auf Amager wurden. Sigrids angespanntes Verhältnis zur schönen Agentin hatte aber nichts mit Eifersucht zu tun.

Ein Frank Ditlev vom Verteidigungsministerium hatte sie nach ihrer Rückkehr angerufen und um ein Treffen gebeten. Sie verabredeten sich im Thorvaldsen Museum, wo sie in einer kurzen, geheimen Unterhaltung gebeten wurde, an einer Einsatzbesprechung teilzunehmen. Ein paar Tage später fand sie sich deshalb in einem Bürogebäude in der Innenstadt ein, wo drei Männer und zwei Frauen in Anzügen sie empfingen. Ditlev bat Sigrid, aus dem Gedächtnis einen Grundriss von Abu Ghraib zu zeichnen. Sie vermuteten, dass sich noch ein britischer Journalist in Gewahrsam befand, und fragten sie, ob sie eine Idee hätte, in welchem Teil der Anlage er untergebracht sein könnte. Sigrid gab ihr Bestes. Dabei war sie sich bewusst, dass diese Informationen auch benutzt werden konnten, falls die Alliierten die Anlage stürmen würden.

Nach der Besprechung zog Ditlev sie beiseite und fragte, ob sie sich vorstellen könnte, dort unten für sie zu arbeiten. Mit *sie* war der dänische Nachrichtendienst gemeint.

Dieses Angebot war für Sigrid ein Wendepunkt. Sie war ursprünglich in den Irak gereist, um die menschliche, zivile Seite des Konfliktes abzubilden. Aber sie hatte alle im Stich gelassen. Saddams Schergen hatten sie geschnappt, und sie hatte unverrichteter Dinge nach Hause zurückkehren müssen. Nie im Leben würde sie den Alliierten dabei helfen, zivile Ziele auszumachen.

Sie teilte dem Führungsoffizier mit, dass sie kein Interesse an seinem Angebot habe. Sie zerschnitt ihren Presseausweis und suchte sich einen Job bei Amnesty International. Sigrid und Andreas heirateten im Rathaus von Kopenhagen und gründeten mit Victor und Sommer eine neue Familie.

In den folgenden Jahren reiste Andreas immer wieder in den Nahen Osten und berichtete als Journalist aus den Krisengebieten. Sigrid hatte ihn nie danach gefragt, ob sie auch ihn versucht hatten zu rekrutieren. Von außen betrachtet führten sie ein ganz normales Leben. Und nur Andreas wusste, dass bei einer Angstattacke die einfachste Entscheidung – etwa die Wahl zwischen Cornflakes oder Haferflocken beim Einkauf im Supermarkt – Sigrids Zusammenbruch bedeuten konnte.

71

Sigrid wachte mit dem Gefühl von Freiheit und Kampfgeist auf. Der Mukhabarat war hinter ihnen her, aber er konnte unmöglich wissen, wo sie sich aufhielten.

Rahaf schlief noch. Sigrid ging in den Garten, klappte ihren Laptop auf und loggte sich über Lisas WLAN ins Internet ein.

Natürlich hatte Ellen Davidsen eine Geheimnummer. Wenn man hauptberuflich serbische Kriegsverbrecher hinter Gitter brachte, musste man sein Privatleben und seine Arbeit sehr klar trennen.

»*Buongiorno.*« Nino hatte zwei Becher Kaffee in den Händen. »Hast du sie gefunden?«

»Noch nicht.«

Lisa stieß in einem seidenen Kimono zu ihnen. Sie legte einen Zeigefinger auf die Lippen und schaltete einen kleinen Fernseher ein. Es lief eine ägyptische Nachrichtensendung auf *Al-Jazeera.* Hotels und bestimmten Ausländern war es erlaubt, diesen Sender aus Katar zu empfangen. Lisa drehte die Lautstärke auf, aber keiner von ihnen hörte zu, was der Reporter zu berichten hatte.

Nino reichte Sigrid sein Satellitentelefon.

»Ich kann dir nicht garantieren, dass es hundert Prozent sicher ist. Als ich damals in Mali für die italienische *Newsweek* …«

Sigrid tippte lächelnd die Festnetznummer eines Reihenhauses in Tommerup auf Fünen ins Telefon. Nino hob entschuldigend die Hände in die Luft und verzichtete auf seine Geschichte.

Ellen Davidsens Vater erinnerte sich selbstverständlich an Sigrid Melin. Er hatte sie kennengelernt, als Ellen und Sigrid nach einer Konferenz im Hotel Nyborg Strand bei den Davidsens vorbeigekommen waren. Ellen hatte Sigrid angeboten, sie mit nach Kopenhagen zu nehmen, aber wollte vorher unbedingt noch bei ihren Eltern vorbeischauen, die in ihrem Sommerhaus ganz in der Nähe Ferien machten. Kernfamilien, vor allem harmonische Kernfamilien wie Ellens, waren schon immer Gift für Sigrids Selbstwertgefühl gewesen. Es dauerte lange, bis Ellens Vater die Nummer seiner Tochter in Den Haag verriet.

»Davidsen.«

»Ellen? Ich bin es, Sigrid Melin. Von Amnesty?«

Den Hintergrundgeräuschen nach zu urteilen, befand sich Ellen im Zug.

»Sigrid? Das ist ja lange her.« Sie lachte. »Kann ich heute Abend zurückrufen? Ich bin gleich im Büro.«

»Lieber nicht, Ellen.«

»Warum, was ist los? Was ist passiert?«

Ellen stieg bei der nächsten Station aus, damit Sigrid ihr in Ruhe alles erzählen konnte. Nachdem sie ihre Bekannte in alles eingeweiht und ihr das Wichtigste über Firas' Aufnahmen erzählt hatte, stellte Sigrid die entscheidende Frage.

»Könnt ihr auf dieser Grundlage eine Klage erheben?«

»Durchaus möglich. Als Erstes musst du diese Aufnahmen über die Grenze bringen, entweder über eine sichere Verbindung oder auf einem USB-Stick«, sagte Ellen, die auch alle technischen Details wissen wollte, wie Größe und Anzahl der Dateien.

»Ich weiß, das ist nicht ungefährlich. Aber du willst auch nicht in einem Internetcafé mitten in Damaskus sitzen und dabei erwischt werden, wie du Beweise über die Foltermethoden des Regimes verschickst. Weißt du, was die mit den Leuten machen, die einen einfachen Filmclip auf YouTube hochladen?«

»Ja, das sind nämlich die Menschen, die wir auf Firas' Aufnahmen sehen, wie sie in den Krankenhausbetten totgeschlagen werden.«

Ellen atmete schwer. »Okay. *Wir* müssen das Material sichten und unsere Techniker müssen sicherstellen, dass es nicht manipuliert wurde.«

»Das ist es auf keinen Fall.«

»Das sind unsere Bedingungen. Als Gegenleistung können wir dir vielleicht bei der Evakuierung helfen. Dir und dem Mädchen.«

»Und was ist mit ihren Eltern?«

»Du meinst, wenn es dir gelingt, sie aus dem Gefängnis zu holen?«

»Das muss ich.«

Ellen seufzte.

»Versprich mir, dass du auf dich aufpasst. Ich habe gleich ein Meeting. Also – wir *können* unter Umständen helfen. Aber du musst mir das Material schicken, damit unser Führungsteam es sich ansehen kann. Das ist die Voraussetzung, wenn sie eure Flucht finanzieren sollen.«

Sigrid ging zurück auf ihr Zimmer und steckte die Telefonnummer von Ellen, die sie auf ein Stück Papier gekritzelt hatte, in ihre Tasche.

Rahaf hatte die Augen aufgeschlagen und beobachtete sie.

»*Sabah al khair*«, sagte Sigrid und setzte sich zu ihr auf die Bettkante.

»Guten Morgen«, antwortete Rahaf.

»Wie viel hast du von dem verstanden, worüber ich gestern mit Lisa und Nino gesprochen habe?«, fragte Sigrid.

»Nicht so viel. Aber ich habe gehört, dass wir nicht hierbleiben können. Wo gehen wir dann hin?«

»Rahaf, es ist jetzt ganz wichtig, dass du mir vertraust. Wollen wir sagen, dass es eine Überrasch…«

Sie wurde von einem lauten Geräusch unterbrochen. Jemand hämmerte gegen die Eingangstür von Lisas Haus.

Sigrid sprang auf.

»Ich glaube, wir müssen jetzt sofort los!«

Rahaf hatte in ihren Sachen geschlafen und krabbelte vom Bett runter. Da flog die Tür auf, und Lisa stand im Zimmer. Sie hatte sich umgezogen, trug dasselbe wie am Abend zuvor.

»Mukhabarat!«, rief sie mit aufgerissenen Augen.

Da hämmerte es erneut gegen die Tür, und eine Männerstimme rief auf Arabisch, dass die Amerikanerin sofort die Tür öffnen solle.

Lisa rief mit breitem amerikanischem Akzent, dass sie auf dem Weg sei.

»*Ana qadima!*«

Nino kam mit einem Rucksack über der Schulter zu ihnen ins Zimmer.

»Gibt es noch einen anderen Ausgang?«

Rahaf zupfte an seinem Hemd.

»Wir können übers Dach gehen«, sagte sie.

Die Erwachsenen sahen sich an.

»Kommt mit«, sagte Lisa und lief die Treppe in den ersten Stock hoch. Auf der Dachterrasse kletterten sie über eine niedrige Mauer und sprangen auf das benachbarte Dach einen Meter unter ihnen. Sigrid, Rahaf, zuletzt Nino. Von dort liefen sie von einem Dach zum nächsten, bis nach ein paar Hundert Metern die Umayyaden-Moschee auftauchte. Auf einer Dachterrasse standen Stühle, Tische und zusammengefaltete Sonnenschirme. Ein Café.

»Hier gehen wir runter«, bestimmte Nino.

»Ist es nicht sicherer, hier zu warten?« Sigrid schnappte nach Luft.

»Ich habe ein Auto um die Ecke geparkt.«

Sie gingen die Treppe hinunter, durch das Café und standen dann in einer kleinen Gasse, die auf eine größere Straße stieß. Dort stand Ninos grüner Lada, der mit Rostflecken übersät war.

Rahaf und Sigrid kletterten auf den Rücksitz.

»Wo kann ich die Dateien sicher verschicken?«, fragte Sigrid, während sie sich nervös umsah.

»Auf keinen Fall mit deinem eigenen Computer. Die haben angefangen, die VPN-Tunnel und Verschlüsselungsprotokolle zu blockieren. Aber deine Botschaft verfügt garantiert über eine funktionierende verschlüsselte Verbindung. Soll ich hinfahren?« Nino sah sie im Rückspiegel an.

»Ich kann nicht riskieren, dass sie uns nicht reinlassen«, antwortete Sigrid und deutete mit einem unauffälligen Nicken auf Rahaf, die in ihren Armen lag. »Ich muss einen Ort finden, von wo aus ich die Dateien hochladen kann, bevor sie uns wieder aufspüren.«

»Okay, wo willst du hin?«

»Fahr mich zu NorCom, bitte.«

72

Sigrid wurde vom sanften Summen des Servers im Büro von NorCom begrüßt. Es fühlte sich gut an. Sie ließ sich auf ihren Stuhl sinken und kämpfte gegen das tiefe Bedürfnis einzuschlafen. Aber Nino und Rahaf warteten auf einem Parkplatz ganz in der Nähe, es gab keine Zeit zu verlieren. Sie öffnete ihr Mailprogramm und startete das Verschlüsselungsprogramm. Wenn sie Nino richtig verstanden hatte, konnte NorCom sehen, was sie verschickt hatte, aber der Geheimdienst nicht.

Wenn es nicht so still gewesen wäre, hätte sie wahrscheinlich nicht gehört, wie jemand die Tür von außen mit einer Code-Karte öffnete. Sofort schaltete Sigrid ihren Monitor aus und lauschte.

Magnus tauchte in der Tür auf.

»Wo warst du? Ich bin fast verrückt vor Sorge gewesen.«

»Guten Morgen«, sagte sie. »Und Entschuldigung. Wirklich. Es ist eine lange Geschichte.«

»Ich habe viel Zeit. Und ich würde sie gerne hören.«

»Warum bist du schon so früh da? Ganz ungewöhnlich für dich«, sagte Sigrid, um abzulenken.

»Ich wollte noch schnell etwas überprüfen, bevor alle kommen.« Er wirkte angespannt.

»Wollen wir gleich noch einen Kaffee trinken? Ich muss nur noch kurz diese Mail abschicken«, sagte Sigrid und machte den Monitor wieder an.

Magnus lehnte sich mit verschränkten Armen gegen die Wand, seine Lippen waren aufeinandergepresst. Er sah sie so durchdringend an, dass sie schließlich den Kopf hob.

»Kannst du kurz mitkommen, Sigrid? Ich würde dir gerne etwas zeigen.«

»Muss das unbedingt jetzt sein?«, fragte sie ungeduldig. »Darf ich bitte kurz diese Mail abschicken?«

Magnus stand mit hängenden Armen vor ihr.

»Was ist los mit dir?«, fragte sie.

»Ich finde, du solltest diese Mail nicht schicken, und ich weiß, dass du mir zustimmen wirst, wenn ich dir gezeigt habe, was sich in den Räumen unter uns befindet.«

Langsam erhob sich Sigrid. Dabei schob sie einen Stapel Papier vom Schreibtisch, der zu Boden segelte. Magnus gab ihr ein Zeichen, dass sie mitkommen sollte.

Er nahm sie am Arm und zog sie hinaus ins Treppenhaus. Eine Etage tiefer blieben sie vor einer massiven Tür stehen, auf der U-Tell stand. Das war der Name des syrischen Telefon-Anbieters, mit dem NorCom eng zusammenarbeitete. Magnus hatte auf einmal eine Code-Karte in der Hand, die sie noch nie zuvor gesehen hatte. Zusätzlich tippte er eine achtstellige Zifferfolge ein, erst dann öffnete sich die Tür, und sie betraten die Büroräume der Firma.

Auf den ersten Blick ähnelten die Räume denen von NorCom direkt darüber. Allerdings mussten sie eine weitere codegeschützte Schranke überwinden, um in einen Großraum zu gelangen, der in seiner Größe praktisch der gesamten Fläche von NorComs Büroräumen entsprach. Es war ein gigantischer Kontrollraum. Vor einem Arsenal von riesigen Bildschirmen standen mehrere Reihen von Computerarbeitsplätzen. Viele der Plätze waren nicht besetzt, aber vor dem Bildschirmmosaik an der Wand saßen vier syrische Mitarbeiter mit Headsets an ihren Schaltpulten. Auf den mittleren Bildschirmen waren mehrere kleine Ausschnitte der Stadtpläne von Damaskus und anderen Orten in Syrien zu sehen. Überall blinkten Punkte, einige schwarz, andere weiß. Auf einem der linken Bildschirme sah man eine Vergrößerung eines Facebook-Profils. Und rechts liefen permanent Informationen über den Monitor mit Namen und Zahlen-Codes in arabischer Schrift.

»Was ist das hier?« Sigrid flüsterte, fast lautlos.

Magnus antwortete nicht. Er zupfte sie am T-Shirt.

»Lass uns oben reden«, sagte er und zeigte mit einem vielsagenden Gesichtsausdruck auf die Monitore.

Einer der Männer drehte sich zu ihnen um, und Magnus winkte ihm freundlich zu. Der Mann streckte einen Daumen in die Luft und wandte sich dann wieder seiner Arbeit zu.

Sie fuhren mit dem Aufzug bis in den obersten Stock und gingen auf die Dachterrasse.

»NorCom hat ein Programm namens ICAROS entwickelt. Das ist eine Software, die wir weltweit an Polizei und Nachrichtendienste verkaufen. Damit können sie Kriminelle und Terrorverdächtige aufspüren und überwachen.«

Sigrid lief unruhig auf und ab, während sie fassungslos den Kopf schüttelte.

Magnus stand am Geländer, von wo aus man den gesamten Al-Hijaz-Platz überblicken konnte.

»Sag doch bitte was.«

Sigrid drohte der Kopf zu platzen, sie kochte vor Wut.

»Willst du mir ernsthaft sagen, dass wir dieses Programm auch an Syrien verkauft haben? Wir verkaufen eine Software an ein Regime, das damit seine eigenen Leute überwacht? Und der Mukhabarat spürt damit potenzielle Regimegegner mit auf? Über ihre Handys?«

Magnus wich ihrem Blick aus.

»Hör mal, das ist ein richtig gutes System. Und es war ein Riesenerfolg …«

»In allen *Diktaturen weltweit*!«, unterbrach sie ihn.

»Das ist deine Auslegung, wir verkaufen die Software an *Regierungen* weltweit.«

Sigrid rieb sich die Schläfen und schloss die Augen.

»Halt den Mund.«

Sigrid sank auf die Knie und stützte sich mit den Händen auf dem Boden ab. Sie versuchte zu atmen, aber bekam keine Luft.

»Hey, Sigrid.«

Magnus kniete neben ihr und zog eine zusammengeknüllte Papiertüte aus der Hosentasche, die er ihr vor den Mund hielt, damit sie hineinatmen konnte. Langsam beruhigte sie sich wieder und bekam ihre Atmung unter Kontrolle.

Schweigend saßen sie eine Weile mit dem Rücken gegen das Geländer gelehnt.

Sigrid schlug die Hände vors Gesicht.

»Heißt das im Klartext, dass die seit meiner Ankunft jedes Telefonat von mir abgehört haben und mich immer orten konnten?«

Magnus knetete verlegen die Hände.

»Du solltest auf jeden Fall mit unseren Rechnern nichts unternehmen, was sie nicht sehen sollen …« Er legte eine Hand auf Sigrids Knie. »Ich mache mir große Sorgen, dass du da in etwas Schlimmes reingeraten bist.«

Sigrid rappelte sich auf und holte ihr Handy aus der Hosentasche.

»Was machst du?«, fragte Magnus.

»Ich muss mit Göran sprechen.« Es war ausgeschlossen, über die NorCom Server die Aufnahmen zu verschicken, aber sie musste etwas unternehmen.

Magnus richtete sich ebenfalls auf.

»Damit darfst du nicht mehr telefonieren.« Er nahm ihr das Handy aus der Hand, entfernte die SIM-Karte und gab sie ihr.

Sigrid starrte die winzige SIM-Karte an.

»Das erklärt auch, warum der Mukhabarat immer an mir geklebt hat.«

Magnus gab ihr wortlos sein Handy.

»Nimm das, es ist sicher.«

Es dauerte einen Augenblick, bis sie ihren Chef über Skype anrufen konnte. Auf dem Display erschien Göran Wolgers, unrasiert und mit zerzausten Haaren.

»Warum rufen Sie von Magnus' Handy an, Sigrid? Es ist noch ziemlich früh hier in Schweden.«

»Ich habe gerade Ihre *Einsatzzentrale* im Haus besichtigen dürfen.«

»Ich verstehe nicht ganz. Was ist los?«

Magnus steckte seinen Kopf von der Seite ins Bild.

»Göran, guten Morgen, Sigrid war unten im ersten Stock.«

Mit einem Schlag war der CEO von NorCom hellwach.

»Aha, verstehe.«

Sigrid schüttelte den Kopf.

»Sie haben mich reingelegt.«

Göran nahm einen Schluck Kaffee, und Sigrid sah das Foto auf dem Becher. Ein kleiner blonder Junge strahlte in die Kamera, darunter stand *Bester Opa der Welt.* Er holte tief Luft.

»ICAROS steht für Integrated Communications and Radio Operations System und ist eines der geheimen Projekte unserer Entwicklungsabteilung. Es ist, wenn ich das so sagen darf, *above your pay grade.*«

Sigrid war sprachlos.

Göran nickte.

»Hören Sie, die Technologie von ICAROS ist eine hochentwickelte Software zur Bekämpfung von Kriminalität. Man benötigt einen richterlichen Beschluss, damit die Polizeikräfte sie gegen die eigene Bevölkerung einsetzen kann.«

Sigrid spürte, wie sich ihr Gesicht zu einem sarkastischen Grinsen verzog.

»Das ist ja alles gut und schön – in Schweden. Aber hier unten ist das nicht weiter kompliziert, die Zustimmung vom Mukhabarat zu bekommen.«

»Da haben wir keinerlei Befugnisse und können uns nicht einmischen«, sagte Göran. »Sigrid, wir tun nichts Ungesetzliches. Der Mobilfunk verändert die Welt. Diese Technologie ist der einzige Weg zur Demokratie. Wir liefern sie, aber wir können uns nicht einmischen, wie ein souveräner Staat sein Rechtssystem umsetzt …« Er hob die freie Hand in die Luft. »So haben wir bereits Tausenden von Syrern die Nutzung des Internets ermöglicht. Der Medienaktivismus hätte niemals stattgefunden, wenn wir nicht vorangegangen und den Weg geebnet hätten, damit die Syrer ein stärkeres Mobilnetz bekommen und online gehen können.«

»Damit kommt ihr nicht davon.«

»Wir können nichts dagegen unternehmen«, sagte Magnus mit sanfter Stimme. »Entweder wir bleiben hier unter den Bedingungen, die sie vorgeben. Oder wir verlassen das Land.«

Sigrid ignorierte, was Magnus gesagt hatte.

»Ich kündige, Göran. Und Sie können damit rechnen, sehr bald auf der Titelseite vom *Aftonbladet* zu stehen.« Sigrid wollte das Telefonat beenden, aber etwas in Görans Tonfall hielt sie davon ab.

»Ich glaube nicht, dass das passieren wird, Sigrid.« Er verzog sein Gesicht. »Sie haben gerade noch vor laufender Kamera neben dem syrischen Innenminister gestanden und die fruchtbare Zusammenarbeit mit der Regierung gelobt. Was glauben Sie, wer von uns auf der Titelseite erscheinen wird? Und wer hat im schwedischen Fernsehen gesagt, dass unsere Arbeit so sauber sei wie frisch gewaschene Wäsche?«

Am liebsten hätte Sigrid das Handy vom Dach geworfen, aber Magnus hielt sie davon ab. Er nahm es ihr aus der Hand und hielt es hoch.

Göran setzte zum finalen Stoß an.

»Und vergessen Sie nicht, in welcher Größenordnung Ihr Gehalt gewachsen ist, seit Sie bei uns sind.« Er klang jetzt fast aufgekratzt und fröhlich. »Kopf hoch, Sigrid, wir haben viel Arbeit vor uns. Und die ist verdammt wichtig. Sie haben das bis hierher hervorragend gemeistert. Nehmen Sie sich doch einen Tag frei und legen Sie sich an den Pool. Vielleicht sollten Sie beide sich gleich ein paar Tage freinehmen. Magnus, kannst du die goldene Karte organisieren? Und dann fahrt ihr für ein paar Tage nach Beirut.«

Magnus schloss die Augen und schnaufte. Ihm schien die Situation auch zuzusetzen.

»Bucht ein gutes Hotel, geht ins Kino und in einen Club. Ein bisschen shoppen? Vergesst die Syrer für eine Weile. Und dann kommt ihr mit frischer Energie zurück.«

Damit beendete Göran das Gespräch.

»Das tut mir alles so leid, Sigrid. Ich hoffe, du weißt, dass es nichts mit dir zu tun hat. Wir können hier unten so viel Gutes bewirken.«

»Es hat ausschließlich mit mir zu tun, Magnus. Begreifst du denn nicht, dass unsere, nein, meine Arbeit Firas Hamed ins Gefängnis gebracht hat?«

Magnus öffnete den Mund, blieb aber stumm.

»Ihr habt ihn getrackt, stimmt's? Firas Hamed?«

»Ich persönlich habe mir den Arsch aufgerissen, damit Syrien einen ganzen Park von Sendemasten bekommt. Damit alle davon profitieren können. Genauso wie du. Wo sollen wir denn sonst anfangen?«

Sigrid starrte auf die Straße. Unter der Markise, wo Reem gestanden hatte, stand eine junge verschleierte Frau und telefonierte mit dem Handy.

Sie schüttelte den Kopf.

»Ich habe Reem den Wunsch abgeschlagen, Firas zu orten, weil ich mir meine Hände nicht schmutzig machen wollte.«

»Du bist nicht dafür verantwortlich«, sagte er und nahm ihre Hand. »Sigrid, vielleicht sollten wir beide nach Hause fliegen.«

»Ja, vielleicht hast du recht.«

»Du sollst wissen, dass ich immer für dich da bin. Ich meine auch, wenn wir wieder zu Hause sind.«

»Magnus, verdammt, was soll das? Wir müssen das hier öffentlich machen. Es muss auf der Stelle aufhören.«

»Wir machen nicht Ungesetzliches.«

Seine Stimme klang so fremd, Sigrid zog ihre Hand weg.

»Dann brauchen wir eben neue Gesetze.«

»Das kann sein.«

Er legte seine Hände aufs Geländer. Am Horizont legte sich der Smog wie ein dünner Schleier über die Stadt.

»Ich möchte dir einen Vorschlag machen«, sagte er. »Du kannst kündigen, wenn du willst, aber du wendest dich *nicht* an die Medien. Als Gegenleistung sage ich Khelani, dass du nicht das hast, was er haben will.«

»Das ist aber vielleicht die einzige Währung, mit der ich Reem aus dem Gefängnis bekomme.«

»Das tut mir wirklich leid, Sigrid«, sagte er.

73

»*Dove cazzo sei stata?*« Nino lief der Schweiß in Strömen übers Gesicht, als Sigrid endlich wieder in den Lada stieg. Er wollte wissen, warum es so lange gedauert hatte. Rahaf klammerte sich an Sigrids Arm.

»Hast du es schicken können?«

»Kannst du uns zur dänischen Botschaft fahren? Wir können hier nicht bleiben. Ich erkläre es dir später.«

Nino hob missbilligend eine Augenbraue, aber fuhr los. Der Lada bog an der Kreuzung ab und schob sich zwischen einen Kleinbus, der bis obenhin voll mit Schulkindern war, und einen Konvoi aus gelben Taxen, die alle das Stadtwappen von Damaskus auf der Fahrerseite trugen.

»Dein Handy, Nino, ist das von einem lokalen Anbieter?«

»Nix. Italienisch. Das ist sauteuer, aber wenn die mich abhören wollen, müssen sie auch was dafür tun. Aber du kannst mein Satellitentelefon benutzen, wenn du ganz sicher sein willst.«

»Oh ja, danke.« Sie wollte zwar sichergehen, dass sie nicht geortet werden konnten, hatte aber Magnus versprochen, kein Wort über ICAROS zu verlieren. Sigrid holte tief Luft und atmete lange aus.

»Los, erzähl, was ist passiert«, drängte Nino und sah in den Rückspiegel.

»Das kann ich jetzt nicht.«

»Aha. Also, falls es dich interessiert, Lisa hat sich bei mir gemeldet.«

»O Gott«, seufzte Sigrid. »Die hatte ich ganz vergessen. Verzeih. Wie geht es ihr?«

»Die sind wieder abgezogen, haben nichts gefunden. Es sei nur eine Routinekontrolle gewesen. Sie überwachen vor allem die Ausländer, weil so viele Demonstranten untergetaucht sind.«

»Danke, Nino. Wie gut, dass sie Lisa in Frieden lassen.« Die Begründung mit der Routinekontrolle fand sie allerdings unglaubwürdig.

»Du kannst mich nicht in so eine Situation bringen und mir dann Dinge vorenthalten. Wenn du mir nicht vertraust, was machen wir dann hier?«

»Ich erzähle es dir, wenn wir draußen sind und Rahafs Eltern bei uns sind.«

»*Va bene.* Okay.«

»Ich konnte die Daten nicht abschicken, ich wäre fast erwischt worden.«

»Von wem?«

»Von einem Wachmann.« Eine Notlüge.

Nino drehte sich zu Sigrid um, dabei geriet der Wagen ins Schlingen und kam einem Taxi gefährlich nah.

»Hey, pass auf!«

»*Dio caro*, 'tschuldigung!«

Der Italiener drosselte das Tempo, sie fuhren schweigend weiter.

»Heißt das jetzt, du wirst die Daten von der dänischen Botschaft aus schicken, oder was? Oder ich fahre damit über die Grenze, um sie an Ellen Davidsen weiterzuleiten?«

»Verdammt, nein, Nino«, flüsterte Sigrid und beugte sich zwischen den Sitzen vor. »Das kann ich nicht zulassen.«

Rahaf sah Sigrid verängstigt an und krümmte sich zusammen.

»Verzeih, *habibti*«, sagte sie und zog das Mädchen in ihre Arme.

»Die Diskussion ist beendet«, sagte Nino und tippte mit dem Zeigefinger gegen eine kleine Gummifigur, die am Rückspiegel hing und den syrischen Präsidenten darstellte. Der Gummipräsident quiekte.

Rahaf fing an zu kichern und steckte die beiden anderen an. Sie hörten erst auf zu lachen, als auf der linken Seite der erste Checkpoint auftauchte. Betonklötze versperrten den Weg und waren noch mit Stacheldrahtzaun und Soldaten bestückt. Auf der Schranke prangte ein Foto des Präsidenten in Uniform. Vor ihnen war ein kleiner Stau entstanden, und Nino bog in die nächste Straße rechts ab.

»Ich glaube, wir nehmen die etwas malerischere Route.«

Sie fuhren auf den Mezzeh Highway und gelangten so in ein neueres Stadtviertel von Damaskus, in dem die *nouveau riche* residierte. Ein in Syrien fabrizierter weißlackierter Sham überholte sie. Auf dem Kennzeichen stand das Wort *shorta*, das arabische Wort für Polizei.

»Es gibt Leute, für die ist es eine Auszeichnung, fürs Regime zu sein.«

Nino warf einen Blick in den Rückspiegel, nickte Sigrid zu und teilte ihr mit, dass sie gleich da seien.

Sigrid bat Rahaf sich zu ducken, damit sie vor neugierigen Blicken geschützt war.

Die dänische Botschaft befand sich in einer der neuen Villengegenden im Viertel Mezzeh und war nach der amerikanischen Botschaft die am besten gesicherte Einrichtung dieser Art in Damaskus. Das hatte man auf Slotsholmen beschlossen, als die Botschaft nach den Mohammed-Karikaturen eine neue Bleibe suchen musste. Als Reaktion auf die Karikaturen, die in der Zeitung *Jyllands-Posten* veröffentlicht worden waren, hatte ein wütender Mob das Gebäude in Brand gesteckt, in dem die Botschaft untergebracht war. Was die Täter offenbar nicht wussten, war, dass die norwegische Botschaft sich eine Etage mit den Dänen teilte. Die Wahl war schließlich auf eine Vorstadtvilla aus verputztem Beton gefallen, die man dann mit schusssicheren Fenstern und einem eisernen Zaun aus meterhohen weißen Latten aufgerüstet hatte. Passenderweise war ein großes UN-Büro in derselben Straße beheimatet, weshalb Sicherheitsblockaden wie zwei zuverlässige Buchstützen den Anfang und das Ende der Straße markierten. Zusätzlich war die Botschaft großzügig mit Wachen ausgestattet worden, von denen die meisten Syrer waren.

Ninos Lada rollte die letzten Meter auf die Straßenblockade vor der bewachten Festung der dänischen Botschaft zu. Dann blieb er mit laufendem Motor stehen. Sigrid stieg aus und wechselte ein paar Worte mit den Wachleuten.

Der Sicherheitschef der Botschaft wurde dazugerufen, und es kam ein blonder Hüne mit dem Körperbau eines Elitesoldaten und dem Lächeln eines Autoverkäufers.

»Frederik Juul. Sie sind Dänin?«

»Ja, aber ich habe leider meinen Pass im Hotel liegen lassen.«

Frederik Juul warf Nino einen misstrauischen Blick zu, der die Hände auf das Lenkrad gelegt hatte und keine Miene verzog.

»Ich muss unbedingt mit Hans Christian Hvidtfeldt sprechen, es ist sehr wichtig. Der Botschafter kennt mich persönlich und weiß, wer ich bin.«

»Der Botschafter ist leider nicht im Haus.« Er zuckte entschuldigend mit den Schultern. »Das nächste Mal bringen Sie besser Ihren Pass mit.«

Sigrid schloss die Augen. Das durfte alles nicht wahr sein. Sie setzte ihr gewinnendes Lächeln auf.

»Ich bitte Sie, mir zuzuhören. Nino Corradini dort drüben am Steuer des Wagens, ist ein italienischer Journalist, der für die *Repubblica* arbeitet. Er ist auf dem Weg nach Beirut mit Material, das mir bisher sehr viele Probleme beschert hat. Auf dem Rücksitz versteckt sich ein elfjähriges Mädchen. Sie heißt Rahaf Nemir, und ihre Mutter ist Reem Nemir, die syrische Sicherheitsberaterin des dänischen Unternehmens NorCom, das hier in Syrien operiert. Die wurde vor zwei Tagen vom Geheimdienst verhaftet. Und Rahafs Vater ist seit mehr als einer Woche spurlos verschwunden.«

Frederik Juul wirkte kein bisschen beeindruckt.

»Hat das Kind keine Verwandten hier?«

»Die Familie des Vaters hat den Kontakt abgebrochen, weil er eine Alawitin geheiratet hat. Und die Familie der Mutter ist eng mit der Regierung verbunden.« Sigrid musste sich zusammenreißen, die syrischen Wachen nicht die ganze Zeit anzustarren. »Wenn wir in unser Hotel zurückkehren, werden wir unsere Familien mit großer Wahrscheinlichkeit nie wiedersehen.«

Der Sicherheitschef kniff ein Auge zusammen, als würde ihn die Sonne blenden.

»Warten Sie.«

Nach fast unerträglich langen Minuten kam Frederik Juul in Begleitung zurück. Der Stellvertreter des Botschafters, Mads Ryttergaard, war ein Junge aus dem Volk mit Hipsterbart, Skinny Jeans und Diplomatenpass.

»Sigrid!«

»Mads!«

»Wir sind uns doch vor kurzem auf einem Empfang anlässlich irgendeines Unabhängigkeitstages begegnet? Diese unzähligen Nationalfeiertage werden zu einer einzigen Masse. Immer dieselben Gesichter. Und jedes Mal sieht es aus wie ein Mafia-Begräbnis«, sagte er lächelnd und rollte mit den Augen. Dann wurde seine Stimme tiefer, aber das Lächeln blieb. »Frederik hat mir zu verstehen gegeben, dass Sie eine offene Rechnung mit dem syrischen Geheimdienst haben?«

Sigrid nickte.

»Ich würde gerne mit Hans Christian Hvidtfeldt sprechen.«

»Der Botschafter ist mit einer dänischen Delegation nach Jordanien gereist. Wir hatten es so verstanden, dass die Sache mit den Sendemasten erledigt ist?«

Sigrid sah Rahafs Haarschopf durch das Autofenster blitzen und gab Nino mit einer Geste zu verstehen, dass sie sich ducken sollte. Der bemerkte es nicht, aber dafür Ryttergaard.

»Ich finde, Sie sollten reinkommen. Sorgen Sie dafür, dass das Kind nicht zu sehen ist, und lassen Sie das Mädchen erst direkt vor dem Eingang aussteigen.«

Sigrid nickte ihm dankbar zu.

»Aber Ihr italienischer Freund da muss seine Papiere vorzeigen, sonst können wir ihn leider nicht reinlassen.«

Nino wedelte mit seinem italienischen Pass, als Sigrid wieder eingestiegen war. Die Schranke öffnete sich, und sie durften den gesperrten Straßenabschnitt befahren. Nino hustete. Im Rückspiegel sah Sigrid, dass sein Gesicht schweißnass war und auch sein Bart glänzte.

»Wenn das hier vorbei ist, will ich die Exklusivstory«, stöhnte er.

Sigrid legte ihm eine Hand auf die Schulter.

»Die bekommst du, wenn wir es geschafft haben. Alles.«

74

Königin Margrethe und Prinz Henrik hingen goldgerahmt im Eingangsbereich und begrüßten mit königlichen Mienen die Besucher der Botschaft. Das verewigte Regentenpaar hatte noch die Haarfarben ihrer Jugend, die Aufnahmen aber waren verblichen, und Sigrid hatte das Gefühl, sich in einer betagten Version ihres Vaterlandes zu befinden.

Der Vertreter des Botschafters zeigte ihnen die Räumlichkeiten wie ein enthusiastischer Reiseführer, als würden sich Sigrid, Nino und Rahaf besonders für die Inneneinrichtung interessieren. Es zeigte sich, dass er das nicht ohne Grund getan hatte.

»Wir repräsentieren ja nicht unbedingt das moderne Skandinavien«, sagte Mads Ryttergaard. Sie kamen an Konferenzräumen und Büros vorbei, die mit dänischen Designermöbeln eingerichtet waren. Vergilbtes Buchenholz und pink und kobaltblau gemusterte Sitzbezüge, die seit den achtziger Jahren hier überlebt hatten. »Sie sollten mal die Botschaft in Beirut sehen. Die ist werbewirksamer eingerichtet. Dort gibt es Fotos mit fröhlichen, kinderreichen Familien auf Lastenrädern und so was.« Er sprach ein makelloses britisches Englisch, damit auch Nino und Rahaf ihm folgen konnten. Eine syrische Putzfrau schob ihren Wagen durch den Flur und verschwand in einem Büro, in dem sich, dem Schild nach zu urteilen, die konsularische Abteilung befand.

»Dafür haben wir einen neuen Aktionsbereich erhalten. Kommen Sie bitte hier entlang.«

Im Keller der Botschaft war ein Bereich für Gäste eingerichtet worden, mit Aufenthaltsraum, Bücherregalen und Fernseher. Die Luft war etwas abgestanden, aber mit ein bisschen gutem Willen sah es gemütlich aus. Vom Hauptraum führte ein Gang zu den kleinen Gästezimmern.

»Wir haben die alten Sofas von Børge Mogensen übernommen, die vorher in der Botschaft in Saudi-Arabien gestanden haben und entsorgt werden sollten. Typisch, dass wir die Reste aus den reichen Ölregionen erben«, sagte Ryttergaard. »Sie sind herzlich eingeladen, ein paar Tage bei uns zu bleiben.«

Sigrid spürte, wie ein tonnenschweres Gewicht von ihren Schultern fiel.

Die Oberlichter zeigten in den Garten der Botschaft. Ryttergaard öffnete sie, und sofort strömte frische Luft herein. Das Geräusch hatte eine schwarze Katze angelockt, die ins Zimmer sprang und sich Rahaf neugierig näherte. Zum ersten Mal seit langer Zeit leuchteten ihre Augen auf.

»Wie heißt sie?«, fragte Rahaf.

»Zenobia«, antwortete Mads Ryttergaard.

»Wie die Königin von Palmyra?«

»Ganz genau. Sie ist auch eine kleine Diva. Darf ich Sigrid und Nino kurz mitnehmen, Rahaf? Du kannst dir gerne den Fernseher anmachen. Wir haben richtig viele Kanäle.«

Das Mädchen nickte und näherte sich zaghaft der Katze.

»Ich bin oben«, sagte Sigrid.

»Ist gut«, erwiderte Rahaf, ließ aber den Kopf hängen.

»Was ist denn, mein Schatz?«

»Ich habe Hunger.«

Endlich. Erleichtert bat Sigrid darum, dass das Kind etwas zu essen bekam. Sie wunderte sich zunächst, dass Mads Ryttergaard ihr persönlich ein Tablett in den Keller brachte, statt einer der zahlreichen Mitarbeiter. Aber im darauffolgenden vertraulichen Gespräch wurde ihr klar, dass jeder Kontakt mit dem Personal vermieden werden musste, damit der eigentliche Grund ihres Besuchs nicht bekannt wurde.

Sie saßen im REGNEM-Raum, der nach dem Verschlüsselungsprogramm benannt war, das die Diplomaten des Auswärtigen Amtes für ihre streng vertrauliche Kommunikation verwendeten. Das Programm war so sicher, dass es kein fremder Geheimdienst knacken konnte.

»Wir gehen grundsätzlich davon aus, dass wir abgehört werden. Zum

Teil mit Mikrophonen, aber wir berücksichtigen auch die Möglichkeit, dass unsere syrischen Mitarbeiter vom Geheimdienst unter Druck gesetzt werden und Informationen preisgeben müssen. Deshalb können wir nicht riskieren, dass die Frau aus der Kantine Rahaf ausfragt.«

Der REGNEM-Raum war aus gegebenem Anlass sehr spartanisch eingerichtet. Außer einem elliptischen Konferenztisch in der Mitte befand sich darin nur noch ein höhenverstellbarer Schreibtisch mit Computer und Drucker darauf sowie ein anderthalb Meter hoher Tresor in der Ecke.

»Der Raum ist top gesichert. Er wird mehrmals am Tag auf Abhöranlagen geprüft. Hier darf sich kein Mitarbeiter oder jemand vom Reinigungsteam aufhalten, ohne Begleitung eines dänischen Sicherheitsbeamten.«

»Und der Computer da?«, fragte Sigrid.

»Den dürfen nur Mitarbeiter des Kernteams der Botschaft benutzen, mit Sicherheitsclearing.«

Mads Ryttergaard faltete seine Hände und sah sie fragend an.

»Erzählen Sie mir, wie ich Ihnen helfen kann.«

Sigrid legte das pinke Hello-Kitty-Handy auf den Tisch. Einer spontanen Eingebung folgend, entfernte sie die SIM-Karte und steckte sie sich in die Tasche.

Der Botschaftsvertreter hob die Augenbrauen.

»Ich bin im Besitz von mehr als fünfzig Aufnahmen aus dem Sham-Militärkrankenhaus, die Körperverletzungen, Folter und Totschlag an Demonstranten und anderen politischen Gefangenen dokumentieren. In einer Brutalität, die alles übersteigt, was ich in den Kriegsgebieten der Welt je gesehen habe.«

Mats Ryttergaard starrte auf das Handy, während er sprach.

»Ich kann leider nicht sagen, dass es mich überrascht. Wir haben auch Informationen erhalten, die in diese Richtung deuten. Wir haben bisher nur keine Beweise gesehen.« Er schaute auf die Uhr. »Und ein Arzt hat diese Aufnahmen gemacht? Rahafs Vater?«

»Ja, sein Name ist Firas Hamed. Er ist spurlos verschwunden.«

»Verdammt.«

Ryttergaard hatte das Diplomatische noch nicht so verinnerlicht und nahm sich das Recht raus, seine persönliche Meinung auf der sicheren Seite des Zaunes und der unantastbaren Fassade zu äußern. Das war ihre Chance.

»Zwei Tage ist es jetzt her, dass Rahafs Mutter, Reem Nemir …«

»Das ist die Sicherheitsberaterin von Jasmin City Security, die das Ziel eines Attentats in diesem Café war, stimmt's?«

»Ganz genau. Ich bin davon überzeugt, dass die Autobombe nur ein Ablenkungsmanöver war. Die Menge an Sprengstoff war relativ gering, und es ist niemand ernsthaft zu Schaden gekommen. Aber der Geheimdienst hat Reem vor den Augen ihrer Tochter abgeführt.«

Sigrids Gegenüber sah sie an, ohne zu blinzeln.

»Rahaf hat keine Verwandten, die sich um sie kümmern wollen«, fuhr sie fort. »Vor allem nicht unter diesen Umständen.«

»Es wäre nicht das erste Mal, dass sie ein Kind benutzen, um die Eltern unter Druck zu setzen.«

»Die würden keine Sekunde zögern, um so herauszubekommen, wo die Aufnahmen sind.« Sigrid machte bewusst eine Pause. »Sehen Sie vor diesem Hintergrund eine Möglichkeit, ein syrisches Kind nach Dänemark zu evakuieren?«

Mats Ryttergaard stützte seinen Kopf in die Hände.

»Ich würde Ihnen so gerne helfen, aber wir müssen ja nicht nur einen Pass für Rahaf besorgen, sondern auch ein Visumsgesuch, der von ihrem gesetzlichen Vertreter unterschrieben werden muss. Dafür ist auch nicht meine Abteilung zuständig.« Er richtete sich wieder auf. »Es ist bestimmt nur ein kleiner Trost, aber Syrer mit einem familiären Hintergrund wie Reem Nemir werden in der Regel nach ein paar Tagen mit einer deutlichen Verwarnung wieder entlassen. Vielleicht muss sie Assad im Staatsfernsehen ihre Treue schwören, aber das ist meistens ihr Ticket in die Freiheit.«

Er lächelte Sigrid aufmunternd zu. »Sie wird vermutlich bald wieder freigelassen werden, und dann können wir uns darum kümmern, den beiden in Dänemark Asyl anzubieten.«

»Das ist eine sympathisch optimistische Perspektive«, sagte Nino. Er verschränkte die Arme vor der Brust. »Es stimmt, dass Oppositionelle freigelassen wurden und man ihnen die Ausreise nahelegte. Aber das wird in diesem Fall nicht passieren. Nicht, solange Sigrid die Aufnahmen hat.«

»Erwägen Sie ernsthaft, die Aufnahmen gegen Reem Nemir und Firas Hamed einzutauschen?«, fragte Ryttergaard beklommen. Man sah ihm an, dass er diese Idee nicht besonders gut fand.

Sigrid trommelte mit den Fingern auf den Tisch.

»Es gibt noch eine Alternative. Ich stehe im Kontakt mit Ellen Davidsen, sie arbeitet für den Internationalen Gerichtshof in Den Haag und ist Expertin bei der Suche nach Kriegsverbrechern. Ich muss ihr die Aufnahmen schicken, damit sie sie verifizieren kann. Nur so besteht die Chance auf Evakuierung. Wenn ich Firas' Aufnahmen gegen Reem eintausche, dann war sein Opfer vergebens. Er ist in Lebensgefahr, wenn er nicht schon tot ist. Ich will lieber doppeltes Spiel spielen und Reem und vielleicht auch Firas freibekommen und parallel dazu dem ICC die Aufnahmen zukommen lassen. Aber ich brauche jemanden, der sich um Rahaf kümmert, während ich das tue. Ich muss sie in Sicherheit wissen.«

Mads Ryttergaard schob sein Kinn vor.

»Das ist das Mindeste, was wir tun können.«

»Wenn wir hierbleiben dürfen, kann ich mich um sie kümmern«, bot sich Nino an.

Ryttergaard nickte. Dann zeigte er auf den Computer in der Ecke.

»Ich kann Sie hier leider nicht allein lassen, aber Sie dürfen den dort benutzen.«

75

Ellen Davidsen erschien auf dem Bildschirm. Sie saß vor einem Whiteboard, das zugepflastert war mit grobkörnigen Fotos von uniformierten Männern. Wahrscheinlich Bildmaterial von ihren Fällen in Bosnien. Sigrids ehemalige Kollegin war so sonnengebräunt, rotwangig und üppig, wie sie sie in Erinnerung hatte. Allerdings war eine tiefe Falte zwischen den Augenbrauen dazugekommen.

»Hey, alles okay bei euch da unten?«

»Wir leben noch«, antwortete Sigrid. Sie saß an dem Arbeitsplatz im REGNEM-Raum, den ihr Mads Ryttergaard zugewiesen hatte. Er selbst war am Konferenztisch sitzen geblieben, hatte Kopfhörer auf und seinen Laptop aufgeklappt. Und Nino war zu Rahaf zurückgegangen.

»Du siehst erschöpft aus. Wie geht es dir? Wo seid ihr jetzt? Und von wo aus rufst du an?«, fragte Ellen.

»Wir sind in der dänischen Botschaft.«

»Das ist doch mal eine gute Nachricht. Dann kannst du mir also die Aufnahmen von dort schicken?« Ellen skizzierte Sigrid kurz, welche Reaktion sie bisher von ihren Kollegen bekommen hatte. Es war ihr gelungen, ein Treffen mit dem Direktor des ICC, einem Südafrikaner namens Oscar Matthews, zu arrangieren. Er hatte sich diesen Posten durch seine Arbeit bei der Wiedervereinigung in seinem durch Apartheid gespaltenen Land verdient. Oscar Matthews war sehr an Sigrids Sache interessiert, aber um Gelder für eine Evakuierung fließen lassen zu können, mussten Ellen und die Experten vom ICC das Material vorher sichten.

»Es tut mir leid, aber wie ich schon sagte, müssen wir das Material verifizieren, bevor wir Mittel zur Verfügung stellen können.«

»Dank dir, Ellen. Ich habe versucht, dir die Dateien zu schicken, aber …« Sigrid verstummte. Was würde passieren, wenn sie ihre Vereinbarung mit Magnus nicht einhielt? Die Konsequenzen waren unklar. Sie brauchte Ellens Rat.

»Aber was?«, hakte Ellen nach.

Sigrid versicherte sich, dass Mads seine Kopfhörer aufhatte. »NorCom verkauft hochentwickelte Überwachungssoftware an den syrischen Geheimdienst«, flüsterte sie.

»Was sagst du da?«

»Ja. Skandinaviens größtes Mobilfunkunternehmen teilt sich das Bürogebäude mit der Überwachungszentrale des Mukhabarat. Sie spüren mit Hilfe der Technologie von NorCom Oppositionelle in Echtzeit auf. So haben die auch mich immer wieder lokalisieren können. Ich war gerade dabei, die Dateien zu mailen, als mein Kollege Magnus Christiansen mich noch rechtzeitig davon abhielt. Er genießt offenbar das Vertrauen des Geheimdienstes.«

Es folgte ein Schwall von Flüchen und Verwünschungen. Es dauerte eine Weile, bis sich Ellen wieder beruhigt hatte.

»Du musst eins wissen, Ellen, du kannst die Aufnahmen leider nicht veröffentlichen, sonst riskiere ich …« Sie wagte es nicht, den Satz zu beenden.

Ellen schüttelte den Kopf, war so fassungslos wie ihre ehemalige Kollegin.

»Verstanden.«

»Du bekommst jetzt eine Kopie der Aufnahmen und mit den Originalen versuche ich, die Freilassung von Reem und Firas zu verhandeln. Wir bleiben vorerst in der Botschaft, dann können wir verabreden, wann und wie ihr uns holen könnt.«

Ellens Gesichtsausdruck änderte sich.

»Ellen, was ist denn los?«

»Das wirst du jetzt nicht gerne hören – und es tut mir auch schrecklich leid –, aber wenn wir das Material verifiziert haben und sicher sind, dass die Aufnahmen echt sind, benötigen wir auch Beweise dafür, dass das Regime diese Verbrechen in Auftrag gegeben hat.«

»Was bedeutet das?«

»Wenn wir den Präsidenten und seine Regierung strafrechtlich verfolgen wollen, dann genügen die Aufnahmen allein nicht. Wir benötigen Dokumente, die belegen, dass es eine schriftliche Anordnung dafür gab. Am besten vom Präsidenten persönlich. Ansonsten kann es sehr kompliziert werden, ihn zur Rechenschaft zu ziehen. Um nicht zu sagen unmöglich.«

Sigrid legte den Kopf in den Nacken und starrte an die Decke.

»Sigrid?«

»Ja?« Sie holte tief Luft. »Ich habe verstanden, was du gesagt hast. Aber echt jetzt? Verdammt noch mal.«

»Ja, ich weiß.«

Eine gefühlte Ewigkeit schwiegen sie.

»Unseren Informationen zufolge läuft in Syrien gar nichts, ohne dass der Präsident oder sein psychopathischer Bruder jedes einzelne Dekret unterschreiben müssen. Zumindest sind das die Informationen, die wir von den Oppositionellen im Heer erhalten haben.«

»Es gibt im Heer Oppositionelle?«

»Wusstest du das nicht?«

»Hier unten ist die Wahrheit nicht immer auf den ersten Blick zu erkennen, wenn du weißt, was ich meine.«

»Das kann ich mir gut vorstellen. Ich wollte damit nur sagen, dass es solche Dokumente unter Garantie gibt«, sagte Ellen.

»Weil sie auch ihre eigenen Schandtaten dokumentieren? Wie die Stasi damals?«, fragte Sigrid.

»Ganz genau. Wie aus dem Lehrbuch. *Das ABC des Bösen.* Das ist ganz typisch für Diktaturen, dass ihre Bürokraten so übertrieben dienstbeflissen sind. Das verleiht dem Regime die Kontrolle, die es braucht. Außerdem sorgt es dafür, dass alle panische Angst haben, einen Fehler zu machen und eingesperrt zu werden. Und zwar quer durch alle Schichten und Funktionen. Diese bürokratische Gründlichkeit ist der Schutz des einzelnen Beamten gegen die Rücksichtslosigkeit, die er seitens des Regimes selbst am meisten fürchtet.«

»Aber ich weiß gar nicht, wo ich mit dem Suchen anfangen soll, Ellen.«

»Wenn die Vorgänge, Folter und Totschlag, im Militärkrankenhaus stattgefunden haben, müssen dort doch auch Kopien der Anordnungen und Befehle aufbewahrt werden, oder?«

Sigrid gestand, dass sie nicht viel Erfahrung habe, in ein syrisches Militärkrankenhaus einzubrechen.

Ellens Lachen donnerte durch die Leitung.

Sigrid fiel es schwer, der Situation etwas Lustiges abzugewinnen.

»Entschuldige, das ist mein Galgenhumor. Eine Berufskrankheit. Wer hat denn schon Erfahrungen damit? Hast du überlegt, stattdessen das Land zu verlassen und dich und das Kind in Sicherheit zu bringen?«

»Eigentlich nicht.«

»Aber ich finde, du solltest das tun. Wir könnten dir dabei vielleicht helfen. Die Grundvoraussetzung aber ist, dass wir die Dateien bekommen, damit ich sie meinen Vorgesetzten vorlegen kann. Sonst bekomme ich eure Flucht nicht finanziert.«

»Ich überlege es mir. Ich maile dir jetzt die Dateien. Nino hat den USB-Stick. Warte, ich hole ihn eben. Gib mir fünf Minuten.«

»Klar.«

Da ging die Tür auf, und der dänische Botschafter Hans Christian Hvidtfeldt stand im Raum und sah die beiden fragend an.

Mads Ryttergaard sprang auf.

»Ich habe Sie erst in ein paar Tagen zurückerwartet.« Er hatte denselben Gesichtsausdruck wie Victor, wenn er dabei erwischt wurde, auf seinem Handy zu spielen, statt Hausaufgaben zu machen.

Der Botschafter schloss die Tür hinter sich.

»Ich dachte, wir hätten eine Sicherheitsregel, die besagt, dass keine Gäste diesen Raum betreten dürfen?«

Der Botschafter bat Sigrid, den Raum umgehend zu verlassen. Mads Ryttergaard bekam wahrscheinlich eine Standpauke, dass er ihr überhaupt geholfen hatte. Sigrid ging nach unten und setzte sich zu Rahaf aufs Sofa, die mit der schnurrenden Katze schmuste. Nino saß auf dem anderen Sofa und hämmerte auf die Tastatur ein. Sigrid schnappte sich Ninos Satellitentelefon vom Tisch.

»Kannst du vielleicht weniger Lärm machen?«

Nino sah hoch, ohne den Kopf zu bewegen.

»Nicht, wenn du mein Telefon benutzen willst. Lass deine Laune nicht an mir aus.«

Sie hörten Schritte auf der Treppe. Mads kam und setzte sich zu ihnen. Er sah müde aus.

»Es tut mir so leid, Sigrid. Ich habe hier natürlich nur das Sagen, wenn er nicht da ist. Und eigentlich sollte er erst in ein paar Tagen zurück sein.«

»Wenn der Raum absolut sicher ist, was macht es dann für einen Unterschied, ob ich die Dateien verschicke oder nicht? Ihr könnt doch jede Verantwortung von euch weisen? Aber klar, es trübt natürlich die gute Laune, vor allem, wenn man lieber Gin Tonics trinken und sich Vorträge über Sufi-Musik anhören will.«

Ryttergaard stand auf und wandte sich zum Gehen.

Sigrid schloss die Augen.

»Entschuldigen Sie bitte.«

Er sah sie eine Weile an, dann bat er sie, ihm in den Garten zu folgen.

Er fuhr sich nervös durch seine kurzen weizenblonden Haare.

»Ich kann Ihnen nichts Genaueres sagen, aber Hvidtfeldt und der französische Botschafter sind an einem syrischen Minister dran. Hvidtfeldt ist der Ansicht, dass es zu riskant ist, wenn die Botschaft mit diesen Aufnahmen in Verbindung gebracht wird. So wie die Situation im Moment ist. Er will die Aktion nicht gefährden.«

»Sie meinen, einer der Minister will sich absetzen? Nach Frankreich?«

Mads kreuzte Zeige- und Mittelfinger beider Hände.

»Vielleicht.« Er zeigte zu den Kellerfenstern. »Ich weiß nicht, wie Sie das jetzt mit den Aufnahmen machen wollen. Ich kann Ihnen leider keinen Zugang zum REGNEM-Raum gewähren. Aber selbstverständlich dürfen Sie hierbleiben.«

Sigrid ging zurück in den Keller.

»Warum haben sie dich vorhin rausgeschmissen?«, fragte Nino.

»Sie wollen die Botschaft nicht in Gefahr bringen. Es ist erst fünf

Jahre her, dass ein Mob die ehemaligen Botschaftsräume in Brand gesteckt hat. Sie haben gerade wieder zaghafte diplomatische Verbindungen zum Regime aufgebaut und wollen das nicht gefährden.«

Nino rollte mit den Augen. Das beeindruckte ihn alles nicht besonders. Er rieb sich mit den Handflächen über die Oberschenkel und sah dann auf die Uhr.

»Wenn ich jetzt losfahre, kann ich vor Einbruch der Dunkelheit an der Grenze sein.«

»Wenn du die Aufnahmen veröffentlichst, Nino …« Sie warf ihm einen vielsagenden Blick zu und deutete mit dem Kopf auf Rahaf.

»*Vaffanculo*, Sigrid. Du musst mir vertrauen.«

Er verabschiedete sich von Rahaf, hatte es auf einmal eilig. Sie sagten nicht viel. Es *musste* einfach gelingen. Die Welt musste die Filme zu sehen bekommen. Aber erst, nachdem sie Reem befreit hatte.

Nino umarmte die beiden. Dann machte er sich auf den Weg zur Grenze, mit dem USB-Stick und den Kopien von Firas' Filmen im Gepäck.

Sigrid nahm das Satellitentelefon, das ihr Nino dagelassen hatte, und ging in das Zimmer, das sie mit Rahaf teilte. Sie tippte die Festnetznummer in Amager.

»Sigrid. Wo warst du die ganze Zeit, ich habe tausendmal angerufen«, rief Andreas in den Hörer.

Sigrid schnürte sich der Hals zusammen. Sie durfte jetzt nicht weinen, wem würde das schon nützen? Sie musste das Spiel mitspielen, das sie begonnen hatte.

»Hallo, Andreas.« Sie tat ihr Bestes, um ihre Wut auf ihn zu verbergen.

»Du hast dich seit Tagen nicht gemeldet.«

Ein weiteres Mal musste sie die ganze Geschichte erzählen. Von Firas' Verschwinden bis zur Ankunft in der dänischen Botschaft. Von Reems Verhaftung und den Aufnahmen auf dem Hello-Kitty-Handy. Von der Flucht vor dem Geheimdienst über die Dächer der Stadt. Als sie von Rahafs Zusammenbruch erzählte, drohte ihr die Stimme zu versagen.

Andreas hörte ihr zu, ohne sie ein einziges Mal zu unterbrechen. Er war tief berührt, als er schließlich antwortete.

»Du weißt, dass ich kommen muss, um dich da rauszuholen?«

»Nein, das sollst du nicht. Du musst bei Victor bleiben.«

»Victor? Er wäre glücklich, wenn er hier ein paar Tage allein sein dürfte. Außerdem ist Sommer doch ab und zu hier. Aber dir geht es nicht gut, mein Schatz. Und es hört sich lebensgefährlich an, was du da machst.«

»Mir geht es gut. Wir Europäer scheinen denen ziemlich egal zu sein.«

Sie ließ bewusst aus, dass die Angst zurück war und sie nur mit Alkohol einschlafen konnte.

»Aber ich vermisse euch.«

»Und wir vermissen dich.« Er lachte angespannt. »Also, ich vor allem.«

Sigrid lachte mit. »Wenn die mich nicht vermissen, machen sie sich wenigstens keine Sorgen.«

Andreas' Wärme kratzte an ihrem Panzer, den sie angezogen hatte. Plötzlich musste sie an die Nacht mit Magnus denken. Warum hatte sie das nur getan? Am liebsten hätte sie Andreas davon erzählt, aber ihre Vernunft verbot es ihr. Außerdem war sie immer noch wütend auf ihn. Er hatte Ines von ihrer PTBS erzählt und sie damit ausgeliefert, was unüberschaubare Konsequenzen haben könnte.

»Andreas, ich brauche deine Hilfe. Lass dir Zeit, über das nachzudenken, was ich dir gleich sagen werde, okay?«

»Okay.«

»Ich glaube, dass wir Reem und ihre Familie außer Landes schaffen sollten, sobald der Geheimdienst sie freigibt. Ich finde, sie sollten vorerst bei uns unterkommen. Ich weiß, das ist viel verlangt.« Sie zögerte. »Kannst du Ines bitten, die notwendigen Papiere vorzubereiten?«

»Das ist doch vollkommen verrückt, Sigrid. Das kann ich dir nicht versprechen.«

»Vielen Dank. Ich liebe dich auch.«

»Mann, verdammt. Ja, ich gebe mein Bestes.«

76

Das Telefonat mit Andreas hatte Sigrid aufgewühlt. Als sie in den Keller zurückkam, stand Rahaf auf der Rückenlehne des Sofas und sah mürrisch hinaus in den Garten. Sie setzte sich neben das Mädchen und wartete auf ihre Fragen.

»Was hat Nino vor?«, fragte Rahaf, die ihm seine Erklärung, dass er nach Hause fahren würde, offensichtlich nicht abgekauft hatte.

Sigrid sagte ihr, dass Nino herausfinden wollte, was mit ihrer Mutter passiert ist. Das schluckte Rahaf schweigend. Ohne Nino war der Keller leer und leblos. Kein Wunder, dass Rahaf ihn vermisste.

Nino hatte sich auf den Weg zur Grenze gemacht, und Sigrid konnte nichts anderes tun als zu warten. Leider war Geduld nicht ihre Stärke.

Bevor sie Rahaf sagen konnte, dass sie schlafen gehen sollte, um wieder zu Kräften zu kommen, bat das Mädchen darum, etwas länger aufbleiben zu dürfen.

Der traurige, dünne Klang ihrer Stimme versetzte Sigrid einen Stich ins Herz.

»Ich habe eine Idee. Weißt du, was mein Sohn Victor und ich spielen, wenn wir Lust haben, etwas Verbotenes zu tun?«

Rahafs Augen bekamen einen feinen Glanz. Sie schüttelte den Kopf.

»Wir lieben es zu klettern, so wie du. Und weißt du, was wir noch viel toller finden?«

Die Andeutung eines Lächelns war zu sehen. »Nein.«

»Wir lieben es, die Sterne zu beobachten.«

»Ich auch!«, rief Rahaf begeistert.

»Aber nur, wenn du versprichst, es Mads nicht zu verraten.«

Rahaf nickte energisch.

Außer den Wachen war niemand in der Botschaft. Sigrid und Rahaf nahmen Kissen und Decken mit, öffneten das Oberlicht und kletterten hinaus in den Garten.

An der Mauer befand sich eine Feuerleiter. Auf dem Weg nach oben machten sie sich einen Spaß daraus, sich gegenseitig zu ermahnen, bloß leise zu sein.

Es war so, wie Sigrid es gehofft und gedacht hatte. Das Dach war flach und unbebaut, und die Luft war mild.

Sie setzten sich neben einen Lüftungsschacht, damit man sie von der Straße aus nicht sehen konnte. Die Aussicht über das mondäne Viertel mit seinen Villen, die in Reih und Glied standen, war in dem goldenen Abendlicht besonders schön. In den Gärten standen Zypressen und an den Mauern leuchteten pinke und orange Kaktusblüten.

Sie legten sich auf den Bauch und schnupperten den süßen Duft aller Pflanzen, der aus den Gärten zu ihnen wehte. Danach breiteten sie die Decken und Kissen aus, legten sich auf den Rücken und warteten auf die Sterne.

»Hast du Lust, ein Spiel zu spielen, das Victor und ich immer spielen?«

»Was ist das für ein Spiel?«

»Es geht darum, wer die meisten Namen aus Harry Potter kennt.«

Rahafs Augen strahlten.

»Hermine Granger«, begann sie sofort.

Sigrid lächelte.

»Harry Potter.«

Sie zogen das Tempo an, dieser Wettkampf wurde hoch konzentriert ausgetragen.

»Minerva McGonagall.«

»Neville Longbottom.«

Langsam wurde es dunkel, während sie einen nach dem anderen aufzählten und viel lachten. Auf der Seite des Qasioun-Bergs im Nordosten gingen lauter kleine Lichter an. Überall in der Stadt riefen die Muezzin zum Abendgebet.

»Bellatrix Lestrange.«

»Alastor Moody.«

Sie setzten ihr Spiel fort, bis die Erinnerung erschöpft war. Sigrid hatte eine Weile nach einem ganz bestimmten Namen gesucht, bis er ihr endlich einfiel.

»Romilda Vane!«

Rahaf lächelte verschmitzt.

»Du-weißt-schon-wer«, sagte sie und sah aus, als hätte sie den Gewinn schon sicher.

Sigrid erwiderte das Lächeln.

»Nee, laut Regel musst du den Namen sagen.«

»Aber das traue ich mich nicht.« Rahaf sah aufrichtig ängstlich aus.

»Dann habe ich gewonnen.«

»Ha«, rief Rahaf da. »Nymphadora Tonks!«

»Verdammt.«

»Sag *du* doch seinen Namen, wenn du dich traust!«

Sigrid riss die Augen auf. »Nein, ich traue mich auch nicht. Du hast gewonnen!«

Rahaf verschränkte ihre Hände hinterm Kopf und legte sich zufrieden auf ein dickes Kissen.

Sigrid spürte große Wehmut, es war so lange her, dass sie es mit Victor gespielt hatte.

In dieser Sekunde tauchten die Sterne am Himmel auf. Rahaf seufzte begeistert auf.

Sigrid überkam eine fast unerträgliche Sehnsucht nach ihrer Familie. Aber sie war nicht allein damit, Rahaf neben ihr schluchzte verzweifelt.

»Darf ich dich in den Arm nehmen, *habibti*?«

Das Mädchen krabbelte unter Sigrids Decke und drückte sich an sie.

»Ich verspreche dir, dass wir deine Mutter finden, ganz gleich, was passiert.«

Rahaf nickte.

In Gedanken wiederholte Sigrid ihr Versprechen.

Ganz gleich, was passiert.

77

Reem war kurz davor aufzugeben. Sie war in der Frauenabteilung des Al-Khatib untergebracht und hatte Todesangst.

Sie war in die Unterwelt geworfen worden, die in ihrer Vorstellung nur den schlechten Menschen vorbehalten war. Und jetzt war sie Teil davon. Und sah das Schattenreich ihres Landes mit eigenen Augen. Sie wusste auch, dass hier alles passieren konnte.

Ihr Folterknecht trug immer eine Maske, wenn er sie schlug. Sie hatte die anderen Frauen flüstern hören, sie nannten ihn *Sharshabeel*, die arabische Version des Bösewichtes Gargamel, der in der belgischen Zeichentrickserie die Schlümpfe jagte. Er saß Reem gegenüber und stellte zum hundertsten Mal dieselben Fragen.

»Was haben Sie vom Computer des Generalmajors gestohlen? Wo haben Sie das Material? Haben Sie Kopien gemacht? Wo sind die?«

Sie habe keine Ahnung, wovon er sprach. Sie verlangte, telefonieren zu dürfen. Es gebe eine ganze Reihe von Ministern, die es nicht zulassen würden, dass Hassan Nemirs Tochter wie eine Verräterin und Terroristin behandelt würde. Aber Sharshabeel ignorierte ihre Worte. Der Wortwechsel hatte etwas Rituelles bekommen und wiederholte sich alle vier bis fünf Stunden. Er stellte sich hinter sie und schlug ihr mit flachen Händen und großer Kraft auf die Ohren. Sie schrie auf vor Schmerzen.

»Vielen Dank, Meister, es reicht.«

Sie konnte die Stimme des Gefängniswärters nur gedämpft hören. Er bat den Folterknecht, sich ein neues Opfer zu suchen, woraufhin der Muskelmann den Raum verließ. Ihr wurde eine schwarze Haube über den Kopf gezogen.

»Ich verlange ein Telefon!« Ihre eigene Stimme war ihr so fremd, sie zitterte vor Angst.

Zwei Männer packten sie an den Armen und schleppten sie mit sich. Sie waren ewig unterwegs. Metalltüren öffneten sich und fielen hinter ihnen ins Schloss. Der Boden rumpelte, bewegte sich. War das ein Aufzug? Ihre nackten Füße spürten einen ungewohnten Untergrund. Marmor. Dann wurde sie auf einen überraschend bequemen Stuhl gestoßen. Als man ihr die Haube vom Kopf riss, erkannte sie das markante Parfum.

Vor ihr saß Ahmed Khelani hinter seinem Schreibtisch, auf dem die einzige Lichtquelle in dem ansonsten dunklen Büro stand. Die Nacht war mild, eine angenehme trockene Wärme, trotzdem trug er wie immer seine hellgraue Windjacke. Neu hingegen war sein grauer Dreitagebart, den hatte Reem noch nie an ihm gesehen. Ihn umgab eine Angespanntheit, die offensichtlich aber nichts mit ihr zu tun hatte.

»Madam Nemir, glauben Sie mir, ich habe keinerlei Interesse an dem Dokument, das Sie von meinem Computer entwendet haben. Aber leider teilen nicht alle diese Auffassung.«

»Ich weiß nicht, von welchem Dokument Sie sprechen, Herr Generalmajor.«

Ahmed Khelani lächelte ungeduldig.

»Sie erinnern sich gewiss an unsere Unterhaltung hier in meinem Büro vor ein paar Tagen? Wir sprachen über Ihren Mann.«

Der Generalmajor musterte sie eingehend und wartete auf eine Reaktion.

Reem bewegte sich zaghaft, hatte große Mühe, ihre Beherrschung zu bewahren. Sie nickte.

»Firas Hamed ist der Grund, warum Sie hier sind, Madam Nemir. Also lassen Sie uns ehrlich miteinander sein. Doktor Firas hat sein Land verraten. Er hat Filmaufnahmen im Krankenhaus gemacht, die notwendige, sagen wir ruhig: Behandlungen von Patienten dokumentieren, die eine Gefahr für die nationale Sicherheit darstellen. Es handelt sich bei den Patienten um Insassen des Al-Khatib, die während der Demonstrationen unsere Soldaten angegriffen haben und dabei selbst verletzt wurden. Wir sind der Meinung, dass er diese Aufnahmen ausländischen Spionen übergeben wollte.«

Reem versuchte, ihre Lippen zu benetzen, aber ihr Mund war so trocken, dass die Zunge spannte. Ihr fiel Firas' Vorschlag ein, Syrien zu verlassen, den er vor mehreren Wochen gemacht hatte.

»Darauf steht in unserem Land die Todesstrafe, das wissen Sie? Sind Sie durstig?«

Sie nickte.

Khelani schnipste einem der Wärter mit den Fingern zu. Kurz darauf wurde ein Pappbecher mit Wasser gebracht, den Reem gierig austrank. Khelani wartete geduldig, bis sie fertig war.

»Es ist daher so, dass mich diese Aufnahmen, die Ihr Mann im Sham-Militärkrankenhaus gemacht hat, weit mehr interessieren als das Dokument, das Sie von meinem Computer kopiert haben.«

Sie wollte erneut gegen die Anschuldigung protestieren, aber er winkte schroff ab.

»Hören Sie auf. Halten Sie mich wirklich für einen Idioten? Sie waren mehrere Minuten allein in meinem Büro, und als ich mich wieder an meinen Computer gesetzt habe, war ein Dokument geöffnet, das Sie nicht hätten sehen sollen. Wie schon gesagt – mir ist das vollkommen egal. Solange Sie einsehen, dass Sie den Inhalt für sich behalten müssen. Leider sehen das einige unserer Freunde ganz anders. Deshalb will ich Ihnen eine Zusammenarbeit vorschlagen.«

»Firas hat seine Lektion bestimmt schon gelernt, Herr Generalmajor. Das verspreche ich Ihnen. Was kann ich tun, um ihm zu helfen?«

»Sie geben mir das Passwort für Ihren Laptop und sagen mir, wo Sie das Dokument gespeichert haben. Und ich sorge dafür, dass Ihr Mann keinen Herzstillstand bekommt, während er bei uns ist.«

Reem rückte an die Kante ihres Stuhles.

»Geben Sie mir bitte was zum Schreiben?«

Khelani griff in eine Schublade und warf einen Stapel gelbe Post-its auf die lackierte Mahagoniplatte.

Reem nahm einen Stift und schrieb das Passwort auf.

»Darf ich ihn bitte sehen? Oder wenigstens mit ihm reden?«

Khelani stand auf und schüttelte den Kopf.

»Leider nicht. Aber Sie kommen hier raus. Sie haben das große Glück, dass wir einen Platz für Sie in einer weitaus geeigneteren Einrichtung gefunden haben. Wir verlegen Sie nach Saidnaya.«

»Saidnaya?« Reem lief es eiskalt den Rücken hinunter.

»Davon haben Sie doch bestimmt schon gehört? Das liegt etwa dreißig Kilometer nördlich von Damaskus und ist Syriens bestes Hochsicherheitsgefängnis in der Wüste. Obwohl, das stimmt nicht ganz, die Ehre gebührt wohl Tadmur. Aber es ist kein schöner Ort, das steht fest.« Der Geheimdienstchef gab den Wärtern ein Zeichen, dass sie Reem wieder mitnehmen konnten. »Es ist ein Ort, an dem man vergessen wird«, fügte er zum Abschied lakonisch hinzu.

Da gaben Reems Knie unter ihr nach.

78

Ahmed Khelani betrat das Hauptquartier der Baath-Partei, als der Vorsitzende die Sitzung für eine Pause unterbrach. Er hatte besonders schlechte Laune. Die Türen zum Konferenzraum, den er vor einer Stunde verlassen hatte, um Reem Nemir unter Druck zu setzen, standen offen. Einige der Männer vertraten sich die Beine, anderen vertrieben sich rauchend die Wartezeit. Khelani ließ sich schwer auf einen der Lehnstühle fallen.

Es sollte nicht seine Aufgabe sein, reichen Alawitinnen Angst zu machen. Deren Unterstützung benötigte die Regierung mehr als jemals zuvor. Warum hatte der Trunkenbold Adnan Omar sie nicht gleich am Anfang vor die Kameras geschickt, um dem Präsidenten ihre Loyalität auszusprechen? Er seufzte.

Sie hatten Reems Tod gefordert, aber vorerst musste die Verlegung nach Saidnaya als Strafe ausreichen. Sie hatte das Passwort für ihren Laptop preisgegeben, das sollte verdammt noch mal genügen. Er überlegte, wie er sie zu seinem Vorteil nutzen konnte. Vielleicht könnte er mit ihr Firas Hamed unter Druck setzen? Wenn er die Wahl hätte, seine Prinzipien zu verkaufen oder zusehen zu müssen, wie sie gefoltert wurde, würde er sich für seine Ehefrau entscheiden. Er würde keine Sekunde zögern.

Trotz gebrochenen Beckens hatte Firas Hamed kein Sterbenswort gesagt, keinen einzigen Hinweis gegeben, wo diese verdammten Aufnahmen zu finden waren. Reem Nemir war tatsächlich die einzige Chance, um diesen selbstgerechten Militärarzt zu knacken. Er biss die Zähne aufeinander, spannte Daumen und Zeigefinger auf und drückte die Hand gegen seine Stirn. Als würde das helfen, seine Gedanken zu bündeln. Wenn dieser gestörte Abu Khalil, *khara kebir*, den Arzt nur nicht bewusstlos geschlagen hätte.

Im Laufe des Abends hatte er einen Hinweis erhalten. Einer seiner Wachen vor der dänischen Botschaft hatte gemeldet, dass Hameds Tochter bei den Dänen sei. Mit ihr würde er den Vater sofort in der Hand haben – wenn er wieder aufwachte. Wenn das aber eine falsche Spur war und sich Khelani mit der Botschaft anlegte, nein, er wollte nicht einmal daran denken, wozu das führen könnte.

Baschar war ein so launischer Mensch.

Ihm wurde ein Glas Tee gebracht. Khelani kreiste seine Schultern und sah auf die Uhr. Es war drei Uhr morgens. Er rieb sich die Wangen und blinzelte die Müdigkeit weg. Der Tee machte ihn wieder munter.

Der Vorsitzende bat alle, Platz zu nehmen.

»Unser Sekretär, der junge Mann, den wir erst vor kurzem unter unsere Obhut genommen haben, hat uns verraten.« Issa Hazim sah in den Vorraum, von wo Adnan Omar gerade ins Zimmer gekommen war. Er rief seinen persönlichen Assistenten, einen breitschultrigen Kerl mit dunklem Flaum auf der Oberlippe.

Adnan Omar setzte sich neben Khelani, was dem überhaupt nicht gefiel.

»Erzähl den Herren bitte, welche Unterlagen gestohlen wurden«, forderte Hazim seinen Assistenten auf.

Der junge Mann erzählte, dass der ehemalige Sekretär des Krisenstabes, Karim Mahmoud, der seit dem Frühjahr dort arbeitete, Hunderte von Originaldokumenten entwendet habe. Diese Dokumente trügen alle die Unterschrift des Präsidenten und beinhalteten Befehle, alle erdenklichen Mittel einzusetzen, um die Demonstranten zu bekämpfen. Auch Verhaftung. Folter. Totschlag.

Die Anwesenden starrten den jungen Mann fassungslos an. Die Pause griff Issa Hazim sofort bissig auf.

»Ist das Ihre Antwort darauf?« Die Stimme des Vorsitzenden wurde zu einem unheilschwangeren Donnern. »Die Kinnlade fallen zu lassen?«

Ahmed Khelani sah die beiden Männer aus zusammengekniffenen Augen an.

»Und wo sind die Dokumente jetzt?«, fragte er.

»Vielen Dank für Ihr Engagement, Herr Generalmajor. Aber das wäre meine Frage.« Der Vorsitzende ließ seinen scharfen Blick über alle Anwesenden wandern. »Diese Dokumente müssen gefunden werden. Sie haben absolute Priorität.«

»Und wo ist der Verräter?«, fragte der Chef des Nachrichtendienstes des Heeres, der ebenfalls neben Khelani saß.

»Er wird nichts mehr von Baschar stehlen können. Leider haben wir Beweise dafür, dass er die Dokumente weitergegeben hat, bevor wir mit ihm reden konnten. Die Frage ist nur, wem er sie gegeben hat.«

Hazim sah Khelani an. »Herr Generalmajor, Ihre Sicherheitskräfte haben sich in dieser schweren Zeit als schnell und flexibel erwiesen.«

»Vielen Dank, Herr Vorsitzender. Wir tun, was wir können.«

Dann neigte Issa Hazim seinen Kopf zur Seite und sah Khelanis Kollegen vom Heer an.

»Auch Sie soll ich explizit vom Präsidenten grüßen, Er ist sehr zufrieden mit Ihrer Arbeit.«

Der dämliche Chef des Nachrichtendienstes des Heeres nickte selbstgefällig und geschmeichelt.

»Außerdem hat mir der Präsident eine Nachricht an Sie alle mitgegeben«, sagte Hazim und nickte zufrieden, als sich alle Anwesenden aufrecht hinsetzten.

»Diese verdammten Demonstrationen verbreiten sich wie Metastasen in unserem schönen Land. Aber je entschiedener wir diese Krankheit niederringen, desto schneller verbreitet sie sich. Meine Herren, Syrien befindet sich im Krieg, und Sie alle müssen dafür sorgen, dass diese Krebszellen vernichtet werden. Sogar im Heer verlassen Soldaten ihre Posten und weigern sich, die Demonstranten unschädlich zu machen. Halten Sie diese Krankheit auf, bevor sie sich auch in der Regierung ausbreiten kann. Das hier sind die Worte Ihres Präsidenten. Auch wenn Sie bis zu den Knien im Blut stehen, dann ist das der Preis dafür, damit das Syrien, das wir kennen, Bestand hat. Schneiden Sie die Geschwulst raus.«

Ahmed Khelani wurde von einer akuten Migräneattacke gepackt.

Er sah keine Veranlassung, sich im Lob zu sonnen. Die Botschaft des Präsidenten war eindeutig. Auch unter euch gibt es Verräter. Er sah sich unauffällig in der Runde um. Etwa ein Dutzend waren gekommen. Laut Baschar konnten auch sie einander nicht trauen. Zeig mir deine Treue oder stirb. Auch ein Fehler, den ein loyaler Weggefährte beging, so wie er einer war, würde ihm als Verrat ausgelegt werden. Ein Leck war ein Leck. Verrat war Verrat. Zuerst waren ihm die heimlichen Aufnahmen aus dem Krankenhaus durch die Lappen gegangen, jetzt drohten geheime Dokumente an die Weltöffentlichkeit zu gelangen. Es lag in seiner Verantwortung, sie umgehend zu finden.

»Wir opfern uns mit Blut und Seele für dich, Baschar«, rief der Brigadegeneral und stellte sich vor seinen Kollegen auf. »Wenn wir zuschlagen, ist kein Verräter mehr sicher. Wir haben viele Terroristen unschädlich gemacht. Ich habe ein Gedicht über die heroischen Taten meiner Leute geschrieben.«

Khelani seufzte innerlich. *Wenn man diesen Mann nur ausschalten könnte.*

»Haben Sie Dank.« Issa Hazims Stimme setzte dem ein unzweideutiges Ende.

Der Brigadegeneral setzte sich wieder, und Khelani spürte einen Anflug von Schadenfreude.

Aber nur kurz, denn Hazim stellte sich unter Syriens Wappen mit dem goldenen und schwarzen Adler und durchbohrte ihn mit seinem Blick.

»Diese Dokumente müssen unbedingt gefunden werden. Wenn die in die falschen Hände geraten, wird Baschar keine Milde walten lassen.«

79

Die Botschaft hatte Sigrid ein neues Handy zur Verfügung gestellt. Um zu vermeiden, dass Rahaf ihre nächtlichen Angst- und Panikattacken miterlebte, hatte sie sich den Wecker gestellt und war früh aufgestanden.

In der kleinen Teeküche, die von den Gästen der Botschaft benutzt werden durfte, schenkte sie sich einen großen Becher schwarzen Kaffee ein. Sie hatte wichtige Entscheidungen zu treffen. Nino müsste längst in Beirut angekommen sein und war hoffentlich weiter auf seinem Weg nach Holland. Sigrid wollte mit ihm die neue Situation besprechen, die sich nach dem Telefonat mit Ellen Davidsen ergeben hatte. Wenn dem ICC die Aufnahmen, ohne zusätzliche Beweise, für eine Anklage nicht ausreichten, müssten die Gräueltaten anders dokumentiert veröffentlicht werden, hatte sie gesagt. Sigrid war der Ansicht, dass der ICC selbst für die Beschaffung der notwendigen Dokumente sorgen müsste.

Mads Ryttergaard kam in die Küche.

»Sie sind auch früh dran«, sagte sie und schenkte ihm einen Becher ein.

»Wollen wir draußen eine Morgenzigarette rauchen?«

Sigrids erster Impuls wäre es gewesen, angeekelt den Kopf zu schütteln. Aber die Frage des Botschaftsvertreters hatte eher etwas Bittendes gehabt, und im Garten war das Risiko geringer, abgehört zu werden.

Der Rauch kratzte im Hals, und Sigrid wurde schwindelig. Sie saßen auf den sehr unbequemen Gartenmöbeln in dem Teil der Anlage, die wohl einen Garten darstellen sollte. Aber genau genommen ähnelte es einem verwahrlosten Hinterhof, in den jemand lieblos Palmen in

Plastiktöpfen gestellt hatte. Die Zigarette war filterlos, Sigrid zupfte sich Tabak von der Lippe.

»Haben Sie schon entschieden, was Sie mit den Aufnahmen machen werden? Wegen Reem, meine ich.«

Sie schüttelte den Kopf.

»Sigrid, die Person, mit der wir in Kontakt stehen, ist ein hochrangiges Mitglied der Regierung. Ich würde mich gerne dafür einsetzen, die Befreiung von Reem Nemir als Teil unserer Absprache zu vereinbaren.«

Sigrid musste husten. »Das wäre phantastisch. Aber was ist mit Firas?«

»Das wird wesentlich schwieriger, fürchte ich. Im Unterschied zu ihm hat Reem nichts Ungesetzliches gemacht. Nach syrischem Gesetz.«

Er legte ihr die Hände auf die Schultern. »Warten Sie bitte mit Ihrem Deal, bis wir mit unserem Minister gesprochen haben, okay?«

Bevor Sigrid antworten konnte, klingelte Ryttergaards Handy. Er stutzte, als er aufs Display sah.

»Das ist Nino.«

Sigrid riss ihm das Telefon aus der Hand. Die Verbindung war überraschend gut.

»Nino, wo bist du?«

»In Beirut, aber …« Er schwieg. »Sie haben mich an der Grenze angehalten.«

Ihr Herz raste.

»Sigrid, es tut mir so leid. Sie haben mir das gesamte Gepäck abgenommen. Und der USB-Stick mit Firas' Aufnahmen lag unten im doppelten Boden meiner Tasche.«

80

»Hallo, *baba.*« Adnans Tochter Alice kam auf die Terrasse, wo er mit einem frisch gepressten Orangensaft und den Tageszeitungen saß und die Aussicht auf die Berge genoss. Alice gab ihrem Vater einen Kuss auf die Wange und stieß einen vorwurfsvollen Ton aus.

»Warum hast du dich nicht rasiert?« Seine Lieblingstochter hatte Reitstiefel an und war auf dem Weg zum nahe gelegenen Landsitz der Familie, wo ihre Stute stand. Der Geruch von Pferd und Lederstiefeln erinnerte ihn für einen kurzen Moment an eine Zeit, in der das Leben einfacher war.

»Weinst du?«, rief Alice überrascht.

»Nein, natürlich nicht«, erwiderte er etwas zu schnell und strich sich mit dem hellblauen Ärmel seines Hemds über die Augen. »Ich habe wieder die ganze Nacht auf einer Parteisitzung verbracht, meine Tränenkanäle leiden darunter.«

»Dann hör auf, Zigarre zu rauchen, das ist auch nicht gut für dich, *baba.*«

»Was machst du eigentlich die ganze Zeit? Ich habe dich schon seit Tagen nicht mehr gesehen?«

»Weil du nie zu Hause bist. Seit ich aus Moskau gekommen bin, warst du praktisch jede Nacht unterwegs.«

»Ich fahre dich zum Stall, ich will mit dir reden, bevor wir in die Stadt fahren.«

»*Mumtaz.* Wie schön.«

Ob ihre Begeisterung ernst gemeint war, konnte er nicht einschätzen. Kurz darauf saßen Vater und Tochter schweigend im Wagen, bis sie beim Landsitz angekommen waren. Adnan begleitete sie zu den

Ställen, wo gerade die Pferde der Omars auf die Koppel gebracht wurden.

»So, *baba*, worüber wolltest du mit mir sprechen? Bist du wütend, dass ich doch nach Hause gekommen bin?«

Er hakte sie unter. Sie war angespannt, weil er nichts sagte, wie früher als kleines Mädchen, wenn sie ausgeschimpft wurde.

»Ich bin nicht wütend, aber du musst wieder abreisen.«

Das quittierte seine Tochter wiederum mit Schweigen.

»Es ist hier zu gefährlich für dich.«

Sie seufzte.

»Ich bin gerne in Moskau, aber ich habe das Gefühl, dass sie mich hier brauchen.«

»Wie meinst du das?«

»Baschar wird angegriffen. Wir müssen der ganzen Welt zeigen, dass das syrische Volk ihn liebt.«

Adnan sah seine Tochter verwundert an. Er hatte sie nach einer jungen Frau benannt, die er während des Studiums an der London School of Economics kennengelernt hatte. Aber sie war zu intelligent gewesen, um ihm nach Syrien zu folgen.

»Hast du an den Märschen teilgenommen?«

Alice nickte voller Stolz.

Mit jeder Demonstration, die sich gegen Baschar und die Regierung wandte, strömten junge Regierungstreue auf die Straßen. Adnan hatte ihre Parolen gehört, wenn sie im Autokorso hupend durch die Gegend fuhren. *Wir opfern uns mit Blut und Seele für dich, Baschar.*

»Ich möchte dich bitten, nicht mehr an diesen Märschen teilzunehmen.«

»Soll ich Baschar nicht unterstützen?«

»Ich will nicht, dass du von einer Autobombe in Stücke gerissen wirst.«

Alice wollte ihm widersprechen, aber der Blick ihres Vaters ließ sie zögern.

»Okay, ich fahre zurück nach Moskau, bis das hier überstanden ist. Bis ihr wieder alles unter Kontrolle habt.« Sie gab ihm einen Kuss.

Er nahm sie in den Arm und drückte sie an sich.

Alice' Vollblutstute stand bereits gesattelt vor dem Stall und schnaubte.

»Gute Morgen, *habibti*«, sagte sie zärtlich und rieb ihr über die Nüstern. Dann schwang sie sich in den Sattel. Adnan konnte nicht fassen, dass diese zweiundzwanzigjährige Frau, die in Russland Medizin studierte, und in ein Meter siebzig Höhe über der Erde auf einem Pferd saß, sein kleines Mädchen war. Er sah ihr hinterher, wie sie einen goldgelben Hügel hinaufritt, der in der Hitze flirrte. Er sah auf die Uhr. Wenn er jetzt eine Runde spazieren ging, hätte Sawsan vielleicht schon das Haus verlassen, wenn er zurückkam. Sie hatten getrennte Schlafzimmer, damit sie von seinen späten Terminen nicht gestört wurde. Dass diese nächtlichen Verpflichtungen häufig mit Schauspielerinnen und Fernsehmoderatorinnen in Hotelzimmern endeten, erwähnte er selbstverständlich nicht. Und Sawsan genoss ihr Leben als Frau des Ministers und sah keinen Grund zur Klage. Sie galt als die schönste Frau Syriens, und Adnan hatte sich früher einmal sehr zu ihr hingezogen gefühlt. Jetzt ekelten ihn die vielen Schönheitsoperationen, vulgären Shoppingtrips nach Dubai und Paris und Cocktail-Partys am Pool an, während Menschen nur wenige Kilometer von ihren hauseigenen Tennisplätzen entfernt erschossen wurden.

Alice und ihre Stute verschwanden am Horizont und Adnan spürte eine große Versuchung.

Einfach verschwinden.

Die gestrige Sitzung des Krisenstabs hatte ihm gezeigt, was passieren würde, wenn sein Flirt mit den europäischen Vertretern entdeckt werden würde. Glücklicherweise hatten beide Seiten größte Sicherheitsvorkehrungen getroffen. Adnan war mit einer Freundin zum Essen verabredet, die er danach bis vor die Haustür brachte. Dann fuhr er eine Stunde mit dem Wagen durch die Gegend und tauschte seinen BMW X3 gegen einen Lieferwagen mit einem VVS-Logo, den er vor einem anonymen Wohngebäude parkte. Von dort folgte er genauen Anweisungen, lief durch einen Durchgang und auf der anderen Seite wieder aus dem Gebäude hinaus. Dort wartete ein Wagen von ihnen.

Diese Sigrid Melin hatte ihn bei ihrem Essen im Naranj durchschaut. Aber offenbar war sie nicht mehr Teil des Spiels. Aber es musste ihr gelungen sein, ihre Informationen weiterzugeben, denn nur wenige Tage später hatte sich der dänische Auswärtige Dienst bei ihm gemeldet. Er hatte allerdings darauf bestanden, mit der diplomatischen Ebene zu verhandeln und nicht mit dem Geheimdienst. Wenn er sein Land verriet, müssten sie ihn evakuieren. Er hatte keine Lust, wegen Landesverrat gehängt zu werden.

Das geheime Treffen fand in den privaten Räumen des dänischen Botschafters statt, einem eleganten Haus aus dem 13. Jahrhundert, das im alten christlichen Teil der Stadt stand. Der Raum wurde nach Mikrophonen abgesucht, dann folgte ein recht banales *Good cop, bad cop*-Spiel: Der dänische Botschafter stellte Fragen, der französische stellte Forderungen. Er würde mehrere Millionen Euro benötigen, hatte Adnan geschätzt, ohne den beiden natürlich zu sagen, dass viel mehr als das bereits auf libanesischen Konten auf ihn wartete. Frankreich wollte einen Oppositionsführer, der auf ihrer Seite war. *Alors, Messieurs les Ambassadeurs*, hatte er geantwortet, dann müssten sie im Gegenzug alles tun, was in ihrer Macht stünde, um ihn zu beschützen. Sie verabredeten, dass sich Adnan um zehn Uhr ans Fenster seines Büros stellen würde, wenn er den Dialog fortsetzen wollte. Das war in einer Stunde.

Was für ein Leben würde er in Paris führen? Was würden Alice und Sawsan dazu sagen, wenn sie mitten in der Nacht abgeholt und zur türkischen Grenze gebracht wurden? Das würde nicht leicht werden. Vielleicht würde Sawsan die Aussicht locken, nach einer westlichen Invasion die First Lady des neuen Syriens zu werden. Insgeheim hoffte er allerdings, dass sie sich scheiden lassen würden, sobald sie im Exil angekommen waren.

Und Alice? Sie war längst mündig und musste ihre eigenen Entscheidungen treffen.

Erleichtert kehrte Adnan zu seinem Wagen zurück. Die frohen, zuversichtlichen Gedanken, die ihn beflügelten, verpufften allerdings sofort, als sein Handy klingelte. Es war Ahmed Khelani.

»Der Vorsitzende will wissen, wie der junge Sekretär so ohne weiteres die Dekrete des Präsidenten kopieren konnte.«

»Verstehe«, sagte Adnan.

»Der Verräter ist der Sohn Ihres Privatsekretärs.«

»Das weiß ich. Aber Hamza Mahmoud ist loyal bis in die Fingerspitzen.«

»Und wenn Sie sich irren?«

»Hamza ist wie immer zur Arbeit erschienen, nachdem sein Sohn mit den Dokumenten verschwunden ist. Ist das nicht Antwort genug?«

»Omar, vergessen Sie nicht, dass Sie ihn uns empfohlen haben. Sie haben sich mit dieser Fehleinschätzung keinen Gefallen getan, Baschar hat Sie unter Beobachtung.«

Adnan öffnete den Mund, aber es kamen keine Worte.

»Ich bin in Ihrem Büro. Wir wollen mit Ihrem Privatsekretär sprechen und suchen nach Anhaltspunkten, wo diese Dokumente sind. Wenn wir ihn finden, hoffe ich für Sie, dass er wirklich nicht wusste, was sein eigener Sohn vorhatte.«

»Mein Ministerium wird sich auch sehr bald um …«, sagte Adnan, aber Khelani hatte schon längst aufgelegt.

Adnan sah auf seine Patek Philippe, die Zeit drängte. Er musste sich beeilen, wenn er pünktlich um zehn in seinem Büro sein wollte.

Die Ampel am Al-Merjeh-Platz wurde rot. Vor ihm thronte das Gebäude des Innenministeriums, er sah die lange Reihe von Fenstern seines Büros. Er griff nach seinem Handy und rief die Zentrale des Ministeriums an. Ein Mitarbeiter in der Lobby nahm den Anruf entgegen, überrascht, den Minister persönlich am Hörer zu haben.

»Ich habe den ganzen Tag auswärtige Termine mit Sicherheitskräften«, meldete ihm Adnan. Wenn er Hamza Mahmoud vor Khelani fand, wäre er in Sicherheit.

Die Ampel sprang auf Grün, Adnan wendete und fuhr los. Die Opposition und ihre Alliierten in Europa mussten sich einen anderen suchen. Es war zu gefährlich geworden, mit einer Zukunft in Paris zu flirten.

JULI 2011

81

Als Andreas die Ankunftshalle des Beiruter Flughafens Rafik Hariri betrat, zitterte er vor Übermüdung. Die Maschine der Lufthansa war nach einem nächtlichen Zwischenstopp in Frankfurt vor einer halben Stunde gelandet, und sie standen in der Schlange vor der Passkontrolle. Das Thermometer zeigte bereits zwanzig Grad, obwohl es erst sechs Uhr morgens war. Er musterte Ines, der die bevorstehenden Kontrollen von Pass und Fingerabdrücken nichts auszumachen schienen. Ines Garder, die Frau vor ihm in der Schlange mit gefälschten Papieren und der Absicht, sich in innenpolitische Angelegenheiten des Nachbarlands einzumischen, hatte beim Beantragen des Visums so selbstverständlich gelogen, wie er bei Rot über die Fußgängerampel ging, wenn kein Verkehr war. Und das an einem Ort, wo alle wussten, dass die Hisbollah sich in Zivil unter die Leute mischte und als enge Vertraute der syrischen Regierung für die Sicherheit verantwortlich war. Es war ihm ein Rätsel, warum sie ausgerechnet *ihn* während des Irak-Kriegs als Informanten angeworben hatten.

Die aktuelle Situation hatte eine fast poetische Gerechtigkeit. Ines schien in keiner Weise ein erotisches Interesse an ihm zu haben. Andreas hingegen konnte nicht leugnen, dass seine alte Faszination für sie wieder aufgeflammt war. Er hatte sich damals gegen Ines entschieden. Sie hatten vor acht Jahren ein paar sehr hektische Tage in Jordanien miteinander verbracht, während sie auf die Freilassung von Sigrid aus Abu Ghraib warteten. Ines stand täglich im Dialog mit ehemaligen Partnern im palästinensischen Autonomiegebiet in Ramallah, die sie zusammen mit ihrem Team zu einer Zusammenarbeit zu bewegen versuchte. In dieser Zeit war eine besondere Intimität zwischen ihnen entstanden. Andreas hatte sich eingeredet, dass er sich von Ines angezogen fühlte, weil sie der Fels war, gegen den er sich lehnen konnte. Aber er hatte sich Sigrid zuliebe zusammengerissen, obwohl er gar nicht wusste, ob sie ein richtiges Paar waren. Sein Widerstand hielt bis zum letzten Abend.

Als sie erfuhren, dass Jassir Arafat persönlich interveniert hatte, damit die europäischen Journalisten aus Abu Ghraib freigelassen wurden, hatten sie gefeiert. Da war sein Widerstand gebrochen. Sie hatte ihn auf einen letzten Drink zu sich ins Hotelzimmer eingeladen. Und er hatte nicht abgelehnt. Am nächsten Morgen war er mit einem furchtbaren Kater und schlimmsten Befürchtungen aufgewacht. Hatte er seine Chancen bei Sigrid für immer verspielt? Aber Ines hatte sehr cool reagiert. Man musste schon über ein feines Gespür für die Stimmung anderer Menschen verfügen, um zu bemerken, wie Ines' Stimmfarbe von Dur auf Moll wechselte, als sie am Abend der Freilassung auf das wiedervereinte Paar traf. Wenige Monate später lernte sie Kasper kennen.

Andreas war Sigrid verfallen. Ihr wilder Charme und ihre unberechenbare Energie hatten eine fast magnetische Anziehungskraft auf ihn. Aber ihre Beziehung litt sehr unter der Kälte, die er oft zu spüren bekam. Als würde sie ihm etwas verheimlichen.

Hatte er nur deshalb Lust, mit Ines zu flirten?

Ines hatte nicht das Bedürfnis, gesehen zu werden, und war auch nicht von der Anerkennung anderer abhängig. Ihr klarer Kopf und ihre Zielstrebigkeit leiteten sie. Sie war groß und androgyn gebaut, kleidete sich mit einer freien, femininen Eleganz und sah aus wie eine nordische Katherine Hepburn. Ganz anders als Sigrid, deren Vergangenheit im Kollektiv sie einholte, wenn sie sich zurechtmachte.

Was er damals an der erst fünfundzwanzigjährigen Agentin langweilig gefunden hatte, zog ihn jetzt an. Ines war ein Rätsel, das er lösen wollte. Da er aber ohne Sigrid nicht leben konnte, befand er sich in einer, gelinde gesagt, verzwickten Situation. Diese Reise mit Ines war ein Test, der ihn aber schon jetzt vor größere Herausforderungen stellte, als er sich eingestehen wollte. Als hätte er die Büchse der Pandora geöffnet.

Ines Garder stammte aus einer wohlhabenden Familie aus Nordseeland und hatte die ersten Berührungen mit der Faszination »Agentenleben« auf den Reisen mit ihren Eltern durch Nordafrika gemacht. Nach ein paar Jahren im Auswärtigen Amt wurde sie Geheimagentin und war bis heute ihrem Arbeitgeber gegenüber kompromisslos loyal. Sie hielt nach wie vor an der Überzeugung fest, dass der Irak über Massenvernichtungswaffen verfügt hatte, obwohl mittlerweile das Gegenteil belegt wurde. Die Eliminierung von Saddam Hussein hatte ihr damals als Argument ausgereicht. Andreas wurde heute noch rot bei dem Gedanken, dass er dem dänischen Nachrichtendienst dabei geholfen hatte, militärische Ziele zu identifizieren, während er offiziell von der Front der Alliierten Bericht erstattete.

Ines' Nonchalance und Selbstbewusstsein war faszinierend. Aber fand er sie wirklich anziehend? Oder war sie nur das Gegenteil von Sigrid, eine Abwechslung?

Von Sigrids Drang, die Welt retten zu wollen, bekam er graue Haare. Er hatte schreckliche Angst, dass ihr etwas zustoßen könnte. Ihre Vorstellung, eine alte Rechnung im Nahen Osten zu begleichen und so ihre PTBS loszuwerden, hatte sich zu einem Himmelfahrtskommando entwickelt.

Zum wiederholten Mal hatte sie sich in Gefahr gebracht und zum wiederholten Mal, wie vor acht Jahren, war Ines die Einzige, die ihm dabei helfen konnte, sie zu retten.

Sie hatte ihm an dem gemeinsamen Abend mit den Kindern bei Ines und Kasper zu Hause unmissverständlich zu verstehen gegeben, dass er nicht mit ihr flirten sollte. Was hatte er sich auch dabei gedacht? Mit Kasper im Nebenzimmer? Nur weil sie damals in ihn verknallt war? *Du bist ein Idiot, Andreas.* Ein pathetischer, einsamer Idiot, der nicht wusste, was er wollte. Doch eins wusste er, er wollte Sigrid aus dem Hexenkessel Syrien befreien.

Die Schlange bewegte sich ein paar Schritte voran. Eine Formation von Stewardessen der Middle Eastern Airlines zog an ihnen vorbei zum VIP-Schalter. Er sah ihnen neidisch hinterher. Die Schlange vor ihnen war noch mindestens fünfundzwanzig Meter lang. Er spürte, wie sein Hemd am Rücken klebte. Es würde ein langer Tag werden.

Sie sollten ihren Kontaktmann gegen Mittag an der Grenze treffen, um rechtzeitig zu ihrem Termin mit dem dänischen Botschafter in Damaskus zu sein. So weit, so gut. Wichtig war jetzt nur noch, dass Sigrid sich nicht über diesen Überraschungsbesuch ärgerte und sich weigerte, die daran geknüpften Forderungen des dänischen Nachrichtendienstes zu erfüllen, um eine elfjährige syrische Staatsbürgerin ohne Pass nach Dänemark auszufliegen. Dieser Teil des Planes war in seinen Augen der unsicherste. Er hatte dem Nachrichtendienst nur Sigrid zuliebe seine Mitarbeit zugesagt. Die Frage war, ob sie ihm das jemals verzeihen würde.

82

Firas spürte einen Druck gegen sein Augenlid, als es hochgezogen wurde. Grelles Licht blendete ihn, im Hintergrund hörte er eine vertraute Stimme.

»Eine ventrikuläre Tachykardie, aber das ist angesichts der Umstände nicht weiter verwunderlich.«

Die kalten Finger ließen sein Augenlid los, das grelle Licht verschwand. Firas blinzelte die Benommenheit weg und sah in das Gesicht von Doktor Zaid, der sich gerade über seine Herzrhythmusstörung geäußert hatte. Aber sein Kollege senkte sofort den Blick. Wie hatten sie Doktor Zaid dazu gebracht, seine Station im Krankenhaus zu verlassen, um ihn im Gefängnis zu behandeln? Firas konnte keinen klaren Gedanken fassen.

»Ich nehme den Puls«, hörte er jemanden auf der anderen Seite des Bettes sagen und erkannte die Stimme von Krankenschwester Alyssa, mit der er oft zusammengearbeitet hatte. Auch sie vermied es, Augenkontakt mit Firas aufzunehmen, und vergrub ihr Gesicht in der Krankenakte.

»Die geben Sie mir mal am besten.« Neben Alyssa tauchte eine dritte Person auf und riss ihr die Krankenakte aus der Hand. Es war der Arzt, den der Mukhabarat gestellt hatte.

Firas versuchte, seine Beine zu bewegen, aber er spürte sie nicht. Langsam erinnerte er sich wieder. Sie hatten ihm die Hüfte gebrochen. Hatte er etwas gegen die Schmerzen bekommen? Unter großer Kraftanstrengung hob er den Kopf und bekam seine Befürchtung bestätigt. Er befand sich im Sham-Militärkrankenhaus. Als Patient. Allein in einem großen Zimmer und bei offenen Fenstern, mit Blick auf einen hellblauen Himmel. Aber seine Füße waren mit Kabelbindern am Bett befestigt. Er bekam Panik, schnappte nach Luft.

»Willkommen zurück, Doktor Firas.« Es klang wie eine nüchterne Feststellung, der man keine weitere Bedeutung zumessen musste.

»Wo bin ich?« Seine Stimme klang dünn und heiser. Er bemühte sich, ihr mehr Festigkeit zu geben. »Müssen die Fesseln wirklich sein? Meine Hüfte ist gebrochen.«

»Das ist eine Standardprozedur. Mit oder ohne gebrochene Hüfte.«

»Das ist alles ein großes Missverständnis«, stieß Firas hervor. »Nach der Operation müssen Sie mich wieder freilassen.«

Der Arzt des Mukhabarat schüttelte wortlos den Kopf.

Firas sah zu Doktor Zaid, der die Schultern hängen ließ.

Das Schweigen war grausam. Es würde keine Operation geben. Man operierte keine Toten. Er schloss die Augen, um die Tränen zu verdrängen.

Er hörte ein lautes Schnalzen mit der Zunge.

»Als Arzt würde ich Ihnen raten, jetzt nicht wieder bewusstlos zu werden. Wir freuen uns, dass Sie bei Bewusstsein sind. Da ist jemand, der Sie ganz dringend sprechen will.«

Dann verließen die drei das Zimmer.

In Firas' Kopf überschlugen sich die Fragen.

Wie viel Zeit hatte er bis zum nächsten Verhör? Würde er es schaffen, das Geheimnis zu bewahren, wem er die Aufnahmen gegeben hatte? Wo waren Rahaf und Reem?

Sie hatten keine Wachen in seinem Zimmer postiert, aber er konnte sich ohnehin nicht bewegen. Am liebsten hätte er geschrien, stattdessen schloss er die Augen und ließ seinen Tränen freien Lauf.

»Firas? Ich bin es, Zaid.« Der Arzt saß auf seiner Bettkante und sah immer wieder nervös zur Tür.

Firas öffnete die Augen.

»Wie viel Zeit habe ich, bis sie kommen?«

»Sie informieren gerade Ahmed Khelani, dass Sie aufgewacht sind. Ich weiß es nicht. Vielleicht eine Stunde?«

Firas nickte.

»Kann ich etwas für Sie tun?«, fragte Doktor Zaid.

»Warum wollen Sie mir helfen?«

Doktor Zaid senkte den Kopf. Firas lachte abfällig.

»Sie haben mich verraten!«

»Sie haben meine Frau und meinen Sohn in Daraa festgenommen«, sagte der Arzt mit dünner Stimme.

Firas konnte ihn verstehen. Die Sicherheit der Familie ging immer vor.

»Zwei Dinge muss ich wissen«, sagte er. »Haben die meine Tochter, Rahaf Hamed?«

»Und das zweite?«

»Ich will, dass Sie mich töten, bevor die kommen. Ich weiß nicht, ob ich es schaffe zu schweigen. Wenn die meiner Kleinen etwas antun …«

Doktor Zaid nickte und ging.

Das Leben hatte Firas Hamed einen Pfad vorgegeben. Dieser Pfad endete jetzt, früher als erwartet. Er sah die dunklen Augen seiner Frau und Tochter vor sich und weinte hemmungslos.

Firas wusste genau, was jetzt passieren würde. Der Vorgang war in dieser Abteilung mehrfach erfolgreich geprobt worden. Das wusste niemand besser als er. Die Patienten, die nicht durch Folter in den langen Nachtwachen zu Tode gequält wurden, starben einen sehr einfachen Tod. Bei bestimmten Nierenleiden verabreichte man Kalium-Infusionen als hilfreiche Medikation, aber eine Überdosis sorgte bei dem Patienten für massives Herzrasen. Vom Herzflimmern zum Herzstillstand in wenigen Sekunden. Wenn dann das Gesicht des Patienten im Todeskampf verzerrt erstarrte, kam der Arzt des Mukhabarat und stellte den Totenschein aus.

Doktor Zaid musste ihm diese Infusion geben, bevor Khelani und seine Schergen kamen. Das war der einzige Weg, um Sigrid Melin und die Filmaufnahmen zu schützen. Und der einzige Weg, um zu verhindern, dass seine Liebsten nicht als Druckmittel benutzt werden konnten.

Er würde sich nicht von seiner Tochter verabschieden können. Und auch nicht von seiner Frau. Die letzten Worte, die sie gewechselt hatten, waren hart und unversöhnlich gewesen. Firas war sich nicht sicher, ob sie ihn noch liebte. Er wollte jetzt nicht an Reem denken. Aber das Bild von seiner kleinen frechen Tochter tauchte auf, mit wildem Haarschopf und wildem Wesen.

»Mein kleiner Wildfang, meine kleine Wasserratte, meine kleine *habibti*«, flüsterte er.

Doktor Zaid kam zurück ins Zimmer.

»Firas, mein Kontakt weiß nicht, wo Ihre Tochter ist, er hat nur mitbekommen, dass Khelani rasend vor Wut ist, weil sie diese Aufnahmen nicht finden können. Und weil sie nicht wissen, wo Ihre Tochter ist.«

»Sie wissen es nicht?« Firas seufzte erleichtert.

»Leider habe ich auch eine schlechte Nachricht«, Doktor Zaid legte ihm seine Hand auf die Schulter. »Sie haben Ihre Frau verhaftet.«

»Warum das denn?«

»Das wusste er auch nicht. Sie war hier und hat sich nach Ihnen erkundigt. Sie war außer sich vor Sorge, aber ich …« Er schüttelte den Kopf.

»Sie haben sie angelogen?«

Sein Kollege nickte mit geschlossenen Augen.

»Ich hatte Angst.«

»Ich weiß.«

Sie war außer sich vor Sorge. Firas lächelte.

»Danke.«

Doktor Zaid drückte vorsichtig seinen Arm. Firas legte seine Hand auf Zaids.

»Ich bin bereit.«

Der Arzt zog eine Spritze auf.

»Sagen Sie meiner Frau und meiner Tochter bitte, dass ich sie liebe. Wenn Sie dazu Gelegenheit bekommen.«

»Ich verspreche es Ihnen.«

Firas drehte den Kopf und sah aus dem Fenster. Eine weiche weiße Wolke zog vorbei. Dann schloss er die Augen, spürte den Stich in seinem Oberarm und Sekunden später, wie der flüssige Fremdkörper durch seine Adern floss. Aber es war kein Kalium-Natriumchlorid, er spürte eine angenehme Wärme. Es war Morphium.

Ein stiller Frieden breitete sich in ihm aus, und seine Seele schwebte durch das offene Fenster davon.

83

Im goldenen Abendlicht war Damaskus eine Hauptstadt wie viele andere. Aber für Sigrid würde sie immer die schönste von allen sein. Eine Fata Morgana, die einen mit ihrer fatalen Schönheit verführte und mit ihrer Grausamkeit vergiftete.

Sie brauchte etwa eine Stunde, um von der Botschaft zu den Büroräumen von NorCom zu kommen. Wenn es ein normaler Sommerabend gewesen wäre, hätte sie den Kopf in den Nacken gelegt und den Duft aus Waschmitteln und warmer Aprikosenmarmelade genossen. Aber die Enttäuschung, dass Ninos Plan nicht aufgegangen war, trieb sie an. Ein neuer USB-Stick steckte in ihrer Hosentasche, und sie war wild entschlossen, Firas' Aufnahmen auf einem anderen Weg außer Landes zu schaffen. Immer wieder sah sie sich um, wollte sich versichern, dass sie nicht verfolgt wurde. Endlich hatte sie den Al-Hijaz-Platz erreicht und sah das blaue Logo von NorCom, das sie, die dänische stellvertretende Geschäftsführerin der Abteilung Soziale Verantwortung, nie wieder mit Stolz erfüllen würde.

Sie öffnete die Tür und sprang, mehrere Stufen auf einmal nehmend, die Treppe hoch. Offiziell hatte sie sich ein paar Tage freigenommen, aber NorCom war ihre einzige Möglichkeit, um Ellen die Dateien zuzuspielen. Wenn die dem syrischen Geheimdienst davon erzählen wollten, war das eben so. Hauptsache die Daten kamen in die richtigen Hände. Sie hoffte, dass sie genug Zeit haben würde, ihr doppeltes Spiel zu spielen, bevor NorCom und ihre syrischen Untermieter den Inhalt ihrer Mail entdeckten. Aber sie benötigte Magnus' Hilfe, damit er sie deckte und dafür sorgte, dass ihr nichts passierte.

Magnus hatte sich gefreut, als sie von der Botschaft aus anrief und um seine Hilfe bat. *Am besten abends, damit wir allein im Büro sein können.*

Ihr Schreibtisch sah unberührt aus, aber Sigrid war etwas paranoid geworden und überprüfte jedes Detail. Sie zuckte zusammen, als sie das vertraute Geräusch ihres Computers in der Stille hörte, aber alles sah aus, wie es sollte.

Sie schenkte sich ein Glas Wasser ein und stellte sich ans Fenster. Es war warm, die Klimaanlage in den Büroräumen war ausgeschaltet.

Sie erinnerte sich an ihren ersten Tag. Damaskus. Der Geschmack von Abenteuer, Wiederentdeckung und neuen Herausforderungen. Aber am wichtigsten von allem, es war eine Gelegenheit, Einfluss auf das Weltgeschehen zu nehmen. *Und weil ich beim ersten Mal gescheitert bin.*

Auf dem belebten Platz vor dem Gebäude ging das Leben weiter, scheinbar unberührt von den Ereignissen der vergangenen Monate. Das lag vielleicht auch an der großen Bank, die direkt am Platz ihren Sitz hatte und tagsüber von bewaffneten Wachleuten gesichert wurde. Jetzt hatte die Bank geschlossen und über den Platz spazierten Mütter mit Kinderwagen, Händchen haltende Paare, die Eis aßen, und stark geschminkte junge Frauen mit weißen Kopftüchern, die am Rand saßen, Karten spielten und rauchten. In den Ecken saßen ältere Männer und beobachteten die Vorbeigehenden mit verträumten Mienen.

Wo Magnus nur blieb? Er hatte ein Geschäftsessen mit syrischen Beamten, wollte aber so schnell wie möglich kommen. Magnus hatte betont, dass er vor ihr da sein wollte, sie solle sich daher nicht so beeilen. Hoffentlich hatte er nicht vor, sie zu verführen. Deshalb war sie extra früh gekommen, um sich mental auf ihr Vorhaben vorzubereiten.

Auf Magnus' Schreibtisch stand ein Gegenstand, der ihr Interesse weckte. Eine weiße Handtasche. Sie musste lächeln. Hatte er tatsächlich eine seiner Eroberungen mit ins Büro genommen? In den ersten Monaten ihrer Zusammenarbeit war er nicht müde geworden, die Vorzüge syrischer Frauen hervorzuheben. In Damaskus seien sie so modern und selbstständig wie skandinavische Frauen, aber im Schlafzimmer waren sie eine größere Freude, weil sie ihren Körper pflegten und erotische Unterwäsche liebten. Und jetzt hatte er offensichtlich einer seiner Eroberungen sein großes Büro gezeigt, die zudem einen unverkennbar teuren Geschmack hatte. Die Tasche war von Hermès, wenn sie sich nicht irrte.

Sigrid erstarrte.

Mit zwei Schritten war sie an Magnus' Schreibtisch. Wie in Zeitlupe steckte sie ihre Hand in die Tasche und berührte einen Laptop, Schlüssel und drei syrische Pässe. Am Boden der Tasche tasteten ihre Finger etwas Kühles, Hartes, aber sie ließ es sofort los, als sie begriff, dass es eine Pistole war.

Sie zog den Laptop hoch und sah den Jasminaufkleber, und als sie mit zitternden Händen einen der Pässe aufschlug, starrte sie Reem von einem kleinen Schwarz-Weiß-Foto an.

Sigrid fiel der Pass aus der Hand, ihre Beine sackten weg, und sie knallte auf den Boden.

Mühsam rappelte sie sich wieder auf und wühlte in Reems Tasche nach weiteren Antworten. Auf dem Rechner klebte ein gelbes Post-it mit einem Passwort. *SigrReem1993.* Sie tippte das Passwort ein und sofort öffnete sich eine Seite mit einem Vertrag. Sigrid überflog die Seite, es war eine Vereinbarung zwischen NorCom und dem Nachrichtendienst der Luftwaffe zur Nutzung von ICAROS.

Sie zuckte zusammen, als sie hinter sich das Piepen des elektronischen Türöffners hörte.

»Es war nicht vorgesehen, dass du die Tasche siehst.«

Sigrid schloss die Augen, am liebsten hätte sie sich in Luft aufgelöst. Aber sie zwang sich, die Augen wieder zu öffnen. Magnus hatte sein Handy am Ohr. Sie sahen sich viele Sekunden schweigend an.

»Ich glaube, es ist zu spät«, sagte Magnus in den Hörer und beendete das Telefonat. Dabei ließ er Sigrid nicht aus den Augen.

»Ich meine das wirklich. Ich wünschte mir, dass du sie nicht gesehen hättest.«

»An dem Morgen …«, sagte Sigrid und kam ins Stottern. »An dem Morgen, als ich die … Nachricht von Reem erhalten habe …«

Magnus blieb stumm.

»Warst du das? Hast du *denen* erzählt, dass ich mich mit ihr dort treffen werde?«

Magnus warf die Hände in die Luft.

»Ist das jetzt nicht egal?«

Er kam auf sie zu und nahm ihr die Tasche aus der Hand, klappte den Laptop zu, raffte die Pässe zusammen und warf alles in seine Schreibtischschublade.

»Mit der Autobombe habe ich auf jeden Fall nichts zu tun.«

Sigrid explodierte vor Wut und spuckte ihm ins Gesicht.

»Du sagst mir jetzt sofort, was ihr mit Reem getan habt!« Plötzlich kam ihr ein Gedanke. »Mit wem hast du da gerade telefoniert, Magnus?«

Ohne ein Wort zu sagen, wischte er sich ihre Spucke aus dem Gesicht.

Mit großen Schritten stürmte sie aus dem Büro und die Treppe hinunter, die sie vor nicht einmal einer halben Stunde hochgerannt war. Auf jedem Absatz machte sie halt und überprüfte, ob sie unten im Eingang jemanden sah. Aber es war ganz still, die einzigen Geräusche machten ihre quietschenden Converse auf den Steintreppen. Drei Stufen vor dem Erdgeschoss knickte sie um und knallte auf ihr Knie. Der Schmerz schoss ihr von der Kniescheibe bis hoch in den Oberschenkel. *Verdammt.* Fünf Meter hatte sie noch bis zum Ausgang, dahinter lag die breite Straße. Sie humpelte los, die Glastüren waren leicht aufzustoßen. Sie musste sich in Sicherheit bringen, aber wohin? Sigrid zögerte. Eine Sekunde zu lange, denn um die Ecke bog ein brauner Mercedes.

Sie rannte hinkend die Seitenstraße hinunter, geriet in eine Hochzeitsgesellschaft, die aus einer Kirche strömten. Sie mischte sich unter die Gäste, aber ihr Knie gab nach, und sie stolperte auf die Straße. Da traf sie ein heftiger Schmerz in der linken Seite, sie wurde in die Luft geschleudert und prallte auf dem Asphalt auf.

Als sie die Augen wieder öffnete, stand alles auf dem Kopf. Sie stützte sich auf den Ellenbogen, sah den USB-Stick neben sich auf dem Boden liegen. Ein schweres Parfum drang in ihre Nase, und eine knochige Hand mit Leberflecken griff nach dem Stick. Sigrid hob den Kopf, über ihr war Ahmed Khelanis Gesicht, flankiert von zwei Lederjackenträgern, die sie mit dem hasserfüllten Blick ansahen, den sie nur zu gut kannte.

84

Aus Sicherheitsgründen gab es keine Klimaanlage im REGNEM-Raum der dänischen Botschaft, nur einen Ventilator, der auf dem Boden stand und tapfer gegen neunundzwanzig Grad Wärme ankämpfte. Andreas wischte sich die feuchten Hände an seiner schwarzen Chino ab. Hinter seinen Schläfen pochten die Anzeichen einer Migräne. Sie saßen mit dem Botschafter und seinem Vertreter am elliptischen Konferenztisch, die sich die Wartezeit damit vertrieben, witzige Anekdoten über die internationale Fußballmannschaft der Diplomaten in Damaskus zu erzählen. Ines Garder spielte formvollendet dieses Konversationsspiel mit, aber Andreas hatte keine Kapazitäten frei, um sich daran zu beteiligen. Wo war Sigrid?

»Mir ist durchaus bewusst, dass die jüngeren Diplomaten ihre Hoffnungen auf einen bevorstehenden Generationswechsel im Auswärtigen Dienst setzen«, sagte Hans Christian Hvidtfeldt und zwinkerte Mads Ryttergaard zu, der sich sofort verteidigte.

»Die Syrer, gegen die wir spielen, sind Journalisten, Architekten und so, alles Männer um die dreißig, die sich mehrmals die Woche gemeinsam trainieren. Im Vergleich dazu treten wir, also die Kollegen aus Frankreich und den USA, so leid es mir tut, eher mit einer Altherrenmannschaft an.« Er schnalzte mit der Zunge.

Der Botschafter lachte, sein Vertreter lachte und die Agentin des dänischen Nachrichtendienstes lachte. Nur Andreas nicht. Er verbarg seine Abneigung gegen die einstudierten Plattitüden hinter einem mechanischen Lächeln. Er war im Laufe seiner Tätigkeit als Journalist vielen Diplomaten begegnet und hatte zwei Typen ausgemacht. Das Stereotyp, das den Mythos der Gin-Tonic-Diplomatie nährte, sowie die zupackende Variante, die mit Hilfe aller erdenklichen Gesetze die Welt ändern wollte und es als Herausforderung sah, das so unauffällig wie möglich durchzusetzen. Hans Christian Hvidtfeldt gehörte eindeutig zu Ersteren. Der Reporter in ihm hatte Andreas alle Anzeichen sammeln lassen, die zu diesem Ergebnis führten. Er hatte die Wagen gescannt, die vor der Botschaft standen. Der Botschafter fuhr einen klassischen Protzwagen, einen dicken weißen Mercedes mit dänischen Wimpeln rechts und links der Motorhaube. Er sah auf die Uhr. Warum war sie noch nicht wieder zurückgekommen?

Die Botschaft hatte Andreas und Ines mit einem späten Mittagessen willkommen geheißen, nachdem sie sich in ihren Gästezimmern im Keller eingerichtet hatten. Andreas hatte sich in Sigrids Zimmer aufs Bett gesetzt, um ihr nah zu sein, aber er hatte sich ihr noch nie so entfremdet gefühlt. Der Höhepunkt des Tages war die Begegnung mit der elfjährigen Rahaf Hamed, die sich ihm gegenüber zu seiner Erleichterung sehr vertrauensvoll zeigte. Sie hatte die dänische Delegation damit beruhigen können, dass Sigrid die Botschaft verlassen hatte, um ein Paket an ihren Vater zu verschicken, und erst am Abend zurückkommen würde. Andreas war angespannt, wie Sigrid auf seinen unangekündigten Besuch reagieren würde. Aber die Stunden verstrichen, und Sigrid tauchte nicht auf.

Er hätte am liebsten seine Angst laut rausgeschrien, stattdessen räusperte er sich.

»Entschuldigung, aber müsste sie nicht eigentlich längst zurück sein?«

Der Botschafter strich sich durch seine graue Mähne. Seine ungezwungene Lässigkeit bekam die ersten Risse.

»Doch, Sie haben recht, das müsste sie in der Tat.«

Auf allen Gesichtern lag ernste Sorge. Keiner sagte ein Wort. Nur der Ventilator surrte.

Ines stützte ihre Ellenbogen auf die Tischplatte und legte die Fingerspitzen aufeinander.

»Ich schlage vor, dass wir Sigrid briefen, sobald sie auftaucht.«

Ryttergaard und Hvidtfeldt wechselten Blicke.

»Sigrid will Firas Hameds Filmaufnahmen an den ICC schicken«, sagte der Stellvertreter und faltete seine Hände. »Sie hat einen Kontakt beim Internationalen Strafgerichtshof in Den Haag, Ellen Davidsen, die gegen Kriegsverbrecher ermittelt. »Ich kann hier nicht für sie sprechen, aber …«

»Aber Sigrid ist gerade nicht hier«, unterbrach ihn Ines lächelnd. »Und wir müssen uns einen Überblick über die Lage verschaffen.«

»Was ich sagen wollte, ist, dass sie sich für die Familie verantwortlich fühlt, Firas Hamed, Reem Nemir und Rahaf, die Sie vorhin kennengelernt haben.«

»Wird Reem noch im Al-Khatib festgehalten?«, fragte Andreas.

Mads Ryttergaard nickte. »Wir haben bisher keine neuen Informationen erhalten. Aber wie Sie sicher wissen, arbeitet die Botschaft nicht mit dem syrischen Geheimdienst zusammen. Unser Dialog findet ausschließlich mit der Regierung statt und bezieht sich auch nicht auf syrische Staatsbürger.«

»Apropos syrische Staatsbürger«, hakte Ines ein. »Der dänische Nachrichtendienst kann auf Sigrid Melins Wunsch eine Asyllösung für Reem Nemir und ihre Tochter anbieten. Allerdings verstehen Sie bitte, dass wir weder Veranlassung noch Inhalte erörtern können, die diesem unorthodoxen Austausch zugrunde liegen. Wie schätzen Sie die Nutzbarkeit der Filmaufnahmen ein?«

Der Botschafter wich ihrem Blick aus, Ines rutschte ungeduldig auf ihrem Stuhl hin und her.

»Haben Sie die Aufnahmen gar nicht gesehen?«

Hvidtfeldt seufzte und rieb sich die Stirn mit der flachen Hand.

»Wir wollen, genauso wie das Außenministerium, natürlich erfahren, was dort vor sich geht. Mads hat die Aufnahmen gesehen und sie mir geschildert und ihre Authentizität bestätigt. Wir haben das nach Kopenhagen gemeldet, der Bericht wird gerade an die europäischen Akteure weitergeleitet, die überprüfen, wie eine Reaktion Dänemarks und der Alliierten auf die Vorgänge in Syrien aussehen könnte.«

»Und wie ist der aktuelle Stand?«, unterbrach ihn Ines. »Was hat das Außenministerium dazu gesagt? Wir alle beobachten seit geraumer

Zeit, wie sich der arabische Frühling von Tunesien über Libyen bis nach Ägypten ausgebreitet hat.«

Der Botschafter sah seinen Stellvertreter Hilfe suchend an, und der ergriff das Wort mit einer Stimme, die eine halbe Oktave tiefer war als normalerweise.

»Wir haben es nicht kommen sehen. Das hat fast alle Kollegen der Auswärtigen Dienste kalt überrascht. Zum einen sind die Sicherheitskräfte hier in Syrien sehr gut organisiert und vor allem sehr zahlreich. Assad hat die Marktwirtschaft angekurbelt, was dazu geführt hat, dass die Mittelschicht stark gewachsen ist.« Ryttergaard zuckte mit den Schultern. »Wir haben es nicht kommen sehen. Wir haben es uns einfach nicht vorstellen können, dass die Syrer es wagen, auf die Straßen zu gehen.«

Ines nickte. »Wenn man sich die Reaktion des Regimes so ansieht – und Firas Hameds Aufnahmen –, bezahlen sie dafür auch einen sehr hohen Preis.«

Alle schwiegen betreten, nur Andreas konnte nicht mehr still bleiben und die Höflichkeit wahren.

»Wenn ich Sie richtig verstanden habe, will Sigrid die Dateien an den ICC schicken, damit Sie eine Klage beim Internationalen Strafgerichtshof gegen Baschar al-Assad wegen Kriegsverbrechen einreichen können, ja? Mit diesem Material hat sie also die Botschaft verlassen, um sie dieser Ellen Davidsen zu mailen?«

»Ganz genau«, sagte Mads Ryttergaard.

»Warum hat sie die Dateien nicht von hier geschickt?« Andreas Stimme zitterte.

Der Botschafter nickte seinem Stellvertreter zu, der mit hochgezogenen Schultern antwortete. »Das war leider nicht möglich.«

»Aber wir sind uns einig, dass sie sich in große Gefahr bringt, indem sie die Botschaft mit den Filmaufnahmen verlassen hat?« Wenn Sigrid verhaftet wurde, weil der Botschafter ihr verweigert hatte, den hauseigenen Server zu benutzen, dann würde er Hvidtfeldt dafür verantwortlich machen. Wahrscheinlich hätten sie Sigrid und Rahaf niemals ins Botschaftsgelände gelassen, wenn sich Mads Ryttergaard nicht für sie eingesetzt hätte. Andreas musste sich zusammenreißen, dem Botschafter nicht an den Kragen zu gehen.

»Zum einen«, sagte der Botschafter, »hatte Sigrid Melin nicht den Sicherheitsstatus, um das verschlüsselte Programm der Botschaft zu benutzen.«

Andreas rollte für alle sichtbar mit den Augen.

»Zum anderen …« Hans Christian Hvidtfeldt verstummte und rieb sich erneut mit der Hand über die Stirn. »… hätte sie uns damit alle in große Gefahr gebracht. Nicht nur uns und Rahaf Hamed, sondern auch die Angestellten der Botschaft. Außerdem könnte das eine diplomatische Krise zwischen Syrien und Dänemark auslösen.«

»Inwiefern?«

Der Botschafter seufzte.

»Nichts von dem, was ich hier sage, ist zitierfähig.«

»Nein, natürlich nicht«, entgegnete Andreas müde.

Ines Garder kam ihm zu Hilfe. »Ich habe der Führung bereits mitgeteilt, dass Andreas in seiner Eigenschaft als aktiver Agent hier ist.«

»Okay!« Der Botschafter sah seinen Stellvertreter verdutzt an, dem diese Information auch neu war.

»Wir haben im vergangenen Monat in Zusammenarbeit mit anderen Botschaften einen geheimen Dialog mit der syrischen Opposition begonnen und relevante Regierungsmitglieder eingeladen, sich dem anzuschließen. Assads Gegner benötigen eine Führungsfigur, die sie vereint«, sagte Hvidtfeldt.

»Soweit wir wissen, ist das noch nicht durchgesickert«, ergänzte Ryttergaard.

»Das stimmt, aber wir haben heute neue Informationen von der Hafenstadt Latakia erhalten, einer Hochburg der Alawiten. Assad soll einen Vergeltungsakt geplant haben, weil französische und amerikanische Diplomaten Kontakt mit Repräsentanten der belagerten Stadt Hama aufgenommen haben. Wir gehen von einer geplanten Aktion gegen *ausländische Botschaften* aus. Vor ein paar Monaten haben wir noch einen Vortrag im Dänischen Haus in der Altstadt organisiert.

Mittlerweile ist Syrien ein hartes Pflaster geworden, wo man sein Leben riskiert.«

»Fuck«, flüsterte Mads Ryttergaard.

»Ja, da könnten Sie recht haben«, sagte sein Vorgesetzter.

Andreas schüttelte den Kopf, ihn stellten diese Äußerungen nicht zufrieden. Ines legte ihm beruhigend eine Hand auf den Unterarm.

»Wir müssen davon ausgehen, dass der syrische Geheimdienst bereits weiß, dass sich Rahaf Hamed in der Botschaft aufhält. Wir können unsere einheimischen Angestellten nicht davor beschützen, vom Geheimdienst unter Druck gesetzt zu werden und Informationen preiszugeben. Das Risiko müssen wir eingehen. Wir können das Mädchen ja nicht hier im REGNEM-Raum einsperren.«

»Das heißt also, dass wir schon auf ihrem Radar sind«, seufzte Ryttergaard.

»Soweit ich informiert bin, ist der Versuch des italienischen Journalisten Nino Corradini missglückt, die Aufnahmen außer Landes zu schaffen. Die sind dann aller Wahrscheinlichkeit nach im Besitz des Regimes. Das waren Kopien, richtig?«, fragte Ines.

»Ja.«

Ines hob die Arme. »Aber vielleicht haben wir uns damit ja eine Verschnaufpause vom Mukhabarat erwirkt. Und wenn sie die nicht haben, dann können wir Sigrid dabei unterstützen, Reem Nemir damit freizupressen.«

Ines' Optimismus steckte alle Anwesenden an. Andreas war verwundert, wie sehr sie sich für Sigrid einsetzte. Er spürte einen Funken Hoffnung. Sie würden das schaffen. Hauptsache, Sigrid kam bald zurück.

»Das stimmt«, nickte der Botschafter und sah Andreas an, »aber, wenn ich ehrlich bin, wäre es mir am liebsten, wenn Sie das Kind aus dem Land und in Sicherheit bringen.«

Jetzt nickte Andreas zustimmend.

Das Klingeln des Telefons auf dem verwaisten Schreibtisch ließ alle zusammenzucken. Mads Ryttergaard hob ab und war innerhalb von Sekunden kalkweiß im Gesicht. Dann senkte er den Hörer und legte auf.

»Das war das Büro von NorCom. Sigrid hatte einen Autounfall und wurde sofort in das Sham-Militärkrankenhaus gebracht, aber …«

Andreas sprang auf, und sein Stuhl fiel mit einem lauten Knall zu Boden.

»Sie hatte Hirnblutungen und … Die Ärzte konnten nichts mehr für sie tun.«

»WAS? Was sagen Sie da?« Andreas bekam keine Luft.

»Es tut mir so schrecklich leid.«

Andreas spürte sein Gesicht nicht mehr, dann wurde alles schwarz.

85

Das Bein tat verdammt weh, und Sigrid kämpfte, um wieder richtig zu Bewusstsein zu kommen. Es war, als hätte sie einen Schleier aus hauchdünnem Stoff über den Augen. Es roch nach Krankenhaus. Sie hatten ihr offenbar Beruhigungsmittel gegeben. Sie blinzelte. Links neben ihr stand ein Glas Wasser auf einem Beistelltisch. Das goss sie sich vorsichtig übers Gesicht. Jetzt konnte sie wieder sehen. Sie war tatsächlich in einem Krankenzimmer.

»Wie geht es dir?« Magnus saß auf ihrer Bettkante, er sah niedergeschlagen aus.

Ihre Erinnerungen kamen zurück. Der Verrat von NorCom am syrischen Volk, deren Beteiligung an Reems Verhaftung, Firas' Aufnahmen und der zerstörte USB-Stick auf der Straße. Sigrid richtete sich auf, um aus dem Bett zu steigen.

»Das ist keine gute Idee.«

Sie sah sich um, ignorierte seinen Einwand. Wo lagen ihre Sachen? Magnus half ihr, sich wieder im Bett zurechtzulegen.

»Du bist nicht in der Lage zu laufen, Sigrid.« Er klang müde, aber seine Hand lag schwer auf ihrem Arm.

Aus der Schublade eines Rollwagens holte er einen Spiegel und hielt ihn ihr vors Gesicht. Sigrid stöhnte auf vor Schreck. Eine blutdurchtränkte Mullbinde klebte über ihrem linken Ohr.

»Du hattest einen Autounfall und hast dir schwerste Verletzungen zugezogen, sagen die Ärzte.«

Sigrid schüttelte den Kopf. So fühlte es sich nicht an.

»Ich will meine Krankenakte sehen.«

»Du musst dich ausruhen«, sagte er. »Es sieht leider gar nicht gut aus.«

»Mir geht es sehr gut. Was meinst du damit, dass es nicht gut aussieht?«

»Die Ärzte sagen, du hättest innere Blutungen.« Er zeigte mit dem Finger auf ihr verbundenes, blutendes Ohr.

Innere Blutungen. Magnus wich ihrem Blick aus.

»Hättest du es nicht einfach dabei belassen können?«, fragte er mit belegter Stimme. »Wir haben jetzt keine andere Wahl.« Ihm lief eine Träne über die Wange, und er verbarg sein Gesicht in den Händen.

»Magnus, was ist hier los?«

Er hob den Kopf und wischte sich die Tränen weg, dann starrte er gedankenverloren aus dem Fenster. »Du kannst nicht herumspazieren und allen erzählen, was wir deiner Freundin angetan haben.«

»Was habt ihr mit Reem gemacht?«

»Beruhige dich.« Magnus und legte einen Finger auf die Lippen. »Beruhige dich. Wir kümmern uns um dich.«

»Ich will mit der Botschaft telefonieren und mit meinem Mann.«

»Andreas? Er weiß schon, was dir zugestoßen ist. Wir haben ihn darüber informiert, dass du im besten Krankenhaus der Stadt behandelt wirst. Er weiß auch, dass die Ärzte nichts mehr für dich tun können.« Magnus schien es aufrichtig leidzutun.

Das Sham-Militärkrankenhaus? Firas' Arbeitsplatz. Sigrid stöhnte auf.

»Ich besorge dir etwas zur Beruhigung.« Magnus drückte den Alarmknopf an der Wand, und kurz darauf kam eine Krankenschwester ins Zimmer.

»Sigrid Melin braucht etwas zur Beruhigung.«

»Ich will aber nicht.«

Magnus zeigte auf die Kabelbinder an ihren Knöcheln, die ihre Haut wund gescheuert hatten. »Können Sie die bitte abnehmen? Das ist doch unnötig. Sie kann mit ihrem Knie sowieso nirgendwohin laufen.«

Die Krankenschwester zuckte mit den Schultern und schnitt ihr die Fesseln ab. Dann nötigte sie Sigrid, die Schlaftablette zu schlucken. Sigrid versuchte verzweifelt, die Tablette unter der Zunge zu verstecken, aber sie ließ keine Ruhe, bis sie heruntergeschluckt war.

Magnus lehnte sich vor. »Du ruhst dich jetzt aus«, flüsterte er. »Später kommt der Arzt und gibt dir eine Kalium-Infusion. Das kann ein bisschen wehtun. Du brauchst keine Angst zu haben, es geht ganz schnell.«

Er drückte ihre Hand. Eine blasse Hand mit Sommersprossen gehalten von einer braungebrannten, von blonden Härchen bedeckten Hand. Er strich ihr die Haare aus dem Gesicht.

»Verzeih mir. Ich hätte gerne noch so viel Zeit mit dir verbracht, Sigrid.« Ihm liefen wieder die Tränen über die Wangen. »Vergib mir, bitte.«

Sigrid wollte etwas sagen, aber ihr schnürte sich der Hals zu, und es kam nur ein gequälter Laut über ihre Lippen.

Kalium-Infusion! Wollt ihr mich umbringen?

86

Sigrid schreckte aus einem schweren, dumpfen Schlaf auf. Im Flur vor ihrem Zimmer hörte sie Schreie und Schläge. Sie zitterte am ganzen Körper. *Wenigstens bin ich noch am Leben.*

Die Tablette hatte sie benommen gemacht, draußen war es schon dunkel geworden. Aus irgendeinem Grund waren sie noch nicht gekommen, um sie zu töten. Der Tumult deutete darauf hin, dass die Schwestern und Ärzte anderweitig beschäftigt waren. Sie holte tief Luft. Sie würden sie töten, und Magnus hatte das nicht verhindert. Er gehörte also zu ihnen. Sie musste an Victors Verzweiflung denken, wenn es ihnen gelänge. *Jetzt bloß nicht weinen, Sigrid!* Victor war schon groß, allerdings nicht groß genug, um ohne seine Mutter aufzuwachsen. Sie musste hier raus, und zwar auf der Stelle.

Mit zusammengebissenen Zähnen schwang sie erst das gesunde Bein über die Bettkante. Mit dem anderen war es schwieriger, sie fing an zu schwitzen. Sie versuchte sich an den Kurs zu erinnern, den sie als Reisevorbereitung auf Fünen absolviert hatte. Drei intensive Tage mit Experten vom Hostile Environment Awareness Training. Erst hatten sie einen theoretischen Teil durchlaufen, dann den praktischen: wie man sich bei einer Geiselnahme verhalten sollte. Sie hatte zuerst gedacht, der Ausbilder mache Witze, als er nach der Kaffeepause mit Zimtkuchen das Nachmittagsmodul vorstellte. *Flucht aus Gefangenschaft.* Sie sollten tatsächlich Bettlaken aneinanderknoten und sich aus einem Fenster abseilen. Wie die Daltons bei Lucky Luke. Dass es gar nicht so einfach war wie im Comic, stellten sie fest, als sie sich nacheinander aus dem ersten Stock des Gebäudes abseilen sollten. Nur mit Hilfe eines Stapels frisch gewaschener Bettlaken.

Sigrid humpelte zum Fenster. Ihr Zimmer sah nicht aus wie das Horrorkabinett in Firas' Filmen. Sie schien auf einer normalen Station untergebracht worden zu sein. Sie konnte die Wipfel der Bäume sehen, deren Blätter im Licht der Scheinwerfer flackerten, die an der Wand des Gebäudes befestigt waren. Unter ihr waren mindestens zwei Stockwerke, das waren bestimmt an die zehn Meter. Sie erinnerte sich an die Worte ihres Ausbilders.

Finden Sie einen festen Halt im Raum, der sich auf keinen Fall bewegt. Verknoten Sie Laken und Bettbezüge mit einem Kreuzknoten und ziehen Sie ihn fest.

Sie fand fünf Laken, zwei im Bett und drei im Schrank, und knotete sie aneinander. Dann schob sie das schwere Eisenbett vor das Fenster, wo es ihr optimalen Halt geben sollte. Aber das Bett hatte schon bessere Tage gesehen, und es quietschte entsetzlich laut, als eines seiner Beine über den Linoleumfußboden schabte. Sigrid hielt die Luft an. Im Gang waren Stimmen zu hören.

»War schon jemand bei der Patientin da drin?«

Sigrid ging in die Knie, um das Bett wieder an seinen Platz zu bugsieren. Der Schmerz jagte in ihren Oberschenkel und raubte ihr die Luft. Die Laken schob sie unters Bett. Dann legte sie sich auf den Boden, als wäre sie gestürzt. Und wartete.

»*Almar'at aldanimarkia*«, sagte eine Männerstimme. *Die dänische Frau.* »Sie jammert die ganze Zeit. Europäerinnen sind so wehleidig.«

Er bekam eine Antwort von der Krankenschwester, die das Quietschen gehört hatte, aber das konnte Sigrid nicht verstehen, weil sie sich von ihrem Zimmer entfernten.

Sich an geknoteten Bettlaken und unter aufmunternden Anweisungen des HEAT-Ausbilders an einer Häuserwand im fünischen Hinterland abzuseilen, war schon Herausforderung genug gewesen. Ihr war es zwar gelungen, aber sie hatte dabei einen Sicherheitsgurt getragen.

Im Gegensatz dazu war es eine irrsinnige Idee, sich im Dunkeln, verletzt und mit den Schergen des Geheimdienstes in Hörweite aus dem Krankenhauszimmer abzuseilen. Sigrid schätzte, dass sie mit den Laken nur etwa fünf bis sechs Meter überbrücken konnte. Aber hatte sie eine Wahl? Sie befestigte ihr Seil am Bettgestell und öffnete das Fenster. Das Schlimmste war der erste Schritt. Sie musste sich zuerst mit den Händen am Seil hinablassen, bis sie in einem Neunzig-Grad-Winkel zur Hauswand stand. Sie überkam der unbändige Wunsch, wieder zurückzuklettern. Ihre Zehen wippten auf dem Fensterbrett, ihre Hände kneteten den Stoff. Wenn sie es nicht wagte, würde sie sterben. Durch eine Kalium-Infusion. Sie hatte in Firas' Aufnahmen gesehen, wie die Patienten damit umgebracht wurden.

Ihr Körper wurde von einer Adrenalinwelle überschwemmt, sie spannte alle Muskeln an. Kontrolliert ließ sie sich nach hinten gleiten, langsam und konzentriert, bis sie den richtigen Winkel erreicht hatte. Dann wiederholte sie die Bewegungen, die ihr beim HEAT-Training auf Fünen eingetrichtert worden waren. Einen Schritt nach dem anderen. Jeder Schritt war ein Schritt in die Freiheit. Das erste Fenster, an dem sie vorbeikam, war dunkel, sie setzte ihren Weg fort, bis sie im ersten Stock vor einem Zimmer anhielt, in dem Licht brannte. Mit angehaltenem Atem versuchte sie abzuschätzen, wie weit es noch bis zum Boden war, denn sie war am Ende des geknoteten Seils angekommen. Als würde sie auf einem Fünfmeterbrett stehen. Sie würde sich den Rücken brechen oder noch schlimmere Verletzungen davontragen. Das Fenster stand offen, und nachdem sie sich vergewissert hatte, dass niemand im Zimmer war, kletterte sie hinein.

Sie stellte fest, dass es sich nicht um ein Krankenzimmer, sondern um ein Büro handelte, das sehr spartanisch eingerichtet war. Ein zerkratzter Archivschrank, ein Schreibtisch und zwei Stühle. An einem Haken hing ein weißer Kittel, darunter standen schwarze Crocs. Sigrid zog sich um. Sie musste versuchen, ihren Kopfverband zu verbergen und riss sich aus ihrem Krankenhemd ein Stück Stoff ab, das sie als Kopftuch verwendete.

Der schlecht beleuchtete Flur war menschenleer. Von den Wänden platzte die Farbe ab, diese Abteilung unterschied sich deutlich von dem modernen Teil des Krankenhauses, in dem sie gelegen hatte. Es roch auch anders. Verfault. Vor der Tür befand sich eine Treppe, die nur nach unten führte. Sigrid stützte sich am Geländer ab und nahm vorsichtig eine Stufe nach der anderen. Wie viel Zeit hatte sie, bevor sie ihre Flucht bemerkten? Am Ende des sehr langen Treppenhauses befand sie sich in einem breiten Gang, einem unterirdischen Tunnel. Der widerliche Gestank war noch aufdringlicher geworden. Feuchtigkeit, aber da war noch ein viel stärkerer Geruch. Wie fauliges Blumenwasser. Sigrid kannte diesen Geruch. Leichengeruch.

Ihr Körper reagierte sofort mit Alarmbereitschaft. Wo war der Ausgang? Sie lief los, ignorierte den Schmerz in ihrem Bein. Vor ihr tauchte eine schwere Metalltür auf. War das der Ausgang? War sie gerettet? Vorsichtig schob sie die Tür auf und schlich sich in den Raum dahinter. Es war pechschwarz und stank so sehr nach Tod, dass sich ihr der Magen umdrehte. Sie tastete nach dem Lichtschalter. Ein dunkelrotes Licht ging an, sie kniff die Augen zusammen, bis sie die Umrisse wahrnehmen konnte. Umrisse von Toten, die nebeneinander aufgereiht waren. Einer hatte weder Mund noch Nase, sein Gesicht war eine einzige blutige Masse. Ein anderer hatte keinen Kopf mehr. Die Körper waren alle nackt, unterernährt, misshandelt und lagen zu Hunderten auf dem Boden.

Sigrids Knie gaben nach, und sie übergab sich, bis nichts mehr kam.

87

Sigrid rannte wie besinnungslos den Flur hinunter. Es wurde immer kühler, bis ein Schild sie darauf hinwies, dass sich dort die Leichenhalle des Krankenhauses befand. Die offizielle Leichenhalle. Sie hörte Stimmen, die durch den Flur hallten, und blieb stehen, um nach Luft zu schnappen. Sie versteckte sich hinter einer Säule, als zwei Männer den Gang hinunterkamen. Der eine schob eine Bahre mit einem Leichnam darauf, der andere, ein älterer Herr in dunklem Anzug hatte eine zitternde Hand auf das Laken gelegt.

»Mein Sohn«, weinte er, »mein kleiner Junge.«

Sigrid zerriss es das Herz. Der Pfleger schob unbeirrt die Bahre weiter, der alte Mann blieb stehen und stützte sich an der Wand ab. Sie sahen sich in die Augen, sein Gesicht war tränenverschmiert. Sigrid nickte ihm zu und lief den Gang hinunter, wo die beiden hergekommen waren. Sie kannte den Mann, das war Hamza Mahmoud, der Privatsekretär des Innenministers Adnan Omar.

Aber der Gang führte nirgendwohin. Sie lehnte sich gegen die kühle Wand, ihr war schwindelig. *Innere Blutungen.*

Sie nahm das Kopftuch ab. Der Blutfleck war nicht groß, aber sie konnte das Stück Stoff nicht so drehen, dass man ihren Verband nicht sah. Langsam ging sie wieder zurück.

»Madam Melin?«

Vor ihr stand Hamza Mahmoud, mit zerknittertem Gesicht. Er war ein gebrochener Mann, nicht mehr derselbe, dem sie im Büro des Ministers begegnet war.

»Madam Melin? Ich finde, Sie sollten mit mir mitkommen. Ich weiß, wie Sie hier rauskommen.«

88

Hamza Mahmoud hielt in angemessener Entfernung der Botschaft. Der Mond war aufgegangen, und die Straße badete in seinem blauen Licht.

»Ich darf nicht von den Überwachungskameras erfasst werden«, erklärte er.

Der Privatsekretär des Innenministers hatte kein Wort gesagt, während sie dank seines Ausweises problemlos das Krankenhaus verlassen konnten. Sie kamen auch ohne Zwischenfälle an der Sicherheitskontrolle vorbei. Wer an ihnen vorbeiging, sah einen trauernden alten Mann, den eine hingebungsvolle Krankenschwester bis zu seinem Wagen begleitete.

Es war wenig Verkehr, und knapp zehn Minuten später waren sie bei der Botschaft, die mit ihren weißen Eisenzäunen und polierten Wagen mit syrischen Diplomatenkennzeichen eine so andere Welt repräsentierte als die des Militärkrankenhauses.

»Vielen Dank.« Sigrid hatte das Bedürfnis, mehr zu sagen, aber sie war zu erschüttert von dem Erlebten.

»Die haben schon zu viele getötet. Ich bin Witwer, und mein Leben hat keine große Bedeutung mehr. Aber Ihr Leben.« Er griff ins Handschuhfach, nahm eine zerknautschte Packung filterloser Zigaretten heraus und zündete sich eine an.

»Was ist mit Ihrem Sohn passiert?«

»Er ist nicht umsonst gestorben.« Hamza Mahmoud starrte durch die Windschutzscheibe. »Das hoffe ich zumindest«, sagte er und holte eine zerschlissene Ledermappe vom Rücksitz.

Sie sah ihn fragend an.

»Karim wollte diese Unterlagen außer Landes bringen. Können Sie ihm dabei helfen?«

Vorsichtig öffnete Sigrid die Tasche und las das oberste Dokument.

»Was ist das?«

»Das sind Dokumente, die Baschar eigenhändig unterschrieben hat und mit denen er achtzehn Sicherheitsdienste befehligt hat, die Aufstände mit allen erdenklichen Mitteln niederzuschlagen.«

Sigrid sah ihn mit großen Augen an.

»*Shukran.* Ihr mutiger Sohn ist nicht umsonst gestorben«, sagte sie auf Arabisch.

»Ich hatte die ganze Zeit den Eindruck, dass Sie viel mehr von meiner Sprache verstehen, als Sie vorgaben.« Er lächelte, beugte sich vor und öffnete ihre Autotür.

»Und jetzt gehen Sie, bevor Sie jemand mit mir sieht.« Er kritzelte ein paar arabische Zahlen auf ein Stück Papier. »Hier ist meine private Nummer, wenn Sie Hilfe brauchen.«

89

Diese Seite von Mads Ryttergaard hatte Sigrid nicht für möglich gehalten. Der Stellvertretende Botschafter fiel ihr um den Hals und wollte sie nicht mehr loslassen.

»Verdammt, Sigrid! Ich war schon fast auf dem Weg zum Krankenhaus, um mit unserem Sicherheitschef Frederik Juul die Freigabe Ihres Leichnams zu fordern.«

»Danke, mir geht es gut. Ist Rahaf okay? Ist sie noch hier? Wer passt auf sie auf?«

Mads hatte seine Hände auf ihre Schultern gelegt und schüttelte erleichtert den Kopf.

»Uns wurde mitgeteilt, dass Sie tot sind.«

Sigrids Beine zitterten, die Angst ließ sich nicht mehr unterdrücken.

»Sind Sie sicher, dass es Ihnen gut geht?« Mads schnappte einen Stuhl, und sie setzte sich.

»Die wollten mir eine Überdosis Kalium geben.« Ihr stiegen die Tränen in die Augen.

Mads' Mund stand offen.

»What the fuck?«

Sie nickte. »Ich bin geflohen. Lange Geschichte. Vielleicht sollte ich mich in einem richtigen Krankenhaus durchchecken lassen. Ein MRT machen lassen oder so, aber lieber nicht in Syrien.« Sie grinste.

Mads lächelte.

»Stimmt was mit Rahaf nicht? Ihr ist doch nichts zugestoßen?«

»Nein, nein. Andreas ist bei ihr.«

»*Andreas?*« Sigrid wurde schlagartig schwindelig. »Ist Andreas hier?«

»Er war hier, aber er hat Rahaf mitgenommen. Sie sind in Beirut, in

Sicherheit. Sie müssen ihn unbedingt anrufen, Sigrid. Er glaubt, dass Sie tot sind.«

»Andreas ist mit Rahaf nach Beirut gefahren? Aber das kann er doch unmöglich ohne die Unterstützung des Auswärtigen Amtes getan haben?«

Mads grinste vielsagend.

»Er hat sie in einem Wagen mit Diplomatenkennzeichen über die Grenze geschmuggelt.«

»Wie bitte?«

»Der dänische Nachrichtendienst war ihre Rettung.« Mads sah jemanden an, der hinter Sigrid stand.

»*Sigrid!* Dem Himmel sei Dank!«, rief Ines und warf sich Sigrid in die Arme, bevor diese ihre Wut und Enttäuschung zum Ausdruck bringen konnte.

Sie riss sich los.

»Wenn ihr nichts dagegen habt, würde ich jetzt gerne meinen Sohn anrufen.«

Mads Ryttergaard gab ihr sein privates Telefon, und sie tippte mit zitternden Finger Victors Nummer ein.

»Hier Victor?«

»Hier ist Mama.«

»Hej, Mama! Warum klingst du so komisch?«

»Ich wollte dir nur sagen, wie sehr ich dich liebe.«

»Ich dich auch.« Victor lachte, dann brüllte er plötzlich los. »Go, go, go, Eliot! Sorry, Mama, ich spiele gerade mit Eliot.«

»Toll. Das hört sich gut an.«

»Können wir ein anderes Mal quatschen? Wir sind mitten in einer Razzia.«

»Klar, kein Problem.«

»Bis bald, ja?«

»Ja, bis bald. Liebe dich.«

»Ja, ja.«

Sigrid wischte sich die Tränen weg und gab Mads das Telefon zurück. Sein Gesicht war auf einmal so merkwürdig verschwommen. Dann wurde es dunkel.

Sie wachte erst spät am Vormittag wieder auf, nach einem unruhigen Schlaf. Jemand hatte einen verschwiegenen Arzt besorgt, der sie untersuchte und dazu riet, das Knie so bald wie möglich röntgen zu lassen. Er nahm ihr zum Glück die Angst vor inneren Blutungen und diagnostizierte lediglich eine leichte Gehirnerschütterung. Mittlerweile hatte Mads Andreas informiert, dass Sigrid lebte und sich melden würden, wenn sie wieder aufgewacht war.

Am Nachmittag trafen sie sich im REGNEM-Raum, Sigrid, Ines und Mads. Die Agentin des dänischen Nachrichtendienstes ergriff das Wort.

»Im Idealfall hättest du den Vertrag vorgelegt bekommen und ihn unterzeichnet. Als Gegenleistung für die Evakuierung von Rahaf Hamed sowie der Sicherstellung eines erfolgreichen Asylantrages in Dänemark, musst du eine Aufgabe für uns erledigen. Dass wir unseren Teil der Vereinbarung ohne Gegenleistung erfüllt haben, hat natürlich mit der Fehlinformation über dein Ableben zu tun.«

»Euren Teil der Vereinbarung? Dass Andreas mit Rahaf nach Beirut gefahren ist?«

Kaum war Sigrid wieder bei Bewusstsein, hatte Mads ihr berichtet, dass Rahaf im Hotel Sheraton in Beirut mit Andreas auf grünes Licht aus Kopenhagen wartete, um das Mädchen mit nach Hause zu nehmen, bis der Verbleib ihrer Eltern geklärt war.

»Und Andreas hat diese Vereinbarung in meinem Namen geschlossen?« Sie wusste nicht, auf wen sie wütender sein sollte. Andreas? Oder Ines, die sie hatte hängen lassen, als Adnan Omar ihr drohte, ihre Verbindung zum dänischen Nachrichtendienst öffentlich zu machen.

»Du kannst jederzeit dein Veto einlegen.« Ines hob die Hände und sah sie verständnisvoll an. »Du hast einiges mitgemacht.«

»Und um was geht es?«

Ines und Mads nickten sich zu, dann holte Ines einen Notizblock aus ihrer Jackentasche und schrieb Sigrid eine Nachricht. Sigrid starrte fassungslos auf die Worte.

Bring Reem dazu, Adnan Omar zu rekrutieren.

»Denk darüber nach, Sigrid.«

Ines musste den Verstand verloren haben. Wenn es ihr gelingen sollte, Reem aus den Fängen des Geheimdienstes zu befreien, würde sie ihre Freundin doch nicht gleich wieder in Lebensgefahr bringen!

»Das muss ich nicht. Die Antwort ist Nein. Mads, darf ich bitte kurz mit Ines allein sprechen?«

»Sie haben zwei Minuten«, sagte er. »Entweder sind Sie beide dann draußen, oder ich muss wieder reinkommen.«

Ines steckte den Zettel und den Notizblock zurück in ihre Jackentasche.

»Soweit ich das beurteilen kann, habt ihr von meinem Kontakt zu Adnan Omar profitiert. Es liegt nicht in meiner Verantwortung, wenn es euch nicht gelingt, ihn auf eure Seite zu locken. Ihr schuldet mir was, nicht andersherum. Ihr müsst Reem und Rahaf eine Aufenthaltsgenehmigung besorgen.«

»Das ist nichts Persönliches, Sigrid. Aber du hast nichts mehr in der Hand, mit dem du verhandeln kannst.«

Zwei große Becher mit schwarzem Kaffee später rief sie Andreas an, legte aber gleich wieder auf. Er wusste doch schon, dass sie lebte. Das musste vorerst genügen. Auf der anderen Seite. Andreas hatte sein Leben riskiert, um Rahaf zu retten. Ihre Wut verpuffte wieder, und sie wählte erneut seine Nummer. Sie sprachen nicht viel, waren beide zu bewegt und ergriffen.

Danach telefonierte sie noch mit Rahaf und wiederholte ihr Versprechen, ihre Mutter zu finden. Etwas anderes interessierte sie auch nicht. Sie würde zu gegebener Zeit die Rechnung mit Ines und dem Nachrichtendienst begleichen.

90

Ein ausgiebiges Bad wirkte wie eine Entgiftungskur nach Sigrids unfreiwilligem Aufenthalt im Militärkrankenhaus. Die sechsunddreißig Grad heiße Luft lag schwer und brütend auf dem Grundstück der Botschaft. Mads Ryttergaard hatte sie mit Kleidungsstücken aus seinem Privatbestand ausgestattet, die Sneakers in Größe zweiundvierzig musste er aus dem Büro des Botschafters beschlagnahmen, der sie vor kurzem erst in einer sehr teuren Flughafenboutique erstanden hatte. Er war auf Reisen, und es wurde entschieden: »Was er nicht weiß, macht ihn nicht heiß.« Dasselbe galt für Sigrids Zutritt zum REGNEM-Raum.

Der sichere Raum war wie eine Oase. Sigrid rief Ellen Davidsen via Skype an. Sie trug ein ärmelloses Kleid und rief laut auf vor Freude, als sie Sigrid sah.

»Wo warst du, meine Liebe? Ich habe mir solche Sorgen gemacht.«

Sigrid erzählte ihr alles. Wie weit NorCom gehen würde, um ihre miesen Geschäfte geheim zu halten, deren Beteiligung an der Verhaftung von Reem und von Hamza Mahmouds ermordetem Sohn.

»Zum Glück ist Rahaf in Sicherheit. Und ich habe noch eine gute Nachricht.«

»Die bräuchte ich jetzt auch dringend«, sagte Ellen mit einem schiefen Grinsen.

»Baschar al-Assad hat nicht nur einen Krisenstab eingerichtet, der die Aufstände niederschlagen sollte, er hat diesem Stab und der Regierung auch am laufenden Band schriftliche Befugnisse gegeben, Kriegsverbrechen zu begehen. Und diese Dokumente hat er mit seiner Unterschrift beglaubigt.«

»Holy shit. Sind das die Beweise für Firas' Aufnahmen?«

»Ganz genau. Und diese Dokumente habe ich hier.«

»Es tut mir leid, aber mich überrascht das kein bisschen.« Ellens Tonlage hatte sich schlagartig geändert.

»Nicht?«

»Ich weiß nicht, wie ich es dir sagen soll, deshalb sage ich es einfach geradeheraus. Mein Chef, der Direktor des ICC, hat heute Morgen einen Anruf vom schwedischen Justizminister erhalten …« Ellen Davidsen wartete auf eine Reaktion von Sigrid.

Aber es kam keine.

»Sigrid? Bist du noch da?«

Sigrid schüttelte den Kopf. Das durfte nicht wahr sein.

»Also, der schwedische Justizminister rief an und teilte meinem Chef mit, dass die schwedische Regierung zum jetzigen Zeitpunkt keine ausreichenden Kenntnisse über die Lage in der Region habe, um eine Klage einzureichen.«

»Warum hast du den schwedischen Justizminister ins Boot geholt?«

»Das habe ich nicht, mein Chef hat das getan. Die Anweisung lautet, wenn der ICC die schwedische Unterstützung in der Sache gegen die Serben haben will, muss er von einer Einmischung …« Sie verstummte, und Sigrid begriff, dass Ellen mindestens so wütend über diese Umstände war wie sie selbst. »… in der Angelegenheit zwischen der syrischen Regierung und ihren schwedischen Partnern in der Region absehen. Letzteres hat er so natürlich nicht gesagt, das ist meine Interpretation.«

Sigrid sprang auf, der Boden unter ihr schwankte.

»Ich weiß nicht, was ich sagen soll, Ellen.«

»Das verstehe ich so gut. Ich arbeite seit Jahren an unserem Tribunal gegen den serbischen Armeechef. Der ICC benötigt die Unterstützung der Schweden, um ihn dranzukriegen.«

Sigrid bemühte sich nicht, ihre Enttäuschung zu verbergen. »Und deshalb wollt ihr die syrische Regierung nicht angreifen? Weil ein großer nordischer Telekom-Konzern in Syrien Milliarden mit Überwachungstechnologie verdient?«

»Sigrid, in deiner Firma stecken schwedische Volksaktien drin.«

»Was willst du mir damit sagen? Dass du mir nicht helfen kannst?«

»Der ICC will sich nicht mit der schwedischen Regierung anlegen. Ich weiß nicht, ob du es schon gehört hast.«

»Was soll ich gehört haben?«

»Dem schwedischen Außenminister ist es gelungen, zwei Telekom-Konzerne in Damaskus von der Sanktionsliste der EU streichen zu lassen. Er sagt, dass sich nur so die Opposition unterstützen lasse. Natürlich sind da wirtschaftliche Interessen im Spiel, aber das weißt du ja alles.«

Sigrid war verstummt.

»Sie haben versucht, mich umzubringen, Ellen. NorCom hat dafür gesorgt, dass Reem und ich verhaftet wurden, nicht die syrischen Sicherheitskräfte.«

»Kannst du die Dokumente, die Karim Mahmoud entwendet hat, in Sicherheit bringen?«

»Und was ist mit Reem?«

»Die musst du gegen die Aufnahmen von Firas Hamed eintauschen.«

»Die haben sie Nino Corradini abgenommen.«

»Aber du hast die Originale doch noch?«

»Kannst du uns dafür sicher über die Grenze bringen?«

»Nicht ohne den ICC. Das musst du ohne uns schaffen.«

»Vielen Dank für nichts.«

»Sigrid, beruhig dich. Ich habe eine Idee, wie wir diese Verbrecher zur Rechenschaft ziehen können, aber dafür benötige ich diese Beweise.«

91

Adnan Omar wartete vergeblich auf seinen Privatsekretär Hamza Mahmoud. Wie hatte er das nur übersehen können? Dieser schmierige Bastard. Es war ihm unbegreiflich, wie ihn sein Privatsekretär so hatte hintergehen können. Eine weitere Nacht ohne Schlaf, es pochte hinter seinen Schläfen. Er warf sich auf das Ledersofa in seinem Büro und versuchte zu schlafen. Aber seine Gedanken drehten sich im Kreis.

Karim Mahmouds Verrat erschütterte ihn nicht, er hatte dieselbe Idee gehabt. Was hatten sie sich dabei gedacht? Kinder zu foltern. Frauen vor ihren Männern zu vergewaltigen. Politische Gegner abzuschlachten. Diese Grausamkeiten, die er juristisch hatte genehmigen lassen müssen, durften nicht ungestraft bleiben. Wenn man – wie Adnan – nicht besonders religiös war, musste man der Strafe den Weg bahnen. Aber jetzt waren ihm der erbärmliche Hamza und sein Sohn zuvorgekommen. Sie hatten es ihm unmöglich gemacht, ein ähnliches Manöver zu fahren, und ihretwegen hatte man ihn aus dem Zentrum der Macht ausgestoßen. Der einzige Ort, an dem man noch sicher war.

Der Innenminister hatte lange mit dem Gedanken gespielt, die Seiten zu wechseln. Er würde stapelweise Dokumente mitnehmen, die den Präsidenten belasteten. Ähnliche Dokumente, wie sie Karim Mahmoud entwendet und sehr wahrscheinlich seinem Vater gegeben hatte. Davon gab es in den Haftanstalten des Geheimdienstes in ganz Syrien unzählige. Das war seit jeher die größte Schwachstelle des Polizeistaates. Dort, wo Sicherheitskräfte ihre Schreckensherrschaft führten, hinterließen sie Spuren. Solche Dokumente hätten ihm alle Wege geebnet. Nach Paris. London. New York. Aber er hatte gezögert. Was würde mit Alice geschehen? Sie war zwar nach Moskau zurückgekehrt, aber dort war sie nicht sicher. Was würden sie ihr antun, wenn ihr Vater zum Verräter erklärt wurde? Aber jetzt war es ohnehin zu spät. Sie hatten ihn aus dem Krisenstab ausgeschlossen.

»*Sayidi?*«

Eine ältere Frau mit lockigem grauem Haar und einer knallroten Brille stand über ihn gebeugt. Sie war eine der Sekretärinnen.

»Entschuldigen Sie bitte, aber Ihr Vorzimmer war nicht besetzt.«

Als ob er das nicht wüsste. Er setzte sich auf.

»Was gibt es, Um Ahmed?«

»Unten im Empfang steht eine Frau. Groß, blass und voller Sommersprossen. Ich glaube, sie ist eine Ausländerin.«

»Sagen Sie ihr, dass sie hochkommen soll.«

»Das will sie nicht. Sie will Sie unter der Brücke treffen – in einer Viertelstunde.«

Um Ahmed lächelte ihn verschwörerisch an, als er aufsprang und losrannte. Sie vermutete wahrscheinlich, dass es sich um ein erotisches Rendezvous handelte. Es hatte durchaus Vorteile, als Ehebrecher verschrien zu sein.

Er erkannte Sigrid Melin nicht sofort. Die Dänin hatte ihre roten Haare unter einem Kopftuch versteckt, sie humpelte, und ihre hellblauen Augen waren blutunterlaufen.

»Ich habe die Aufnahmen.«

Adnan begriff nicht sofort.

»Die Aufnahmen von Firas Hamed aus dem Militärkrankenhaus.«

Er starrte sie ungläubig an.

»Ich will dafür die Freilassung von Reem. Das war der Preis, stimmt's?«

»Ich werde sehen, was ich machen kann.«

»Gut. Sehen Sie mal, was Sie tun können.« Sie durchbohrte ihn mit ihrem Blick.

»Was ist passiert? Geht es Ihnen gut?«, fragte er.

»Fragen Sie Ihre Freunde bei NorCom.«

Adnan riss die Augen auf.

»Ach, das wussten Sie gar nicht? Das ist ja ein Ding. Also, wie läuft das jetzt mit Reem?«

»Wie kann ich Sie erreichen?« Er zwang sich zu einem Lächeln. »Ich gehe davon aus, dass Sie die Aufnahmen nicht bei sich haben.«

Sie schüttelte den Kopf. »Lebt Reem überhaupt noch?«

»Natürlich. Sie ist in Ahmed Khelanis Abteilung untergebracht.« Plötzlich kamen ihm Zweifel. Hoffentlich stimmte das auch.

Eine dunkle Wolkenfront zog auf, es fing an zu regnen. Er zog die Schultern hoch zu den Ohren. Die ersten Tropfen drangen durch den dünnen Stoff seines Hemdes.

Sigrid Melin schien den Wetterumschwung nicht bemerkt zu haben.

»Wie kann Assad stillschweigend dabei zusehen, wie die Tochter eines treuen Verbündeten festgehalten wird? Reem unterstützt den Präsidenten, so wie sie ihren Vater unterstützt hat. Die Reem, die ich kenne, hat ihren Vater und alles, wofür er einstand, geliebt und vergöttert.«

Adnan stieß ein kurzes, sarkastisches Lachen aus.

»Reem hatte eine Scheißangst vor ihrem Vater. Was dachten Sie denn? Eine glückliche Vater-Tochter-Beziehung? Hassan Nemir hat *seinen eigenen Bruder* aus dem Weg geräumt. Weil er sich gegen Hafez' herzlosen Zynismus nach dem Massaker an den Muslimen in Hama gestellt hatte.«

Sigrid Melin war geschockt.

»Ach, das überrascht Sie jetzt? Glauben Sie mir, eine Alawitin, die mit einem machthungrigen Vater aufwächst, kann es sich *nicht* leisten, die Regeln zu übertreten.«

Adnan hatte damals Reem gedeckt, wenn sie abends zu spät nach Hause kam oder ein Ausritt mit einem Jungen länger dauerte als geplant.

Die Dänin war erschüttert, wirkte viel zerbrechlicher als bei ihrer letzten Begegnung.

»Ich hatte keine Ahnung, dass Reem Angst vor ihrem Vater hatte.«

Der Regen lief ihr übers Gesicht, und für einen kurzen Moment spürte er den Impuls, über ihre weiße zarte Haut zu streichen und die Regentropfen von ihren Sommersprossen zu wischen.

Aber dann wich das Zerbrechliche, und sie war wieder verschlossen und hart. Sie zeigte auf das imposante Hochhaus mit dem Logo der kanadischen Hotelkette an der Fassade.

»Four Seasons. Geben Sie einen Umschlag für mich beim Concierge ab. Ich will ein Lebenszeichen von ihr haben.«

Dann drehte sie um und lief angesichts ihrer Verletzung in erstaunlichem Tempo die Betontreppe hoch, die über den Fluss Barada führte.

»Hey!«, rief er ihr hinterher. »Woher weiß ich, dass Sie die Aufnahmen haben? Wo hat Firas sie versteckt? Die waren nicht auf seinem Telefon.«

Aber Sigrid hörte ihn nicht mehr.

Er musste Khelani auf der Stelle sprechen. Das war seine Chance, Reem zu retten und die Gunst des Krisenstabes zurückzugewinnen.

»Omar, was wollen Sie?«, fragte Khelani kurz angebunden.

»Die Dänin hat die Aufnahmen von Firas Hamed. Sie will sie eintauschen gegen die Freilassung von Reem Nemir.«

»Das ist leider nicht möglich.«

»Ist … ist ihr etwas zugestoßen?« Adnan erkannte seine Stimme nicht wieder.

»Nein, verdammt. Omar, hören Sie auf mit mir zu sprechen wie mit einem blutigen Anfänger.«

»Und was ist mit ihrem Mann?«

»Der war schon erledigt, als er die erste Sequenz gefilmt hatte.«

Adnan drehte sich der Magen um. Ihm tat vor allem Firas' Tochter leid.

»Und wie können wir das jetzt regeln?«

»NorCom will nicht, dass sie herumspaziert und internationalen Journalisten davon erzählt, in welchem Umfang sie uns behilflich sind.«

Adnan schüttelte fassungslos den Kopf, dankbar, dass Khelani ihn nicht sehen konnte.

»Omar, die bezahlen extra dafür. Großzügig.«

»Geht das in Ihre Tasche?«

»Passen Sie auf, was Sie sagen.«

»Soll sie im Gefängnis verrotten, oder was? Was ist mit der Tochter?«

»Haben Sie eigentlich jemals nachgefragt, wie Sigrid Melin in den Besitz dieser Aufnahmen gekommen ist?« Das war eine rhetorische Frage, aber Adnan merkte, wie seine Ohren glühten.

»Ich weiß, dass Sie wieder in den Krisenstab wollen. Besorgen Sie mir die *Originale*, dann unterstütze ich Sie.« Khelani beendete das Telefonat, ohne auf eine Antwort zu warten.

Wie war es dazu gekommen, dass dieser Bauernsohn aus Latakia so viel mächtiger war als der Innenminister? Der Regen hatte zugenommen. Es war erfrischend. Er legte den Kopf in den Nacken und genoss die Tropfen auf seinem Gesicht. Er hatte nie viel mit Reems Mann anfangen können, aber sein Tod berührte ihn dennoch. Er sah seine kleine Tochter vor sich, die kleine Rahaf, als sie mit Sigrid Melin bei ihm war. Sie hatte ihr Telefon nicht finden können, das sie gerade zum Geburtstag bekommen hatte.

Natürlich. Jetzt wusste er, wo Firas Hamed die Aufnahmen versteckt hatte.

Khelani klang noch genervter, als er ihn erneut anrief.

»Lassen Sie Rahaf Hameds Handy orten. Firas Hamed hat die Aufnahmen mit dem Telefon seiner Tochter gemacht. Wenn Sie das Handy finden, haben Sie auch die Originale.«

92

Sigrid saß mit dem sicheren Satellitentelefon und einer filterlosen Zigarette im Garten der Botschaft. Sie brauchte den Rat eines Freundes. Zum Glück ging Nino sofort an den Apparat. Sie legte ihre Karten auf den Tisch.

»Wie groß ist denn der Einfluss deiner Firma in Syrien?«, fragte er.

»Offenbar groß genug, um einen Arzt dazu zu bestechen, mich umzubringen, die Botschaft anzurufen und mich für tot zu erklären.«

»So weit, so gut. Aber haben die auch die Geheimdienste bestochen, um Reem festzuhalten?«

»Warum nicht? Das würde auch erklären, warum Adnan Omar schon wieder den Schwanz eingezogen hat.«

»Warum aktivierst du deinen Presseausweis nicht wieder, wir fahren nach Mailand, schreiben die Geschichte und verkaufen die europaweit an alle Zeitungen? Andreas kann uns doch dabei helfen.«

»Und was wird dann aus Rahaf? Soll die den Rest ihres Lebens in irgendeinem Flüchtlingslager verrotten?«

Das wollte er auf keinen Fall, eine schreckliche Vorstellung.

»Außerdem würden die mich nur zum Sündenbock machen.«

»Ja, das wäre allerdings fatal für den Weltfrieden!«

»Ach, *vaffanculo*, Nino. Sagt man das so?« Sie bremste sich, so war sie nicht. »Ich weiß nicht, wie ich Reem da rausbekommen soll.«

»Es ist Zeit für die klassischen W-Fragen des Journalismus. WER hat WAS, WO, WANN und WIE gemacht? Mach das. Works every time.«

Sigrid schnaubte. Sie hasste es, belehrt zu werden. Aber vielleicht war das ein guter Hinweis.

Nino war mit seiner Nachhilfe noch nicht fertig. »*Was* will Khelani? Er zieht doch die Fäden, oder?«

Sigrid nickte, da fiel ihr ein, dass Nino auf der Terrasse seiner Mutter in Perugia saß und sie nicht sehen konnte.

»Es gibt nur einen Weg, das herauszufinden«, sagte sie, dankte ihm und drückte die Zigarette aus.

93

Als Sigrid aus dem Garten zurück ins Botschaftsgebäude kam, wartete ein aufgewühlter Mads Ryttergaard auf sie.

»Jetzt haben wir den Salat«, sagte er.

Sigrid sah ihn fragend an.

»Der Sicherheitsdienst der syrischen Luftwaffe wirft uns vor, vertrauliche Regierungsinformationen zu besitzen. Die sind der Ansicht, dass wir die Aufnahmen von Firas Hamed haben.«

Sigrid atmete erleichtert auf. Sie wussten also nichts von Hamza Mahmouds Dokumenten.

»Rahafs Telefon.«

»Ganz genau.«

»Wie sind die denn darauf gekommen, das zu orten?« Sigrid ging in Gedanken die Ereignisse der vergangenen Tage durch.

»Magnus Christiansen?«

»Das habe ich ihm gegenüber nicht erwähnt. Wenn der Geheimdienst nach ihr gesucht hat, könnten sie das Telefon geortet haben, bevor ich die SIM-Karte entfernt habe. Aber die können unmöglich wissen, dass die Aufnahmen damit gemacht wurden …« Sigrid brach mitten im Satz ab. *Adnan Omar.* »Der Innenminister. Er muss dahintergekommen sein. Rahaf hat ihm erzählt, dass sie ihr Handy nicht finden kann.«

Sie hatte Adnan Omar um Hilfe gebeten, Reem zu befreien. Stattdessen hat er Khelani gesteckt, dass Sigrid vermutlich im Besitz der Originalaufnahmen ist. So sah also seine Loyalität gegenüber einer alten Freundin aus.

»Was machen wir jetzt?«, fragte Mads.

Plötzlich wusste Sigrid genau, was sie zu tun hatte.

»Ich weiß, wie wir das lösen können, aber ich brauche Ines' Hilfe. Wo ist sie?« Es würde sie einiges kosten, aber Reems Leben war wichtiger als Sigrids Stolz.

Ryttergaard zeigte den Gang hinunter, wo sich Büroräume befanden, die von den Gästen benutzt wurden.

»Wichtig ist nur, dass dieses Telefon von hier verschwindet, und zwar bevor hier vier Busse mit muskelbepackten *Shabihas* vor der Tür stehen, denen Assad Carte Blanche gegeben hat, die Botschaft zu stürmen. Ich weiß nicht, wo Sie es versteckt haben, aber bitte bringen Sie es weg. Sofort. Sonst geht die daraus entstehende diplomatische Krise auf Ihr Konto.«

94

Sigrid saß auf dem Beifahrersitz des schwarzen Audis aus dem Fuhrpark der Botschaft. In der Hand hatte sie Rahafs rosa Hello-Kitty-Telefon, das die letzte Zeit in der Gästetoilette im Keller hinter einem Heizungsrost gelegen hatte. Sigrid spürte Ines' Blick, aber dann konzentrierte sich die Agentin wieder auf die mehrspurige Straße vor ihr. Auf dem Rücksitz saßen Frederik Juul und einer der Wachen, beide bewaffnet.

Sigrid holte tief Luft, als Ines vor dem Gefängnis anhielt, und gab ihr das Handy. Sie ging einmal um den Wagen herum, um ein letztes Mal zu kontrollieren, dass die schwarz-weißen Diplomatenkennzeichen mit dem Zusatz »CD« montiert waren.

»Mister Khelani hat das Haus verlassen und ist beim Mittagessen.« Ein junger Uniformierter musterte sie von oben bis unten. »Ist es wichtig?«

»Ich bin mir sicher, dass er sich über diese Störung freuen wird.«

Der Mann bot sich an, sie zu begleiten und stellte sich als Koordinator des Al-Khatib vor. Offenbar trug er die Uniform nur aus ästhetischen Gründen.

Ahmed Khelani steckte sich gerade ein Stück Brot in den Mund, aber erstarrte mitten in der Bewegung, als er Sigrid sah.

Der Chef des Geheimdienstes saß umgeben von blühenden Jasminsträuchern im Garten eines traditionellen Kaffeehauses. Er legte das Brot wieder zurück auf den Teller. Dann stand er auf und kam auf sie zu, während er sein Handy nahm und telefonierte. Sigrid bemerkte zwei Männer, die etwas abseits bei einem Springbrunnen gesessen hatten und wie auf sein Kommando aufstanden.

»Das können Sie sich alles sparen. Ich werde Sie nicht begleiten. Ich bin hier, um Ihnen im Namen der Dänischen Botschaft ein Paket zu überbringen.«

Khelani lächelte neugierig.

»Es sieht so aus«, fuhr Sigrid fort, »dass die Dänische Botschaft versehentlich in den Besitz von Aufnahmen gekommen ist, die weder dem dänischen Staat noch einem dänischen Staatsbürger gehören.«

»Davon habe ich gehört«, er lächelte noch breiter und gab seinen Leuten ein Zeichen, dass sie zurückbleiben konnten.

»Wollen Sie sich nicht zu mir in den Schatten setzen und einen Kaffee mit mir trinken, Madam Melin? Das ist der beste, den Sie in diesem Teil der Stadt bekommen können.«

Sigrid schenkte ihm ihr charmantestes Lächeln und setzte sich. Nach dem morgendlichen Regenschauer brannte die Sonne schon wieder erbarmungslos, aber in diesem Garten waren Damaskus' Sommertemperaturen erträglich.

Khelani winkte einen Kellner zu sich, der einen traditionellen *Dishdasha* trug, ein langes Gewand, und bestellte zwei Kardamomkaffee. Dann faltete er die Hände und sah sie erwartungsvoll an.

»Ich höre.«

Sigrid versuchte, seine Gesichtszüge zu deuten, sie hatte keine Ahnung, wie er auf ihr Angebot reagieren würde.

»Ich kenne die Aufnahmen selbst nicht, aber ich habe verstanden, dass sie Informationen enthalten, die Sie sicherstellen wollen.«

»Und wo sind sie jetzt?«

»Ganz in der Nähe – in einem Wagen mit schwarz-weißen CD-Kennzeichen.«

»Sehr clever«, sagte Khelani. »Und warum haben Sie die Aufnahmen nicht gleich mitgebracht, wenn die Botschaft sich damit nicht belasten will?«

In dem Moment wurde der Kaffee serviert, und Sigrid war dankbar, dass sie ihre Nervosität überspielen konnte. Khelanis grüne Augen, die hellgraue Altherrenwindjacke und sein akkurat frisierter Oberlippenbart, alles an ihm sorgte dafür, dass sich die kleinen Härchen an ihren Armen aufstellten.

»Ich hätte gerne eine Gegenleistung für meine Umstände, diese Übergabe zu vereinbaren. Sie wissen bestimmt, dass ich mich noch von meinem Krankenhausaufenthalt und dem Autounfall erholen muss.«

»Ja, es hat mich auch überrascht, dass Sie so schnell wieder entlassen wurden.«

Sigrid schwieg, sie durfte sich auf keinen Fall verplappern. Sie wartete, bis er ungeduldig wurde.

»Und was wäre das für eine Gegenleistung?«

»Entlassung und Freispruch von Reem Nemir. Lassen Sie uns beide in Frieden leben. Dann bekommen Sie die Aufnahmen.«

Khelani musterte sie lange. Ein Hauch von Milde legte sich auf sein herrisches Gesicht.

»Was sind Sie doch für eine gute Freundin.«

Mit zwei Fingern klopfte er eine Pall Mall aus der Schachtel und zündete sie sich mit einem alten Militärfeuerzeug an. Den ersten Zug atmete er tief ein, dann lehnte er sich entspannt zurück und stieß den Rauch aus.

»Ich scheiße auf Ihre Aufnahmen, Sigrid Melin. Ich scheiße auf Sie, auf die Dänische Botschaft und auf Reem Nemirs Entlassungspapiere.«

Sigrid saß wie versteinert. Das hatte sie nicht erwartet.

»Darf ich fragen, weshalb?«

»Folter im Nahen Osten? Breaking News?« Khelani neigte seinen Kopf zur Seite. »Das glaube ich kaum.«

Sigrid wich seinem Blick nicht aus. »Und wenn Sie auf einigen der Aufnahmen zu sehen sind?«

Khelani grinste.

»Viel Glück, wenn Sie beweisen wollen, was genau auf den Aufnahmen zu sehen ist. Wenn wir es mit Terroristen zu tun haben, die bereit sind, ihr Leben aufs Spiel zu setzen, um unseren Präsidenten zu bedrohen, dann ist es unser gutes Recht, alle zur Verfügung stehenden Mittel einzusetzen. Sehen Sie sich doch Guantánamo an. Manchmal ist das einfach notwendig.« Er nahm einen weiteren Zug. »Nein. Die Umstände haben sich geändert. Der Preis für die Freilassung von Reem

Nemir ist mir inzwischen zu hoch. Sie ist für meine wichtigen Partner von großer Bedeutung.«

NorCom. Es lief ihr eiskalt den Rücken hinunter.

»Aber wir können eine Vereinbarung treffen«, fuhr Khelani fort. »Wenn Sie Ihre Kenntnisse über meine skandinavischen Partner für sich behalten, lassen wir Reem Nemir am Leben.«

Sigrid spürte, wie das Adrenalin durch ihren Körper pumpte. Damit durften sie nicht durchkommen. Sie würde Reem nicht in den Händen dieser Schweine lassen. Da kam ihr eine Idee.

War sie bereit, das zu tun, um Reem zu befreien?

Hatte Reem wirklich ihr ganzes Leben lang Angst vor ihrem Vater gehabt, so wie Adnan Omar es angedeutet hatte? Wenn das stimmte, hatte Sigrid ihre Freundin falsch eingeschätzt. Dann war Reem damals nicht vor der Verantwortung geflohen, als der Junge starb, sondern vor der Strafe ihres Vaters.

Sie schüttelte langsam den Kopf. »Ich habe einen besseren Vorschlag.«

Khelani grinste überrascht.

»Da bin ich aber sehr neugierig.«

»Sie foltern und töten Ihre Gefangenen systematisch, wenn sie ins Krankenhaus gebracht werden, wo sie eigentlich medizinisch versorgt werden sollten. Gefangene, die in den meisten Fällen unschuldige Demonstranten sind, die verhaftet und angeschossen wurden, weil sie sich für Reformen einsetzen, die Ihr Präsident in Aussicht gestellt hatte. Das sind Kriegsverbrechen im Sinne der internationalen Konventionen.«

Khelani rümpfte die Nase, während er einen Schluck von seinem Kaffee nahm.

»Nicht, wenn Sie dafür keine Beweise haben.«

Sigrid spürte, wie sich das Lächeln in ihrem Gesicht ausbreitete. Khelani klopfte die Asche seiner Zigarette auf den Fliesenboden, aber erstarrte, als er Sigrids Worte hörte.

»Die habe ich.«

Sigrid hätte nichts lieber getan, als ihn mit diesen Beweisen vor den

Richter eines Kriegsverbrechertribunals gegen Syrien zu zerren. Aber sie musste zugeben, dass sein Gesichtsausdruck für vieles entschädigte. Denn sie war noch nicht fertig.

»Wenn Sie die Dokumente wiedersehen wollen, die Karim Mahmoud aus den Unterlagen des Krisenstabes entwendet hat, dann stehen Sie in vierundzwanzig Stunden mit Reem Nemir wieder vor diesem Kaffeehaus.«

Trotzig schob Khelani sein Kinn vor, er durchbohrte sie förmlich mit seinem Blick. Aber dem hielt Sigrid stand.

Er rauchte erst auf, bevor er sich dazu äußerte.

»Woher haben Sie diese Dokumente?«

»Das erzähle ich Ihnen, wenn Sie sich eines Tages dem Internationalen Strafgerichtshof stellen.«

»Und sonst haben Sie keine weiteren Wünsche?« Seine Stimme triefte vor Sarkasmus.

»Ach doch. Einen Freispruch für Reem Nemir mit Stempel und Unterschrift.«

Khelani legte den Kopf in den Nacken und sah in den Himmel.

»Wenn diese Dokumente nicht die Originale sind und sie oder Kopien davon auch nur im kleinsten Provinzblatt Dänemarks auftauchen, dann stirbt Reem Nemir.«

Sigrid bestätigte die Vereinbarung mit einem kurzen Nicken.

Er lächelte.

»Dann haben wir eine Abmachung?«

95

Reem liebte die frühen Morgenstunden. Sie hatte ihren Rhythmus geändert und war wach, während die anderen Frauen vor sich hin dösten. Die Nächte nutzte sie zur Selbsttherapie.

Nachdem sie dem Geheimdienst alles über das Dokument von Khelanis Computer gesagt hatte, was die Beamten hören wollten, war sie nur noch einmal zum Verhör geholt worden. Da wollten sie wissen, ob sie jemanden aus den Reihen der Aufständischen kannte. Khelani schien sie von der Liste gestrichen zu haben, seit Tagen hatten ihre Folterknechte sie in Ruhe gelassen. Ihre Brandwunden an den Beinen aber waren vereitert. Sie hatten ihr schon den unteren Teil ihrer Anzughose abgeschnitten.

Reem bereitete ihre Kunden im Sicherheitstraining auch immer auf eine mögliche Gefangennahme vor. Jetzt profitierte sie von ihrer Professionalität und flüsterte sich nachts Mut zu. Sie sprach von Rahafs Lächeln, von Firas' braunen Augen und ihrer Zukunft, wenn sie entlassen werden würde.

Am folgenden Morgen wurden sie alle aus dem Schlaf gerissen, die Neonröhre der fensterlosen Zelle sprang an und signalisierte den Frauen, dass ein neuer Tag angebrochen war. Neben ihr kauerte Rania Shaheen, eine magere, kurzhaarige Kulturjournalistin, die Demonstrationen gegen Baschar mittels SMS-Ketten organisiert hatte. An Reems erstem Tag hatte sie ihr die Ersatzunterhose geschenkt, die sie, in Erwartung einer möglichen Inhaftierung, dabeigehabt hatte. Jetzt lief ein schmales Rinnsal aus Blut neben ihr über den Boden.

»Rania«, flüsterte Reem erschrocken und stupste ihre Nachbarin sanft an.

Rania sah an sich hinunter und schauderte. Dann seufzte sie. »Ich habe nur eine Binde.«

Reem entspannte sich sofort wieder. Rania hatte ihre Tage bekommen.

»Ich dachte eben … Kannst du keine zusätzlichen Binden bekommen?«

Rania schüttelte den Kopf. »Eine pro Person.«

Im Flur vor der Zelle hörten sie die Wachen scheppern, Reem schob sich vor Rania, damit niemand das Blut sah. Die bedankte sich mit einem schiefen Lächeln.

Es gab Frühstück, und die Zelleninsassinnen verteilten sich so in dem beengten Raum, dass einige saßen, andere standen. Reem lehnte sich mit dem Rücken gegen die Wand, beugte die Knie und stippte ihr Fladenbrot in den Tee. Neben ihr starrte Rania stumpf in ihre Schüssel. Reem stellte ihre ab und begann, die Knöpfe ihrer verdreckten, ehemals weißen Bluse zu öffnen.

»Was machst du da?«, fragte Rania. Dann schüttelte sie den Kopf. »Tu das nicht, Reem.«

»Warum nicht? Hier drinnen brauche ich keine Ärmel.«

Sie kicherten.

»Wir haben zwar gerade Sommer, und es ist kochend heiß hier drin, aber so wird es nicht immer bleiben«, sagte ihre neue Freundin. Sie war Ende März verhaftet worden, aber es gab Insassinnen, die vor den Unruhen inhaftiert worden waren, und die berichteten von eiskalten Wintern in den unterirdischen Zellen des Al-Khatib. Reem hörte auf zu knöpfen.

»Bis zum Winter bin ich längst wieder frei.«

»Klar. Ich wollte dir auch nicht die Hoffnung nehmen«, Rania legte ihr eine Hand auf den Arm. »Ich will nur nicht, dass du frierst.«

Vorsichtig zupfte Reem den Saum an den Ärmeln auf. Dann rollte sie die Stücke zu einer dünnen Stoffbinde zusammen.

Rania bedankte sich für das Geschenk. »Und entschuldige bitte, natürlich wirst du vorher entlassen.«

Nach Reems Berechnungen war es Freitag, am späten Nachmittag, als sie zusammen mit anderen Frauen aus der Zelle geholt wurde. Ohne eine weitere Erklärung bekamen sie Hauben über die Köpfe gezogen und wurden in einen Bus gestoßen. Reems größte Sorge war es, von Rania getrennt zu werden. Sie stolperte, schlug sich den Kopf an. Als sie aufwachte, saß sie mit der Wange an einer kühlen Fensterscheibe, jemand hatte ihr die stinkende Haube abgenommen. Der Bus fuhr durch die Abenddämmerung, sie sah Wohngebäude und eine Moschee, die ihr verriet, dass sie Damaskus gen Norden verließen. Sie war umgeben von dunklen Silhouetten, die alle resigniert im Takt des rumpelnden Busses wackelten. Hinter dem Fahrer kauerte eine in sich zusammengesunkene Gestalt. Das war Rania. Reem lehnte ihren Kopf gegen die Scheibe. Erleichtert. Erschöpft.

Plötzlich stoppte der Fahrer, der Motor keuchte und zischte, dann verstummte er ganz. Totalschaden. Während der Fahrer im Bus sitzen blieb, führten die Wachen die Insassinnen in eine etwa drei Kilometer entfernte Ortschaft. Dort sollten sie im Gefängnis warten, bis ein neuer Bus zur Verfügung gestellt wurde. Die Räumlichkeiten reichten aber nicht für alle. Für Reem, die Rania stützte, war kein Platz mehr. Sie wurden in einen benachbarten Lagerraum mit einer massiven Holztür gestoßen. Hinter einer Wand befand sich ein Plumpsklo. Endlich ein Ort, an dem man sein Geschäft verrichten konnte, ohne dass alle zusahen. Es gab auch ein winziges Oberlicht, durch das eine milde Brise hereinströmte.

Der Gefängniswärter, ein gedrungener, kräftiger Mann lächelte entschuldigend. Er konnte seine Augen nicht von Reems Brandwunden nehmen. Als Entschädigung warf er ihnen ein paar Decken hin. Zum ersten Mal seit vielen Tagen konnte Reem ihren Kopf auf etwas Weichem betten und ihren Körper in ganzer Länge ausstrecken.

Reem hatte das Zeitgefühl verloren, aber es war noch dunkel, als Rania ihr in die Seite stieß.

»Was ist denn? Kannst du mich bitte schlafen lassen?«

»Ich glaube, er hat vergessen, die Tür abzuschließen.«

Die beiden Frauen starrten auf die Tür, dann nahmen sie sich an die Hand. Vorsichtig drückte Reem die Türklinke herunter, sie war tatsächlich nicht verschlossen. In der Wachstube schräg gegenüber brummte der Fernseher.

Sie standen in einem fensterlosen Gang und hörten die Männer reden. Am anderen Ende war eine große Holztür. Sie sahen sich an. Wenn die Männer sie hören würden, wären sie erledigt.

Reem zögerte eine Sekunde zu lange, Rania rannte bereits auf die Tür zu, ihr nackten Füße klatschten über den Zementboden.

»Hey, was war das?«, rief einer der Wachen.

Reem und Rania prallten gegen die Tür und stießen sie auf.

In die Freiheit.

Draußen war es stockdunkel. Das Gefängnis lag am Rand eines öden, von Feldern umgebenen Grundstücks. Rechts von ihnen lag die kleine Ortschaft. Reem spürte die Euphorie plötzlicher, unerwarteter Freiheit. Dann rannten sie los, weg von den Häusern, hinein in die Dunkelheit.

Da fiel der erste Schuss.

Rania stöhnte auf, Reem hörte den dumpfen Aufprall, als sie zu Boden fiel. Sie blieb stehen, drehte sich um. Da fielen weitere Schüsse, die Kugeln schlugen neben ihr im Sand ein. Reem stolperte durch die Dunkelheit, schräg vor ihr erahnte sie eine leichte Erhöhung, hinter der sich eine kreisförmige Vertiefung befand. Noch ein Schuss, Schreie.

Reem warf sich über die kleine Erhöhung und rollte in das Loch. Ihr schlug ein bestialischer Geruch entgegen. Es war eine Latrine. Reem unterdrückte den starken Drang, sich zu übergeben. Sie spürte, wie ihre Füße immer tiefer in menschlichen Exkrementen versanken. Der Gestank war kaum auszuhalten.

Sie hörte Schritte, die sich näherten, dann vorbeiliefen.

»Ich habe keine Lust, die ganze Nacht nach denen zu suchen.«

»Nur eine.«

»Wieso?«

»Die andere ist tot.«

»Welche von beiden?«

»Das kann ich nicht sagen. Ist zu dunkel.«

»Wir hatten die Anweisung, auf die aufzupassen.«

»Wir finden sie morgen, *tamam*, okay?«

»*Tamam, tamam.* Ich sehe kurz noch dahinten nach.«

Wieder war eine Schusssalve zu hören, die über Reems Kopf hinwegsauste.

Reem konnte nicht um Rania weinen, sie fühlte nichts und konnte sich nicht bewegen. Sie steckte bis zur Hüfte in Menschenkot und wartete. Wie lange? Minuten, Stunden? Reem wusste es nicht. Ihr wurde schwindelig, was sie den Ammoniakdämpfen zuschrieb. Dann begannen die Stiche in ihrem Bein, am Anfang nur hier und da, als würde ein Fisch nach ihr schnappen. Dann fühlte es sich an, als würden sich Messer tief in ihr Fleisch bohren.

Endlich wagte sie es, aus dem Loch zu krabbeln. Kaum draußen empfand sie den Gestank fast noch erdrückender, als hätte die Latrine ihr wahres Gesicht erst gezeigt, nachdem sie ihr nicht mehr Schutz bot.

Hinter einem der Höfe fand sie eine Wasserpumpe und wusch sich ab. Aber der Geruch blieb an ihr kleben. Während sie die Beine abspülte, begriff sie auch, was ihr solche Schmerzen verursacht hatte. Das Ammoniak hatte sich in ihre Haut geätzt, und wo vorher noch einzelne Wunden waren, befanden sich jetzt große Krater, freigelegtes Gewebe. Vor Schreck stolperte sie und weckte die Tiere, die in der Nähe schliefen. Ein Hahn krähte. Reem rannte los, ließ die Ortschaft hinter sich, lief in die Freiheit.

Sie hatte etwa zwei oder drei Kilometer zurückgelegt, als sie in der Morgendämmerung gestellt wurde. Ein beiger Mercedes hielt neben ihr und vom Rücksitz sprang eine Lederjacke mit gezogener Waffe raus. Reem blieb stehen. Ein erschöpfter Seufzer entfuhr ihr, das Geräusch einer erloschenen Hoffnung. Sie schloss die Augen. Endlich war es vorbei. Die Scham erdrückte sie. Die Erkenntnis, dass sie ihre Familie hätte retten können, wenn sie auf Firas gehört hätte.

Vergib mir, Firas. Vergib mir, Rahaf, habibti.

Warum drückt er nicht ab? Sie öffnete die Augen.

Der Mann mit der Pistole hatte sich keinen Millimeter bewegt. Aber die Beifahrertür ging auf und ein Mann mit grauer Windjacke und frisiertem Oberlippenbart stieg aus.

»Irgendetwas sagt mir, dass Sie doch nicht nach Saidnaya wollen.«
Reem antwortete nicht, sie wagte es nicht, sich zu bewegen.
»Keine Sorge. Wir werden schon etwas anderes für Sie finden, Reem Nemir.«

96

Reems schwarze Locken hatten graue Strähnen bekommen. Sie war ein Schatten ihrer selbst. Sigrid hielt die Luft an, damit ihre Freundin ihr Entsetzen nicht sah, als Reem in einer viel zu großen Herrenhose und einem schwarzen T-Shirt aus dem Hinterausgang des Al-Khatib geführt wurde. Ahmed Khelani stand in der Tür, im Arm Karim Mahmouds Ledermappe mit den Dokumenten. Sein triumphierendes Lächeln verfolgte Sigrid bis zum gepanzerten Wagen, in dem Reems Mitarbeiter Daham Sahabi wartete, um sie zum Hotel zu fahren.

Khelani hatte sich unter einer Bedingung auf Sigrids Forderung eingelassen. Reem musste Baschar vor laufender Kamera ihre volle Unterstützung zusichern und sich deutlich von ihrem Mann distanzieren. Sigrid wusste, dass sie vor allem mit diesem Teil der Vereinbarung ihre Schwierigkeiten haben würde. Außerdem musste Reem akzeptieren, dass sie und ihre Tochter ab jetzt auf Schritt und Tritt überwacht werden würden.

Reem lehnte sich auf dem Rücksitz an Sigrids Schulter und ließ ihren Tränen freien Lauf. Sigrid streichelte ihr über die Haare und untersuchte sie zaghaft nach Verletzungen.

»Reem, was haben sie dir angetan?«

Reem schüttelte den Kopf. »Nur das Übliche.«

»Bist du sicher?«

Wenn man sich Reem ansah, hatte der Aufenthalt im Gefängnis sie zehn Jahre ihres Lebens gekostet.

»Firas ist tot«, flüsterte sie. »Khelani hat mir seinen Totenschein gegeben.«

Sigrid drückte ihre Freundin an sich. Kämpfte gegen die Tränen an.

»Was ist mit Rahaf? Sie war unten bei den Toiletten, als die Autobombe explodierte.« Sie schluchzte, ihr ganzer Körper zitterte.

»Rahaf geht es gut, sie ist bei Andreas in einem Hotel in Beirut.«

»Mit Andreas in Beirut?«, wiederholte Reem ängstlich.

Sigrid gab ihr das Handy. »Es geht ihr gut, magst du sie anrufen?«

97

Drei Tage nach ihrer Entlassung erschien Reem wie vereinbart im Büro des Innenministers. Sie hatte sich die grauen Strähnen schwarz gefärbt, aber der Rest ihres Äußeren war ihr noch sehr fremd. Doch das spielte jetzt keine Rolle. Sie sollten ihren Auftritt im Fernsehen besprechen. Sie würde Baschar ihre Loyalität aussprechen, aber niemals würde sie Firas bloßstellen. In diesem Punkt musste ihr Adnan entgegenkommen.

Seine neue Privatsekretärin, eine ältere, sympathisch aussehende Frau, bat sie, sich zu setzen. Der Minister würde sich leider verspäten. Mehr als eine Stunde verstrich.

»Gibt es etwas Neues? Ist der Innenminister auf dem Weg?«

Die Frau sah sie mitfühlend an. »Haben Sie noch nicht von der Tragödie gehört?«

»Nein, ich war … weg.«

Adnans Sekretärin biss sichtlich nervös auf ihrem Kugelschreiber herum.

»Gestern ist eine Autobombe explodiert, während einer Demonstration für den Präsidenten. Mister Omars Tochter Alice …« Sie senkte die Stimme. »Der Minister hatte angenommen, dass sie nach Moskau zurückgeflogen war, aber sie war bei einer Freundin untergekommen. Sie stand direkt neben dem Wagen, als es …«

»Oh nein.« Reem schlug sich die Hand vor den Mund. *Alice. Sein Liebstes auf Erden.*

»Soll ich dann lieber gehen?«

»Nein, das sollst du nicht!« Adnan entschuldigte sich für die Verspätung. Seine Augen waren rot und verquollen. Zu ihrer großen Verwunderung benahm er sich, als wäre sie zu einem ihrer wöchentlichen Treffen erschienen.

»Reem!« Er gab ihr einen Wangenkuss.

»Adnan, es tut mir so schrecklich leid.«

»Mir auch«, sagte er, ohne ihr in die Augen zu sehen.

Sie nickte stumm.

»Ich habe mich auf deinen Besuch gefreut«, sagte er und zeigte auf den Glastisch mit dem Schachbrett. »In letzter Zeit gab es wenig Anlass zur Freude.«

Reem ermahnte sich, besonders behutsam zu sein. Adnan war außer sich, was ihn unberechenbar machte. Sie hatten den Traum von einem offenen und reformorientierten Syrien geteilt, aber bedeutete das auch, dass sich ihr Freund aus Kindheitstagen für Firas und sie eigesetzt hatte? Die Schachpartie stand unberührt. Unbeendet. Dann hatte er sie also nicht vollständig abgeschrieben.

»Willst du unbedingt Tee haben? Ich könnte auch etwas Stärkeres vertragen.«

Sie lächelte ihm aufmunternd zu, und er schenkte ihnen Whiskey ein. Die volle Karaffe stand normalerweise in der Vitrine, jetzt stand sie halb voll auf seinem Schreibtisch.

»Wollen wir weiterspielen?«

Er hob den Glastisch hoch und platzierte ihn zwischen den beiden Sesseln. Der Whiskey duftete nach Rauch und brannte wunderbar im Hals.

»Adnan, wir müssen über die Vereinbarung sprechen, die an meine Freilassung geknüpft ist.«

Er nickte und nahm einen Schluck.

»Das müssen wir in der Tat. Du bist am Zug, Reem, *habibti.*«

Reem schluckte ihre Enttäuschung runter und verschaffte sich schnell einen Überblick über die Figuren auf dem Brett. Sie sah Optionen und Muster, und sie spürte eine große Ruhe. Vielleicht ging es ihm genauso. Sie hatte es vermisst, mit ihm zu spielen.

»Darf ich mein Unternehmen behalten?« Sie machte mit ihrem Turm einen nicht besonders durchdachten Zug.

»Natürlich.« Sie konnte seinen Blick nicht deuten, er war ihr fremd. »Solange wir wissen, dass du auf unserer Seite bist.«

»Was soll ich denn tun, um dir das zu beweisen, Adnan? Du kennst mich doch.«

»Baschar hat uns gebeten, geduldig mit ihm und seinem Reformwillen zu sein. Du lässt dich interviewen und trägst eine Stellungnahme vor, die seine guten Absichten unterstreicht.«

Während er sprach, zog er mit dem Bauern auf der rechten Seite des Brettes vor.

»Morgen um neunzehn Uhr findet es statt. Und ich werde mit dir im Studio sein.«

»Das weiß ich zu schätzen.«

»Reem, ich mache mir große Sorgen«, sagte er und bemaß die Entfernung seines Springers zu Reems König. »Du hast vertrauliche Dokumente von Khelanis Computer gestohlen.«

Sie holte tief Luft.

»Ich war verzweifelt. Mein Mann war spurlos verschwunden. Meine Haushälterin lag ermordet in unserer Küche. Ich hatte mit ihrer Tochter telefoniert, die am Boden zerstört war …« Sie durfte sich jetzt nicht von ihren Gefühlen davontragen lassen.

Vergib mir, Firas, bitte vergib mir.

Sie musste Adnan das sagen, was er hören wollte, um zu bekommen, was sie wollte.

»Ich hatte den Eindruck, dass Firas seinen Enthusiasmus für, du weißt schon …« Ihre Stimme brach, und sie nickte in Richtung Wand, an der das Porträt des Präsidenten hing. Adnan hatte eines der Fotos gewählt, auf denen er aussah wie ein gebildeter Mann, der John F. Kennedy Syriens. Bei Khelani hing ein Foto von ihm in Uniform mit verspiegelter Sonnenbrille. Ihr gefiel das bei Adnan wesentlich besser.

»Das mit Firas macht mir auch große Sorgen. Woher soll ich wissen, dass du seine Ansichten nicht teilst?« Er sah sie wieder mit diesem fremden Blick an. Er hatte etwas Manisches.

»Ich wollte nur meinen Mann finden und hatte Angst, dass er einen

Fehler begangen hatte. Und genauso war es ja auch. Leider war es zu spät, um ihn wieder auf den rechten Kurs zu bringen.«

Adnan nickte verständnisvoll.

»Mich interessiert überhaupt nicht«, fuhr sie fort, »was dieser skandinavische Telekom-Konzern hier für Geschäfte macht, solange sie unsere Gesetze einhalten.«

Er war am Zug. Er seufzte.

»Du wirst dich von ihm distanzieren müssen«, sagte er.

Reem zog mit ihrem Bauern ein Feld vor. Er nahm seinen Springer und schlug ihren letzten Turm.

Sie hatten das Finale eingeläutet.

»Das ging schnell, ich bin außer Übung«, jammerte sie. Sie hatten nur anderthalb Stunden gespielt.

Er grinste. Das war eine Einladung zur Versöhnung.

»Ich weiß nicht. Das ist doch erst eine Woche her, dass wir gespielt haben.«

Für Reem fühlte es sich an wie ein ganzes Jahr.

Die meisten Figuren hatten das Brett verlassen, sie waren gleichstark aufgestellt.

Beide hatten sie noch vier Bauern, den König und einen Offizier übrig, Adnan den schwarzen Springer, Reem den weißen Läufer. Keiner war in der Position, den anderen matt zu setzen, also begann ein Wettkampf. Wer als Erstes die gegenüberliegende Seite mit einem Bauern erreichte, konnte ihn gegen eine Dame eintauschen und die Partie für sich entscheiden.

»Adnan, warum bin ich freigelassen worden?«

Er stand auf und schenkte nach. Sie hielt ihm ihr Glas hin, um ihn nicht in Verlegenheit zu bringen, weil nur er trank. Die Antwort auf diese Frage hatte ihr Sigrid schon gegeben, aber sie wollte es von Adnan hören.

»Khelani hat sich über das Geld gefreut, dass die Skandinavier ihm gegeben haben, damit du im Gefängnis bleibst. Aber ihm waren die Unterlagen wichtiger, die deine Freundin anzubieten hatte. Die Skandinavier mussten in den sauren Apfel beißen.«

»Du meinst die Dokumente mit Baschars Unterschrift?«

Adnan nickte.

»Ich habe es auch versucht, Reem, aber Khelani war davon überzeugt, dass wir ohne die Technologie von NorCom die Aufstände nicht unter Kontrolle bekommen.«

»Ist das so?«

»Zumindest nicht, wenn unsere Mitarbeiter wichtige Dokumente stehlen. Zum Glück hatte er dich als Verhandlungsmasse, sonst wäre unser lieber Freund auf den Titelseiten aller Zeitungen weltweit gewesen.« Er zeigte auf das Foto an der Wand.

Reem zog einen Bauern vor, sodass er schräg vor einem zweiten stand.

»Aber dieses Risiko besteht doch nach wie vor, oder?« Sie bemühte sich, ihre Stimme leicht und hell klingen zu lassen, als wäre es ihr eben gerade eingefallen.

»Ja. Bist du wahnsinnig?«, flüsterte er. »Diese Dokumente liegen überall in Syrien rum, auf jeder beschissenen Polizeiwache oder in den Ämtern der Bürgermeister. Oft sind die noch nicht einmal weggeschlossen.« Er stand auf und zog ein Dokument aus seiner Schreibtischschublade und gab es ihr. »So was hier, zum Beispiel.« Es war ein offizielles Papier, mit Siegel und Unterschrift. Ihre Augen flogen über die Zeilen. Sie befahlen den Sicherheitskräften, auf Demonstrationen auch auf Pressevertreter zu schießen. Reem schluckte.

Sie konnte ihn ganz schwer einschätzen. Wo stand er?

Er setzte sich wieder und starrte auf das Schachbrett. Er sah, dass sie ihren Bauern in Position gebracht hatte, nahm seinen Springer und schlug ihn.

»Adnan?« Sie zog mit einem weiteren Bauern vor, jetzt standen drei Bauern in einer Diagonalen, der letzte entscheidende Zug stand bevor.

»Hm.«

»Hast du schon einmal darüber nachgedacht …« Sie geriet ins Stocken, er sah hoch. »Was würdest du tun, wenn du die Chance hättest, deinem Land aus der Krise zu helfen?«

»Und wie?«

»Ein Mann wie du«, sie senkte die Stimme, »wäre ein begnadeter Anführer.«

»Reem …« Er drückte warnend ihre Hand.

»Und du könntest frei atmen«, ergänzte sie sanft.

Sein Gesicht verzerrte sich.

»Du sollst so etwas nicht sagen.«

»Stell dir nur vor, wie viel Hoffnung du dem syrischen Volk geben könntest, wenn du in Sicherheit wärst und ihnen eine Alternative anbieten könntest.«

Er richtete sich auf. Sie wusste, dass er sich das vorstellen konnte. Adnan Omar, der Führer der Opposition, die einzige Rettung vor dem Diktator und der erste demokratisch gewählte Präsident des Landes. Er starrte auf das Schachbrett. Erst jetzt wurde ihm bewusst, dass Reems Bauern auf sicherem Kurs zum Ziel waren. Sein Springer war zu weit weg, um sie aufhalten zu können, und ihre Formation aus Bauern, die sie langsam und geduldig aufgebaut hatte, verhinderte einen Angriff seines Königs. Bevor sein Springer eingreifen könnte, hätte einer der Bauern die Grundlinie erreicht und würde sich in eine weiße Dame verwandeln. Sie hatte die Partie so aufgebaut, dass sie sich jetzt am Ende einen Vorteil erarbeitet hatte, der ihr den Sieg sicherte.

Reem gab ihm einen handschriftlichen Zettel.

Adnan zögerte, dann las er ihn.

»Vom dänischen Geheimdienst?« Adnan flüsterte so leise, dass seine Worte nur Lippenbewegungen waren. »Ist das der Preis für meine Funktion als Oppositionsführer von Paris aus? Ich muss Baschar verraten?«

Ein Bruchteil einer Sekunde später flog Reem vom Stuhl, der Schlag hatte sie am Kopf getroffen.

»Ich bin kein Fredo«, stotterte er.

»Was?« Reem rappelte sich wieder auf und setzte sich.

»Ich bin kein Verräter.« Seine Augen glühten vor Empörung.

Verglich er sich allen Ernstes mit einer Rolle aus *Der Pate*? Hatte er den Verstand verloren?

»Adnan, lass uns darüber sprechen, bitte.«

Ihr Freund aus Kindheitstagen rieb sich die brennende Handfläche. Dann vergrub er sein Gesicht in den Händen. »Hau ab, so schnell du kannst, sonst muss ich dich wegen Spionage hängen lassen.«

98

Sigrid lief unruhig im Hotelzimmer auf und ab. Sie wartete auf Reem. Bizarrerweise bezahlte NorCom nach wie vor ihren Aufenthalt im Four Seasons. Und es wunderte sich auch niemand über den zusätzlichen Gast.

Reem war gerade freigelassen worden und hatte sich zu einem Termin mit dem Innenminister aufgemacht. Vordergründig, um ihren Fernsehauftritt zu besprechen, aber eigentlich, um ihn dazu zu bringen, die Seiten zu wechseln und sich an die Spitze der syrischen Opposition im Ausland zu stellen.

Sigrid hatte vom Mukhabarat als Dank für die Regierungsdokumente die Erlaubnis erhalten, ohne Schwierigkeiten das Land verlassen zu können. Ihre Abreise stand bevor. Sie wollten das Land so schnell wie möglich verlassen. Ihr Plan war es, sich Andreas und Rahaf in Beirut anzuschließen. Reem hatte allerdings weder einen neuen Pass ausgehändigt bekommen, noch wurde Firas' Leichnam zur Beerdigung freigegeben. Um zu ihrem normalen Leben zurückkehren zu können, musste sie sich öffentlich demütigen und Assad ewige Treue schwören.

Eine sichere Ausreise hing elementar von Sigrids Vereinbarung mit dem dänischen Geheimdienst ab. Zumindest was Reem anbetraf. Es genügte nämlich nicht, die Grenze zum Nachbarland zu überqueren, sie musste auch den Libanon verlassen können. Und dort hatte Syrien kompetente Alliierte. Dabei würden Ines und ihre Leute helfen. Reems Vorhaben, Adnan Omar zu überzeugen, barg ein großes Risiko. Die Wahrscheinlichkeit, dass sie gar nicht zurückkommen würde, war nicht verschwindend gering.

Bevor Sigrid die Botschaft verließ, rief sie Andreas ein letztes Mal mit Mads Ryttergaards Telefon an. Er gab es ihr lächelnd und fügte hinzu, dass sie sich bitte nie wieder blicken lassen sollte. Es sei denn, sie hätte ihren Pass verloren oder ein anderes banales Anliegen, solange es nicht Dänemarks Präsenz in Syrien gefährdete.

Als sie im Hotel angekommen war, hatte sie Magnus in der Hotelbar sitzen sehen. Er nippte an einem Bier und ließ den Redeschwall einer vollbusigen Schauspielerin aus Aleppo über sich ergehen, die sie aus dem Fernsehen kannte. *Magnus.* Sie müsste ihn hassen, aber eigentlich hatte sie nur Mitleid mit ihm.

Andreas hatte eine Wärme und Kraft in der Stimme gehabt, die sie schon lange nicht mehr gehört hatte. Es hatte ihn überrascht, dass Sigrid ihre Chance, Assad beim ICC ans Messer zu liefern, gegen die Freilassung von Reem eingetauscht hatte. Aber sie spürte, dass er sie anders, mit mehr Respekt betrachte.

Wo um Himmels willen blieb Reem nur? Das Adrenalin vergiftete ihren Körper. Sie legte ihre Hände auf ihren Solarplexus und atmete tief ein und aus.

Da hörte sie endlich, wie die Code-Karte in die Tür gesteckt wurde. Aber als sie Reem ins Gesicht sah, wusste sie sofort Bescheid. Aus Sicherheitsgründen formte sie mit den Lippen eine Frage. *Was ist passiert?*

Reems linke Wange war knallrot.

»Und, wie war dein Treffen?«, fragte Sigrid laut.

»Hervorragend. Morgen um neunzehn Uhr gehe ich auf Sendung.«

»Es ist warm draußen, oder? Soll ich die Klimaanlage anschalten?«

»Das musst du nicht, danke, ich dusche mich einfach kalt ab.«

Reem schnappte sich ein Blatt Papier und einen Stift, Sigrid las über ihre Schulter mit.

»Adnan ist gefährlich. Bereit für Plan B?«

Sigrid nickte und machte sich fertig.

99

Sigrid Melin und ihre Freundin Reem Nemir hatten ein ausgiebiges Abendessen im Restaurant Naranj und zogen danach durch die Bars im christlichen Stadtteil. Im Laufe des Abends trafen sie alte Freunde und Bekannte, von denen etliche dem oppositionellen Milieu des Literaturclubs Etana Books zuzuordnen sind. Eine halbe Stunde vor Mitternacht kehrten die beiden stark betrunken ins Hotel Four Seasons zurück, wo sie sich auf das Doppelzimmer zurückzogen, das auf Sigrid Melins Namen gebucht ist.

So in etwa klang der Bericht, den Ahmed Khelani gegen 02:14 von seinen Ermittlern über den Ablauf des Abends erhielt, den die soeben entlassene Reem Nemir mit ihrer dänischen Freundin verbracht hatte. Wirklich lange hatte Hassan Nemirs Tochter nicht um ihren Mann getrauert. Für einen kurzen Moment tat ihm der verstorbene Arzt fast leid.

Ahmed Khelani kratzte sich an seinem Hoden und genoss den Duft von Salmas Schoß. Der Bericht war sehr ungelegen gekommen, aber sein Telefon hatte auf dem Glastisch im Wohnzimmer gelegen und so laut geklingelt, dass er rangehen musste, um nicht das ganze Haus zu wecken.

Er sah sein Spiegelbild im Flachbildschirm, es war das eines alten Mannes in langen weißen Unterhosen mit Eingriff. Der Anblick deprimierte ihn. Er musste nicht sparsam sein, seine ausländischen Konten bogen sich vor Valuta, und er besaß eine stattliche Sammlung von edlen Uhren, maßgeschneiderten Anzügen aus den Golfstaaten und Waffen mit Sammlerwert. Aber er konnte sich nicht überwinden, irgendetwas davon auch im Alltag zu benutzen. Zum Glück musste er weder mit einer Rolex noch mit einem Sportwagen Eindruck schinden, um mit Respekt behandelt zu werden. Aber es störte ihn, dass der Mann, den er da sah, so alt und müde wirkte. Er richtete sich auf. Ihn würden diese Weiber nicht an der Nase herumführen.

Khelani las den Bericht mit einer gesunden Skepsis. Adnan Omar hatte Reem Nemirs Besuch in seinem Büro sowie ihre Zusage bestätigt, im Fernsehstudio aufzutauchen. Sie würde ihren Teil der Vereinbarung einhalten. Aber der Minister hatte sich gewunden, als Khelani wissen wollte, wie sie einzuschätzen war. Hielt die Chefin von Jasmin City Security dem Präsidenten die Treue? Würde sie sich deutlich von ihrem terroristischen Mann distanzieren?

Der Chef des Nachrichtendienstes wusste durchaus, dass Adnan Omar keine verlässliche Karte war, auf die man setzen konnte. Aus diesem Grund hatte er ihn auch aus dem Krisenstab entfernen lassen. An seine Stelle war ein Geschäftsmann aus Latakia getreten, der seinen schnellen, sozialen Aufstieg einem Zynismus zu verdanken hatte, den der Vorsitzende einforderte. Nur mit Zynismus ließ sich diese Krise überwinden, wie sie die Umstände nach wie vor offiziell nannten, obwohl Khelani voraussah, dass sich daraus bald ein Bürgerkrieg entwickeln würde. Sie erhielten Informationen aus den belagerten Städten, wo Soldaten desertierten, weil sie ihre eigenen Leute nicht erschießen wollten. Diese Strategie war bewusst gewählt, und sie war brutal. Khelani konnte das Intelligente daran sehen und anerkennen. Aber er hatte Bedenken, was passieren würde, wenn die Opposition eines Tages eine eigene Armee besaß.

Den Vorsitzenden des Krisenstabs zu überzeugen, dass Adnan Omar auf der Reservebank warten musste, hatte Khelani den großen Vorteil gebracht, dass der Innenminister ihm aus der Hand fraß. Er hatte nicht viel Druck ausüben müssen, bis Omar andeutete, dass Nemir und ihre Freundin unter Umständen doch noch eine Gefahr für die Regierung darstellten.

Er würde diese beiden Frauen höchstpersönlich im Auge behalten.

100

Ein Fünfsternehotel einer ausländischen Kette im Nahen Osten war ein naheliegendes terroristisches Ziel, und deshalb konnte niemand das Four Seasons betreten oder verlassen, ohne gesehen zu werden. Außer, man wusste, wo die Kameras angebracht waren und welche Posten wann besetzt waren.

Und das wusste Reem.

Ihr Vater hatte damals bei der Eröffnung des Hauses die Sicherheitsberatung zu verantworten gehabt, und als Erbin seines Imperiums hatte sie das alles im Hintergrund verfolgt.

Gegen drei Uhr morgens verließ sie mit Sigrid das Hotelzimmer 801. Aus Sicherheitsgründen gab es in den unteren Stockwerken keine Fenster, aber Reem wusste, wo die Feuertreppe hing, über die man das Hotel durch die Ausfahrt der Wäscherei verlassen konnte.

Der dunkelblaue SUV parkte ein paar Hundert Meter die Straße hinunter. Ein kurzes Klopfzeichen und Daham Sahabi entriegelte die Türen. Sekunden später sahen sie die Stadt durch getönte, schusssichere Scheiben an sich vorbeiziehen.

Reem hatte ihre Shotgun auf dem Sitz liegen und inspizierte den Inhalt des Metallkoffers, den ihr Daham mitgebracht hatte. Es war eine neue Glock. Sie lud sie und hielt sie Sigrid hin, die mit einem deutlichen »no fucking way« ablehnte. Das war der erste Wortwechsel der beiden, seit sie im Hotelzimmer Plan B ausgerufen hatten.

»Ich habe doch dich«, sagte Sigrid und drückte Reems Arm.

Sie fuhren nach Nordwesten, vorbei an den Konturen der immergrünen Hügel des christlichen Tals und weiter Richtung Türkei. Würde sie ihr Land jemals wiedersehen? Mit der Wehmut kam die Trauer.

Die Selbstvorwürfe. *Wie hatte sie Firas nur in den Händen der Mörder lassen können?*

Sie hatte es Rahaf zuliebe getan. Reem überwand die dunklen Gedanken, versuchte an die weichen Wangen ihrer Tochter zu denken. Rahafs Lachen. Ihren Geruch. Es war noch dunkel, aber die Sonne würde bald aufgehen. Dann sollten sie längst hinter Homs sein. Später wäre die Autobahn voller Militärfahrzeuge und Sicherheitskräfte.

Etwa eine Stunde später machten sie halt an Reems Lieblingsautoraststätte. Trotz der frühen Uhrzeit waren viele Parkplätze belegt. Sigrid besorgte ihnen Kaffee und Wasser, Daham hatte sich angestellt, um frisch gebackene Fatayer zu kaufen. Reem besorgte eine Kiste mit Pistazienkuchen, den Rahaf so liebte. Während die Verkäuferin mit ihr plauderte und Reem ihr Bestes gab, um alles höflich zu beantworten, scannte sie die Fahrzeuge auf dem Parkplatz.

Zu dieser Tageszeit waren weniger Pkw und Busse unterwegs, dafür mehrere Last- und Lieferwagen, Kühltransporte und welche mit offenen Ladeflächen. Wie die beiden, die ihren SUV flankierten. Der eine hatte Tomaten geladen, der andere Schrott. Ansonsten hielten dort Geschäftsleute auf dem Weg nach Aleppo in Wagen asiatischer oder europäischer Marken.

Ein Wagen aber machte Reem stutzig. Hinter einem Wirtschaftsgebäude, im Halbdunkel stand ein brauner Mercedes mit getönten Scheiben. Sie dankte der Verkäuferin für die schön verpackten Süßigkeiten und gab zuerst ihrem Assistenten, dann Sigrid das Zeichen zum Aufbruch. Es war so weit.

101

Khelani sah den beiden Frauen und ihrem Begleiter hinterher, als sie die Raststätte verließen. Er drückte eine Taste seines Handys und gab einen kurzen Befehl.

»Warten, bis wir auf der Strecke nach Homs sind.« Er sah zu seinem Fahrer. »Heute wird niemand Filmaufnahmen machen.«

Der Fahrer, ein junger Mann, nickte und fuhr los. Khelani hatte ihn direkt aus dem Heer rekrutiert. Der junge Soldat war aufgefallen. Er hatte einen seiner Kameraden hart bestraft, weil dieser sich geweigert hatte, auf Demonstranten zu schießen. Nach dem Desaster mit den gestohlenen Regierungsdokumenten wollte Khelani bei der Besetzung eines so vertrauenswürdigen Postens kein Risiko eingehen. Für den Verrat traf ihn keine Schuld, aber es hatte in seiner Verantwortung gelegen, die Dokumente wiederzubeschaffen. Ein Mann in seiner Position musste vorsichtig vorgehen. Die Dokumente belegten nicht nur, dass Baschar Blut an den Händen hatte. Viele davon führten auch direkt zu ihm.

»Nicht zu nah ran.« Khelani hob die Hand und ermahnte den Fahrer, sich etwas zurückzuhalten und dem blauen SUV in angemessenem Abstand zu folgen. Sie durften ihn auf keinen Fall aus den Augen verlieren.

Die Frauen hatten ihre Handys absichtlich im Hotelzimmer liegen lassen, wahrscheinlich in der Hoffnung, dass er anbeißen würde. Aber so dumm war er nicht. Melin und Nemir wussten beide von dem Programm ICAROS, die Dänin hatte es sogar in Aktion gesehen. Das bedeutete aber auch, dass er sie auf keinen Fall aus den Augen verlieren durfte. Khelani hätte gerne auf diese neue Technologie verzichtet.

Natürlich ließen sich die Demonstranten über ihre Mobilfunkanbieter viel effizienter und schneller aufspüren. Aber es hatte auch den sportlichen Ehrgeiz genommen. Dieses eine Mal würde er ein Problem so lösen können, wie er es wollte. Solange weder die Presse noch ein UN-Beobachter in der Nähe war. Seit diese verdammten Handys überall aufgetaucht waren, bestand sein Job darin, durch ein Minenfeld zu navigieren. Aber er war stolz darauf, wie er die Sache mit Firas Hamed gelöst hatte.

Da klingelte sein Handy. Der Hubschrauberpilot meldete sich, er kam von Norden auf sie zu.

»Der Wagen hat die Geschwindigkeit erhöht«, rief er, um den Lärm zu übertönen. »An die hundertachtzig fahren sie jetzt.«

»Hat der Fahrer euch gesehen?«

»Wir haben ihn auf Kamera, wollen Sie ihn sehen?«

Khelani schaltete einen kleinen Bildschirm neben dem Armaturenbett ein und sah das blaue Rechteck auf der Autobahn. Jetzt drosselte der Wagen sein Tempo wieder.

»Was haben die vor?«

»Ich glaube, die fahren ab.« Khelani verband sein Handy mit der Anlage im Auto, jetzt konnte er den Piloten besser hören.

»Herr Generalmajor, er fährt ab, auf die Landstraße.«

»Perfekt.« Khelani lächelte. Auf dem Monitor verfolgte er, wie der Wagen die Autobahn verließ und in Richtung Nordwesten fuhr. Eine unbewohnte Gegend.

»Wo wollen die denn hin?«

Auf einmal war der SUV ganz groß im Bild. Der Hubschrauber befand sich praktisch über dem Wagen.

»Und bitte!«

Sie hörten Salven aus Maschinengewehren, die auf das Auto niederhagelten. Aber der gepanzerte Wagen war davon unbetroffen.

»Das volle Programm!«

Eine weitere Salve von schwerem Geschütz durchbohrte das Fahrzeug, es verlor an Geschwindigkeit, drehte sich und fuhr weiter über trockene Felder, bis es stehen blieb.

Ahmed Khelani schnipste mit dem Finger.

»Dann wollen wir mal nachsehen.«

Der Fahrer drückte das Gaspedal durch, vor ihnen tauchte eine Rauchsäule auf.

»Nicht so nah heran.«

Sie hielten in etwa fünfundzwanzig Meter Abstand an. Khelani sprang aus dem Mercedes und rannte auf den Wagen zu. Er wollte die Toten mit eigenen Augen sehen. Der Motor qualmte, und ein Teil der Kühlerhaube war zerfetzt. Die vielen gepanzerten Schichten hatten verhindert, dass die Geschosse die Türen durchdringen konnten, aber die meisten Fenster waren zersplittert, vor allem das auf der Fahrerseite. Auf einmal war es sehr still.

Das Adrenalin pumpte durch seinen Körper, während er auf den Wagen zuhechtete und die Tür aufriss. Der Beifahrersitz war leer, auf dem Lenkrad hing ein lebloser grauhaariger Mann, den Kopf hatte er zur Seite gedreht. Wo zum Teufel waren die Frauen? Der Mann saß allein im Wagen. Er hatte eine große Schusswunde im Hinterkopf, aus der das Blut floss. Es war Hamza Mahmoud. Seine Augen waren geschlossen, und er sah aus, als würde er sich ausruhen.

102

Die Morgensonne brannte trotz der Wolken auf die zweispurige Autobahn. Der verrostete Laster hatte den Checkpoint erreicht, die Kisten mit den Tomaten wackelten auf seiner Ladefläche. Zwei Soldaten hatten Frühschicht am Grenzübergang, ihre Kollegen saßen in einer kleinen Baracke und tranken Kaffee und rauchten. Der Fahrer des Lasters überprüfte seine Frisur im Rückspiegel. Er fuhr sich durch die Haare und wischte sich dann das Wachs an seinem Kunstledersitz ab. Er grinste seinem Spiegelbild zu. Dann zog er sich eine staubige Schirmmütze auf.

An der Schranke stoppte er und hielt seinen Pass aus dem Fenster. Er war libanesisch, und sie winkten ihn sofort durch. Hundert Meter weiter war das Gebäude der syrischen Einwanderungsbehörde. Er fuhr auf einen freien Parkplatz und stellte sich in die Schlange. Vor ihm stand eine amerikanische Familie mit syrischen Wurzeln. Sie sprachen leise darüber, wie sehr sie sich freuten, bald im Flieger nach Los Angeles zu sitzen und ein bisschen Abstand »zu dem Ganzen« zu bekommen. Dann war er an der Reihe.

Danach folgten drei bis vier Kilometer durch Niemandsland, bevor der libanesische Grenzübergang auftauchte. Eine Gruppe Halbwüchsiger umringte seinen Laster und bot ihm an, syrische Pfund gegen libanesische einzutauschen. Der Fahrer lächelte ihnen freundlich zu. Dann öffnete er die Wagentür, sammelte sein ganzes Bargeld zusammen und warf einen letzten Blick auf Hafez al-Assad.

»Behalt es und teil es auf«, sagte er einem der Jungen, der sein Glück nicht fassen konnte. Er wuschelte dem Jungen durchs Haar und betrat das Grenzgebäude, um die letzten Formalitäten zu erledigen, bevor ihm Zugang zum Bekaa-Tal gewährt wurde und er die Fahrt nach Beirut antreten konnte.

In einem kleinen Kiosk kaufte er sich ein Sixpack mit Wasserflaschen und eine Tüte Fladenbrot. Die Wasserflaschen stellte er auf die offene Klappe des Handschuhfachs, dann schaltete er das Autoradio ein.

Die wehmütige Stimme der libanesischen Sängerin Fairuz erfüllte die Fahrerkabine, und während er über die libanesische Grenze fuhr, sang sie das sentimentale Lied *Le Beirut*, und er sang lauthals mit.

Weinberge flankierten die Landstraße, und der Lastwagen legte an die zwanzig Kilometer zurück, bevor er eine Ausfahrt nahm und in einer Lichtung von Zedern anhielt.

Daham sprang aus dem Fahrerhaus und zog den Fahrersitz ganz nach vorne.

»*Sabah al khair.*«

Reem Nemir und Sigrid Melin kletterten etwas zerknittert, aber lächelnd aus dem Versteck unter den Tomatenkisten.

»Guten Morgen, Daham«, erwiderte Reem.

Daham nahm die beiden Frauen in den Arm.

»Willkommen im Libanon. Alles in Ordnung?«

Reem Nemir zuckte mit den Schultern.

»Ich hoffe, dass es für Hamza schnell ging«, sagte sie, und Sigrid pflichtete ihr bei.

Sie genossen den Blick auf die Weinberge, bis ein lautes Hupen sie aufschreckte.

»Sehen Sie! Da!«, rief Daham.

Vor ihnen hielt ein BMW mit libanesischen Diplomatenkennzeichen. Die Tür sprang auf, und eine Elfjährige mit schwarzen Locken stürmte auf sie zu.

»Mama!«, rief die Kleine und fiel Reem um den Hals.

Daham sah zu Sigrid, um in diesem überwältigenden Moment nicht allein mit seinen Gefühlen zu sein. Die Dänin stand tränenüberströmt neben ihm. Er legte ihr eine Hand auf die Schulter und nickte stumm.

Da stieg ein weiterer Fahrgast aus, ein Mann mit hellbraunem Vollbart. Daham nahm an, dass er Sigrids Ehemann war. Sie gingen aufeinander zu und umarmten sich, lange und innig. Dann lehnten sie sich gegen den Wagen und genossen den Anblick von Reem und Rahaf. Daham konnte nicht verstehen, was die beiden miteinander sprachen, aber sie wirkten froh und erleichtert.

103

Magnus presste die Lippen zusammen und umklammerte das Lenkrad. Seine Gedanken überschlugen sich. *Konzentrier dich, verdammt!* Er vergewisserte sich, dass der schwarze Range Rover des syrischen Geheimdienstes mit den Lederjacken noch vor ihm war. Dann drückte er das Gaspedal seines grünen Mercedes Roadster durch und raste über die libanesische Landstraße. Sein Hauptquartier hat ihm unmissverständlich zu verstehen gegeben, dass ihn die Hölle auf Erden erwartete, wenn er die Situation mit Sigrid nicht zu ihrer Zufriedenheit lösen würde. *Verdammte Scheiße!*

Magnus Christiansen hatte sein Leben, mit ein paar Abweichungen, nach einem Masterplan geführt, den er aufgesetzt hatte, als man ihn als pummeligen Dreizehnjährigen ins Leben gestoßen und sich selbst überlassen hatte. Er hatte sich geschworen, dass er als Erwachsener das *dolce vita* leben würde.

Jetzt besaß er ein Herrenhaus in einer angesagten Gegend auf Södermalm, hatte Stammplätze in allen Michelin-Restaurants von Stockholm und wurde von schwedischen Geschäftsleuten, die mit den ganz großen Zahlen operierten, mit Respekt behandelt. Alles war bestens, bis sie plötzlich auf der Bildfläche auftauchte. Wie zum Teufel hatte er sich ausgerechnet in Sigrid verlieben können?

Sie war seine Achillesferse geworden, sie war schuld daran, dass er kurz davor war, alles zu verlieren. Die schöne, reine Sigrid hatte ihn verzaubert mit ihrem sturen Gerechtigkeitssinn in einer Welt, die alles andere als fair war. Also, warum sollte man sich dann nicht das nehmen, was in Reichweite lag? Sie hätte er auch so gerne gehabt.

Der Fahrer des Range Rovers bremste ab und rollte auf den Checkpoint zu. Auch Magnus drosselte sein Tempo. Sie wurden sofort durchgewunken und konnten die Grenze zum Libanon passieren. Er öffnete das Handschuhfach. Das Sonnenlicht fiel auf Reem Nemirs goldene Beretta und spiegelte sich darin. Es war lange her, dass Magnus eine Waffe bedient hatte, aber mit der Beretta würde er zurechtkommen.

Das laute Klingeln seines Handys jagte ihm einen Schrecken ein. Er hatte vergessen, dass es mit den Lautsprechern verbunden war.

»Haben Sie sie gefunden?« Ahmed Khelanis Stimme dröhnte durch das Wageninnere.

»Noch nicht.«

»Unser Mann hat soeben einen Fahrer gesehen, der Reem Nemirs Assistenten Daham Sahabi ähnelt. Die fahren ins Bekaa-Tal.«

»Da sind wir in ein paar Minuten.«

»Bleiben Sie hinter meinen Leuten, verstanden?«

Göran Wolgers hatte Ahmed Khelani in Anbetracht der jüngsten Ereignisse in Damaskus damit gedroht, NorCom aus Syrien abzuziehen und das Büro in der Hauptstadt zu schließen. Damit würde auch der Zugang der syrischen Geheimdienste zu ICAROS enden. Wolgers hatte Magnus mitgeteilt, dass er ihn für den destruktiven Alleingang von Sigrid Melin verantwortlich machte. Melin und Nemir mussten unschädlich gemacht werden, und die Geschäftsverbindung zwischen NorCom und dem Nachrichtendienst der Luftwaffe durfte auf keinen Fall an die Öffentlichkeit geraten.

»Verdammt. Da unten herrscht praktisch ein Bürgerkrieg, da spielen ein oder zwei Leben doch auch keine Rolle mehr?«

Um dem CEO von NorCom zu gefallen, hatte Khelani ein großes Aufgebot an Männern aufgefahren. Aber Magnus würde das Schicksal dieses Mal keinem anderen oder dem Zufall überlassen. Khelani hatte seine Kontakte zur Hisbollah aktiviert, und die hatten Andreas Melin auf der Gästeliste des Hotel Sheraton am Beiruter Flughafen ausfindig gemacht. Außerdem erfuhr er, dass wenige Tage zuvor ein Wagen mit dänischen Diplomatenkennzeichen die Grenze zum Libanon überquert hatte und am selben Abend zurückgekehrt war. Magnus war sich sicher, dass Sigrid und Reem dasselbe Ziel hatten. Er hatte ein Zimmermädchen des Four Seasons bestochen, sich in Sigrids Hotelzimmer umzusehen. Das Zimmer war leer. Er hatte sich sofort auf den Weg in den Libanon gemacht.

Magnus sondierte die Umgebung mit dem Fernglas. Nicht weit von ihm, bei einer Lichtung, hielten eine schwarzer BMW und ein Lastwagen, der Tomaten geladen hatte. Daneben standen zwei Männer, zwei Frauen und ein Kind. Er stellte scharf. *Libanesische Kennzeichen. Verdammt.* Dann sah er die langen roten Haare einer der Frauen. Sein Herz raste.

Bleiben Sie hinter meinen Leuten, verstanden? Nein, das werde ich nicht. Magnus legte den Gang ein und jagte am Range Rover mit den Lederjackengorillas vorbei.

104

Reem war überwältigt von ihren Gefühlen, als sie auf den BMW zuging, und Rahaf lächelnd die Fondtür öffnete. Sie wollte so schnell wie möglich mit ihrer Tochter nach Beirut. Daham saß schon im Lastwagen und ließ den Motor an.

Andreas stand neben der Beifahrertür. »Na, Rahaf, freust du dich schon darauf, deiner Mama das Hotelzimmer zu zeigen?«

»Hey!«, rief Sigrid. Sie zeigte auf die Landstraße, auf der ein grüner Sportwagen mit hoher Geschwindigkeit auf sie zukam. »Ist das nicht Magnus' Wagen?«

Da hörten sie einen Schuss.

Aus Andreas' Schulter schoss Blut, und er sank auf die Knie.

»Andreas!«, schrie Sigrid und rannte zu ihm. Für einen Moment war es, als hätten sich alle Geräusche von der Welt verabschiedet. Dann hörten sie, wie mehrere Autos aufeinanderprallten.

Reem sah in die Richtung, aus der der Schuss gekommen war. Hinter dem Sportwagen folgte ein Range Rover, aus dessen Fenster ein Mann mit Lederjacke, schwarzer Sonnenbrille und einer AK-74M hing.

»Nach vorne mit dir, Rahaf«, rief sie, und ihre Tochter sprang auf den Beifahrersitz und schnallte sich sofort an.

Reem zerrte Sigrid am Arm hoch. »Komm jetzt, er muss in den Wagen, und drück mit der Hand auf die Wunde.«

Sigrid zerrte Andreas auf den Rücksitz, Reem sprang hinters Lenkrad. Zum Glück steckte der Schlüssel. Da folgte eine weitere Schusssalve und erwischte das Fenster der Fahrerseite.

»Ist er in Ordnung?«, rief Reem nach hinten.

»Nur eine Fleischwunde!«

Reem gab Gas und zog ihre Glock aus dem Halfter.

»*Habibti*, leg dich bitte hin.« Rahaf ließ sich auf die Sitzfläche gleiten und rollte sich zusammen.

Andreas stöhnte auf, als Sigrid ihn auf den Rücken drückte, damit er flach lag. Der Rover und Magnus hatten Reem fast eingeholt, sie wollten sie einklemmen.

Da hörten sie einen weiteren Schuss. Das Projektil schlug in die Karosse des Wagens, und Reem hatte am Klang sofort erkannt, welche Waffe da abgefeuert worden war. Ihre goldene Beretta. Magnus, dieses Schwein, hatte sie aus ihrer Tasche gestohlen.

»Haltet euch fest!«, schrie Reem und machte eine Vollbremsung. Die beiden Verfolgerwagen schossen an ihnen vorbei. Sie hatte keine Zeit, den Wagen zu wenden, also schaltete sie in den Rückwärtsgang und fuhr die Abfahrt wieder hinunter und auf die Landstraße.

Sie wich einem Schulbus aus, wurde aber von einem anderen Wagen an der Stoßstange touchiert. Der BMW drehte sich um hundertachtzig Grad und stand jetzt in entgegengesetzter Fahrtrichtung. Sie gab erneut Gas und fuhr weiter rückwärts in hoher Geschwindigkeit, begleitet von einem Hupkonzert der anderen Verkehrsteilnehmer. Der Verkehr hatte stark zugenommen und die Fahrzeuge auf der libanesischen Landstraße bewegten sich wie ein Konvoi in Panik – alle wollten schnell weg, aber niemand konnte entkommen, ohne gegen die Leitplanke zu fahren.

Reem fuhr so schnell sie konnte, sie musste den Abstand zu ihren Verfolgern vergrößern. Und sie musste versuchen, auf die andere Fahrbahn zu kommen. Aber bei dem Verkehr war an ein Wendemanöver nicht zu denken.

Plötzlich leuchteten die Lichter des Lastwagens vor ihr rot. Stau. Das gab Reem die Gelegenheit, sich eine Alternative auszudenken. Der Fahrer im Wagen vor ihr, der Motorhaube an Motorhaube mit ihr war, gestikulierte wild.

Die Fahrbahnen waren durch einen Grünstreifen voneinander getrennt. Mit dem Blick auf den entgegenkommenden Verkehr, schaltete Reem in den ersten Gang und fuhr quer über den Mittelstreifen. Endlich fuhren sie wieder vorwärts, aber leider in die falsche Richtung, zurück Richtung syrischer Grenze.

»Was ist los?«, rief Sigrid von hinten.

»Bleibt unten.«

Reem sah den grünen Sportwagen, der auf der anderen Fahrbahn langsam auf sie zukam. Auch auf ihrer Seite hatte sich ein Stau gebildet, und sie musste langsamer werden, fuhr nur noch knapp zwanzig Stundenkilometer. Die beiden Autos bewegten sich wie in Zeitlupe aufeinander zu.

Der grüne Mercedes Roadster kam bedrohlich näher. Reem konnte sehen, dass Magnus mit der Beretta in seiner rechten Hand auf sie zielte. Dann wechselte er die Hand und zielte mit der linken. Mit ihrer Beretta. Reem hatte ihre Glock sicher in ihrer Linken.

Wie Ritter hatten sie statt Lanzen ihre Waffen durch die heruntergerollten Fensterscheiben auf den anderen gerichtet.

In Magnus Gesichtsausdruck spiegelte sich Wut und Verzweiflung. Der Abstand wurde immer geringer. Dann gellte ein Schuss. Aus der Beretta.

Ein wahnsinniger Schmerz durchbohrte ihre Schulter und schlug Reem die Waffe aus der Hand. Sie krümmte sich zusammen.

105

Nein, nein, nein. Sigrid hielt die Luft an. Hatte Magnus Reem erschossen?

»Mama!«, rief Rahaf verzweifelt.

Mühsam richtete sich Reem wieder auf, ihr linker Arm hing schlaff nach unten, aber sie konnte steuern.

»Ich habe die Pistole fallen lassen, Sigrid, heb sie auf!«

Magnus' Sportwagen kam immer näher. Sigrid hob die Waffe mit zitternden Händen auf, vor Nervosität drückte sie das Magazin raus. Es fiel zu Boden. Reem wurde langsamer. Sie sah Sigrid im Rückspiegel an, blass im Gesicht und mit Schweißperlen auf der Stirn.

»Was tust du da? Erschieß ihn, verdammt!«, schrie Reem.

Da gellte ein weiterer Schuss durch die Luft, die nächste Kugel schlug ins Wagendach ein.

Ein Konzert aus Autohupen ertönte, die anderen Fahrer wollten dem Schusswechsel entkommen, aber waren im Stau gefangen.

Das konnte nicht wahr sein. Magnus hatte schon einmal versucht, sie umzubringen. Sie hob das Magazin vom Boden auf, eine Patrone war herausgesprungen, die sie zurück ins Magazin drückte. Dann lud sie die Waffe.

»Wie macht man das?«, schrie sie.

»Zielen – ziel diesem Schwein mitten ins Gesicht –, und mach das Magazin leer«, stöhnte Reem. »Und halt um jeden Preis die Waffe still.«

Sigrid öffnete ihr Fenster. Magnus saß am Steuer und wedelte mit der Beretta in seiner linken Hand. Sie zielte. Ihr Herz pochte laut. Dann drückte sie ab. Sie hörte erst den Schuss, dann sich selbst laut schreien.

Der grüne Sportwagen geriet ins Schlingern, er stieß gegen die Leitplanke und rollte noch ein Stück weiter.

Dann blieb er stehen.

JULI 2012

106

Die Holzplanken des Stegs waren warm. Es regnete, ein sanfter Sommerregen, aber an einem so schwülen Nachmittag hatte die kleine Dusche von oben etwas Erfrischendes.

Sigrid warf ihren Bademantel über das Geländer und sprang ins Meer. Sie ließ sich treiben, genoss den Zustand der Schwerelosigkeit. Dann spannte sie ihre Muskeln an, tauchte und schwamm mit kräftigen Zügen gegen die Strömung an. Der Regen hatte zugenommen, als sie wieder auftauchte. Sie sah zum Strand und entdeckte zwei Gestalten auf einer Bank vor der Badeanstalt Helgoland. Für eine Sekunde spürte sie Glück. Vom Wasser aus wirkte alles so einfach.

Ihr Bademantel war vom Regen durchnässt, sie warf ihn sich über die Schulter und legte den Kopf in den Nacken, hielt ihr Gesicht in den Regen. Sie winkte den beiden auf der Bank zu, die einen großen roten Regenschirm aufgespannt hatten, dann zeigte sie auf das Gebäude, in der die Sauna untergebracht war. Sie nickte den anderen Saunagästen zu, setzte sich und schloss die Augen. Wartete, bis die Hitze sie umhüllte. *Sie* hatte nicht die Geduld, aufs Meer zu starren und auf den Anruf zu warten.

Sigrid arbeitete wieder als Beraterin, aber sie sehnte sich danach, sich wieder mit Syrien beschäftigen zu können. Andreas hatte die Story über die Allianz von NorCom mit dem syrischen Nachrichtendienst zusammen mit Nino Corradini und zwei weiteren Journalisten geschrieben. Einem deutschen Kollegen vom *Spiegel* und einer schwedischen Kollegin von *Dagens Nyheter.* In diesen Zeitungen würde der Artikel zeitgleich mit der italienischen Ausgabe in der *Repubblica* erscheinen.

Nach dem Schusswechsel im Bekaa-Tal war die libanesische Polizei aufgetaucht und hatte auf ihre Aufforderung hin den schwarzen Range Rover an der Grenze aufgehalten. Die Hisbollah aber erwirkte, dass seine Insassen genauso schnell wieder freigelassen wurden. Das hatte ihnen Frederik Juul erzählt, der in Beirut auf sie gewartet hatte, nachdem er von Daham Sahabi alarmiert worden war. Juul hatte auch einen Arzt organisiert, der Andreas und Reem behandelte und sie, an den Agenten der Hisbollah vorbei, auf ein Boot verfrachtete, das den Hafen von Beirut mit Ziel Zypern verließ.

Ausgesprochen wurde es zwar nie, aber Sigrid war sich ziemlich sicher, dass Frederik Juul der Mann des dänischen Geheimdienstes in Damaskus war.

Offiziell war die Autoverfolgung auf libanesischem Boden eine Auseinandersetzung der syrischen Sicherheitskräfte mit einem dänischen Staatsbürger, der in den NorCom-Skandal verwickelt war. Göran Wolgers hatte Joel Matsson entlassen und öffentlich dessen moralische Verfehlungen angeprangert. Man würde aus gegebenem Anlass das Büro in Damaskus schließen, was sich als günstiger Zeitpunkt erwies, da der Bürgerkrieg ausgebrochen war und auch andere internationale Unternehmen und Botschaften sich aus dem Land zurückzogen. NorCom hatte einen neuen CSR-Chef eingestellt, der neue ethische Codes für die soziale Verantwortung des Unternehmens entwickeln sollte.

Nichts davon wurde den Opfern gerecht.

Deshalb hing alles von diesem Anruf ab.

Wenn sie die Mittel aus London bekamen, würden sie ihre Arbeit endlich aufnehmen können. Dann würde auch Firas' Opfer nicht vergebens gewesen sein. Statt sich andauernd für ihre Arroganz zu schämen, dass sie Reem ihre Hilfe bei der Suche nach Firas verweigert hatte, konnte sich Sigrid dann darauf konzentrieren, seine Mörder zur Rechenschaft zu ziehen.

Aber es stand noch mehr auf dem Spiel.

Wenn der Anruf ihnen grünes Licht gab, konnten sie auf der Stelle an die syrische Grenze aufbrechen. Wenn nicht, wartete ein unvorhersehbarer Alltag auf Sigrid, den sie noch nicht unter Kontrolle hatte.

Aber eine andere, große Sache war bereits geschehen.

Nachdem Andreas und sie in Begleitung der beiden syrischen Geflüchteten in Dänemark angekommen waren, hatten Sommer und Victor zunächst verhalten reagiert. Es hatte ein paar Stunden gedauert, bis sie über alles aufgeklärt werden konnten, aber dann hatte Sommer, ohne zu zögern, ihr Zimmer für Reem und Rahaf zur Verfügung gestellt und war in das Gästezimmer im Keller gezogen.

Nachdem sich alle eingerichtet hatten, führten Victor und Sommer ihre Mutter in den Garten, um ihr das Gewächshaus zu zeigen, das Andreas für sie gebaut hatte. Die beiden Kinder waren für die Inneneinrichtung zuständig gewesen und hatten Gartenmöbel, Pflanzen, Kissen und Decken besorgt.

Reem und Rahaf zogen sich an diesem ersten Abend in Freiheit früh auf ihr Zimmer zurück. Sigrid und ihre Familie kuschelten sich vor dem Kamin zusammen. Als sie alle beisammensaßen, wagte sie endlich den Schritt und erzählte ihnen alles. Von damals. Von dem Jungen, dem Blut und den Glassplittern. Von ihrer Schuld und Scham.

Sie saßen lange zusammen und redeten, bis in die frühen Morgenstunden. Bevor sie es sich bewusst machten, ging die Sonne auf. Sie mussten die Gardinen zuziehen, um einschlafen zu können, weil es so hell war. Kaum hatten sich Sigrid und Andreas todmüde und angezogen auf ihr Doppelbett fallen lassen, kamen Victor und Sommer dazu und zwängten sich unter großem Gejohle zwischen die beiden.

Bevor sie alle erschöpft einschliefen, spürte Sigrid Victors Hand in ihrer, und ihr liefen vor Dankbarkeit die Tränen über die Wangen.

Ein Jahr war das alles her. Die Aufstände in Syrien hatten sich zu einem blutigen Bürgerkrieg entwickelt. Sigrid hatte sich damals dafür entschieden, die Beweise gegen Baschar al-Assad gegen die Freilassung ihrer Freundin einzutauschen. Mit dieser Wahl musste sie leben. Aber einfach war das nicht.

Ihr Geheimnis aus ihrer Vergangenheit war kein Geheimnis mehr, aber sie kämpfte nach wie vor gegen ihr Bedürfnis zu trinken. An einigen Tagen konnte sie nicht einschlafen. Ohne Tabletten. Ohne Alkohol.

Es gab Nächte, in denen sie wie eine Schlafwandlerin stundenlang am Strand entlanglief, um müde zu werden.

Magnus und Ines waren Tabuthemen zwischen Sigrid und Andreas. Sigrid fiel es schwer, über die Attacke ihres ehemaligen Kollegen zu sprechen, und auch Andreas mied es, über Ines' Beteiligung an der Aktion zu reden. Sie hatten ihre Nachbarn schon lange nicht mehr gesehen, immer kam etwas dazwischen.

Ihr lief der Schweiß hinunter, Sigrid sah aus dem Fenster. Dann nahm sie eine kalte Dusche, zog ihre Jeans und ein T-Shirt an und schlüpfte in ihre Flipflops. Die Haare drehte sie zu einem Knoten, und die nassen Sachen steckte sie in ihren Stoffbeutel. Dann ging sie zu den beiden schwarzhaarigen Gestalten auf der Bank.

»Wie kannst du nur bei Regen schwimmen gehen?« Rahaf schüttelte verständnislos den Kopf.

»Skandinavier sind sehr sonderbare Geschöpfe.« Reem lachte.

»Hast du schon was gehört?«, fragte Sigrid ungeduldig.

»Noch nicht.« Reem runzelte die Stirn.

»Wollen wir los?« Sigrid warf sich ihren Beutel über die Schulter.

Da klingelte ihr Handy, das im Beutel lag, und ihr Herz blieb fast stehen vor Anspannung.

»Wir haben es! Wir haben es bekommen, Sigrid«, brüllte ihr Ellen Davidsen ins Ohr.

»Im Ernst?« Sigrid strahlte übers ganze Gesicht.

Reem und Rahaf sprangen auf und begannen, ausgelassen über das feuchte Gras zu tanzen.

»Voller Ernst. Sie haben zugestimmt. Eine Million Pfund. Und das ist erst der Anfang.«

»Und was heißt das jetzt genau?«

»Dass wir endlich den Auftrag bekommen haben, eine Syrien-Untersuchungskommission zu gründen, um die Kriegsverbrechen zu dokumentieren. Wir operieren direkt an der türkisch-syrischen Grenze. Unsere Basis ist ein Flüchtlingslager. Reem leitet die Operation, du die Kommission und ich trainiere die Zivilagenten, die für uns Baschars Dokumente zusammentragen sollen«, erklärte Ellen.

»Phantastisch.«

»Der Vorsitzende, Nigel wie-heißt-der-noch-gleich, hatte so viele Fragen, dass sich das Meeting ewig hingezogen hat. Ich muss mich beeilen, um meinen Flieger zu erwischen.«

»Wann geht der denn?«

»In zwei Stunden. Ab Heathrow.«

»Na, dann aber los. Wir sprechen, wenn du gelandet bist.«

Sie schrieb Andreas sofort, dass die Gelder vom Fonds bewilligt worden seien.

Sie kamen an der Stelle vorbei, an der Magnus geparkt hatte, und sie wurde von Wehmut und Trauer gepackt. Aber jetzt sahen sie neuen Aufgaben entgegen. Rahaf ging zwischen ihnen, und Sigrid musste sich tief beugen, um den Kopf unter den Regenschirm stecken zu können. Das war anstrengend und stach auch im Knie, aber Rahafs Lachen war es wert.

»Mama?«

»Ja, mein Schatz?«

»An dem Abend, als ihr den Mukhabarat reingelegt habt, seid ihr doch zu euren Freunden in die Bars gegangen und habt ihnen gesagt, dass sie ihre Handys nicht benutzen sollen, oder?«

»Ganz genau, *habibti.* Sigrid und ich sind von einer Bar zur nächsten gezogen, um die Leute zu warnen, dass der Geheimdienst sie über ihre Handys orten kann.«

»Hattet ihr keine Angst, dass sie euch dabei erwischen?«

»Natürlich hatten wir Angst. Aber Sigrid kann hervorragend eine Betrunkene spielen.«

Sigrid lachte und richtete sich auf.

»Ich werde lieber nass, als so gekrümmt zu gehen.«

Es plingte, Andreas hatte ihr geantwortet.

In dem Moment öffnete sich der Himmel, und es schüttete wie aus Eimern.

»Komm, Mama, wir laufen«, rief Rahaf und zog ihre Mutter hinter sich her.

»Ich komme gleich nach«, sagte Sigrid und öffnete die Nachricht.

Andreas hatte ihr zwei Zeilen über Angst geschickt, die der amerikanische Autor William Faulkner gesagt hatte, als er den Nobelpreis bekam.

Du musst die Angst tief in dein Herz dringen lassen. Erst dann kannst du dich wieder aufrichten und weiterleben.

Sie wischte die Regentropfen vom Display und steckte es in die Tasche. Das frisch gemähte Gras duftete. Sie atmete tief ein, bis es in der Lunge kitzelte.

107

Sigrid bog auf den Amager Strandvej. Ein mattschwarzes Auto stand schräg auf dem Bürgersteig. Sigrid zuckte zusammen, ihr Herz raste. *Magnus ist tot.*

Langsam beruhigte sich ihr Atem wieder. Sie ging weiter, vorbei an dem Wagen. Es war nicht einmal ein Volvo.

Da ging die Fahrertür auf, und Ines stieg aus.

»Hallo, Sigrid.« Die Geheimagentin trug einen dunkelblauen Anzug und hatte die Sonnenbrille ins Haar geschoben. In der rechten Hand hielt sie den Autoschlüssel und spielte damit.

Sigrid spürte, wie sie wütend wurde.

»Hast du kurz Zeit?«, fragte Ines.

»Es muss schnell gehen, ich habe Gäste – aber das weißt du ja.«

Ines nickte. Sigrids Sarkasmus prallte wirkungslos an ihr ab.

»Wir brauchen dich in Syrien.«

Sigrid schüttelte den Kopf. Wovon redete sie da? Sie bemühte sich, höflich zu bleiben.

»Ich glaube, ich habe mit dir und deinem Arbeitgeber nichts mehr zu tun.«

»Ich habe gehört, dass du mit Reem in die Türkei gehst, um zivile Agenten zu trainieren, damit ihr vor dem Internationalen Strafgerichtshof eine Klage gegen den syrischen Staat einreichen könnt.«

Sigrid hatte das Gefühl, als hätte sie jemand gestoßen. »Woher weißt du das?« Sie erkannte ihre Stimme kaum wieder.

»Wir haben Freunde, die aufmerksam zuhören, wenn es um die Sicherheit unseres Landes geht.«

Sigrid war wie gelähmt. Sie hörten sie ab.

»Assad hat seit Ausbruch des Bürgerkrieges einen ganzen Haufen übler Typen aus dem Gefängnis in Saidnaya freigelassen. Islamistische Fundamentalisten. Menschen, die durch Folter in den irakischen und syrischen Gefängnissen zerstört wurden. Einige von ihnen haben Kurs auf Europa genommen. Die wollen wir im Augen behalten. Und dabei sollst du uns helfen, da du durch die Rekrutierung eurer zivilen Agenten mit Hunderten von Geflüchteten in Kontakt kommst.«

»Hast du vollkommen den Verstand verloren?«

»Mir ist bewusst, wie gefährlich das ist. Aber wir haben alle gesehen, wie du die Situation in Damaskus bewältigt hast.«

Sigrid schüttelte den Kopf. Wenn sie nicht auf der Stelle ging, würde sie Ines eine verpassen. »Vielen Dank für das Angebot, aber meine Antwort lautet nein. Und jetzt muss ich wirklich nach Hause, ihr werdet noch von mir hören. Ich will nicht belauscht werden, das ist massiv illegal.«

»Wir dürfen jeden observieren, wenn es sich dabei um Verdächtige handelt.«

»Verdächtige?« Sigrid hielt die Luft an.

»Mir gefällt es, ehrlich gesagt, nicht besonders, zu diesen Mitteln zu greifen, aber … Du hast jemanden getötet, Sigrid.«

Sigrid schloss die Augen.

»Letzten Sommer wurde ein dänischer Staatsbürger, Magnus Christiansen, auf einer Landstraße im Libanon erschossen. Sein Tod ist bis heute nicht aufgeklärt worden. Aber wir haben einen Fingerabdruck auf der Patrone gefunden, die ihn getötet hat.«

Finde ihr Geheimnis, das sie unbedingt hüten wollen.

»Wir wollen dir einen Deal vorschlagen. Geben und Nehmen«, sagte Ines.

»Was bildest du dir ein?«, flüsterte Sigrid.

»Das ist nichts Persönliches«, fuhr die Geheimagentin ungerührt fort. »Wir können dir helfen, einer Gefängnisstrafe zu entgehen. Du bist schon vorbestraft, stimmt's?«

Die Angst lähmte sie so sehr, dass ihr schwindelig wurde.

Ines setzte sich ins Auto und sah hoch zu ihr. »Abgemacht?«
Sigrid sah dem mattschwarzen Wagen lange hinterher.
Dann machte sie sich auf den Nachhauseweg.

EPILOG

SEPTEMBER 2012

Rahaf wusste sofort, wenn in der Nacht neue Flüchtlinge eingetroffen waren. Das Summen der Stimmen in den Zelten war lauter, und das Rote Kreuz kam mit frisch gebackenem Brot, dessen wunderbarer Duft den säuerlichen Gestank von Abfall überdeckte. Vor dem Registrierungszelt standen die Neuen Schlange, um Lebensmittel, Wasser und Schlafplätze zugewiesen zu bekommen. Kinder und Frauen, aber hauptsächlich Männer, die aus dem Norden von Syrien kamen und viele Kilometer zu Fuß zurückgelegt hatten. Einige weinten vor Erleichterung, andere aus Angst und Schmerz.

Wie Rahaf und Reem waren sie aus ihrem Land in die Türkei geflohen, und viele von ihnen hatten im Bürgerkrieg schwere Verletzungen erlitten.

Rahaf konnte nicht aufhören, unter den Ankommenden die traurigen braunen Augen ihres Vaters zu suchen. Sie hatte ihre Mutter gebeten, ausschlafen und sich nach dem Frühstück selbstständig im Lager zu bewegen zu dürfen. Reem hatte es ihr erlaubt, ihre internationale Schule in der nächstgelegenen Stadt begann erst Ende September. Sigrids Familie würde heute Abend aus Dänemark eintreffen und im oberen Stockwerk des Hauses unterkommen, in dem Sigrid wohnte. Als würde man eine Familie geschenkt bekommen, hatte Reem gesagt.

Diese neue Mission beschäftigte Rahaf sehr. Freunde ihrer Eltern und deren Freunde strömten jeden Tag in das Lager und hatten wichtige Dokumente dabei. Reem, Sigrid und Ellen bildeten eine Mannschaft, sie hatten ihr eigenes Zelt im Lager, in dem sie die Dokumente sortierten, *Baschars Dokumente.* Das Außenministerium von London hatte ihnen Gelder zur Verfügung gestellt, damit Ellen Leute ausbilden konnte, die gezielt nach diesen Dokumenten suchten, mit denen sie beweisen konnten, dass der Präsident Befehle gegeben hat und immer noch gab, Menschen zu töten. Sie nannten sie zivile Agenten. Eines Tages würde sich Baschar für seine Verbrechen vor Gericht verantworten müssen. Ganz gleich, wie viele Jahre es dauerte und wie viele Tonnen Material sie noch sammeln müssten, er würde für den Mord an ihrem Vater bestraft werden. Das hatte ihr Sigrid versprochen.

An einem warmen Tag im August war sie mit ihrer Mutter in das Haus am Stadtrand der kleinen türkischen Ortschaft gezogen. Als Rahaf sich in den Schlaf weinte, wie sie es immer tat, hatte sich ihre Mutter neben sie gelegt, und sie hatten über die Türkei, die Sprache und die vielen neuen Düfte gesprochen.

Jeden Abend rieb Reem ihre vernarbten Beine mit einer Creme ein, die nach Oud und Bergamotte roch. Aber ihre Mutter roch noch nach etwas anderem, das auch eine teure Creme nicht überdecken konnte. Wenn Reem dachte, dass Rahaf schon schlief, trank sie. Rum oder Wodka. Sie versteckte die Flaschen im Wäschekorb. Manchmal aber schlief sie ein, bevor sie die Flasche wieder ins Versteck bringen konnte.

Rahaf war zwar erst zwölf Jahre alt, aber blind war sie nicht. Reem hatte noch andere Geheimnisse. Das Geheimnis, das Rahaf am meisten interessierte, war ein Geschenk, das ein Mann vor ein paar Tagen vorbeigebracht hatte. Rahaf kannte ihn aus der dänischen Botschaft in Damaskus. Er hieß Frederik. Das Geschenk war in einer hellblauen Schachtel verpackt.

Reem hatte Tränen in den Augen, als sie die Schachtel in der Hand hielt. Ihrer Tochter hatte sie gesagt, dass es eine Überraschung sei und für einen ganz besonderen Tag bestimmt war. Aber Rahaf hatte das Gefühl, dass ihre Mutter sie nur hinhalten wollte. Sie schlich hinaus auf die Terrasse, um ihre Mutter, Sigrid und diesen Frederik zu belauschen. Zuerst konnte sie gar nichts verstehen, dann hörte sie Bruchstücke. Von einer schwedischen Firma war die Rede, die schuld an der Verhaftung ihres Vaters war. Frederik bedauerte, dass er nichts tun könne, aber Reem sollte wenigstens die blaue Schachtel bekommen. Ihre Mutter weinte leise, Sigrid hatte ihr die Hand auf die Schulter gelegt. Rahaf saß in ihrem Versteck und musste sich in die Hand beißen, um vor Wut nicht laut aufzuschreien.

Sie musste sich den Namen der Firma nicht aufschreiben. Der hatte sich bereits wie ein Parasit in ihre Erinnerung gefressen.

Nachdem dieser Frederik wieder abgereist war, suchte sie mehrere Tage lang nach der Schachtel. Schließlich fand sie das Versteck, hinter ein paar losen Wandbrettern in ihrem gemeinsamen Schlafzimmer.

Rahaf schlenderte an den unendlichen Reihen von grauweißen Zelten vorbei. Unterm Arm hatte sie ihr neues Buch, damit sie niemand ansprach. Es war der letzte Harry-Potter-Band, den sie gerade angefangen hatte, als sie Hals über Kopf ihre Heimat verlassen mussten. Es war auf Englisch, aber das fiel ihr nicht schwer. Sie war kein Kind mehr.

Vor dem Zelt, in dem die Dokumente gesammelt wurden, stand ihre Mutter mit Sigrid, Ellen und ein paar Frauen mit Kopftüchern, die Rahaf noch nie gesehen hatte. Sie winkte ihnen zu und bekam einen Haufen Luftküsse zurück.

Das Lager lag am Fuß eines sanft geschwungenen Hügels, der nach warmer Erde duftete. Von ihrem Lieblingsplatz unter einem enormen Zedernbaum konnte sie das Lager überblicken.

Rahaf setzte sich auf eine Wurzel und legte das Buch beiseite. Sie legte den Kopf gegen den Stamm, schloss die Augen und dachte an die bläulichen Berge im Morgenlicht, hinter denen Damaskus lag.

Rahaf holte das Geheimnis ihrer Mutter aus ihrer Tasche und begutachtete es genau. Der Schaft war aus feinstem Eichenholz, die Pistole aus Gold, das in der Sonne glitzerte. Sie öffnete das Magazin. Die Waffe war geladen.

Und heute würde sie lernen, sie zu benutzen.

DANKSAGUNG

Die Geschichte von *Damaskus* ist fiktiv. Der zeitgeschichtliche Hintergrund basiert auf meiner umfassenden Recherche, aber der Plot des Romans und seine Figuren sind frei erfunden, und jede Ähnlichkeit mit lebenden Personen ist rein zufällig.

Ich danke aus ganzem Herzen den syrischen Freiheitskämpfern, die mir von ihren zerstörten Träumen und unbegreiflichen Gräueltaten erzählt haben. Aber auch vom Leben in der Stadt Damaskus, die sie lieben und die immer ein Teil von ihnen sein wird: Mariam Haider, Inas Hakki, Ghassan Zakaria, Daro Hansen und meine Freunde in Syrien. Ein besonderer Dank gilt Lilas Fawaz Hatahet, die mich durch die damaszenische Kultur und den syrischen Konflikt geführt hat, mein Manuskript gelesen und mir beigestanden hat, sehr oft mit Köstlichkeiten aus ihrer syrischen Heimat. Sie ist eine Freundin fürs Leben geworden.

Ein Dank geht an meine zahlreichen Quellen, deren Input und Anregungen unbezahlbar sind: Johan Spanner, Dr. Haifaa Awad, Dr. Salim Namour, Sanne Borges, Pernille Thomsen, Marti Tamm und Guardian Security, Lasse Bak Sørensen und die Diplomaten, Sicherheitsberater, den Telekom-Chef, Waffenexperten, Wachleute, den ehemaligen Richter am Internationalen Strafgerichtshof und die Geheimdienstagenten, die lieber anonym bleiben wollen.

Einen Dank an Adam Holm und Louise Stigsgaard für ihr wertvolles Sparring.

Ich danke auch meinen Freunden und Reisegefährten aus meinem Studium, Marlene Blangs Donduran und Marie Gro für ihre Inspirationen.

Ich danke meinen Lehrern Linda Aronson, Dan Hoffman und Stephen Cleary und meinem guten Freund und Mentor Tom Rachman für seine Ratschläge, Unterstützung und die vielen Gespräche über das Schreiben.

Ich danke meinen Freunden und Kollegen Ida Mule Scott, Viken Wetlesen, Malene Haakansson, Eva Norup Redvall, Rikke Tørholm, Thomas Rydahl, Thomas Fabian Delman und Tonny Vorn fürs Lesen und für eure Kommentare.

Ich danke Line Miller dafür, dass du mein Projekt beim Verlag Politiken Forlag vorgeschlagen hast, und Lene Juul, Charlotte Weis und Lene Wissing für eure unfassbar konstruktive Unterstützung und Hilfe.

Zuletzt geht mein großer Dank an meinen Mann, meinen aufmerksamsten Leser und Seelenverwandten Toke Falk Sabroe, an meine wunderbaren Kinder Frederik und Anton, meine Eltern Hanne Birgitte Pedersen und Mikael Mølgaard und an meine Schwester Petra Victoria Seuther für euer häufiges Lesen und Sparring, eure Kommentare, Geduld, Unterstützung und vor allem für eure Liebe.

ZITATNACHWEISE

S. 13: Inschrift auf einem Bogen im Krak des Chevaliers. Übersetzung aus dem Lateinischen aus: Sebastian Brather, »Kreuzfahrer in Syrien. Der Krak des Chevaliers zwischen Homs und Tartus«, in: *Archaeologie online*, https://www.archaeologie-online.de/artikel/2000/thema-syrien/kreuzfahrer-in-syrien/

S. 317: Mark Twain, *Unterwegs mit den Arglosen. Die Originalreportagen aus Europa und dem Heiligen Land*, übersetzt und herausgegeben von Alexander Pechmann, © mareverlag: Hamburg 2021.

S. 499: Das Zitat von William Faulkner wurde von Kerstin Schöps direkt nach der dänischen Vorlage (Nils Thorsen, *Engle & Dæmoner*, Gyldendal: Kopenhagen 1999) ins Deutsche übersetzt.